Esta Terra Dourada

Esta Terra Dourada

BARBARA WOOD

Tradução de
Mariluce Pessoa
e
Marilene Tombini

EDITORA RECORD
RIO DE JANEIRO • SÃO PAULO

2013

CIP-BRASIL. CATALOGAÇÃO NA FONTE
SINDICATO NACIONAL DOS EDITORES DE LIVROS, RJ

W853e
Wood, Barbara, 1947-
    Esta terra dourada / Barbara Wood; tradução de Mariluce Pessoa, Marilene Tombini. – Rio de Janeiro: Record, 2013.

    Tradução de: This Golden Land
    ISBN 978-85-01-09299-1

    1. Ficção americana. I. Pessoa, Mariluce. II. Tombini, Marilene. III. Título.

13-3859.
                                        CDD: 813
                                        CDU: 821.111(73)-3

TÍTULO ORIGINAL EM INGLÊS:
This Golden Land

Copyright © 2010 Barbara Wood

Texto revisado segundo o novo Acordo Ortográfico da Língua Portuguesa.

Todos os direitos reservados. Proibida a reprodução, no todo ou em parte, através de quaisquer meios. Os direitos morais da autora foram assegurados.

Editoração eletrônica: Ilustrarte Design e Produção Editorial

Direitos exclusivos de publicação em língua portuguesa somente para o Brasil adquiridos pela
EDITORA RECORD LTDA.
Rua Argentina, 171 – Rio de Janeiro, RJ – 20921-380 – Tel.: 2585-2000,
que se reserva a propriedade literária desta tradução.

Impresso no Brasil

ISBN 978-85-01-09299-1

Seja um leitor preferencial Record.
Cadastre-se e receba informações sobre nossos lançamentos e nossas promoções.
Atendimento e venda direta ao leitor:
mdireto@record.com.br ou (21) 2585-2002.

Inglaterra

ABRIL DE 1846

Capítulo 1

Lady Margaret acordou com súbitas dores.
Deitada no escuro, tentando determinar a hora do dia, ela ouviu as pancadas da chuva nas vidraças das janelas e lembrou-se de que decidira recolher-se antes do jantar.
Por certo, tinha adormecido...
Outra dor aguda.
Não! É cedo demais!
Com grande esforço — a baronesa estava com oito meses de gravidez —, ela conseguiu sentar-se e mover as pernas para o lado da cama. Era dia claro quando ela fora para o quarto; agora estava escuro e não havia lampiões acesos. Desesperadamente, tateou à procura do cordão da campainha e, ao puxá-lo, sentiu um líquido quente se espalhar sob o corpo.
— Não — sussurrou. — Por favor, Deus, não... — Outra dor lancinante a fez gritar.
Quando a governanta chegou, as contrações haviam se tornado mais intensas e a intervalos menores. A Sra. Keen aproximou-se da cama rapidamente, e a luz de seu lampião a óleo incidiu sobre os lençóis ensopados de sangue. E Sua Senhoria...
— Meu Deus! — murmurou a governanta, enquanto acomodava a baronesa, assustadoramente pálida, de volta nos travesseiros.
— O bebê — disse Lady Margaret, ofegante. — Está nascendo...
A Sra. Keen olhou para ela. Os longos cabelos ruivos de Lady Margaret, caídos sobre as costas e os ombros, faziam-na parecer mais jovem do que seus 23 anos. Ela parecia frágil e vulnerável. E, agora, as contrações prematuras.
Mais cedo, quando Lady Margaret informara não estar se sentindo bem, lorde Falconbridge saíra à procura do médico em Willoughby Hall. Mas isso acontecera horas antes. Teria a tempestade alagado a estrada?

— Não se preocupe, Vossa Senhoria — disse a Sra. Keen com voz suave. — Seu marido e o Dr. Willoughby logo estarão aqui.

Deixando uma criada ao lado da baronesa, a governanta desceu a escada às pressas, chamando por Luke, seu marido, que era o administrador da propriedade.

O Solar dos Falconbridge entrou numa azáfama geral quando a notícia do parto prematuro de Lady Margaret tirou as criadas, os lacaios, o mordomo, a cozinheira e as copeiras de seus quartos e de suas várias tarefas, alguns dos quais já se preparando para dormir e outros ainda usando os uniformes de trabalho. Lorde Falconbridge era um homem muito rico, e o solar, que datava da época de Guilherme I, o Conquistador, requeria uma vasta criadagem.

Luke Keen, que tinha acabado de chegar depois de cuidar dos cães de caça, com sua roupa de lã fria e úmida pelo ar da noite, perguntou:

— O que está acontecendo aqui?

A governanta puxou o marido para o lado.

— Sua Senhoria começou o trabalho de parto. Ela está adiantada três semanas. Algo está errado. Você precisa mandar alguém ir buscar o senhor barão e o Dr. Willoughby. Eles já deviam ter chegado.

Luke anuiu com um ar sério.

— Vou mandar Jeremy. Ele é o nosso cavaleiro mais veloz.

Um grito vindo do segundo andar fez todos erguerem os olhos e, em seguida, se entreolharem. Luke torceu o barrete nas mãos. A irmã dele, que Deus a tenha, morrera ao dar à luz.

— Devo chamar o Dr. Conroy?

A Sra. Keen mordiscou o lábio inferior. Embora John Conroy morasse nas imediações do vilarejo e *fosse* médico, ele não pertencia à mesma classe social do barão e sua esposa. Conroy cuidava do povo do vilarejo e da fazenda da região. Além disso, havia uma *outra* questão a respeito do Dr. Conroy, que a Sra. Keen sabia que desagradava lorde Falconbridge. O senhor barão, certamente, não consentiria que aquele homem, médico ou não, pusesse as mãos em sua esposa.

Lembrando-se, então, do aborto de Lady Margaret no ano anterior, que quase lhe tirara a vida, a governanta ordenou:

— Muito bem, vá você mesmo até Bayfield. E reze para que o Dr. Conroy esteja em casa!

Enquanto selava o cavalo, Keen perguntou a si mesmo se estava fazendo a coisa certa. Lorde Falconbridge tinha um temperamento terrível e descontava sua ira em qualquer um quando alguma coisa não saía a seu gosto. Era também um homem que costumava jogar a culpa nas pessoas. Pobre Sra. Delaney, a cozinheira que trabalhara no Solar dos Falconbridge durante 30 anos — havia sido despedida porque o senhor barão insistira em dizer que tinha sido a sopa de cebola feita por ela que causara o aborto de sua esposa. Se algo acontecesse a Lady Margaret ou ao bebê, naquela noite, em quem o barão poria a culpa? Keen e sua mulher não podiam arriscar perder o emprego. Os tempos estavam difíceis e os empregos, escassos.

Por outro lado, ele pensou, enquanto montava no cavalo, o senhor barão poderia ser generoso nas recompensas. Se os Keen, por sua rápida iniciativa, salvassem a vida de Lady Margaret e a do bebê, seria impossível prever os benefícios que Sua Senhoria poderia lhes conceder. Talvez uma casinha própria para quando se aposentassem e uma pequena pensão...

Ao sair montado em seu cavalo naquela noite chuvosa, Luke Keen rezava para que não estivesse cometendo o pior erro de sua vida.

Era bom estar em casa, pensou Hannah Conroy ao pôr a mesa para o jantar. Bom estar de volta a Bayfield, de volta à sua própria casa, onde uma lareira aconchegante aquecia aquela triste e fria noite, enquanto seu pai trabalhava no pequeno laboratório ao lado da sala de estar. O ano anterior em Londres, o treinamento intensivo como parteira na maternidade-escola com palestras, demonstrações e exames, longas horas nas enfermarias cuidando de pacientes, esvaziando comadres, limpando os pisos e morando num alojamento apertado, tendo direito a apenas uma tarde livre por semana para ir à igreja e lavar sua roupa — todo esse esforço valera a pena. Colocada sobre a lareira e pronta para ser pendurada na porta de entrada encontrava-se a tabuleta recém-pintada: *Conroy & Conroy — Médico & Parteira*.

Hannah sempre havia desejado seguir os passos do pai e aprender a cuidar de doentes, porém, como a profissão médica era proibida para as mulheres, ela viu no ofício de parteira uma porta de entrada para esse mundo. Quando tinha completado 17 anos, seu pai enviara cartas de recomendação para a maternidade-escola em Londres. Hannah, então, foi para a cidade fazer os exames de admissão e, tendo passado, matriculou-se no curso. Suas aulas começaram no dia em que completou 18 anos, e ela recebeu o certificado de conclusão no ano seguinte, quando completou 19, um mês atrás. Ela sonhava em um dia exercer sua modesta profissão, por conta própria, e já havia sido informada de que a Sra. Endicott, mulher do fazendeiro local, produtor de ovos, estava disposta a chamá-la para fazer o parto de seu nono filho, que era esperado para a semana seguinte.

A Sra. Endicott, Hannah não tinha dúvidas, recomendaria então a Srta. Conroy às amigas e vizinhas.

Ela também estava feliz de ter voltado para casa por outra razão: no ano em que estivera fora, a saúde de seu pai havia declinado de tal maneira que ela iria sugerir que ele reduzisse sua clientela e cuidasse um pouco mais de si mesmo.

Aos 45 anos, John Conroy era um homem alto e atraente, de cabelos escuros com alguns fios prateados nas têmporas, ombros largos e costas eretas. Em sua maneira "simples" de vestir sempre que saía — terno preto de corte reto, colete preto e camisa branca; sem gravata, a camisa abotoada no colarinho e um chapéu preto de copa achatada e aba larga —, John Conroy era um homem elegante. Quando andava pelo vilarejo, as mulheres costumavam virar-se para olhá-lo.

Com ternura, Hannah recordava-se de como, após a morte da mãe, as mulheres de Bayfield e dos vilarejos mais próximos o visitavam — as viúvas, as solteironas e as mães de moças casadouras — trazendo mantas e iguarias para o belo viúvo quacre. Nenhuma delas, porém, poderia compreender seu pesar, nem romper a barreira de dedicação a uma nova causa que havia nascido na noite em que Louisa morrera: achar uma cura para o mal que a matara.

Deixando de lado os pães que estava cortando, Hannah prestou atenção ao vento e à chuva. Teria escutado o som de cascos de cavalos a distância? Ela rezou para que não fosse alguém à procura de seu pai para uma emergência. Ele iria, claro, uma vez que não havia nenhum outro médico nas redondezas.

O vilarejo de Bayfield, no condado de Kent, estava localizado a meio caminho entre Londres e Canterbury, à margem de um riacho que era uma ramificação do rio Len. Embora se especulasse que as pessoas habitavam a região desde a Idade da Pedra e que possivelmente as legiões de César haviam atravessado em marcha o local, o vilarejo remontava especificamente ao ano de 1387, quando um grupo de peregrinos que retornava de Canterbury interrompera a viagem para descansar "ao lado de um campo de feno" e ali decidira ficar.

Hannah ouviu os cascos dos cavalos se aproximando até chegarem ao pátio. Ao abrir a porta da frente, ela viu um cavaleiro solitário descendo de sua montaria e reconheceu Luke Keen do Solar dos Falconbridge.

— Sr. Keen! Entre, por favor.

Quando Hannah fechou a porta após Luke Keen entrar, ele retirou o chapéu ensopado e o bateu na perna.

— Seu pai está em casa, Srta. Conroy? Preciso que ele siga comigo imediatamente.

Ouviu-se a voz de John Conroy na sala de estar.

— Hannah, será que eu ouvi... Ah, boa noite, Luke Keen.

— Sinto muito importuná-lo, doutor, mas temos uma emergência no Solar.

— Eu irei com você. Mas qual é o problema?

— É Sua Senhoria, doutor.

Conroy virou-se.

— O que foi que disse?

— Ela está para dar à luz, mas alguma coisa não vai bem.

Conroy e a filha entreolharam-se. Embora já tivessem ido ao Solar dos Falconbridge, todas as visitas tinham sido para cuidar dos criados. Nunca haviam sido chamados para atender os Falconbridge.

— Onde está o médico deles?

— O senhor barão foi buscar o Dr. Willoughby faz horas, mas eles não chegaram ainda. Minha mulher disse que é grave. Ela acha que Sua Senhoria pode morrer!

Luke Keen ajudou-os a atrelar o cavalo à carroça e, em seguida, saiu na frente para avisar a Sua Senhoria de que o médico estava a caminho.

Quando os Conroy partiram noite afora, a chuva batendo no teto de couro da carroça, John sacudiu as rédeas, e a égua castanha disparou num trote rápido, enquanto Hannah amarrava o chapéu na cabeça. Ela olhou para o rosto do pai à procura de sinais de fadiga. Embora não fosse médica — nem pudesse jamais ser —, anos trabalhando como assistente do pai lhe permitiam um olhar perspicaz, especialmente quando se tratava de diagnosticar o início de uma enfermidade que ele desenvolvera no decurso de sua pesquisa. Como experimentava em si próprio as infecções que estudava e os processos de cura, seu pai sofria de uma doença cardíaca crônica para a qual ele preparara um remédio — um extrato de dedaleira, planta que se chamava digitális devido à sua semelhança com o dedo humano, ou "dígito".

No entanto, naquela noite não havia fadiga em seu rosto, nem sinal de transpiração, tampouco palidez. Ele parecia vigoroso e saudável. Então Hannah começou a pensar em como lorde Falconbridge reagiria à presença deles no Solar. As poucas vezes que vira o barão, ele lhe parecera irritado. Essa irritação se dava porque, sempre que atravessava Bayfield a cavalo, os cidadãos tiravam o chapéu para ele em sinal de respeito. Porém, seu pai, não. Como todos os quacres, ele se recusava a tirar o chapéu em homenagem a qualquer homem, pois acreditava que todos eram iguais aos olhos de Deus. Ela se lembrava da expressão do senhor barão naquelas ocasiões, quando ele dirigia o olhar para o impertinente quacre — um olhar que, agora, a fazia gelar até os ossos.

— Chegamos — informou John Conroy quando as luzes do Solar dos Falconbridge surgiram logo à frente, em meio a uma fina chuva.

Enquanto os cavalariços se apressavam em cuidar da carroça, Conroy e a filha eram recebidos por Luke Keen, que, muito agitado, conduziu-os à entrada destinada aos comerciantes, que ia dar na cozinha. Em vez de serem levados para a escada dos fundos que dava acesso às dependências dos empregados, onde John Conroy havia atendido muitos casos de acidentes ou de doenças, foram conduzidos por um corredor em direção ao imponente salão, coração do Solar dos Falconbridge. Era a primeira vez que Conroy e a filha entravam na parte residencial da mansão, e Hannah esforçou-se para não dirigir o olhar às armaduras, às admiráveis pinturas emolduradas com requinte, às coleções de belíssimas porcelanas e de objetos militares exibidos em caixas envidraçadas.

Depois de entregarem as capas e os chapéus molhados a uma criada, os Conroy foram levados a uma imensa escada curva pela governanta, uma mulher taciturna de trajes pretos de algodão, que parecia pálida e trêmula.

Os Conroy encontraram Lady Margaret num quarto grande e suntuoso, decorado com magníficas tapeçarias, belos móveis e uma lareira flamejante. A baronesa estava deitada numa enorme cama de quatro colunas, seu corpo arredondado coberto por uma colcha branca de cetim.

John Conroy disse à Sra. Keen:

— Preciso de uma bacia com água.

— Pois não, doutor — respondeu ela num tom formal, e desapareceu no cômodo ao lado, onde Hannah pôde ver, de relance, lindos vestidos, chapéus e sapatos.

Conroy aproximou-se de Lady Margaret e, ao pôr a mão em sua testa fria e úmida, tranquilizou-a:

— Margaret Falconbridge, eu sou John Conroy. Sou médico. Consegue falar?

Ela fez que sim com a cabeça.

— Está sentindo dor?

— Não... as dores pararam...

Conroy olhou para a filha. A interrupção das dores do parto poderia ser um grave sinal.

— Margaret — disse ele, calmamente. — Vou examiná-la. Não tenha medo.

Ele abriu sua maleta preta, que continha uma espátula de língua, fios cirúrgicos de seda, gazes, ataduras, comprimidos de arsênico, cocaína em pó e frascos de estricnina e ópio. Retirou de lá seu estetoscópio. Era o modelo mais moderno do instrumento, feito de tubos de borracha e equipado com um sino captador e dois receptores para escuta. Com isso, ele ouviu o débil e desesperado batimento cardíaco da baronesa.

— Hannah, por favor — disse ele, puxando para baixo a colcha branca de cetim e fazendo um sinal para que a filha levantasse a camisola manchada de sangue de Lady Margaret. Em respeito ao recato da paciente, John Conroy pediu à filha que conduzisse o exame visual.

Hannah atendeu à solicitação do pai e disse em voz baixa:

— Lady Margaret não está em trabalho de parto, papai. Mas continua a perder sangue. Suspeito de que seja placenta prévia. — Isso significava que a placenta havia se descolado da parede uterina e estava bloqueando o canal de parto. Se não houvesse uma intervenção imediata, ela sangraria até morrer, e o bebê pereceria.

A Sra. Keen retornou com uma bacia de porcelana cheia de água. Depois de colocá-la sobre uma pequena escrivaninha, curiosa, observou o Dr. Conroy retirar um frasco de sua maleta. Quando ele despejou um líquido roxo-escuro na água, a governanta franziu o nariz com o cheiro acre exalado. No momento em que o médico tirou o casaco e arregaçou as mangas para mergulhar as mãos naquela mistura medonha, ela ergueu as sobrancelhas. O que diabos ele estava fazendo?

A mulher de repente se alarmou. Os quacres não eram como os cristãos comuns. Será que John Conroy iria realizar algum procedimento heterodoxo com Sua Senhoria?

A Sra. Keen abriu a boca para protestar quando vozes explodiram no corredor, falas altas e pisadas fortes. A porta do quarto foi escancarada, e lorde Falconbridge entrou apressado. Ainda de casaco molhado e chapéu, sentou-se na cama e envolveu a esposa em seus braços.

— Maggie, meu amor, eu estou aqui! A estrada principal estava alagada. Tivemos que contorná-la. Maggie, você está bem?

Outro homem entrou no quarto num passo mais vagaroso. Corpulento e de barba grisalha, calmamente, ele entregou o chapéu, a capa e a bengala à Sra. Keen. Mal olhou para os Conroy ao se aproximar da cama e colocou-se em frente ao barão. Ergueu então um dos pulsos de Lady Margaret, segurando-o entre o polegar e o indicador. Hannah e o pai reconheceram o doutor Miles Willoughby, médico dos ricos e privilegiados de Bayfield.

— Se o senhor barão me permite — disse ele, num tom autoritário.

Falconbridge acomodou a esposa de volta nos travesseiros. Margaret estava inconsciente, o rosto tão branco quanto os lençóis.

Tendo tirado do bolso um relógio de ouro, Willoughby mediu o pulso de Sua Senhoria e depois abaixou o braço dela. Comprimiu os lábios ao olhar para o abdômen arredondado sob a camisola branca. Olhou para o rosto de Margaret.

— Sra. Keen, quando parou o trabalho de parto? — dirigiu-se ele à governanta, sem tirar os olhos da paciente.

— Mais ou menos há meia hora, doutor.

— Muito bem — murmurou ele. — Agora, o senhor barão não se importaria de nos dar um pouco de privacidade?

— Salve-a, doutor — implorou Falconbridge ao se levantar da cama. — Eu não suportaria perdê-la. — O rosto do barão estava branco como teias de aranha.

— Não se preocupe, Vossa Senhoria. Uma pequena sangria é tudo de que ela precisa.

John Conroy deu um passo à frente e opinou:

— Amigo, não seria sensato fazer uma sangria. Margaret Falconbridge sofreu o descolamento da placenta e está com uma hemorragia. O necessário agora é fazer o parto dela e estancar o sangramento.

Willoughby mal olhou para ele.

— Sra. Keen, sugiro que conduza o senhor barão aos aposentos dele.

— Sim, doutor — anuiu ela, e esperou, ansiosa, que Falconbridge se afastasse de Margaret, que ainda permanecia inconsciente. O barão era um homem magro, de expressão severa, em torno de seus 40 anos, conhecido pela falta de senso de humor, por sua habilidade na caça a faisões e por não ser muito popular entre seus criados e os habitantes do vilarejo. Margaret era sua segunda esposa, e ele ainda não tinha um herdeiro.

Falconbridge virou-se para John Conroy, notando-o pela primeira vez.

— O que está fazendo aqui?

— Vim atender a um chamado — respondeu Conroy.

O barão assentiu vagamente, lançou um último olhar aflito à esposa e, em seguida, deixou o quarto acompanhado pela governanta. Quando a porta foi fechada após saírem, Willoughby colocou a maleta sobre a cama e a abriu.

— Vocês podem ir também — resmungou, sem sequer olhar para os Conroy. — Eu assumirei a partir de agora.

Ele pegou um estetoscópio de dentro da maleta e colocou-o sobre o tórax de Sua Senhoria. Era um modelo antigo — um tubo longo de madeira, sendo uma das extremidades colocada no tórax da paciente e a outra levada ao ouvido do médico. O comprimento fora projetado para evitar que o rosto do médico ficasse muito próximo ao peito de pacientes do sexo feminino, e o instrumento não tinha a precisão do estetoscópio moderno que o pai de Hannah usava.

— Minha filha poderá auxiliá-lo — sugeriu John Conroy. — Ela fez curso de parteira.

Willoughby ignorou a sugestão como se esta fosse indigna de consideração. Como é que uma garota do campo, com um pouco de instrução, poderia ajudar a esposa de um barão?

Hannah, porém, não se ofendeu. Jamais imaginara servir de parteira às mulheres ilustres da nobreza.

Willoughby reconsiderou sua escolha de tratamento. Todas as enfermidades do corpo, de uma simples dor de cabeça ao câncer, eram universalmente tratadas com um dos quatro métodos prescritos: sangria venosa, purgação, vômito e vesicação. Naquele caso, aplicar um purgativo para aliviar a pressão do intestino sobre o útero estava fora de cogitação, uma vez que o estado de inconsciência da paciente não lhe permitia deglutir o preparado de mercúrio. Pela mesma razão, ele não poderia lhe dar um emético para provocar o vômito. Ponderou que uma vesicação, efetuada pela aplicação de um químico cáustico sobre a pele, não seria suficiente naquele caso. Restava, portanto, sua escolha inicial de sangria venosa.

— Amigo, eu sugiro que se apresse — disse Conroy. — O bebê tem apenas alguns minutos.

— Senhor, o bebê está bem — retrucou Willoughby, colocando de lado o estetoscópio e pondo as mãos sobre o abdômen volumoso e arredondado de Lady Margaret. — As contrações foram um alarme falso. E a hemorragia, que tanto o preocupa, é simplesmente pelo fato de Sua Senhoria ter sangue em excesso. Isso faz pressão sobre o útero. Depois que eu cuidar dela, a pressão será aliviada e a gravidez retomará seu curso normal.

Ele interrompeu o que fazia e levantou o nariz, cheirando.

— O que é isso? — Apontou para a bacia com o líquido roxo em cima da escrivaninha.

— Tintura de iodo.

— Tintura de quê?

— Iodo. Uma substância extraída de algas marinhas.

— Nunca ouvi falar nisso. — Willoughby franziu o enorme nariz. — Por que está aí?

— Eu lavo as minhas mãos nela.

— E por que faria isso?

— É uma solução antisséptica, e ela...

— Ah, não me venha com tolices!

— Esta solução protege...

— Isso é uma ideia *francesa*, senhor, e totalmente infundada.

— ... protege a paciente — concluiu Conroy com tranquilidade.

— Protege-a de quê?

— De qualquer coisa com que o médico possa infectá-la.

— E isso, senhor, é outra ideia absurda, francesa também, eu creio, ou talvez alemã. Proteger a paciente contra seu próprio médico, ora essa! Os médicos são homens de boa educação, e homens educados têm as mãos limpas.

— Eu imploro que, por favor, lave suas mãos antes de tocar em Lady Margaret.

Ignorando-o, Willoughby retirou uma lanceta de sua maleta médica e colocou-a sobre o lençol. John Conroy protestou, alarmado:

— Então pretende realmente sangrá-la?

— Isso mesmo — respondeu Willoughby ao amarrar um torniquete em torno do braço da baronesa. — Meio litro aproximadamente deve ser suficiente — murmurou ele, olhando em volta à procura de um recipiente para coletar o sangue.

Conroy disse com delicadeza:

— Amigo, essa não é a hora de sangrar a paciente.

Willoughby o olhou de esguelha. Ele não gostava do fato de os quacres se dirigirem às pessoas sem usar seus títulos honoríficos, tais como: senhor, senhora, Vossa Senhoria ou mesmo Vossa Majestade.

— Vou lhe pedir outra vez, senhor... — começou, antes de parar de repente para uma inspiração profunda e espirrar forte nas mãos vazias. Passando o dedo sob o nariz e depois enxugando-o no casaco, ele continuou: — Eu estou pedindo para que saiam agora ou devo chamar alguém para tirá-los daqui?

Conroy viu quando Willoughby levou a mesma mão à lanceta.

— Amigo, não quero desrespeitá-lo, mas, pelo bem de nossa paciente, peço-lhe que lave as mãos primeiro.

Willoughby franziu as sobrancelhas, irritado. Queria dizer a Conroy para não chamá-lo mais de "amigo". Foi então que pensou: Conroy. Irlandês.

— Lady Margaret, não é *nossa* paciente, senhor, ela é minha paciente. Agora saiam!

— Irmão Willoughby — começou Conroy.

— Eu não sou seu irmão, senhor, nem seu amigo! — vociferou Willoughby. — Sou um médico da aristocracia, com um diploma da Universidade de Oxford, e exijo que se dirija a mim com respeito.

Conroy pestanejou. O que poderia ser mais respeitável do que "amigo" e "irmão"? Virou-se para a filha, fez um gesto com a cabeça, pegou o casaco e sua maleta. Antes de deixarem o quarto, viram o Dr. Willoughby apanhar o urinol embaixo da cama e colocá-lo sob o braço de Lady Margaret.

— Rezaremos por ela — murmurou John para Hannah.

Ao ouvir a porta se fechar atrás dos Conroy, Willoughby sentiu um calafrio e pensou em pedir para colocarem mais carvão na lareira. A longa viagem no frio e debaixo de chuva deixara suas roupas úmidas, e ele estava enregelado. Ao espirrar novamente, aparando a explosão com a mão que segurava a lanceta, olhou à sua volta em busca da causa do súbito espirro.

Quando seus olhos incidiram sobre a bacia com a solução roxa — como fora mesmo que o quacre a chamara? Iodo? —, ele concluiu que aquilo era a fonte de seu repentino problema nasal. Logo que sangrasse Sua Senhoria, ele abriria a janela e despejaria no solo o maldito veneno.

Dando pancadinhas no braço pálido até surgir uma veia, ele fez um corte com a lanceta e observou o sangue gotejar no urinol, certo de estar praticando a medicina da forma como Hipócrates a exercera 2 mil anos antes.

Miles Willoughby tinha 65 anos, nascera em 1781, na aristocracia inglesa, e, por ser o mais novo de quatro filhos homens, portanto, sem chances de herdar nenhum título de nobreza nem propriedades, ele ingressou no mundo da medicina. Frequentara a Universidade de Oxford, onde aprendera grego, latim, ciência e matemática, anatomia humana e botânica, especializando-se em flebotomia e na aplicação de sanguessugas, tratamentos por excelência da época.

Enquanto observava o precioso sangue escoar pelo braço de Sua Senhoria, ele pensava na audácia que tivera aquele quacre de insinuar que o mais antigo e verdadeiro método de tratamento deveria ser evitado naquele caso! Miles Willoughby já praticava medicina muito antes de aquele novato nascer. E quem era *ele* para ter a pretensão de dizer a um médico nobre o que deveria ser feito? Não passava de um médico do interior que nunca frequentara uma escola de medicina, cujo *aprendizado* se dera, na verdade, na prática, como o de qualquer comerciante.

E agora aquela mistura de cheiro forte espalhando pelo ar! Miles Willoughby estava convencido de que a noção de antisséptico era uma conspiração europeia com o intuito de atrasar a medicina em milhares de anos. Ele já ouvira a ideia insana de que os médicos deveriam lavar as mãos, era uma teoria surgida em Viena. Eles tinham até mesmo o atrevimento de afirmar que os médicos eram a *causa* de infecções!

— Pronto, Vossa Senhoria — disse, quando o urinol apresentava um quarto da capacidade. — Vamos ver como está passando. — Embora Lady Margaret estivesse inconsciente, Willoughby falou com ela da mesma forma confiante que ele falava fazia anos, especialmente com pacientes do sexo feminino, que para ele precisavam do tom paternal, porque eram verdadeiras crianças.

Ele gostaria de poder suspender a camisola dela para verificar se a hemorragia do útero estancara. Porém, apesar de exames íntimos serem permitidos nas mulheres de classes mais baixas, na posição social de Lady Falconbridge essa prática era inadmissível, até mesmo quando se tratava de um médico da nobreza. Desse modo, ele resolveu que seria preciso um pouco mais de sangria pelo braço.

A Sra. Keen acompanhou os Conroy ao deixarem o andar superior, mas, quando chegaram ao pé da escada, John Conroy parou e, voltando-se para a escada imensa, disse:

— Acho que não devemos ir embora assim tão rapidamente, Hannah. Vamos esperar.

Então, em vez de serem conduzidos para a sala de visitas, como um médico da posição social de Willoughby teria sido, John Conroy e a filha foram levados para a cozinha. Hannah notou que seu pai parecia muito cansado.

— É melhor irmos para casa, papai.

Ele meneou a cabeça, discordando.

— Ainda não, filha. Estou preocupado com aquela pobre mulher lá em cima. — Ergueu o rosto para o teto, como se quisesse espiar através da pedra, da madeira e da argamassa, e observar o que estava acontecendo no andar superior. Temia pela vida de Margaret Falconbridge, porém tinha consciência de que não podia interferir. Fechou os olhos e ofereceu uma prece silenciosa a Deus, pedindo orientação.

Quando rapaz, John Conroy soubera que desejava seguir uma carreira para servir aos outros, como a advocacia ou a administração, que o levasse, talvez, ao gerenciamento de uma instituição humanitária. Contudo, os quacres eram proibidos de entrar na Universidade de Cambridge ou em Oxford, onde essas profissões eram ensinadas. Então, quando ele havia expressado sua frustração ao clínico local de Bayfield, o médico admitira que pretendia se aposentar em poucos anos e que vinha pensando em preparar um sucessor. Oferecera o treinamento a John, com duração de oito anos, no fim dos quais o jovem receberia seu certificado de *doutor em medicina.*

Durante o aprendizado, visitando pacientes com seu mentor, lendo grego e latim, aprendendo a diagnosticar e a tratar doenças, John descobrira que gostava de ajudar as pessoas daquela maneira e passou a conjecturar sobre algo mais que pudesse fazer. Quando mencionou que gostaria de se tornar cirurgião, seu mentor não o desencorajou. No entanto, o médico idoso suspeitava secretamente de que o jovem quacre era bondoso e compassivo demais para lidar com os terríveis gritos que ouviria na sala de cirurgia (sem mencionar as hemorragias que um cirurgião provocava, a gangrena e o pus que inevitavelmente se seguiam, além da alta taxa de mortalidade entre os pacientes). Ele aconselhara o pupilo a visitar as salas de cirurgia abertas ao público de Londres. Assim, John Conroy havia ido para a cidade e comprara um ingresso para a galeria pública do Hospital de St. Bart a fim de assistir a um procedimento cirúrgico — uma mulher que se submeteria à extração total de uma mama cancerosa.

Embora John não tivesse desmaiado como ocorrera com alguns outros expectadores — diante dos gritos lancinantes da paciente e da visão de rios de sangue —, uma coisa o convencera de que jamais poderia se tornar um cirurgião. Pelo bem do paciente, um cirurgião teria de ser rápido. Na verdade, esses profissionais eram controlados com cronômetros. Uma mama ou um testículo canceroso deveria ser removido em menos de um minuto ou o paciente morreria de choque. John Conroy era lento e metódico demais para se tornar cirurgião.

Os clínicos, por outro lado, prescreviam remédios que aliviavam a dor e o desconforto. Assim, o tranquilo quacre decidiu que a prática médica à beira da cama do paciente era mais apropriada ao seu temperamento, e, como de fato ocorreu, o Dr. Conroy fazia mais do que prescrever comprimidos e unguentos, aplicar ataduras às distensões musculares e fixar ossos. Ele se dispunha a ouvir os pacientes falarem sobre suas aflições, mesmo que elas fossem causadas por colheitas perdidas ou pela perda do leite das vacas leiteiras, sabendo que um ouvido amigo era, às vezes, o melhor remédio.

Naquele momento, ele estava preocupado. Já deveria ter recebido a notícia do nascimento do bebê. E temia que Miles Willoughby estivesse mais concentrado na quantidade de sangue a extrair de Margaret do que no nascimento da criança.

Miles Willoughby tinha orgulho de sua notável carreira, cujos trinta primeiros anos havia passado como clínico em Londres, cuidando da elite e dos nobres de sangue azul de Belgrávia, onde ele também tinha uma bela casa. Quando completara 50 anos, entretanto, tinha descoberto que a umidade e a neblina eram prejudiciais às suas articulações. Então, trocara Londres pelo clima mais ameno de Kent, onde passou a clinicar como médico aposentado, ele próprio um homem de origem nobre, que se gabava de uma clientela que incluía dois membros do Parlamento, um juiz da Suprema Corte e um conde.

Durante os últimos 15 anos, Willoughby construíra uma vida agradável na zona rural de Bayfield. Ele apreciava o prestígio que desfrutava, os finais de semana nas propriedades da região, os convites para bailes e caçadas e, em especial, gostava do respeito que o povo lhe demonstrava. Tudo o que tinha de fazer era cuidar de senhoras "vaporosas" (sangria em todos os casos), crianças com cólicas (sanguessugas no abdômen) e as ocasionais dores nas costas dos homens (ópio misturado com conhaque). Qualquer enfermidade mais desagradável, como furúnculos a serem lancetados, ou doenças mais complicadas, ele direcionava aos colegas em Londres, a quem chamava de especialistas (embora fossem apenas homens menos exigentes do que ele), e às vezes a cirurgiões, considerados inferiores aos clínicos na escala social.

Willoughby ficou satisfeito de ver que o sangue que saía do braço da baronesa se reduzia a um gotejamento, o que significava que o excesso havia sido drenado com sucesso do corpo dela, de modo que a congestão do útero fora aliviada.

— Muito bem, Vossa Senhoria — disse ele, ao remover o torniquete e colocar de lado o urinol cheio de sangue escuro. — Vou tomar o seu pulso, depois vou chamar suas ajudantes para lhe darem um banho e trocarem sua roupa, e então poderá receber a visita de seu marido. — Ele também lhe daria comprimidos de arsênico como tônico.

Willoughby mudou a posição do polegar e do indicador no pulso flácido de Margaret Falconbridge. Franziu as sobrancelhas. Olhou para o rosto da enferma, que apresentava a palidez normal depois de uma sangria. Mas então percebeu a ausência de movimento no tórax da baronesa.

Deixou de lado o braço da paciente e pressionou a ponta do dedo no pescoço dela, procurando sentir o pulso no lado esquerdo e direito da carótida.

Não havia pulsação alguma.

— Lady Margaret? — chamou ele. Deu-lhe alguns tapinhas nas faces. Em seguida, inclinou-se e pressionou o ouvido no tórax da paciente. Não ouviu nenhum som proveniente do coração.

Empertigou-se e olhou para ela, franzindo as sobrancelhas novamente.

— Lady Margaret? — Colocou as mãos no abdômen da paciente e não sentiu movimento. — Meu Deus! — sussurrou ele.

A baronesa e a criança estavam mortas.

Como aquilo fora possível? Ele olhou para a lanceta e o torniquete e, em seguida, para o sangue escuro no urinol. Havia realizado aquele procedimento centenas de vezes. O que teria dado errado? E então seus olhos recaíram sobre a bacia com a perniciosa solução roxa sobre a escrivaninha. O coração do médico acelerou-se com o choque. O quacre envenenara o ar! Recobrando a compostura, ele foi até a porta e, sabendo que Falconbridge caminhava ansioso de um lado para o outro do corredor, disse:

— Vossa Senhoria pode entrar agora.

Quando o barão já se encontrava no quarto, Miles Willoughby fechou a porta com o semblante muito sério.

— Sinto muito, Vossa Senhoria, fiz tudo o que pude.

Falconbridge olhou para ele.

— O que é que está dizendo?

— Se eu tivesse chegado aqui mais cedo.

O barão correu para a cama e segurou a esposa em seus braços.

— Maggie? Acorde, meu amor!

Olhou para o enorme abdômen onde seu filho antes dormia e agora se encontrava sepultado. Ele ergueu a face coberta de lágrimas para Willoughby.

— Como isso pôde acontecer?

— Tudo estava indo como eu esperava, a sangria estava reduzindo a aflição dela quando de repente ela expirou.

— Mas Margaret estava bem esta tarde quando eu saí para ir buscá-lo. Ela estava apenas com um pouco de enjoo.

— A culpa é minha, Vossa Senhoria. Quando vi a bacia com o líquido tóxico, eu devia tê-la despejado na mesma hora. Mas, claro, minha maior preocupação foi cuidar da senhora baronesa...

Falconbridge pestanejou.

— Líquido tóxico?

Willoughby apontou para a bacia sobre a escrivaninha, e Falconbridge imediatamente detectou um forte odor no ar. Vinha da bacia.

— O que é isso? — perguntou, levantando-se da cama.

— Só o bom Deus sabe — respondeu Willoughby, levantando as mãos espalmadas. — O quacre preparou essa solução por razões que eu desconheço. Não é uma prática médica usual, isso eu garanto. Mas eu me culpo por não tê-la despejado. Temo que o ar tenha sido envenenado, e, na verdade, é melhor sairmos deste quarto agora mesmo, senhor barão.

Falconbridge olhou para o líquido de cheiro repugnante, sentindo os vapores afetarem suas narinas, subirem à cabeça e engolfarem seu cérebro. Margaret estava morta. O bebê, morto. Ele sentiu o quarto se inclinar e oscilar, ouviu o vento uivar fora das janelas.

— O que é que eu faço agora? — soluçou, cobrindo o rosto com as mãos.

Willoughby pôs a mão paternalmente no ombro do barão.

— Eu providenciarei tudo para Vossa Senhoria. Sugiro, porém, deter o quacre e a filha, e mandar buscar o chefe de polícia. Um crime foi cometido aqui esta noite.

Luke Keen entrou na cozinha.

— Desculpe, senhor, mas Sua Senhoria ordenou que fossem detidos. Venham por aqui, por favor. — O administrador da propriedade conduziu os Conroy a uma pequena biblioteca no final do corredor principal, onde não havia fogo na lareira e apenas uma vela fora acesa, de modo que o cômodo estava frio e escuro. — Esperem aqui, por favor — disse ele, sem fitá-los nos olhos, fechando a porta ao sair.

— O que acha que... — começou Hannah, quando Willoughby entrou a passos largos, com um ar sombrio e insolente.

— Como está Margaret Falconbridge? — perguntou John Conroy. Ele havia tirado o chapéu de abas largas de quacre e era mais alto do que o médico de mais idade.

— Lady Margaret Falconbridge — disse Willoughby, altivo — está morta.

— Oh, não — sussurrou Hannah, ao lado do pai. — E a criança?

— Pereceu também.

— Não conseguiu salvá-las? — indagou Conroy.

Willoughby empertigou-se o máximo que pôde e projetou o queixo para a frente.

— E como eu poderia ter feito isso se o senhor envenenou os dois?

Conroy arqueou as sobrancelhas.

— O que está dizendo?

— O senhor envenenou a baronesa e o bebê com aquela mistura na bacia.

— Dr. Willoughby — interpôs-se Hannah —, iodo não causa doenças. *Previne* doenças.

Willoughby lançou-lhe um olhar fulminante. Um solteirão de longa data, o cavalheiro inglês formado em Oxford desprezava as mulheres, assim como desprezava os irlandeses, os estrangeiros e os quacres.

— Eu não disse que fizeram a baronesa ficar doente — retrucou ele com altivez. — Eu disse que *envenenaram* Sua Senhoria. Impregnaram o ar de toxinas.

— Eu não fiz isso — disse John Conroy com tranquilidade.

— Jura pelo que está dizendo? — perguntou Willoughby, sabendo que o quacre não faria isso.

— Amigo, eu dou a minha palavra de honra, o que significa palavra verdadeira. Portanto, não tenho razão alguma para fazer um juramento. Em vez disso, afirmo que meu testemunho é verdadeiro.

— A Suprema Corte de Londres vai querer mais do que isso, senhor. Terá de jurar com a mão sobre a Bíblia.

— Isso eu não posso fazer. Mas afirmo diante de Deus que não envenenei Margaret Falconbridge.

— Bom, veremos. O senhor barão mandou buscar o chefe de polícia. Pela manhã seu caso será apresentado ao magistrado. Haverá um inquérito formal, e eu apresentarei acusações de imperícia médica, conduta profissional inadequada e negligência criminosa contra o senhor.

Willoughby virou-se para deixar o recinto quando seu olhar recaiu sobre a maleta preta de Conroy. Sem pedir permissão, abriu o fecho, olhou lá dentro e apanhou um frasco contendo um líquido roxo. Leu o rótulo: *Fórmula Experimental nº 23*.

— O senhor estava fazendo experimentos na baronesa! Deveria, pelo menos, ter guardado isso para uma das mulheres dos camponeses, senhor!

— Eu não estava fazendo experimentos — retrucou Conroy. — Simplesmente a denomino de fórmula experimental. Existe uma diferença. Já usei isso em tratamentos realizados em outras pacientes. E garanto, amigo, nenhum dano foi causado a Margaret Falconbridge pelo uso do iodo.

— E eu agradeço, senhor, se parar de chamar Sua Senhoria pelo nome de batismo!

— Eu não conheço outra maneira de me dirigir a ela — observou Conroy, calmamente.

— Para o senhor, ela é *Sua Senhoria*. Mostre algum respeito pelos que lhe são superiores.

— Ele pode fazer isso, papai? — perguntou Hannah depois que Willoughby saiu. — Ele pode nos acusar por ter feito essas coisas?

— Um homem pode ser acusado de qualquer coisa, Hannah — respondeu John Conroy ao se afundar na poltrona e dirigir o olhar para a chuva que batia nas janelas. Sombras espalharam-se pelo tapete frio, movendo-se, mudando de posição e de forma, representações fantasmagóricas preparando-se para um ataque, pensou ele. Seus olhos varreram as prateleiras de livros que revelavam descuido, e ele pensou no conhecimento desprezado que continham, nas paixões intocadas, nas vidas e êxtases que deixavam de ser registrados na memória.

— Não se preocupe, papai. — Hannah procurou à sua volta uma manta. — O senhor tem amigos, e há seus pacientes. Eles falarão em seu favor.

Mas, ao mesmo tempo que dizia isso, ela pensou em como lorde Falconbridge era rico e poderoso. Um juiz da Suprema Corte daria mais atenção a ele e aos homens ricos do que aos camponeses e comerciantes do vilarejo.

— Vou pedir à Sra. Keen para trazer-lhe um chá.

Ela foi até o cordão da campainha ao lado da lareira escura e puxou-o três vezes com firmeza. Quando retornou para o lado do pai, procurou algo que pudesse aquecê-lo, porém nada encontrou. Móveis antigos, mofados e sombrios, davam à biblioteca um ar lúgubre, de abandono. Hannah pegou a única vela acesa e acendeu um candelabro com outras seis, trazendo-o para perto do pai. A luz adicional, contudo, não ajudou muito a aquecer a atmosfera sepulcral.

Enquanto ela se movimentava naquela sala que não era sua, assumindo o comando como se fosse a dona do Solar, fechando as pesadas cortinas para protegê-los contra a umidade da chuva, tocando a campainha mais uma vez, examinando o balde de carvão e procurando brasa para acender um fogo, John Conroy admirava a autoconfiança recém-adquirida pela filha. Treze meses antes, quando ela havia deixado Bayfield, era uma moça de 18 anos, tranquila e tímida, porém retornara, aos 19, uma mulher confiante, ávida por contar histórias de pacientes, colegas e professores. "É uma perda de tempo mandar as moças para a escola", amigos e aldeões haviam lhe dito. "Elas ficam presunçosas, achando que podem ir além de sua posição. Nenhum homem vai querer se casar com elas." John Conroy ignorara os conselhos. E veja como fora recompensado! Um curso de parteira de um ano dera à filha uma vida de sabedoria e qualificações, ou pelo menos era assim que achava o pai, muito orgulhoso, que procurava compartilhar sua clientela com a filha.

Até então...

Imperícia médica, conduta profissional inadequada e negligência criminosa.
Palavras mais cortantes do que facas e mais mortais do que balas. John Conroy sentiu o coração estremecer sob o impacto da acusação. *O corpo pode suportar qualquer punição,* ele pensou, *mas a alma é muito vulnerável.*

— Hannah traga aqui a minha maleta — sussurrou ele, com um suspiro.

A filha prontamente se aproximou do pai, examinando-lhe a face e gentilmente lhe tomou o pulso. Quando havia partido para Londres, seu pai ainda gozava de boa saúde. Ao retornar, porém, ficara chocada ao notar como ele tinha mudado. Foi quando tomara conhecimento dos extremos aos quais havia se exposto em sua obsessão para descobrir a prevenção da febre puerperal. Na noite de seu retorno de Londres, com as malas ainda esparramadas pela sala de estar, o pai a chamara no pequeno laboratório.

— Hannah! Hannah, venha aqui, rápido! — Levantando a barra das saias, ela havia se apressado pela casa e encontrara o pai debruçado sobre o microscópio. — Dê uma olhada, Hannah. Diga-me o que está vendo.

Como o laboratório era pequeno e abarrotado, com uma bancada, tamboretes, uma escrivaninha e caixas de anotações e suprimentos, Hannah movera-se com cuidado para que sua ampla saia de crinolina não derrubasse nada e inclinara-se sobre as lentes.

— Estou vendo microbiotas, papai.

— Estão se movendo?

— Estão.

Ele removera a lâmina e a substituíra.

— Olhe agora.

Ela examinara de novo através da lente.

— Estas não estão se movendo.

— O primeiro é de um paciente, Frank Miller, da fazenda Bott. Ele tem um ferimento gangrenoso. Coletei o pus e coloquei um pouco nas minhas mãos. Depois, lavei-as na solução mais recente.

— Papai! Tem feito experiências no *senhor mesmo*?

— Olhe, Hannah. Verifique isso para mim.

Aproveitando o restante do material coletado do ferimento de Miller, o Dr. Conroy o espalhara nas mãos, em seguida retirara uma amostra e a colocara numa lâmina sob o microscópio. Hannah tornara a examinar e tinha visto que as microcriaturas se mexiam. Conroy, em seguida, lavara as mãos numa bacia com uma solução de cheiro forte, enxaguara-as numa bacia com água limpa, enchera uma pipeta pequena com a água do enxágue, despejando-a sobre uma lâmina, e a colocara sob as lentes.

— Agora, o que está vendo?

Hannah inclinara-se para olhar.

— Não estão se movendo, papai.

— Bendito seja Seu nome — havia murmurado John, então continuara mais animado: — Hannah, creio que encontrei a fórmula, finalmente. A cura que eu andava procurando. Vou a Londres apresentar as minhas descobertas aos acadêmicos de lá.

— Mas, papai, da última vez... — Aquele dia, dois anos antes, ficara dolorosamente gravado na memória de Hannah. Ela e o pai tinham ido a Londres, onde ele deveria falar para os membros da Escola de Medicina. Antes de sua apresentação, os dois haviam visitado todo o Hospital Guy, onde Hannah vira médicos de jalecos manchados de sangue e pus. Aquelas substâncias, segundo seu pai, eram insígnias da popularidade de um médico. Quanto mais sujo estivesse o jaleco, tanto maior o número de pacientes sob sua responsabilidade. O pai de Hannah tinha a crença radical e impopular de que aqueles fluidos, mesmo quando secos, possuíam agentes causadores de doenças que podiam ser transmitidos aos pacientes. Essa era a razão pela qual Conroy defendia que um médico lavasse as mãos antes de tocar num paciente e usasse roupas limpas diariamente.

— Ninguém sabe o que causa as febres — dissera o quacre num tom de voz calmo ao se dirigir à respeitável congregação de médicos da sociedade britânica naquele dia. — Ninguém sabe por que o corpo humano arde em febre quando há uma infecção. Mas eu acredito...

Ele continuara a descrever para aquela plateia culta sua convicção de que as doenças eram causadas pela invasão de seres invisíveis na corrente sanguínea. John Conroy havia até mesmo inventado uma palavra para eles: "microbiota", do grego *mikro*, que significa muito pequeno, e *bios*, que significa vida. Conroy acreditava que os microbiotas secretavam um veneno causador de doenças.

A plateia, no entanto, não ficara convencida. Um homem havia gritado do fundo do auditório:

— Já foi demonstrado inúmeras vezes, senhor, que as febres são o resultado do excesso de sangue no corpo e que somente pela sangria é possível reduzir a febre.

Conroy argumentara em contrário:

— Eu examinei pessoalmente ao microscópio gotas de sangue de pessoas saudáveis e de pessoas febris. No sangue das pessoas doentes, constatei um maior número de células brancas do que no sangue das pessoas saudáveis.

— Quer dizer, um maior *absurdo*, não é? — interpelara um homem da fileira da frente, e todos riram. — Células brancas! Microbiota! Tem certeza de que não é um romancista, senhor, criando uma ficção?

Hannah estava na galeria destinada aos visitantes vendo seu pai tornar-se o alvo de insultos, escárnio e indignação até ser finalmente forçado a se retirar, embora com solene dignidade.

— Filha, minha maleta — repetiu ele. — Não estou me sentindo bem.

Hannah entregou a maleta ao pai e dirigiu-se até a porta que dava para um corredor deserto. Portas fechadas sob arcos da dinastia Tudor e duas armaduras silenciosas foi tudo o que viu. Por que ninguém havia respondido ao seu chamado?

— Olá! Podem, por favor, acender uma lareira aqui? Está extremamente frio. — Ela apurou o ouvido. Vozes abafadas, masculinas, irritadas e autoritárias, vinham do andar de cima. Teria o chefe de polícia chegado? Hannah não podia acreditar na maneira como o pai e ela estavam sendo tratados. Haviam saído debaixo de chuva para atender Lady Margaret.

Ela voltou para perto do pai e aproximou o candelabro. A julgar pela súbita palidez dele e pela maneira como contorcia o rosto, concluiu serem indícios da pericardite. Por ter-se exposto a infecções, ele adquirira uma inflamação crônica da membrana que envolve o coração. Ela abriu a maleta e procurou o frasco familiar.

— Papai, não estou vendo o seu remédio.

A cabeça dele pendeu para trás, recaindo sobre o espaldar da cadeira.

— Devo tê-lo deixado em casa... — Fechando os olhos, ouviu a chuva lá fora, e o frio da biblioteca penetrou-lhe o casaco e a camisa até encontrar a dor que crescia em seu peito. Sentiu como se estivesse num torno e sabia que, sem o remédio, provavelmente não sobreviveria à crise. Então dirigiu o pensamento a Deus, pedindo orientação, perdão e paz.

— Papai. — Hannah levantou-se, decidida. — Vou mandar buscar a carroça. Acha que pode aguentar a viagem de volta para casa? — Ela olhou ao redor e não viu garrafas de conhaque nem de vinho. Aquela era uma sala lúgubre, iluminada somente pelos ocasionais clarões de relâmpagos. — O senhor consegue andar?

Conroy respirava com dificuldade.

— Hannah... eu preciso lhe contar a verdade sobre a morte de sua mãe... isso tem pesado na minha consciência...

— Não fale, papai.

— A carta, Hannah, leia a carta...

Ela pestanejou.

— Carta?

As paredes da sala sepulcral eram decoradas com retratos ancestrais, homens de gibões acolchoados e mulheres de saias-balão. Ao ajoelhar-se ao lado do pai, Hannah sentiu os olhares de todos sobre ela, olhos gananciosos, de mortos invejosos, sedentos da força vital de seu pai. *Vocês não o terão*, ela teve vontade de gritar.

John Conroy prendeu o fôlego por um instante e depois olhou para a filha, para as feições tão parecidas com as de Louisa, a fronte alta e as maçãs do rosto delicadas, os olhos cinzentos, brilhantes, emoldurados por cílios negros. Hannah usava o mesmo penteado de Louisa, os longos cabelos negros como as asas de um corvo, repartidos ao meio, caindo em cascata sobre as faces, terminando presos na nuca numa rede de seda. Ele ergueu a mão frágil e colocou-a na face da filha.

— Como você se parece com sua mãe...

A vida de John Conroy havia começado, ele sempre dizia, no dia em que Louisa Reed entrara em sua vida "como uma borboleta esplendorosa". Hannah considerava a união deles uma história de amor eterno. Louisa Reed visitava o sudeste da Inglaterra com sua companhia de teatro quando torcera um tornozelo em Bayfield. Por ela ser atriz, o antecessor de Miles Willoughby recusara-se a tratar da paciente. Então, a moça havia sido levada até o médico local, um jovem e tímido quacre, que recém-abrira seu consultório.

Hannah muitas vezes se perguntava como teria sido aquele dia auspicioso em que Louisa trouxera sua alegria e personalidade esfuziante para aquela casa modesta e tranquila. O que a bela jovem de cabelos negros como a noite e vestido amarelo-claro teria visto no afável homem vestido de preto? John e Louisa deviam ter sido como a noite e o dia — e assim, como a noite e o dia, haviam se complementado e realizado a união perfeita. A mãe de Hannah havia se apaixonado tão profundamente que abandonara o teatro para ficar com John, e ele sentira tanto amor por ela que preferira ser expulso da Sociedade dos Amigos a fim de se casar com sua amada.

Ao mexer em sua maleta, ele retirou de lá um frasco da fórmula experimental.

— Se eu tivesse descoberto esse milagre seis anos atrás, poderia ter salvado sua mãe. — Segurou a mão de Hannah e pressionou nela o pequeno frasco, dizendo: — Eu deixo isso para você, Hannah, como meu legado. Use-o em sua prática de parteira. Salve vidas.

— Usaremos juntos — murmurou ela com a voz embargada.

John meneou a cabeça de um lado a outro.

— Meu tempo nesta vida mortal chegou ao fim, filha. Deus me chama. Mas devo lhe contar a verdade sobre a morte de sua mãe... eu devia ter contado há muito tem... — Ele engoliu com dificuldade. — A carta explica... mas está escondida... encontre-a...

— Papai, não sei do que o senhor está falando. — Hannah apertou suas mãos geladas. — Vou chamar o Dr. Willoughby...

— Não! — sussurrou firme com o restante de suas forças. — Esta é a minha hora, Hannah. Devemos aceitar. — Ele abriu os olhos, procurando focalizar o rosto da filha, e em seguida deixou o olhar vagar pela sala. Pouco depois, pensativo, franziu as sobrancelhas e disse: — Quem é aquele?

Hannah olhou para trás.

— Quem é quem, papai? Não há ninguém ali.

— Por quê... — balbuciou John Conroy. — Eu o conheço, senhor... — O rosto dele se iluminou, as sombras recuaram, e Hannah ficou surpresa ao ver o pai sorrir de repente. — Sim — disse ele, anuindo com a cabeça para o espectro que somente ele podia ver. — Eu entendo...

E então:

— Oh, Hannah! A luz! — Os olhos de John fixaram-se nos dela, e Hannah surpreendeu-se ao ver neles uma luminosidade tão intensa que não via há muitos anos. O pai procurou sua mão que ainda segurava o frasco da fórmula, e disse: — Vejo muito bem agora. Hannah, esta é a *chave*!

Lágrimas escorreram pelas faces dela.

— Papai, não sei do que o senhor está falando. Vamos para casa.

Um brilho estranho pareceu banhar as feições de John; seu sorriso era puro êxtase.

— Eu estava cego, Hannah. Não compreendia. — Os dedos frios apertaram a mão da filha de tal forma que o pequeno frasco enterrou dolorosamente na sua palma. — É isto, aí está a chave de tudo. Oh, Hannah, minha querida filha, você está no limiar de um glorioso mundo novo! Uma aventura maravilhosa...

Naquele instante, John Conroy morreu sorrindo, enquanto gerações de arrogantes Falconbridge espiavam do alto de suas telas antigas com um brilho malicioso no olhar, e Hannah, deixada de repente sozinha no mundo, chorava debruçada sobre o corpo inerte do pai, enquanto segurava firme o pequeno frasco que, por fim, o matara.

O Caprica

AGOSTO DE 1846

Capítulo 2

— Se o menino morrer, capitão, vamos tomar o navio e seguir para a terra mais próxima. Porque este é o navio da morte, sem dúvida, e não vamos deixar nossas famílias morrerem no meio do oceano. — O raivoso irlandês cerrou os enormes punhos para enfatizar sua ameaça.

— Eu lhes garanto — disse o capitão Llewellyn, comandante do *Caprica* — que o Dr. Applewhite está fazendo o possível para impedir o contágio.

— É mesmo? — gritou um escocês que segurava com firmeza um pesado pino de metal. — Então por que estamos morrendo feito moscas aqui embaixo e nada aconteceu com aqueles lá em cima? — Ele levantou o braço, apontando para o tombadilho superior, onde os quatro passageiros pagantes gozavam de privacidade e melhores acomodações do que os mais de duzentos imigrantes do *Caprica*, amontoados nas acomodações mais baratas do navio.

O capitão respirou fundo para manter o controle. Enquanto a embarcação de três mastros navegava e oscilava em sua rota náutica, sozinho, o capitão Llewellyn, homem rude e atarracado, de suíças brancas e modos bruscos, avaliava o grau de indignação do irlandês. Ele talvez não estivesse armado, pensou, porém a tripulação e os oficiais não escapariam se um motim irrompesse. O irlandês não estava sozinho. Cerca de cem escoceses, galeses e ingleses enfurecidos se juntavam a ele no convés, esquecendo as diferenças religiosas e políticas, unidos numa mesma causa: assumir o comando do navio, caso o menino Ritchie viesse a morrer.

À medida que apareciam mais imigrantes no convés, os rostos contorcidos de raiva, o capitão Llewellyn olhava para cima, para o tombadilho de onde um homem sozinho observava. Neal Scott, o jovem americano, um dos quatro passageiros pagantes do *Caprica* — cientista que estava indo para Perth trabalhar numa embarcação de pesquisa para o governo colonial. Um rapaz simpático, pensou Llewellyn, apesar de um pouco misterioso, que transportava engradados estranhos em sua cabine em vez de acondicioná-los no porão de carga. O capitão não gostou do interesse do Sr. Scott pelo problema fomentado ali. Scott contaria aos outros, e então o capitão teria de enfrentar uma situação de pânico.

Llewellyn voltou a atenção para o irlandês e encarou-o com firmeza. O comandante do *Caprica* tinha olhos pequenos, azuis como a flor de jacinto, encerrados nas dobras profundas do rosto enrugado, mas a estes nada escapava. Por trás dos homens raivosos, começavam a se alinhar as mulheres, viúvas que haviam sepultado maridos e filhos no mar e que brandiam nas mãos cabos de vassoura e rolos de massa. Seria um massacre sangrento, pensou Llewellyn. E nenhum dos lados sairia vencedor.

Ele era um capitão bom e justo que tratava melhor sua tripulação do que a maioria, porém a vida de marinheiro era dura. Se os imigrantes tomassem de assalto o navio, será que seus marujos conduziriam a embarcação sem resistência ao rochedo mais próximo? Virando-se para seu primeiro oficial, ele disse com tranquilidade:

— Mande buscar o Dr. Applewhite.

O Sr. James hesitou.

— Vai adiantar alguma coisa, senhor? O doutor já esteve lá embaixo inúmeras vezes.

Durante sua longa carreira no mar, sempre tendo levado um clínico a bordo nas viagens, o capitão Llewellyn chegara à conclusão de que os médicos eram imprevisíveis. Os doutores não eram regidos pelas mesmas regras que os marinheiros. Llewellyn servira durante muitos anos como marujo comum, e fora preciso estudar intensamente e durante um longo tempo a arte da navegação, as estrelas, as condições climáticas, a leitura de mapas, o manuseio do sextante e a interpretação dos ventos antes de conseguir seu certificado de comandante. No entanto, qualquer homem podia se denominar médico. Não havia um padrão geral, nem regulamentos, nenhum meio com que medir a competência médica. Escolas particulares de medicina espalhavam-se no mapa como cogumelos, instituições que concediam diplomas após cursos de apenas seis meses de duração. Assim, quando se contratava um médico para um navio, não se sabia se lhe faltariam a formação e a experiência necessárias para distinguir um furúnculo de uma casca de ferida ou se seria um acadêmico de Oxford, capaz de nomear todos os nervos do corpo, que usasse uma linguagem que custava um xelim por palavra. O próprio Llewellyn viajara com alguns charlatões e esnobes e, de uma maneira geral, considerava Applewhite um dos mais capacitados. Se houvesse como evitar o contágio, certamente ele seria a pessoa capaz de conseguir isso.

— Vá buscá-lo — disse ele, em voz baixa —, nem que seja para amansar esses desordeiros.

— Está quieto demais lá fora — observou a Sra. Merriwether, olhando em direção à porta do salão que dava para a escada do navio. — Estou acostumada a ouvir as gaitas de fole e os violinos dos imigrantes no convés principal. Não estou gostando desse silêncio.

— Calma, calma — tranquilizou seu marido, o reverendo Merriwether, tentando passar uma calma que ele mesmo não sentia.

Ao ver a expressão de angústia no rosto de ambos, Hannah Conroy disse:

— Tenho certeza de que o capitão Llewellyn saberá controlar a situação.

Os Merriwether eram um casal de missionários a caminho da Austrália, e Hannah gostava da mulher do reverendo, uma senhora rechonchuda, de seus 50 anos, que usava um espartilho apertado sob o vestido longo de listras azuis e brancas. Como Hannah, ela adotara o penteado da moda — cabelos repartidos ao meio e presos atrás num coque, embora a mulher do reverendo mantivesse duas madeixas antiquadas e um tanto juvenis sobre as orelhas, mechas que esvoaçavam quando ela falava.

O reverendo era um homem de porte imponente, tinha um bom temperamento, e a cabeça era tão calva que chegava a brilhar; uma falha, Hannah achava, compensada pelas espessas e prodigiosas suíças grisalhas.

Os Merriwether haviam, literalmente, resgatado Hannah ainda em Londres.

Embora um inquérito formal houvesse concluído que a morte de Lady Margaret se dera por causas naturais e apesar de o pai de Hannah ter sido absolvido das acusações, tudo havia mudado depois do ocorrido. Por mais que os habitantes do vilarejo gostassem de John Conroy, eles temiam lorde Falconbridge muito mais. E, quando o barão e o Dr. Willoughby passaram a acusar os quacres da morte prematura da baronesa, o nome Conroy fora manchado para sempre. A Sra. Endicott, mulher do fazendeiro produtor de ovos, que pedira a Hannah para assistir seu nono parto, dissera:

— Desculpe, mas tenho que pensar em meus fregueses.

Como se alguém com o nome Conroy pudesse estragar todos os ovos de seu quintal. Hannah sabia que ninguém aceitaria seus serviços e que Bayfield não era mais seu lar.

A Inglaterra não é mais o meu país. Onde quer que ela fosse, encontrava sempre o mesmo preconceito de classe, a mesma estreiteza mental que matara seu pai. Em seu último suspiro, ele dissera: "Você está no limiar de um glorioso mundo novo!" Portanto, ela iria para um mundo novo. E, talvez, enquanto estivesse construindo uma vida nova para si mesma, ela conseguisse descobrir o mistério das outras palavras finais de John Conroy, para as quais ela não tinha explicação: a "verdade" sobre a morte de sua mãe, e uma misteriosa carta que ela deveria ler, mas que ainda não conseguira encontrar entre os pertences do pai.

Depois de enterrar o pai e vender a casa, Hannah tinha ido a Londres comprar uma passagem para a Austrália, onde, ela ouvira dizer, o sol brilhava como o ouro e as oportunidades eram tão vastas quanto o próprio continente. Porém, descobrira que nenhum comandante de navio levaria uma moça solteira desacompanhada.

— A senhorita provocaria uma grande distração entre os oficiais e a tripulação — declarara um capitão. — Eu não me arriscaria a enfrentar a ruptura da ordem moral.

Como Hannah não tinha condições de contratar uma dama de companhia, começou a perder a esperança de deixar a Inglaterra, quando então um agente de viagem descobriu um casal missionário que se dirigia a Perth. O homem enviou uma mensagem para o hotel onde eles estavam hospedados, perguntando-lhes se aceitariam se responsabilizar por uma moça durante a viagem. Pouco depois, Hannah foi apresentada aos Merriwether, e eles a julgaram ser uma moça de bom caráter, mesmo que em situação financeira precária, e generosamente se ofereceram para cuidar de seu bem-estar a bordo.

No entanto, naquele instante, semanas após deixarem Southampton, no salão de recepção belamente mobiliado do *Caprica*, enquanto três dos quatro passageiros das cabines particulares tentavam prestar atenção à refeição do meio-dia composta por carne ensopada e batatas, Abigail Merriwether se preocupava mais com seu próprio bem-estar do que com a Srta. Conroy. Não havia confessado ao marido os seus temores crescentes, pois ele os tomaria por uma ausência de fé em Deus, contudo, ela não conseguia livrar-se deles. À medida que se aproximavam da Austrália, seu medo aumentava. O que estavam fazendo? Era óbvio que não tinham mais idade para uma missão desse porte. Caleb não tinha mais o vigor da juventude, porém enganava-se achando que era um homem jovem e forte. *Vamos perecer naquele lugar desolado*, pensava Abigail, enquanto sorria para seus companheiros de mesa. E havia ainda a preocupação com aquele terrível contágio.

O clarete reluzia como rubi nos copos de cristal. Os pratos e os talheres sobre a mesa refletiam a luz dos lampiões a óleo que balançavam acima conforme a oscilação do *Caprica* nas águas do mar. Com uma pequena mesa redonda para jogos de cartas e gamão, e superfície de carvalho com orifícios para manter os copos firmes, o salão era também usado como área de recreação entre as refeições. Pendurados nos tabiques viam-se litografias de embarcações e aquarelas de belas paisagens. Sobre o piso havia um fino tapete turco. Viagem de luxo para os que tinham condições.

Todavia, os três passageiros estavam nervosos demais para apreciar a refeição. Permaneciam em silêncio, escutando os rangidos e gemidos da embarcação.

Após uma breve parada na ilha da Madeira, o *Caprica* encontrara céus claros e um oceano clemente. O navio "corria com o vento", segundo o capitão Llewellyn, mantendo, portanto, uma boa velocidade, o que significava que chegariam ao destino dentro do prazo prometido de quatro meses. Fora uma viagem agradável, os dias mesclando-se uns aos outros, enquanto a embarcação solitária deslizava pelo mar, as velas estalando e tremulando, os marinheiros às vergas e cordames, ou fazendo reparos, limpando os conveses e tocando concertinas à noite. Os quatro passageiros das cabines passavam os dias lendo, jogando cartas ou xadrez, ou, ainda, escrevendo diários para registrar o progresso de sua extraordinária viagem.

E, então, o Dr. Applewhite anunciara uma morte inesperada entre os imigrantes. No dia seguinte, outros mais haviam adoecido em função do súbito contágio, de modo que todos os passageiros do navio estavam amedrontados. Os que ocupavam o salão do convés principal já não escutavam a gaita e o violino dos imigrantes fazia dias. Embora doenças e ferimentos fizessem parte de qualquer viagem longa, quando uma pessoa caía doente, a preocupação pelo perigo de contágio tomava conta de todos. Sabia-se de navios inteiros que haviam sucumbido a moléstias devastadoras, atracando com dificuldade com apenas uma fração de seus passageiros e tripulação.

— Dr. Applewhite — disse o reverendo Merriwether —, existe a possibilidade de a disenteria *nos* atingir?

O médico do navio, um homem corpulento de bochechas rosadas, estava à mesa com os passageiros e era o único que comia. Ele fez que não com a cabeça.

— Nenhuma, senhor. Aqui nós temos ar fresco.

Apesar de estar situado abaixo do tombadilho superior, o salão era dotado de escotilhas que permitiam a entrada da brisa do mar. Applewhite enfiou o garfo numa batata e colocou-a inteira na boca, um homem de bom apetite, cuja barriga e papada proeminentes confirmavam.

Hannah inclinou-se para a frente, preocupada, a comida fria posta de lado.

— O Sr. Simms me disse que a vítima mais recente é uma criança. — Ela não sabia o nome do menino, nem se ele pertencia à massa de imigrantes que viajava nos compartimentos inferiores, mas a criança loura tornara-se fonte de alegria todas as manhãs quando Hannah observava as famílias se alinharem no convés, antes do desjejum, para a chamada feita pelo Sr. James. Ela havia notado o menino no início da viagem, uma criança de 6 anos, com suéter surrado e calças curtas, em posição de sentido para a inspeção do primeiro oficial. Alguém lhe fizera um chapéu de marinheiro de papel, que ele usava com orgulho ao fazer uma saudação e bater continência, mantendo a mão na testa durante toda a chamada.

Hannah afeiçoara-se ao menininho gracioso que, para ela, parecia incorporar a esperança e o otimismo das pessoas que viajavam para os confins da Terra, e por isso ela o procurava todas as manhãs.

Mas já fazia alguns dias que ele não aparecia.

Naquele momento, o quarto passageiro entrou no salão, um homem alto e corpulento, ocupando todo o vão da porta. Hannah ergueu a vista para observar o americano de ombros largos, Neal Scott, parado ali.

A Sra. Merriwether voltou-se para ele, esperançosa.

— Está tudo bem lá embaixo, Sr. Scott? O silêncio é assustador.

— O capitão está tendo uma conversa com alguns passageiros — respondeu Neal Scott ao tomar seu lugar à mesa. Embora o tom de voz fosse negligente, Hannah percebeu certa preocupação em seus olhos.

Ela achava o Sr. Scott um homem atraente. Com seus 25 anos, cabelos castanhos e longas suíças que emolduravam o rosto quadrado, ele era um homem robusto que, para Hannah, dava a impressão de ser mais apropriado para trabalhos ao ar livre do que para os estudos mentais de um cientista. Seus trajes eram informais: calças de tweed, casaco com ombros e cotovelos revestidos de couro, colete xadrez e uma echarpe enrolada em torno do pescoço. O chapéu-coco levemente inclinado dava-lhe a aparência de um homem num dia de turfe.

Apesar de Hannah ter conhecido muitos rapazes em Bayfield e na maternidade-escola em Londres, nenhum deles a deixara tão impressionada quanto aquele homem. Ela se perguntava se era devido a seu aspecto exótico — nunca havia escutado o sotaque americano e ficara intrigada com sua fala — ou talvez fosse mais por causa da curiosa intimidade de uma viagem no mar, forçada a uma estranha proximidade entre os passageiros durante meses a fio.

Os passageiros pagantes ocupavam quatro cabines privativas logo abaixo do tombadilho superior e, embora Hannah soubesse que a do Sr. Scott fosse ao lado da sua, assustara-se quando, ao acordar de um pesadelo certa noite (era um sonho recorrente: ela trancada numa biblioteca fria com o pai), ouvira uma voz abafada na cabine vizinha:

— Está tudo bem, Srta. Conroy?

Hannah respondera através da parede fina que havia sido apenas um pesadelo, e percebeu que eles deviam estar dormindo lado a lado, separados somente por um tabique. Depois disso, ela teve dificuldade para adormecer, sabendo que, bem do outro lado da parede, o belo americano também dormia.

Além de ser atraente, o Sr. Scott possuía uma energia e um entusiasmo que Hannah achava contagiantes. Ela ouvira falar que os americanos eram menos reservados do que os ingleses e mais propensos a dizer o que pensavam, o que bem se aplicava ao Sr. Scott. Cientista de formação e prática, com especialização em geologia e em ciências naturais, Neal Scott fora contratado pelo governo colonial de Perth para fazer parte de numa expedição científica que viajaria pelo litoral oeste e pelas ilhas próximas à costa.

— É para isto que estou indo à Austrália — dissera ele aos companheiros de viagem, logo que tinham embarcado —, descobrir os mistérios, explorar o desconhecido e responder a perguntas como, por exemplo, por que a Austrália tem animais que não são encontrados em nenhum outro lugar na Terra e por que outros animais vistos em outras partes do mundo não são vistos lá. Não há ursos na Austrália, nem grandes felinos predatórios. No restante do mundo há leões, tigres e panteras. Nenhum desses animais existe na Austrália. Por quê? O próprio nome *Austrália* vem do latim *Terra Australis Incognito*, o que significa Terra Austral Desconhecida.

Neal voltou-se para o Dr. Applewhite, que comia com gosto seu ensopado de carne, e disse:

— Creio, doutor, que logo, logo o capitão vai mandar buscá-lo. Só para dar uma olhada lá embaixo. Nada urgente — acrescentou ele, olhando rapidamente para os outros passageiros.

— Oh, Deus! — disse a Sra. Merriwether, nada apaziguada pela atitude tranquila do Sr. Scott. — Quais são os sintomas, doutor? — Ela tomou o próprio pulso e colocou uma das mãos sobre a testa.

— Não precisa se preocupar, minha senhora — retrucou Applewhite, enquanto se servia de mais vinho.

Quando viu que a Sra. Merriwether continuava apreensiva, Hannah pôs a mão no braço da mulher e tranquilizou-a:

— A senhora não tem nenhum sinal, nem sintoma de diarreia, Sra. Merriwether. Seu pulso e sua temperatura estão normais. Creio que estamos protegidos aqui.

Neal Scott ficou impressionado com o efeito que as palavras pacificadoras de Hannah Conroy exerceram sobre a Sra. Merriwether, que se acalmou de imediato e decidiu, por fim, pelo menos experimentar o clarete.

A moça parecia ter um talento inato para acalmar os aflitos. A Srta. Conroy demonstrou também não fugir de situações desagradáveis, uma vez que se oferecera para auxiliar o Dr. Applewhite, caso ele precisasse, na parte inferior do navio. Aquela não era uma oferta que se esperaria de uma moça de fina educação.

Neal descobrira que a Srta. Hannah Conroy era cheia de surpresas. Assim que tinham embarcado no *Caprica*, ele havia pensado que ela era filha dos Merriwether. Ficara surpreso ao descobrir que a moça viajava sozinha. Depois, ela o impressionara ao declarar:

— Este é o navio dos sonhos, Sr. Scott. — O *Caprica* acabara de zarpar e todos, os oficiais e a tripulação, os quatro passageiros de cabines e os mais de duzentos imigrantes viram a Inglaterra tornar-se uma lembrança. — Todos a bordo estão indo em busca do almejado sonho de um novo começo. É muito empolgante, Sr. Scott.

— Por que resolveu ser parteira? — Neal tinha perguntado quando eles já estavam em alto-mar, e tomara então conhecimento da morte do pai dela, de como a Srta. Conroy havia vendido a casa e procurado uma passagem para as colônias do outro lado do mundo.

Ele havia percebido o entusiasmo na voz de Hannah quando ela respondera:

— Quando eu tinha 8 anos, um camponês acidentado foi levado até nossa casa, sangrando e com dores atrozes. Em poucos minutos meu pai aliviou a dor do homem, limpou o sangue e tratou do ferimento. Fiquei fascinada. Então pensei: "Quero fazer isso." Mas me informaram que as moças não podiam ser médicas. E depois, quando eu tinha 15 anos, uma parteira esteve em Bayfield. Uma mulher bastante profissional portando uma maleta médica que não se restringia a assistir as parturientes e tratar das doenças íntimas das mulheres. Como eu não podia frequentar uma escola de medicina, decidi ingressar na profissão de cura como parteira.

— E por que escolheu ir para a Austrália?

Ela o fitara antes de responder:

— Eu não podia mais permanecer na Inglaterra, pois foi o arcaico preconceito de classes que matou o meu pai. Vou recomeçar a vida numa terra em que não haja lordes, nem homens que já nascem com títulos e privilégios pelos quais nunca lutaram.

Neal chegara à conclusão de que ela era uma moça determinada e independente por ter decidido viajar sozinha para o outro lado do mundo. O corpo esguio e gracioso, a autoconfiança e a elegância, a maneira tranquila de falar, aquelas mãos alvas e belas, a testa alta sobre olhos grandes e expressivos concediam a Srta. Conroy uma expressão de nobreza, cuja única preocupação parecia ser a de pedir à cozinheira para servir o jantar.

Essa especulação sobre moças não era habitual em Neal Scott. Desde Annabelle — *"Você devia ter me contado a verdade há mais tempo, Neal. Não vou mais poder manter a cabeça erguida nesta cidade. Você me expôs ao ridículo."* —, ele se condicionara a não se interessar por nenhuma moça. No entanto, como ao fim daquela viagem ele desembarcaria em Perth, enquanto a Srta. Conroy continuaria para Adelaide, representando mais de 1.600 quilômetros entre eles, Neal sentira-se seguro para baixar a guarda e permitir-se conjecturar sobre ela.

Por que, por exemplo, ela não era casada? Não parecia sequer ter um noivo ou um namorado. Ele achava isso difícil de acreditar. E quanto ao pesadelo que a fizera chorar durante a noite, acordando-o, deixando-o desperto, preocupado por aquela moça se atormentar com sonhos ruins, talvez a causa fosse a perda recente do pai. Seu longo vestido cinza, adornado com viés preto nas bordas dos punhos, na gola e nos botões, e o chapéu de renda preta cobrindo os cabelos escuros, indicavam que ela estava de luto, embora Neal achasse que a cor lhe caía bem, e, mais ainda, ressaltava seus belos olhos acinzentados.

Então, um tripulante apareceu no salão, informando ao Dr. Applewhite que um dos imigrantes precisava seriamente de sua assistência.

— Qual deles? — perguntou o médico de boca cheia.

— É o garotinho, senhor.

Lançando um olhar desconsolado para o prato, o médico ergueu o corpo pesado da cadeira com um gemido, pediu licença e seguiu o tripulante.

Bem no interior do navio, onde mais de duzentas pessoas dormiam com o fedor de vômito e fezes, Agnes Ritchie, sentada no escuro, acariciava a cabeça de seu filhinho, Donny. Poucos dias antes, ele parecia forte e saudável. Os médicos em Londres haviam afirmado isso.

Como a viagem para a Austrália era longa e perigosa, os fracos e malnutridos eram eliminados durante um processo de seleção antes da partida dos navios. A preferência era dada a famílias pequenas, em especial àquelas com filhos mais velhos que poderiam conseguir emprego logo que desembarcassem. Todos nas colônias deveriam trabalhar, desde criminosos, colonizadores, soldados e até os burocratas. E ninguém trabalhava mais do que Agnes Ritchie, uma presbiteriana escocesa, costureira por profissão.

Ela recebera a promessa de um emprego em Sydney — com um salário três vezes mais alto do que o que poderia esperar em Glasgow. E sua passagem havia sido paga para isso. Agnes temera, enquanto se encontrava nas instalações portuárias onde haviam ficado de quarentena até a hora de embarcar no *Caprica*, que o súbito desaparecimento do marido cancelasse sua passagem. Porém os oficiais da imigração tinham sido muito compreensíveis — a promessa de empregos e de terras no estrangeiro, eles haviam dito, atraía muita gente até o momento em que deveriam embarcar, mas, então, muitas pessoas mudavam de opinião e corriam de volta para casa. E fora exatamente isso o que Andrew fizera, pedindo a ela que voltasse com ele, e indo embora quando ela lhe dissera que não voltaria. Ele nem sequer havia tentado levar consigo o filho, Donny, permitindo que o garoto tivesse uma vida melhor na Austrália do que na fazenda onde eles viviam e que já não produzia há três anos.

Os oficiais tinham estudado o caso de Agnes — os prós e os contras de uma mulher viajar sozinha com um filho pequeno teria de ser avaliado. Porém, quando examinaram seus documentos, concordaram em deixá-la seguir para Sydney por ela ser uma artesã competente; esse tipo de trabalhador era bastante solicitado nas colônias. Isso e o fato de seu filho ser saudável. Então Agnes Ritchie entregou não só ela como o filho aos desígnios de Deus e, com seus poucos pertences, embarcou no *Caprica*.

As quatro primeiras semanas haviam sido angustiantes, com enjoos, altas temperaturas, queimaduras, membros quebrados e contusões em períodos de mares revoltos. Agnes aceitara tudo estoicamente como sendo vontade de Deus, orando dia e noite para que Ele os mantivesse com saúde. Então houve o contágio, denominado por todos como "o fluxo maldito", por causa da grave diarreia. Tudo se iniciara logo após o *Caprica* ter parado em algumas ilhas em busca de comida fresca. Algumas pessoas adoeceram, mas conseguiram se recuperar. Porém, não demorou muito para surgirem a primeira morte e o sepultamento no mar. Depois disso, a doença disseminou-se tão repentinamente que o pânico assolou a todos. Os imigrantes temiam descer para a parte inferior do navio, argumentando que o ar fresco do convés principal era mais seguro. Entretanto, mesmo lá em cima, com homens e mulheres dormindo sobre pranchas e ignorando as rígidas ordens do capitão para que descessem, a doença continuou a se propagar.

Houve quatro outras mortes. Quatro outros sepultamentos no mar. E então Donny, o filho de Agnes, adoeceu e parou de comer.

O médico do navio denominou a doença como sendo disenteria. Esta desidratava o corpo, dissera ele, e por isso a Sra. Ritchie deveria cuidar para que o menino bebesse o máximo de água possível. Mas, independentemente da quantidade de água que ela dava ao filho, a desidratação continuava acelerando. A pele do garoto estava quente e seca, seus lábios rachados e sangrando. E o pobrezinho gemia de dor.

A Sra. Agnes permaneceu ao seu lado durante dias, embora ela própria estivesse se sentindo fraca devido à doença e soubesse estar à beira de um colapso.

— Você vai perder suas aulas — murmurou ela, enquanto alisava os cabelos do menino. — Pense em como gostava de ir para o convés diariamente, meu filho. E o capitão não foi muito atencioso conseguindo aulas para você e as outras crianças durante a viagem? — Ela forçou um sorriso. — Eu podia ouvir você, meu amor. O vento trazia sua voz aqui para baixo sempre que você recitava para o professor. Agora beba um pouco de água, Donny querido.

Ele mergulhou num torpor durante três dias, saindo desse estado algumas vezes, e Agnes sempre o estimulando a abrir os olhos e beber água.

Porém, daquela vez, Donny Ritchie não acordou.

— Agora basta! — explodiu uma voz do outro lado do vasto e superlotado interior do navio.

Agnes olhou para cima e viu Redmond Brown, um agricultor de plantações de batata que tentava escapar da fome na Irlanda, erguer um punho fechado para o Dr. Applewhite, que acabara de chegar.

— Por que os poderosos lá em cima não estão adoecendo como nós? — gritou Brown.

— Dê licença para eu passar, senhor — pediu Applewhite, cometendo o erro de pôr a mão no homem.

Brown empurrou o médico, e um tripulante que o acompanhava segurou o braço do agricultor e puxou-o com tanta força que o irlandês se desequilibrou e caiu para trás sobre um barril, tombando-o. No mesmo instante, todo o conteúdo do recipiente vazou como um dique.

— Veja o que fez! — gritou Brown, tentando manter-se de pé. — Essa era a nossa água de beber.

Como poucas lâmpadas eram acesas naquela parte do navio, devido ao risco de incêndio, o Dr. Applewhite foi obrigado a seguir pelo escuro e passar por entre as camas, caixas e trouxas de roupa que jaziam no chão ou balançando das vigas. Ele foi direto para a prancha de madeira que servia de cama para o menino Donny e examinou a criança inconsciente sob a luz de um oscilante lampião. Ao procurar o pulso, o médico fez uma promessa secreta: não voltar jamais a viajar num navio de imigrantes. Na verdade, corrigiu-se, no instante em que o navio ancorasse em Adelaide, ele poria os pés em terra firme e jamais os tiraria de lá.

* * *

O mordomo estava retirando os pratos quase intocados do almoço quando o Sr. James entrou no salão. Os Merriwether haviam se retirado para sua cabine, deixando Neal Scott e Hannah Conroy aguardando as notícias do Dr. Applewhite. Ao verem o imediato em sua túnica azul-marinho, botões de metal e quepe com entrançamento dourado, Neal e Hannah levantaram-se com ansiedade.

— Sr. Scott — disse James em tom sério —, sabe manusear uma arma?

— O que está acontecendo?

— O menino piorou e os imigrantes estão ameaçando um levante se ele morrer. Precisamos de todos os homens capacitados para defender este navio.

Hannah jogou o xale por cima dos ombros e foi em direção à porta.

— Eu vou ver se o Dr. Applewhite precisa de ajuda.

Ao entregar uma pistola a Neal, o Sr. James disse:

— *Não* é aconselhável que vá até lá, senhorita. Não é um lugar apropriado para uma moça da sua classe.

Hannah, porém, foi em frente e passou pelo oficial, com Neal em seu encalço.

Do tombadilho superior, sob um céu azul, com um vento forte abaulando as velas, eles viram a multidão lá embaixo no convés principal, que parecia enfurecida e perigosa. O silêncio era ameaçador. O capitão Llewellyn com seu longo casaco preto e calças brancas, o quepe exibindo o entrançamento dourado de posto de comandante do *Caprica*, estava preparado para enfrentar a turba que acreditava não ter nada a perder. Ao lado de Llewellyn encontravam-se marinheiros da Marinha Mercante, de calças azuis boca de sino e camisas brancas com golas quadradas. Por usarem os cabelos longos amarrados num rabo de cavalo e cobertos com alcatrão para evitar que ficassem presos nos equipamentos do navio, os homens eram apelidados de Jack Alcatrão. Marujos marrentos, pensou Hannah, porém nenhum deles se comparava à multidão enfurecida.

Colocando a pistola no cinto, Neal segurou Hannah pelo braço de forma protetora e conduziu-a pela escadaria. Centenas de olhos atentos e desconfiados os observavam enquanto eles desciam. Quando estavam a caminho do centro malcheiroso do navio, um tripulante disse:

— Cuidado ao descer aqui, senhorita. Um barril de água potável foi derrubado. O piso está escorregadio.

— Ah, Srta. Conroy — disse o Dr. Applewhite, quando ela e Neal se aproximaram da cama de Donny. — Fico satisfeito com sua ajuda. Eu tenho outros três casos para cuidar. Reanime o garoto e dê a ele a quantidade de água que consiga beber. Precisamos manter esse procedimento por 24 horas, se quisermos salvá-lo.

Mas quando Hannah viu o estado de profundo torpor do menino, com os olhos fundos, percebeu que mal conseguia sentir-lhe o pulso, lembrou-se de uma epidemia de disenteria que se alastrara em Bayfield e pressentiu que a criança não poderia ser reanimada e que a subsequente falta de hidratação a levaria à morte. No entanto, quando disse isso a Applewhite, o médico retrucou:

— Ah, o garoto vai se reanimar sim. Pelo menos uma vez. Use isto. — Retirou de sua maleta um frasco pequeno fechado com uma rolha.

Destampando-o, Applewhite passou o braço pelas costas de Donny, erguendo-o, e agitou o frasco de um lado a outro sob o nariz da criança. Para surpresa de Hannah, os olhos de Donny se abriram, e ele inspirou forte. Fechando o frasco com rapidez, Applewhite levou um copo com água à boca do menino, e ele tomou alguns pequenos goles. Quando tornou a fechar os olhos, Applewhite o acomodou de volta sobre os lençóis sujos e disse a Hannah:

— Isso é o princípio ativo da amônia. É preparado com carbonato de amônio, um composto que estimula os pulmões, provocando o reflexo da inalação e fazendo o paciente voltar à consciência. Um pequeno truque que aprendi na Índia.

Hannah ficou surpresa. A receita de seu pai de sais de cheiro era feita com o sal de mesa comum umedecido com algumas gotas de lavanda, e não teria sido forte o suficiente para fazer Donny Ritchie recuperar os sentidos.

Quando ela sugeriu que seria melhor para o menino sair daquela parte inferior do navio, Applewhite concordou.

— Leve-o para a minha cabine. A enfermaria tem um leito com uma escotilha acima que permite a entrada de ar fresco. — Ele entregou a ela o frasco de sais de cheiro e disse: — Dê uns tapinhas no rosto do garoto para reanimá-lo e, então, force-o a beber água. O máximo que ele conseguir, sem vomitar. Insista nisso, Srta. Conroy. Mantenha-o consciente e insista para que beba água. Eu vou ficar por aqui com os novos casos.

Naquele instante, Agnes perdeu as forças e caiu. Neal apressou-se em pegá-la e a colocou sobre um leito, mas, quando começou a se virar, ela o segurou pela mão com uma força surpreendente e balbuciou:

— Por favor, tome conta do meu filho. Ele é tudo o que tenho. É o motivo para eu ter decidido fazer esta viagem. Sem ele, eu não tenho razão para viver. — Sob a luz fraca do cômodo malcheiroso, enquanto o navio gemia e rangia, e um motim fermentava no andar de cima, Neal percebeu os olhos grandes e suplicantes de Agnes. Momentaneamente paralisado, ele sentiu algo reagir em seu interior, um tremor que o abalou.

O Dr. Applewhite interveio:

— Bem, bem, minha senhora, seu filho está em boas mãos. Agora é preciso cuidar da senhora. — Então ele fez um sinal para um tripulante que se encontrava próximo à escada. — Você aí! Abra outro barril de água potável!

Quando Neal pegou a criança nos braços, ele ouviu a Sra. Ritchie dizer, com voz fraca:

— Por favor, meu Deus, eu suplico, leve a mim em vez de meu filho.

Capítulo 3

O minúsculo compartimento adjacente à cabine do doutor era apertado, com uma estreita cama encostada em uma das paredes, e armários e prateleiras contendo suprimentos médicos na outra. Quase não havia espaço suficiente para Neal quando ele se inclinou para colocar Donny na cama. Ele então voltou à porta para permitir que Hannah ficasse ao lado do menino, onde ela se ajoelhou e deu-lhe uns tapinhas de leve no rosto, como o Dr. Applewhite havia feito.

— Não sei por quanto tempo vou conseguir fazer isso — disse ela ao passar os sais de cheiro sob o nariz do menino. Ele se reanimou abruptamente ao inspirar, e ela apressou-se em levar o copo de água aos lábios ressequidos. Apesar de seus olhos estarem fechados, Donny tomou alguns golinhos antes de pender nos braços dela. — Parece tão primitivo, mas não há outra maneira de colocar água no corpo dele. E, se não beber água suficiente, ele morrerá.

Ela ergueu os olhos para Neal, que olhava por sobre o ombro.

— O que está havendo, Sr. Scott?

Quando ele não respondeu e continuou a manter os olhos fixos no corredor como se prenunciasse perigo ali, Hannah tornou a perguntar:

— Qual é o problema, Sr. Scott?

— Desculpe — respondeu ele, voltando a atenção para Hannah, que se encontrava ajoelhada ao lado da cama. — Eu estava pensando... Agnes Ritchie... em algo que ela disse.

— E o que foi que ela disse?

Neal franziu as sobrancelhas, sem conseguir expressar seus sentimentos em palavras. Por razões que ele desconhecia, a escocesa havia lhe tocado fundo, atingido sua alma de uma maneira que nunca antes acontecera. Era impossível afastar da mente aqueles enormes olhos, a súplica sussurrada, a oração que ela fizera a Deus.

Leve a mim em vez de meu filho...

— Srta. Conroy — ele se surpreendeu com a ideia que acabara de lhe ocorrer —, há algo que eu gostaria de tentar com a sua ajuda.

Ao mesmo tempo que falava, Neal espantou-se com o que dizia, com a experiência audaciosa que, de súbito, desejou fazer. Dizia respeito a Donny e a sua mãe, e havia algo mais, uma emoção forte dentro dele, uma emoção desconhecida e estranha, que ele sabia ser fruto de um impulso. Mas, por ora, ele precisava fazer aquilo. Mais tarde, analisaria a questão.

— Eu gostaria de tirar um retrato do menino.

— Retrato!

Ele falou rapidamente, as palavras saindo da boca conforme a ideia se expandia em sua mente.

— Dois anos atrás, o filho de um vizinho foi morto na rua por um veículo cujo condutor fugiu. A mãe ficou inconsolável. Ela tentou o suicídio no dia do enterro da criança. Mas um fotógrafo estava lá... já ouviu falar sobre fotografia, Srta. Conroy?

Ela assentiu.

— O fotógrafo tirou um retrato da criança morta deitada no caixão e... foi como um milagre, Srta. Conroy. A mãe abalada acalmou-se de tal forma que nunca mais pensou em se suicidar.

— Mas Donny não morreu, Sr. Scott!

— Ele poderá vir a morrer, Srta. Conroy, e eu temo que, se isso acontecer, a tristeza de Agnes Ritchie possa resultar em uma rebelião neste navio. Um retrato fotográfico poderá dar certo conforto a essa pobre mãe e ajudar a conter a rebelião. E eu prefiro tirar a fotografia do menino enquanto ele estiver vivo, Srta. Conroy, e não depois de morto. A Sra. Ritchie notaria a diferença.

Hannah fitou-o, sem muita convicção.

— O senhor realmente acha que um retrato...

— Eu tenho o equipamento — disse ele rapidamente, perguntando-se como, afinal, conseguiria realizar um feito daquele com o navio em movimento. Era quase impossível. — Uma câmera é parte do meu equipamento científico.

— Quanto tempo acha que vai levar? Eu preciso continuar a reanimá-lo e lhe dar água.

— Precisamos mantê-lo imóvel apenas por 15 minutos.

— Mas como? — perguntou ela, olhando para a criança inconsciente. A cabeça de Donny movia-se de um lado para o outro com o balanço do navio. — O prefeito de Bayfield uma vez tirou um retrato, e o vilarejo inteiro apareceu para ver. Ele teve de ficar sentado com a cabeça fixada por uma braçadeira. O fotógrafo disse que não deveria haver nenhum movimento durante o processo.

— Eu sei — observou Neal, esfregando uma mão na outra —, e estou pensando de que maneira poderemos imobilizar a cabeça de Donny e então estabilizar minha câmera de modo que, quando o navio oscile, o menino e a câmera oscilem em sincronia. Basicamente, seria como se não houvesse movimento algum.

Entretanto, mais importante ainda, Neal precisava garantir uma luz solar adequada.

— Será que a janela de sua cabine pode ser mantida aberta, Srta. Conroy? A minha não fica. Ela bate o tempo todo, fechando, e precisamos de dez minutos de luz solar para fazer uma imagem positiva de um negativo.

— Pode, sim — respondeu ela, sem entender exatamente o que ele estava falando.

— Teremos que agir rapidamente.

— É só me dizer o que fazer — prontificou-se Hannah.

Neal sabia que não tinham muito tempo. Os imigrantes no convés principal pareciam cada vez mais enfurecidos. Gritos podiam ser ouvidos, ameaças.

— Vou buscar meu equipamento.

Depois que o Sr. Scott saiu, Hannah molhou o lenço e pressionou-o nos lábios de Donny. Olhou para o rosto pálido do menino, a expressão suave num repouso sereno. Tinha certeza de que, se ele morresse, um conflito sangrento irromperia no *Caprica*.

Neal retornou com sua máquina fotográfica e o tripé, e entrou na pequena enfermaria, deixando a porta aberta. Após instalar o equipamento, ele disse:

— Os geólogos vêm fazendo o esboço de formações e camadas de pedras há anos, mas *eu* acredito que essa nova tecnologia que permite capturar imagens fotográficas revolucionará a ciência. Os geólogos vão poder registrar detalhes precisos sem possibilidade de erros. Foi por isso que fui contratado pelo governo colonial para ajudar a fazer um levantamento topográfico do litoral oeste da Austrália.

Com o navio movendo-se e rangendo, Neal usou cordas para imobilizar a caixa de madeira da máquina fotográfica no tripé, inclinando as lentes para baixo em direção ao menino. Para impedir que a cabeça de Donny oscilasse, Hannah retirou uma das fitas de seu coque e colocou-a sobre a testa do menino, atando-a com firmeza em cada lado da cama. Depois, escovou a franja de Donny sobre a fita e ocultou as pontas, cobrindo-as com o lençol. Hannah e Neal partilhavam a mesma preocupação, enquanto agiam com rapidez: e se o tiro saísse pela culatra? E se a imagem do filho deixasse a Sra. Ritchie histérica e o convés principal se transformasse num campo de batalha sangrento?

Enquanto firmava a câmera nos pés da cama, Neal observava o corpo esbelto de Hannah inclinado sobre a criança, carinhosamente tomando-lhe o pulso, fitando o pequeno rosto, escutando a respiração suave. Os cabelos dela haviam se soltado de um lado e caíam sobre os ombros, dando-lhe um ar descuidado, estranhamente sensual.

Passando por trás de Hannah, Neal levantou a vidraça horizontal da escotilha, virando-a para cima de forma que a luz do sol entrasse na cabine. Ele olhou para Hannah. Ela fez um gesto afirmativo com a cabeça. Eles estavam finalmente prontos.

Do suprimento de papel fotográfico, preparado por ele mesmo quando ainda estava em Londres e guardado sob o leito de sua cabine, Neal retirou uma folha, embebendo-a em nitrato e ácido gálico, e a fixou numa placa de madeira, encaixando-a no lugar, no fundo da enorme câmera fotográfica. Deslocando a parte de trás da câmera de um lado para o outro até focalizar a imagem de Donny no visor, ele removeu a tampa metálica da lente e olhou para seu relógio de bolso. Seriam necessários 15 minutos de exposição.

Enquanto ele observava o relógio, Hannah mantinha os olhos fixos no menino. Ela rezava para não estar cometendo um erro. Seriam 15 minutos um tempo longo demais para deixar a criança sem água? Percebeu que estava assustada. E o silêncio na cabine estreita servia apenas para intensificar seu medo. Então dirigiu o olhar para Neal Scott, que não tirava os olhos do relógio.

— O senhor deve ser muito próximo de sua mãe — disse ela.

Neal levantou a cabeça de repente.

— O que foi que disse?

— Dar-se esse trabalho para confortar a Sra. Ritchie. Seu comentário de que foi alguma coisa que ela disse... Então pensei que talvez ela lhe lembrasse de sua mãe.

Ele a fitou. Sentiu o navio gemer e ranger, oscilar suavemente enquanto os minutos se passavam e as feições de Donny eram capturadas dentro da caixa. Neal cogitou se teria coragem de contar a verdade à Srta. Conroy.

Se eu tivesse contado a Annabelle antes, será que as coisas teriam sido diferentes?

Se Annabelle tivesse tomado conhecimento da verdade com antecedência, antes de ele pedi-la em casamento, talvez não tivesse jogado o anel de noivado em cima dele, o pai dela não o teria processado pela quebra da promessa e pela difamação do caráter de sua filha, e toda aquela terrível confusão, que causara vergonha e inquietação a Josiah Scott, seu protetor, teria sido evitada.

Ele tornou a olhar para Hannah, sentada no chão ao lado da cama de Donny, observando o menino de maneira espontânea, os olhos acinzentados, emoldurados por cílios escuros e sobrancelhas bem-delineadas...

De repente, percebeu que era muito importante que a Srta. Conroy conhecesse toda a verdade.

— Eu não sou próximo de minha mãe, Srta. Conroy — confessou. — Nem ao menos sei quem foi minha mãe. Fui uma criança rejeitada, entende?

Ele esperou um momento para que suas palavras fossem assimiladas, um momento durante o qual a Srta. Conroy pudesse perceber que ele lhe dissera num tom educado que era um bastardo.

— Entendo — murmurou ela, suavemente.

Neal voltou sua atenção para o relógio de bolso.

— Vinte e cinco anos atrás, um jovem advogado, chamado Josiah Scott, voltou de seu escritório de advocacia em Boston e encontrou um berço em sua porta. Era feito de carvalho, muito bem-trabalhado, com uma cobertura. Eu tinha poucos dias de nascido, vestia um camisolão de batizado de cetim branco com acabamento em renda e pérolas. Havia um bilhete, pedindo a Josiah para me entregar a uma boa família. Mas ele ficou comigo, achando que quem quer que tivesse me deixado ali poderia um dia se arrepender e voltar. No entanto, passaram-se semanas e depois meses e ninguém voltou à minha procura, e nesse meio-tempo Josiah Scott afeiçoou-se a mim. Ele ficou comigo, educou-me e depois me adotou, dando-me seu sobrenome.

Neal desviou os olhos do relógio e continuou:

— Eu tive sorte. Josiah Scott é um homem bondoso e decente. Nunca se casou. Éramos só ele e eu. Vivemos bem juntos. — Enquanto observava os ponteiros de segundos do relógio se moverem, Neal pensava no papel tratado quimicamente tomando vida dentro da câmera e no advogado solteiro que de repente tinha em mãos um bebê.

— E chegou a descobrir... — começou Hannah e então parou, percebendo que estava curiosa.

Neal não se importava de falar sobre o assunto.

— Eu pensei em procurar meus verdadeiros pais. Mas eles não deixaram nenhuma pista. Por isso achei que não queriam que eu os encontrasse. Além disso, não tinha ideia de como começar a busca, e agora já se passaram 25 anos.

— Então você não sabe se tem irmãos ou irmãs?
— Não tenho a menor ideia. — Ele deu uma tossidela e olhou para Hannah. — E a senhorita tem irmãos?
— Meu irmão mais velho e minhas irmãs mais novas morreram durante uma epidemia de difteria. Agora meus pais estão mortos e eu, sozinha no mundo.

Os olhos de ambos se cruzaram na cabine escura
— Como eu — murmurou Neal, baixinho.
E então, lembrando-se do trabalho, voltou a marcar o tempo.

O ponteiro dos segundos se movia enquanto o *Caprica* oscilava e rangia em seu curso. Sons vindos dos cordames do navio — retinindo, estalando — entravam flutuando pela janela aberta. Passadas fortes ecoavam no assoalho de madeira do convés acima. Neal mantinha os olhos fixos no relógio. Faltavam dois minutos. Ele pensou nos imigrantes irritados enfrentando a tripulação do *Caprica*, enquanto Hannah não tirava os olhos do rosto de Donny, seus lábios ressecados, perguntando a si mesma se aquilo teria sido um erro. A criança precisava desesperadamente de água.

— Sabe, Srta. Conroy — começou Neal, sem entender bem por que sentia necessidade de lhe explicar tudo aquilo —, de certa forma, eu sou um homem de sorte.

— Como assim, Sr. Scott?

— A maioria dos homens quando nasce já é predestinada a assumir uma determinada posição na vida. Há expectativas em relação a eles no momento em que nascem, e poucos podem escapar a esse padrão. Mas eu nasci livre desses grilhões familiares e sociais. Josiah Scott educou-me para ser o que eu quisesse. Quando chegou o dia em que eu comuniquei a ele que desejava ir para a universidade estudar ciência, ele não me proibiu, como geralmente se faz, não disse que eu tinha que seguir os negócios da família ou acompanhá-lo na carreira de advocacia. E quando eu lhe informei que queria ir para a Austrália explorar o novo continente, ele não falou o que se costuma dizer aos jovens para desencorajá-los de suas aventuras. Na verdade, ele me deu sua bênção. Pronto! Isso é tudo! — disse Neal ao fechar o relógio e recolocar a tampa sobre a lente da câmera. — Agora precisamos nos apressar.

Desmontando rapidamente o aparato, ele deixou a enfermaria em silêncio e retornou para sua cabine.

Hannah pegou de volta sua fita, prendeu os cabelos nas costas e reanimou Donny com os sais de cheiro. Dessa vez, ele tomou alguns goles de água a mais e pareceu ficar um pouco mais consciente. Depois de se certificar de que o menino estava seguro na cama, confortável e seco, ela foi para sua cabine a fim de liberar espaço e abrir o vidro da escotilha, como o Sr. Scott havia solicitado.

Trabalhando na penumbra de sua cabine, Neal vestiu uma roupa protetora e depois removeu o fino e semitransparente papel que havia capturado a imagem de Donny Ritchie, mergulhando-o numa solução de brometo de potássio para estabilizá-la. Em seguida, pressionou a folha numa placa de vidro que continha um papel mais forte, sensível à luz, e levou-a para a cabine de Hannah, onde expôs os papéis emoldurados à luz solar que penetrava pela escotilha. O processo levaria dez minutos.

Hannah olhou para Neal quando ele colocou a placa de vidro em cima de seu baú, onde a luz era mais forte. Ele usava óculos próprios, luvas e avental de borracha. Ao ver que ela o fitava, ele disse:

— As substâncias químicas usadas no processo de revelação podem ser muito prejudiciais à saúde e, na verdade, perigosas.

Quando a exposição foi encerrada, Neal pegou a placa e voltou depressa para sua cabine. Hannah disse que precisava voltar para junto de Donny e que esperaria pelos resultados.

Com a porta da cabine fechada para impedir a entrada da luz, Neal enxaguou a impressão positiva na água, aplicou uma camada de ácido gálico e nitrato de prata, e depois mergulhou-a num banho de hipossulfito de sódio. Quando terminou, tirou os óculos e as luvas, secou com cuidado a nova fotografia e levantou o vidro da escotilha de sua cabine, segurando-a para deixar entrar a luz. Ele admirou a impressionante imagem que tinha nas mãos.

Estava perfeita.

Neal estudou os detalhes sob um ângulo objetivo, satisfeito com o equilíbrio de sombra e luz, contente pela ausência de turvação e pelo ínfimo efeito granuloso. Então, seguiu pelo corredor até a enfermaria, onde encontrou a Srta. Conroy dando mais uma vez um pouco de água a Donny. Ao terminar, ela se levantou e o fitou com expectativa.

Ele lhe entregou a fotografia.

— O que acha, Srta. Conroy?

Hannah olhou para o retrato, os olhos bem abertos.

— Sr. Scott — disse ela num murmúrio —, isto é um milagre.

Ele sorriu.

— É, de fato, uma boa imagem.

— Uma boa imagem — repetiu ela, os olhos maravilhados. — Sr. Scott, esta é a coisa mais linda que já vi. Eu não tinha ideia... o menino parece tão sereno. Nem dá para imaginar que ele está tão seriamente enfermo. Oh, Sr. Scott, o senhor fez um milagre!

Neal havia considerado aquilo uma experiência científica básica, sem nenhum milagre ali. Mas, quando olhou para a imagem de Donny Ritchie novamente, percebeu o que a Srta. Conroy vira: um rostinho angelical, os olhos fechados num sono tranquilo, os cabelos da criança caídos sobre a testa. Como o processo fotográfico de calotipia não produzia a imagem nítida do processo daguerreótipo, Donny Ritchie apresentava um brilho suave, e as bordas do retrato eram indistintas, de modo que ele parecia flutuar numa nuvem. O velho suéter não aparentava estar rasgado e gasto, mas sim macio como se fosse feito com lã de carneiro.

— É maravilhoso, Sr. Scott! — exclamou Hannah, e ele ficou impressionado com seu repentino sorriso, as feições resplandecentes.

O coração de Neal pareceu bater na garganta. A satisfação de Hannah inundou-o como uma chuva suave, e ele percebeu que sentia uma felicidade genuína pela primeira vez em muito tempo.

De repente, eles ouviram uma comoção no convés. O Sr. Simms, o mordomo das cabines, apareceu no corredor externo para informar Neal e Hannah de que a Sra. Ritchie estava tão descontrolada que alguns dos imigrantes a haviam levado para o convés e preparado ali uma cama para ela. Porém, os gritos da mulher agitavam os imigrantes ainda mais.

— O capitão distribuiu armas para todos os homens, para mim inclusive, senhor, e eu nunca usei uma pistola na vida!

— Conseguimos terminar na hora certa — disse Neal a Hannah. — Vamos mostrar essa fotografia à Sra. Ritchie?

— Ah, claro! Mas vá o senhor. O milagre é seu, Sr. Scott. Eu ficarei aqui com Donny.

Dois marinheiros no tombadilho superior tentaram bloquear a passagem de Neal para protegê-lo, disseram eles. Mas ele desceu as escadas para o convés principal, passando pela multidão de homens enfurecidos que o capitão Llewellyn então enfrentava.

— Afastem-se todos ou vou acorrentá-los!

— Não vai conseguir prender mais de duzentos de nós! — alguém gritou em resposta, e os imigrantes cerraram os punhos. — Queremos saber o que pretende fazer em relação ao contágio.

— Capitão — chamou Neal.

— Sr. Scott, este não é lugar para o senhor.

Neal então descobriu onde a Sra. Ritchie estava e correu para ajoelhar-se ao lado dela, segurando a fotografia para que ela a visse. Todos ficaram em silêncio, curiosos para saber o que aquele gentil cavalheiro estava fazendo.

Eles viram Agnes enxugar os olhos com as costas da mão e franzir a testa diante de um pedaço de papel no qual parecia haver um desenho qualquer. Viram-na olhar com atenção, examinar mais de perto o papel e ficar totalmente perplexa. Agnes piscou os olhos. Abriu a boca. E então todos notaram que as linhas de expressão e as sombras desapareceram do rosto da mulher.

— Como... — balbuciou ela, pegando a fotografia e olhando-a mais de perto. — É o meu Donny. — Ela se virou para Neal, admirada. — Como conseguiu isso, senhor?

— Isso se chama fotografia, Sra. Ritchie.

Agnes olhou para o retrato novamente.

— Veja como ele parece sereno. É como se não estivesse doente.

Os amigos de Agnes ajudaram-na a se sentar, permanecendo à volta dela para admirar a fotografia. Logo o retrato passava de mão em mão, e todos o examinavam e se admiravam da semelhança com Donny Ritchie. Muitos que jamais haviam visto uma fotografia olhavam o verso do papel para ver de onde vinha a imagem.

Neal descobriu-se sorrindo. Ver a fotografia passar entre os homens, as mulheres e as crianças e voltar novamente para as mãos de Agnes Ritchie, que não se cansava de olhar para o rosto do filho, e depois passá-la a todos mais uma vez — sentir a empolgação e a alegria daquelas pessoas aqueceu o coração de Neal Scott como não acontecia havia muito tempo.

Agnes Ritchie olhou para ele.

— Deus o abençoe, senhor — disse em seu forte sotaque escocês. — Eu sei que meu Donny vai ficar bom. Veja como ele parece saudável aqui. O senhor tem um lugar reservado no paraíso, essa é a verdade.

Neal aceitou com modéstia o elogio das pessoas, inclusive do capitão Llewellyn, que disse que por ora o levante tinha sido evitado, acrescentando com cautela que tudo ainda dependia da sobrevivência do menino. Então, Neal retornou à enfermaria para dar a Hannah as boas-novas. Ele encontrou o Dr. Applewhite examinando Donny. Quando o médico disse a Hannah que podia voltar para sua cabine, ela insistiu em permanecer ali. E como havia pouco espaço para o médico e sua proeminente circunferência, Applewhite retirou-se para sua cabine para um merecido descanso.

Neal trouxe uma pequena cadeira de madeira para Hannah, mas ela disse:

— Isto não vai caber aqui. Não há espaço.

— Mas você não pode ficar sentada no chão a noite inteira, Srta. Conroy.

— Eu estou bem, Sr. Scott.

Ele saiu de novo e retornou com duas almofadas de seu próprio leito.

— Então, pelo menos sente-se nelas.

E Hannah, agradecida, sentou nas almofadas macias, a saia espalhada à sua volta, dando a Neal a impressão de que estava nas nuvens.

Colocando a cadeira do lado de fora da enfermaria, Neal sentou-se e ficou observando Hannah colocar o ouvido sobre o tórax de Donny. Ela podia ouvir o coração do menino bater como um pequeno pardal lutando para se soltar.

— Quais são as chances dele? — perguntou Neal em voz baixa, escutando as batidas do próprio coração. Suas emoções estavam intensificadas e ele não sabia por quê. Teria a ver com os sentimentos estranhos e desconhecidos que a Sra. Ritchie despertara nele?... Bem, talvez a princípio fosse a Sra. Ritchie, mas agora, com certeza, era por causa de Hannah Conroy, sentada ali com dedicação ao lado de Donny. Neal Scott, cientista e explorador, um homem que acreditava que tudo no universo podia ser medido, quantificado e categorizado, não conseguia identificar as estranhas emoções que o invadiram naquele dia.

— O Dr. Applewhite disse que as próximas horas são cruciais — respondeu Hannah. — Se eu conseguir despertar Donny várias vezes para lhe dar água, ele vai estar bem pela manhã. Mas os sais de cheiro estão fazendo menos efeito agora. Acho que os pulmões dele estão se acostumando ao choque da substância química.

A luz do dia diminuiu, e Simms, o mordomo, serviu um jantar de salsichas, batatas e ervilhas, acompanhadas de vinho, pão e manteiga para Neal e Hannah, porém os pratos ficaram intocados. Ele quis saber sobre o menino, relatou outros casos de disenteria entre os imigrantes, aparentemente não muito sérios e com chances de recuperação, e saiu após dizer com seriedade:

— É esse garoto que está nos preocupando.

Quando caiu a noite, Neal ofereceu-se para ficar no lugar de Hannah e lhe dar um descanso.

— Vá lá para cima e pegue um pouco de ar fresco.

No entanto, ela se recusou a sair. Então Neal resolveu esticar as pernas e ver qual era a situação entre os imigrantes, enquanto Hannah despertava Donny, dava-lhe mais alguns goles de água e passava um pano úmido na pele do menino. Quando Neal voltou, Hannah pediu que ele tirasse a criança da cama para que ela pudesse trocar os lençóis sujos. Havia menos resíduo dessa vez, ela notou, e já fazia horas que Donny vomitara.

— Como vai a Sra. Ritchie? — perguntou ela.

— Ela está bem melhor. Já está mais calma. E não tira os olhos da fotografia. Acho que isso está ajudando. E acho também que a senhorita deveria descansar um pouco. Não será nada bom para Donny se cair exausta.

— Está bem — sussurrou Hannah, ao lado dele, na pequena cabine mal-iluminada, oscilando juntos no abraço do *Caprica* sobre um oceano agitado.

Neal afastou uma mecha de cabelo da face dela. Ela o fitou, o rosto de Neal estava tão próximo que ela podia sentir a fragrância de sua barba. Desejou recostar-se nele, deixar seu peso e cansaço recaírem sobre ele, permitir que a abraçasse um pouco. Neal teve vontade de pôr os braços em torno dela e puxá-la para perto. Mas não era para isso que estavam ali. Havia enfermidade no *Caprica* e, possivelmente, um motim sendo fomentado. Aquele momento, aquela noite, não era a ocasião para ambos se darem esse prazer.

Neal postou-se ao lado da cama, mas Hannah não foi além da cadeira de madeira. Logo ela adormeceu, a cabeça recostada no batente da porta. Enquanto a observava, Neal pensava no pesadelo que o acordara numa noite, com Hannah chorando durante o sono. O que a atormentava? A morte do pai, talvez? E o que, de fato, causara a morte dele? Quando Hannah falara sobre o falecimento, parecera-lhe ter sido de forma simbólica, de ideias: "*Foi o preconceito de classes que matou o meu pai.*" Neal, no entanto, não tinha conhecimento dos detalhes. Como exatamente o preconceito de classes poderia matar um homem? Ele queria perguntar a ela e suspeitava de que a Srta. Conroy lhe contaria sem hesitação, mas temia os segredos dela, pois, uma vez que os conhecesse, correria o perigo de ficar muito íntimo, de apaixonar-se, e isso ele não poderia admitir. Sabia que não havia futuro para os dois. Ela era uma quacre, ele, um ateu; ela era bem-nascida, ele, um bastardo; ela estava em busca de se estabelecer e exercer a profissão de parteira, ele tinha um espírito de aventura tão forte que jamais poderia ficar numa cidade por muito tempo.

Disparidades insuperáveis.

Por isso, ele não lhe perguntaria sobre o pesadelo, tampouco indagaria sobre o pai, e deixaria aquela relação permanecer como de companheiros de viagem, como de fato eram. Uma amizade que estava fadada a terminar assim que pisassem em terra firme e fossem separados por mais de 2 mil quilômetros de distância.

Pouco antes do alvorecer, Donny abriu os olhos e perguntou a Hannah se ela era um anjo. Pediu então para ver a mãe e disse que estava com fome. Hannah o fez tomar um caldo que o Sr. Simms havia trazido e limpou o menino. Com Neal carregando-o no colo, eles foram tomar um pouco de sol.

Assim que Hannah e Neal apareceram no tombadilho superior, a multidão que passara a noite sob as estrelas levantou-se e aplaudiu debaixo de um sol brilhante, refletido como ouro nas águas do oceano.

Capítulo 4

— Não estou gostando de ver aquelas nuvens, Sr. James — disse o capitão Llewellyn, enquanto observava as nuvens negras no horizonte. Através da luneta de bronze ele inspecionava cada milha das rajadas de vento que se aproximavam e chegou à terrível conclusão de que não tinha como contornar a tempestade que avançava e tampouco um porto próximo onde pudessem lançar âncoras com segurança até que a tormenta passasse.

— Estão fortes, senhor — opinou o imediato, num fio de voz —, e se aproximam rapidamente.

— Estão mesmo, Sr. James — confirmou solenemente o comandante do *Caprica*.

— Quais são as suas ordens, senhor?

Llewellyn pensou por um instante enquanto estudava a altura e a largura das rajadas que se aproximavam, sua velocidade e a aparência do mar à sua frente.

— Não a combateremos, Sr. James. Ficaremos à deriva, e que Deus tenha piedade de nós — respondeu ele, por fim.

O imediato engoliu em seco de medo. À deriva, nesse caso, significava baixar as velas e paralisar o timão a sotavento, deixando o navio navegar livremente, à mercê da tempestade. De repente, ele se viu pensando em sua jovem esposa, Betsy, e o filho ainda bebê em casa, em Bristol.

— Trancar todas as escotilhas e vigias — ordenou o capitão Llewellyn. — Proteger toda a carga e amarrar todos os animais. Verificar os embornais. Apagar todos os fogos e chamas. E tente não alarmar os passageiros.

— Sim, pode deixar, senhor — disse o homem mais jovem, sabendo que ele e Llewellyn estavam pensando a mesma coisa: o *Neptune*, naquelas águas, na mesma época, no ano anterior, afundando numa tempestade com mais de 300 almas a bordo.

Llewellyn olhou para os passageiros que estavam no convés, aproveitando o tempo ameno. Ao passarem pela linha do equador sem incidentes, ele os informara de que, após terem atravessado a área de calmaria, navegariam para longe da África, em direção ao Rio de Janeiro, onde pegariam um vento sudoeste que os levaria para a Austrália. A área de calmaria tinha ficado bem para trás deles agora, mas já não havia a possibilidade de pegar um vento sudoeste favorável. Uma tempestade maior do que qualquer outra que Llewellyn já vira estava a caminho e não havia outra escolha a não ser ficar à mercê dos ventos.

O capitão rezou para que fossem mínimas as perdas de vida.

Inconscientes da tormenta que se aproximava, três dos passageiros de cabine aproveitavam o sol quente e o céu limpo no tombadilho superior.

O reverendo Merriwether, sentado numa espreguiçadeira de madeira e lona, ocupava-se com a leitura de um dos muitos livros que estava transportando para a colônia, enquanto a mulher tricotava ao seu lado. A vontade de Abigail era de afrouxar o espartilho e se despojar do incômodo da crinolina e da combinação. As modas femininas não eram pensadas para o clima semi-tropical do Atlântico Sul. Embora, a essa altura, ela já estivesse acostumada às inconveniências da viagem de longa distância. Acostumara-se com as oscilações e o balançar do *Caprica*, a cada rangido e gemido do navio, ao som do sino que marcava as horas e regulava os relógios da tripulação e ao apito do contramestre emitindo comandos agudos.

Ela desejava ficar navegando para sempre. A missão aborígene fora descrita como "depois da curva do além e com selvagens andando nus de um lado para o outro".

Engolindo os temores secretos, Abigail concentrou a atenção nos passageiros de cabine, seus companheiros. Eles não pareciam se incomodar com as inconveniências da viagem em alto-mar. Na verdade, desde o dia em que o garotinho imigrante havia se recuperado da disenteria — e os outros também tinham se restabelecido sem novos surtos —, o Sr. Scott e a Srta. Conroy pareciam possuídos de um curioso entusiasmo. Eles também tinham ficado mais amistosos um com o outro, Abigail pensava enquanto suas agulhas de tricô teciam sem parar. Ela percebeu como a Srta. Conroy erguia a cabeça do livro que estava lendo para espiar o convés principal, com o olhar sempre dirigido para o Sr. Scott, que estava labutando numa engenhoca misteriosa com a ajuda de alguns imigrantes musculosos. A Sra. Merriwether desconfiava de que um laço especial estava se formando entre os dois jovens. Ela até confessara ao marido que seria um grande prazer se a Srta. Conroy e o americano se casassem a bordo do navio, com o capitão ou seu marido presidindo a cerimônia.

Como se sentisse o escrutínio da Sra. Merriwether, Hannah parou de ler, olhou para cima e sorriu para a mulher mais velha. Então ela viu o capitão na ponte de comando, segurando a roda do leme, usando suas calças brancas e paletó azul-marinho com botões de metal, os olhos azuis atentos ao mar. Pouco antes, o capitão Llewellyn havia olhado através da luneta e tivera um diálogo sério com o Sr. James. Depois disso, de acordo com parecer de Hannah, o imediato deixara a ponte de comando para cumprir tarefas urgentes. Qual seria o problema? O céu estava limpo, o oceano calmo e as coisas pareciam normais a bordo do navio.

Ela desviou o olhar para Neal Scott que estava embaixo, no convés principal, trabalhando em sua nova invenção — um estabilizador de câmera que permitiria fotografar de dentro de um navio. O Sr. Scott fizera amigos entre os imigrantes, alguns dos quais agora o ajudavam a serrar e martelar sua engenhoca de madeira. Ele havia tirado o paletó e trabalhava com as mangas arregaçadas e os suspensórios cruzados nas costas largas. Neil Scott era um homem forte, como os lutadores que Hannah tinha visto nas feiras rurais desafiando um ao outro pelo prêmio em dinheiro, e ela pensou no quanto ele parecia mais apto ao trabalho físico do que à atividade cavalheiresca que o estudo científico sugeria.

Forçando-se a tirar os olhos dele, ela retornou ao livro em seu colo.

Desde a disenteria, Hannah andava ajudando o Dr. Applewhite a atender os passageiros e a tripulação com necessidades médicas. Ela aprendera mais com ele — o uso do gengibre em pó, por exemplo, como remédio para o enjoo marítimo — e até o auxiliara a encanar a fratura exposta de um marinheiro que havia caído do cordame. Com essas experiências, uma nova curiosidade germinara em sua mente. Depois de Donny não houvera novos casos de disenteria. Nenhuma outra morte. O contágio havia desaparecido do mesmo modo misterioso como aparecera. Por quê? De onde viera subitamente e por que tivera um fim tão rápido e inexplicado?

Ao vender sua casa em Bayfield, Hannah guardara na mala os instrumentos médicos e o microscópio do pai, assim como uma grossa pasta de notas laboratoriais que descreviam sua pesquisa pela causa e cura da febre puerperal. Ela evitara olhar para aquelas coisas, pois lhe traziam lembranças dolorosas. Porém, sua curiosidade sobre o contágio a bordo do *Caprica* levou-a a abrir a pasta do pai — uma coleção de papéis soltos entre duas capas rijas e amarrada com uma fita —, na esperança de aprender mais sobre suas técnicas para o tratamento de doenças. Ela esperava encontrar remédios, indicações de como diagnosticar e respostas médicas. Em vez disso, o portfólio pessoal do pai era cheio de notas desconcertantes, equações, receitas e mais perguntas ainda. E estavam todas fora de ordem. John Conroy, o mais consciencioso dos quacres já existentes, fiel às regras e à ética, um homem de pensamentos cuidadosos e modos rígidos, tinha sido surpreendentemente displicente em suas práticas laboratoriais.

Mas o que deixou Hannah mais atônita foi a pergunta feita nas primeiras folhas das notas, escritas cinco anos antes: "O que matou minha amada Louisa?"

Hannah achou a pergunta estranha, pois ele sabia que a morte de Louisa fora provocada por uma febre puerperal. Na verdade, havia sido exatamente essa febre que o lançara numa pesquisa obsessiva de seis anos. Ou será que a pergunta tinha algo a ver com suas enigmáticas palavras finais quando estava morrendo: "A verdade sobre a morte de sua mãe"?

Como as notas de seu pai eram indecifráveis, Hannah guardou a pasta e foi buscar em outro lugar um modo de matar a sede que agora brotava dentro dela. O Dr. Applewhite generosamente a convidara a se servir de sua pequena coleção de livros médicos, o que ela fez com entusiasmo. O volume em seu colo era *Patologia e medicina*, de Sir William Upton, e Hannah já tinha aprendido coisas que seu pai nunca havia lhe ensinado.

Ela novamente desviou o olhar do livro. Nunca antes se sentira tão distraída. Por mais que desejasse se concentrar na satisfação de sua nova curiosidade sobre medicina e doença, ela não conseguia parar de pensar em Neal Scott. Especialmente à noite, quando se deitava, dolorosamente ciente de que o belo americano estava deitado bem do outro lado da parede fina. Ela se virava de um lado para o outro na cama enquanto visualizava seu corpo musculoso — usando o quê? —, a respiração presa na garganta, ela transpirava, e quando finalmente caía no sono era para encontrar o Sr. Scott em seus sonhos.

O livro de Sir William Upton ficou largado em seu colo quando, mais uma vez, Hannah permitiu que o olhar vagasse para a atividade no convés principal ali embaixo, onde viu, sob a luz do sol, a camisa encharcada de Neal grudada em suas costas musculosas.

Neal estava demonstrando para seus novos amigos como queria que a armação para a câmera fosse feita. Parou para enxugar o pescoço e olhou para Hannah, lá em cima, recatadamente sentada numa das cadeiras do convés, a encantadora cabeça envolta por um delicado chapéu de seda. Ela estava olhando para ele e então desviou o olhar rapidamente.

Desde a noite que passaram com Donny Ritchie, ele não conseguia parar de pensar nela. Sentar-se com ela no salão, passear pelo convés — cada momento com Hannah agora tinha uma qualidade original. Ele sabia que poderia apaixonar-se por ela caso se permitisse, mas, no final da viagem, eles seguiriam rumos diferentes.

— Queira me desculpar, senhor, poderíamos falar por um instante?

Neal olhou para cima e viu o imediato com uma expressão séria no rosto.

— Sim, do que se trata, Sr. James?

— Devo pedir que o senhor vá para baixo agora. Estamos esperando um mau tempo vindo nesta direção.

— Mau tempo? Muito mau?

— O capitão imagina que será o pior possível, senhor. Sugiro que guarde esses seus caixotes em segurança. E, se puder ajudar os outros de alguma maneira, eu agradeço. Especialmente a jovem dama — acrescentou o Sr. James, gesticulando com a cabeça na direção de Hannah, que segurava o chapéu que o vento tentava lhe arrancar.

Quando Neal foi para o tombadilho, os marinheiros e ajudantes estavam subitamente em todos os lugares, correndo, gritando, subindo nos cordames. Os oficiais ordenavam que os imigrantes descessem e, ao alcançar Hannah, Neal viu os homens da tripulação trancando as escotilhas que davam para o porão da terceira classe.

O dia escureceu e o vento aumentou. Os marinheiros tinham posto chapéus de abas largas e capas de borracha enquanto lutavam com os ovéns, colhedores e brióis. Os Merriwether já tinham ido para sua cabine, a fim de proteger seus pertences e a si mesmos. Neal ajudou Hannah a descer a escada do tombadilho, enquanto o mar ficava cada vez mais revolto, tornando o ato de andar um desafio. Hannah correu para sua cabine, enquanto Neal incumbiu-se da tarefa de verificar se os caixotes estavam bem-acondicionados.

Enquanto os Merriwether firmavam o baú, o reverendo disse:

— Meus óculos sobressalentes! Devem ter caído do meu bolso lá no convés. Estarei de volta num minuto.

— Caleb, não! — Abigail apressou-se atrás dele, tentando agarrá-lo pelo braço. — É muito perigoso.

— Se eu quebrar meus óculos e não tiver um par sobressalente, não terei nenhuma utilidade na Austrália — retrucou ele, gesticulando para que a esposa retornasse à cabine. Mas Abigail seguiu o marido, que se debateu subindo os degraus que davam para o tombadilho, e ao empurrar a escotilha viu-se envolvido por uma violenta tempestade.

Concluindo que seria imprudente procurar pelos óculos, Caleb Merriwether começava a fechar a escotilha quando viu, estatelado no convés, o que parecia ser um marinheiro inconsciente. Ele não podia ter certeza, visto que o homem estava deitado junto a um rolo de cordas e, de fato, parecia simplesmente ser outro rolo.

— Meu Deus! — disse para Abigail, que estava logo atrás dele —, será que é um homem?

— Caleb, por favor, desça.

O missionário de meia-idade, cujo trabalho mais duro nos últimos anos fora arrancar as ervas daninhas de seus cravos-de-defunto, fez uma rápida avaliação do cenário — as nuvens negras e baixas, a rajada de vento vindo em direção ao navio, a água subindo pela lateral — e tomou uma decisão instantânea.

Quando ele saiu, Abigail subiu atrás do marido, exigindo que ele voltasse. Porém, era certo que o marinheiro seria carregado pela água, e ninguém parecia ter notado o homem caído. Ao atravessar com dificuldade o tombadilho escorregadio, com o *Caprica* inclinando de um lado para outro, o reverendo Merriwether rezou para que o homem ainda estivesse vivo. Será que ele havia caído da ponta da verga?

Na escada do tombadilho, com os cabelos esvoaçando ao vento, horrorizada, Abigail observava Caleb ir aos tropeços na direção do homem caído, escorregar duas vezes nas tábuas molhadas e alcançá-lo bem quando o navio deu uma guinada. Desesperada, ela procurou por ajuda, mas os poucos marinheiros que estavam no tombadilho debatiam-se com escotas e cordões, e o rugido do vento abafava seus gritos de socorro.

Caleb caiu duas outras vezes, mas conseguiu pegar o homem inconsciente, cuja testa sangrava, pela gola da capa impermeável e fez força para voltar puxando-o pelo convés encharcado, enquanto a chuva torrencial açoitava seu rosto e grandes ondas subiam pelas laterais do navio.

Os olhos de Abigail ficaram arregalados de pavor, pois ela tinha certeza de que a qualquer momento os dois homens seriam arrastados para fora. Então, para seu assombro, Caleb chegou à escada, ensopado e pálido, mas segurando o marinheiro inconsciente. Juntos, os missionários levaram o homem para a cabine, onde o amarraram na cama e depois se apoiaram um no outro quando a tempestade chegou ao auge.

Agindo rapidamente em sua cabine, Neal amarrou a última das caixas e os equipamentos no beliche de baixo, firmando tudo com cordas que o Sr. Simms lhe dera. Hannah apareceu na porta.

— Precisa de ajuda, Sr. Scott? Eu tenho apenas um baú e está bem seguro.

— Não deveria ficar aqui, Srta. Conroy. Esses produtos químicos são muito perigosos. — Ele notou que Hannah havia tirado a incômoda crinolina, de modo que a saia caía naturalmente, dando-lhe uma sedutora silhueta, mais feminina.

— O senhor disse que são inflamáveis. Se apagar o lampião...?

— São mais que inflamáveis. O éter usado para a preparação do colódio pode ser explosivo.

Em Boston, perto do escritório de advocacia de Josiah Scott, um fotógrafo havia morrido em seu quarto escuro quando um frasco de éter tinha estourado e os vapores foram inflamados por uma vela. Guardados de modo apropriado, num local frio e estável, as voláteis soluções fotográficas como cianureto de potássio, amônia e nitrato de prata não eram perigosas. Mas Neal não fazia ideia de como esses líquidos reagiriam sendo agitados por uma tormenta.

— Então é ainda maior a necessidade de duas mãos a mais — concluiu Hannah, pegando uma corda para ajudá-lo a amarrar uma caixa com o rótulo INSTRUMENTOS CIENTÍFICOS FRÁGEIS.

Quando tudo estava seguro, Neal jogou o paletó e um bornal de couro no beliche de cima. Naquele instante, o navio deu uma guinada e o bornal caiu no chão, abrindo-se e jogando o conteúdo para fora. Hannah ajudou-o a recolher o pincel de barba, a caneca do sabão, lenços, pentes. Ela pegou um pequeno frasco e o examinou sob a luz do lampião que balançava acima. Era feito de um vidro lustroso verde-esmeralda, no formato de uma lágrima, com um gargalo comprido e selado com lacre vermelho. O frasco era achatado como uma garrafa de bolso, mas em miniatura, com apenas 5 centímetros de comprimento e estava pendurado numa linda corrente de ouro, como se fosse para ser usado como um colar.

Fechando o bornal, Neal jogou-o no beliche de cima e disse:

— Isso é tudo! Agora, o Sr. Simms disse que devíamos nos atar aos beliches. Vamos até a sua cabine e eu vou prendê-la com... — Ele parou de falar ao ver o que Hannah segurava na palma da mão.

— Isso caiu da sua bolsa — disse ela. — Que lindo!

O semblante de Neal obscureceu.

— Josiah Scott encontrou isso entre as cobertas que me envolviam no berço.

— É extraordinário!

— Creio que pertencia a minha mãe, talvez ela o tenha colocado nas cobertas como uma lembrança. Não sei exatamente o que é. É provável que contenha o mais caro dos perfumes parisienses que o dinheiro poderia comprar.

— Por que acha isso? — perguntou Hannah, surpresa.

— Há anos venho especulando sobre a dona desse frasco, como ela teria sido, quais seriam seus motivos para deixá-lo comigo enquanto me abandonava nos degraus da porta de um estranho. Creio — continuou Neal, quando o navio deu outra guinada e ele teve de se equilibrar — que minha mãe deixou esse caro vidrinho comigo como símbolo de sua origem para que eu soubesse que não havia nascido de gente simples, mas de algum aristocrata na América.

— Sr. Scott — disse Hannah —, isto não é um vidro de perfume.

— Não? Como sabe?

— Posso reconhecê-lo. É um coletor de lágrimas.

Ele franziu as sobrancelhas.

— Um o quê?

O navio jogou Hannah de encontro à parede.

— Um vidrinho para coletar lágrimas derramadas numa ocasião especial. Podem ser lágrimas de tristeza ou de alegria.

— Nunca ouvi falar nisso.

— É mencionado nos salmos. Quando Davi reza a Deus, ele diz: "Ponha minhas lágrimas num vidro." É um costume secular. As carpideiras coletam suas lágrimas em vidrinhos e as oferecem à pessoa que perdeu alguém. Ou podem ser dadas lágrimas de alegria como presente.

Hannah entregou o frasco para ele.

— São muito populares na Inglaterra. Aqueles que lamentam a perda de seus amados coletam as lágrimas em vidros com tampas especiais que permitem que as lágrimas evaporem. Quando tiverem evaporado totalmente, o período do luto acaba. Mas esse vidrinho em particular, pode-se notar, foi fechado para que as lágrimas não evaporassem. A intenção da sua mãe foi que você carregasse consigo as lágrimas dela por toda a vida.

Neal lançou-lhe um olhar assombrado.

— Está dizendo que as lágrimas de minha mãe estão aqui? — Ele olhou para o vidro cor de esmeralda, que sob a luz do lampião oscilante lançava tremeluzentes reflexos esverdeados.

— Ela queria que o senhor soubesse que ela chorou ao deixá-lo na porta de Josiah Scott.

Neal olhou para Hannah e depois para o vidrinho cor de esmeralda em sua mão. Subitamente, sentiu como se tivesse ficado sem ar.

— A senhorita realmente acha que foi isso?

— Tenho certeza — respondeu ela, sorrindo.

— Eu... eu não fazia ideia.

De repente, lá estava: a emoção inominável que o dominava desde o dia em que tirara a fotografia de Donny Ritchie. A Sra. Ritchie havia suplicado a Deus que a levasse em vez do filho, e algo atingira o fundo da alma de Neal, remexendo sentimentos tão poderosos e estranhos que o deixaram assustado.

Naquele instante, ele soube. A própria mãe o abandonara. Ela não tinha pedido a Deus que a levasse em vez dele. Era uma mulher egoísta, que ao contrário de Agnes Ritchie não quisera o filho e o descartara sem a menor preocupação. Havia sido isso que o levara a tirar o retrato da criança doente. Não para acalmar uma mulher desesperada ou sufocar um motim, mas para satisfazer algo em seu interior, para garantir a si mesmo que nem todas as mães eram tão egoístas quanto a sua.

Mas agora... o vidro de perfume já não era a bugiganga cara de uma mulher vaidosa e egoísta, mas o receptáculo de suas lágrimas.

O navio estava oscilando muito e Hannah caiu sobre Neal.

— Precisamos atá-la — recomendou ele, pondo no bolso o precioso vidrinho coletor de lágrimas. — E esse lampião deve ser apagado. — Ele esticou o braço e puxou o lampião para baixo, soprando a chama e fazendo-os mergulhar na escuridão.

O navio ficou momentaneamente calmo, mas eles imaginaram que as forças da natureza estavam se reunindo e aumentando acima deles.

— Temos que chegar à sua cabine — disse Neal, rouco, segurando Hannah com firmeza, sem querer soltá-la, incapaz de se mover. Mas o que acabara de acontecer naqueles últimos minutos no confinamento do pequeno compartimento? Como aquela jovem de olhos acinzentados e sorriso piedoso tirara um véu de seus olhos que ele nem sabia que existia?

Sua mãe deixara as lágrimas dela com ele.

Fortes emoções se encapelaram dentro dele, balançando-o da mesma forma que o *Caprica* o balançava. Ele envolveu Hannah num abraço apertado. Na completa escuridão da cabine, ele pressionou a boca nos cabelos dela.

Hannah pensava na tempestade violenta que estava para cair, mas não podia deixar de se segurar em Neal. Ela estreitou o abraço, segurando-o firmemente. Podia sentir o calor do corpo dele através do tecido da camisa, os músculos rijos. Sem a crinolina, era possível sentir as pernas de Neal junto das suas. Uma alarmante sensação erótica a fez estremecer. Ele a puxou ainda mais para junto de si.

No escuro, Neal pôs a mão sob o queixo de Hannah e levantou o rosto delicado. Quando se inclinou para beijá-la, a chuva começou a cair e a primeira onda gigantesca os golpeou.

Neal e Hannah caíram. Ela gritou. Ele a procurou no escuro, encontrou-a e a puxou para junto de si novamente.

Nas outras cabines e no porão, onde os lampiões e as velas também haviam sido apagados, aterrorizados, os passageiros suportaram a tempestade cegos como toupeiras, enquanto ouviam os gemidos e rangidos assustadores das vigas sitiadas do navio. A Sra. Merriwether segurava-se ao marido, que rezava em voz alta enquanto o navio balançava violentamente. O Dr. Applewhite entupira-se de conhaque medicinal a ponto de mal estar ciente do que ocorria. E o capitão Llewellyn, sozinho em sua cabine, onde se atara ao beliche, concluía que, afinal de contas, tivera uma boa vida no mar.

Ao ouvir um barulho apavorante na cabine ao lado, Neal correu para fora, esforçando-se para chegar ao corredor, que de tão escuro lhe deu a impressão de estar cego. Ele foi tateando pela parede e chegou à porta da cabine de Hannah. Escorregou e percebeu, horrorizado, que o chão estava molhado. A água vinha da cabine de Hannah. Rapidamente abriu a porta e viu a luz cinzenta do dia.

A água do mar estava entrando pela escotilha quebrada.

Hannah correu atrás dele e, desesperada, agarrou um cobertor para tapar a abertura, mas escorregou quando o navio deu uma guinada. Neal caiu para a frente, indo parar no beliche ensopado, e mais água entrou. Enquanto ele lutava para ficar de pé, Hannah gritava:

— Nós vamos nos afogar se não taparmos essa janela!

O navio balançou de novo e os dois caíram de costas. Havia luz suficiente passando pela escotilha, mostrando a Neal que já havia uns 15 centímetros de água na cabine.

Sabendo que não havia como buscar ajuda, ele puxou os lençóis da cama e depois um colchão e empurrou-o contra a janela, fazendo força contra a inclinação íngreme da embarcação. De repente o *Caprica* foi jogado para o outro lado, assim como Neal, que bateu no tabique.

O navio adernou a tal ponto e entrou tanta água que Neal pensou que iriam afundar.

Então Hannah estava lá, arrastando o colchão dos braços dele e lutando para levá-lo à janela. Erguendo-se, Neal levantou o restante do fardo volumoso de penas e tecido e, juntos, eles enfiaram o colchão na abertura, preenchendo o buraco com os lençóis, de modo que a cabine mergulhou outra vez no escuro.

Os gemidos e rangidos das tábuas soavam como se o navio estivesse a ponto de se despedaçar enquanto a tormenta rugia, bramia e revolvia o mar.

— Sr. Scott! — chamou Hannah no escuro. — Está tudo bem?

— Estou aqui! — gritou ele, estendendo os braços, cegamente procurando por ela.

As mãos de ambos se encontraram e Neal a puxou. O *Caprica* deu uma guinada e caiu de repente. Hannah jogou os braços em torno de Neal, abraçando-o com firmeza. Ela ficou encharcada. O vestido grudou em seu corpo e o cabelo molhado escorria por suas costas e sobre os seios. Neal podia senti-la trêmula em suas mãos.

Na escuridão, eles ficaram abraçados, caindo de um lado para o outro até Neal segurar-se na moldura da porta e ali se firmar, de maneira que, quando o navio tornou a balançar, ele estava preso, segurando Hannah firmemente nos braços, enquanto ela tremia de frio e enterrava o rosto em seu pescoço.

Neal pensou em suas vidas acabando naquele local desconhecido e não identificado, visualizando a sepultura de água que os aguardava lá embaixo. Pensou no tremor daquela jovem mulher em seus braços. Pressionou os lábios em seu cabelo frio e molhado e a puxou ainda mais para si. O *Caprica* deu uma guinada tão violenta que pareceu girar num círculo completo. Neal resistiu e manteve-se de pé junto com Hannah. O mar revolto levantou o navio como um graveto num rio caudaloso, para soltá-lo novamente num mergulho tão íngreme que fez Hannah gritar. Com a água gelada batendo em seus tornozelos, ela cravou os dedos nas costas de Neal, agarrando-se como se ele fosse um colete salva-vidas.

Uma onda gigantesca bateu no *Caprica* pelo través, fazendo o navio adernar tanto que Neal e Hannah pensaram que fossem virar. Hannah pressionou as mãos contra o pescoço de Neal. Ele baixou o rosto, ela ergueu a face, e os lábios de ambos se encontraram na escuridão apavorante, num beijo intenso motivado por paixão, medo e um último ato de se agarrar à vida preciosa.

Capítulo 5

— Terra à vista, capitão. Fremantle bem à nossa frente.
— Obrigado, Sr. James. Força máxima, Sr. Olson — disse o capitão Llewellyn ao timoneiro na roda do leme.
— Sim, capitão.
Os passageiros se reuniram no convés com os oficiais e a tripulação que não trabalhava nos cabos. Foi um momento melancólico. Eles e o *Caprica* haviam sobrevivido à tempestade, mas a memória daquela noite terrível semanas atrás acompanharia todos pelo resto de suas vidas.
Ao amanhecer do dia seguinte, a assustadora tempestade havia passado e o sol rompia as nuvens para iluminar um *Caprica* encharcado e alquebrado, mas ainda navegável, como o capitão Llewellyn descobrira e, portanto, dera ordens de uma nova rota para a Cidade do Cabo, onde eles se abrigariam e fariam reparos. Os imigrantes foram levados para o convés, primeiro para se ajoelhar nas tábuas ensopadas e rezar e, depois, para uma contagem. Seis haviam perecido na tempestade, sendo que dois deles eram crianças pequenas. Entre os tripulantes, oito tinham sido carregados borda afora pela água, enquanto os oficiais haviam se salvado, embora com ferimentos.
Mas o marinheiro que Caleb Merriwether salvara, arriscando a própria vida, passara pela provação com nada mais que um arranhão na cabeça.
E agora a costa oeste da Austrália aparecia diante deles, luminosa e vibrante como um farol de esperança.
Parada no convés, envolta pela luminosidade dourada do sol, Hannah pensava em Neal Scott e nas horas desesperadas que haviam passado juntos em sua cabine, agarrados um ao outro. Ela havia sentido o calor e a força do corpo de Neal, quando estava certa de que cada respiração seria a última. E o beijo que haviam partilhado durara uma eternidade antes de Hannah dar o grito que os separara.

Eles não tinham se beijado mais durante a tempestade nem depois, ao perceberem que estavam vivos. Nem haviam falado daquele momento. Cada um precisava pensar sobre aquela noite, analisar os sentimentos alarmantes e descobrir um modo de compreender a nova vida para a qual emergiriam na manhã seguinte — pois tanto Neal quanto Hannah haviam mudado.

Ao lado de Hannah, Neal Scott observava a costa oeste da Austrália, que ia ficando cada vez mais nítida no ensolarado horizonte. Ele pensava na jovem notável de pé ao seu lado. Ele a tivera nos braços, tinham se beijado de um modo que fora ao mesmo tempo provocante e desesperado, porque pensavam estar à beira da morte, e então tudo havia mudado. Neal já não se sentia mais agradecido por eles seguirem caminhos distintos. Não queria deixar Hannah, porém não havia escolha. Ele ia desembarcar ali, e ela seguiria adiante.

Havia tantas coisas que ele queria dizer a ela, mas não tivera oportunidade para uma conversa em particular desde a tempestade. A cabine de Hannah tinha ficado tão danificada que ela se mudara para a cabine da Sra. Merriwether, enquanto o reverendo ocupava o beliche junto com ele. O navio se transformara numa colmeia de atividades, com marinheiros martelando, serrando, fervendo alcatrão. Neal juntara-se a eles, acompanhado por imigrantes fisicamente capazes, para consertar o *Caprica* conforme o navio coxeava rumo à Cidade do Cabo. Hannah ocupara-se plenamente ajudando o Dr. Applewhite com ferimentos, infecções e histeria. As únicas vezes que passavam alguns minutos juntos era durante as refeições, e isso acontecia sempre na companhia de outros. Eles trocavam olhares de lados opostos da mesa, os olhos se encontrando e o desejo nascido na noite da tempestade aflorando.

Agora estavam lado a lado na amurada, observando a terra que se aproximava. Os outros passageiros também estavam ali de pé, num silêncio boquiaberto sob o vasto céu azul e a reluzente luz do sol. Conforme o *Caprica* aproximava-se da costa, todos viram o azul-escuro do oceano ir adquirindo tonalidades mais claras até finalmente vislumbrarem águas verde-limão abraçando praias de areia branca. Atrás delas havia uma planície coberta de árvores que se estendia para as montanhas.

Mas foram as cristalinas águas verdes tropicais que deixaram todos sem fôlego. Pessoas oriundas de ilhas úmidas e enevoadas jamais tinham visto uma paisagem abençoada como aquela e rezaram para que seus destinos, Adelaide, Melbourne e Sydney, fossem tão paradisíacos quanto ali.

Parado ao lado dos quatro passageiros de cabine o Sr. Simms disse:

— Perth foi fundada há 17 anos e desde o início houve encontros hostis entre os colonos britânicos e os aborígenes locais. Esses negros criaram uma luta acirrada para defender sua terra, considerando que não estavam fazendo nada com ela. Os colonos ingleses plantavam e criavam animais, fazendo *algo* com a terra. Porém os negros não entenderam. Houve batalhas terríveis, mas agora isso havia acabado. Três anos atrás um cacique morreu e sua tribo se desfez. Eles se retiraram para os pântanos e lagos ao norte da colônia, e não incomodam mais.

Sem ouvir nenhum comentário, Simms acrescentou:

— Vocês estão vendo diante de nós uma das colonizações mais isoladas da Terra. Sabiam que Perth fica mais próxima de Singapura do que de Sydney? E os verões aqui são quentes e secos, sendo fevereiro o mês mais quente do ano.

— Imaginem — declarou a Sra. Merriwether —, fevereiro ser o meio do verão!

— Imaginem — disse Neal Scott, baixinho —, quase 5 milhões de quilômetros quadrados de terra e praticamente toda ela nunca vista por olhos humanos. Alguns especulam que há um grande mar interior, e o que pensamos que seja a costa de um continente de fato é um grande recife cercando esse mar. Muitos dizem que as ruínas de cidades antigas estão no coração da Austrália. Atlântida, talvez. Ou raças desconhecidas da humanidade. Talvez as tribos perdidas de Israel vivam aqui e tenham construído uma segunda Jerusalém.

Hannah estremeceu de expectativa ao pensar nesse novo mundo! Uma terra que fora ocupada havia meros oitenta anos, sem castelos seculares e antiquados lordes e ladies. Um lugar de novos começos e acontecimentos.

Um barco de apoio fora trazido da terra por oito marinheiros remadores e, enquanto chegava e se emparelhava ao *Caprica*, os Merriwether despediam-se. Para Hannah, o reverendo Merriwether disse que, caso ela não conseguisse nada no oeste da Austrália, seria bem-vinda na missão deles.

— Não estamos lá apenas para redimir as almas aborígenes, Srta. Conroy. Todos que buscam a verdade são bem-vindos.

Ao observar o marido se despedir da Srta. Conroy, Abigail maravilhou-se com a mudança que o acometera nas semanas desde a tempestade. Caleb emagrecera e ficara musculoso ao ajudar nos reparos do navio. Sua pele estava bronzeada. Ele era o retrato da saúde e do vigor. O medo de viver na missão aborígene havia desaparecido quando ela testemunhara o ato de bravura do marido. Ela não sabia que Caleb possuía tamanha coragem e firmeza.

Os Merriwether eram primos de segundo grau e, quando crianças, ficara implícito que se casariam um dia. Abigail consentira obedientemente e dera cinco filhos a Caleb. Um afeto respeitoso existia entre eles, mas não havia paixão. Que estranho e inesperado, pensava agora Abigail, empolgada, vendo com esperança sua nova vida naquela terra ensolarada, apaixonar-se pelo marido após trinta anos de casamento.

Enquanto a bagagem deles era baixada para o barco de apoio, a Sra. Merriwether aproveitou a oportunidade para dar um conselho a Hannah:

— Você é muito inteligente e instruída, Srta. Conroy, mas deixe-me lhe dizer uma coisa: nenhum homem gosta de uma mulher que seja mais inteligente ou instruída que ele próprio. É preciso aprender a esconder seus talentos, minha querida, pelo menos até se casar.

— Mas não vim para a Austrália em busca de um marido.

— Você precisa de um, queira ou não — opinou a Sra. Merriwether, com seus cachos grisalhos sacudindo sob a aba do chapéu. — Espera-se que uma parteira seja casada e tenha filhos, caso contrário é inapropriado para uma jovem solteira se expor a questões do quarto de dormir. E as mulheres não se importarão a mínima com seu treinamento formal se você não tiver passado por um parto. Se tem esperança de sobreviver aqui, minha querida, é preciso que se case antes.

E então chegou a hora de Neal e Hannah dizerem adeus, pois os caixotes e o baú dele já tinham sido levados para o barco. Com voz tensa de emoção, ele disse:

— Não estou acostumado a colocar meus sentimentos em palavras. Posso falar sem parar sobre a Terra e tudo que está nela, mas quando se trata de questões do coração fico com a língua presa. Antes de deixá-la, Hannah, você precisa saber do forte impacto que provocou em mim. Desde o dia em que Josiah Scott me contou a verdade sobre o meu nascimento, eu tenho carregado um grande ressentimento no coração contra a minha mãe. Sei que é irracional, mas nunca consegui perdoá-la por ter me abandonado. Mas você rompeu essa barreira de teimosia, minha querida Hannah, ao me falar sobre o coletor de lágrimas. Isso me mostrou o outro lado da mulher que é minha mãe e plantou em mim a ânsia de saber a verdade sobre meu nascimento e ascendência. Escreverei cartas para casa, para todos de quem me lembre, aos gabinetes governamentais, câmaras municipais e até para os arquivistas das igrejas. Agora estou ansioso para saber o nome da minha mãe.

Ele não deu voz ao restante, a verdadeira razão para procurar sua origem. Era cedo demais. Algumas coisas precisam ser ditas na hora certa. A verdade era que ele se apaixonara por Hannah Conroy e queria se casar com ela. Mas enquanto suspeitava de que Hannah não se importava que ele fosse um bastardo, sabia que outros se incomodavam. A sociedade não perdoava o nascimento de uma criança fora do matrimônio. O passado voltaria e assombraria o presente dele e o de Hannah, até o ponto de prejudicar seus filhos. Desse modo, antes de pedi-la em casamento, era preciso saber quem ele era, saber quem ele estava oferecendo a ela.

Neal sabia que se fosse para casa agora, se comprasse a passagem para um dos navios ancorados no porto, retornando à Inglaterra e dali para Boston, poderia conduzir uma busca mais completa por sua mãe e teria maior chance de encontrá-la. Mas ele não queria ir embora da Austrália, porque Hannah estava lá.

— Esta é uma despedida muito difícil — murmurou ele.

— É mesmo — concordou Hannah, baixinho, enquanto enchia seus olhos com a visão do alto e belo Neal Scott.

Fazia exatamente seis meses desde que haviam zarpado da Inglaterra e ela estava detestando ter de se separar dele. Sentiu-se tentada a desembarcar ali. Contudo, estava também ansiosa para encontrar seu lugar naquele novo mundo e para dar início ao exercício da profissão de parteira. Havia sido essa a mudança que a tempestade exercera nela. Hannah emergira da tormenta cheia de uma nova urgência e decidida a não perder um dia sequer.

Olhando para terra firme, ela viu uma colônia, alguns depósitos perto do cais, alojamentos militares, construções de madeira, algumas propriedades espalhadas, cabanas próximas à praia. Não a comunidade onde ela poderia estabelecer seu consultório e, ao mesmo tempo, explorar seu novo interesse em curas e doenças. E, de qualquer modo, em breve Neal estaria a bordo de um navio científico e não retornaria por um ano.

— Vou rezar para que encontre as respostas que procura — disse ela.

Embora Neal afirmasse ser livre para percorrer o mundo e explorar mistérios por não ter elos nem raízes, Hannah desconfiava de que ele não era nada livre, mas sim prisioneiro de mágoas profundamente enterradas. Ele não estava percorrendo o mundo para solucionar mistérios, mas sim para solucionar o mistério de si mesmo, para encontrar seu lugar no mundo. Até descobrir as verdades sobre sua mãe e as circunstâncias de seu nascimento, Hannah acreditava que Neal Scott nunca seria realmente livre.

Ela queria lhe dar um presente, alguma coisa pessoal que Neal pudesse levar como lembrança do tempo em que haviam passado juntos a bordo do *Caprica* e talvez, ela esperava, como um lembrete de seu afeto por ele. Porém, ela estava incerta das regras. A sociedade ditava o decoro e a etiqueta adequados em relação ao comportamento entre moças solteiras e cavalheiros. Mas será que as amizades feitas em navios não eram diferentes?

Surpreendido por um momento de não querer ir embora e incapaz de falar, Neal memorizou cada detalhe de Hannah, ali parada sob a luz dourada do sol, para levar consigo como uma fotografia mental: a postura ereta, o vestido cinza perolado que deixava seus olhos luminescentes, a cabeça erguida com orgulho, o cabelo escuro puxado para cima num coque, o chapeuzinho com o charmoso véu preto que lhe cobria a testa.

E ao prendê-la com os olhos, indiferente às atividades do navio em volta deles, Neal percebeu que ele e Hannah compartilhavam um laço especial, além da experiência de vida e morte no mar e daquele beijo desesperado. Os dois não se encaixavam naquela sociedade. No caso dele, era sua ilegitimidade, um fato que ele devia manter em segredo. De outra forma, a sociedade educada jamais se comunicaria com ele. No caso de Hannah, ela não se encaixava no modelo que a sociedade exigia para uma moça solteira, pois lia livros de medicina, fazia perguntas investigativas e voluntariamente se colocava em situações inadequadas para uma dama.

Uma jovem dama muito pouco convencional, de fato. E pela qual, apesar da promessa feita a si mesmo de que nunca mais se apaixonaria, ele na verdade estava se apaixonando.

— Hannah — disse ele, por fim —, eu gostaria de lhe deixar uma lembrança se não achar que for atrevimento da minha parte.

Pondo a mão dentro do paletó de tweed, ele pegou um lenço recém-lavado e dobrado meticulosamente. Ao aceitá-lo, Hannah viu as iniciais N. S. bordadas no canto.

— Obrigada, Neal — agradeceu ela. Em seguida, tirando uma de suas luvas, feita de pelica macia e tingida de cinza, ela ofereceu a ele, dizendo: — E espero que aceite isso em retribuição.

Quando Neal pegou a luva, foi como se Hannah tivesse lhe dado a mão e, naquele momento, ele soube que nunca a soltaria.

Então ele teve vontade de abraçá-la e pressionar seus lábios aos dela, bem ali diante de Deus, da tripulação do navio, dos imigrantes do *Caprica* e das gaivotas que voavam acima no céu.

— Embora estejamos nos despedindo agora, minha querida Hannah — murmurou ele num fio de voz —, não será por muito tempo. Dentro de um ano, quando terminar meu contrato, irei até Adelaide e lá nos reencontraremos.

Eles se entreolharam sob a luz brilhante do sol de outubro diante do alvoroço do cais de Perth, com a fragrância salgada do mar penetrando suas narinas.

— Dentro de um ano, então — anuiu Hannah, apaixonada, empolgada e pensando nas últimas palavras de seu pai, de que ela, com Neal Scott, estava no limiar de um glorioso mundo novo.

Adelaide

FEVEREIRO DE 1847

Capítulo 6

— É muito jovem, Srta. Conroy — disse o Dr. Davenport ao examinar o certificado de Hannah e as referências da maternidade-escola de Londres.

— Acabei de completar 20 anos — contrapôs ela, com vontade de se abanar.

Estava quente no consultório do médico, e a janela aberta pouco ajudava. Em vez de uma brisa, só o que vinha da rua era mais calor, pó, moscas e o cheiro de excremento dos cavalos. Hannah, porém, como o restante das cidadãs de predominância britânica de Adelaide, não sonharia em sair sem um espartilho apertado e uma pesada crinolina por baixo da saia. O Sr. Simms tinha razão ao dizer que fevereiro era um mês quente na Austrália.

Isso a fez pensar em Neal Scott e em como ele estava se arranjando no oeste da Austrália, onde ela ouvira dizer que era ainda mais quente que no sul. Quatro meses haviam se passado desde a despedida em Perth, e durante esse tempo Hannah pensava nele todos os dias. Rezava para que ele estivesse bem e que dentro de oito meses viesse para Adelaide como havia prometido.

— E a senhorita disse que *não* é casada? — indagou o Dr. Davenport, olhando-a por sobre os óculos.

Infelizmente, a profecia da Sra. Merriwether tornara-se realidade: ninguém contrataria uma parteira jovem, inexperiente e, sobretudo, solteira. *Você devia mentir e dizer que é viúva*, fora o conselho de Molly Baker, uma das jovens com quem Hannah morava na pensão da Sra. Throckmorton. *Ninguém poderá provar o contrário e isso permitirá sua entrada para a fraternidade das esposas. Moças solteiras não devem saber o que acontece por trás das portas dos quartos. Portanto, como é que você pode fazer o parto de um bebê se não sabe como ele chegou lá?*

Molly tinha razão. No entanto, Hannah não podia começar sua nova vida com uma mentira.

— Eu não sou casada — confirmou ao Dr. Davenport.

O estado civil não era o único obstáculo para que ela desse início ao seu exercício como parteira. Hannah descobrira que as parteiras já estabelecidas da cidade guardavam seus territórios com zelo, impossibilitando que uma recém-chegada conseguisse pacientes. Ela colocara anúncios nos jornais, notas em quadros de avisos e se apresentara aos farmacêuticos da cidade — tinha até conversado com as babás que se reuniam no parque municipal, pedindo-lhes para divulgar seu nome. Mas os poucos chamados que havia recebido, por meio de mensageiros, tinham resultado em desastre. *É você a nova parteira? Mal passa de uma menina. E não é casada, não tem filhos?*

Com o dinheiro acabando e o aluguel por vencer, Hannah ajoelhara-se e rezara como nunca havia feito antes, dessa vez falando com seu pai, pedindo-lhe orientação. Naquela noite, ela sonhara novamente com a biblioteca fria e sombria do Solar Falconbridge, como já tinha acontecido tantas outras vezes, na qual o pai punha o frasco de iodo em sua mão, dizendo: "Esta é a chave" ou, então, "Você deve saber a verdade sobre a morte de sua mãe". Mistérios que atormentavam seu sono e a intrigavam nas horas de vigília. Mas nesse último sonho seu pai lhe dissera algo novo: "Você me ajudou, Hannah, assim como pode ajudar outros médicos."

Reunindo os jornais e indo às agências dos correios e outros locais públicos com quadros de avisos, ela procurava por anúncios de emprego colocados por médicos. Mas isso também se comprovara infrutífero, visto que eles queriam um assistente do sexo masculino ou uma empregada doméstica. Hannah encaixava-se numa categoria que parecia não existir.

Finalmente, ela havia decidido que precisava assumir as rédeas da situação. Com uma lista de médicos em Adelaide, ela saíra para se apresentar a eles, oferecer seus serviços e, de alguma maneira, tentar convencê-los de que necessitavam de sua ajuda. Ela já havia sido rejeitada por três: *Pare com esse contrassenso e case-se, minha jovem. Eu já tenho uma criada. A senhorita deveria se envergonhar.*

Agora ela estava recatadamente sentada no consultório abafado do Dr. Gonville Davenport, na Light Square, rezando para que ele tivesse a mente mais aberta que os outros. Ela até usara seu precioso dinheiro, que pouco a pouco desaparecia, para investir num novo guarda-roupa. Naquela manhã quente de fevereiro ela vestia a última moda: um vestido de seda lilás de cintura justa e decote canoa com debruns e botões de veludo roxo, as mangas amplas com fendas, que revelavam franzidos brancos. Luvas combinando e um gracioso chapéu completaram o traje.

Contudo, ela não havia adquirido uma das novas bolsinhas, que considerava frívolas, pois eram tão pequenas que nada maior que um lenço cabia dentro. Hannah aninhava no colo uma bolsa de um luxuoso veludo azul, salpicado de seda brilhante e fios dourados tecidos numa padronagem exótica. Sua mãe a comprara no Marrocos e a usava para os cosméticos de suas apresentações. Agora, a pequena bolsa continha as posses mais preciosas de Hannah: os instrumentos e remédios da maleta de seu pai; o frasco da Fórmula Experimental 23, com três quartos do preparado de iodo; o estimado livro de poesias de sua mãe, dado a ela por John no dia do casamento com uma inscrição que dizia: *À minha amada, que é pura poesia.* E, por último, do pequeno laboratório de seu pai, a pasta de couro que guardava as notas de suas pesquisas, o resumo do trabalho de sua vida.

Enquanto esperava educadamente que o Dr. Davenport lesse suas cartas de referência, Hannah pensou na advertência da Sra. Merriwether: "Esconda seus talentos". Os três últimos médicos não só tinham se mostrado desinteressados por educação formal, como pareceram, por algum motivo, considerá-la insultante e nada adequada. Hannah cogitava se dessa vez devia ficar quieta.

Enfiado em seu corpete estava o lenço monogramado de Neal. Ela o sentia ali agora, uma suave pressão em seu busto, como se o próprio Neal a estivesse tocando, incentivando-a a abrir as asas naquela terra onde nem sequer o céu era o limite. Mas como fazer as duas coisas — buscar seu sonho e, ainda, ocultar seu talento?

Hannah tentou não demonstrar desespero, mas estava ficando cada vez mais ansiosa com aquela situação. Ela não estava acostumada a uma cidade barulhenta e movimentada, nem a dividir uma casa com seis mulheres. Nos primeiros dias, tivera dificuldade para dormir na pensão da Sra. Throckmorton: o tráfego do lado de fora parecia nunca cessar, especialmente em novembro e dezembro, quando hordas de carneiros eram conduzidas pelo meio da cidade em direção ao porto a 10 quilômetros de distância. Havia o constante ruído dos cascos de cavalos do lado de fora de sua janela, o estalar de um chicote, o condutor de uma carreta que gritava com seus bois. Ela havia nascido na periferia da tranquila Bayfield, numa pequena casa de campo caiada, de quatro cômodos e um jardim na frente para cultivar flores. Havia se criado lá. Era a vida a que estava acostumada, a vida que ela aspirava recriar ali no sul da Austrália. Hannah esperava que, quando sua carreira engrenasse, ela pudesse se mudar para um lugar pequeno que fosse somente seu e mais distante do centro da cidade.

Ela tentou avaliar o médico atrás da escrivaninha. O Dr. Davenport era um homem bonito, de quase 40 anos, com cabelos negros, espessos, que caíam na testa de modo juvenil. O nariz grande e as sobrancelhas arqueadas lhe davam uma aparência séria, ainda que seu tom fosse bondoso e seus modos, educados.

— Sinto muito, mas não preciso de uma parteira — disse ele, por fim, numa voz de quem realmente se desculpava.

— Posso ajudar de outras maneiras. Eu ajudava meu pai em seu consultório e o acompanhava nas visitas aos pacientes do campo. — Será que soaria pretensioso demais se ela acrescentasse que eles tinham até sido chamados para atender uma baronesa?

Davenport largou as cartas e avaliou francamente a moça à sua frente. Com certeza, ela tinha uma ótima apresentação. Bem-vestida, articulada ao falar. Havia uma faísca de inteligência em seus olhos vívidos. Ela dissera que seu pai era quacre, o que significava que havia lhe ensinado a honestidade. E as cartas de recomendação do hospital a elogiavam (apesar de um professor de obstetrícia observar que a Srta. Conroy tendia a fazer perguntas demais). Ela era recatada, sem ser tímida; tinha modos de dama, mas com suficiente segurança para vir ao seu consultório pedir emprego.

Sua clientela estava aumentando e de fato ele andara pensando em contratar um assistente. Mas não uma moça que nem sequer era casada!

Desconfortável sob o exame minucioso do médico e preocupada com a possibilidade de deixar escapar algo que arruinasse suas chances com ele, Hannah olhava em torno do consultório arrumado, forrado de livros, diagramas anatômicos, samambaias em vasos de latão, um esqueleto humano pendurado num suporte, a escrivaninha do médico atravancada de papéis, livros e jornais, e um armário com portas de vidro onde ele guardava remédios, ataduras, instrumentos, suturas, bacias e toalhas. A biblioteca impressionante do Dr. Davenport seria um bônus se ele a contratasse.

Seus olhos pousaram numa pequena estatueta de marfim sobre a escrivaninha.

— Que encantador — disse ela.

O Dr. Davenport olhou para a estatueta de 20 centímetros, cujo branco do marfim brilhava ao sol.

— Tenho paixão por antiguidades, Srta. Conroy. Adquiri essa estatueta numa pequena loja em Atenas. O proprietário me garantiu que ela tem, pelo menos, 200 anos.

— Posso?

— Por favor. — Ele passou a estatueta para ela.

— É primorosa. A quem representa?

— A deusa Higeia.

— Ah, sim, a filha de Esculápio — afirmou Hannah. — Muito apropriado para um consultório médico.

As sobrancelhas arqueadas de Davenport ergueram-se.

— Você conhece Esculápio?

Hannah hesitou antes de dizer:

— Era o antigo deus grego da medicina, e Higeia era a deusa da saúde, da limpeza e do saneamento.

Davenport fez um gesto afirmativo com a cabeça.

— Ela é evocada no início do juramento de Hipócrates, quando um novo médico recita: "Eu juro por Apolo, Esculápio, Higeia e Panaceia cumprir, segundo minha capacidade e razão, a seguinte promessa." Mas sinto, Srta. Conroy, que, apesar de sua posição no juramento, Higeia não era uma deusa importante no panteão grego. Era seu pai que realizava as curas. Todavia, Higeia prevenia as doenças, o que, a meu ver, é mais importante.

Hannah estava impressionada com os detalhes intrincados do entalhe — o manto da deusa, as flores em suas mãos, as minúsculas sandálias nos pés. Devia ter sido esculpida por uma mulher, concluiu. Talvez uma médica, pois Hannah lera que havia mulheres médicas na antiga Grécia. Ela tentou visualizar a mulher nos tempos atuais, com seus mantos esvoaçantes e fala macia ao administrar medicamentos delicados.

Ela fez uma pausa. Não, aquela não era uma deusa de cura. Higeia era a deusa que *prevenia* as doenças. A mulher que esculpira a peça devia ter sido uma professora.

Ao devolver a estatueta, dizendo "É linda!", Davenport pensou: *Lembra você*. A ideia súbita o sobressaltou, mas era verdade. Não o manto grego, mas a cabeça redonda da deusa, o cabelo grosso partido ao meio e puxado para cima num intrincado nó atrás da nuca, o pescoço longo e gracioso, as feições delicadas.

Aquilo o fez parar. Viúvo após perder a mulher na viagem da Inglaterra, ele não havia percebido o quanto sentia falta de uma companhia feminina até agora. Sua querida Edith era inteligente e animada, educada e culta, uma mulher com quem ele podia discutir todo tipo de assunto, uma mulher que se deliciava com debates animados e noites apaixonadas.

Ele havia decidido não contratar a Srta. Conroy, mas agora se flagrava dizendo:

— Suas tarefas incluirão varrer e passar o pano no chão todas as noites. Tirar o pó. Lavar meus instrumentos médicos. Enrolar as ataduras conforme necessário. E manter o estoque de material médico. Para isso, será preciso ir à Farmácia Krüger uma vez por semana. Se os pacientes vierem a aceitá-la, ficarei satisfeito de ter sua ajuda com crianças assustadas e mulheres histéricas. E, quando surgir a necessidade de uma parteira, a senhorita poderá me ajudar e daí por diante veremos.

Ficou então acordado que Hannah trabalharia três manhãs por semana para começar, por um período de experiência de seis meses, com expectativa de mais horas depois disso. Ela saiu do consultório tão vertiginosamente alegre que poderia ter jurado que seus pés não tocavam o chão. *Quando eu provar minhas habilidades e competência,* ela pensou entusiasmada, *vou pedir ao Dr. Davenport que acrescente meu nome à tabuleta lá fora, e então poderei colocar anúncios nos jornais, informando a cidade da minha associação com esse excelente médico.*

Parada na calçada de madeira em frente ao prédio de tijolos de dois andares do Dr. Davenport, com cavalos passando a trote e as carruagens levantando poeira, Hannah pressionou a mão no peito e pensou: *Vou escrever a Neal hoje à noite, contando-lhe a boa-nova.*

Ao se despedirem em Perth, eles haviam combinado de escrever um para o outro e postar as cartas aos cuidados do correio central.

— Se o *Borealis* aportar, vou esforçar-me para lhe enviar uma carta — prometera Neal.

Ele fizera mais que isso. Para o prazer de Hannah, apenas duas semanas depois de sua chegada a Adelaide, encontrara uma carta esperando por ela na agência dos correios. Neal tinha escrito no mesmo dia em que chegara a Perth.

A mensagem iniciava num tom formal e consistia de fatos áridos: "O HMS *Borealis* é uma chalupa de dez canhões, classe Cherokee, da Marinha Real, um veterano das guerras napoleônicas e reformado para pesquisa científica. Vou fazer parte de uma equipe de 15 homens e o capitão está interessado em adotar minha invenção de estabilizar a câmera para tirar fotografias a partir do navio."

Mas então ele certamente havia se empolgado em escrever, pois a carta tornara-se mais pessoal. "Ontem, jantei na casa do tenente governador de Perth. Não foi uma cerimônia tão grandiosa quanto você pode achar, e os Merriwether também foram convidados. Como havia outros cientistas à mesa, membros da minha expedição, isso resultou num animado debate sobre o atual progresso científico, e temo ter chocado o reverendo e sua esposa com minha confissão de ser ateu e de acreditar que algum dia a ciência explicará todos os mistérios, talvez até incluindo o mistério do próprio Deus. Querida Hannah, creio que os bem-intencionados Merriwether teriam me sequestrado e levado para sua missão aborígene se fossem capazes!"

Ele ainda havia escrito: "Estou anexando uma fotografia minha. Queria lhe dar no *Caprica*, mas achei que poderia ser muito atrevimento da minha parte e talvez um tanto vaidoso. Mas como não quero que você me esqueça, então superei minhas reservas e tomei a liberdade de incluí-la nesta carta."

Hannah tinha ficado eletrizada ao encontrar no envelope um pedaço de papel rijo, aproximadamente do tamanho e da forma de uma fatia de pão. Uma imagem em preto e branco impressa nele: Neal Scott olhando para ela com olhos escuros e tristes. Ele usava um paletó escuro e solto sobre uma camisa branca e sentava-se com uma perna cruzada sobre a outra. Estava sem chapéu, expondo o cabelo escuro cortado curto, e atrás dele havia um painel pintado com árvores e morros.

Mas os olhos divertidos e a boca sorridente que ela conhecera no *Caprica* não estavam evidentes naquela fotografia, que efetivamente transmitia um semblante melancólico a Neal. Scott.

Como se antecipasse sua observação, Neal havia escrito na carta: "Perdoe a seriedade do meu aspecto. É difícil manter um sorriso por 15 minutos. Na verdade, minha cabeça está fixada em uma braçadeira que fica invisível. Receio que, até que o processo seja de algum modo acelerado, os retratos fotográficos pareçam sempre sérios."

No entanto, Hannah gostou da aparência séria, achando que o tornava ainda mais bonito, além de acrescentar-lhe um ar distinto, como cabia a um homem estudado e inteligente. Que invenção maravilhosa! Uma fotografia não era em nada como uma pintura pendurada na parede. Ela carregaria o pequeno retrato de Neal onde quer que fosse. Assim poderia olhar para ele sempre que quisesse, e à noite, antes de apagar a luz, ela poderia contemplar o rosto de Neal e se maravilhar com a estranha intimidade, com a surpreendente conexão que aquela foto criava com ele.

E cada vez que olhava para seu rosto, ela se lembrava do beijo que haviam partilhado durante a tempestade — seu primeiro beijo —, um beijo tão desesperado e apaixonado que revivê-lo a enchia de desejo e de uma dolorosa vontade de ser beijada por ele novamente.

Neal finalizara a carta desejando-lhe felicidades e um enigmático: "Gostaria de dizer muitas coisas mais", prometendo encontrá-la em Adelaide dentro de um ano. Hannah escrevera de volta, contando-lhe sobre sua nova vida na pensão da Sra. Throckmorton, da ânsia de começar a trabalhar, e terminara a carta com a esperança de vê-lo no outubro seguinte.

Agora faltavam apenas oito meses e Hannah se sentia tão bem que decidiu tentar conseguir um emprego adicional, algo para se ocupar nos dias de folga, de maneira que trabalhasse toda a semana. O próximo de sua lista era o Dr. Young, na Waymouth Street.

Ao se aproximar do endereço de um pequeno bangalô branco localizado entre dois terrenos baldios, com um gramado amarelado na frente, Hannah viu uma bela carruagem com dois cavalos aguardando na rua. Descendo a escada da porta da frente, uma jovem e distraída mulher. Ela trajava um vestido preto, avental branco e uma touca branca de criada, e, quando chegou à carruagem, parou, torcendo as mãos com nervosismo.

— Você está bem? — perguntou Hannah, percebendo, agora, que a moça estava prestes a chorar.

Seu semblante sombrio dizia que alguma coisa não ia bem.

— Não sei o que fazer, senhorita. A governanta do Dr. Young disse que ele foi para Sydney e que talvez não volte, e algo de muito errado está acontecendo com a Srta. Magenta. Eles não conseguem despertá-la!

Hannah deu uma rápida olhada para a casa e viu que alguém havia pendurado um pano sobre a plaqueta de metal do médico. Olhou para a carruagem — sem dúvida, pertencia a uma família abastada. Por fim, olhou para a criada, cuja feição era de incômodo, as faces rosadas e os olhos azuis arregalados de medo.

— Eu trabalho com o Dr. Davenport — começou Hannah.

Entretanto, a moça contrapôs:

— Oh, mas ele não irá! O único que iria seria o Dr. Young! O que vou fazer? Não posso voltar sozinha.

— Talvez eu possa ajudar — ofereceu-se Hannah, querendo saber por que a moça estava tão certa de que o Dr. Davenport não atenderia o chamado. — Meu nome é Hannah Conroy e tenho alguma experiência em cuidar de pessoas.

Os olhos azuis se arregalaram.

— A *senhorita*? — A criada olhou para um lado e para o outro da rua, torcendo as mãos como se estivesse tentando deslocar os dedos.

— Como se chama? — perguntou Hannah, num tom tranquilizante.

— Alice. E a Srta. Magenta precisa muito de um médico!

— O que aconteceu?

— Não sabemos. Ela disse que não estava se sentindo bem e agora não acorda.

— Tem certeza de que não quer procurar o Dr. Davenport? O consultório dele é bem...

— Nenhum dos médicos irá — interrompeu Alice, acrescentando: — É a casa de Lulu Forchette. — Como se aquilo explicasse tudo.

Voltando os olhos na direção do cocheiro, que fumava um cigarro com completo desinteresse, Hannah disse:

— Irei com você, Alice. Talvez eu possa ajudar.

A jornada levou-as para fora dos limites da cidade, em direção ao campo, que Hannah ainda não havia visitado. Conforme a carruagem seguia ao longo da estrada sulcada e Hannah segurava seu chapéu e a bolsa de veludo, pó e cascalho voavam janela adentro; ela olhou para fora e viu colinas verdejantes entremeadas por terras aradas e pastagens de carneiro, celeiros e galpões de tosquia. Cabanas e casas ficavam distantes umas das outras e, por um momento, sob a luz do sol poente, ela pensou ter visto o campanário de uma igreja através dos eucaliptos. Quando passaram sob um dossel de eucaliptos, Hannah viu um bando de cacatuas brancas alçando voo, tornando-se rosas e laranjas ao voar rumo ao poente. E, quando a carruagem diminuiu a velocidade para atravessar uma ponte estreita sobre um regato, ela se surpreendeu ao ver um animal grande, laranja-escuro, incrivelmente alto, com minúsculas patas dianteiras, saindo do caminho com saltos graciosos. Seus olhos se arregalaram. Era o primeiro canguru que ela via.

Alice não falou durante todo o percurso, que levou cerca de 30 minutos, e permaneceu sentada, balançando com o coche, mordendo o lábio inferior e retorcendo as mãos. Hannah achou que a moça, que devia ter por volta de 20 anos, estava aterrorizada, como se estivesse mais preocupada com a própria segurança do que com a misteriosa Srta. Magenta. Hannah tentava não encará-la, mas estava curiosa. A face esquerda de Alice era marcada por cicatrizes. Ela não tinha a sobrancelha esquerda e, pelo que Hannah pôde perceber por baixo da touca e dos cachos louros, parecia não ter parte do couro cabeludo e a orelha esquerda. Aquilo era uma tragédia, pois, quando Alice virou a cabeça a fim de olhar pela janela, Hannah viu pelo perfil direito que ela realmente era muito bonita. Então imaginou o que poderia ter provocado uma deformação tão infeliz.

— Chegamos, senhorita! — disse Alice quando o coche diminuiu a marcha e uma casa elegante tornou-se visível.

Com três andares, varandas e sacadas, treliças de fino acabamento e belas colunas, a casa da patroa obviamente rica de Alice situava-se entre gramados e jardins ao fim de um longo caminho de entrada que saía da estrada principal. Os ornamentos em ferro eram um pouco exagerados, as varandas e sacadas lotadas de plantas, e havia uma série de cataventos importados no telhado, dando a entender que o proprietário exibia uma nova fortuna. Os únicos vizinhos eram uma estância de carneiros a uns 2 quilômetros de distância e o que parecia ser uma fazenda de leite mais adiante, de modo que a elegante mansão ficava isolada entre eucaliptos e árvores de *kawakawa*, além da vegetação nativa que se abria em leque rumo às baixas colinas e regatos.

Era um lugar estranho para uma residência tão refinada, especialmente porque não parecia haver construções externas significativas, nem plantações ou criação de animais. Apenas uma casa, grande e bela, no meio do nada.

Enquanto o cocheiro estendia a mão para que Hannah descesse no caminho poeirento, ela ouviu música e risadas provenientes das janelas abertas, e, agora que o sol mergulhara por trás das árvores, ela percebia que as luzes tinham sido acesas em todos os cômodos. Quando ela viu, ao lado da casa, cavalos encilhados e várias carruagens e veículos, deu-se conta de que devia estar acontecendo uma grande festa.

Rapidamente, Alice conduziu Hannah para os fundos e para dentro de uma cozinha bem-iluminada e movimentada, onde panelas borbulhavam e fornos emitiam um calor tremendo.

— Por aqui — disse Alice, enquanto cozinheiras e criadas olhavam para Hannah com curiosidade.

Alice conduziu-a para uma escadaria nos fundos, onde ela encontrou, no topo, várias moças andando de um lado para outro, ansiosas. Eram jovens, duas delas vestidas de camisolas e penhoares, a terceira de calções na altura dos joelhos e uma combinação de algodão branco. As três tinham os cabelos soltos caindo pelos ombros, como se tivessem acabado de despertar de um cochilo. Enquanto Alice explicava às moças nervosas que o Dr. Young não viria, Hannah ouviu palavras murmuradas sobre Lulu Forchette estar muito zangada. Ela seguiu as moças até um quarto lotado de vestidos e calçados, uma penteadeira repleta de joias e cosméticos, além de uma cama desarrumada com uma colcha escarlate sobre a qual uma jovem de camisola rendada jazia prostrada, muito pálida e mortalmente imóvel.

Ao apressar-se para o lado da cama e levantar o punho da moça, ouvindo a música do piano lá embaixo, acompanhada pelas risadas de homens, Hannah percebeu que aquela não era uma residência comum. Embora nunca tivesse visitado um estabelecimento como aquele, nunca acompanhara o pai a uma certa cabana na estrada que saía de Bayfield, onde uma família de mulheres era conhecida pela hospitalidade. Ela não teve dúvida sobre que tipo de casa era aquela.

— O que aconteceu? — perguntou ela, enquanto procurava a pulsação no pescoço da moça e a encontrou perigosamente fraca e irregular.

— Ela se queixou de dor de cabeça — respondeu uma das jovens. — Disse também que estava enjoada.

Hannah levantou as pálpebras de Magenta e viu as pupilas dilatadas.

— E ela estava com muita sede e não conseguia beber água — acrescentou outra.

Então Magenta tinha a boca seca e dificuldade para engolir, pensou Hannah. Ela já havia visto aquilo antes, mas não num dos pacientes de seu pai em Bayfield. A infeliz vítima havia sido uma de suas colegas na maternidade-escola. Na verdade, ela ocupava o leito vizinho ao de Hannah no dormitório e uma noite havia se medicado com uma dose de tintura de beladona para aliviar graves cólicas menstruais. Como Magenta, a pobre moça havia ingerido demais da medicação e, apesar de as alunas terem mandado buscar um médico, foi tarde demais.

— Temos de acordá-la — disse Hannah. — É preciso fazer com que ela vomite.

— Já tentamos acordá-la, senhorita. Sais de cheiro não adiantaram.

Contudo, Hannah ainda tinha o suprimento do Dr. Applewhite. Ela tirou o vidrinho da bolsa, abriu a tampa e movimentou-o de um lado para o outro sob o nariz da moça.

Magenta engasgou-se e os seus olhos se abriram. Agindo rapidamente, Hannah disse:

— Ajudem-me a virá-la de lado. — Enquanto as outras viravam Magenta, Hannah abriu-lhe a boca à força e enfiou seus dedos, fazendo a moça ter um acesso de vômito. — Tragam uma bacia, rápido! — pediu ela, e a vasilha apareceu bem a tempo. Tudo que Magenta consumira nas últimas duas horas veio para fora. As moças observavam a cena sem respirar enquanto a amiga vomitava na bacia até esvaziar o estômago. Então Hannah disse:

— Preciso de ajuda para pô-la de pé. Temos de fazer com que ela ande pelo máximo de tempo que aguentar. Encha aquele copo com água, por favor. Precisamos diluir o sangue dela.

Meia hora andando de um lado para o outro no quarto abarrotado, com Hannah sob um braço e uma das moças sob o outro, forçando a debilitada Magenta a cambalear para a frente e para trás, parando apenas para forçar a entrada de água pelos lábios ressequidos, finalmente fez sua pulsação, as pupilas e a temperatura voltarem ao normal. Deixando a moça numa cadeira, com ordens para que as outras a mantivessem acordada e conversando, Hannah pegou sua bolsa e pediu que a levassem até a proprietária da casa.

Alice estava no corredor e havia recebido instruções para levar a Srta. Conroy a uma sala particular quando terminasse com Magenta. Ao chegarem ao pé da escadaria, Hannah passou por uma arcada que abria para um salão, suntuosamente mobiliado, onde ela viu homens de casacas e fraques, bem-vestidos e de aparência próspera, socializando com um grupo extraordinário de mulheres. Ela procurou não olhar. Embora a maioria das mulheres fosse jovens atraentes usando vestidos (apesar de terem decotes indecorosamente baixos e as bainhas tão altas a ponto de mostrar as meias), Hannah viu uma mulher muito pequena, uma anã de proporções perfeitas, vestida como um menino tocador de tambor, sentada no colo de um cavalheiro, enquanto, num canto, entre vasos de palmeiras, um outro cavalheiro bebericava champanhe na companhia de duas gêmeas polinésias, que usavam apenas saias de palha e guirlandas de flores sobre os bustos nus.

Os homens fumavam charutos, cachimbos e cigarros, e o ar exalava um forte odor de cânabis, familiar para Hannah porque seu pai costumava receitar o fumo para pacientes com distúrbios nervosos. Uma mesa comprida estava posta com travessas de comidas apetitosas, e uma moça de pés descalços, usando um quimono japonês, circulava com uma bandeja cheia de taças de champanhe.

A maior surpresa, porém, veio quando ela foi levada para uma sala menor, com Alice retirando-se rapidamente e fechando a porta.

— Boa noite — cumprimentou a anfitriã de Hannah. — Eu sou Lulu Forchette.

A dona da casa era a mulher mais gorda que Hannah já tinha visto. Vestida com uma deslumbrante túnica de seda azul, seus punhos, dedos e o largo pescoço adornados de joias que chegavam a cegar de tanto brilho, com penas de garça enfiadas no flamejante cabelo ruivo, Lulu Forchette recostava-se numa poltrona de veludo vermelho com uma taça de champanhe numa das mãos e um cigarro numa longa piteira na outra.

— Alice me contou que você reanimou Magenta. Trouxe-a de volta e salvou-lhe a vida. Sente-se, querida. Quero saber tudo a seu respeito e sobre esse milagre que acabou de fazer! — A voz de Lulu era tão volumosa quanto ela.

Hannah sentou-se numa poltrona de brocado. Em contraste com o salão, que mais parecia algo saído de uma fantasia, aquela sala era um cenário prosaico — as paredes cobertas por um papel de parede aveludado, com aquarelas de paisagens penduradas. Vasos de plantas, lustrosas luminárias, bibelôs cintilantes, livros, capas decoradas para proteger o sofá e as poltronas. Havia até um divã de couro azul estampado com elefantes prateados. Na verdade, uma linda sala com alguns objetos caros e de bom gosto, como um vaso chinês vermelho e dourado sobre a lareira entre um par de cães de porcelana.

— Desculpe se não me levanto — disse Lulu. — Estou com um problema no tornozelo.

— Quer que eu dê uma olhada?

Lulu acenou com a mão gorducha.

— Alice me contou que você reanimou Magenta com sais fortes. Como fez isso? Nada do que tentamos funcionou.

Hannah tirou o frasco da bolsa e entregou-o a Lulu, que cheirou e inclinou a cabeça para trás.

— Meu Deus! É muito forte. Poderíamos usar isto. Às vezes, minhas garotas desmaiam. É o espartilho apertado. Você sabe, os homens não resistem a uma cintura fina.

Ela esticou o braço para um prato com amêndoas glaceadas e jogou algumas na boca, mastigando, pensativamente.

— Então, como é que eu mandei Alice para buscar um médico e ela volta com você? E quem é você exatamente?

Hannah explicou as circunstâncias diante do consultório do Dr. Young e também falou um pouco de sua procedência.

Lulu riu.

— Então quer dizer que você é uma parteira que acabou de chegar a esta cidade. Imagino que tenha se surpreendido ao vir à minha casa. Pelo menos não exigiu que o cocheiro a levasse imediatamente de volta para a cidade. Fico impressionada. Mas você reprova este tipo de estabelecimento, tenho certeza. — Ela fez um gesto de mão, embora Hannah não tivesse dito nada. — É o modo de vida nas colônias. Encontra-se uma necessidade e ela é suprida. Como você. — Lulu Forchette estreitou os olhos para observar Hannah de cima a baixo. — Você diz que é parteira, mas havia remédios também. Fazemos o que é possível para sobreviver. Quanto a mim, fui extraditada por roubar um avental. Cumpri meus sete anos e consegui meu perdão. O problema foi que eu não sabia costurar, nem cozinhar, e havia lavadeiras aos borbotões. Eu não tinha habilidades, nenhuma profissão, como muitas moças. E antes que percebesse estava nas ruas, mendigando. O primeiro homem a me oferecer dinheiro para um serviço rápido foi um banqueiro, imagine. Entramos num beco e saí de lá com seis centavos. Ele gostou de mim e fiquei com ele por algum tempo. Apresentou-me aos seus amigos ricos e, resumindo uma longa história, aqui estou. Obrigada pelo que fez por Magenta. Eu já disse àquela garota para ficar longe da beladona, mas ela não me ouve.

— Talvez — aventurou-se a dizer Hannah — ela esteja infeliz aqui.

— Infeliz! — Lulu soltou uma risada curta que soou mais como uma tossida. — Por que estaria infeliz? Magenta é minha filha, esta é a casa dela.

— Sua filha...

— O bom Deus me abençoou com quatro meninas, todas bonitas. E tenho orgulho de dizer que são mais requisitadas pelos clientes do que todas as outras. — Lulu riu outra vez, o busto enorme se elevando, os colares e brincos soltando faíscas luminosas. — Não fique tão chocada, minha querida. Somos uma família feliz aqui. Gostamos do que fazemos, usamos roupas bonitas e não temos maridos que se embriagam e nos batem. E, o melhor de tudo, ninguém passa fome nesta casa. Isso é o pior. — A fisionomia de Lulu tornou-se sombria, o olhar voltando-se para dentro. — A fome. Uma inanição tão séria que você briga com os cães por restos de comida nas ruas. E então chega um homem e lhe oferece seis centavos por alguns minutos do seu tempo e tudo o que você consegue pensar é em empadões de carne que os seis centavos podem comprar. Depois de um tempo, fazemos qualquer coisa. Não importa o que lhe peçam, contanto que tenha uma refeição e um teto sobre a cabeça no final de tudo.

Ela retornou ao momento presente.

— E, de qualquer modo, o casamento não é isso?

— Nunca pensei a respeito — respondeu Hannah, sinceramente.

— E quanto a ser feliz, bem, todas as minhas garotas são felizes aqui. Elas têm liberdade de ir embora quando quiserem, mas não vão. — Lulu pegou outra amêndoa glaceada e então parou, levando a mão ao maxilar. — Você sabe dar um jeito numa dor de dente?

— Óleo de cravos ajuda.

— E uma brotoeja vermelha que coça?

— Descobri que uma pomada feita de gordura de carneiro e cânfora elimina a maioria das erupções. A senhora pode encontrar ambas na farmácia da cidade.

Os olhinhos aguçados de Lulu analisaram Hannah, desde o chapéu lilás até os sapatos empoeirados.

— Quer dizer que você sabe muito sobre remédios e curas, coisas do tipo? Sabe dar pontos em cortes e assemelhados?

— Sei.

Lulu coçou o maxilar, pensativa.

— O Dr. Young era o único médico que vinha aqui ver minhas garotas. Os outros são muito esnobes para cruzar minha porta. Alice me disse que ele foi para Sydney a fim de se aposentar. O que diria de fazer um acordo comigo, Srta. Conroy? Assim, quando houver necessidade, posso mandar chamá-la. Eu pagarei bem pelo seu trabalho. Temos uma ou outra doença ocasional, mas geralmente são acidentes. Você ficará surpresa.

Hannah pensou por um instante. Se seu pai não fazia objeção em visitar uma casa de hospitalidade na estrada fora de Bayfield, então ela também não deveria fazer.

— Se precisar de mim, estou hospedada na pensão da Sra. Throckmorton, na Gray Street.

Lulu levantou o vidrinho do Dr. Applewhite.

— E onde posso conseguir esses sais de cheiro?

— Por favor, fique com esse. Posso fazer mais.

— Você está me *dando* isto? Sem cobrar? Deixe que eu lhe diga uma coisa, querida. — Lulu mudou o corpanzil de posição e soltou um pum delicadamente. — Não dê de presente o que pode vender. É a regra desta casa, e foi o que me deixou rica. Estes sais de cheiro são um remédio forte. Duvido que haja coisa parecida na colônia. Eu sei que o Sr. Krüger não tem nada tão poderoso quanto isto. Por isso aceite meu conselho e embale este vidrinho, venda-o e logo ficará rica também.

Lulu gesticulou em direção à porta fechada e à música que vinha do outro lado.

— Esses homens lá fora, com suas roupas caras, bebendo champanhe e pagando altos preços pelas minhas garotas, eles chegaram nessa costa com poeira atrás das orelhas. Ninguém volta para casa, eles compram 200 acres de terra e criam ovelha ou gado e ficam tão ricos que as calças não lhes servem mais. É para isso que todos vêm para a Austrália. Você seria uma tola se não fizesse o mesmo.

Hannah aproveitou para perguntar sobre a deformação facial de Alice.

— Pobre criança — disse Lulu. — Quando ela tinha 12 anos, houve um incêndio no cerrado e atingiu a fazenda da família dela. Era noite. Toda a família pereceu, mas Alice foi salva por um empregado. Ela estava presa debaixo de uma viga, e o sujeito que a resgatou puxou com força, sem saber que seu cabelo estava preso. Isso arrancou parte do couro cabeludo e uma orelha. O rapaz a levou correndo para a casa de uma vizinha, que cuidou dela. Eles até a deixariam ficar em troca de trabalho, mas descobriram que Alice tinha ficado com medo de fogo. Ela não podia acender um lampião nem chegar perto de um fogão ou de uma lareira sem gritar. Como eles próprios mal se mantinham, não podiam ficar com uma garota que não conseguia trabalhar para o próprio sustento. Ela foi levada para a cidade, onde uma instituição de caridade para órfãos tentou lhe arranjar um trabalho doméstico, mas o medo de fogo sempre a fazia ser despedida. Por fim, ela cresceu o bastante para que as autoridades parassem de se preocupar com ela, que acabou na rua. Foi onde eu a encontrei, pobrezinha, em trapos, mendigando pelo cais.

— É isso que eu faço: compartilho minha boa sorte com quem precisa. De vez em quando, vou até a cidade de carruagem e procuro garotas em situação desesperadora pelas ruas. Eu as resgato, trago para casa, alimento e depois elas entram para a família. — O busto enorme e pálido, cheio de colares, subiu e desceu com um suspiro dramático. — Esta sou eu, de coração mole. A maioria das garotas aprecia o que eu faço, mas algumas sabem ser ingratas. Nem sempre é fácil fazer caridade, você sabe. Gostaria de ficar para o jantar? Minhas cozinheiras fazem o melhor rosbife e pudim inglês.

— Não, obrigada. Devo voltar para a cidade.

Estendendo a mão para o cordão do sino próximo de sua poltrona, Lulu deu dois puxões impacientes e uma jovem de cabelo ruivo, muito parecida com Lulu Forchette, apareceu.

— Rita, acompanhe a Srta. Conroy de volta à carruagem. E dê a ela uma nota de uma libra por ter vindo aqui hoje. — Para Hannah, ela disse: — Eu mesma levantaria e a acompanharia, mas meu tornozelo está mal.

Hannah notou a bengala ao lado da poltrona: uma bela peça entalhada, de mogno, com uma curiosa alça de ouro. Não o tipo de bengala que alguém compraria para uma contusão temporária. Ela imaginou se o peso de Lulu a impedia de andar.

Rita conduziu-a pela casa até a enorme cozinha, onde as criadas estavam ocupadas com seus afazeres nos fogões e fornos. Ao se aproximarem da porta dos fundos da casa, com Rita indo na frente, elas passaram por um armário fundo com roupa de cama e mesa, e Hannah ouviu alguém cantando lá dentro. Era a familiar *Balada de Barbara Allen,* e a voz era tão linda que Hannah sentiu um arrepio subir por sua espinha.

Olhando para dentro do armário, ela viu Alice diante das prateleiras, pegando fronhas e lençóis dobrados. Sentindo que não estava sozinha, Alice virou-se abruptamente, a canção parando na garganta.

— Nunca ouvi uma voz tão linda — elogiou Hannah.

— Obrigada, senhorita — respondeu Alice timidamente, ficando ruborizada e cobrindo a face esquerda com uma das mãos.

Hannah desconfiou de que a moça só cantava quando pensava que não havia ninguém por perto.

Ela percebeu que Rita a esperava lá fora, na noite abafada de verão, agora com estrelas salpicando o céu negro.

— É só seguir por este caminho — instruiu Rita, com um sorriso cativante. — O coche está esperando.

O ar estava perfumado de flores e repleto de ruidosas canções de grilos e sapos. *Fevereiro*, pensou Hannah enquanto andava pelo caminho. A Páscoa estava próxima e seria celebrada no outono.

Porém, ainda mais extraordinário que os últimos meses que havia passado, era sua visita àquela estranha casa. Ela pensou em Lulu, Rita e Magenta, nas outras garotas que ali moravam, nos cavalheiros que frequentavam o estabelecimento e nas luzes em todas as janelas. Hannah nem conseguia imaginar o que acontecia naqueles quartos. E o que Lulu quisera dizer com "acidentes"?

Os pensamentos de Hannah voltaram-se para o Dr. Davenport e para seu primeiro dia de trabalho na manhã seguinte. Ela estava tão empolgada e cheia de especulações que não viu uma estranha e sombria figura aparecer subitamente no caminho do jardim logo à frente. Foi o som do rosnado que chamou sua atenção.

Ela parou e ficou olhando. O cachorro surgiu das sombras e Hannah viu à luz da lua que o animal tinha o pelo laranja, um focinho comprido, orelhas pontudas e levantadas que lhe davam uma aparência de raposa. O pelo estava imundo e as costelas claramente delineadas. A criatura devia estar faminta.

Hannah congelou quando o animal arreganhou os dentes, o pelo das costas se eriçou. Sua boca ficou seca e ela forçou os pés a recuarem um pequeno passo. Ao fazer isso, o cachorro deu um passo cauteloso para a frente. Hannah deu outro para trás, e o cachorro avançou mais um. Ela continuou a recuar, esperando alcançar a luz e o barulho da cozinha, o que poderia afugentar o cachorro, mas, com seu último passo, sentiu uma árvore nas suas costas. Oh, céus, não conseguiria recuar mais e o cachorro continuava a avançar!

Hannah ficou imaginando se, caso gritasse por socorro, o cachorro iria embora ou atacaria, quando de repente ouviu uma voz baixinha perto dali.

— Não se mexa. Fique bem imóvel.

Hannah reteve o fôlego e um homem saiu da escuridão e postou-se à frente dela, dando-lhe as costas. Ele falou com o cachorro com voz calma:

— Está tudo bem, amigo. Não estamos aqui para machucá-lo. Só estamos passando.

A cacofonia da noite ficou mais alta enquanto o homem olhava fixamente para o cachorro que rosnava, falando calmamente com ele. Hannah não fazia ideia de quem era o estranho. Ele viera da direção da estrada e não estava vestido como os cavalheiros que frequentavam a casa de Lulu. Na verdade, parecia estar usando roupas de trabalho. Ele usava um chapéu de abas viradas para cima nas laterais e cheirava a tabaco.

— Sinto muito que tenhamos ocupado seu território — disse ele, calmamente, para o cachorro —, mas é assim que as coisas são agora. Vamos nos separar como amigos, está bem?

O momento alongou-se, tornando-se surreal conforme a fragrância floral penetrava na cabeça de Hannah e ela ouvia a música e as risadas que vinham da casa, enquanto um desconhecido estava entre ela e um cão selvagem.

Então o rosnado cessou, o pelo voltou ao normal e, logo em seguida, o cachorro virou-se e saiu de mansinho noite adentro.

O estranho deu um passo para trás e voltou-se para Hannah.

— Está tudo bem?

Ela pôs a mão no peito e soltou um suspiro trêmulo.

— Meu coração está acelerado! Seja lá o que foi que fez, eu agradeço.

O homem voltou a olhar para a escuridão e disse:

— Eles não entendem que este não é mais a área deles. Eles vêm pelo que podem encontrar no lixo, agora que seu território de caça desapareceu.

— Que tipo de cachorro era aquele?

— É o que os aborígenes chamam de dingo. Não são domesticáveis e geralmente são perigosos. Onde estão meus modos? Jamie O'Brien, às suas ordens — apresentou-se o estranho com um sorriso nos lábios enquanto levantava o chapéu.

Hannah viu o cabelo louro-escuro e, à sombra da aba do chapéu quando ele o recolocou, olhos que se estreitaram nas faces salientes e maxilares bem-marcados. A pele do Sr. O'Brien era bronzeada pelo sol como a de um marinheiro — seu olhar astuto lembrou-a do capitão Llewellyn —, e ela pensou se os cabelos eram naturalmente louros ou queimados pelo sol. Ele era uma cabeça mais alto que ela, mas não era robusto nem tinha ombros largos; ao contrário, ele era magro, e como não estava usando paletó — sobre a camisa branca ele vestia um colete de couro preto com botões prateados —, ela viu uma figura firme e compacta. As mangas de sua camisa estavam dobradas e Hannah percebeu os braços musculosos. Ela notou algo no cinto: uma bainha de couro com um cabo de faca para fora. Um homem acostumado a se defender, certamente.

Hannah podia perceber que ele era um homem forte, apesar da constituição esbelta, e imaginou que não fosse da cidade, mas um desses tipos rústicos que de vez em quando vinha das fazendas e ranchos, ou até mesmo do sertão australiano. Um vaqueiro, talvez. As mãos dele, ela pensou, deviam ser calejadas.

Ela se deu conta de que ele a olhava de maneira estranha. Dissera-lhe seu nome e agora a observava como se esperasse uma reação. Será que ela devia saber quem ele era? Seria alguém famoso de algum modo?

Então ela notou que ele aguardava a retribuição da cortesia.

— Hannah Conroy — disse ela, ciente da proximidade dele, que não lhe permitia afastar-se da árvore. Os olhos azul-claros de um homem que passava todo o tempo ao ar livre ficaram firmes nos dela e ela viu vincos de diversão nos cantos. Mesmo assim, não sentiu que ele estivesse zombando dela. Ao detectar o cheiro de sabonete e creme de barbear, e como ele estava no caminho que levava à casa de Lulu, ela imaginou o motivo para ele estar ali.

— O que uma dama fina como a senhorita está fazendo num lugar desses? — perguntou ele, lançando o olhar em direção à casa de Lulu.

Hannah explicou que era parteira e fora chamada para ajudar uma das garotas.

Ele olhou para a bolsa na mão dela.

— Uma parteira, é? — indagou ele, baixinho, os cantos dos olhos pregueando num sorriso. — Para alguém na casa de *Lulu*?

— Uma das moças desmaiou.

— Ah! — Então ele se calou e Hannah viu mudanças em seus olhos azuis como as águas do mar. — Ah! — repetiu ele, como se de repente entendesse algo novo e tentasse encontrar uma maneira de entender e aceitar. Ele não conseguia desviar os olhos dela.

— Eu agradeço mais uma vez por afugentar o cachorro — disse ela, olhando para a direita e para a esquerda a fim de ver como poderia passar por ele sem ser rude.

O olhar franco, que iniciara com curiosidade e diversão, agora estava sério, e Hannah cogitou por um instante se ele era perigoso.

A colônia de Adelaide era a porta de entrada para o vasto interior do país, com oportunistas oriundos de toda parte do mundo em busca de opalas, ouro, diamantes e até do tesouro perdido do rei Salomão. Ainda não houvera nenhum feliz achado de ouro ou opalas, mas os boatos eram um poderoso atrativo. Cobre e prata tinham sido descobertos, prometendo que mais riquezas jaziam no outro lado de Adelaide. Desse modo, aquela cidade fronteiriça de oito mil almas que servia de passagem para exploradores, visionários e caçadores de ouro, estava também apinhada de homens e mulheres procurando maneiras de enriquecimento fácil, golpistas, vigaristas, jogadores e impostores, juntamente com os usuais ladrões oportunistas, batedores de carteira e de bolsas.

Talvez aquele estranho fosse um dos últimos. Porém, ele a surpreendeu pegando uma rosa de uma roseira próxima e entregando a ela.

— Os aborígenes dizem que as flores foram criadas pelos ancestrais na época dos sonhos, o que significa muito, muito tempo atrás. Os ancestrais eram um povo mágico e tudo que faziam ou pensavam se transformava em algo sólido. Dizem que cada vez que um ancestral ria, uma flor era criada. E como as pessoas riem mais na primavera, é por esse motivo que há mais flores nessa época do ano. Enfim, é o que os negros dizem.

O sotaque de Jamie O'Brien deixou Hannah intrigada. Naquela colônia de imigrantes ouvia-se uma diversidade de sotaques que ia do inglês da rainha ao *cockney* irlandês e escocês e, às vezes, à fala incompreensível do País de Gales. Mas havia outro sotaque, mais novo, que Hannah desconfiava que fosse de um híbrido de todos os outros e era falado pelos poucos que tinham nascido no continente. Ela percebeu, apesar de tudo, que seu salvador não devia ser um caçador de fortuna recém-chegado naquelas paragens, mas sim um nativo nascido na Austrália, uma raridade na colônia.

Subitamente, a noite foi banhada por um estranho encantamento. O ar estava muito quente. As noites de verão na Inglaterra nunca eram quentes assim. O espartilho de Hannah ficou apertado e desconfortável, suas pernas estorvadas pelas anáguas e pela crinolina. Ela pensou nas gêmeas sensuais polinésias entretendo os homens no salão de Lulu Forchette, dançando em suas saias de palha.

O coração de Hannah acelerou com a proximidade e aberto escrutínio do estranho. Ele não era um cavalheiro, contudo parecia combinar com a noite; o ambiente lhe caía bem. Havia um aspecto agreste no ar e nele.

— Preciso ir — murmurou ela, de repente, sentindo a garganta apertada, a respiração presa no peito. Era medo, tentou se convencer. O que mais poderia ser?

Ele a fitou por mais um instante e, então, o sorriso voltou, entalhando vincos nas faces e nos maxilares marcados. Dando um passo para o lado, ele bateu no chapéu e disse:

— Foi um prazer conhecê-la, senhorita Parteira. Eu sinceramente espero que nos encontremos de novo.

Jamie O'Brien saiu andando em direção à casa e Hannah ouviu o cocheiro chamá-la:

— Senhorita? Está tudo bem?

E o encantamento se quebrou.

Capítulo 7

— Lá está ela — disse Ida Gilhooley ao marido que estava sentado ao lado dela no carroção. — Lá está a Srta. Conroy, entrando no correio, bem como Sua Senhoria falou.

Walt Gilhooley cuspiu o suco de tabaco na rua, que estava enlameada da recente chuva de outono.

— Não gosto disso, Ida. Estou dizendo que deveríamos deixar isso de lado. Se Lulu Forchette vier a descobrir...

— Não tenho medo daquela vaca — disse Ida, erguendo o queixo para cima.

Na verdade, a gorducha de meia-idade morria de medo de Lulu Forchette, mas Ida Gilhooley, cozinheira-chefe da casa de Lulu, tinha mais medo do que iria acontecer se eles não levassem Hannah Conroy secretamente. Se aquela pobre garota fosse deixada à morte, isso ficaria na consciência de Ida, que acreditava firmemente num Deus que castigava os pecadores. Por isso, vir buscar Hannah Conroy sem o conhecimento de Lulu Forchette poderia resultar num confronto desagradável e consequências ainda piores, mas isso era preferível à danação eterna.

— Preciso ir e buscá-la.

— Está bem — concordou Walt, que era o cocheiro e o faz-tudo de Lulu Forchette e que, naquele momento, queria estar em qualquer lugar da Terra que não fosse em frente ao correio de Adelaide, a ponto de arrastar uma encantadora moça para uma situação feia e potencialmente perigosa.

O correio central era um grande edifício de tijolos aparentes com colunas gregas na entrada principal, ladeadas por caixas de correio rotuladas: ADELAIDE, MELBOURNE, SYDNEY e O MUNDO. O salão era barulhento, com pessoas que vinham para enviar suas cartas e buscar correspondência, ou ficavam de pé nos balcões escrevendo, onde havia tinteiros à disposição. As filas de pessoas eram atendidas pelos funcionários atrás de um longo balcão, onde também ficava o centro de triagem das cartas, jornais e pacotes.

Hannah aguardava pacientemente na fila, mas não estava realmente esperando uma carta de Neal Scott. Depois de ter zarpado em sua missão de pesquisa, que duraria um ano, o HMS *Borealis* não tinha planos de aportar em lugares onde houvesse serviço postal. Mesmo assim, Hannah tinha alguma esperança de que num daqueles dias haveria outra carta para fazer companhia àquela que ela havia recebido em novembro, sete meses atrás. Ela escrevera a Neal contando sobre o Dr. Davenport e o quanto ela estava gostando de trabalhar com ele. Queria ter escrito mais; na verdade, queria ter escrito todos os dias, visto que isso a fazia sentir-se mais próxima e ligada a Neal, mas não queria vê-lo retornar a Perth e encontrar um constrangedor monte de cartas esperando por ele.

No entanto, se ela fosse escrever outra carta num dia nublado do outono de maio, Hannah contaria a Neal sobre suas manhãs movimentadas com o Dr. Davenport, de como ele permitia que ela fizesse cada vez mais coisas, como aplicar curativos e aviar pomadas, o quanto ela estava aprendendo com ele e o quanto se afeiçoara ao médico. O Dr. Davenport a fazia lembrar-se de seu pai. Era gentil com os pacientes, respeitoso, não os apressava. E seus tratamentos eram conservadores. Ele usava roupas limpas todos os dias e até lavava as mãos. Hannah o assistira em três partos e ele lhe prometera que o próximo, se não houvesse complicações, seria inteiramente por conta dela.

Ela também poderia contar a Neal em sua carta imaginária que, duas semanas atrás, ela marcara o aniversário do falecimento de seu pai e de sua decisão de abandonar a Inglaterra, passando o dia sozinha no parque. Sentada num banco embaixo de uma árvore, ela abrira as notas de laboratório de seu pai pela primeira vez desde o *Caprica* e tornara a pensar em suas últimas palavras. Ele havia mencionado uma carta. Mas não existia carta alguma entre suas anotações e ela ainda não conseguia entender o sentido do monte de rascunhos, notas, receitas, equações, fórmulas e verbetes em grego e latim. Talvez, quando estivesse mais instruída, ela poderia desvendar o mistério daquele portfólio. Então, com esse objetivo, Hannah estava pegando emprestados os livros médicos da impressionante biblioteca do Dr. Davenport. Embora grande parte deles fosse de difícil leitura, ela estava decidida a aprender.

Entretanto, ela não contaria a Neal que fora contratada por uma certa madame que vivia fora da cidade. Sem dúvida, era uma ocupação incomum atender às questões de saúde de um bordel. Hannah já havia sido chamada à casa de Lulu para diversos problemas: uma briga entre duas garotas, que resultara em uma enfiando um alfinete de chapéu no olho da outra; uma breve crise de diarreia na casa toda, para a qual ela receitara gengibre e sal de rocha; um tornozelo torcido; uma queimadura por água fervente; um cavalheiro que tinha fraturado o nariz durante uma atividade vigorosa com Rita Rápida; e outra crise envolvendo Magenta com a beladona.

Hannah não sabia como iria contar a Neal sobre sua associação com aquela casa de má reputação. Ela nem sequer tinha certeza de como se sentia a respeito. O domínio de Lulu Forchette era um mundo à parte. Embora Hannah nunca visitasse os quartos particulares quando estavam em uso, ao passar pelas portas fechadas ela ouvia a gama de emoções humanas nos sussurros e suspiros, nos brados e gemidos, nos lamentos e risadas que vinham do outro lado. A casa de Lulu a incomodava, porém as moças insistiam, quando questionadas, que estavam felizes lá, pois, caso contrário, estariam na rua.

— Sinto muito, senhorita — disse o funcionário do correio. — Não há cartas hoje.

Agradecendo, Hannah saiu e foi se desviando da multidão de volta à entrada principal. Como era seu hábito, ela parou diante da parede de boletins e avisos.

O correio central era o ponto de conexão das notícias importantes da cidade, com uma parede dedicada a anúncios do governo e às manchetes dos jornais. Ali, podia-se ler sobre as últimas posturas municipais, eleições recentes, novas leis, regras e editais. Havia, também, cartazes policiais anunciando recompensas por marginais procurados.

Hannah lia com atenção os cartazes por mera curiosidade.

Um fugitivo chamado Jeremy Palmer de Warrington, Lancashire:

"No 18º dia do mês de março de 1842, ele apunhalou e matou seu empregador, Sr. McMasters da Estância Billiluna. Palmer tem 23 anos, altura média, cabelos castanhos e é aleijado de um pé."

Outro cartaz anunciava uma recompensa de 50 libras pela captura de uma prisioneira foragida da Casa de Correção Feminina de Hobart Town, no dia 19 de janeiro: "Mary Jones, conhecida como Middleton. Condenada a três anos de prisão e trabalhos forçados, 38 anos, 1,55m de altura, de compleição escura e estrutura robusta, cabelos castanho-avermelhados, uma cicatriz no primeiro dedo da mão esquerda."

Quando Hannah passou para o próximo cartaz, recentemente colocado, ela parou de repente e ficou olhando.

RECOMPENSA
50 LIBRAS
Pela captura de
JAMIE O'BRIEN

Procurado por crimes cometidos nas Colônias e Territórios que incluem roubo por meio de fraude, trapaça e estelionato. Ele também é procurado em New South Wales por se caracterizar como pessoas, de autoridade, falsificação de documentos governamentais e evasão da lei.

Descrição: O'Brien tem 1,75m, constituição esbelta, 30 anos, cabelo louro-escuro e olhos azul-claros. O'Brien tem cicatrizes nos punhos e tornozelos provenientes do uso de algemas. O'Brien é um golpista astuto, conhecido como "ardiloso" e "vigarista".

Hannah piscou, surpresa. Jamie O'Brien. Não era esse o nome do estranho que a salvara do dingo no jardim de Lulu? Ela se lembrava das cicatrizes nos punhos, pois as mangas da camisa estavam dobradas. E agora ela entendia a razão do olhar de expectativa no rosto dele quando lhe dissera seu nome.

Hannah já tinha pensado se veria o estranho misterioso novamente. Cada vez que era chamada à casa de Lulu Forchette, ela pensava no estranho encontro no jardim de rosas. Era difícil analisar a curiosa atração que sentia por O'Brien. Não era como seus sentimentos por Neal. Jamie O'Brien era como uma das estranhas maravilhas da Austrália, como os cangurus e as *kookaburras*, a imensidão do céu e as paisagens espetaculares. Ela estava simplesmente encantada por aquela terra e talvez fosse o que tinha acontecido em relação a Jamie O'Brien. Ele tinha nascido ali. Era simplesmente outro aspecto original daquele continente fascinante.

Quando começava a se afastar, Hannah reconheceu Ida Gilhooley abrindo caminho por entre a multidão.

— Srta. Conroy! Afinal a encontrei! Sua Senhoria disse que a encontraríamos aqui. Poderia vir até a casa conosco? Alice está muito machucada.

— Alice! Como? — Hannah seguiu Ida escada abaixo em direção à carroça que os aguardava.

— Ela caiu e bateu a cabeça. Lulu não queria que viéssemos buscá-la, disse que não era nada e que não deveríamos incomodá-la por uma coisinha à toa. Mas Alice está gemendo e diz que se sente mal. Então eu disse à patroa que a farinha estava cheia de broca. Foi o único jeito que encontrei para eu e o Walt podermos vir à cidade. Ela não sabe que nós estamos chamando a senhorita para ver Alice. Certamente irá fazer um estardalhaço quando descobrir, mas Alice está passando mal e não podíamos suportar por mais tempo.

Ao subir na carroça, Hannah olhou para Ida e perguntou:

— O que você quer dizer com "não podia suportar"?

Ida subiu depois dela e os três se sentaram um ao lado do outro no banco, enquanto Walt sacudia as rédeas.

— É terrível o que Lulu faz com aquelas moças — disse Ida. — Trata-as como escravas e maltrata as pobrezinhas.

Hannah encarou-a, surpresa.

— Eu achava que as garotas fossem felizes lá.

— Não são — afirmou Ida, enquanto o marido manobrava a carroça para entrar na movimentada King William Street. — Lulu sai de carruagem e anda para cima e para baixo nas ruas, procurando por garotas mendigas. Pega as mais novinhas que consegue encontrar. Assim tem certeza de que são virgens e não têm a doença francesa. Lulu parece boa no início, oferecendo-lhes um quarto e refeições. Depois de alguns dias, ela pede para as garotas entreterem um "amigo". A senhorita sabe o resto.

Hannah sentiu um aperto no peito. Com certeza, não era verdade o que Ida dizia.

— Mas as garotas podem ir embora quando quiserem.

— Lulu cobra pelas acomodações e pela comida. Ela tem um livro de contabilidade. As garotas têm que pagar a dívida, e Lulu dá um jeito para que nunca consigam economizar o bastante para pagar. Walt e eu também devemos para ela. Acha que trabalharíamos lá de bom grado? Lulu nos enganou, como engana a todos. Nosso pequeno sítio sofreu com uma terrível seca, e o banco estava ameaçando tomar nossa terra. Lulu nos ofereceu um empréstimo, e nós corremos a aceitar. Alguns meses depois, ela apresentou a nota promissória. Não tínhamos dinheiro para pagar. Então ela nos tirou o sítio e nos fez trabalhar para ela como pagamento. É assim que ela faz. Oferece ajuda às pessoas necessitadas, finge ser a salvadora e acaba conseguindo trabalho de graça.

— E Alice?

Walt interrompeu a conversa inesperadamente.

— Não tenho certeza disso, Ida, fazer as coisas sem que Lulu saiba. Não há como prever o que aquela mulher pode fazer quando perde a paciência.

— Vá em frente, Walt — disse Ida com firmeza. — Tenho um carinho especial por Alice. Ela canta feito um anjo e eu ponho um limite...

Quando Ida não terminou o que dizia, Hannah fitou-a, curiosa.

— Põe limite em quê, Ida?

Ida, porém, comprimiu os lábios e manteve os olhos fixos no caminho à sua frente, sem nada dizer.

Sentindo-se apreensiva, Hannah tentou acomodar-se no lugar entre Walt e Ida, pois levaria pelo menos meia hora de viagem. Ela segurou com firmeza a bolsa de veludo azul, aninhada em seu colo. Molly Baker, uma companheira de residência na pensão da Sra. Throckmorton, havia sugerido que Hannah trocasse sua bolsa por algo mais estiloso, mas ela não se desfaria do acessório, mesmo depois de ter se presenteado com uma nova vestimenta. Como era maio e o inverno se aproximava, Hannah adquirira um vestido de corte mais moderno, que vinha com um casaco acinturado usado sobre uma blusa de gola alta e desabotoado para revelar um colete (que era falso, pois era impensável que uma dama usasse um colete de verdade). As mangas eram largas, com submangas de renda branca, e a barra da saia varria a calçada de madeira com a ondulação dos babados. Do chapéu às botas, o traje de Hannah era uma matização das cores de outono — castanho-avermelhado, marrom e bronze.

A King William Street era larga, mas sem revestimento de cascalho, de modo que a lama era espirrada para todos os lados pelo denso tráfego de carroças, carretas, carretões, carros de carga, carruagens abertas e fechadas, homens a cavalo e até por um veículo para 16 passageiros puxado por quatro cavalos. Felizmente as calçadas de madeira possibilitavam aos pedestres passear confortavelmente e olhar as vitrines das lojas de peixes com fritas, padarias, bancos, armarinhos, mercearias, casas de chá, bares, farmácias e salões de modistas. Na principal via pública de Adelaide, que ia de norte a sul, enfileirava-se uma miscelânea de estilos e projetos arquitetônicos, com prédios comerciais de tijolos vermelhos e quatro andares entremeados por pequenos chalés de madeira e cabanas.

Quando de sua chegada, Hannah ficara fascinada pelo fato de Adelaide ser uma cidade planejada. Ela presumira que todas as cidades fossem como Londres, tendo se desenvolvido anos atrás e então crescido aleatoriamente em todas as direções. Contudo, os homens tinham chegado naquelas planícies com um plano definido, estabelecendo a criação de uma grade de ruas largas e retas, com os quarteirões da cidade demarcados em lotes e com uma grande praça no centro, que recebera o nome da rainha Vitória. Planejaram também quatro parques menores, todos gramados e arborizados. Desde então, as planícies e os sopés de montanhas tinham se tornado uma colcha de retalhos de plantações de trigo, vinhedos e criação de carneiros. Mais próximo da cidade, havia dois moinhos de farinha, fábricas processadoras de matéria-prima, uma cervejaria, várias destilarias, uma fábrica de velas e matadouros, que lançavam seu refugo no rio.

O fato de Adelaide ser uma cidade tão nova também a impressionava. Em Bayfield, a taberna tinha quatro séculos. Ali, o pub mais antigo fora construído havia apenas 12 anos. A região de Bayfield fora ocupada continuamente desde a era pré-histórica. Mas Hannah ficara sabendo que, quando os primeiros colonos brancos chegaram ao sul da Austrália, os únicos habitantes eram um punhado de aborígenes, que desde então tinham sido deslocados para outro lugar.

Finalmente, Hannah e os Gilhooley saíram do congestionamento da cidade e seguiram por uma agradável estrada rural, mas o humor dos três estava longe de ser alegre. Hannah notou que a fisionomia de Walt era soturna e que Ida cruzava as mãos enluvadas de modo tenso. Ninguém disse uma palavra sequer durante o percurso de meia hora. E a própria Hannah estava ansiosa. Nos últimos três meses ela se afeiçoara muito à camareira de Lulu. Sempre que visitava a casa, fazia questão de procurar Alice para trocar algumas palavras e depois lhe pedia que cantasse uma canção — na cozinha, apenas para quem trabalhava ali, pois sabia o quanto Alice era tímida e que nunca cantava para ninguém, muito menos em outra parte da casa. Hannah percebia como ela ficava bonita ao cantar para sua pequena plateia, o modo como fechava os olhos, que eram azuis, como erguia o queixo e emitia sua voz dourada sobre as cabeças dos silenciosos admiradores. A própria Hannah se emocionava cada vez que ouvia a voz melodiosa da moça. As baladas de Alice a faziam se lembrar de Bayfield e de seu pai, da casinha onde moravam e até de sua mãe, que morrera quando tinha apenas 13 anos.

Quando certa vez Hannah havia comentado com Alice o quanto sua voz comovia os outros, a garota lhe dissera timidamente:

— Antes do incêndio eu não sabia que tinha uma voz. Descobri depois, enquanto me recuperava, na casa de uma vizinha. Eu estava sofrendo tamanha dor física e emocional, que saía para longos passeios pelo campo, longe das pessoas. Um dia, estava ouvindo o canto de um pássaro, o som era tão agradável que me deu ânimo para abrir minha boca e lançar minha própria música aos céus. Deixei minha alma cantar e imediatamente senti meu corpo se curar. Desde então, não consigo parar de cantar. Sinto que, se alguém me silenciasse, eu morreria.

Hannah pensou que era uma pena Alice não poder cantar profissionalmente, que sua incrível voz jamais viesse a ser compartilhada com o restante do mundo. Todavia, não havia espaço para ela. As cicatrizes em seu rosto impediam.

— Chegamos — disse Walt, por fim, quando a casa já familiar ficou à vista.

Ida Gilhooley conduziu Hannah a um quartinho atrás da cozinha, onde Alice gemia deitada numa cama.

A garota usava apenas a roupa de baixo — uma camisola branca de algodão e calçolas — e estava encolhida de lado, choramingando e trêmula.

Hannah viu um corte profundo no couro cabeludo, o sangue manchando o cabelo louro de Alice. Havia também vergões vermelhos em todo o seu corpo, além de pequenos cortes. Um dos olhos estava ficando roxo e as pálpebras, inchadas.

Hannah ajoelhou-se ao lado dela e, quando pôs a mão em seu ombro, a garota teve um sobressalto.

— Shh, sou eu, a Srta. Conroy. Conte-me o que aconteceu.

Sem obter resposta, ela olhou para as pessoas que ali estavam, mas ninguém tinha coragem de encará-la.

— O que houve aqui?

Uma das garotas da cozinha pigarreou antes de dizer:

— Ela caiu.

Observando o ferimento no couro cabeludo, Hannah examinou os olhos de Alice e depois perguntou se ela ainda se sentia enjoada. Mas tudo indicava que o perigo da concussão havia passado. Examinando melhor as outras lesões, ela chegou à conclusão de que não tinham sido provocadas por uma queda. Alice fora espancada. E, entre os vergões vermelhos, Hannah viu machucados amarelos e esverdeados, o que indicava que eram mais antigos.

Hematomas de formatos estranhos, ela notou.

Hannah percebeu que todas as lesões tinham a mesma forma ovalada e havia, inclusive, uma cicatriz que fora suturada — e que também tinha a mesma forma. Chocada, ela lembrou-se de onde tinha visto aquela forma oval antes — combinava com a alça incomum da bengala de Lulu Forchette.

Hannah olhou para todos que a cercavam.

— Alice não caiu, não é?

— Lulu quer que ela cante para os homens — disse Ida Gilhooley.

A luz que vinha do vão da porta da cozinha foi subitamente bloqueada. Hannah virou-se e viu a monumental Lulu parada ali, usando um roupão vermelho vivo com babados. Ela se apoiava na bengala e tinha uma expressão tempestuosa no rosto.

— O que está acontecendo aqui? Saia de perto dessa garota.

Hannah pôs-se de pé.

— A senhora andou batendo nela.

— A cadelinha tola precisa disso.

Hannah notou que, apesar da circunferência, Lulu não tinha problemas para andar. Desconfiou então de que a bengala era usada para outros fins. Enquanto as criadas da cozinha observavam tudo em silêncio, Lulu e Hannah encaravam-se com olhos estreitados. Quando Lulu deu um passo à frente, Hannah manteve-se na mesma posição, porém seu coração bateu mais forte e ela se lembrou do dingo selvagem no jardim de rosas. Agora não haveria Jamie O'Brien para salvá-la.

Tão calmamente quanto pôde, Hannah deu as costas para a madame de 130 quilos e ajoelhou-se ao lado de Alice.

— Você gostaria de ir para casa comigo, querida?

Os olhos de Alice arregalaram-se de medo. Ela desviou os olhos de Hannah para pousá-los em Lulu e engoliu dolorosamente em seco. Hannah moveu-se e bloqueou a visão que Alice tinha de Lulu e tornou a perguntar:

— Você gostaria de ir para casa comigo? Lá você estará em segurança, prometo. Ninguém lhe fará mal.

Vendo que a garota hesitava, Hannah disse:

— Você tem o direito de ser tratada com respeito e dignidade como qualquer pessoa.

Finalmente, Alice disse num fio de voz:

— Sim. Eu gostaria muito de ir com a senhorita.

— A garota me deve! — vociferou Lulu.

Hannah, no entanto, ignorou-a e ajudou Alice a se levantar e enrolando-a com o cobertor. Não haveria tempo de pegar os poucos pertences da garota. Com o braço protetor em torno de Alice, ela encarou Lulu.

— Já recebeu um pagamento justo, Lulu. Alice não voltará mais para cá. Nem eu.

Lulu nada disse e a atmosfera ficou carregada de tensão. Algumas das garotas "de cima" tinham vindo ver o que estava acontecendo, usando roupas de dormir ou de baixo, parecendo sonolentas e desgrenhadas. O trabalho delas começaria apenas na parte da tarde.

Hannah passou os olhos por elas, encarando uma a uma, garotas que ela havia ajudado, com quem conversara e até dera boas risadas — Rita Rápida, Fácil Sal, Gertie, a anãzinha, Abby Acrobática e as gêmeas polinésias.

— Se alguma de vocês quiser ir embora, pode vir comigo agora mesmo.

As garotas olharam para o chão e, nervosas, pigarrearam.

— Estou na pensão da Sra. Throckmorton, na Gray Street — informou Hannah. — Podem me procurar quando quiserem e eu as ajudarei a encontrar trabalhos decentes e um bom lugar para ficar.

Para Lulu, ela disse:

— Creio que as autoridades ficarão interessadas em saber o que acontece nesta casa.

Lulu riu.

— Quem você pensa que são meus melhores clientes?

Quando Hannah começou a caminhar rumo à porta dos fundos, que levava ao jardim das rosas, ajudando Alice, Lulu questionou:

— E como você espera voltar à cidade? Andando? São 16 quilômetros.

— Eu as levarei — disse Walt, ribombando dos degraus dos fundos. — Não há nada que você possa fazer para mim e para Ida que já não tenha feito. — Ele finalizou, gesticulando para que Hannah o acompanhasse.

Assim que as duas saíram, Lulu gritou:

— Vai se arrepender de ter feito isso, senhorita toda-poderosa. Vai se arrepender muito!

Capítulo 8

Gonville Davenport, cantarolava uma animada melodia enquanto penteava o cabelo negro e espesso com brilhantina perfumada e se olhava no espelho acima da pia. Franziu as sobrancelhas diante dos primeiros cabelos brancos nas têmporas, cogitando se deveria tentar passar uma graxa preta neles. A brilhantina era nova. Ele a adquirira no dia anterior no Butterworth, dizendo a si mesmo que era para ficar mais apresentável aos pacientes.

Na verdade, essa recente preocupação com a aparência tinha a ver com Hannah Conroy.

Davenport tinha duas crenças importantes: a bondade fundamental da humanidade, e que convinha a um homem, de vez em quando, dar um passo além das convenções e de seus limites pessoais para um salto de fé. A Srta. Conroy pusera essas duas crenças em cheque quando surgiu em seu consultório, três meses atrás, fazendo a proposta mais acintosa: trabalhar como sua assistente clínica! A princípio desconfiado das intenções da moça e depois convencendo-se de sua honestidade, Davenport decidira fazer uma experiência com sua proposição. E o resultado fora um sucesso.

Não apenas Hannah provou ser uma dádiva para o seu trabalho, como também despertara seus antigos interesses, de modo que ele adquirira novo ânimo para trabalhar. Davenport andava desmotivado desde que chegara a Adelaide, viúvo e sem filhos. Os infortúnios dos pacientes há muito tempo deixaram de interessá-lo ou de fazer com que se preocupasse. Porém, com as constantes perguntas de Hannah Conroy, ele se sentia como um estudante de medicina outra vez, curioso sobre tudo, querendo respostas, assim como ela, e indo atrás de soluções.

Hannah até lhe apresentara um curioso enigma pessoal.

— Minha mãe morreu de febre puerperal — dissera ela certa tarde ao fim das consultas, quando ele escrevia seus prontuários e Hannah varria o chão. — Meu pai disse isso, o médico-legista também, os sintomas dela até confirmavam o que os livros dizem, e papai se dedicou à pesquisa da prevenção e cura para a febre puerperal. Mas depois que ele morreu encontrei suas anotações laboratoriais e nelas havia uma pergunta escrita: "O que matou minha amada Louisa?"

Hannah largara a vassoura e olhara para ele com aqueles seus extraordinários olhos acinzentados.

Será possível, Dr. Davenport, que meu pai tenha se dado conta de que minha mãe morreu de outra coisa?

Davenport pediu que ela descrevesse o curso e a natureza da doença que havia matado a mãe dela e, então, só pôde concordar que Louisa Conroy realmente morrera de febre puerperal. Ele desconhecia o motivo para o pai de Hannah ter questionado aquilo posteriormente.

Respondera que sentia muito não poder ajudá-la, mas naquela noite ele tinha aberto livros que havia anos não tocava e flagrara-se entregue aos textos médicos. Pela primeira vez desde o falecimento de Edith, Gonville Davenport estava interessado nas coisas outra vez, mesmo que, no fim das contas, não tivesse encontrado a resposta para o enigma de Hannah.

O médico também descobrira que adorava ser professor, e a Srta. Conroy estava provando ser uma aluna ávida e entusiástica. Agora ele sorria, pensando num mistério clínico particular que eles haviam solucionado juntos.

O Sr. Paterson, um sapateiro casado com cerca de 60 anos, chegara se queixando de dores de cabeça. O homem também exibia uma cor de pele estranha, que, segundo ele, estava afastando seus amigos e fregueses, temerosos de que aquilo fosse contagioso, e sua mulher não deixava que ele a tocasse. Davenport imediatamente percebera que uma evidência tão clara de icterícia significava um caso avançado de doença hepática, mas ele não gostava de tirar a esperança de seus pacientes; portanto, dera um "tônico" ao Sr. Paterson e o mandara para casa. O tônico era uma inofensiva água com corante rosa e ele instruíra o Sr. Paterson a tomar três colheres de sopa ao dia, sem perder nenhuma dose. A maioria dos médicos mantinha tais placebos entre seus remédios, visto que era um ato de bondade mandar o paciente para casa com algum medicamento, pelo menos. E uma esperança falsa era melhor que nenhuma, sendo que, às vezes, a substância inofensiva até efetuava algumas curas.

Após o Sr. Paterson ter saído, Hannah expressara sua preocupação com ele, pois o sapateiro era um bom homem, de idade já avançada, cujo negócio estava falindo, e ela sentia pena dele. Então, fizera a observação de que o amarelo na pele do Sr. Paterson não era da mesma cor dos casos de icterícia que seu pai atendia em Bayfield e perguntara se o problema não podia ser de outra ordem.

— Ele está com um tom mais alaranjado que amarelo — dissera ela. — Será que não pode ser a vesícula?

Davenport foi tomado de surpresa, desacostumado a ter seus diagnósticos e tratamentos questionados, especialmente por uma mulher. Porém, àquela altura, ele já sabia que as perguntas de Hannah não se deviam à falta de confiança nele, nem eram arrogância por parte dela, mas meramente uma expressão de genuína curiosidade. Quando ele explicara que a ausência de dor epigástrica eliminava uma doença de vesícula, Hannah perguntara sobre a causa das dores de cabeça do Sr. Paterson, que o Dr. Davenport não soubera explicar.

Após Hannah ter saído, Gonville Davenport descobrira que tinha um mistério médico nas mãos. A Srta. Conroy observara corretamente: a tonalidade alaranjada da pele e as dores de cabeça não se explicavam totalmente por problemas de fígado, nem de vesícula.

O que, então, estava molestando o Sr. Paterson?

Isso havia levado Davenport aos seus alfarrábios médicos e, enquanto procurava, ele começou a se lembrar de um artigo que havia lido, não fazia muito tempo, numa revista médica estrangeira. Ele passou quase uma noite procurando em suas pilhas de revistas e periódicos, mas finalmente a encontrou e, lendo o artigo, descobriu o que suspeitara ser a verdadeira causa da cor estranha do Sr. Paterson. Na manhã seguinte, ele procurou o Sr. Paterson na sapataria da Wright Street e lhe fez algumas perguntas que não havia feito no consultório relativas à alimentação do sapateiro.

— Eu havia lido recentemente — relatou o Dr. Davenport a Hannah quando retornou ao consultório — que uma substância encontrada em legumes foi isolada e identificada por químicos da Sorbone. Eles lhe deram o nome de *caroteno*. Essa substância é encontrada principalmente nas cenouras. Isso me levou a pensar. Quando perguntei ao Sr. Paterson se ele comia cenouras, ele me levou aos fundos da casa e orgulhosamente mostrou sua horta de cenouras. Parece que ele gosta tanto da raiz que é só o que come — fervida, no vapor, assada e crua! Srta. Conroy, foram as cenouras que o deixaram com a pele alaranjada.

— E as dores de cabeça? — perguntou ela.

— Percebi também que ele usa o chapéu apertado demais.

A partir de então, o Sr. Paterson passou a comer mais batatas, comprou um chapéu folgado e ficou curado. Davenport e Hannah riram do caso e agora compartilhavam a anedota secretamente. Fazia bastante tempo que

Davenport não sentia tanta satisfação com a prática da medicina. Nem tanto prazer na companhia de uma jovem dama.

Hannah também tornou-se uma dádiva para as pacientes mulheres. Ao passo que um médico tinha acesso ao corpo de um paciente do sexo masculino, e podia até pedir que um cavalheiro se despisse, era impensável que pudesse vislumbrar o que havia por baixo das roupas de uma mulher. O médico dependia do que a paciente lhe dizia e, muitas vezes, as mulheres eram absurdamente tímidas ou ficavam constrangidas em relatar suas enfermidades, expressando-se com termos delicados, o que levava o médico a ter que adivinhar o que se passava com elas. Quando uma dama, ruborizada, confessava que sua "regularidade" estava comprometida, Davenport não sabia se ela se referia ao ciclo menstrual ou ao movimento intestinal. Hannah, no entanto, permitia que as mulheres falassem livremente e ela, por sua vez, tendo tido uma vasta experiência com seu pai nesse tipo de coisa, podia transmitir ao médico precisamente o que afligia a paciente, tornando os tratamentos mais eficazes.

Não era de admirar que cada vez mais mulheres estavam procurando seu consultório! Davenport decidira expandir seu horário de atendimento de três para cinco manhãs por semana, aumentando as horas de trabalho de Hannah também.

Ao sair de seu apartamento no andar de cima e descer pelas escadas dos fundos que levava à cozinha, ao seu consultório e à sala de espera conjugada, onde os pacientes começavam a se reunir, Davenport tomou uma decisão. Antes que Hannah fizesse sua notável oferta, três meses atrás, ele estava seriamente pensando em voltar para a Inglaterra e se casar com uma prima distante, de quem gostava muito. Mas tudo isso havia mudado agora. Ele tinha novos planos em mente. Embora ambos se conhecessem havia apenas três meses, ele concluiu que não seria atrevimento de sua parte convidar a Srta. Conroy para assistir a uma corrida de cavalos no domingo, em Chester Downs, a menos de 2 quilômetros da cidade, onde haveria uma banda, um bufê alemão de linguiças, pão e cerveja, e dois franceses fariam uma demonstração de algo chamado de "voo de balão por ar quente".

Entrando no consultório e abrindo as cortinas para que o sol da manhã entrasse, ele foi até a escrivaninha onde a governanta havia colocado a correspondência. Davenport deu uma olhada nos envelopes — contas, folhetos de propaganda, uma carta da prima da Inglaterra. Um envelope chamou sua atenção. Ele o abriu, sério. Enquanto lia a missiva, ele a fitava com descrença.

Davenport leu a carta três vezes, até que seus joelhos fraquejaram e ele caiu como um peso morto no piso do consultório.

* * *

— Eu sei que você vai gostar dele — disse Molly Baker com entusiasmo —, e ele trabalha com um advogado! — Molly, que tinha o rosto redondo como a lua, era aprendiz de uma fina costureira na Peel Street, cargo que lhe dava tamanha confiança que ela se atrevia a ser franca em todos os assuntos, um traço que as amigas toleravam pacientemente.

As pensionistas da Sra. Throckmorton estavam na sala do andar térreo preparando-se para sair e iniciar o dia.

— Ele usa colarinho branco e está sempre com unhas limpas. — Molly colocou o chapéu, olhando-se no espelho do vestíbulo.

Aquele era o quarto rapaz que Molly tentava apresentar a Hannah, e não importava o quanto Hannah insistisse em dizer que estava esperando um rapaz que viria encontrá-la em Adelaide, um cientista americano atualmente trabalhando numa embarcação de pesquisa que saíra de Perth. Molly não escutava. Muitas moças se vangloriavam de que havia rapazes vindo encontrá-las e raramente algum desses pretendentes aparecia.

— Realmente, Hannah, você é tão inocente! Embora já tenha 20 anos.

Molly tinha 21 anos e gostava de alardear que já fora beijada não apenas por um rapaz, mas pela quantidade impressionante de três. Nenhum dos relacionamentos beijoqueiros havia levado a algo sério, mas ainda assim ela continuava esperançosa. O casamento era seu principal objetivo na vida. E não se tratava apenas de casar-se com qualquer homem. O pretendente precisaria trabalhar num escritório e usar camisa limpa todos os dias.

— Eu poderia apostar — disse ela — que nenhum homem sequer segurou sua mão.

Não apenas minha mão, Hannah pensou enquanto atava as fitas de seu chapéu sob o queixo. *Neal segurou meu corpo inteiro, quando pensamos que o navio estivesse afundando. E então ele me beijou...*

No entanto, Hannah jamais poderia contar aquilo, pois eram assuntos muito particulares e especiais, e também porque alguém que nunca tivesse passado por tal experiência conseguiria entender. Ela também não podia contar a Molly e às outras garotas sobre a casa de Lulu Forchette e que, de muitas maneiras, devido às visitas que tinha feito à casa, adquirira muito mais conhecimento sobre questões íntimas do que uma moça que fora beijada três vezes.

— Tenho certeza de que Robert é um ótimo rapaz — respondeu—, e realmente aprecio seus esforços para nos apresentar, mas no momento não estou procurando ninguém.

Quando Hannah viu o sorriso largo de Molly, entendeu que a amiga estava pensando que ela estava de olho no Dr. Davenport.

— Ele tem sua própria casa — dissera Molly na semana anterior durante o jantar na casa da Sra. Throckmorton onde haviam comido bife e empadões de rins. — Com toda a parte de cima para morar e embaixo para sua clínica. Um *médico*, Hannah, com uma boa renda. E ele não é nada feio, mesmo que seja um pouco velho.

Hannah deixou que Molly acreditasse no que bem quisesse, sabendo que a amiga não poderia entender a verdadeira razão para que ela trabalhasse no consultório do Dr. Davenport, tampouco entenderia seu desejo de seguir uma carreira em que curasse as pessoas.

Desejando que Molly tivesse um bom dia, Hannah saiu da casa da Sra. Throckmorton e se pôs a caminho do consultório na manhã fresca de outono. Ao pisar na rua lamacenta, ela se virou e olhou para a janela do terceiro andar, onde Alice olhava para baixo, acenando com a mão. Hannah acenou também e seguiu em frente.

Alice estava se recuperando da impiedosa surra que Lulu lhe dera na semana anterior e não poderia sair até que os machucados do rosto estivessem totalmente curados. Hannah descobrira que, apesar da aparência frágil e da timidez, ela possuía uma grande firmeza interior. Não era uma moça que ficava se lamuriando em autopiedade. Ela prometera que, quando estivesse melhor, iria procurar por um trabalho na cidade. O tempo que havia passado na casa de Lulu a forçara a enfrentar e superar o medo de fogo, de modo que agora ela poderia trabalhar numa ocupação doméstica e contentar-se com isso.

Pensando que ajudaria na recuperação de Alice, certa noite, Hannah tinha insistido para que ela descesse e cantasse para as outras pensionistas. Todas ficaram extasiadas e uma delas dissera:

— A voz de Alice é como um abrir inesperado de nuvens, que deixa passar um raio de sol num dia desoladoramente chuvoso.

Outra se entusiasmou:

— Ela faz com que eu me sinta triste e alegre ao mesmo tempo.

E Molly Baker declarara:

— Ela podia conseguir um marido rico com essa voz!

Mas sem que Alice pudesse ouvir, todas elas concordavam que era uma pena as marcas em seu rosto.

Fora uma semana difícil. Primeiro, Hannah tivera que mentir para a Sra. Throckmorton sobre o "acidente" de Alice, convencendo Sua Senhoria a permitir que a garota ferida dividisse o quarto com ela. Ao mesmo tempo, sua consciência ficara muito perturbada por causa da casa de má reputação.

Agora que sabia que as moças eram mantidas lá contra a vontade delas e que sofriam abusos físicos, estava ciente de que precisava fazer algo a respeito, mas não sabia o quê. Alice havia lhe implorado para que esquecesse o assunto.

— As autoridades não farão nada. São os melhores clientes de Lulu. Eu poderia citar o nome de juízes, banqueiros, homens do alto escalão do governo colonial que frequentam a casa dela regularmente. Eles não vão querer que você torne isso público. O tiro sairia pela culatra, e a atingiria.

Por uma semana Hannah se debatera com o dilema moral, dividida entre sua consciência e a verdade sobre a advertência de Alice, e agora ela tinha tomado uma decisão. Buscaria o conselho do Dr. Davenport. Ele era um homem inteligente, instruído e a par das coisas do mundo. Ela o tomaria como confidente e explicaria as circunstâncias da casa que ficava fora dos limites da cidade — sem dúvida, ele ficaria chocado de saber da existência do estabelecimento e que homens de altos cargos o patrocinavam, mas ela precisava de um conselho sobre o que fazer.

Hannah chegou ao consultório do Dr. Davenport em poucos minutos, pois a Light Square não ficava longe da pensão. Subindo os degraus frontais da residência de tijolos de dois andares, ela sorriu diante da placa reluzente de bronze com o nome do Dr. Davenport. Algum dia, ela sabia, seu nome também estaria ali.

A porta da rua se abria para um minúsculo vestíbulo que tinha duas portas. Em uma estava escrito *Entrada particular* e levava à cozinha e à área de serviço nos fundos. Na outra porta lia-se *Sala de espera*, e Hannah entrou por ela, encontrando um pequeno grupo de pessoas esperando para ser atendidos.

Havia um banco ao longo de duas paredes. Quando um paciente saía do consultório, o próximo da fila levantava-se e entrava, enquanto os outros deslizavam adiante. Ao passar, Hannah sorriu para todos. Alguns dos homens levantaram-se, outros tocaram os chapéus, murmurando: "Bom dia, senhorita." Estavam ali o Sr. Billingsly, dono do armarinho, com um dedo do pé infeccionado, e a mulher do padeiro, a Sra. Hudson, com uma tosse persistente. O homem com o braço direito apoiado numa tipoia era Sammy Usher, um tropeiro que havia caído de uma carreta puxada por bois e deslocara o ombro. Hannah notou que a Sra. Rembert estava de volta, com sua artrite, e que o Sr. Sanderson, sem dúvida, retornara para buscar outro frasco do tônico do doutor, que ele declarara ter lhe restabelecido a vitalidade dos 20 anos. Havia uns poucos que Hannah não reconheceu. Ela sabia que alguns vinham por curiosidade, pois a notícia de que havia uma mulher trabalhando no consultório de um médico tornara-se pública e as pessoas vinham ver com os próprios olhos.

Ao abrir a porta interna, ela se preparou para outro dia de aprendizado, e seu entusiasmo aumentou, pois nunca se sabia o que o dia traria. Como o caso da última segunda-feira, em que uma mulher chegara correndo e dissera que uma família vizinha estava muito doente e morrendo.

Davenport fora para lá imediatamente, andando rápido sob uma fina chuva, uma vez que a casa não ficava longe dali. Ele e Hannah tinham entrado e encontrado pai e mãe acamados num quarto e cinco crianças em outro, todos sentindo terríveis dores abdominais, fraqueza e vômitos. Enquanto Davenport examinava as crianças, o Sr. Dykstra dera um jeito de se levantar e ir até o quarto das crianças. Ele estava tonto, cambaleava e dava risadinhas, parecendo bêbado.

Ajudando o homem a voltar para a cama, o doutor pedira um relato de quando e como o mal-estar havia começado. Parecia ter sido logo após o desjejum, com o mais novo caindo doente primeiro. Por volta do meio-dia todos se sentiam enjoados e atacados por diarreia e dor.

— O que vocês comeram no café da manhã? — perguntara Davenport, e lhe falaram de linguiça, ovos e tomates.

Deixando os Dykstra deitados gemendo sob a vigilância de Hannah, ele atravessara a modesta casinha de madeira e saíra pelos fundos, onde havia encontrado a típica horta da maioria dos cidadãos de Adelaide. Fileiras caprichadas tinham sido plantadas com alface, cenouras e tomates. Davenport olhara em volta e, ao encontrar latas vazias de querosene, voltara ao quarto, perguntando:

— O senhor usou querosene em sua horta, Sr. Dykstra?

— Foi preciso, doutor. Pulgões e ácaros infestaram meus tomates de novo. As plantas eram novas e eu iria perder tudo. Então, encharquei toda a plantação com querosene. Funcionou.

— Sr. Dykstra, o querosene é um veneno para insetos e para humanos também. Os tomates do seu desjejum estavam contaminados.

— Mas a minha mulher lavou muito bem os tomates antes de comermos.

— Sr. Dykstra, o querosene penetrou no solo e foi sugado pelas raízes das plantas jovens. Ao amadurecerem, os tomates estavam cheios de querosene. Descubra outro modo de matar pulgões, por favor.

Davenport então receitara grandes doses de água a cada hora para diluir o sangue e hortelã-pimenta para controlar o vômito. Naquela noite, Hannah tinha registrado duas anotações sobre o caso, escrevendo num papelzinho: "Euforia inexplicável ou tontura são sintomas de intoxicação por querosene" e, "Se plantas jovens forem envenenadas, o veneno estará presente na planta madura, que fará mal a quem ingeri-la". Colocara a anotação na pasta do pai, esperando que fosse apenas a primeira de muitas que ela acrescentaria ao seu já impressionante corpo de observações e conhecimento.

Ao entrar no consultório do Dr. Davenport nessa manhã cheia de promessa, ela viu a expressão perturbada na fisionomia do médico e ficou instantaneamente alarmada.

— Oh, meu Deus, alguém morreu? — Hannah sentou-se na cadeira do paciente. — Foi a Sra. Gardener? O coração dela estava tão fraco!

Os ruídos da rua entravam pela janela, enquanto Davenport procurava sua voz.

— Srta. Conroy, por acaso esteve visitando uma casa na periferia da cidade, de propriedade de Lulu Forchette?

— Sim, doutor. Na verdade, eu tinha planejado lhe falar exatamente sobre isso. Veja...

— Srta. Conroy, o que foi que a fez ir a tal estabelecimento?

Surpresa pela súbita e incomum impaciência do médico, Hannah descreveu seu encontro com Alice três meses antes, do lado de fora do consultório do Dr. Young.

— Como nenhum outro médico iria lá, eu me ofereci para ajudar.

Davenport soltou um suspiro pesado.

— A senhorita percebe que isso lançou sérias dúvidas sobre sua integridade? Que sua reputação foi prejudicada? — Ele levantou um papel de carta. — Alguém está aborrecido e ameaça contar à sociedade de Adelaide sobre sua ligação com aquela casa.

— Quem?

Davenport mostrou a carta a ela. Estava assinada: *Um cidadão preocupado*.

— A pessoa não assinou seu nome verdadeiro.

— Sem dúvida, não querendo admitir que sabe sobre a existência do estabelecimento.

— Dr. Davenport, eu lhe garanto que não fui lá por motivos imorais. Só fui com a intenção de ajudar as garotas. Com certeza, elas têm tanto direito de receber cuidados de saúde quanto qualquer um.

— Ninguém nega isso, senhorita. Mas aquela é uma casa de má reputação. Qualquer um que esteja associado a ela ficará sob suspeita. Com certeza, a senhorita entende isso?

Hannah franziu as sobrancelhas.

— O Dr. Young costumava ir lá. Por que esse "cidadão preocupado" não espalhou nada sobre *ele* ir à casa de Lulu?

— Porque o Dr. Young ia até lá como médico para atender questões de saúde.

— Assim como eu. Dr. Davenport, eu era chamada para enfaixar tornozelos torcidos, para fazer sutura em ferimentos, para tratar de erupções. O que tem de diferente do que o Dr. Young fazia?

— Porque um médico atende uma série de males, desde torções até fraturas e febres. Uma parteira trata de apenas uma função do corpo humano. Ninguém poderia saber que a senhorita foi lá por outros motivos. Afinal, a senhorita não é médica. É *parteira*, e parteiras só visitam essas casas por uma razão.

— E que razão é essa? Com certeza, o autor da carta não acha que eu realizei partos lá.

Os olhos de Davenport se arregalaram. Será que ela realmente não sabia?

— Srta. Conroy — disse ele, escolhendo as palavras com cuidado —, por que outra razão uma parteira poderia ser chamada a um estabelecimento como o de Lulu Forchette?

— Não faço ideia.

Davenport viu a genuína inocência nos olhos dela, a falta de malícia em sua fisionomia. Olhou para a pulsação no delicado pescoço de pele clara, para as mãos enluvadas, pacientemente cruzadas no colo, e foi atingido por uma emoção inominável.

— Srta. Conroy, existe um tratamento secreto e ilegal que todos sabem que as parteiras praticam algumas vezes. — Ele se calou, na esperança de que ela entendesse o que ele estava dizendo.

Foi a vez de Hannah fixar os olhos no belo Dr. Davenport com algumas mechas de cabelo caindo na testa, apesar da brilhantina que ele havia passado na intenção de domá-los, e ao ver o constrangimento no rosto do médico, denotando o óbvio desconforto com o assunto, todo o significado de suas palavras foi entendido.

Hannah ofegou.

— Eu lhe garanto, Dr. Davenport, não realizei nenhum... — Ela não conseguiu dizer a palavra.

— Sei disso, Srta. Conroy — disse ele —, mas o resto do mundo não sabe. Se a senhorita não fosse parteira, as alegações não seriam tão graves. Na verdade, talvez nem houvesse alegações, mas um simples questionamento do seu caráter. Infelizmente, se o assunto se alastrar, terá sérias consequências para mim e para a minha prática clínica. O fato de que eu contratei uma abortadeira... — Ele não terminou de falar.

Hannah fechou os olhos.

— Eu não fazia ideia.

— Também sei disso, mas o dano está feito, e não pode ser desfeito. — Davenport levantou olhos tão consternados que ela ficou confusa. — Sinto que devo despedi-la.

Hannah fitou-o.

— Despedir-me... — A respiração ficou presa em sua garganta. — Mas eu não tenho mais ido àquela casa.

— Não importa. O mal foi feito. Se eu a mantiver aqui, arrisco-me a perder todos os meus pacientes. E, se meu consultório fechar, as pessoas que contavam comigo podem acabar indo a médicos de credenciais duvidosas.

— Eu sinto muito — murmurou Hannah.

Ao ver as lágrimas cintilarem em seus olhos acinzentados, Gonville Davenport precisou reprimir o impulso de dar a volta na escrivaninha e agarrá-la nos braços. Ela parecia tão *vulnerável*! Ele sentiu vontade de abraçá-la e dizer que tudo ficaria bem, que ele não se importava com o que os cidadãos de Adelaide pensavam, que ele a protegeria e ajudaria a superar aquilo.

Mas ele sabia que não podia fazer isso. Precisava pensar em seus pacientes.

Davenport culpou-se por aquela complicação. Hannah tinha apenas 20 anos, recém-chegada da Inglaterra e sem família. Sua maturidade e habilidades o haviam cegado para a moça inocente que havia dentro dela. Percebeu, então, que deveria ter cuidado melhor dela, inquirido sobre suas atividades nas horas vagas, perguntado sobre seus amigos e conhecidos. Agora, porém, era muito tarde. A ingenuidade de Hannah fizera danos irreparáveis. A corrida de cavalos em Chester Downs, a linguiça e a cerveja alemãs e os franceses com seu voo de balão a ar quente aconteceriam sem ele.

Quando Hannah se dirigiu à porta, Davenport disse:

— Só um instante, Srta. Conroy. — Pegando a estatueta de Higeia que estava sobre a escrivaninha desde sua lua de mel em Atenas, ele estendeu para ela e disse: — Quero que fique com isso.

Hannah mal enxergava o tráfego e os pedestres de Adelaide ao voltar para casa. Como podia ter sido tão cega? Era óbvio que as pessoas só poderiam pensar num motivo para que uma parteira frequentasse uma casa de má reputação. Como é que ela não se dera conta disso? As lágrimas a cegavam enquanto ela se esquivava das carroças e cavalos ao atravessar a rua. Ali não era Bayfield. Ela não estava trabalhando com seu pai, protegida por sua sabedoria e experiência. Era tão somente uma moça imatura que possivelmente tinha feito a maior asneira de sua vida!

Ela foi recebida no salão do andar térreo por uma Sra. Throckmorton de fisionomia soturna. Alice estava pálida e assustada. E então Hannah notou que seu baú também estava lá.

— Sinto muito, minha querida — começou a idosa senhora com genuína tristeza. — Você tem sido uma boa inquilina e detesto vê-la partir, mas recebi esta carta...

— Eu entendo — murmurou Hannah.

— Mas Alice não precisa ir — emendou a Sra. Throckmorton. — Eu disse a ela que pode ficar e, quando estiver recuperada, eu lhe darei um trabalho e um quarto.

Alice, porém, colocou-se ao lado de Hannah.

— Eu vou com a Srta. Conroy — anunciou ela, tentando parecer o mais digna possível com seu olho roxo e a cabeça enfaixada. Ela voltou-se para Hannah. — A culpa é toda minha, senhorita. Fui eu que a levei até a casa de Lulu. E depois a senhorita me salvou. Vou compensá-la por isso. Vou trabalhar em dois empregos e lhe pagar o que devo.

Hannah virou-se para Sua Senhoria.

— Sra. Throckmorton, posso dar uma olhada na carta?

Ela leu a carta com atenção, as palavras inflamadas, as ameaças, terminando com a assinatura: *Um cidadão preocupado*. Dessa vez, porém, ela viu uma coisa que não havia notado no consultório do Dr. Davenport. A letra era, sem sombra de dúvida, de Lulu.

— Sim, você pode vir comigo, Alice — disse Hannah, erguendo um lado do baú, enquanto Alice segurava o outro. — Ficaremos bem, você vai ver.

Elas conseguiram chegar à esquina, onde o trânsito de carruagens e carroças impossibilitava a travessia, quando dois homens a cavalo gritaram:

— Olá, senhoritas!

Para surpresa de Hannah, eles desmontaram — homens em roupas empoeiradas de trabalho, usando os chapéus de abas viradas na lateral e pele bronzeada pelo sol —, e cada um pegou uma extremidade do baú que elas carregavam. Eles olharam para Alice com estranheza, mas sorriram e tocaram a aba dos chapéus para Hannah, dizendo:

— Para onde, senhorita?

Ela e Alice seguiram os prestativos desconhecidos por várias quadras até chegarem a um modesto hotel com uma placa na janela onde se lia: "Hóspedes mulheres precisam estar acompanhadas."

Hannah tentou pagar os dois homens pelo serviço prestado, mas eles apenas piscaram e disseram que tinha sido um prazer ajudá-las. Enquanto voltavam pela rua movimentada até o lugar onde tinham deixado os cavalos amarrados, Hannah viu um menino maltrapilho e descalço colando cartazes na parede de tijolos do hotel.

Eram todos iguais: a notícia mais recente do *Adelaide Clarion*.

E a manchete da reportagem era sobre um acontecimento alarmante no oeste da Austrália, algo sobre uma revolta aborígene perto de Perth, com a matança de colonos e missionários.

E a embarcação de um grupo de pesquisa costeira governamental, atracada numa enseada deserta, tinha sido atacada — com perda de vidas.

Capítulo 9

Alice novamente sonhou com a noite do incêndio.

Era a quarta vez desde que deixara a casa de Lulu. Antes disso, ela não havia sonhado nenhuma vez com o incêndio que levara a vida de seus pais e de seu irmão, poupando apenas a dela. Por quê?, ela pensava enquanto terminava seu chá matutino e decidia sair para uma caminhada, visto que era domingo. Por que nunca sonhara ou pensara sobre o incêndio nos últimos oito anos? O sonho só servira para deixá-la assombrada e fazê-la acordar ensopada de suor.

— Desculpe, senhorita, mas não vou usar cosméticos — disse num fio de voz, porém com firmeza, respondendo à sugestão de Hannah para cobrir as marcas do rosto. — Lulu pinta o rosto e força as garotas a se pintarem também. Não vou ser como elas.

Pensativa, Hannah observou o rosto de Alice, que seria muito bonita se não fossem as cicatrizes. Era uma manhã fria do outono em maio e elas terminavam o desjejum no quarto que dividiam no Hotel Torrens, na King William Street. Hannah pedira a Alice que a chamasse pelo primeiro nome, mas a garota estava muito desacostumada com tal familiaridade para chamá-la de Hannah. Além disso, para assegurar o quarto no hotel, as duas foram obrigadas a se passar por uma dama em viagem acompanhada de sua criada, uma vez que a política do estabelecimento não permitia a hospedagem de mulheres desacompanhadas.

Passara uma semana desde que haviam saído da pensão da Sra. Throckmorton. Os ferimentos de Alice estavam desaparecendo e agora ela estava ávida para procurar emprego. No entanto, Hannah desconfiava de que a amiga incorreria nas mesmas dificuldades que tivera antes de trabalhar para Lulu: ninguém queria uma criada com marcas tão profundas no rosto. Então, tivera a ideia de Alice usar cosméticos no rosto para solucionar o problema. Mas Alice não aceitava.

— Você é realmente muito bonita — disse Hannah —, com seu cabelo louro e cacheado, os olhos azuis. Do lado direito o seu perfil é perfeito e a pele, imaculada. Agora, se pudéssemos cobrir... — Ao ver a expressão fechada no semblante de Alice, ela disse: — Deixe-me lhe mostrar uma coisa.

Ela estava decidida a ajudar a amiga de alguma maneira. A desfiguração de Alice era assustadora. Quando viam seu rosto, as pessoas podiam se mostrar insensíveis e até cruéis. Onde quer que Alice fosse, ela deparava com olhares curiosos, pena e repugnância. E isso resultara no desenvolvimento de um gesto defensivo: ela levava a mão à face marcada e a cobria com os dedos, adejando na ponta da touca de criada, como se estivesse tentando esconder-se por trás da mão. O infeliz resultado era que ela atraía mais atenção ainda para sua deformidade.

— Minha mãe era uma atriz shakespeariana — disse Hannah, abrindo a bolsa de veludo azul e tirando o livro de poesias de sua mãe. Dentro dele havia um programa teatral dobrado que Hannah guardava como lembrança. Desdobrando-o, ela o segurou para Alice ler.

Um Conto de Inverno
de William Shakespeare,
em cuja ocasião a Srta. Louisa Reed
se apresentará, sendo esta a última
noite de apresentação desta temporada
Teatro Royal, Shakespeare Square, Edimburgo,
29 de julho de 1824

— Essa foi a última apresentação da minha mãe — lembrou Hannah. — Ela conhecera meu pai meses antes, durante uma turnê pelo sul da Inglaterra. Tinha torcido o tornozelo e ele havia cuidado dela. Eles se apaixonaram. Depois dessa apresentação, minha mãe retornou a Bayfield e para John Conroy, desistindo para sempre do palco.

Enquanto falava, uma lembrança de infância retornou à sua mente em detalhes vívidos. Ela não tinha mais que 6 ou 7 anos na época e sua mãe lhe mostrara uma bolsa extraordinária, que ela chamava de seu "kit" e era cheia de caixas, vidros e estojinhos. Maquiagem de palco de seu tempo de atriz. Hannah ficara deslumbrada com os coloridos bastões oleosos, as resinas, os lápis e os pós, destinados a dar ao ator uma fisionomia diferente da sua própria.

— Com isso, posso ser uma princesa chinesa — dissera Louisa, alegremente. — Ou uma negra africana, ou, ainda, uma tia solteirona de Lincolnshire. Posso me tornar feia ou bonita, jovem ou velha. Qualquer coisa que eu queira ser!

Relembrando aquela tarde distante, Hannah pensou: *Cosméticos teatrais podem criar defeitos artificiais.*

Ou cobri-los.

— Está vendo? Minha mãe usava cosméticos e era muito respeitável. Alice, você já viu uma peça de teatro? Então, vou levá-la a uma assim que tivermos dinheiro.

— Obrigada, senhorita — disse Alice, pensando: *Quando tivermos dinheiro.* Elas já estavam em atraso com a conta do hotel e logo não teriam dinheiro para a comida. O problema era: como iriam se sustentar? Até agora, ninguém tinha contratado Alice, e Hannah havia procurado emprego nos anúncios do jornal e não se decidira por nenhum. Ela não explicara o motivo para Alice, mas esta sabia que Hannah poderia pôr o futuro empregador no mesmo risco que colocara o Dr. Davenport. Ambas sabiam que, qualquer um que empregasse Hannah, seria um alvo provável para a pena venenosa de Lulu Forchette. Infelizmente, sair de Adelaide e, em consequência, do alcance de Lulu não era uma opção. Alice sabia que era ali que Hannah deveria se encontrar com o americano, Neal Scott, em outubro — ou, pelo menos, era o que ela rezava para que acontecesse.

Depois de ler uma notícia assustadora sobre uma revolta aborígene no oeste da Austrália, Hannah havia escrito cartas às autoridades de Perth, indagando sobre o paradeiro do navio HMS *Borealis.* Escrevera também para uma missão aborígene, querendo saber a respeito de um casal de missionários que ela conhecera na viagem da Inglaterra até ali.

Alice já ouvira tudo sobre a miraculosa viagem do *Caprica*. Tinha também visto a foto de Neal Scott, um homem muito bonito e, pelo que Hannah falava, inteligente e instruído, aventureiro e corajoso, além de ser um cavalheiro. Alice ficara com inveja, pois ela própria jamais poderia esperar passar pela experiência de um romance em sua vida. Muito tempo atrás, antes que o incêndio tivesse lhe roubado a família e o lar, ela sonhava em ser esposa e mãe. Mas esse sonho tinha morrido.

Depois de tirar o avental que insistia em usar, Alice endireitou os babados e botões de seu vestido marrom, um pouco fora de moda, pois as mangas eram justas e ela não usava a crinolina por baixo das anáguas. Então, ela pôs o chapéu simples de palha na cabeça e deu uma longa olhada em seu rosto no espelho — um lado supostamente bonito e o outro enrugado pelas cicatrizes. Pelo reflexo, ela olhou para Hannah, que estava sentada à escrivaninha, a cabeça inclinada sobre a pena e o papel de carta. O som melodioso do repicar dos sinos dos numerosos campanários de Adelaide entrava pela janela.

— Por que a senhorita não vai à igreja?

Hannah ergueu os olhos para ela.

— O que foi que disse?

— A senhorita disse que seu pai era um quacre. Eles não vão à igreja?

Hannah estudou os olhos de Alice, que eram azuis da cor do céu, e viu uma inocente curiosidade neles.

— Quando meu pai se casou com uma atriz, ele foi expulso da Irmandade dos Amigos. Mas guardava o Sabá, ao seu modo.

— A senhorita reza? — perguntou Alice.

Hannah pensou a respeito. Não se importava com a pergunta, mas não sabia como responder. Orações eram algo que nunca ocorrera facilmente para ela. Pensou no modo como seu pai ficava parado na sala da casa deles, começando o dia em silêncio, com seus pés firmes sobre o tapete trançado, enquanto reunia sua alma e seus pensamentos antes que o sol despontasse no horizonte — antes de saber as surpresas e decepções que o dia lhe traria. Hannah percebia que ele ficava, naquele silêncio, parado, ereto e pensativo, à beira da empolgação, como se estivesse vivendo apenas aquele instante, como se nenhum outro fosse existir. Era, então, nesse momento que ele rezava? Era nessa hora que ele seguia em direção à Luz? Ele nunca falava a respeito. O sol nascia entre as árvores, os raios dourados penetravam na sala e John Conroy se desfazia do domínio invisível do sobrenatural e iniciava seu dia.

Hannah tentara imitá-lo, mas a única coisa que tinha conseguido fora ficar de pé e em silêncio. Nunca ia além, mais acima ou mais fundo que isso. Ela ficava parada em seu quarto, antes mesmo de fazer a cama, ainda de camisola e pés descalços no chão frio, tentando viajar para onde seu pai viajara, lançando olhos e ouvidos numa jornada espiritual como ele fazia, mas, inevitavelmente, seus pensamentos a arrastavam em direção à cozinha e inundavam sua mente com detalhes prosaicos: uma cortina que necessitava de conserto, um lampião que precisava de uma nova manga de vidro, uma conta a ser paga no açougueiro, além da expectativa de vir, ou não, a receber uma carta da maternidade-escola.

— Faço o possível — disse ela, por fim, com um sorriso. — Mas acho que Deus nos escuta, não importa como colocamos nossas palavras.

— Antes do incêndio na fazenda, eu lembro que meu pai, aos domingos, abria nossa enorme Bíblia em qualquer página e lia. — Alice voltou-se para dentro por um instante e depois continuou: — Não me lembro da viagem para cá. Eu tinha só 4 anos quando viemos da Inglaterra. Meus pais tinham tantas esperanças aqui! — Sua voz ficou embargada.

— Alice, você gostaria de ir à igreja? — perguntou Hannah, gentilmente. Ela fez um gesto negativo com a cabeça.

— Vou sair apenas para dar uma caminhada.

— Por que não vai às corridas de cavalo em Chester Downs? Acredito que os ônibus sairão de hora em hora da Victoria Square.

— Talvez — respondeu Alice antes de sair.

Contudo, as corridas de cavalos não eram o que ela tinha em mente ao seguir uma das principais vias da cidade, reunindo-se aos muitos pedestres que haviam saído para passear e às carruagens abertas que subiam e desciam as ruas nos passeios dominicais que os cidadãos de Adelaide tanto apreciavam.

Alice tinha uma longa caminhada pela frente, seus ferimentos estavam quase curados agora, a dor já não passava de uma lembrança, e ela se sentia forte ao seguir pela alameda arborizada, passando por casas, jardins e pastagens de carneiros até que a cidade ficou para trás e as fazendas tornaram-se tão vastas que as casas se distanciavam quilômetros umas das outras. Passando pela luz mosqueada do sol, acenando para os ocasionais transeuntes em carroças ou a cavalo, Alice reprimia seus temores. Quando a dúvida surgia e ela pensava na possibilidade de estar cometendo um erro, perguntando a si mesma se Lulu poderia capturá-la e torná-la novamente prisioneira, ela se lembrava das palavras recém-aprendidas: sensatez, igualdade e justiça. E estas palavras fortaleciam sua decisão.

Aqueles, porém, eram conceitos que Alice nunca havia conhecido de fato. As lembranças de sua vida na fazenda eram vagas. Grande parte das recordações após o incêndio que matara sua família e a deixara com o rosto marcado havia se perdido com o tempo. Era provável que tivesse sido uma vida comum, possivelmente feliz. Após isso, tudo o que ela havia conhecido foram autoridades impacientes do Abrigo Juvenil, que tentavam colocá-la em casas de onde ela logo retornava, seguidas por empregadores irritados que não conseguiam entender seu medo de fogo e, finalmente, as ruas inóspitas onde ela dormira em becos e portões, sobrevivendo com o que mendigava nas portas dos fundos de alguns estabelecimentos. E, por fim, fora a casa de Lulu.

Então, Hannah Conroy entrara em sua vida, e tudo havia mudado. Pela primeira vez Alice soube o que era bondade, solidariedade e esperança. Portanto, era isso que a impulsionava ao longo da estrada Kapunda, onde o tráfego de veículos se tornara quase inexistente, pois a maioria das pessoas estava em Chester Downs para assistir às corridas de cavalos e apreciar a festa ao ar livre.

Ao se aproximar da casa, Alice viu o quanto esta se encontrava silenciosa na manhã ensolarada, sem carruagens nem cavalos estacionados. Como alguns dos clientes eram muito poderosos, Lulu achava melhor não abrir a casa aos domingos. Havia limites inclusive para a corrupção. Por isso, aquele era um dia para as garotas descansarem, consertarem roupas e fazerem visitas à cidade, sempre sob o olhar vigilante de Walt Gilhooley. Naquele domingo em particular, as garotas e as empregadas da casa não resistiram e foram às corridas de cavalos (todas vestidas de modo recatado e sendo discretas, obviamente), e por esse motivo a casa estava tão tranquila. Alice sabia que Lulu não iria. Ela, por certo, estava na sala de estar tirando um cochilo ou, então, comendo doces enquanto contava seu dinheiro.

Alice parou diante da porta dos fundos para respirar fundo e endireitar os ombros. Ela fora até ali porque tinha certeza de que as cartas enviadas ao Dr. Davenport e à Sra. Throckmorton não seriam o fim daquela história. Lulu não descansaria enquanto não destruísse Hannah Conroy completamente. Hannah desejava confrontar Lulu sobre as cartas, mas Alice a dissuadira da ideia. Ela não desistiria de sua vingança contra Hannah, e a tentativa de recorrer a Lulu só pioraria as coisas. Alice, então, tinha dito: "Lulu vai parar com isso, senhorita, esqueça o assunto", e Hannah seguira seu conselho.

Ninguém conhecia as origens de Lulu, de onde ela viera, quem eram seus pais. Até se duvidava de que Lulu Forchette fosse seu verdadeiro nome. Alice ouvira dizer que as serpentes mais mortais do mundo encontravam-se na Austrália, mas ela juraria que nenhuma seria pior que a fria e impiedosa Lulu. Era impossível acreditar que um genuíno coração humano batesse por trás daquele enorme busto. As garotas de Lulu não tinham permissão para ter filhos. Se o chá de poejo de Lulu não resolvesse, o Dr. Young seria convocado a comparecer com seus instrumentos afiados. Garotas morriam. Lulu não se importava. Havia muitas delas nas ruas, e todos os dias chegavam mais da Inglaterra.

Alice não se deu o trabalho de bater na porta. Entrou e encontrou Lulu esparramada em sua poltrona, o cabelo ruivo de hena solto pelos ombros gordos, a barra de seu luxuoso vestido de seda e renda caindo sobre o fino tapete turco. Ela estava com a cabeça inclinada para trás, a boca vermelha de batom entreaberta num ronco suave. Numa mesinha ao lado da poltrona estavam os restos do desjejum usual de Lulu: ovos fritos, batatas, bife e linguiça, torradas com manteiga e chocolate quente.

Alice deu uma tossidela e os olhos de Lulu se abriram instantaneamente. Estreitaram-se ao vê-la ali.

— Veio rastejando de volta, foi?

— Vim lhe pedir para deixar a Srta. Conroy em paz.

Lulu bufou.

— Não posso acreditar. Ela pediu que você fizesse isso?

— Ela não lhe causou nenhum dano.

— Não me causou nenhum dano? Aquela vadia hipócrita plantou o descontentamento entre as minhas garotas. Três pediram para ir embora e uma tentou fugir. A senhorita toda-poderosa precisa aprender uma lição. Cinco outras cartas serão enviadas esta noite para algumas pessoas influentes.

Alice olhou para a atravancada escrivaninha de Lulu, onde havia cinco envelopes selados sobre o livro de contabilidade e contas.

— Ficarei com você se não enviar essas cartas.

— Por que eu haveria de querê-la, coisa horrorosa? — Lulu riu.

— Posso cantar para os seus clientes.

A gorda mulher pensou um pouco antes de dizer:

— Isso não me fará mudar de ideia. A senhorita toda-poderosa precisa aprender uma lição.

— Sinto pena de você — disse Alice, baixinho.

As narinas de Lulu adejaram.

— Não sei *por que* você se sente tão superior. Aonde pensa que vai chegar na vida com essa sua cara que assusta criancinhas? Você tinha uma vantagem aqui. Ficava escondida. Vadia ingrata. Eu a acolhi nesta casa.

— Sim, acolheu. E me forçava a trabalhar 18 horas por dia. Fazia com que eu dormisse no chão. Deixava que eu passasse fome. Tratava-me pior do que alguém pode tratar um cachorro. Cometi um erro ao vir aqui. Achei que pudesse apelar para o seu senso de misericórdia, mas estava enganada.

Com três passadas Alice dirigiu-se à escrivaninha, agarrou os cinco envelopes e correu em direção à porta.

— Não — grunhiu Lulu enquanto se levantava com dificuldade, equilibrando seu volumoso corpo na bengala e tentando barrar a passagem. Mas Alice foi rápida. Esquivou-se de Lulu e saiu porta afora.

Lulu moveu-se pesadamente atrás dela, gritando para que parasse, porém Alice seguiu adiante pelo corredor e entrou na cozinha.

— Vá em frente, leve a droga das cartas — gritou Lulu ao chegar à cozinha. — Eu simplesmente escreverei outras.

Alice parou. Lulu tinha razão. Roubar as cartas era inútil. Voltando-se, olhou para a enorme mulher que se avultava acima dela, cheia de maldade nos olhos, a bengala mortal na mão. Pequena e magra como era, Alice percebeu que precisaria encontrar um modo de enfrentá-la. Ao olhar em torno da cozinha deserta, abarrotada de potes e panelas, cutelos de carne e jarros de leite, seus olhos pousaram sobre a mesa, onde viu uma caixa de papelão vermelha e branca, escrito: *Fósforos silenciosos do Stowe. Acende uma chama em qualquer lugar.*

A caixa era decorada com chamas vermelhas.

De repente, o furioso rugido de um incêndio penetrou nos ouvidos de Alice. Olhou para a lareira e, embora esta estivesse fria e escura, ela viu as chamas saltando diante de seus olhos. Ficou confusa. Estaria relembrando o recente pesadelo ou o incêndio verdadeiro de muito tempo atrás? Ao ouvir o grito agudo de uma mulher, ela não soube se era ela mesma no pesadelo ou sua mãe naquela fatídica noite.

Com as lembranças passando rapidamente por sua mente — chamas amarelas e douradas, puro terror, suas unhas arranhando a porta para sair —, Alice ouviu-se dizer em voz baixa:

— Mas a pior coisa que você fez foi me fechar no porão em total escuridão com nada além de fósforos e um lampião.

— Tinha que ser — disse Lulu de pronto. — De que serve uma camareira que não pode acender lampiões e velas, que grita à vista de uma lareira? Fiz isso para o seu próprio bem. E funcionou, não foi?

Os dias e as noites que passei trancada no porão, com fome, apavorada com o escuro, gritando e implorando para sair. Com Lulu no outro lado dizendo: "Acenda o lampião e a deixarei sair."

— Sim — respondeu Alice. — Funcionou. Já não tenho medo de fogo. — Ela pegou a caixa de fósforos, tirou um e o riscou na lateral.

— O que está fazendo? — perguntou Lulu.

Alice segurou a chama diante dos olhos.

— Mostrando o quanto você me livrou dos meus medos. Vim lhe pedir para parar de escrever cartas venenosas sobre a Srta. Conroy. Suponho que a melhor maneira seja queimá-las.

— O que...

Antes que Lulu pudesse reagir, Alice pôs fogo nos envelopes e depois jogou os papéis em chamas, que pousaram na barra do fino vestido de seda de Lulu. Enquanto ela se abaixava rapidamente para abafar as chamas, gritando "Veja o que fez, sua idiota!", Alice riscou outro fósforo e jogou sobre a seda volumosa que flutuava em volta das pernas gordas de Lulu.

— Pare, sua cadelinha! — Outro fósforo e mais seda pegou fogo. Lulu começou a gritar, enquanto dava tapas nas coxas e batia os pés. — Jogue água em mim!

Mas Alice permaneceu parada enquanto as chamas subiam, envolvendo o corpo de Lulu, e o ar se enchia do cheiro da seda queimada e do som de estalar e crepitar.

— Socorro! — gritava Lulu, o cabelo ruivo espetado, enquanto ela se transformava numa coluna de fogo, os braços estendidos, batendo como asas dos anjos de Satã. Lulu tropeçou em direção a Alice, que recuou um passo, incapaz de tirar os olhos da expressão de horror de um rosto que começava a enegrecer, carbonizando, com um estranho e lamentoso som vindo da boca aberta. Quando pedaços de renda e carne começaram a cair no chão, Lulu caiu de joelhos. Ela já não estava mais reconhecível.

Alice girou nos calcanhares e saiu, batendo a porta. Enquanto Lulu Forchette gritava por socorro, ela sussurrou:

— Alguém precisava impedi-la. Eu não poderia deixar que você continuasse a prejudicar a Srta. Conroy, nem mais ninguém. E você está enganada. Eu *vou* conquistar o mundo. Vou cobrir minha feiura com cosméticos porque agora sei que as atrizes usam cosméticos, e atrizes são respeitáveis. E, se puder, vou aprender a cantar para os outros, porque as moças da pensão da Sra. Throckmorton mostraram que eu consigo. — Observou a fumaça sair por baixo da porta enquanto os gritos de horror continuavam lá dentro. — Peço a Deus que a perdoe. — E então foi embora.

No momento em que Alice estava voltando para Adelaide pela estrada ladeada de árvores, com *kookaburras* rindo nos galhos altos, carneiros balindo em pastagens próximas, o céu de inverno repleto de fofas nuvens brancas e dos voos coreografados das cacatuas, seus passos seguindo pela terra vermelha do sul da Austrália, ela sentiu uma nova força invadir seu corpo. Encheu os pulmões com esperança renovada e coragem para um novo futuro, enquanto por trás dos eucaliptos um grito agudo de agonia elevou-se para o céu e foi gradativamente morrendo.

Capítulo 10

Era agosto, o auge do inverno, e a chuva fria varria as ruas de Adelaide. Andando em meio ao aguaceiro, lutando contra as capas molhadas e guarda-chuvas, Hannah e Alice começaram a questionar a sensatez de sair num dia como aquele. Mas elas não tinham escolha. Estavam desesperadas.

Juntas, as duas não chegavam a ter dois centavos, estavam atrasadas com o pagamento do hotel e nenhuma delas tinha a mais remota perspectiva de emprego. Foi esse desespero que levara ambas a sair na chuva invernal que havia transformado as ruas de Adelaide em rios de lama. Uma nova loja tinha acabado de abrir, e pelo que Hannah e Alice tinham ouvido falar podia oferecer boas oportunidades.

Alice estava indo na esperança de que o Empório Kirkland vendesse cosméticos, ao passo que Hannah planejava se apresentar ao proprietário, entregar-lhe seu cartão de visita e dizer o que dissera aos vários farmacêuticos da cidade: "Se o senhor informar seus clientes sobre meus serviços de parteira, eu indicarei seu maravilhoso estabelecimento para as minhas pacientes." Até então, ela havia recebido uma única indicação por meio de um farmacêutico — um parto de emergência num dos hotéis —, e, apesar do sucesso do parto para a mãe e o bebê, a família só ficara na cidade por uns poucos dias antes de continuar viagem para Melbourne. Não era bem o início de uma clientela.

Hannah estava impulsionada por outra necessidade também. Ela queria sair do hotel, que estava sempre lotado, era barulhento e terrivelmente transitório. Ela nunca conhecera tamanha falta de raízes. O sonho de ter sua própria casa aumentava a cada dia e, se a seleção dos medicamentos comercializados e os livros de saúde doméstica tivessem a excelência que ela ouvira dizer, aquilo poderia ser o começo que ela necessitava.

— Chegamos! — disse sem fôlego ao chegarem ao empório.

Ambas fecharam os guarda-chuvas e entraram, juntando-se a alguns outros poucos cidadãos, cuja curiosidade sobre a nova loja era maior que a aversão à chuva.

— Minha nossa — murmurou Alice, os olhos se arregalando diante da imensidão da loja, das fileiras de corredores, do sem-fim de balcões e pilhas de prateleiras ao longo das paredes. — Daria para se perder aqui dentro, senhorita!

— Vamos nos separar, Alice. Você vai procurar por cosméticos e eu vou procurar o quadro de avisos.

A Kirkland exibia um enorme quadro de avisos, como o que havia no correio, onde as pessoas podiam deixar seus anúncios e mensagens. Hannah queria ver os anúncios de empregos e deixar seu cartão de visita, como havia feito em outros quadros de avisos pela cidade. Agora que Lulu Forchette já não representava mais uma ameaça, ela estava ativamente procurando maneiras de ganhar a vida.

Após a estranha notícia de sua morte, que fora encontrada carbonizada na própria cozinha, Adelaide ficara alvoroçada com os boatos que corriam sobre o tipo de casa que a Srta. Forchette dirigia. Os oficiais da colônia, desde o tenente governador até o chefe dos correios, tinham expressado seu choque e ultraje de que o estabelecimento houvesse exercido um comércio ilícito tão perto da honesta cidade de Adelaide e tinham proclamado a morte de Lulu como um julgamento de Deus.

Hannah pouco sabia o que havia acontecido às garotas. Rita Rápida e Fácil Sal a haviam encontrado no Hotel Torrens num dia de junho. Elas tinham aparecido por lá usando capas e chapéus e carregando valises. Não haviam ido para pedir ajuda, mas para agradecer por sua bondade quando visitava a casa. Estavam a caminho de Sydney, disseram, na esperança de encontrar melhores ofertas de emprego. Elas tinham contado a Hannah e Alice que, ao retornarem para casa depois de passar o dia nas corridas, ninguém derramara uma lágrima diante do medonho achado. Magenta desmaiara no funeral da mãe e morrera pouco tempo depois, após uma overdose de beladona. As outras filhas de Lulu haviam perdido a casa devido a uma dívida de impostos anteriores, e todas as garotas tinham feito suas malas e se mudado. Os Gilhooley, segundo elas, conseguiram emprego numa grande fazenda de carneiros e estavam felizes. Hannah se despedira, desejando-lhes felicidades, dizendo que sentiria saudade delas, o que era verdade.

O Dr. Davenport também havia partido.

Ao descobrir que as cartas do "Cidadão Preocupado" eram falsas, ainda em maio quando fora despejada da pensão da Sra. Throckmorton, Hannah mandara um recado para ele, explicando que não havia mais o que temer. Recebera uma carta em resposta, na qual o Dr. Davenport explicava que estava fechando seu consultório e voltando para a Inglaterra, a fim de se casar com uma prima que enviuvara recentemente e ficara com cinco filhos. Ele lhe desejava felicidades e dizia que sempre se lembraria com carinho dos três meses que haviam trabalhado juntos. Ela mantinha a estatueta de Higeia que ele lhe dera ao lado da cama.

Em sua mesa de cabeceira também estava a fotografia de Neal, numa moldura de peltre. Mesmo tendo enviado outras cartas, ela ainda não tinha notícias sobre o *Borealis,* tampouco sobre o destino dos Merriwether e da missão aborígene. Agora ela estava preocupada com Neal, perguntando-se se haveria algum modo de voltar a Perth e procurar por ele.

No momento, porém, a prioridade era ganhar a vida, e, enquanto procurava pelo quadro de avisos, Hannah passeava pela Kirkland, admirada. Ela nunca estivera num estabelecimento daquelas dimensões e estava impressionada com a variedade das mercadorias que lotavam as prateleiras, cobriam os balcões, vitrines e estavam penduradas nas paredes. Em um aviso no balcão principal estava escrito: "Temos de tudo. Se não tivermos, podemos conseguir." Ordenadamente empilhados ao lado do balcão havia jornais importados: *London Times, Punch, Illustrated London News* e *Quarterly Review.*

Havia mostruários de lenços, luvas, bolsas e regalos femininos, peças de chita, algodão e seda numa variedade surpreendente de cores, e uma pilha de calças para operários, orgulhosamente identificadas como "Kentucky Jeans da América". Um vidro de doces de vários compartimentos continha marzipã, pé de moleque, caramelos e balas de alcaçuz. Havia prateleiras com os livros de Charles Dickens: *Oliver Twist, As aventuras do Sr. Pickwick* e *Um cântico de Natal*; os livros de Jane Austen, William Makepeace Thackeray e Sir Walter Scott. Além de Tennyson, Keats, Byron e as obras completas de Shakespeare, um aviso indica: "Diretamente da América" apontando para os livros de Melville e Richard Henry Dana.

Então Hannah virou de um corredor para o outro e o que viu de repente fez com que ela parasse e arregalasse os olhos de surpresa.

Enquanto circulava pelos diversos corredores e prateleiras, Alice rezava para encontrar aquilo de que precisava. A sugestão da Srta. Conroy para que ela cobrisse as cicatrizes com maquiagem se comprovara mais difícil de alcançar do que ela havia imaginado. Damas não usavam cosméticos. Elas mordiscavam os lábios e beliscavam as faces antes de entrar em algum lugar, pois o uso de lápis e ruge era considerado escandaloso e somente as mulheres "de vida fácil" é que faziam uso desses artifícios. Embora houvesse alguns cosméticos disponíveis, a maioria fabricado na França — pós, bases e ceras que continham cores leves e naturais —, eles eram proibitivamente caros. Hannah e Alice tinham ido ao Teatro Victoria em North Terrace para saber se os atores da companhia dispunham de algum cosmético para vender, mas todos guardavam com zelo suas fórmulas e receitas secretas. Dessa maneira, Alice continuava a enfrentar o mundo com sua face marcada e a falta de uma sobrancelha, disfarçando o pedaço careca do couro cabeludo e a orelha mutilada com o cabelo e a touca de criada puxada bem para baixo.

Quando elas ficaram sabendo da existência de uma nova loja na cidade, que anunciava "vários departamentos" — um novo conceito recém-chegado de Londres —, que vendia de tudo, desde linha de costura até botas de borracha, Alice cogitara a possibilidade de também venderem maquiagem. Examinando sedutores mostruários de agulhas, linhas, botões, fios de lã, fitas métricas e alfinetes, andando pelos corredores lotados de velas, óleo para lampião, panos de mesa, sabonetes, sementes para jardinagem da Inglaterra, café da Arábia, cacau do México, chá da Índia, cobertores, bacias, espelhos de mão, escovas de cabelo, galochas e chapéus de sol, Alice encontrou um grande quadro de avisos feito de cortiça, onde se lia: "Para conveniência de nossos fregueses." Cartões de visita, propagandas, anúncios e avisos estavam ali pregados, muitos deles colocados por pessoas que procuravam ou ofereciam emprego.

Alice tinha dito que aceitaria qualquer tipo de emprego, mas agora já não estava tão decidida. Ela havia prestado uma entrevista na casa de um homem abastado, próxima de North Terrace, onde entrara pela porta dos fundos, na cozinha, onde a dona da casa lhe fizera perguntas pessoais ao alcance do ouvido das outras criadas. A atitude da mulher havia sido desdenhosa e esnobe, pior ainda que a de Lulu, e ela começara a recitar uma lista de proibições, caso Alice tivesse a sorte de ser aceita no emprego. Então, ocorrera a Alice que ela estaria entrando em outro tipo de escravidão. Assim, agradeceu à surpresa dona de casa e foi embora.

Ela não sabia o que fazer. Desde que se livrara das garras de Lulu, sentia-se à deriva. Durante todos os seus 21 anos, Alice Starky fora comandada sobre o que fazer, o que comer e onde dormir. Ela não havia sido dona de si mesma nem por uma hora sequer em toda a sua vida. Mas agora ela era, e o problema era que não tinha a menor ideia de como viver.

— Você pode ser qualquer coisa que quiser — dissera-lhe Hannah.

Mas o que exatamente aquilo significava?

Alice parou quando seus olhos pousaram em um cartaz. Era grande e chamativo, com uma extravagante e decorativa borda. Letras grandes anunciavam: "Em breve, em Adelaide, um dos novos teatros de variedades recentemente vistos em Londres!"

Alice leu as palavras mais uma vez. Sua educação era rudimentar, e como nunca ouvira falar de um teatro de variedades quis garantir que tinha lido certo. Ela conseguiu entender algumas palavras — mágicos, pianistas, músicos, acrobatas, malabaristas, trapezistas. Uma palavra em particular saltou aos seus olhos: *cantor solista*. "Exigências: bela voz e boa aparência. Preferível mulher."

Ela se debateu com a palavra no alto do cartaz. TESTES. Ela não sabia o que significava, mas entendeu pelo restante das informações que tinha algo a ver com os artistas demonstrarem o que sabiam fazer no palco. "Salários pagos de acordo com talento e popularidade. Contatar Sam Glass, proprietário."

O coração de Alice acelerou. Seria possível? Sua mão seguiu protetoramente em direção à face marcada e os dedos adejaram pela borda franzida da touca branca, enquanto ela visualizava os olhares da plateia imaginária, incapaz de ouvir sua voz por estar muito chocada com sua aparência. Já haviam lhe dito que quando cantava ninguém notava sua mutilação. Mas era verdade ou diziam somente para serem gentis, por pena?

Com o coração ainda disparado, sentindo a empolgação percorrer seu corpo, Alice anotou a data em que o teste seria feito: 10 de outubro. Faltavam seis semanas. Será que ela conseguiria dar um jeito no rosto a tempo?

Hannah mal conseguia acreditar em seus olhos ao se aproximar do impressionante mostruário de remédios manufaturados que eram vendidos ali. Como a maioria das pessoas, ela procurava um farmacêutico quando precisava de algo para uma dor de cabeça, uma erupção ou mesmo um mal de estômago. Contudo, esse hábito exigia uma receita médica, a ida até a farmácia, o tempo de espera enquanto a pomada, xarope ou elixir fossem preparados. Às vezes a espera podia ser longa se o farmacêutico estivesse ocupado. Mas aqueles remédios pareciam já estar preparados e prontos para comprar.

Um mostruário de vidros continha um aviso que declarava: "Um nascimento absolutamente seguro e saudável para a mãe e o bebê." Hannah olhou para os vidros de líquido vermelho, onde se lia no rótulo: "Composto antisséptico do Dr. Vickers" e seus olhos se arregalaram. Será que alguém tinha encontrado uma fórmula antes de seu pai? O rótulo não dizia nada além de "o uso deste composto miraculoso garantirá um nascimento seguro e saudável sem os perigos e as enfermidades que acompanham esse evento abençoado."

Ela pegou um dos vidros e o segurou contra a luz. O que *era*, afinal?

Hannah tirou a rolha e levou o vidro ao nariz. Não havia nenhum cheiro. Retirou então também sua luva, mergulhou o dedo no gargalo e o levou à ponta da língua. Não tinha gosto.

Ela franziu as sobrancelhas. Aquilo era apenas água colorida. Então, como que o rótulo podia fazer uma promessa tão absurda?

Recolocando a rolha no vidro e pondo-o no lugar, ela examinou as outras ofertas de remédios sobre o balcão: caixas, pacotes, latas e vidros de todos os tipos de medicamentos — elixires, panaceias, tônicos e remédios —, líquidos, pós, xaropes ou cremes. Coroando uma pirâmide, havia um aviso escrito à mão que dizia: "Mais seguro que ventosas! Sem necessidade da desagradável purgação! Não é preciso pagar o médico! Mais barato que o farmacêutico!"

Hannah olhou para o *Cura-tudo do Dr. Brogan*. O rótulo prometia erradicar tudo, desde espinhas até gota, e também funcionava como restaurador capilar, combatia a acidez estomacal e regulava a menstruação.

— Uma dose generosa de cocaína em cada colher de chá, garantida!

Ela notou que alguns rótulos não relacionavam os ingredientes, enquanto outros prometiam, confiantes, doses generosas de cocaína, ópio e álcool. E se um produto exibisse o nome de alguém era sempre precedido por "Doutor" ou "Professor".

Pastilhas vermífugas infalíveis do Dr. Doyle: "Curam onde outras fracassam." *Tônico de saúde do prof. Barnard*: "Contém mais de sessenta ingredientes, inclusive um raro óleo de serpente!" *Pílulas femininas do Dr. Palmer*: "Garantia de acalmar um útero aflito." *Elixir da vida do Swami Gupta*: "Comprovado na Índia! Vai erradicar definitivamente todas as formas de câncer." *Tônico da fertilidade do Dr. Harrow*: "Um bebê em cada vidro!"

Hannah tivera pouquíssimo contato com medicamentos comerciais. O farmacêutico de Bayfield preparava as receitas dos médicos e vendia uns poucos remédios manufaturados. Ocasionalmente, um caixeiro-viajante passava pelo vilarejo vendendo curas miraculosas que trazia na carroça, mas o pai de Hannah acautelava seus pacientes contra a aquisição de tais "fraudes".

Nesse instante um cavalheiro veio pelo corredor, um homem atarracado vestindo um terno preto elegante, com uma careca lustrosa e uma barba grisalha e espessa que lhe emoldurava os lábios rosados. Apresentou-se como sendo o Sr. Kirkland, o proprietário do estabelecimento.

— Para qualquer coisa que aflige o corpo — exibiu-se ele, acenando a mão sobre as ofertas de remédios —, tenho uma cura.

— Isso é muito interessante — disse Hannah com um vidro de *Gotas de cocaína para a dentição infantil* na mão.

— De fato! Como pode ver, eles vêm com garantia. Um farmacêutico não pode garantir que seu remédio irá funcionar. E estes custam muito menos que os manipulados pelo farmacêutico. Poupa tempo também, não precisando ir ao médico antes.

Mas Hannah gostaria de saber como aqueles remédios podiam garantir curas que nem um médico poderia? Então ela percebeu: não podiam. Agora ela entendia por que seu pai costumava chamar tais produtos de "fraudes". Não passavam de falsificações. Entretanto, não havia leis contra isso, e o povo, desesperado para curar seus males e suas dores, acreditava na palavra impressa.

O Sr. Kirkland disse que também havia livros sobre saúde. Hannah pegou um manual sobre *"Atendimento do doente em casa"*. Abriu no capítulo intitulado "Como dar um banho no paciente acamado". "Quando o paciente estiver muito doente para sair da cama e banhar-se, leve uma bacia e água ensaboada para o lado do leito e, usando um pano, lave o paciente, começando pelo pescoço, descendo até onde puder. Isso feito, recomece pelos pés e vá subindo até onde possível. Isso feito, lave o possível."

Ela pegou outro, *Parto Seguro*, e passou os olhos no conteúdo. "Primeiro passo: quando a mãe entrar em trabalho de parto, mande todos os cavalheiros saírem de casa. Segundo passo: coloque a mãe atrás de um biombo." Hannah não conseguia acreditar em seus olhos ao ver página após página de informações inúteis. Não havia nenhum detalhe específico de como atender um parto, nenhum conselho para casos de emergência e, com certeza, nenhuma menção ao uso de panos limpos e lavagem das mãos. O manual tratava principalmente de manter a mãe alegre e otimista. "Sirva-lhe bebidas destiladas, seja gim ou rum, embora vinho também sirva."

— Estes livros e remédios são o que vendem mais — disse o Sr. Kirkland, orgulhosamente segurando as lapelas como se fosse um político à procura de votos. — O povo vem do campo e compra tudo que pode. Eles precisam se virar sozinhos.

Um estranho surgiu no corredor naquele momento, tocando a aba do chapéu-coco encharcado e dizendo:

— Meus cumprimentos, amigos. Farley Gladstone, às suas ordens. — Entregou-lhes um cartão de visita úmido, onde estava inscrito: *Dr. Gladstone — Dentista Indolor.*

Gladstone tinha cabelo claro, rosto fino e mãos pequenas, femininas, o que era uma vantagem em sua profissão, Hannah conjeturou. Com um sotaque pronunciado de Liverpool, ele explicou que transportara barris de dentes Waterloo para a Austrália.

— Dentes o *quê*? — indagou o Sr. Kirkland.

— A maioria das dentaduras é feita com dentes de animais — respondeu Gladstone, falando rapidamente num tom agudo, à moda de um vendedor —, apesar de que dentes humanos sejam preferíveis. Mas onde é que se pode conseguir um suprimento suficiente com tantas pessoas necessitando de dentaduras? A não ser, é claro, os extraídos de criminosos executados e dos miseráveis que, de boa vontade, extraem os incisivos e molares em troca de alguns centavos. No entanto, a Batalha de Waterloo foi uma dádiva para a odontologia! Cinquenta mil soldados jovens e saudáveis pereceram naquele campo de batalha, mas seus dentes sobreviveram! Depois de colhidos, esses dentes foram parar nas bocas de muitos britânicos. Agora, com a minha ajuda, os australianos também se beneficiarão.

O Sr. Kirkland analisou o cartão e franziu o nariz vermelho.

— Um dentista, é? Então por que está se dizendo um doutor? É um barbeiro, não é?

— Sou doutor em odontologia, meu caro amigo. Tem uma cidade na América, um lugar chamado Baltimore, onde recentemente abriram uma *faculdade* que forma dentistas, a primeira escola de odontologia do mundo. Nós, dentistas, como os cirurgiões, estamos nos separando da afiliação com os barbeiros e nos tornando respeitáveis, como os médicos. É tão grandiosa minha visão do futuro que nos aguarda, em que nós dentistas seremos chamados de "doutor", que abracei a designação em antecipação ao futuro.

O proprietário da loja suspirou e olhou para Hannah, enquanto o efusivo "doutor" Gladstone seguia para se apresentar a outros que por ali passavam.

— Imagine, um dentista se chamando de doutor — ironizou o Sr. Kirkland, meneando a cabeça. — É isso que a Austrália faz às pessoas, dá ideias a elas.

Quando Kirkland se afastou, Hannah voltou sua atenção aos mostruários de remédios e livros e pensou nos proprietários rurais afastados de que Kirkland havia falado, nos colonos dispersos, nas famílias isoladas, tão distantes do atendimento de um médico. E então se viu pensando em Bayfield, nos dias em que seu pai saía de carroça percorrendo as alamedas campestres e caminhos retirados onde visitava seus pacientes. E uma ideia tão nova e perfeita surgiu em sua mente, que ela de repente estava sorrindo.

Quando viu Alice vindo pelo corredor em sua direção, Hannah percebeu que, por coincidência, sua amiga também sorria. Então ela se deu conta de que se aventurar a sair em meio à tempestade valera a pena, afinal.

Capítulo 11

Conforme seguia com a carroça puxada por um cavalo ao longo da alameda arborizada, Hannah ficou tão encantada com a cintilante paisagem que pensou que era como se, durante a noite, a mão invisível de um alquimista mágico houvesse colorido o mundo de dourado.

Ela não conseguia parar de se maravilhar com o milagre que tinha ocorrido. As acácias douradas estavam em plena floração primaveril, produzindo grandes e suaves cachos de flores amarelas que, na realidade, eram pencas de muitas outras flores menores, projetando uma luminosidade dourada nas árvores verdes de troncos marrom que brilhavam de modo deslumbrante à luz do sol.

De fato, o mundo inteiro parecia explodir com uma nova vida e cores renovadas, enquanto a terra castanho-avermelhada do sul da Austrália projetava uma abundância de verde-esmeralda, céus azuis e flores que iam do vermelho-sangue até o amarelo-canário. Campos de trevos, acres de trigo e milho e vinhedos atapetados de viçosas parreiras percorriam os campos até as colinas ondulantes, onde carneiros e gado pastavam, e a ocasional casa de fazenda com seu telhado vermelho acomodada sob o sol.

Seguindo pela estrada ao som dos cascos da égua, Hannah ouvia o vento soprar nas folhas dos eucaliptos, muitos dos quais ela agora era capaz de identificar — o manchado, o azulado, o de casca fina e folhas fibrosas, o de floração vermelha e o acinzentado da montanha — e eles pareciam sussurrar: "Venha morar conosco."

Havia aquele estranho encantamento outra vez, reminiscência de seu encontro com o fora da lei Jamie O'Brien oito meses atrás. Ela não tinha ouvido notícias dele desde então, mas os cartazes de "Procurado" continuavam pregados pela cidade; portanto, ela supunha que ele ainda estava solto. O passeio pelo campo, distante da ruidosa cidade de Adelaide, a fez lembrar daquela noite encantada. Em retrospecto, parecia que, quando ela estava no perigo iminente de ser atacada por um faminto cão selvagem, um estranho havia saído da noite e se materializado para salvá-la, um homem com um sotaque exótico, pele castigada pelo sol e sorriso pronunciado. Hannah tivera a estranha impressão de que fora quase como se toda a Austrália tivesse ido ao seu socorro na forma de uma só pessoa, apenas por aqueles poucos minutos. Para onde Jamie O'Brien teria ido depois?

Ele voltou para a terra vermelha, para os eucaliptos fantasmas e o céu sem-fim.

Uma ideia tão romântica já não a sobressaltava. Hannah sabia que estava se apaixonando pela terra que adotara. A originalidade daquele lugar a encantava. Os bandos de cacatuas alçando voo do alto dos eucaliptos. A súbita aparição de uma ema, gorda e alta, atravessando a trilha a trote. Cangurus pastando ao lado dos carneiros e ovelhas trazidos da Inglaterra. Tabuletas sobre a entrada de portões identificavam as propriedades como Caminho das Acácias, Estância Billabong, Fazenda Belvedere.

Hannah percebeu que eram tabuletas novas, fixadas nos últimos anos. Em Bayfield, as próprias estradas tinham centenas de anos. Não se passava por uma fazenda que não houvesse pertencido a alguma família por gerações. Os próprios carvalhos e vales estreitos estavam embebidos de tradição e costumes. Mas, ali! Cabanas com a pintura original ainda não tinham sido sequer repintadas. Campos que haviam sido lavrados pela primeira vez. Imigrantes chegando para estampar sua identidade na terra para fazer alguma coisa naquele país e deles mesmos.

O que cativava Hannah era justamente a novidade que a Austrália representava. Não haveria bibliotecas sombrias onde médicos esnobes poderiam fazer julgamentos injustos de um homem sem títulos ou linhagem. Ela pensou em Neal, que não sabia quem ele era, nem de onde viera — aquele poderia ser o lugar certo para ele. Um lugar de recomeços, onde não importava o que havia antes, o que as gerações anteriores tinham feito ali. Importava apenas o que se fazia no presente.

Ela queria muito poder compartilhar essa descoberta com Neal. E talvez pudesse em breve. Finalmente havia recebido uma carta do governo colonial de Perth. A embarcação científica de Neal não fora afetada pelas recentes revoltas nativas; na verdade, ainda não retornara de sua viagem de um ano de pesquisas e exploração, mas, aportaria logo. Talvez ele já estivesse lá agora, procurando por um barco que o trouxesse para Adelaide.

Ela viu um desvio adiante na estrada, uma trilha que desaparecia por entre os eucaliptos. Uma tabuleta dizia Estância dos Sete Carvalhos, com uma flecha apontando para a direita.

Depois de saber que Neal estava bem, Hannah desistira da ideia de ir a Perth procurar por ele e viera para o campo, onde esperava iniciar sua prática como parteira. A ideia tinha surgido no Empório Kirkland, quando o proprietário comentara que os colonos ficavam muito distantes do auxílio médico. Ela decidira que afastar-se da cidade e de suas parteiras estabelecidas, que tão zelosamente protegiam seus territórios, seria o começo que ela tanto precisava.

Hannah e Alice estavam hospedadas no Hotel Austrália, um estabelecimento movimentado na estrada Kapunda, mais adiante de onde Lulu vivera. A dona e administradora era uma viúva divertida, a Sra. Guinness, que não fazia objeção quanto a moças solteiras alugarem um quarto. O hotel fora construído cerca de dois anos antes, depois da descoberta de cobre em Kapunda, quando as grandes carretas de minério iam e vinham pela estrada rural, abarrotadas de homens com necessidade de comer e repousar. Algumas outras edificações haviam brotado em volta do hotel — um armazém, uma loja de suprimentos agrícolas, um ferreiro. A Sra. Guinness distribuía a correspondência que chegava de Adelaide para a região e, portanto, os fazendeiros e criadores de gado costumavam frequentar o hotel em busca de suas cartas.

Fazia cinco semanas que Hannah estava ali, tentando se tornar conhecida. Todas as manhãs ela saía na carroça emprestada, levando consigo sua bolsa de veludo azul, um mapa da região e um almoço de frango ou carne fria, pão e queijo, além de uma garrafa de chá adoçado. Ela percorria o máximo possível da zona rural, visitando fazendas e residentes, apresentando-se, deixando seu cartão de visita: *Hannah Conroy, Parteira certificada, Formada em Londres.*

Alice não ia com ela, pois conseguira um emprego no Hotel Austrália como ajudante de cozinha. À noite, porém, ela ensaiava na sala da Sra. Guinness, acompanhada ao piano pela filha da patroa, uma vez que estava decidida a fazer o teste para o novo teatro de variedades. Alice entoava várias seleções de músicas com quem estivesse na sala naquele momento, a fim de avaliar suas reações e poder decidir qual canção deveria escolher para o teste. A plateia da sala mudava a cada noite, conforme tropeiros, vaqueiros e tosquiadores iam e vinham. Mas todos ficavam encantados quando ela cantava e concordavam que sua voz era magnificamente melodiosa — apesar de um sujeito rude ter dito para que Alice pudesse ouvi-lo: "A canção é linda se não olharmos para ela."

Ao desviar a carroça da estrada principal e entrar pelo largo portão sob a tabuleta que anunciava Estância dos Sete Carvalhos, Hannah começou a procurar por carvalhos. Nas largas avenidas de Adelaide haviam sido plantados carvalhos e elmos da Inglaterra. Até mesmo o jardim da casa de Lulu Forchette tinha sido feito com flora importada da Inglaterra. Outras propriedades rurais nos campos suavemente ondulados haviam se livrado da vegetação original para dar lugar aos salgueiros e álamos da pátria. Mas, aparentemente, a Estância Sete Carvalhos mantivera seus eucaliptos e acácias nativos, pois Hannah não conseguiu localizar um único carvalho.

Era a temporada da cria e ela passou por um cercado ocupado por centenas de ovelhas e seus filhotes. Mais além, Hannah viu outra área cercada, onde vacas da raça angus pastavam enquanto amamentavam seus bezerros. Ela viu os cachorros da fazenda trabalhando entre o gado, correndo de um lado para o outro, enquanto homens a cavalo supervisionavam um ruidoso curral. Era uma fazenda movimentada, próspera, com estábulos, galpões de tosa, pátios de lenha, galpões de ordenha e até um galinheiro. E, no ar da manhã, era abundante a cacofonia de balidos de carneiros, mugidos das vacas, latidos dos cachorros, gritos dos homens e, também, bandos de corvos crocitando no céu.

Quando a casa principal surgiu em seu campo de visão, Hannah diminuiu a velocidade da carroça, parou e se pôs a observar, maravilhada.

A casa era grande e retangular, tendo um só andar, com telhado de duas águas. Uma varanda ampla dava a volta em toda a construção, sendo cercada por uma balaustrada intrincada, e o teto era sustentado por decorativas vigas de ferro. Embora a madeira das laterais da casa tivesse a cor natural, o remate das janelas, o batente das portas, a balaustrada e as vigas tinham sido pintados de branco. Era uma casa simples, porém imponente e elegante. Ao redor havia um jardim planejado que descia até um laguinho, onde cisnes negros se misturavam a patos e outras aves.

Hannah permanecia imóvel na carroça, as rédeas esquecidas em suas mãos. Algo naquela casa tocava-lhe fundo. Ela não sabia o motivo. Como explicar por que alguns lugares tocam uma pessoa e outros, não? Ela observou como os eucaliptos abrigavam a casa, soltando suas cascas prateadas e deixando que a luz dourada do sol iluminasse o telhado. Ela podia ouvir o zunido dos insetos, sentir o calor do sol penetrando o teto da carroça e envolvê-la numa estranha hesitação.

Pois ali estava, aninhada nas verdes colinas cobertas por rebanhos de ovelhas brancas, sob um céu azul que ia até o infinito, em meio ao silêncio e aos ruídos do campo australiano, a casa de seus sonhos.

Ela retomou as rédeas e levou a carroça até uma árvore a fim de amarrar o cavalo. Ao subir os degraus da varanda que dava para uma porta sólida com uma vidraça à altura dos olhos, Hannah sabia exatamente o que encontraria lá dentro: um vestíbulo arrumado, com o piso lustroso, o corredor estendendo-se até os fundos da casa, onde estariam a cozinha e a área de serviço, com portas de cada lado que levariam aos cômodos, que estariam perfeitamente mobiliados com sofás e poltronas, mesas cobertas com toalhas de renda e tapetes de tons vivos. Ela sentiria o cheiro de limão da cera, seus olhos captariam o brilho do metal e dos vidros. Haveria um dos modernos lampiões com cristais pendurados em volta da manga de vidro, que ficariam tilintando, com um som encantador.

Ela bateu na porta.

Uma criada mal-humorada atendeu com cara séria, mal escutou o que Hannah tinha a dizer, convidou-a a entrar e saiu apressada pelo corredor, desaparecendo no fundo. Hannah olhou à sua volta. O interior da casa era exatamente como ela havia imaginado. À direita, uma porta aberta revelava uma sala mobiliada com extremo bom gosto. À esquerda, uma sala de jantar com a mesa minuciosamente polida, seis cadeiras e uma cristaleira que exibia louças de porcelana. Ela supôs que os quartos ficavam na parte de trás da casa.

Uma mulher apareceu no fundo do corredor, andando a passos largos e decididos em direção a Hannah. Tirando as luvas de trabalho, ela lhe estendeu a mão e apresentou-se como Mary McKeeghan, a dona da estância.

Hannah entregou-lhe um cartão de visita e explicou que estava percorrendo a região para informar às pessoas sobre seus serviços.

Mary McKeeghan deu uma risada rouca.

— Não precisamos de uma parteira aqui! — disse e continuou a sorrir, o que fez com que Hannah gostasse dela.

Mary McKeeghan era uma mulher bonita, de ombros largos e rosto queimado de sol. Ela usava um empoeirado corpete branco e uma saia de couro macia. E sobre o cabelo de tom alaranjado e esvoaçante usava um chapéu masculino, típico da Austrália, com as abas viradas dos lados. Hannah calculou que ela devia ter trinta e poucos anos, e usava uma aliança.

Em seguida, ela percebeu que Mary usava uma tira preta em volta de cada braço.

Percebendo a expressão de Hannah, a Sra. McKeeghan disse:

— Estamos de luto nesta casa, mas tenho uma porção de homens para alimentar. — Ela gesticulou em direção ao fim do corredor, onde Hannah pôde ver a cozinha e o grupo de famintos. — E não tive tempo de ir à cidade para comprar um vestido preto. Nem crepe para pendurar na porta. Estamos na época mais movimentada do ano.

Hannah já tinha dito aquilo em todas as fazendas de gado e carneiro que visitara e, se não fosse a criação, era a época de plantio nas fazendas. Contudo, por mais que as pessoas estivessem ocupadas, os bebês continuavam a nascer e necessitavam de parteiras.

— Sinto muito por sua perda — disse ela.

— Foi minha irmã — respondeu Mary, o pesar inundando-lhe os olhos verdes. — Caiu de um cavalo e fraturou o pescoço. Foi horrível, mas ela também deixou um recém-nascido. — Mary McKeeghan olhou para trás e mexeu os pés, como se fosse sair correndo a qualquer momento. Certamente, era uma mulher que dispunha de pouco tempo.

— Um recém-nascido! — repetiu Hannah.

— Sim, ele tem cinco meses e não está muito bem.

— Qual é o problema?

Os olhos verdes de Mary pareceram medir Hannah, observando o vestido em um tom escuro de laranja com um casaquinho preto que ia até a cintura, as luvas pretas e o pequeno chapéu preto amarrado sob o queixo. Hannah sabia que dava uma impressão de maturidade e profissionalismo, na esperança de que isso faria com que as pessoas não notassem sua idade.

— Você entende de bebês? Além de ajudá-los a nascer, quero dizer.

— Tenho alguma experiência, sim.

— Então venha por aqui — disse Mary McKeeghan, e saiu andando com um passo tão largo e rápido que Hannah teve que se apressar para acompanhá-la.

Os quartos de fato ficavam nos fundos, e o que Hannah adentrava agora era espaçoso e ensolarado, com uma cama de quatro colunas coberta com uma colcha de retalhos, um tapete trançado colorido no piso encerado, além de belas cômodas de madeira escura. Junto à janela havia um berço de balanço. Nenhum som vinha dali.

— Ele tem cinco meses e estava bem até duas semanas atrás. Voltamos do funeral e foi como se ele soubesse que sua mãe tinha ido embora. Sylvie o amamentou por três meses e depois passou a lhe dar leite adoçado, o que ele aceitou com verdadeiro apetite. Ela podia deixá-lo com a mamadeira se alimentando sozinho. Agora veja. — A Sra. McKeeghan curvou-se sobre o berço, pegou a mamadeira de cerâmica e levou o bico aos lábios do bebê, que virou a cabeça. — Não quer comer.

A mamadeira era feita de cerâmica Staffordshire e lembrava uma garrafa, ligeiramente curvada, e estava deitada de lado. Tetas de vaca conservadas em bebida alcoólica costumavam ser amarradas no gargalo como um mamilo, mas, nesse caso, um pano fino cobria o bico para o bebê sugar.

Hannah puxou a coberta do bebê e ficou chocada com seu estado de magreza e subnutrição. Ela estalou os dedos ao lado da cabeça da criança, que não se virou para a direção do som.

— Ele é surdo?
— Oh, não! Ele costumava reagir. É como se não se importasse agora.
— Ele se vira?
— Começou, mas depois parou.

Hannah notou também que por mais que ela fizesse ruídos, que fizesse cócegas ou sorrisse para o bebê, ele não sorria. Pegando seu estetoscópio, ela auscultou o peitinho e ouviu o pequeno coração bater lá dentro, lutando para sobreviver. Ao guardar o instrumento de volta na bolsa, ela estava pronta para dizer a Mary McKeeghan que um bebê precisava mais do que ficar com uma mamadeira ao seu lado no berço. Ele precisava ser segurado no colo. Precisava sentir o calor e o toque humano, sem o qual definharia e morreria. Mas ao olhar para a fisionomia cansada de Mary, vendo as linhas de pesar, preocupação e estresse em torno dos olhos e da boca, ela percebeu que a vida daquela mulher estava cheia de exigências que a empurravam para todos os lados.

Como se pudesse ler a mente de Hannah, Mary disse:

— Entre o bebê e minha mãe, estou ficando louca. Como já disse, esta época é muito movimentada aqui. Até meus dois filhos estão pondo piche no chão do galpão de tosa.

— O que houve com sua mãe?

Mary levou Hannah até o quarto ao lado, onde uma mulher com mais de 50 anos, cabelos grisalhos e olhos ausentes estava deitada na cama, virada para a parede.

— Ela está assim desde o enterro. Já implorei para que se levantasse, comesse, mas ela se recusa. Acho que nem consegue nos ouvir.

Hannah levantou o punho da mulher, sem que houvesse reação, e sentiu seu pulso. Tocou-a no pescoço, na testa, tentou chamar sua atenção. Porém, a mãe de Mary McKeeghan estava imóvel como a morte, olhando sem vida para a parede.

Hannah pensou: *Um não se desenvolvendo; a outra, desistindo.*

Voltando para o quarto anterior, Hannah tirou o bebê do berço e, pegando a mamadeira, voltou para o outro.

— O que está fazendo? — perguntou Mary McKeeghan.

— Uma coisa que vi meu pai fazer certa vez. — Hannah colocou a mamadeira na mesa de cabeceira, depois inclinou-se sobre a mãe de Mary McKeeghan e aninhou o bebê junto a ela nas cobertas, quentinho junto ao peito da mulher, pegou um dos travesseiros sobressalentes que estavam em cima de um baú de madeira e o colocou atrás do bebê, de modo que ele ficasse aconchegado entre o travesseiro e a avó. Nenhum dos dois emitiu qualquer som.

Hannah endireitou-se e perguntou:

— Como se chama sua mãe?

— Naomi.

Hannah pôs a mão no ombro da mulher e disse:

— Naomi, se quiser alimentar seu neto, a mamadeira está bem ao lado da cama.

Já fora do quarto, Mary McKeeghan perguntou:

— De que vai adiantar isso?

— Não tenho certeza — respondeu Hannah, francamente. — Talvez não funcione, mas há uma chance, visto que não consigo pensar em nada mais que possa salvá-los.

— Obrigada pela visita — agradeceu Mary, acompanhando Hannah até a porta. — E por tentar ajudar. Não é fácil — disse ela, e Hannah viu a culpa mover-se furtivamente em seus olhos verdes — ajudar na época do nascimento das crias e da tosa, todos esses homens para alimentar e supervisionar. Eu esperava que minha mãe fosse tomar conta do pequeno Robbie e agora estão os dois doentes e eu sem tempo para cuidar deles.

Hannah conduziu a carroça de volta para a estrada principal, mas parou e puxou as rédeas a fim de olhar mais uma vez para a casa. Ela trazia papel, pena e um tinteiro para registrar as experiência e anotar observações. Então pegou uma folha de papel, esticou-a sobre o colo e começou a desenhar a casa de Mary McKeeghan.

Capítulo 12

Ao ver as lindas garotas na fila do lado de fora do novo teatro de variedades, Alice perguntou-se se não cometera um terrível engano. Será que ela teria alguma chance de ser contratada?

Como Hannah havia sido chamada para fazer um parto, ela viera para a cidade sozinha. A amiga queria acompanhá-la, mas ela insistira em dizer que, tentando formar uma clientela, era mais importante que ela atendesse ao chamado.

Como não tinham conseguido encontrar maquiagem, Hannah e a Sra. Guinness ajudaram-na a escolher um chapéu que cobria sua cabeça o bastante para deixar oculta quase toda a face marcada e usaram um lápis para desenhar a sobrancelha que faltava.

— A ideia é enfatizar seus atributos positivos — dissera Hannah, puxando algumas mechas do cabelo louro encaracolado de Alice para fora do chapéu, e sobre sua testa, mostrando as belas madeixas, e emoldurando-lhe os lindos olhos azuis. Elas também tinham gastado um dinheiro precioso num vestido novo que, embora não fosse vistoso nem caro, era de bom gosto e estava na última moda.

Indo para o teatro de variedades, ela estava cheia de esperança, até ver a fila de lindas garotas esperando pelo teste. Nem todas eram cantoras, mas as que eram possuíam rostos e formas deslumbrantes. Alice sentiu-se uma vara seca perto delas, além de feia.

As portas abriram-se e todos entraram. Alice viu-se num dos novos estilos de bar, onde os fregueses se sentavam em cadeiras diante de pequenas mesas e podiam comer, beber e fumar enquanto assistiam ao espetáculo.

O proprietário andava por entre o aglomerado de pessoas, mandando os vários candidatos para diferentes partes do estabelecimento, onde os homens iriam se candidatar a empregos de garçons, *bartenders*, faxineiros, e as mulheres esperavam trabalhar na cozinha ou nos bastidores. Os candidatos artistas seriam vistos pelo próprio Sam Glass, que os chamou ao palco um por um e ficou observando pacientemente enquanto faziam malabarismos, cambalhotas e tiravam pombos de seus paletós, ou os dispensava com um aceno impaciente de mão.

Glass usava um terno marrom com um colete xadrez e um boné de tweed na cabeça. Ele tinha uma voz grave, que se assemelhava a uma lixa, e não parava de mastigar um charuto com a ponta molhada. Exibia um estranho bigode — uma linha preta reta ao longo do lábio superior que parecia ter sido desenhado com carvão.

Os testes corriam rapidamente, uma vez que a maioria das atuações era amadorística demais para o novo Elysium Music Hall, e quando chegou a vez de Alice, ao subir os degraus do palco, Glass olhou-a de cima a baixo. Olhos bonitos. O cabelo seria louro natural?

— Tire o chapéu — ordenou ele.

— O chapéu?

— Não irá usá-lo no palco. As pessoas vão querer ver seu cabelo. Tire.

Alice olhou para as pessoas que estavam ali, a maioria envolvida na preparação de suas próprias canções, récitas e instrumentos musicais, e que sequer a notavam. Ela voltou-se para Glass, sentado diante de uma mesa com uma caneca de cerveja na mão.

— Ande! — berrou ele. — Não tenho o dia inteiro. Tire esse chapéu ou libere o palco.

Ela obedeceu, e, quando seu rosto e couro cabeludo ficaram expostos às luzes, as sobrancelhas de Sam se levantaram.

— Minha nossa! Você está brincando comigo? — Ele semicerrou os olhos e inclinou-se para a frente. — Foi o bicho-papão que fez isso com você?

Vendo que ela se mantinha séria, Glass disse num tom mais gentil:

— Ouça, querida, imagino que você tenha a voz mais linda do mundo, mas meus fregueses terão olhos, assim como ouvidos. Está entendendo? Existem pubs no porto que podem usar cantoras sem se importar com sua aparência. — Ele gesticulou para que ela saísse do palco e gritou — Próxima!

Alice não se mexeu. Enquanto Glass se voltava para dizer algo ao homem que estava com ele à mesa, ela pensou na bondade de Hannah Conroy e no incentivo da Sra. Guinness.

Recordou-se das noites no salão do hotel, praticando e ensaiando, com Hannah e a Sra. Guinness lhe dizendo o quanto sua voz era linda. Pensou em Lulu Forchette, que estava sempre dizendo que ela era feia. E pensou em todos os rostos das pessoas que estavam ali no teatro, rostos imaculados, com faces perfeitas e sobrancelhas intactas.

Alice endireitou os ombros e inspirou fundo. Os tropeiros e tosadores do Hotel Austrália haviam dito: "Cante uma coisa animada para alegrar a todos", "Cante uma coisa apimentada, como fazem nos pubs", "Cante uma coisa engraçada e faça todos rirem." Mas, quando ela abriu a boca e começou a cantar, não havia nada de animado, apimentado ou engraçado no hino que saiu de sua garganta.

Divina Graça, como é doce o som,
Que salvou uma miserável como eu.
Perdida estava, mas agora fui encontrada,
Era cega, mas agora eu vejo."

Os que estavam sentados perto dela se viraram e a fitaram. Ouvindo a voz aguda e pura, pararam de falar para ouvi-la cantar.

Foi a Graça que ensinou
meu coração a temer.
E a Graça meus temores libertou.
Que precioso aparecimento dessa Graça
na hora em que comecei a crer.

As pessoas que se encontravam nos bastidores e por trás da ribalta também fizeram silêncio, dando à voz de Alice mais espaço para atingir as paredes e o teto, os candelabros cintilantes, até que os artistas que aguardavam ou praticavam seus atos pararam o que faziam e viraram-se na direção do hino.

Por muitos perigos, sustos e armadilhas
já passamos.
Foi a Graça que até aqui nos trouxe a salvo
e é a Graça que nos conduzirá para casa.

Sam Glass olhava para cima com um franzir de testa e o silêncio espalhou-se pelas mesas, cadeiras, seguindo até o fundo onde ficava o bar. Os carpinteiros pararam de martelar. Os pintores baixaram seus pincéis. Os homens nas escadas firmaram-se para se virar e ver de onde vinha aquele som hipnótico.

O Senhor prometeu-me bênçãos
Sua palavra minha esperança reafirma.

Ele será meu escudo e meu destino
enquanto perdurar a vida.

As pessoas que estavam no foyer vieram para o salão, em silêncio, escutando. Nenhum som se ouvia, além dos tons imaculados que flutuavam como fitas sedosas sobre as cabeças das pessoas deslumbradas.

Quando estiver aqui há 10 mil anos,
brilhando resplandecente como o sol,
Não terei menos dias para cantar louvores a Deus
do que quando comecei.

Sam Glass olhava fixamente para Alice, enquanto homens pegavam seus lenços do bolso e assoavam o nariz, e mulheres enxugavam os olhos. Ele olhou em volta e viu as fisionomias dos colonizadores distantes da Pátria Inglaterra e percebeu que estavam se recordando dos entes queridos que ficaram para trás. Voltou os olhos para a garota sozinha no palco, pequena, esbelta e frágil. O que havia nela? Não era somente por possuir uma bela voz e saber cantar — até agora todas as cantoras tinham essas qualidades —, havia algo a mais naquela criatura alva e etérea. Ela não cantava a canção simplesmente. Era o modo como respirava, como enfatizava algumas notas, suavizava outras, fazia pausas onde nunca ninguém fizera e conseguia manter as notas altas por mais tempo do que seria possível imaginar que aqueles frágeis pulmões fossem capazes. Sentindo um aperto na própria garganta, Glass percebeu que havia algo de quase espiritual no modo como ela cantava, que preenchia as pessoas com sentimentos familiares, lar, anjos e a Virgem Maria.

Divina Graça, como é doce o som,
Que salvou uma miserável como eu.
Perdida estava, mas agora fui encontrada,
Era cega, mas agora eu vejo.

Quando a última nota da garganta de Alice alcançou o teto, o silêncio permaneceu, ninguém se mexeu. Todos continuaram a olhar para a garota com a face desfigurada. Depois desviaram o olhar, tentando entender como a deformidade e a beleza podiam andar juntas. Olharam para o chão sujo de serragem e, então, uns para os outros e as conversas recomeçaram outra vez, lentas, sombrias, com todos se perguntando se poderiam aplaudir um hino.

Sam Glass pôs-se de pé.

— Deus Todo-Poderoso! De onde vem toda essa voz? Você é uma coisinha de nada. Nem parece capaz de soprar uma vela, quanto mais dar voz ao nosso hino mais poderoso de devoção.

Ele gesticulou para que ela descesse do palco, e, quando Alice se aproximou de sua mesa, Glass disse rapidamente:

— Abriremos em quatro semanas. Vou colocar você no meio da apresentação, assim garantimos que chamará a atenção de todos. Vou pedir que uma das garotas dê um jeito nesse seu rosto com cosméticos e podemos fazer algo com o cabelo também. Quero que você se vista para deslumbrar. Uma saia mais curta, ouça bem, que permita aos cavalheiros vislumbrar suas meias. Braços nus e o decote baixo, revelando o máximo de seus seios, sem que a polícia venha nos intimar. Como é que você se chama?

— Alice Starky.

Ele pensou por um instante.

— De agora em diante você é Alice Star. E vai ser uma sensação.

Capítulo 13

Conduzindo a carroça ao longo do caminho sombreado da entrada da Estância Sete Carvalhos, Hannah experimentava duas emoções de alegria. A primeira era a sensação, ao se aproximar da entrada principal, de estar chegando em casa. A segunda tinha a ver com Neal, que deveria chegar a Adelaide a qualquer momento, e ela andava tão empolgada que mal conseguia comer ou dormir. Além disso, Alice iria cantar no novo teatro. O mundo, dourado com suas acácias florescendo, estava fulgurando de promessas.

Hannah não ficou surpresa ao ver Mary McKeeghan e sua mãe sentadas em cadeiras de balanço na ampla varanda, com o gorducho e sorridente Robbie no colo de Naomi. Mary enviara um recado a Hannah, no Hotel Austrália, informando-a de que tanto o bebê quanto a avó estavam se recuperando do mal que lhes acometera. Mary convidara Hannah para um chá e ela havia apreciado a oportunidade de fazer uma amiga na região.

Quando Hannah se sentou, Mary McKeeghan disse:

— Já espalhei a notícia sobre a senhorita. Não temos médico por aqui e Deus sabe o quanto precisamos de um. Mas imagino que a senhorita seja tão boa quanto qualquer médico e sei que o pessoal das redondezas se sentirá reconfortado em saber que há alguém que poderá ajudar em momentos de necessidade. Talvez possa ir ver Edna Basset na Fazenda Belvedere quando estiver voltando. Ela está muito abatida com uma laringite.

Capítulo 14

O aviso na marquise dizia: "Grande inauguração! Entretenimento para as classes mais sofisticadas: música, canto, peças e outros números extraordinários. Desordeiros e bêbados não serão admitidos."

As carruagens enfileiravam-se ao lado da calçada de madeira para que as damas com seus vestidos de noite e os cavalheiros em trajes finos desembarcassem. Uma multidão havia se reunido para observar o desfile dos vários cidadãos proeminentes de Adelaide que iriam assistir à inauguração do grande teatro de Sam Glass. No céu, milhões de estrelas cintilavam sobre eles.

Dentro do teatro, um aglomerado de pessoas coloridas e ruidosas circulava sob reluzentes candelabros, bebendo champanhe e socializando no saguão antes de irem se sentar às mesas do salão, onde os músicos afinavam seus instrumentos. Uma grande cortina de veludo vermelho ocultava o palco. Ao contrário dos teatros tradicionais, o de Glass, que se chamava Elysium, possuía um bar ao longo da parede dos fundos, entalhado em mogno escuro, equipado de espelhos, torneiras brilhantes de cerveja e pirâmides de taças de cristal e canecas de chope. A cozinha era adjacente ao salão do teatro, e quando a plateia estivesse acomodada, precisamente às sete horas, o jantar seria oferecido por jovens garçons de camisa branca, calça preta e aventais brancos. O menu a ser servido era composto de cordeiro novo, batatas assadas e cenouras miúdas, seguidos por queijo francês e pudim inglês. Às oito horas em ponto os pratos seriam retirados, as bebidas pós-jantar servidas e as cortinas se levantariam, dando início ao espetáculo.

— Estou tão nervosa, senhorita! — disse Alice, enquanto Hannah aguardava com ela nos bastidores junto de outros artistas.

Sam Glass providenciara maquiagem para o rosto de Alice, de maneira que suas cicatrizes estavam ocultas. Não ficara perfeito, mas, com seu cabelo louro penteado de forma correta e preso com uma tiara que imitava *strass* e uma pena de garça, a deformidade de Alice não seria vista sob as luzes do palco. Além disso, com cada cavalheiro da plateia fumando um cachimbo, charuto ou cigarro, havia fumaça suficiente no ar para deixar que certos detalhes passassem despercebidos.

— Vai dar tudo certo — tranquilizou-a Hannah, tentando não atrapalhar os homens com suas calças justas, fantasia de palhaço ou de fraque que andavam de um lado para outro. Eram cantores, acrobatas, mágicos e atores. As mulheres usavam vestidos deslumbrantes que expunham muita pele. Alice, por outro lado, apesar das orientações de Sam Glass, preferira usar um simples vestido branco, estilo império, com a cintura alta e sem decote, mangas compridas, que não revelava nada.

O diretor de cena passou, ordenando que todos que não fossem atuar saíssem, pois o show estava prestes a começar.

Hannah deu um abraço em Alice, desejou-lhe boa sorte e apressou-se em voltar para a mesa que dividia com a Sra. Guinness. A cortina subiu e a pequena banda diante do palco tocou "God Save the Queen". A plateia deu vivas e aplaudiu os vários números que seguiram, um após o outro, cantando junto com o cantor de baladas e seu banjo, e caçoando de um mágico que não parava de deixar cair sua varinha.

No fundo do recinto lotado, Sam Glass mastigava seu charuto, observava e se preocupava. Alguns percalços haviam ocorrido, mas nada que os clientes pudessem ter notado. Faltaram cordeiro na cozinha e clarete no bar, mas todos pareciam felizes. Glass fizera um enorme investimento naquela noite. Estava contando com que a multidão fosse para casa satisfeita depois do espetáculo e, no dia seguinte, contasse a todos os seus amigos sobre o Elysium.

Já haviam se passado três quartos da noite quando a cortina desceu, a plateia ficou inquieta na expectativa, mas, quando a cortina subiu novamente e Sam Glass viu Alice Star — usando um vestido estilo imperatriz Josefina, parecendo um anjo de coral —, ele sentiu um forte pulsar nas têmporas. Sam lhe dera instruções explícitas quanto ao tipo de roupa que ela deveria usar. Até agora, a plateia fora obsequiada com tornozelos expostos e decotes acentuados. Todos haviam se impressionado com a trapezista de meia-calça. Alice Star devia seguir o modelo.

Ele mordeu e mastigou o charuto, cuspindo o suco numa escarradeira de metal. O sucesso de um teatro dependia da obediência de todos os integrantes ao patrão. Se todos fizessem o que bem entendiam, isso resultaria num caos. Ele a deixaria cantar apenas dessa vez e a despediria.

Alice esperava no palco. A plateia ficou inquieta, já condicionada a desempenhos com aberturas desavergonhadas e explosivas. A garota no vestido virginal e cabelo louro não fazia nada para prender a atenção. Apenas ficou parada. O coração de Hannah bateu forte. Havia muito tempo, sua mãe contara-lhe algo que ela chamava de medo de palco. Seria isso que Alice estava sentindo agora?

Então, ela viu Alice inclinar a cabeça levemente e o violinista da banda se levantar e começar a tocar. Alice inspirou fundo e começou a cantar.

No alegre mês de maio
Quando os verdes brotos floresciam
O jovem Jimmy Grove no leito de morte jazia
Por amor a Barbara Allen.

A plateia soltou um suspiro. Era uma canção familiar, uma canção doce e triste. Algumas pessoas pegaram seus copos cheios de líquido vermelho-rubi ou suas xícaras de chá, enquanto se lembravam da primeira vez que haviam ouvido a canção de Barbara Allen.

Ele então enviou seu criado
à cidade onde ela residia.
'Precisas ir ver o meu senhor,
se o seu nome for Barbara Allen.'

A plateia ficou em total silêncio, olhando para a garota vestida de branco, parada sozinha sob um facho de luz, a voz parecendo soar não de uma garganta humana, mas talvez da brancura de seu vestido. Muitos a consideraram uma voz angelical.

Pois a morte está estampada em seu rosto
E no coração vai penetrando.
Então apressa-te para confortá-lo,
Oh, doce Barbara Allen.

Algumas pessoas começaram a se lembrar de momentos amargos e doces de suas vidas, os amores perdidos, noites de conforto, dias de desalento. As lágrimas vieram aos olhos de alguns. A cólera de Sam Glass aumentou. Sua plateia estava afundando na tristeza! Ele estava arruinado!

E lentamente ela foi indo
e lentamente se aproximou dele,
e disse apenas quando lá estava:
'Rapaz, acho que estás morrendo.'

Ouviam-se arquejos por todo o salão. A própria Hannah teve de pegar um lenço e enxugar os cantos dos olhos. Era feito de um bom linho e bordado com as iniciais NS. Era o lenço de Neal Scott, que ela levava onde quer que fosse, uma lembrança tornada ainda mais preciosa enquanto a voz pura e límpida de Alice a fazia se recordar de seu desejo por Neal e do quanto ela sentia saudade dele. A Sra. Guinness engoliu dolorosamente em seco ao recordar-se de um rapaz dos tempos de sua mocidade, de quem ela não se lembrava havia anos, mas que agora se materializava por trás de seus olhos, belo, sorridente, indo embora para combater Napoleão. Ela também precisou de um lenço.

Quando ele morreu e jazia no túmulo
O coração dela foi tomado pela dor.
'Oh, mãe, minha mãe, faça meu leito
Pois devo morrer ao alvorecer.'

A voz de ouro, acompanhada pelos tons melodiosos do violino, prendeu a atenção da plateia, que permaneceu em silêncio, imobilizada. Nenhuma mão se movia, nenhum olho piscava. Sam Glass cogitou se estavam respirando. Que coisa! Prometendo-lhes uma noite de diversão e em vez disso lhes oferecendo lamentações.

No leito de morte ela jazia,
Pedindo para ao lado dele ser enterrada
E arrependida penava pelo dia
Em que o renegara.

A canção terminou; a voz hipnótica ficou em silêncio. Ninguém se moveu e Sam Glass estava convencido de que haveria uma fuga precipitada rumo à bilheteria e exigências de devolução do dinheiro pago.

Então os aplausos começaram e foram ganhando força, enquanto Alice permanecia parada no palco, as pessoas se levantando e gritando: "Bravo!"

— Você estava maravilhosa! — entusiasmou-se Hannah ao encontrar Alice no caos dos bastidores.

Sam Glass estava lá, parabenizando-a e dizendo que a partir de agora ela iria se apresentar por último. Os números que se seguiram ao de Alice não tiveram tanta repercussão quanto os anteriores — talvez os corações dos artistas não estivessem tão presentes ou o humor da plateia tivesse mudado, ou, então, ambas as coisas. Mas todos concordaram que Alice havia sido o ponto alto da noite, e era assim que Sam desejava que a plateia fosse para casa.

— Eu lhe devo tanto, Hannah — agradeceu Alice, com a multidão cercando-a para felicitá-la.

Ela não conseguia exprimir em palavras tudo o que havia acontecido, ainda não, não até que estivesse sozinha e pudesse rever o momento — mas enquanto cantava e dava voz à sua alma e sentia a emoção dos espectadores, observando a fisionomia de cada um, até suas lágrimas, ela fora arrebatada por uma emoção que a fizera estremecer, deixando-a até agora sem palavras. Tudo o que sabia era que, enquanto cantava para aquelas pessoas, ela subitamente percebera que isso era o que estava destinada a fazer. Alice havia encontrado sua vocação na vida.

— De modo algum — disse Hannah, notando que Alice já não a estava chamando de "senhorita".

Ela deu um passo atrás para permitir que outras pessoas cumprimentassem Alice e, quando teve certeza de que a amiga ficaria bem sem ela, afastou-se da aglomeração, indo para um canto, onde encontrou uma ilha de paz e privacidade atrás de um vaso com uma palmeira alta.

Tirou da bolsa o livro de poesias de sua mãe, onde guardava a fotografia de Neal Scott enfiada entre *Lucy Gray*, de Wordsworth, e *Ode a um rouxinol*, de John Keats. Hannah olhou para os olhos tristes de Neal e evocou sua voz mentalmente. Segurar a foto dele lhe trazia de volta as semanas românticas que passara a bordo do *Caprica*. A noite da tempestade, em que eles tinham se abraçado e beijado de medo e desejo.

Com o coração acelerado, ela olhou para um envelope que havia colocado junto com a fotografia. A missiva tinha chegado naquela tarde ao Hotel Austrália com o correio diário, enquanto ela, Alice e a Sra. Guinness se aprontavam para sair. Hannah olhara rapidamente para o carimbo postal de Perth e reconhecera a letra familiar — ela havia escrito a Neal para informá-lo de sua mudança da cidade para a zona rural, na esperança de que, quando o HMS *Borealis* aportasse, ele fosse verificar a chegada de correspondência antes de zarpar para Adelaide — e quis abri-la logo. Porém, aquela era a noite de Alice. Qualquer coisa que Neal tivesse a dizer, poderia esperar até depois da apresentação. Hannah não queria diminuir um momento tão especial para a amiga.

E agora era a hora certa para ler a carta. Como Neal era esperado em Adelaide havia muito tempo, ela imaginou que na carta houvesse uma explicação para o atraso e a nova data em que poderia esperar revê-lo.

Com dedos trêmulos, Hannah abriu a carta de Neal.

Adelaide

ABRIL DE 1848

Capítulo 15

— E lá estávamos, eu e Paddy, que Deus o guarde, totalmente sozinhos, com aquela multidão de aborígenes olhando para nós...

Quando Liza Guinness viu o belo estranho entrar pela porta da frente do hotel, saindo do sol quente do mês de abril para pisar no modesto lobby, caminhando em sua direção, ela esqueceu completamente o que ia dizer. Na verdade, esqueceu-se de com quem falava e por quê. Verificou rapidamente o cabelo para ter certeza de que estava puxado para cima em seu coque, sem fios caindo.

Apesar de ser viúva e mãe de duas filhas moças, Liza Guinness ainda se considerava jovem, e fazia de tudo para assim se manter, com tinturas de hena no cabelo e máscaras faciais noturnas, além de ficar de olho na silhueta esbelta. E embora dirigisse o Hotel Austrália naquela estrada rural a 16 quilômetros de Adelaide havia cinco anos, recusava-se a se tornar desleixada como acontecia com muitas mulheres depois de passarem meses no campo, tão distantes da civilização — mulheres que passavam a usar saias-calças só porque montavam cavalos à moda dos homens em vez de usarem selas laterais, que prendiam o cabelo para cima de qualquer maneira, usavam luvas de couro de trabalho e chapéus australianos masculinos, permitindo que o sol castigasse a pele do rosto. Liza Guinness sempre usava vestidos apresentáveis, com modernos decotes canoa e amplas mangas bufantes, além de uma crinolina modesta que lhe permitia movimentar-se com desenvoltura atrás do balcão do hotel.

Agora ela estava feliz por ter mantido tais práticas, pois o cavalheiro que se aproximava da recepção com um sorriso cativante não só era bonito, mas claramente abastado. Ele usava um dos novos chapéus do Equador, feito de um trançado de finas fibras de palha com uma faixa preta, que estavam se tornando a coqueluche na cidade, uma vez que eram leves e confortáveis nos meses quentes de verão. As roupas do estrangeiro eram todas brancas e o paletó, de linho, sinal de que era um homem que podia arcar com as despesas de um criado pessoal.

Liza julgou que ele tinha cerca de 26 ou 27 anos e flagrou-se desejando ter 14 anos a menos.

— Posso ajudá-lo, senhor? — perguntou com sua voz mais cativante, enquanto a gorducha e matrona Edna Basset, com quem ela estava conversando antes e que viera ao hotel buscar a correspondência, observava com interesse.

Ele tirou o chapéu, revelando um cabelo castanho de corte bem curto e olhou em volta para a recepção bem-decorada, com plantas, aquarelas emolduradas nas paredes e no balcão, ao lado de um vaso de margaridas, um cartaz escrito à mão onde se lia: "Durma rápido, precisamos das camas."

Ele sorriu.

— Estou procurando pela Srta. Hannah Conroy. Meu nome é Neal Scott.

Os dois pares de olhos se arregalaram.

— Sr. Scott! — disse Liza, entusiasmada. — O cientista americano? Ouvimos muito falar do senhor, não é, Edna? Mas a Srta. Conroy disse que o senhor só chegaria no próximo ano.

— Eu sei. Houve uma mudança de planos e falta de tempo hábil para escrever, avisando. A Srta. Conroy está?

— Ela foi para o vale Barossa.

O sorriso dele transformou-se numa expressão de preocupação.

— A senhora sabe se ela recebeu minha última mensagem? Estive aqui três semanas atrás e me disseram que ela havia acabado de partir, que iria ajudar numa epidemia de gripe...

— No vale Barossa! — disse Liza novamente, consternada.

A região dos vinhedos alemães encontrava-se a pelo menos 50 quilômetros de distância, com montanhas pelo caminho; portanto, quem poderia saber quando Hannah estaria de volta? Liza virou-se em direção à parede onde ficavam os escaninhos com as chaves dos quartos, os recados, contas e correspondência dos hóspedes.

— Aqui — disse ela, tirando um envelope selado e entregando a ele. — É isso?

Ele olhou para o envelope que havia lacrado três semanas antes e seu coração afundou. Hannah não sabia que ele estava em Adelaide!

— Temo que seja.

— A Srta. Conroy já devia ter retornado. — Liza recolocou o envelope no lugar. — Não gostaria de esperar por ela? Temos um adorável salão e servimos uma variedade de chás e bolos.

Neal olhou através de uma porta aberta, onde viu um aposento bem-mobiliado que mais parecia a sala de uma residência do que um refeitório público. Uns poucos hóspedes estavam sentados nos sofás conversando baixinho e um fogo convidativo crepitava na lareira. Era muito tentador...

— Sinto muito, mas não posso ficar. Partirei de Adelaide esta tarde.

— Esta tarde?! — disseram Liza e Edna em uníssono, as duas querendo passar um pouquinho mais de tempo com o americano intrigante e esperando assistir a florescência de um romance quando Hannah retornasse. A vida no campo às vezes era muito monótona.

— Nós ouvimos falar que a epidemia terminou — disse Liza, esperançosa. — O que significa que Hannah está a caminho e pode chegar a qualquer minuto. Apenas uma xícara de chá, Sr. Scott?

— Desculpe, mas vou acompanhar uma expedição e, se me atrasar, sei que Sir Reginald não vai esperar por mim.

Liza Guinness ficou olhando para aquele estranho que era a criatura mais exótica que já cruzara sua porta e o único americano que ela já havia conhecido.

— O senhor não está falando de Sir Reginald Oliphant, está?

— O próprio.

— Eu tenho os livros dele. Li todos! — Ela virou-se para a amiga com um sorriso radiante. — Veja isto, Edna. Um *explorador* no meu hotel.

E Edna, que, de repente, viu-se desejando ter 30 anos a menos, retribuiu o sorriso.

Neal consultou o relógio de bolso, depois olhou para o da parede e para a porta de entrada, mudou o peso de um pé para o outro, franziu as sobrancelhas, pensativo, e finalmente disse:

— Terei que deixar outra mensagem. A senhora tem papel e pena?

A Sra. Guinness adorava um romance, mesmo que fosse alheio, e sempre ajudava quando podia. Ela ouvira tudo a respeito da viagem no *Caprica* e percebera que, quando Hannah falava na tempestade em que ela e o americano quase haviam morrido, suas faces ficavam coradas e ela baixava os olhos — sinais típicos, Liza pensou, de uma mulher que tinha um segredo. Fora um romance a bordo de um navio, Liza tinha certeza, e isso a deixava emocionada só de pensar. Especialmente agora que ela pusera os olhos no homem e não só na fotografia em preto e branco que, sem dúvida, mostrava um rapaz atraente, mas que não fazia jus pelo homem instigante em carne e osso que estava diante dela.

— Aqui está, senhor. — Liza entregou-lhe uma folha de papel de carta e apontou para a pena no tinteiro.

* * *

Dirigindo a carroça pela estrada, entrando e saindo de poças de sombra e de luz de um preguiçoso sol de outono, Hannah mal podia esperar para chegar ao hotel, que ficava logo à frente depois da curva. Um banho quente, uma xícara do chá de hortelã de Liza Guinness e um cochilo colocariam o mundo no eixo outra vez. A solução do mistério da gripe — que surgira de repente no vale Barossa, seguira um curso sinuoso, assolara algumas residências, poupara outras e depois sumira do mesmo modo misterioso — teria que esperar mais um dia. Hannah estava exausta. Embora ela mesma não tivesse contraído a doença, ajudar no atendimento de tantos doentes, em várias fazendas e residências, sugara todas as suas energias.

Ela se perguntou se o correio já havia chegado. Talvez uma carta de Alice, que estava em turnê com a Trupe de Entretenimento de Sam Glass. Com o sucesso estrondoso do Elysium, Sam estava procurando abrir teatros em outras cidades, e o melhor modo de conseguir apoiadores e investidores era impressioná-los com seus melhores números: dois irmãos que jogavam com malabares flamejantes, um barítono que cantava árias, um número cômico que envolvia tortas de creme e bombinhas, uma contorcionista sensacional, chamada Lady Godiva, e a cantora solista, Alice Star. Eles tinham ido, primeiro, a Melbourne e depois continuariam a viagem para Sydney. Hannah sabia que Alice conquistaria corações em qualquer lugar, como já fizera em Adelaide, onde, num curto tempo, cidadãos apaixonados começaram a chamá-la de "Pássaro Canoro Australiano".

Hannah praticamente não esperava que houvesse alguma mensagem de Neal. Desde sua primeira carta, em novembro, ele escrevia regularmente, dando notícias e atualizando-a sobre a expedição Oliphant — "A ser lançada em breve!" — e divertindo-a com histórias sobre as pessoas que ele conhecia e os fatos fascinantes que estava aprendendo. "Sabia, minha querida Hannah, que cangurus não sabem andar para trás?"

Cinco meses antes, na noite da primeira apresentação de Alice no Elysium, Hannah ficara desapontada ao abrir a carta de Neal e saber que ele não estava vindo diretamente para Adelaide. Quando o HMS *Borealis* atracara em Fremantle, Neal encontrara o aclamado explorador, Sir Reginald Oliphant, que estava organizando uma enorme expedição de Perth a Adelaide e convidara Neal a participar. "Ainda irei a Adelaide, Hannah querida, porém minha viagem não será somente de duas semanas de navio, mas uma caminhada lenta e árdua — ainda que empolgante — atravessando o Território Desconhecido."

Embora o plano fosse de iniciar a incursão em janeiro, houvera um atraso após outro, retendo Neal em Perth. Mas, se não houvesse nenhuma carta esperando por Hannah hoje, então não teria chegado nenhuma durante as três semanas de sua ausência, o que só poderia significar que a expedição finalmente havia saído e Neal estava a caminho.

Hannah não gostava da ideia de Neal estar no meio da natureza selvagem esquecida por Deus, cercado de cobras venenosas, dingos ferozes e aborígenes hostis, e tampouco apreciava a ideia de não ter notícias dele por um ano. Contudo, ela aprendera que ali, no novo mundo, os perigos dos elementos naturais faziam parte da vida de colonizadores e exploradores, e que ficar separado das pessoas amadas por longos períodos era apenas mais um singular elemento da vida na Austrália. Os homens vinham para as colônias com o intuito de abrir um negócio ou comprar uma fazenda, e depois mandavam buscar as mulheres e os filhos, muitas vezes só se reunindo à família dois ou três anos depois. A correspondência demorava um ano, com seis meses para uma carta ou encomenda chegar à Inglaterra e seis meses para vir a resposta.

Então, o que seria? Ela perguntou a si mesma ao se aproximar das cercanias conhecidas — a fazenda Basset de um lado da estrada, a avicultura Arbin do outro —: uma carta de Neal ou carta nenhuma?

Um homem montado a cavalo apareceu na estrada e, ao se aproximar, tocou o chapéu e cumprimentou-a:

— Bom dia, Srta. Conroy.

Richard Lindsey e sua esposa eram tropeiros que traziam grandes manadas de carneiros das estâncias ao norte para as docas e os abatedouros. Sempre que Hannah via esse tipo de homem — rude, bronzeado, extremamente independente —, ela se recordava de Jamie O'Brien e do estranho encontro que tivera com ele no jardim de Lulu. Pensava em seu paradeiro. Os cartazes de procurado continuavam pregados, o que significava que ele ainda estava solto.

— Bom dia, Sr. Lindsey — respondeu Hannah. Ela havia feito o parto do quinto bebê de Judith Lindsey.

Cumprindo a palavra, Mary McKeeghan divulgara o nome de Hannah pela região e os chamados começaram a chegar. A maioria era para atender partos, e, embora tais funções fossem gratificantes, Hannah continuava a se sentir frustrada. Havia tantas coisas que poderia fazer, mas não tinha oportunidade. Em muitos casos, como na região atingida pela gripe, se não houvesse um médico disponível, as pessoas recorreriam a remédios caseiros. Quando Hannah se oferecia para ajudá-las, elas pareciam desconcertadas. Ela tinha ido a uma casa onde ficara sabendo que uma família inteira de 12 pessoas caíra de cama com a gripe e lutava para tomar conta uns dos outros.

Uma vizinha atormentada atendera a porta, e Hannah lhe dera seu cartão, oferecendo ajuda. A mulher piscara para ela, dizendo que não tinha nenhuma grávida ali, e fechara a porta.

Sou mais que uma parteira, Hannah queria dizer. Ela continuava a expandir seus conhecimentos e habilidades. Maravilhou-se com a descoberta de todas as coisas que se podia fazer com eucalipto: inalante para problemas peitorais, podia ser esfregado no peito para os males dos pulmões, unguento para torções e músculos doloridos, e a resina podia ser transformada em pastilhas para dor de garganta. Ela estava encontrando doenças e ferimentos nunca vistos na Inglaterra: mordidas de lacraia (tratar com aplicação direta de tabaco no ferimento), mordida de cobra (fazer cortes no ferimento, chupar o veneno e depois aplicar permanganato de potássio na ferida) e infestação de pulgas no leito (colocar um cordeiro na cama antes de se deitar, as pulgas pularão nele).

Agora, faltavam poucos metros para chegar ao Hotel Austrália e cada poro de sua pele gritava por um banho. Hannah não se importava de ficar novamente morando num hotel, visto que o estabelecimento de Liza Guinness era no campo e mais parecia uma casa. Entretanto, ela ainda gostaria de ter um lugar só seu, e estava sempre de olho nas propriedades à venda, na esperança de que pudesse poupar dinheiro suficiente para, pelo menos, alugar uma casinha. Mas todos os lugares que via empalideciam em comparação com a Estância Sete Carvalhos.

Diante do balcão de recepção do Hotel Austrália, Neal escreveu: "Minha querida Hannah, sinto muito não termos nos encontrado. Como expliquei na mensagem anterior, Sir Reginald não conseguiu encontrar suprimentos suficientes e patrocinadores financeiros em Perth, decidindo então vir para Adelaide a fim de lançar uma expedição de leste a oeste a partir daqui. Não lhe escrevi, porque era mais rápido eu simplesmente vir com Sir Reginald. Minha carta teria chegado ao mesmo tempo que eu! Passei as últimas três semanas reunindo suprimentos, instrumentos e contratando uma carreta e um ajudante, fazendo viagens frequentes ao acampamento de Sir Reginald, ao norte. E, agora, eu preciso deixar Adelaide ainda hoje, pois a expedição parte em poucos dias e não esperará por mim. Espero retornar em menos de um ano, se o destino permitir. Sir Reginald supõe que, em dias bons, faremos cerca de 50 quilômetros, e, nos maus, talvez 10. Faremos paradas para tirar fotografias, explorar o terreno, fazer mapas e registrar informações. Perth fica a 2 mil quilômetros de distância, poderemos chegar lá em seis meses, talvez menos, o que significa que estarei de volta antes do Natal. Cuide-se bem, minha querida Hannah. Eu a levo no coração."

Enquanto o belo americano de terno de linho branco e chapéu panamá saía do hotel, Liza Guinness chamou sua filha mais velha, Ruth, para ficar na recepção, pois ela e Edna precisavam correr até o armazém e levar as últimas notícias para a Sra. Gibney.

No pátio, lá fora, Neal parou e deu uma olhada em volta, frustrado com as artimanhas do destino, que parecia determinado a mantê-lo distante de Hannah. Sem ver sinal de sua carroça e concluindo que ela ainda devia estar no vale Barossa, ele montou no cavalo e pegou a estrada para Adelaide.

Hannah estacionou no pátio lateral do hotel, onde um garoto das cocheiras ajudou-a com a carroça. Ela foi recebida na recepção do hotel pela jovem Ruth Guinness, que a acolheu de volta, entregando-lhe a correspondência e um envelope lacrado, dizendo:

— Mamãe disse que isso acabou de chegar para a senhorita.

Agradecendo, Hannah subiu para o quarto, exausta, e tentando decidir se primeiro fervia água para o banho ou para o chá. Largando a bolsa, ela tirou o chapéu e o casaquinho. Depois soltou os cabelos e sacudiu a cabeça, de modo que os cachos pretos deslizaram pelos ombros e costas. Começando a desabotoar o corpete, ela deu uma olhada na correspondência. Duas cartas de Alice. Uma mensagem simpática de Ida Gilhooley, com quem ela mantinha contato. Um anúncio do Sr. Krüger, o farmacêutico de Adelaide, informando-a sobre seu novo estoque. E dois envelopes que eram fornecidos pela própria Liza.

Hannah franziu as sobrancelhas. Nenhum carimbo dos correios, nem endereço nos dois envelopes. Simplesmente estava escrito: *Srta. Hannah Conroy*. Ao perceber de quem era a letra, ela rasgou o segundo — *"Mamãe disse que isso acabou de chegar para a senhorita"* —, e, ao ler as primeiras palavras, ela arrebanhou a barra da saia e correu para a recepção.

— O cavalheiro que deixou isto — disse ela sem fôlego para uma Ruth Guinness sobressaltada —, para aonde ele foi?

— Eu...

Sem esperar pela resposta, Hannah virou-se e saiu correndo pela porta de entrada, onde se chocou com duas pessoas que chegavam, passando depressa por elas com os cabelos negros esvoaçando.

Ao chegar à estrada, ela o viu logo adiante, o cavalo indo a trote.

— Neal! — chamou ela.

Ele não reagiu.

Hannah saiu correndo.

— Neal! — gritou ela. — Neal, *pare*!

A égua castanha continuou em seu trote preguiçoso, enquanto Hannah reunia cada gota de força do corpo fatigado, gritando o nome de Neal, chamando a atenção dos homens na cabana do ferreiro e de um pedestre ao lado da estrada, que andava com um cão pastor.

A distância entre eles aumentava cada vez mais e havia uma curva adiante. Neal logo a alcançaria e ficaria oculto pelas árvores.

Hannah continuou a correr. Tropeçou.

— *Neal!*

Ele virou-se, ficou olhando por um instante e, então, fazendo o cavalo dar a volta, retornou num galope, saltou rapidamente e agarrou Hannah nos braços.

— Eu achei... — começou ela.

A boca de Neal calou a dela com um beijo apaixonado. Os braços de Hannah cercaram-lhe o pescoço. Neal puxou-a num abraço bem apertado. Ela segurou-se nele com toda a força que lhe restava. As árvores e a estrada desapareceram. Eles estavam novamente no *Caprica*, apaixonados, consumidos por um desejo renovado que era tão doloroso quanto doce.

Neal queria segurar Hannah para sempre e nunca mais soltá-la, mas ele deu um passo atrás e a fitou.

— Hannah, meu Deus, Hannah.

— Você está aqui — disse ela, e os lábios de ambos uniram-se outra vez, no meio de uma estrada poeirenta de terra vermelha, um abraçando o outro com o mesmo desespero que os levara a se abraçar numa tempestade que ameaçava afundá-los no mar. Dessa vez, porém, não havia escuridão e nenhum oceano gelado, apenas o sol dourado australiano e o calor de seus corpos.

Neal tornou a dar um passo atrás, deixando Hannah a um braço de distância e, ao afastar-se, ele viu que o corpete dela estava desabotoado. Vislumbrou a elevação dos seios de pele clara, um pedacinho da renda de sua combinação — o vale entre os seios com gotículas de suor brilhando na pele acetinada. Ele foi tomado pelo desejo. E então viu algo que fez seu rosto corar de repente. O canto de um pedaço de linho com as iniciais NS bordadas.

O lenço dele?

Ele deu mais um passo para trás, atordoado pelo poder erótico daquela descoberta. Ela guardava seu lenço junto ao peito.

— Li seu recado — disse Hannah, sem fôlego, tirando o cabelo do rosto e enchendo os olhos com a visão dele. — Você está indo embora *hoje*?

— Preciso ir — respondeu ele com voz densa, tão inebriado com o momento que estava indiferente aos garotos das cocheiras, parados ao lado da estrada, observando com admiração a moça com os cabelos desavergonhadamente soltos e o alto do corpete desabotoado, expondo um tesouro oculto.

O lenço dele...

Neal ainda tinha a luva de Hannah, trocada pelo lenço quando eles tinham ancorado em Perth. Cada vez que a tirava da mala e a segurava, como se estivesse segurando a mão dela, ele pensava se ela ainda teria seu lenço. Se soubesse onde ela *guardava* aquele pedaço de linho, talvez tivesse pulado do navio e vindo até Adelaide a nado.

Eles ficaram em silêncio, olhando um para o outro conforme o mundo e sua realidade retornava.

— Você realmente está indo embora hoje? — murmurou ela mais uma vez.

Neal viu a transpiração no pescoço de Hannah, em sua testa, cintilando acima dos lábios e ele pensou: *Que se dane Sir Reginald.*

— Talvez — começou. Não. Ele precisava ir. — Hannah, tive uma ideia — disse ele, de repente, segurando-a pelos ombros, fazendo com que os espectadores ficassem boquiabertos. — Preciso ir à cidade pegar minhas coisas. Aluguei uma carreta lá e contratei um ajudante. Mas voltaremos por este caminho, pois iremos para o norte pelo golfo Spencer. Venha para Adelaide comigo e eu a trarei de volta. Isso nos dará pelo menos uma hora juntos.

Hannah não precisou ser persuadida. Eles voltaram correndo ao hotel, passando pelos garotos, decepcionados com o fim do espetáculo apimentado. Hannah subiu até o quarto para trocar de roupa e Neal pediu aos garotos que atrelassem um cavalo descansado à carroça da Srta. Conroy e amarrou sua égua atrás.

Enquanto ele, impaciente, andava de um lado para o outro na recepção do hotel, com a jovem Ruth Guinness fitando-o com olhos sonhadores, Liza e Edna retornaram, parando de repente ao vê-lo ali.

— Achamos que o senhor tinha ido embora!

— Ah, mamãe — disse Ruth, levianamente —, Hannah chegou e eles tiveram o encontro mais *romântico* do mundo na estrada!

— Ruth Ophelia Guinness, isso é coisa que se diga! — repreendeu-a Liza. Mas seus olhos faiscaram de interesse e o sorriso alargou-se em seu rosto.

— Que bom que conseguiu encontrar Hannah, afinal, Sr. Scott.

Desconfortável sob o escrutínio das três mulheres, Neal ficou aliviado ao ouvir uma porta se abrir e fechar no andar de cima e passos seguirem no corredor, aproximando-se das escadas. Ele foi até o pé da escadaria para recebê-la, e, quando viu Hannah no alto, seu coração pareceu querer saltar do peito.

Ela usava um vestido rosa pálido, com punhos e gola de renda branca, uma fileira de minúsculos botões brancos que ia do pescoço até a cintura fina. Ela havia escolhido não usar a crinolina que dava às mulheres uma forma artificial de sino, e Neal ficou olhando, fascinado. Apesar de a saia longa de Hannah cair em dobras sobre muitas anáguas, o vestido lhe dava uma forma mais natural e feminina.

Ele reconheceu a exótica bolsa de veludo azul do *Caprica* e lembrou-se de Hannah ter dito que ela continha suas posses mais valiosas. Será que seu lenço fora para a bolsa ou continuava junto aos seus seios, escondido sob o algodão rosa claro, os botões brancos e uma golinha de renda engomada? O desejo o inundou. Ela estava totalmente coberta, da cabeça aos pés, até os punhos, o cabelo preso sob um chapéu empertigado, porém era mais sedutor do que se ela estivesse nua no alto da escadaria.

Despedindo-se das damas na recepção, o casal saiu em silêncio e, ainda sem falar, subiram na carroça. Neal pegou as rédeas e instigou o cavalo a trotar.

Na estradinha rural, a carroça com seu teto de couro protetor e o assento para duas pessoas dava a sensação de intimidade. A luz do sol emitia um calor preguiçoso e sonolento, enquanto o zunido dos insetos preenchia o ar, reunindo-se ao odor da terra vermelha e das flores de fim de verão. Hannah descobriu que o balanço rítmico da carroça era excitante, especialmente com Neal ao seu lado, o braço pressionado ao dela, segurando as rédeas. Ela não conseguia falar. Apenas sentir seu desejo por ele, o doce incômodo que agora a consumia e imobilizava o ar em seus pulmões. Neal estava encantador com o terno de linho branco e o chapéu panamá que realçava seu bronzeado. Ela olhou para as mãos que seguravam as rédeas, benfeitas, com alguns pelos castanhos nos dedos. Mãos *masculinas*.

Mudo ao lado de Hannah, Neal queria dizer alguma coisa, queria dar voz à paixão que o dominava, procurando por palavras eloquentes e poéticas que a fascinassem. Mas ele estava tão consumido pelo desejo, que mal conseguia respirar. Mantendo a concentração na estrada, nas rédeas e no cavalo, ele combatia o impulso de parar a carroça, pegar Hannah nos braços e possuí-la completamente, bem ali, naquela hora, no meio das árvores, às colinas verdes e sob o sol radiante.

Finalmente, Hannah encontrou fôlego e voz:

— Você soube alguma coisa de Boston, alguma notícia de sua mãe?

— Até agora nada — disse ele. Neal havia escrito ao pai adotivo, Josiah Scott, que tinha dito que faria algumas averiguações. Neal também pesquisara com outro advogado, no cartório de registros, em dois arquivos de jornais e até com um velho amigo de universidade — qualquer um que pudesse dar uma pista de quem o deixara na porta de Josiah Scott. Seu amigo lhe escrevera para dizer que o vidro coletor de lágrimas parecia ser muito exclusivo e original, pois pouquíssimos fabricantes de vidrinhos o faziam com vidro verde-esmeralda. O amigo prometera continuar procurando.

Pensando nisso agora, Neal tirou o vidrinho do bolso das calças e o entregou a Hannah, o vidro reluzindo um verde vívido, a filigrana de ouro refletindo a luz do sol.

— Tenho uma confissão a fazer, Hannah. Desde que Josiah Scott sentou-se comigo anos atrás para dizer que eu era uma criança abandonada, eu secretamente me agarrava à crença de que não havia sido rejeitado por minha mãe, que devia haver um motivo para ela ter me abandonado. Todos esses meses no mar a bordo do *Borealis*, sem nada além de tempo e ideias na cabeça, eu fiz muitas análises internas. Saber que esse vidrinho não era um frasco luxuoso de perfume, mas um coletor de lágrimas, teve um efeito profundo em mim, Hannah. Graças a você, agora não posso acreditar que minha mãe abriu mão de mim por vontade própria.

— Fico feliz — disse Hannah, olhando para o perfil de Neal. Seu rosto bonito, quadrado e de feições equilibradas, parecia ainda mais belo de lado, com o nariz reto sobre a boca de lábios finos e maxilares firmes.

— Vou continuar esperando cartas de casa — continuou ele —, contratando qualquer um que possa elucidar os acontecimentos de 27 anos atrás, quando Josiah Scott chegou em casa e encontrou um berço na porta. — *E então, minha amada Hannah,* Neal acrescentou silenciosamente, *quando eu tiver as respostas e souber quem sou de fato, vou pedir sua mão em casamento.*

Ela devolveu o vidrinho a ele.

— Como foi no *Borealis*? — quis saber ela, conforme os campos das fazendas, os pastos e as cercas de moirões e arames passavam. Hannah já havia lido sobre a aventura de um ano nas cartas que Neal lhe escrevera enquanto esperava Sir Reginald preparar a expedição, mas era preciso que sua voz preenchesse o silêncio da saudade e do desejo para dar ao momento uma aparência de normalidade.

— Como foi? — repetiu Neal. Ele olhou para o dia, cinco meses atrás, em que desembarcara do navio de pesquisa em Fremantle. Ele tinha detestado ver a expedição acabar. Que aventura! Ainda assim, ao mesmo tempo, uma coisa acontecera...

Neal havia olhado para a direção da costa e para o horizonte distante, e sentira mudanças e redemoinhos por dentro, como se algo tivesse sido suavemente deslocado. Além das montanhas ficava o misterioso interior do país, que os homens chamavam de *Outback*. Ninguém sabia o que havia lá. Os mapas da Austrália mostravam os contornos da costa em detalhe, as características topográficas e o crescimento gradativo dos povoamentos humanos. Mas o meio estava em branco. Era como o ponto nulo dentro dele mesmo, ele pensou. Neal não fazia ideia de sua origem, do nome de sua família, de quem eram seus ancestrais. Ele não se sentia ligado a ninguém e a lugar nenhum. A Austrália lhe parecia assim, sem identidade, até que os homens descobrissem seus preciosos segredos. E, ao pisar na praia de Fremantle, ele sentira o fascínio irresistível de ser um desses homens.

— Exploramos ilhas e estuários — disse ele —, arquipélagos e arrecifes. Navegamos até o extremo norte, Port Hedland, e até o extremo sul, Point Irwin. Foi empolgante, mas também frustrante estar no navio do governo e enxergar o horizonte distante, sentindo algo me chamar, um grande mistério no vasto desconhecido. Quando Sir Reginald me ofereceu a chance de entrar para a expedição, eu aceitei imediatamente.

Neal continuou, animado:

— Será uma expedição científica, Hannah — disse ele, virando-se para fitá-la e dando-lhe um sorriso. — Iremos medir, quantificar, analisar e registrar tudo que encontrarmos. Abriremos o continente para o progresso, para o telégrafo e as ferrovias, de modo que um dia se possa viajar de Sydney a Perth sem precisar pegar um navio. — Ele suspirou e bateu as rédeas. — Eu adoraria que meu pai adotivo conhecesse este lugar. Josiah e eu costumávamos andar pela mata quando eu era pequeno. Ele é um pintor de aquarelas. Ele fazia um farnel, levava água, o cavalete e as tintas, e nós caminhávamos pelos morros. Josiah adoraria este novo país. Mas, infelizmente, tem pavor de navios e viagens oceânicas.

Ao olhar para ela, Neal sentiu o coração bater em falso. De repente, ele estava pensando se conseguiria partir no dia seguinte. Ele poderia viajar a toda velocidade e chegar a tempo para a saída da expedição? *Se fizer isso, eu posso passar mais um dia e mais uma noite com Hannah.*

— E você? Conte-me o que andou fazendo?

Hannah havia escrito para ele contando sobre o tempo que passara trabalhando com o Dr. Davenport, sobre a revelação que tivera no Empório Kirkland para ir para o campo; seu encontro com Mary McKeeghan e a mudança para o hotel de Liza Guinness. Também tinha contado sobre Alice, mas não sobre as circunstâncias exatas de como a conhecera. Hannah ainda se sentia constrangida sobre sua ingenuidade e como sua associação com um bordel quase arruinara a boa reputação de um médico.

Em vez disso, ela falou de seu novo desejo em possuir seu próprio lugar para morar.

— Ter alguns carneiros, plantar ervas medicinais. Um lugar que ainda esteja aqui em cem anos. Mas não está sendo tão fácil quanto eu esperava. Estou progredindo como parteira, mas as pessoas hesitam em me chamar para dar qualquer outra ajuda, apesar de eu ter lhes garantido sobre minha instrução, experiência e competência. Vez por outra, se o médico da localidade estiver distante, atendendo um chamado, eu sirvo numa hora de aperto. Afinal, não passo de uma parteira. Mas não vou desistir. De um modo ou de outro, vou ter um lugar só meu.

Neal não disse nada, mas ponderou essa notícia com o coração preocupado. Como é que ele poderia dizer a ela que a inquietude que o fizera partir de Boston continuava a crescer dentro dele? Que quanto mais mistérios descobria, mais precisava buscá-los e solucioná-los? Sua temporada no *Borealis* não havia matado sua sede de explorador; pelo contrário, o deixara ainda mais sedento. O que o preocupava agora era pensar que, nos 17 meses desde que haviam se despedido no convés do *Caprica*, eles tinham mudado, e seus caminhos continuavam a divergir até ele subitamente sentir medo de que, com Hannah decidida a criar raízes e ele próprio comprometido a continuar suas explorações, eles jamais poderiam esperar ficar juntos.

A menos que um dos dois abrisse mão de seu sonho.

Neal havia pensado em pedir a Hannah que fosse explorar com ele, que entrasse para a expedição de Sir Reginald e vagasse pelo coração desconhecido da Austrália ao seu lado. E desconfiava de que Hannah queria lhe pedir que ficasse com ela, que comprasse um pedaço de terra, construísse uma casa permanente e fizesse parte deste novo país. Eles não poderiam fazer as duas coisas.

— Fale da expedição — pediu ela, percebendo a súbita tensão no pescoço e maxilares de Neal, imaginando o que a provocara.

— Vamos atravessar a planície Nullarbor — começou ele —, uma região plana, árida e quase sem árvores, que fica a oeste de Adelaide. Eu ouvi dizer que é muito desolada. A palavra Nullarbor vem do latim e significa "sem árvores". Acredita-se que no passado essa área tenha sido um mar enorme e que agora secou.

— Vai ser uma expedição perigosa? — perguntou Hannah, desgostando do som de um enorme mar seco chamado *Nullarbor*.

— É uma expedição fundamental e precisa ser realizada — respondeu Neal, deixando de fora a parte de homens terem ido para lá e jamais retornado. — Não se trata apenas de uma expedição exploradora, vamos fazer o levantamento e estudo da terra para expansão futura. Topógrafos e geólogos nos acompanharão, mas o que eles mais precisam é de um bom fotógrafo. Que serei eu. No entanto, Sir Reginald é muito experiente. Já escreveu livros sobre suas aventuras. O meu favorito descreve um incidente angustiante no desfiladeiro de Khyber. Quando os britânicos invadiram o Afeganistão a partir da Índia, durante as Guerras Afegãs, Sir Reginald era conselheiro do exército e foi seu raciocínio rápido que salvou a situação. Portanto, sim, será uma jornada perigosa, mas tenho plena confiança em nosso líder.

Depois disso a conversa morreu, visto que nenhum dos dois tinha desejo de falar quando paixões mais fortes os governavam, e no momento eles entravam num tráfego mais pesado e passavam por mais prédios até entrarem na cidade.

O Hotel Clifford em North Terrace, uma rua elegante que dava para o rio Torrens e um parque verdejante, era um edifício de três andares, construído com um tipo de basalto azulado extraído de uma pedreira local e orgulhava-se de ter vinte quartos com "serviço de jantar e lavanderia". Neal conduziu a carroça até o pátio dos fundos, uma área movimentada de estábulos e cavalos. Fintan, o mais novo ajudante contratado por Neal, estava lá, carregando a carreta com mantimentos, os instrumentos e o equipamento fotográfico de Neal.

Quando Neal apresentou Hannah a Fintan, ela não conseguia desviar o olhar do rapaz. Ela nunca vira um rapazinho tão lindo, com grandes olhos melancólicos emoldurados pelos mais longos cílios que ela já vira num homem; uma verdadeira boca de cupido sobre uma covinha no queixo e cabelos pretos retintos que tinham cachos extraordinários. Ele devia derreter todos os corações femininos que encontrava, ela pensou. Contudo, quando Fintan tocou o chapéu e esboçou um sorriso retraído, suas faces coraram de um modo adorável. Hannah gostou dele de imediato. Que pena que Alice estava em Sydney. Fintan devia ter mais ou menos a mesma idade dela, 21 anos, ela calculou, e ocorreu-lhe que eles se dariam muito bem.

— Só preciso pegar minha valise e pagar a conta — disse Neal, pegando Hannah pelo braço e conduzindo-a até a recepção, que era pequena e mobiliada com peças de tecido de crina de bom gosto e vasos de plantas. Um gato malhado e gordo dormia numa janela ensolarada.

Neal parou e fitou Hannah nos olhos, que o fizeram pensar em névoas matutinas. Apreciou o cabelo preto que emoldurava tão perfeitamente seu rosto oval, passando sobre as orelhas e terminando num coque caprichoso que apoiava seu chapéu. Ele teve vontade de segurá-la nos braços, carregá-la para cima e deixar Sir Reginald esperando.

— Volto num minuto — disse ele.

— Espero aqui — respondeu Hannah, percebendo a inutilidade da afirmação, pois o que mais poderia fazer? Mas ela precisava dizer alguma coisa para não deixar escapar "Por favor, me leve lá para cima".

Neal desceu cinco minutos depois, com uma valise de couro e um punhado de notas que ele entregou ao recepcionista com agradecimentos efusivos. Voltaram para os fundos, onde Fintan verificava as cordas que seguravam as caixas. Nelas estava gravado: PERIGO! SUBSTÂNCIAS VOLÁTEIS. MANTENHA DISTANTE DO CALOR.

Antes de subirem na carroça, Neal disse num impulso:

— Hannah, quero mostrar uma coisa para você. É um segredo. Nem mesmo Fintan viu. Na verdade, Sir Reginald não queria que eu tivesse esta informação, mas eu não concordaria em ir junto a menos que ele me contasse.

Ela ficou curiosa e observou Neal tirar um mapa de seu bolso interno e abri-lo, dizendo:

— Já ouviu falar em Edward John Eyre?

Era impossível viver em Adelaide por mais de alguns dias sem saber sobre o famoso explorador que abrira a maior parte da região agreste ao norte da cidade, assim como era impossível andar pela região sem encontrar ruas, lagos e montanhas com o nome Eyre.

— Oito anos atrás, em 1840 — explicou Neal —, Edward John Eyre partiu de Fowler Bay, que fica a uns 300 quilômetros aqui da costa. — Ele apontou para um local costeiro no mapa a oeste de Adelaide. — Com um amigo e três aborígenes. Quando eles chegaram a Caiguna, dois dos aborígenes mataram o amigo de Eyre e foram embora com os mantimentos. Eyre e o terceiro aborígene, Wylie, continuaram a viagem, completando milagrosamente a travessia em junho de 1841, aqui em Albany, no sul, que, como você pode ver, fica bem distante de Perth. Sir Reginald não seguirá a rota de Eyre, que tendia a abraçar a linha costeira. Ele pretende fazer uma muito mais ambiciosa, mais pelo norte, indo mais para o interior.

E Neal traçou uma nova rota, a partir do alto do golfo Spencer para oeste, passando por letras maiúsculas que diziam TERRITÓRIO DESCONHECIDO, até a ponta de seu dedo chegar a Perth na costa oeste, a mais de 2 mil quilômetros. Hannah notou, logo a leste de Perth, um lugar marcado como *Galagandra*, com um círculo em vermelho.

— Hannah, estou lhe contando isso — disse Neal, dobrando o mapa e recolocando-o no bolso interno do paletó —, porque quero que saiba onde estarei. Mas, por favor, não conte a mais ninguém. Sir Reginald é inflexível quanto a mantermos nossa rota e destino em segredo.

Ao ver a preocupação na fisionomia dela, ele disse, gentilmente:

— Não se preocupe. Edward Eyre foi num grupo de cinco pessoas e o nosso tem mais de trinta. E Eyre cometeu o engano de contar com guias nativos, que no fim o traíram. Não teremos guias nativos.

— Mas será que eles não seriam úteis? — questionou ela, alarmada.

— Sir Reginald nunca confiou nos nativos, não desde um terrível acidente no Sudão, do qual ele mal escapou com vida. Ele crê que os nativos têm uma única motivação: expulsar o homem branco de seu território.

Com Fintan na frente, dirigindo a carreta, Neal e Hannah seguiram na carroça. A tensão aumentou entre eles, os nós dos dedos de Neal, que seguravam as rédeas, estavam brancos. Hannah apertava tanto as mãos enluvadas que os dedos doíam. Neal não queria deixá-la. Hannah não queria que ele partisse.

A menos de 2 quilômetros do Hotel Austrália, enquanto Fintan continuava seguindo na carreta, Neal puxou impulsivamente a carroça para fora da estrada e, largando as rédeas, abraçou Hannah.

Eles se beijaram com sofreguidão, como se aqueles fossem seus últimos momentos sobre a Terra. Neal tirou o chapéu de Hannah e entrelaçou os dedos nos cabelos sedosos. Hannah cravou os dedos em seu paletó de linho.

— Não irei — decidiu Neal em tom grave. — Haverá outras expedições.

Sim!, pensou ela, delirante. *Fique comigo. Será o paraíso.*

— Você deve ir — disse Hannah, contrariando seus desejos. — Você sabe que essa é sua vocação.

Porque, se você perder esta, e não houver outra expedição, quanto tempo levará para que o arrependimento se transforme em ressentimento?

Neal segurou carinhosamente o rosto de Hannah e fitou os olhos acinzentados.

— Então, venha comigo, Hannah, acompanhe-me nesta grande aventura! Faremos descobertas históricas! — Mas, no instante seguinte, ele percebeu que não tinha o direito de pedir que ela o acompanhasse numa jornada que seria repleta de perigos. Além de ser completamente inadequado. Se eles pelo menos fossem casados...

Com enorme relutância, ele tornou a pegar as rédeas, incitando o cavalo a trotar, e logo o Hotel Austrália surgiu adiante, onde Fintan conversava com os garotos do estábulo. Ao ajudar Hannah a descer da carroça, havia muitas coisas que Neal gostaria de lhe dizer.

Vou capturar as maravilhas da Austrália com minha câmera e as depositarei como um tesouro aos seus pés.

— Não posso deixá-la de novo, Hannah — disse ele, baixinho, os dois ali de pé sob o sol.

Hannah queria que ele a abraçasse mais uma vez, porém mantiveram uma distância respeitável ao perceberem que Liza Guinness e Edna Basset tinham saído para olhar.

— Você precisa ir, Neal, e eu preciso ficar. Nós dois temos coisas importantes que devemos fazer. E esta será sua grande realização. Você fará descobertas maravilhosas. Entrará para os livros de história.

— Eu não pensava que isso fosse ser tão difícil.

— Meu pai tinha um ditado: a maioria das pessoas está pronta para carregar um banco quando há um piano a ser mudado de lugar.

— Um homem sábio — murmurou Neal com um sorriso no rosto bonito. Havia tanta coisa mais! Ele queria dizer "Eu te amo", queria gritar isso para que todos ouvissem, entalhar nos troncos das árvores, falar aos estranhos na rua. Porém, uma velha dor — talvez duas, a primeira, sua mãe, e a segunda, Annabelle — interrompeu as palavras em seus lábios. Sua mente sabia que Hannah jamais o rejeitaria, nunca o magoaria, mas conviver com esse temor por tanto tempo o condicionara a manter silêncio sobre seus sentimentos. *Quando eu retornar*, ele disse a si mesmo, *quando provar meu valor a Hannah, como ela prevê, estarei livre para gritar ao mundo que estou apaixonado por Hannah Conroy.*

Ela viu-o partir rumo ao norte, por uma estrada que o levaria a passar pelas fazendas e propriedades rurais mais afastadas, indo além dos limites do território explorado e penetrando no misterioso Outback. Hannah estremeceu de medo e excitação. O que será que Neal encontraria naquele grande mundo desconhecido?

Capítulo 16

— Então eu estava jogando cartas com meus camaradas no pub do Riordon — disse Jamie O'Brien, recostando-se na cadeira e analisando as cartas em sua mão — quando, de repente, Paddy Grady deu um salto e disse: "Muldoon, você é um maldito trapaceiro!"

Jamie descartou uma carta e colocou a nova no leque em sua mão.

— "Ora Paddy", eu disse — continuou Jamie, os quatro companheiros ouvindo-o atentamente. —, "Para falar a verdade, essa é uma acusação terrível. Você tem alguma prova de que Muldoon trapaceou?" "Tenho", disse Paddy. "Muldoon acabou de descartar um três, e a mão que eu dei para ele era um par de setes, um dez, um dois e uma rainha!"

Os outros riram, mas quando Jamie pôs as cartas na mesa, num leque aberto, as risadas transformaram-se em resmungos. O'Brien tinha vencido outra vez. Enquanto os homens jogavam suas cartas sobre a mesa e levantavam-se, Jamie consultou o relógio de bolso. Cinco e meia. O pub iria fechar em meia hora. Em poucos minutos haveria uma correria para o bar para a "lavagem das seis horas".

Enquanto os outros faziam fila para o último chope, Jamie discretamente guardou no bolso as duas cartas que tinha na manga, só para garantir. Dando uma baforada no cigarro e acariciando o copo de uísque, enquanto um rabequista tocava uma animada melodia irlandesa, Jamie examinou os fregueses barulhentos em volta das mesas e debruçados no bar. Era uma turba familiar, mesmo que ele não soubesse seus nomes; tinha visto aqueles tipos em cada bar desde Botany Bay até Fremantle. Os homens que frequentavam esse pub construído de tábuas baratas eram da classe operária — marinheiros e estivadores, trabalhadores das docas e itinerantes. E exceto por Sal, a *barmaid*, não havia mulheres.

Não havia aristocratas ali. A terra que cercava o rio Adelaide era em sua maior parte pantanosa e, portanto, a cidade propriamente dita fora construída a 10 quilômetros da costa, exigindo que qualquer um que chegasse ou partisse de navio fizesse uma jornada de carro ou a cavalo. O porto com sua floresta de mastros, vergas e cordames ficava ao longo da rua do pub. Do outro lado da rua havia uma modesta igreja de madeira apoiada em colunas sobre o pântano com um cartaz que a identificava como "São Paulo nas Estacas".

Aquele não era o pior pub que Jamie já estivera. Ele podia não ter visto o mundo inteiro, mas tinha visto a Austrália. Desde que escapara de uma estrada onde trabalhava como prisioneiro quatro anos antes, ele andava vagando, indo de uma cidade para outra, parando em portos e povoados, encontrando trabalho aqui e ali, aplicando alguns golpes lucrativos e permanecendo apenas o tempo suficiente até que seu verdadeiro nome se tornasse conhecido. Fora até Port Hedland, certa vez, onde se unira a um barco caçador de pérolas, vivendo por algum tempo com o perigo de ser comido por tubarões. Então, pegara uma carona em uma embarcação pesqueira, que rumava para Carnarvon, trabalhando no barco e sendo pago no fim da viagem. Dali, ele tinha ido procurar ouro nas Coonardoos, e quando isso não deu certo entrou para um circo itinerante. "Um *round* com o boxeador irlandês", era o que estava escrito do lado de fora da tenda de boxe. Mas os lutadores locais nunca venciam, pois Jamie era muito violento e rápido demais para eles.

Conforme ele contava seu dinheiro, alimentava os dois pensamentos mais presentes em sua mente no momento: o tesouro enterrado e a parteira bonita que havia encontrado um ano atrás, no jardim de Lulu Forchette.

Depois do encontro casual, Jamie tinha saído de Adelaide quando uma de suas trapaças dera errado e o caso fora parar na polícia. Mas agora ele estava de volta e rumando para o norte, adentrando no país pelo lado que nenhum homem branco ainda tinha visto, e a ideia de reencontrar a parteira não saía de sua cabeça.

Ela não reagira quando ele dissera seu nome. A maioria das mulheres que ouvia falar de Jamie não resistia a escutar as histórias de seus golpes e de como ele deixava os cidadãos abastados mais leves de dinheiro. Jamie, porém, não se considerava um verdadeiro criminoso. "Um mentiroso honesto" era como ele costumava se rotular. E sempre garantia à moça que estivesse cortejando que vivia sob duas regras rígidas: nunca roubava de ninguém mais pobre que ele mesmo e nunca trapaceava quem não merecia.

Agora ele pensava na parteira bonita, parada sob o luar, calma e composta como se eles estivessem numa festividade social da igreja. Ela tinha um olhar franco. Honesto. Nada de malícia ou flerte. Nada de constrangimentos nem desculpas por estar num lugar onde não deveria. O que ela pensaria de sua profissão, dos golpes inofensivos que ele aplicava em homens presunçosos que mereciam ter todo o dinheiro arrancado? Será que acharia suas histórias irresistíveis?

Jamie pensou na aventura que ele e seus parceiros estavam prestes a realizar. "Planícies de fogo", os aborígenes chamavam. Uma região erma que era mais quente que as chamas de um fogo, onde nem sequer os camaradas aborígenes tinham pisado. Seria muito bom ter uma despedida na companhia da linda moça e, ao mesmo tempo, interessante fazer uma aposta consigo mesmo para ver por quanto tempo a Srta. Conroy levaria para sucumbir ao seu charme.

— Ei! — ouviu-se um berro vindo do bar. — Não sabe ler? O cartaz na janela diz que é proibida a entrada de cachorros, mulheres e aborígenes!

Jamie virou-se e viu um homem negro, muito velho e maltrapilho, hesitante na soleira da porta. Dizia algo incompreensível e gesticulava em direção à boca aberta.

— Ah, Bruce — alguém disse —, o pobre coitado deve estar com fome.

— Não me importa! Temos leis neste país. Não posso dar bebida para um abo. Cai fora! Saia!

O homem não se mexeu, mas estendeu as mãos, implorando.

O sujeito que se chamava Bruce, um trabalhador das docas, de ombros robustos e faces avermelhadas, caminhou a passos largos em direção à porta, agigantando-se sobre o velho negro de cabelos brancos e disse:

— Qual é o problema? Você não fala inglês?

— Comida, patrão — balbuciou o homem.

— Dar comida para você? Onde pensa que está? Vamos, saia!

— José tem muita fome.

— José, é? Então, onde está sua Maria?

— Ei, Bruce — chamou o rabequista, tendo parado de tocar sua alegre melodia —, deixe-o em paz.

— Temos que ensinar a essa gente o lugar deles — respondeu Bruce, empurrando o velho homem, que tropeçou e deu um encontrão no batente da porta. — Então, o que é que há? — continuou ele, aumentando sua truculência, cerrando os punhos fortes.

— Certo, camarada, já chega.

O grandalhão virou-se e viu Jamie O'Brien lá parado.

— Fique fora disso, seu irlandês maldito!

Jamie baixou o tom de voz.

— Acho que você devia prestar atenção em sua linguagem quando estiver na presença de damas.

— O quê? — rosnou Bruce, olhando para o bar. — Você quer dizer Sal? Sal não é dama coisa nenhuma!

Com um movimento tão rápido que ninguém viu, o magro e ágil Jamie O'Brien segurou o gordo e barrigudo Bruce pelo braço e o torceu nas costas. Bruce deu um grito:

— Você está quebrando meu braço!

— Peça desculpas a Sal ou eu o arrancarei agora mesmo.

— Ah... — grunhiu o homem maior — D-Desculpe, Sal.

Jogando-o para fora do pub e fazendo Bruce tropeçar pela calçada de madeira, Jamie chamou o dono do estabelecimento.

— Você devia prestar mais atenção a quem deixa entrar em seu estabelecimento, Paddy. Esse tipo atrai moscas. — E todos caíram na risada.

Jamie voltou-se para o velho aborígene que ainda estava lá parado. José tinha o cabelo branco como nuvem, o que deixava seu rosto negro ainda mais negro. Ele ergueu a cabeça e projetou o queixo coberto por uma longa barba branca. E, debaixo da testa sulcada, os olhos castanhos e fundos observavam com firmeza. Jamie supôs que José havia sido um ancião respeitado em seu tempo.

— Não deveria vir a lugares como este, meu velho — disse James. — Não é seguro para você.

— Não tenho dinheiro, patrão.

O coração de Jamie se enterneceu por ele. O velho homem claramente havia perdido as características de sua tribo — falava um inglês capenga, usava roupas de segunda mão e cheirava a gim falsificado. Jamie via cada vez mais sujeitos como ele. Atraídos pelo modo de vida do homem branco, eles vinham para as cidades onde habitavam choupanas na periferia, contraíam as doenças dos brancos e tomavam bebidas ilegais, acabando por esquecer as leis e os costumes de seu próprio povo.

Pobre infeliz, pensou Jamie. Ele sabia que quando os aborígenes tinham visto os homens brancos pela primeira vez, chegando à costa sessenta anos atrás, eles haviam pensado que os recém-chegados fossem espíritos de seus ancestrais mortos e por isso os receberam de boa vontade. Quando os espíritos de pele branca não entenderam a língua nativa e eram ignorantes dos seus costumes e cultura, os aborígenes acreditaram que os mortos haviam apagado a memória. À medida que os homens brancos começaram a aprender a língua dos aborígenes, os nativos começaram a achar que os espíritos brancos estavam se lembrando do idioma nativo. Mas foi demasiado tarde que eles perceberam que não eram espíritos ancestrais, mas meramente homens.

— Volte para a missão, meu velho. Lá eles lhe darão comida.

— Não gosto da missão, patrão. Eles fazem José esquecer dos bons tempos.

— Tome aqui, meu velho. — Jamie pôs a mão no bolso e pegou alguns xelins. — Consiga algo para comer. E volte para onde veio, se puder.

Vendo o velho aborígene ir embora, andando tropegamente, Jamie lembrou-se de alguém ter dito que os aborígenes estavam neste continente havia milhares de anos, possivelmente por volta de 30 mil anos. *Imagine só*, pensou ele. *Trinta mil anos vivendo aqui e então o homem branco chega, e sessenta anos depois a vida deles acaba.*

Então chegou um homem ruivo, baixo e magricela, usando um terno preto e uma cartola empoeirados, seu rosto sardento quase dividido ao meio por uma cicatriz possivelmente deixada por um ataque de faca.

— Está tudo pronto, rapaz. Encontrei um sujeito que vai nos equipar e nos levar pelo golfo até o fim.

— Mudança de planos, Mikey. Vamos dar uma parada em Adelaide.

Mikey Maxberry olhou para o amigo e sacudiu a cabeça. A julgar pelo sorriso aberto no rosto de O'Brien, devia ter algo a ver com um rabo de saia.

Capítulo 17

Hannah estava com um desconcertante mistério nas mãos.

Abrindo caminho pela calçada cheia em direção à praça Vitória, ela se perguntava como era possível que nenhuma das últimas três fórmulas tivesse saído certa. Tinha tanta certeza de que àquela altura ela teria a preparação correta de iodo. Será que havia cometido um engano ao longo do processo e agora precisaria passar por tudo novamente? Ou será que não tinha as anotações completas de seu pai?

Esquivando-se de carroças, carretas e homens a cavalo, tentando não sujar a saia com a lama criada pelas recentes chuvas de outono, Hannah relembrava os acontecimentos daquela noite fatídica dois anos atrás, quando Luke Keen chegara a cavalo ao pátio deles para contar que Lady Margaret estava em trabalho de parto. Hannah lembrou-se de que estava pondo a mesa para o jantar e seu pai, no pequeno laboratório, trabalhava no refinamento de sua fórmula de iodo. Eles tinham largado tudo e ido, embaixo de chuva, ajudar a baronesa. O que será que seu pai fizera com as anotações daquela fórmula?

Hannah estava usando o preparado de iodo para lavar as mãos quando atendia chamados de partos — umas poucas gotas vermelhas numa bacia de água —, mas agora o preparado tinha acabado e sem sua rígida prática de assepsia havia o perigo de infectar suas pacientes. Porém, para reabastecer seu suprimento, ela precisava recriar os experimentos do pai até que encontrasse a fórmula certa. Para isso, ela montara um pequeno laboratório em seu quarto do Hotel Austrália, adquirindo algumas provetas, tubos de ensaio, aparatos de medição e uma espiriteira, além de usar o microscópio de seu pai que trouxera da Inglaterra.

Ao começar, logo depois da partida de Neal para a expedição, Hannah teve a chance de ignorar muitos dos ensaios experimentais porque seu pai havia anotado ao lado das receitas: "Queime a pele" ou "Sem efeito sobre os micróbios". E sabendo que a receita continha iodo, ela pôde excluir mais algumas fórmulas que constavam no caderno. Mas a quantidade de iodo combinada com quais outras substâncias químicas, ela não sabia. Portanto, havia passado as últimas quatro semanas trabalhando, misturando e testando e, ao chegar à ultima receita da pasta, ainda não tinha encontrado a correta.

A farmácia Krüger se localizava entre uma loja que vendia bengalas, bastões, guarda-chuvas e sombrinhas e uma padaria especializada em pães alemães de todos os tipos. Um sininho acima da porta tocou quando Hannah entrou.

O estabelecimento do Sr. Krüger era abarrotado de balcões com gavetas e prateleiras cheias de garrafas, tubos de peltre, caixas de unguento e vidros de boticário — potes de porcelana azul e branca com rótulos de *ácido sulfúrico, essência de lavanda, óleo de castor*. Sobre o balcão comprido ficava um almofariz e pilão com o Rx, símbolo das farmácias em todos os lugares, enormes vidros transparentes com sanguessugas nadando dentro, balanças de bronze com pesos caprichadamente empilhados e duas estatuetas de homens jovens usando antigos mantos cristãos: São Cosme e São Damião, dois irmãos que tinham sido médicos e mártires muito tempo atrás.

Hans Krüger, um homem baixo e rechonchudo, com uma careca lustrosa, saiu do fundo da loja e sorriu imediatamente ao ver Hannah.

— Ah, *Fraulein* — disse ele, expansivo, lembrando-se a tempo do guardanapo enfiado abaixo do queixo gordo. Enquanto o guardava dentro do paletó e endireitava o colarinho, Hannah detectou o leve aroma de linguiça e chucrute no ar.

— Seu pedido já está pronto — disse ele.

A Srta. Conroy vinha regularmente à sua loja e fazia aquisições incomuns para uma dama: cloro, lixívia, sulfato de cobre, compostos de amônia. Kruger tinha imaginado que ela talvez estivesse trabalhando em algum novo tipo de agente de limpeza. Hoje em dia todo mundo era inventor. A cidade estava repleta de pessoas com novas ideias, inclusive algumas damas como a Srta. Conroy. Adelaide podia ser uma cidade suja, calças e saias sendo alvo da lama esvoaçante dos cascos dos cavalos, e as damas, em particular, lamentavam a impossibilidade de manter as barras das saias limpas depois de arrastá-las por ruas poeirentas, cheias de estrume de cavalo. Um bom agente de limpeza faria fortuna.

— Aqui está — disse ele, e entregou um vidro com uma sólida substância roxa que seria dissolvida em água ou álcool. — Como estão indo as experiências?

Na última visita de Hannah, ele ficara surpreso ao perguntar educadamente no que exatamente ela estava trabalhando — muitas pessoas mantinhas seus projetos e invenções em segredo — e ela havia falado sobre uma fórmula para assepsia médica.

— Estou com dificuldade de encontrar a fórmula certa, Sr. Krüger, mas não vou desistir — respondeu Hannah com uma confiança que não sentia. Tendo preparado e testado todas as receitas com o iodo de seu pai, sem conseguir encontrar a certa, ela encarava a tarefa de recomeçar tudo de novo de forma desanimadora.

Mas era *preciso*. Nos nove meses de atendimento na região em torno do Hotel Austrália, Hannah ganhara a reputação de ser uma parteira "limpa", com nenhum caso de infecção. Era a razão para que sua clientela estivesse aumentando. Ela temia que sem a fórmula de iodo sua taxa de sucesso e suas pacientes pudessem sofrer.

Guardando o vidro na bolsa, ela perguntou:

— O senhor tem alguma coisa para mãos rachadas?

— Com certeza, a senhorita não está testando as fórmulas em si mesma.

— Infelizmente, é o único modo de saber se uma fórmula é segura para a pele de uma paciente.

Krüger foi até um armário e trouxe um pequeno vidro preto.

— Eu lido com substâncias fortes e descobri que este creme ajuda.

Uma moça tão bonita, ele pensou quando Hannah pagava pelas compras. Krüger já chegara a pensar em apresentá-la ao seu filho, um comerciante de vinhos em começo de carreira e da mesma faixa etária da Srta. Conroy. Mas, com o tempo, ao conhecê-la melhor, ele havia percebido que, encantadora como era, e, por mais que ele achasse que seria uma boa nora, a parteira de Londres era inteligente e instruída demais e certamente muito independente para passar o restante da vida numa cozinha.

Saindo da farmácia, Hannah olhou para a banca do jornaleiro do outro lado da rua movimentada. Aquele era o verdadeiro motivo para ela ter vindo à cidade. Queria saber notícias sobre a Expedição Oliphant.

Apesar de Sir Reginald ter tentado manter em segredo seu grande empreendimento, a notícia espalhara-se e repórteres ambiciosos tinham corrido para o acampamento próximo a Iron Knob, chegando exatamente quando o grande grupo de homens, cavalos e carretas estava para partir. Voltaram correndo também para relatar aos seus respectivos jornais, e alguns dos jornalistas mais ousados alugaram barcos para levá-los a Streaky Bay, onde arrendaram cavalos velozes e galoparam rumo ao norte para se inteirarem do progresso da expedição que, segundo as manchetes, DEFINITIVAMENTE, NÃO ESTÁ SEGUINDO A ROTA DE EYRE.

Um mapa gigantesco tinha sido pregado na banca com o movimento da expedição até agora. Os cidadãos especulavam para onde iria Sir Reginald e havia apostas sobre a rota e o tempo de chegada. Contudo, era um jogo limitado, pois em breve o grupo de Sir Reginald ficaria fora de comunicação e sozinho no vasto coração desconhecido do continente.

Hannah esperou por uma interrupção no tráfego antes de se aventurar a atravessar a rua.

A banca do jornaleiro ficava numa esquina da praça Vitória, uma área verde dominada pela estátua da própria rainha. A banca vendia jornais, revistas, diários oficiais e outros periódicos, locais e importados — *Punch*, *The Illustrated London News* e até o *New York Monthly Magazine*, da América do Norte —, assim como tabaco, cachimbos, papel para cigarros, fósforos, balas, livros e mapas, velas, lampiões e latas de chá barato. Um cartaz recém-escrito informava em letras vermelhas: "Diretamente da América. Cigarros pré-enrolados para damas modernas que desejam desfrutar de um prazer anteriormente só apreciado por homens." Para a agradável surpresa do jornaleiro, os homens também estavam comprando.

Bertram Day, como a maioria dos colonizadores, enfrentara uma angustiante viagem oceânica de dez meses desde sua terra natal, a Irlanda, para vir para o sul da Austrália em busca de uma vida melhor. Chegara a Adelaide sem nenhum tostão e se sustentara vendendo os números de um jornal de Adelaide nas esquinas. Então, ele tivera a ideia de ir às docas todas as manhãs e comprar os jornais recém-chegados nos navios para em seguida vender o altamente procurado *London Times* nas ruas, obtendo algum lucro. Desse modo, o Sr. Day havia montado uma banca de madeira para exibir seus diversos periódicos, mais tarde acrescentara paredes e um teto, além de expandi-la para comercializar outros produtos também. Pouco depois, ele alugara espaço nas paredes de sua banca para propaganda e foi com esse lucro que finalmente conseguiu se casar e agora morava num chalé respeitável com jardim, e um bebê estava a caminho. Todos o conheciam e sempre tinham algo de bom para dizer sobre ele. Corria o boato de que na Inglaterra o Sr. Day trabalhara numa fazenda de cavalos, limpando estábulos, como seu pai e seu avô tinham feito antes dele.

Mesmo ocupado com outros fregueses, ele sorriu para Hannah, que dava a volta na banca para ter acesso às primeiras páginas dos jornais. Ela retribuiu o sorriso. Descobrira que o Sr. Day era um homem bem-humorado. Um aviso na viga da banca bem acima de sua cabeça dizia: "Ontem foi o último prazo para reclamações." Enquanto passava os olhos pelas primeiras páginas recém-pregadas, procurando por notícias do progresso de Sir Reginald, ela estava desatenta a um certo malandro que a observava com olhos gananciosos.

A atenção do sujeito estava na bolsa azul de Hannah.

Não que a bolsa parecesse valiosa, mas o modo como estava abaulada tentou o rapaz de cara suja. E mesmo que a moça não estivesse vestida em grande estilo, aquilo não era indicador de nada. As pessoas ficavam ricas depressa naquele canto do mundo e logo descobriam que aqueles que ostentavam tornavam-se alvos fáceis. Por isso, muitos ricos saíam disfarçados. A bolsa pendurada no braço da moça não o enganava, parecia cheia e pesada. Era de supor que havia um tesouro ali dentro.

Hannah ficou desapontada e aliviada ao mesmo tempo por não encontrar notícias da expedição de Neal. Talvez eles já estivessem muito afastados agora para que os repórteres...

De repente, sentiu algo chocar-se contra ela e, em seguida, puxar seu braço.

— Desculpe — disse ela, e soltou um grito quando um rapazinho pegou sua bolsa e saiu correndo em direção ao parque.

— Pare! — gritou ela e saiu correndo atrás dele.

Cinco homens saíram em perseguição ao rapaz, mas ele corria em ziguezague por entre os pedestres e cavalos, olhando para trás e lançando um sorriso insolente para seus perseguidores. O sorriso desfez-se quando ele percebeu que um dos homens, um sujeito magro que corria a toda velocidade, quase o alcançava.

Então, o homem agarrou o ladrão pela gola e o ergueu do chão, enquanto os espectadores vibravam com a cena.

— Obrigada — disse Hannah ao estranho, os olhos fixos na bolsa enquanto ele voltava com o rapaz, que praguejava.

O homem empurrou o malandro na direção de Hannah e exigiu:

— Desculpe-se com a moça.

— Desculpe — grunhiu o garoto e jogou a bolsa para ela, fazendo com que esta caísse aberta e espalhasse seu conteúdo no chão. Então o garoto saiu correndo, gritando palavrões por cima dos ombros.

— Deixe que eu pego — ofereceu-se o estranho curvando-se para ajudar Hannah com as coisas espalhadas. Mas, quando ele olhou para cima, seus olhos se arregalaram e a boca abriu-se num sorriso. — Ora... — disse ele. — É a parteira, Hannah Conroy.

Hannah fitou-o, assombrada, e reconheceu o familiar rosto castigado pelas intempéries e as feições marcadas, os olhos azul-claros que se estreitavam, formando vincos nos cantos. Mas agora ela via também, sob a luz do sol, que o nariz de Jamie O'Brien parecia ter sido quebrado havia muito tempo. Não muito torto, mas reto também não era. Ela não sabia dizer se ele tinha um rosto bonito, mas mesmo assim era atraente, de um modo não convencional.

Porém foram os olhos que chamaram sua atenção, pois pareciam fitá-la com um olhar intencional sob a aba do chapéu.

Enquanto ajudava a recolher os instrumentos médicos, os vidros de remédios, as ataduras, papel, pena e tinta, O'Brien pensou: Hannah Conroy, a pequena parteira bonita que ele viera encontrar na cidade, e ali estava ela!

— O que é isso? — perguntou ele, pegando um estetoscópio.

— É para escutar o coração.

O sorriso tornou-se convencido.

— Ele sabe ver se tem amor lá?

Hannah não respondeu. Levantou-se, endireitou a saia e disse:

— Obrigada novamente.

Ele não disse nada enquanto esboçava um sorriso atrevido. O Sr. O'Brien usava o mesmo chapéu de quando eles haviam se encontrado no jardim, um chapéu de abas largas de feltro marrom com uma tira preta em volta da copa. Mas dessa vez sua camisa era de cambraia azul, as mangas dobradas até os cotovelos e por cima o mesmo colete preto com botões prateados. Na cintura, a faca de aparência feroz dentro da bainha enfiada no cinto.

Ele não parecia apressado em receber o agradecimento e ir embora. Apontando para a bolsa dela, disse:

— Tem um monte de coisas médicas aí para uma parteira.

— Meu pai era médico — respondeu ela. — Eram suas coisas, e ele me ensinou a usá-las. — Ao ver o brilho divertido nos olhos de O'Brien, ela sentiu necessidade de acrescentar: — Não há motivo para que uma mulher não possa encanar um osso tão bem quanto qualquer homem.

O ar de graça sumiu dos olhos dele e a fisionomia assumiu outra expressão, ilegível. Enquanto as pessoas passavam por eles, ignorando o casal que bloqueava a passagem, e Hannah examinava o conteúdo da bolsa, garantindo que estava tudo lá e em ordem, esforçando-se para não prestar atenção ao exame minucioso que o fora da lei fazia dela, O'Brien reconsiderou seu plano de convencer a Srta. Conroy a passar uma noite com ele.

Em seus 33 anos, Jamie O'Brien conhecera muitas mulheres. Ele as amara e as deixara e não conseguia lembrar-se de nenhum de seus rostos. Hannah Conroy, porém, permanecera clara e vívida em sua mente desde a noite daquele encontro no jardim de rosas. E agora que ela estava ali em carne e osso, numa esquina movimentada, com o sol de maio aparecendo entre as nuvens que ameaçavam trazer uma chuva outonal, ele percebeu que ela não era como as outras.

Ela estendeu a mão.

— Posso ter meu estetoscópio de volta?

— Aqui está, Hannah Conroy.

Ele entregou o instrumento, e ao colocá-lo na bolsa, ao lado de um conjunto de tesouras médicas, ela viu a ponta de um papel saindo de um pacote de agulhas curvas para sutura. Pensando o que poderia ser, ela o puxou e viu que se tratava de um recibo de um par de sapatos deixado para conserto num sapateiro da High Street de Bayfield. Virando-o, ela teve um choque.

Com a letra de seu pai, datada de abril de 1846, havia uma receita escrita:

5g de iodo
10g de iodeto de potássio
Misturar com 40ml de água e 40ml de álcool

A fórmula final!

Seu pai devia tê-la colocado na maleta quando Luke Keen viera buscá-los para levá-los ao Solar Falconbridge. Mais tarde, quando Hannah tinha vendido a casa e guardado suas coisas, ela havia enrolado os instrumentos do pai numa toalha sem perceber que o papel estava entre eles.

— Queira me desculpar, Sr. O'Brien, preciso ir. Agradeço-lhe novamente por ter salvado minha bolsa.

Tocando o dedo na aba do chapéu, Jamie lhe deu um sorriso e uma piscada, dizendo:

— Espero poder prestar outro serviço à senhorita novamente algum dia.

Depois que ela saiu andando, Jamie foi para os fundos da banca de jornal, onde seu amigo Michael Maxberry fumava um cigarro e dava uma olhada nas páginas pregadas na parede.

— Eu quero saber onde aquela moça mora — disse ele, apontando para Hannah, que já desaparecia por entre a multidão. Lembrando-se de que ele a vira sair da farmácia do outro lado da rua e pensando que devia ser freguesa, disse: — Vá até aquela farmácia, diga que sua mulher precisa de uma parteira, que alguém recomendou a Srta. Conroy e que você precisa saber onde encontrá-la.

— Mas estamos prestes a deixar a cidade — protestou Maxberry. — Precisamos estar longe antes que o sol se ponha.

— Quero saber onde ela mora. Vou lhe fazer uma visita quando voltarmos ricos.

Aquilo era bem o estilo de Jamie, pensou Maxberry enquanto atravessava a rua. Qualquer dia desses sua fraqueza por um rabo de saia o deixaria numa encrenca séria.

Capítulo 18

— Mas que diabo mordeu esses cavalos? — resmungou Sir Reginald Oliphant.

Neal tirou os olhos do trabalho. Era fim de tarde e os cavalos tinham sido soltos fora do acampamento para pastar no matagal verde-claro disponível. Ao pôr do sol, eles seriam trazidos de volta e amarrados para a noite. Como o sol que já começava a cair, Neal notou que os animais, de fato, pareciam agitados.

— Alguma coisa está deixando eles ariscos — opinou Andy Mason, um dos tratadores dos cavalos. Ele olhou para o céu azul, sem nuvens, e depois observou o horizonte distante, que escurecia no leste e estava laranja dourado no oeste. Sem ver nada fora do normal, e era possível enxergar por quilômetros naquela terra longínqua, ele se levantou da cadeira a fim de ver o que estava acontecendo.

A expedição estava acampada a mais de 350 quilômetros a Nordeste de Adelaide, logo além de um local esquecido por Deus que Edward Eyre denominara Iron Knob, ou Outeiro de Ferro, devido aos consideráveis depósitos do mineral na região — uma terra erma e arenosa, pontilhada por vegetação rasteira e por uma ou outra árvore de tronco retorcido, e estranhas formações rochosas riscadas de marrom e castanho. Neal examinara o solo e, utilizando um magneto, determinara a grande probabilidade de haver depósitos de minério sob a superfície. Relatara isso a Sir Reginald, que anotara a possibilidade de aquele ser um bom lugar a recomendar para futuras operações mineradoras.

Os expedicionários sentavam-se em cadeiras dobráveis de lona diante de mesas servidas com bules, xícaras de chá e pratos de sanduíches. Barracas brancas bem-arrumadas, brilhando ao sol que se punha, formavam um círculo perfeito em volta de uma fogueira crepitante sobre a qual um canguru estava sendo assado. Dentro das barracas havia camas feitas por assistentes treinados, trazidos especialmente da Inglaterra. Sir Reginald era conhecido por explorar algumas das regiões mais inóspitas do mundo, mas que levava a civilidade britânica consigo aonde quer que fosse.

Observando o tratador conversando com os animais, acalmando-os, Neal pensou se devia levar suas três éguas para o pequeno cercado que tinham construído para eles. Virando o rosto para o oeste, ele semicerrou os olhos para uma paisagem vasta, árida e proibitiva. Seria sua imaginação ou a temperatura havia mudado subitamente? E o que seria aquele ribombar surdo a distância? Surgira uma brisa, fazendo com que a lona das barracas sacudisse, estalando.

— Sabiam — disse o explorador de pele áspera, servindo chá em sua xícara — que *sahara* significa deserto em árabe?

Sir Reginald tinha mais de 60 anos, rosto corado, cabelo grisalho e um bigode branco eriçado. Ele usava impecáveis roupas brancas e um chapéu de explorador, imaculadamente branco. Para Neal, ele mais parecia um homem que assistia a uma partida de croqué num gramado verdejante do que alguém pronto para explorar um deserto perigoso e desconhecido.

— Então isso o faria ser Deserto — disse o professor Williams, tirando os olhos de seu diário.

— Isso mesmo! — continuou Sir Reginald, regalando os companheiros com histórias de suas explorações pelo Nilo e pelo leste da África, dos selvagens ferozes que combatera, dos haréns que visitara no Cairo e dos antros de narguilé que ofereciam haxixe. — Sabe, Scott, eu estive na América muitas vezes. Sou fascinado pelos seus índios. Tive a sorte de passar uma temporada com os seminole de Nova York. Um povo incrível.

Neal olhou para ele.

— O senhor quer dizer os seminole da Flórida, não é?

— É verdade, Scott, me enganei. Lugar grande a América.

Neal voltou ao seu trabalho. Estava examinando amostras de rochas que coletara, analisando e catalogando-as, usando um diamante para riscar cada pedaço e depois consultando a escala de Mohs, escrita em alemão, como guia para definir a dureza de cada amostra: calcita – 3; quartzo – 7. Ele as pesava numa balança, media com uma régua e compasso de calibre, depois, num caderno, fazia um desenho de cada espécie com a descrição embaixo. Ele ainda não tivera oportunidade de tirar fotografias, visto que Sir Reginald mantinha a expedição em movimento. Quando o aventureiro durão fora lacônico com os repórteres que os tinham seguido de Adelaide, Neal pensou que Sir Reginald parecia estranhamente determinado a se evadir da atenção pública. Quando a expedição de Eyre partira, oito anos antes, uma banda militar havia tocado "God Save the Queen" e damas com sombrinhas tinham ido vê-los partir. Quando Neal questionara Sir Reginald sobre seu curioso desejo de segredo, ele gracejara: "A publicidade é vulgar."

Neal não estava ali pela fama. Qualquer coisa que o esperasse adiante, num território nunca antes explorado pelo homem branco, ele tinha confiança de que poderia analisar e catalogar, assim como estava fazendo com as rochas. Ele havia trazido os melhores equipamentos científicos: os binóculos mais eficientes de manufatura alemã, um relógio de bolso suíço, uma bússola e um sextante marítimos, um barômetro e instrumentos para calcular a velocidade do vento para previsão do tempo. E os instrumentos de geologia: lentes de aumento, picaretas, formões, martelos, pincéis, vassourinhas, compassos, balanças, lupa de joalheiro, cadernos para anotações de campo, vidros de ácido, garrafas de água, peneiras e colher de pedreiro.

Ele trouxera, também, um conjunto portátil para escrever cartas, feito de madeira leve que, ao se abrir, formava uma escrivaninha de colo completa, com tinteiro, lugar para guardar papel e envelopes, além de um relógio embutido num estilo bem moderno. Ele planejava narrar cada trecho da jornada, cada segundo do dia. Seria o relatório de uma expedição à natureza selvagem feito com a maior precisão já vista.

Neal pensou na vastidão à frente deles, na planície Nullarbor, que Eyre descrevera como uma "horrenda anomalia, uma nódoa no rosto da natureza, o tipo de lugar que se entra nos pesadelos". Mas Neal estava ansioso para descobrir os mistérios daquele lugar, e seus companheiros pareciam igualmente energizados.

Além de Sir Reginald, ele próprio e Fintan Rorke, o jovem assistente de Neal, o grupo era formado por um topógrafo; um cartógrafo; um botânico; um zoólogo; três caçadores profissionais; dois cozinheiros e responsáveis pelas provisões; um carpinteiro de rodas; os tratadores dos cavalos; alguns homens corpulentos para carregar armas de fogo e vigiar a aproximação de nativos hostis; os valetes ingleses, cujo serviço era servir as refeições, fazer as camas e realizar tarefas pessoais para os homens; e um coronel militar, cujo propósito, Neal supunha, era atuar como representante da Coroa inglesa. Não havia franceses, alemães nem italianos no grupo, visto que Sir Reginald não confiava em estrangeiros.

O professor Williams, um homem macilento, com uma imponente barba grisalha que lhe caía pelo peito, era o zoólogo. Ele viera para a Austrália a fim de escrever um texto conclusivo sobre a vida selvagem no vasto sul do continente, com capítulos divididos em mamíferos, pássaros, répteis, peixes e insetos. O último capítulo ficara reservado para os aborígenes, a quem

Williams esperava observar em seu habitat natural e registrar seus hábitos de caça e alimentação, rituais de acasalamento, criação dos filhos e defesa dos territórios.

O coronel Enfield, o representante militar, tinha quase 40 anos e seu cabelo era tão louro que chegava a ser quase branco, assim como suas sobrancelhas, pestanas e bigode. Com a pele rosada, o oficial parecia quase albino, e Neal perguntava-se como ele iria sobreviver ao sol do deserto. Enfield também tinha o hábito de piscar muito, indicando que sua visão não era muito boa.

Neal ainda não tivera chance de conhecer os outros — John Allen, o rastreador de trilhas e escoteiro; Andy Mason, o tratador; Billy Patton, o cozinheiro gordo; e todo o restante. Assim, como estava viajando com estranhos, Neal tinha tirado a corrente de ouro do vidrinho coletor de lágrimas e o recolocara num saquinho de couro que podia usar pendurado no pescoço, com o vidrinho verde-esmeralda oculto por baixo da camisa. Não que ele achasse que viajava com ladrões, mas o vidro e seu ouro davam a impressão de ser uma joia cara e tentadora e ele não queria acordar uma manhã e descobrir que seu coletor de lágrimas e um dos homens haviam sumido.

Neal tinha outra recordação preciosa que também guardava consigo: a luva de Hannah. Sempre que a pegava, para pensar nela e manter a ligação entre ambos viva, era como se segurasse a mão de Hannah na sua.

Quando começou a ventar, o que exigiu pesos de papel para segurar os mapas que estavam abertos sobre as mesas, Neal olhou para seu jovem assistente, sentado à sombra de uma barraca, entalhando um pedaço de madeira. Ele considerava Fintan Rorke um rapazote entretanto, aos 21 anos, Fintan tinha apenas seis anos a menos que ele. Era por causa da aparência de garoto, Neal pensou, e seu sorriso ávido. Ao procurar um carpinteiro que fizesse caixas especiais para seus produtos químicos perigosos — transportá-los num terreno irregular exigia caixas mais fortes e resistentes —, ele encontrara um homem com cinco filhos aprendizes, todos competindo para serem sócios no negócio do pai. Fintan estava entre eles, e, ao ouvir Neal falar sobre a expedição, ele saltara e quisera saber se um bom carpinteiro não seria útil durante a viagem. Neal o contratara, concluindo que seria útil ter alguém à mão para reparos, além de ter apreciado a iniciativa do rapaz de se oferecer em vez de ficar esperando para ser abordado. Imediatamente, eles deram-se bem, uma vez que Fintan obedecia a ordens alegremente e parecia possuir o tipo de disposição que seria necessária na árdua jornada.

O vento soprava em rajadas, fazendo os papéis de Neal tremular enquanto jogava areia em cima de tudo. Ele gritou para que Fintan verificasse se a carreta deles estava segura e as caixas adequadamente amarradas. Toda vez que acampavam, Fintan sempre se certificava de que os produtos fotográficos não estivessem próximos de qualquer calor ou fogo. Todos tinham sido avisados sobre a volatilidade dos suprimentos de Neal e evitavam aproximar-se da carreta.

— Vou verificar, Sr. Scott! — respondeu Fintan, largando o pedaço de madeira que estava entalhando.

"Uma perda de tempo", seu pai sempre resmungava. "Há muito trabalho para ser feito." Fintan era habilidoso na arte da carpintaria, tinha destreza com serras, enxós e martelos. Sabia fazer mais que entalhar uma coluna de cama também. Sabia consertar rodas e eixos de carroças, além de montar caixas e dispositivos feitos por encomenda como as que o Sr. Scott tinha precisado. Porém, não era aquilo que ele queria fazer na vida. Ele queria criar *beleza* com madeira e faca, porque aquele era o dom que Deus lhe dera: o talento de transformar um pequeno bloco de madeira numa rosa, num gato adormecido ou numa borboleta.

Não que o jovem Fintan esperasse que seu talento desse em grande coisa, não quando precisava garantir seu sustento e, de todo modo, quem iria comprar quinquilharias de madeira que só juntavam pó? Por isso, ele deixava para fazer seus entalhes nas horas de folga e, por esse motivo, não exibia seu trabalho. Os homens rudes do mundo, sem dúvida, teriam algo a dizer de um rapaz que entalhasse flores! Ele, porém, não se importava. Sabia que era tão másculo e afeiçoado às mulheres quanto todos os outros. Era apenas que... ele não sabia bem como expressar, só sentia que havia algo mais no mundo do que dinheiro, mulheres e fama.

John Allen, o rastreador que viera da Inglaterra anos atrás e conhecia o sul da Austrália como um nativo, levantou-se da cadeira e espreguiçou seu corpo magricela.

— Vou lhe dizer, professor — disse ele a Williams, que acabara de fazer um comentário sobre os aborígenes. — Neste país é preciso ficar de olho em três coisas: cobras, dingos e abos. Aqui há cobras venenosas por todo canto e, mesmo parecendo cães comuns, os dingos são tão ferozes e astuciosos quanto qualquer animal perigoso que se encontra na África. Mas a maior ameaça vem dos abos. Não permita que os olhares sonolentos deles o enganem. Eles são matreiros, dissimulados e nos odeiam. O senhor vai sentir a lança nas costas antes de ver quem a atirou.

Quando Andy Mason, o tratador ruivo, fez a observação de que aquela terra pertencia aos aborígenes antes da chegada do homem branco, Allen retrucou:

— Eles não estavam fazendo nada com a terra. Somente andavam sobre ela. Não plantavam nada, não construíam nada. Então, por que deveriam se importar que tomássemos conta? Você não os vê recusar nosso uísque e nosso tabaco. Eles não têm cultura nenhuma, não têm escrita nem alfabeto. Nem sequer inventaram o arco e a flecha! Os abos não têm moral. Velhos se casam com garotinhas de 8 anos. Maridos entregam suas mulheres a estranhos. Eles não acreditam em Deus, veneram rochas e árvores, andam nus por aí e, ainda por cima, são canibais.

Um súbito ribombar a distância fez todos se voltarem para o oeste, onde o sol quase já havia sumido.

— Será que vem vindo uma tempestade? — perguntou Neal, percebendo nuvens escuras no horizonte que ele poderia jurar que não estavam lá instantes atrás. O tempo estivera estranho durante toda a tarde, com uma frente fria seca e forte atravessando a área, precedida por rajadas de vento quente vindas do norte.

— Tempo estranho — murmurou Sir Reginald. Ele percebeu que a temperatura estava subindo e, então, viu o que a princípio pensava que fossem nuvens de chuva vindo do oeste em direção a eles, mas agora entendia que era uma nuvem de pó marrom-avermelhada *rolando pelo chão*. Dava a impressão de ser um enorme penhasco marrom e corria de encontro a eles.

Nesta época do ano?, pensou, alarmado, pondo-se imediatamente de pé. Oliphant sabia que as tempestades de areia eram típicas da primavera. Ele era familiarizado com as *simoons* do deserto do Sahara, assim como com a *haboob* próxima de Cartum. Ele tinha conhecimento de que uma tempestade de areia movia dunas inteiras e modificava completamente a face da Terra.

— Tempestade de areia! — gritou ele, e começou a berrar ordens para reunir os cavalos, amarrar qualquer coisa que estivesse solta e procurar abrigo. — Virem as costas para ela! — berrava, enquanto o vento aumentava.

— Minha nossa! — espantou-se o coronel Enfield. — De onde veio essa nuvem de pó?

A parede marrom-avermelhada estava ganhando velocidade e, conforme aumentava a força, aumentava também de tamanho, até ficar alta como uma montanha, que parecia se alongar desde o horizonte meridional até o setentrional. Os homens ficaram calados, olhando estupefatos para a força da natureza que estava prestes a engoli-los. Em seguida, começaram a correr.

— Scott! — Sir Reginald chamou Neal. — Mas que diabos você está fazendo?

O americano maluco havia montado em seu cavalo.

— Precisamos reunir os animais! — gritou Neal, segurando o chapéu na cabeça com o vento agora soprando ferozmente e seu cavalo andando em círculos.

— Não é possível correr mais que essa coisa! — O chapéu de Sir Reginald voou e as barracas começaram a se soltar das estacas.

Os homens corriam de modo frenético e os cavalos galopavam em todas as direções. Em segundos, a visibilidade era de poucos centímetros. Então, a tempestade chegou.

Neal cobriu a boca, engasgado com a areia, e esporeou o cavalo, que saiu correndo.

— Seu louco cretino! — gritou Sir Reginald para ele.

Mas o cavalo não foi rápido o bastante. Em minutos Neal e sua montaria foram engolidos por uma nuvem marrom enorme e mortal.

Era tarde. Hannah enchera a fresta de baixo da porta com panos, caso seu preparado liberasse um odor forte que pudesse passar para fora. Ela não queria alarmar os outros hóspedes de Liza Guinness. O quarto estava aconchegante no cenário noturno. Sua camisola estava esticada sobre a cama. Na mesa de cabeceira, sob a incandescência do lampião, estava a foto de Neal numa moldura de peltre. Ao lado, a estatueta de Higeia.

Por trás das cortinas fechadas um vento forte parecia uivar por entre as árvores. Chegara de repente, chacoalhando as vidraças, descendo em rajadas pela chaminé, fazendo os portões e as portas das construções externas baterem. Um vento quente, Hannah pensou, parada diante da mesa de trabalho que Liza Guinness mandara levar da cozinha para cima e onde Hannah instalara suas provetas, tubos de ensaio, o microscópio e a espiriteira. Escutando o vento, ela pensou em Neal na natureza selvagem, nos desertos inóspitos da Austrália e sentiu-se confortada pela lembrança de que ele estava na companhia de trinta homens, com cavalos, rifles e pistolas, além de barris de água. Ela rezou para que ele estivesse aproveitando sua maravilhosa aventura e fazendo descobertas importantes.

Concentrando-se em sua tarefa, ela tirou uma medida do iodo sólido e pesou na pequena balança de bronze que havia comprado do Sr. Krüger. Depois, moeu até formar um pó usando o pilão. Hannah trabalhava com movimentos cuidadosos sob a luz da vela. "O iodo foi identificado em 1811 e é extraído de algas marinhas", escrevera John Conroy. "As propriedades químicas do iodo ainda são desconhecidas. A solubilidade do iodo elementar na água pode ser aumentada pela adição de iodeto de potássio. Como o iodo se dissolve prontamente no álcool, pode-se fazer uma tintura."

Ela misturou o iodo num preparado líquido e observou a emulsão ficar vermelho-arroxeada e um aroma forte subir da proveta. Era um odor familiar.

Com cautela, mergulhou o dedo na solução e não sentiu nenhuma ferroada nem ardência. Deixou-o lá por vários segundos, e quando tirou o dedo, apesar da coloração arroxeada, não havia nenhum efeito prejudicial em sua pele.

Agora viria a etapa que lhe diria se aquela era realmente a fórmula aperfeiçoada de seu pai. Preparando uma lâmina com uma gota da água que tinha lavado as mãos, ela olhou pela lente e viu as minúsculas criaturas se mexendo. Usando uma pipeta, puxou um pouco da nova solução de iodo e pingou uma gota na água.

Inspirando, cruzando os dedos e fazendo uma oração a Deus, Hannah inclinou-se e tornou a olhar pelo microscópio. Ela mexeu a vela em volta até que houvesse luz suficiente sobre a lâmina de vidro. Depois, ajustou o foco e...

Os micróbios não se moviam.

A fórmula os matara.

— Graças aos céus! — murmurou Hannah, aliviada. Ela tinha a fórmula novamente e poderia continuar trazendo bebês ao mundo sem colocar as mães ou os próprios bebês em risco de infecção.

Ao derramar a nova mistura num vidrinho, ela pensou nas estranhas manobras do destino. Se não tivessem roubado sua bolsa naquela tarde e se Jamie O'Brien não a tivesse resgatado, talvez ela jamais viesse a encontrar o papel com a fórmula escrita.

O vento aumentou lá fora, fazendo as persianas baterem e os galhos da árvore arranharem as paredes de tijolos. De repente, a janela do quarto abriu-se, balançando as venezianas para dentro em suas dobradiças rangentes e chicoteando as cortinas. Hannah correu para fechá-la, mas quando o vento tomou o quarto de assalto, fazendo papéis voarem, apagando as velas, ameaçando derrubar os frágeis lampiões, ela descobriu que a janela não ficaria fechada com o trinco. Ela fechava e o vento a abria de novo, e, ao sentir as primeiras gotas frias de chuva no rosto, Hannah soube que uma tempestade se aproximava.

Ela trancou a janela mais uma vez, mas, assim que a largou, o vento a abriu novamente. Quando uma rajada forte derrubou um lampião no chão, espatifando-o — por sorte não estava aceso —, Hannah lembrou-se de que a chave que estava na fechadura da porta também trancava as janelas. Ela correu para a porta, agarrou a chave e correu de volta até a janela. Lutando contra o vento, com as cortinas e os caixilhos da janela, por fim conseguiu fechá-la de novo e girar a chave no trinco antes que voltasse a se abrir.

Com o vento enfurecido lá fora e a janela permanecendo fechada, Hannah endireitou as cortinas e foi verificar o dano causado no quarto, grata por ter se lembrado de que a chave trancava tanto a porta quanto as janelas.

Ela congelou. Sentindo a fria chave de ferro na mão, Hannah olhou para ela e foi levada para outra noite de ventania, dois anos antes. "Essa é a chave, Hannah", dissera seu pai antes de dar seu último suspiro, colocando o vidro de iodo em sua mão.

Hannah ofegou enquanto o tamanho da descoberta começava a ser absorvido. Será que a fórmula de iodo poderia ser uma *panaceia*? Seria isso que seu pai estava tentando dizer ao dar o último suspiro? Será que inadvertidamente ele abrira o caminho para toda uma nova forma revolucionária de medicina?

Ela segurou a respiração. Sentiu-se como se subitamente uma porta tivesse se aberto e, no outro lado, houvesse um número infinito de caminhos possíveis. Se o seu pai, de fato, inventara uma cura universal...

Com uma crescente empolgação, Hannah teve que controlar a súbita avidez de mergulhar em novos testes e experimentos. Sabia que precisava pensar melhor sobre aquilo, fazer mais análises e exames e, então, decidir qual seria o melhor procedimento. Ela não tinha certeza de aonde a descoberta a levaria, sabia apenas que precisava ir atrás da inesperada mudança dos acontecimentos, passar por aquela porta aberta e seguir os infinitos caminhos para onde quer que eles pudessem conduzi-la.

A tempestade de areia soprou com fúria, adentrando a madrugada, com Neal preso embaixo de um encerado, lutando para respirar e certo de que estava sendo enterrado vivo.

Quando o vento cessou e a noite ficou novamente tranquila, Neal não ouvia os gritos dos homens por perto, tampouco os sons dos cavalos. Ele se viu parcialmente enterrado embaixo de um encerado que fora carregado do acampamento pela tempestade, batendo nele como a vela errante de um barco. Neal desenterrou-se de uma duna de areia que não estava lá antes e, cambaleando, pôs-se de pé para olhar em torno. Só o que viu foi o negrume da noite, pois as estrelas estavam cobertas. Ele tentou chamar seus companheiros, mas a garganta estava seca demais para sustentar a voz. Embora estivesse muito abalado, manteve a cabeça erguida. Certamente os outros participantes da expedição estavam por perto, mas, como ele, eram incapazes de gritar. Ele se lembrou das diversas vezes que seu pai adotivo o levara para longas caminhadas na natureza — Josiah Scott adorava pintar aquarelas de bosques e cachoeiras —, dizendo-lhe: "Se por acaso nos separarmos, se você se perder, lembre-se de que a regra número um é ficar onde está." Neal e os homens de Sir Reginald jamais se encontrariam naquela noite extremamente escura; portanto, ele ficaria onde estava e avaliaria a situação ao amanhecer. Assim, voltou a se enrolar no encerado quente e caiu num sono profundo.

Quando a luz irrompeu na borda do mundo, penetrou seus olhos e o trouxe de volta à consciência. Sacudindo a areia, Neal rastejou para fora do encerado e semicerrou os olhos arenosos. O sol do alvorecer lançava uma luz dourada sobre uma paisagem estranha. Nem uma árvore ou trecho de vegetação restava. Montes de areia laranja avermelhada tinham sido esculpidos onde antes não existiam.

Neal deu uma lenta volta em torno de si mesmo, sem acreditar no que via. Onde estavam os cavalos? Onde estava o acampamento? Onde estavam Sir Reginald e os outros? Ele não havia se afastado muito com seu cavalo quando a tempestade os atingira. Por certo, todos ainda estavam ali: as barracas, as carretas e os cavalos.

Então percebeu que eles deviam ter feito o reconhecimento do terreno no escuro, guardado tudo com a luz dos lampiões e seguido em frente. Ele não via um único remanescente da incrível expedição que o levaria por 2 mil quilômetros até Perth. Tinham ido também seus instrumentos científicos, ferramentas e apoios, a moderna tecnologia que teria lhe mostrado o caminho.

E ele sabia por quê. Quando Sir Reginald deixara escapar um comentário sobre os seminole de Nova York, Neal o pegara no engano. Ele havia notado uma breve expressão na fisionomia do homem mais velho, tão clara quanto uma confissão. Oliphant era uma fraude. Nunca vivera com os seminole. Neal questionou se ele tinha sequer posto os pés fora da Inglaterra. Era a única explicação para que os outros levantassem acampamento e partissem acobertados pela noite, tomando-o por morto! Reginald Oliphant temia que Neal expusesse seu segredo.

E agora ele estava sozinho num vasto deserto seco, sem sinal de uma única alma ou animal de um horizonte a outro. O céu estava coberto por uma estranha névoa — partículas de areia pairando na atmosfera, foi o que sua mente científica supôs — e, portanto, ele não conseguia localizar exatamente a posição do sol, nem determinar leste, oeste, sul ou norte. Estava sem bússola ou sextante, sem comida ou água. E sem chapéu que protegesse sua cabeça do sol.

Por fim, ele começou a andar, indo aos tropeços, um pé na frente do outro, sem ideia de onde seus passos o levariam.

Capítulo 19

Apesar de Michael Maxberry ter questionado a prudência de seu amigo ao mandá-lo buscar aquela moça, ele fez o que Jamie havia pedido. Uma das razões era que ele estava na pior e a outra era que ninguém mais poderia ir buscá-la. Não com Jamie O'Brien tendo a cabeça a prêmio.

— Hannah Conroy não vai me entregar para a polícia — dissera Jamie, trespassado pela dor. — Ela vai me endireitar, e ninguém seria melhor.

Era isso que Mikey esperava ao subir os degraus de madeira do Hotel Austrália, porque, se ela não fosse ou se saísse correndo para procurar um delegado, Jamie, com certeza, estaria liquidado.

Ouvindo a campainha na porta de entrada, Liza Guinness saiu do escritório dos fundos, ajeitando o cabelo para garantir que estava todo puxado para cima e arrumado, e depois passando as mãos pela saia sobre a crinolina, sempre atenta à sua boa apresentação. Nunca se sabia quem entraria por aquela porta, era sua filosofia.

O sorriso de Liza alargou-se. O cavalheiro de paletó preto, calças pretas, camisa branca e cartola estava empoeirado e suado, sem dúvida — assim como a maioria de seus fregueses —, mas *era* um homem e não era de todo mau se olhasse por trás da cicatriz pregueada que parecia dividir seu rosto ao meio. Briga de pub, Liza supôs quando ele se aproximou da recepção. Enfrentara a ponta de uma faca e sobrevivera para contar a história.

— Bom dia, senhor, deseja um quarto e um banho? — Ela virou o livro de registros para que ele pudesse assinar.

— Estou procurando por Hannah Conroy. Vim buscá-la. Um amigo comum está ferido. Ao norte daqui, na estrada.

As sobrancelhas de Liza arquearam-se.

— Um amigo comum?

— Sim, ela o conhece. São bons amigos.

Um homem! E um *bom* amigo.

— O Sr. Scott?

— É, ele mesmo, o Sr. Scott.

Liza estalou os dedos para chamar a atenção de uma criada que estava regando as plantas.

— Trudie, corra até a cozinha e diga à Srta. Conroy que tem alguém aqui que quer vê-la.

Jacko Jackson tinha ido até a cozinha procurar por luvas, pois estava com uma bolha na mão de tanto rachar lenha. Mas quando Ruth Guinness, que estava enamorada do jovem confiante da sorte, vira a bolha, ela mandara chamar Hannah. Dando uma olhada na bolha dolorosa na palma da mão de Jacko, Hannah insistira que precisava ser drenada e coberta.

Enquanto trabalhava, com Jacko sentado num banco e Hannah numa cadeira da cozinha, ela explicava a Ruth como procederia. A filha de Liza Guinness expressara profundo interesse em seguir a carreira de Hannah, dizendo que gostaria de percorrer a região ajudando as pessoas. Ela até levara a garota de 18 anos em alguns de seus chamados, uma experiência que estava se comprovando benéfica para ambas, pois Hannah descobrira que gostava de ensinar e Ruth ficava contente de se afastar do hotel.

— Para aliviar a dor — disse Hannah, com Ruth observando de perto —, drene o líquido da bolha, deixando a pele intacta. Mas primeiro vamos pôr um pouco deste remédio.

— Por quê? — perguntou Ruth.

Em sua última ida à cidade, Hannah fora à farmácia do Sr. Krüger e, ao longo da conversa, depois de ter suprido seu material para os partos — cânfora, casca de salgueiro, carbonato de amônio —, ela havia mencionado sua desconfiança de que a fórmula de iodo poderia ser uma cura para tudo. Então o Sr. Krüger compartilhara com ela uma carta de seu irmão, pesquisador médico em Heidelberg, que escrevera sobre a recente descoberta de um organismo microscópico que tinha sido batizado de *bacterium*, latim para "bastãozinho", e a teoria de que as bactérias poderiam provocar doenças e infecções. Era uma ideia radical abraçada por uns poucos homens de medicina e ciência, mas a notícia empolgara Hannah, pois significava que seu pai estava certo e quanto mais micróbios fossem descobertos e identificados, mais a medicina se aproximaria de derrotar as doenças.

Entretanto, ela não disse nada sobre o assunto para Ruth e Jacko, dizendo simplesmente:

— Este remédio vai fazer a bolha sarar mais rápido.

Ruth não herdara a beleza da mãe, sendo sem graça, com um rosto redondo e um nariz pequeno e arrebitado. Sua personalidade, porém, faiscava e dava para notar que Jacko sentia-se lisonjeado com sua atenção feminina.

Ela limpou a bolha com o preparado de iodo e depois esterilizou uma agulha, mergulhando-a no iodo.

— Aponte para a borda da bolha. Agora drene o líquido, deixando a pele de cima no lugar. Ponha um pouco mais de iodo na bolha e agora vamos cobri-la com um curativo. Daqui a alguns dias vamos cortar fora a pele morta e fazer outro curativo.

— Eu achava que devíamos estourar a bolha, tirar a pele fora e deixar a parte de baixo exposta — disse Jacko a Hannah, mas sorrindo para Ruth.

— Essa é uma antiga solução que precisa ser enterrada — respondeu Hannah, enquanto limpava a bolha murcha sem perturbar a película desmoronada. Ela já tinha visto bolhas ficarem tão infeccionadas que seu pai precisara amputar dedos de pés e mãos.

Mostrando a Ruth como fazer um curativo na mão, ela pensava em todos os antigos remédios que iriam cair por terra à medida que a ciência médica fazia novas descobertas e avanços. Antes da revelação que tivera com a chave, a própria Hannah não teria pensado em aplicar o composto de seu pai na bolha de Jacko. Mesmo agora, ela só imaginava que o iodo protegeria a mão de infecções. Aquilo era uma experiência, mas ela não disse nada a Jacko e Ruth.

Na noite da ventania, quatro dias antes, Hannah ficara empolgada ao pensar que o iodo poderia ser uma panaceia. Depois, porém, um novo problema surgira: como provar isso? Ela sabia que precisava encontrar modos de testar o preparado, mas como poderia fazê-lo sem prejudicar ninguém? Uma bolha estava longe de ser uma conquista de todas as doenças que afligiam a humanidade.

— Srta. Conroy? — chamou Trudie da porta. — Tem um cavalheiro perguntando pela senhorita.

Ela foi até a recepção, onde Maxberry tirou sua cartola do cabelo oleoso e disse:

— Srta. Conroy, um amigo nosso está ferido e aguarda a senhorita.

— Amigo nosso?

— Sim, o Sr. Scott.

Hannah lançou-lhe um olhar cético.

— O Sr. Scott está a centenas de quilômetros daqui.

Ele corou.

— Sim, bem, imaginei que a verdade poderia impedir sua ida. Trata-se de Jamie O'Brien.

Hannah olhou fixamente para ele.

— Onde ele está?

— A dois dias daqui, para o norte, ao longo do golfo. Ele está muito ferido. Vim para levá-la até ele. Não se preocupe — acrescentou Maxberry, rapidamente —, eu trouxe minha senhora junto. Tudo do modo correto. A senhorita não vai embora com um estranho.

— O que aconteceu?

— Ele quebrou a perna e está sentindo muita dor.

— Então ele precisa de um cirurgião.

— Isso não será possível, senhorita, e acho que sabe por quê.

— Sim — disse ela, os olhos fixos nos dele. — Vou mandar atrelar a carroça.

— Os carros demoram muito, senhorita. Vamos a cavalo. Eu tenho o meu e tomei a liberdade de alugar um para a senhorita. Só que não tem sela lateral.

— Bem, neste caso, deixe-me buscar algumas coisas.

Hannah correu para o quarto a fim de pegar sua bolsa de veludo e outra de couro a tiracolo que ela mantinha preparada para casos noturnos, pois um trabalho de parto às vezes durava dias. A bolsa de couro continha uma escova de cabelos e um pente, sabonete, pasta de dente, colônia de rosas, lenços, bucha e toalha, uma vela e fósforos, meias e roupa de baixo limpas. Por fim, ela pegou a foto de Neal da mesa de cabeceira e enfiou-a na bolsa de veludo.

No último minuto, Hannah desatou a crinolina da barbatana de baleia, deixando-a cair no chão. Depois pegou seu chapéu e o casaquinho, pois as noites estavam esfriando, e correu para baixo, onde seu impaciente acompanhante andava de um lado para o outro.

Liza Guinness estava no balcão da recepção.

— Não sei quanto tempo vou ficar fora — avisou Hannah —, mas não se preocupe.

Liza estava acostumada aos súbitos chamados que Hannah recebia e o fato de ela ficar fora por algum tempo.

— Não precisa se apressar — disse ela, e salientou isso com uma piscada.

Saindo pela porta com Maxberry em seus calcanhares, Hannah olhou para trás.

— Por que será que ela fez isso?

— Eu disse a ela que tinha vindo buscar a senhorita para atender um amigo. Ela me perguntou se era o Sr. Scott e eu disse que sim. Bem, eu não podia contar a ela a verdade, podia?

Hannah pensou que deveria voltar e esclarecer a confusão, mas então concluiu que seria impossível fazer Liza, com sua imaginação fértil, entender. Ela conseguia visualizar a amiga, que tinha uma tendência para o drama, enviando uma milícia atrás dela.

Os cavalos de Maxberry estavam amarrados a um poste no pátio e Hannah teve um leve choque ao ver que a "senhora" dele era uma nativa.

— O nome dela é Nampijinpa — explicou Maxberry —, mas a chamamos de Nan apenas. Ela é da tribo Kaurna, mas fala inglês. Acho que alguns missionários fizeram isso. Quando eu a conheci, ela usava pele de canguru, mas consegui fazer com que usasse um vestido de dama.

Hannah não conseguiu calcular a idade de Nan. Era muito gorda e tinha um sorriso largo que revelava a falta de dentes. O cabelo era comprido, liso e tão preto quanto sua pele. Hannah nunca tinha visto um aborígene antes, pois todos tinham sido levados para reservas anos atrás.

Com as bolsas penduradas no braço, ela aceitou a ajuda de Maxberry para montar e, com a maior delicadeza possível, passou a perna para o outro lado da sela. Desde menina que não cavalgava desse modo e, a princípio, lhe pareceu muito impróprio e pouco feminino. Mas então ela pensou em O'Brien deitado com dor e todos os pensamentos de inadequação desapareceram.

Capítulo 20

— Tenho uma notícia maravilhosa para você, filho — disse Josiah Scott com o braço nos ombros de Neal. — Sua mãe está aqui.

Neal soluçou de alegria enquanto andava penosamente pelo chão árido de calcário, quase cego pela areia e o brilho do sol. Passaram-se quatro dias desde a tempestade de areia. Tendo perdido o chapéu, ele usava o paletó de linho branco amarrado na cabeça. Pensava no lugar circulado em vermelho no mapa: Galagandra. Ao perguntar a Sir Reginald seu significado, ele dissera que alguns topógrafos do interior haviam relatado a presença de muita água doce naquele local. Neal sabia que a expedição seguia naquela direção. Se ao menos ele pudesse se orientar. Mas o mapa, juntamente com todas as suas posses — inclusive a luva de Hannah —, tinha se perdido.

— A senhora achou que eu estava perdido, não é, mãe? — disse Neal em voz alta, falando com ninguém além dos espectros que subiam tremeluzentes da areia. Ele estava ciente de que estava sonhando ou tendo alucinações, mas não se abalou, afinal era uma fantasia agradável, e perguntou-se aonde o levaria. Embora tivesse vaga consciência de que estava ressequido de sede, que seus lábios estavam rachados e sangrando, e que não havia nada além de vegetação rasteira, areia e ocasionais formações de calcário retorcido ao alcance da vista, Neal estava mais ciente do recanto de seu pai em Boston com os livros de direito, um globo, um astrolábio e um busto de Aristóteles.

Ele sorriu para o pai adotivo. Josiah Scott era um homem bonito. Neal, muitas vezes, se perguntava por que ele permanecia solteiro.

— Foi por minha causa, pai? — perguntou ele para a imagem tremeluzente de Josiah. — As mulheres não se interessavam em se casar com um homem que já tinha um filho, uma criança ilegítima? Que fardo devo ter sido. Mas, agora que a mãe voltou, o senhor pode se casar com essa viúva bonita que o visita uma vez por semana para tratar dos assuntos de sua propriedade com o senhor.

Neal arrastou as costas da mão na boca empolada. Semicerrou os olhos para um arvoredo de acácia australiana e viu sua mãe lá, parada. A imagem não era tão nítida quanto a de Josiah. Seu rosto estava embaçado, o vestido simples e fora de moda, o cabelo puxado para cima com anéis, como se usava 27 anos atrás. Ele estava tentando alcançá-la, mas, não importava o quanto avançasse, ela continuava fora de alcance.

Neal soluçou. Estava morrendo de fome e sede. Tentara encontrar alimento e água naquela paisagem que Edward Eyre descrevera como sendo um pesadelo. Sem proveito. Uma dor aflitiva apertava seu estômago. Suas pernas gritavam de dor. Ele tinha dormido todas as noites, enroscado feito uma bola, para sonhar com um resgate e com Hannah, só para acordar na desolação de cada amanhecer.

Vou morrer aqui. Não tenho nem 30 anos. Devia ter pedido Hannah em casamento. Por que não disse que a amava? Ela não iria me rejeitar como Anabelle. Como minha mãe. Hannah é diferente. O modo como ela retribuiu meu beijo e me abraçou...

Ele se forçava a continuar andando enquanto observava o terreno árido, olhando para um lado e para outro. O sol pregava peças aos olhos de um homem: dava a impressão de que o deserto era pontilhado por lagoas prateadas de água. A vegetação de acácias estendia-se e alargava numa estranha ilusão de ótica, com a luz solar distorcendo-a de tal modo que às vezes lembravam figuras humanas.

Neal continuou a andar. Em certo momento, uma águia planou acima de sua cabeça, descendo como que para inspecionar o intruso trôpego e depois se foi, deixando Neal novamente sozinho. Ele andou e andou, deixando sua mãe e o pai adotivo para trás. O horizonte sempre ficava na mesma distância, zombando dele com lagos brilhantes de água inexistente. No fim da tarde ele estava muito tonto. Tentou encontrar algo para comer, algumas raízes que fossem úmidas. Algumas larvas de inseto, talvez. Num leito seco de rio, cavou freneticamente, esperando achar água. Mas estava tudo irremediavelmente seco.

Ele continuou em frente. Suas têmporas latejavam de dor. Mesmo sendo maio, com o inverno bem próximo, o calor aumentava cada vez mais, assando-o. Ele caminhava com o vento quente, e quando o sol, por fim, se punha, vinha algum alívio. Mas a sede que sentia estava além de qualquer coisa que ele havia conhecido ou imaginado. Além disso, estava exausto. Enroscou-se junto a um montinho de areia e, pensando em dingos famintos e cobras venenosas, caiu no sono.

Neal acordou duas vezes, assustado com ruídos que não conseguia identificar. Tremia. As temperaturas que transformavam o Outback num caldeirão durante o dia, caíam e ficavam quase congelantes à noite. Ele permaneceu deitado de lado, trêmulo, tiritando os dentes, os olhos espiando a escuridão e imaginando um círculo de cães selvagens se fechando ou de homens negros com lanças.

Quando o sol surgiu, ele lhe deu as boas-vindas e começou a andar. A dor de cabeça piorou. As pernas pareciam ser feitas de chumbo. A desidratação, ele pensou. Morte por desidratação...

No fim da tarde, com o sol cor de cobre incendiando seu rosto, como se desafiasse o frágil ser humano a sobreviver outra noite, Neal subitamente ouviu um som — um som humano. Ele parou e ficou escutando, oscilando, sem equilíbrio. Apertou os olhos, que estavam tão secos que mal conseguiam piscar. Ao ouvir o som novamente, ele se deu conta de que era ele mesmo. Estava soluçando e nem sabia.

Àquela altura, Neal estava cheio de picadas de insetos e de arranhões resultantes das perambulações pela vegetação morta. A língua estava inchada. A garganta, fechada. Mas ele continuava a andar. À frente estava a expedição de Sir Reginald, ele tinha certeza, com barris de água fria e pomada para seus machucados e um travesseiro para sua cabeça. E depois que estivesse recuperado, ele voltaria imediatamente para Adelaide e para os braços de Hannah.

Neal passou a noite num sono tão profundo que nada o acordou, exceto os raios penetrantes de outro sol quente. Ao meio-dia ele caiu e levou alguns minutos para que conseguisse se levantar. Prosseguiu, caiu de novo, levantou-se e continuou em frente. Ficou delirante e começou a rir. Pensou em seu amigo, Ernie Shalvoy, que abrira um estúdio fotográfico num dos melhores bairros de Boston. Ernie estava misturando iodo com amônia e quando acrescentou isso ao banho de nitrato de prata a explosão quebrou o vidro da vitrine do estúdio que ficava na Canal Street. Neal não conseguia parar de rir pensando nisso.

Finalmente, com outro sol cor de cobre nos olhos, ele tombou de joelhos, e dessa vez não conseguiu mais se levantar. Sua cabeça doía tanto que ele sentiu como se fosse explodir, como o estúdio de Ernie Shalvoy. Neal caiu no chão e lá ficou, tentando pensar numa oração. Sua pulsação latejava tão alto em seus ouvidos que ele não ouviu sussurros ali perto, e, com os olhos quase cegos pelo sol, ele não viu as formas negras lentamente reunindo-se à sua volta, figuras escuras que seguravam lanças, bastões e bumerangues.

Capítulo 21

Hannah e seus dois acompanhantes haviam finalmente chegado ao lugar mais distante a que ela já fora desde o Hotel Austrália. Era um lugar novo e fascinante.

Antes de pegar a estrada, o trio tinha parado no armazém do Gibney, ao longo do caminho do hotel, e comprara farinha, sal, tiras de carne-seca de canguru, ovos, melado e uísque. Agora era fim de tarde. Adelaide, seus subúrbios e a zona rural tinham ficado para trás. O golfo Spencer estava à esquerda deles, largo e tranquilo com navios sob as velas a caminho das terras pastoris isoladas, onde os homens enriqueciam com os carneiros. À direita, havia montanhas e mata fechada, às vezes alguma terra plana onde um corajoso fazendeiro pioneiro persuadia o trigo a brotar do solo e parreiras se espalhavam em exuberantes configurações verdes. Hannah via mais vida selvagem agora. Em vez da ema ocasional, bandos delas atravessavam a estrada correndo, pescoços e cabeças à frente de seus grandes corpos cinza, e, em vez de um canguru solitário entre os carneiros, famílias incontáveis pulavam em aglomerados cor de laranja. Acima, o céu azul de outono estava pontilhado por lufadas de nuvens brancas, cacatuas pretas com cristas rosadas ou laranja, patos selvagens e bandos de gansos, além de, vez por outra, um cisne preto com as asas abertas.

Hannah pensou: *Neal passou por aqui a caminho do acampamento da expedição*. Dali a um ano, quando ele retornasse, talvez lhe mostrasse uma fotografia dessa paisagem do golfo Spencer e ela diria: "Eu a vi com meus próprios olhos."

Desde a saída do armazém do Gibney, ela e seus companheiros de viagem não tinham trocado uma palavra sequer. Maxberry era um homem taciturno, que mantinha os olhos adiante, enquanto eles estimulavam os cavalos a seguir trotando. Hannah desejava saber sobre a curiosa cicatriz que dividia seu rosto da testa ao queixo, impressionada que ele tivesse sobrevivido ao ferimento. Infelizmente, Maxberry não podia ocultar sua desfiguração com cosméticos e tiaras como Alice fizera com sucesso.

Estava escurecendo e Maxberry fez o cavalo fatigado parar, anunciando que eles acampariam ali para passar a noite. Enquanto ele apanhava lenha e fazia uma fogueira, Nan foi até a beira da água com uma vara comprida e apontada, Hannah massageou os músculos doloridos e ocupou-se misturando farinha com água para fazer pão de panela que seria assado nas brasas quentes. Ela estava preocupada com Jamie O'Brien. Ele havia quebrado a perna e sentia dor. Muita dor significava um ferimento grave. Será que não estaria além de suas habilidades?

Nan voltou para o acampamento, a barra da saia enfiada no cós, a vara exibindo orgulhosamente três peixes grandes e alaranjados.

— Simples — disse Maxberry, pegando os peixes e tirando-lhes as tripas com a faca antes de jogá-los numa frigideira que ele desatara da sela. — Eles se alimentam à noite. Faz com que se tornem alvos fáceis para tipos como Nan. Eu nunca consegui fazer isso, mas minha mulher tem as habilidades do seu povo.

Hannah estava curiosa sobre o povo aborígene e teria apreciado lhe fazer perguntas, mas sentiu que isso poderia ser falta de educação na cultura de Nan. Então se pôs a contemplar as estrelas, ainda as achando exóticas depois de todo esse tempo. Não eram as mesmas constelações de sua pátria. Em vez de localizar a familiar Ursa Maior, ela via o Cruzeiro do Sul, um lembrete celeste da distância que havia percorrido.

Maxberry nada disse enquanto cozinhava os peixes, o rosto marcado iluminado pelo fogo, enquanto Nan testava o pão que assava nas brasas. Enquanto esperava para comer, Hannah pegou a fotografia de Neal na bolsa e discretamente olhou para ela à luz da fogueira e em silêncio lhe disse: *Nós dois estamos jantando sob as estrelas.*

Eles comeram o peixe simples, mas para Hannah foi um banquete, tão faminta que estava. Para sua surpresa, porém, não foram feitas provisões para dormir. Ela teve que se acomodar no chão e se cobrir com sua capa pesada. Quando Maxberry e Nan deitaram-se juntos do outro lado da fogueira, Hannah, que podia ter se chocado em outras circunstâncias, imaginou que aquele era um mundo diferente.

Ela adormeceu pensando em Neal e só acordou na manhã seguinte enrijecida e toda dolorida. Após um desjejum de pão de panela, melado e chá, ela encontrou um local abrigado na beira do golfo Spencer, onde, levantando as saias acima da água, banhou-se o melhor possível. E, ao fazer isso, viu navios majestosos com velas ondulantes deslizando ao longo do vasto e reluzente corpo de água.

Mais um dia de viagem sem paradas. Eles fizeram os cavalos seguirem pelo máximo de tempo possível antes de acampar. Finalmente, Hannah viu o vago contorno de uma cadeia de montanhas à direita.

— Leva o nome de Flinders — disse Maxberry, desmontando e inspecionando o terreno. Era meio-dia e Hannah ficou grata pelo descanso. — Eles deviam estar aqui! — preocupou-se Maxberry. — Foi aqui que os deixei.

Hannah viu o buraco da fogueira no chão de relva, evidência de que houvera um acampamento ali.

— Ele não ficou nos esperando — continuou Maxberry. — Estão indo para o norte. Mais devagar que nós, suponho, então vamos alcançá-los.

Hannah teve vontade de perguntar como que um homem tão gravemente ferido se arriscaria a viajar. O que haveria de tão importante adiante que ele precisava continuar, apesar de um ferimento perigoso? Mas não disse nada, sabendo que em breve teria tais respostas.

No dia seguinte, quase 50 quilômetros adiante, eles encontraram outro acampamento abandonado, porém mais recente. Então, Maxberry disse:

— É provável que amanhã ou depois nós os alcancemos.

Foi assim que no dia seguinte, quando eles chegaram ao ponto mais ao norte do golfo Spencer e apenas alguns quilômetros à frente, numa região em que não havia fazendas nem estâncias de carneiros, eles finalmente encontraram os outros.

O terreno modificara-se drasticamente. Ali, Hannah percebeu, era o Outback. As terras de plantio, as ricas pastagens e os parreirais verdejantes tinham ficado para trás, enquanto, à frente deles, estendia-se o início de um deserto de vegetação rasteira, escarpado em alguns pontos, com arvoredos de eucaliptos aqui e ali e ocasionais moitas de acácias.

Ao se aproximarem do acampamento com alguns homens, carroças e barracas entre árvores de tronco riscado à margem arenosa de um regato onde escorria um fio d'água, Hannah cavalgou até uma carroça situada numa sombra, cercada por um grupo de homens. Ela nem prestou atenção neles, uma vez que só tinha O'Brien em mente. Encontrou-o entre sacas de farinha e batatas e reclinado num barril de água. Jamie O'Brien sorria para ela por baixo da aba larga de seu chapéu.

— Fico feliz que tenha vindo — disse ele. — Eu estava com medo de que não viesse.

Hannah desmontou e caminhou até a carroça com andar rijo, pensando que nunca se acostumaria a montar a cavalo do modo como os homens montavam. A primeira coisa que ela notou foi a cor de O'Brien. O rosto dele lembrou-a de cinzas. Ela notou também que ele suava e que não era bem um sorriso que ele exibia no rosto, mas uma careta de dor. A perna direita de Jamie tinha sido encanada entre dois galhos tortos. E fora feito um mau serviço.

Indo até o cavalo para pegar a bolsa de veludo, Hannah voltou em seguida para a carroça e disse:

— Não devia ter continuado a viagem, Sr. O'Brien. Não pode haver nada tão importante aqui.

Como ele ficou calado e tentou mudar de posição, estremecendo, ela disse mais gentilmente:

— Conte o que aconteceu. — Ela pegou o estetoscópio, e os olhos dos espectadores se arregalaram. Quem nunca tinha ido a um médico não fazia ideia do que estava vendo.

— Estávamos enchendo barris de água — disse Maxberry, que estava na frente de Hannah, do outro lado da carroça. — Um deles escorregou e caiu na perna dele. Nós fizemos uma tala, mas depois ele insistiu em montar a cavalo e quebrou a perna de novo.

— Em primeiro lugar — Hannah olhou em volta para os homens barbudos de cara suja, que não pareciam saber o que fazer —, precisamos remover essas talas. São inúteis. — A pessoa que tinha feito aquilo não imobilizara o tornozelo e o joelho, de modo que O'Brien conseguia movimentar a perna livremente. — Vamos precisar de duas tábuas retas. Tirem desta carroça, se for necessário. E poderiam, por favor, retirar essa tala?

Dois homens subiram e desamarraram os trapos que atavam as talas inúteis na perna de Jamie.

— Tirem a bota dele, por favor — pediu Hannah.

Maxberry olhou para ela, ameaçadoramente.

— Para quê?

— Faça isso — ordenou Jamie. Ele sufocou a dor quando Maxberry puxou a bota de seu pé e disse numa voz tensa: — Desculpe pelas meias.

Os homens riram sem entusiasmo e observaram a dama, sem vacilar, tirar a meia imunda do pé de Jamie e depois fazer uma coisa muito estranha. Ela retirou as luvas e pôs a ponta dos dedos na parte curva do pé, a meio caminho entre os dedos e o tornozelo. Um instante depois, Hannah meneou a cabeça em sinal de satisfação, e disse:

— Está pulsando. Isso é bom sinal. — Ela sabia que a norma no caso de fraturas de perna era verificar a pulsação na virilha também para se certificar de que a circulação estava desimpedida, mas aquilo estava fora de questão.

— Vou manipular a extremidade distal e preciso que alguém segure o joelho dele.

Maxberry foi voluntário.

— Por favor, aprontem as tábuas — pediu ela aos outros homens — e vários trapos para amarrá-las. — A Jamie, ela disse: — Sr. O'Brien, vou imobilizar seu tornozelo e seu joelho com as tábuas, o que significa que precisa deixar a perna reta. Agora, isso pode doer um pouco, mas, depois que as extremidades do osso se encontrarem, a dor deve diminuir.

Hannah posicionou-se no fundo da carroça e, ao puxar a barra da calça de O'Brien para cima, ela pôde ver os tornozelos e ficou atordoada com as faixas de tecido cicatrizado em volta. Deu-se conta de que deviam ter sido causadas por algemas de ferro e era óbvio que os tornozelos dele tinham ficado em carne viva muitas vezes, reabrindo os ferimentos antes que pudessem se curar completamente.

Então, ela percebeu algo mais alarmante, algo na perna da calça, na altura da canela. Um ponto vermelho vivo do tamanho de uma moeda.

Sangue.

— Espere um momento — disse ela com a maior calma possível para Maxberry, que havia subido na carroça e se ajoelhado ao lado de Jamie, pronto para ajudar com a encanação do osso.

Hannah pegou uma tesoura afiada em sua bolsa e começou a cortar a perna da calça até o joelho.

O ar estava parado e silencioso, com todos observando. As moscas zuniam em volta, mas nenhuma brisa agitava as folhas secas das árvores.

Quando a perna ficou exposta, Maxberry gritou.

— Nossa!

Hannah murmurou:

— Deus misericordioso!

E Jamie perguntou:

— O que foi? Vocês encontraram ouro aí embaixo?

— Oh, Deus! — disse Maxberry —, é uma bela fratura, meu amigo. Está passando direto pela pele. O osso está aparecendo. Quando foi que isso aconteceu?

— Hoje de manhã — respondeu Jamie. — Desci da carroça e senti que alguma coisa estava errada.

— Você quebrou a perna pela *terceira vez*? — gritou Maxberry, e Hannah ficou chocada ao ver lágrimas nos olhos do homem.

Ela sabia por quê. Fraturas expostas sempre eram fatais. Qualquer médico diria ao Sr. O'Brien que o único tratamento a essa altura seria a amputação.

— A senhorita sabe fazer isso? — perguntou Maxberry.

— Não tenho os instrumentos nem a habilidade, Sr. Maxberry. É preciso levar seu amigo de volta para Adelaide.

— Nada de voltar — disse Jamie. — Além disso, o que é perder uma perna? Ainda tenho outra. Pode fazer isso, Srta. Conroy? — Os olhos azuis olharam para ela com franca honestidade.

Hannah assistira seu pai numa amputação quando um agricultor de Bayfield fraturara a tíbia e agora ela tentava se lembrar exatamente do que ele tinha feito. "As fraturas expostas, quando o osso sai pela pele, sempre resultam em gangrena e uma infecção tão grave que invade o corpo inteiro e mata o paciente", explicara John Conroy. "A única prevenção é amputar na altura do joelho e cauterizar o ferimento com um tição para que a infecção não se espalhe."

Com aquela voz soando baixinho em seu ouvido e os homens de O'Brien exibindo expressões tristes e desoladas, um bando de corvos súbita e ruidosamente invadiu um eucalipto, e a concentração de Hannah deslocou-se da amputação, fixando-se nas palavras de seu pai, escutando-as agora à luz de uma nova compreensão.

Na época, não lhe ocorrera perguntar por que a infecção podia ser prevenida no ferimento da amputação e não no da fratura exposta. Mas agora que a questão se apresentava, ela se perguntou, qual era a diferença?

Hannah tinha ficado tão quieta que Maxberry encarou-a, irritado, e perguntou:

— Não vai desmaiar agora, vai?

Ela o fitou, um homem feio, com certeza, mas viu dor e medo em seus olhos, ali ajoelhado ao lado do amigo.

Hannah voltou a olhar para Jamie O'Brien, que a observava com um sorriso de quem não estava se importando.

— Não se preocupe, Srta. Conroy — gracejou ele —, isso não vai mudar um tiquinho meus planos. Suponho que um homem com uma perna possa ser tão rico quanto um homem com duas. Além disso, eu estava me cansando de pôr a bota nesse pé.

Hannah analisou o ferimento ensanguentado com a ponta do osso cintilando ao sol. As moscas zuniam em volta. Enxotando-as e sentindo o peso do céu sobre si, o peso da emoção daqueles homens, analisando a terrível situação e tentando pensar no que seu pai faria, ou o Dr. Applewhite ou, ainda, o Dr. Davenport — amputação, com certeza —, ela pensou no composto de iodo em sua bolsa.

Tirando o vidrinho com o líquido arroxeado, ela sentiu o coração acelerar. A fórmula só fora testada na pele normal, nunca num ferimento aberto (a bolha de Jacko Jackson nem contava). Era uma solução para *lavar as mãos*. Seu pai nunca havia falado em aplicá-la diretamente na carne ou num osso exposto! Será que a tintura não poderia também envenenar o sangue de Jamie O'Brien e matá-lo, assim como a infecção o faria?

Ela fechou os dedos em torno do vidro. Que direito ela tinha de fazer experiência naquele homem?

— Sr. Maxberry — disse ela. — Poderia mudar de lugar comigo?

Maxberry desceu e ajudou-a a subir na carroça, onde ela ajoelhou-se ao lado de Jamie O'Brien. Quando começou a tirar a rolha do vidro, Maxberry perguntou:

— O que está fazendo?

— É um remédio — respondeu ela, supondo que ele não entenderia de micróbios e antissepsia.

— A senhorita não vai fazer Jamie beber isso.

— Não é para beber, é para o ferimento.

— Deixe-a, Mikey — disse Jamie, sufocado. — Confio nela. — Hannah notou que ele estava com dificuldade de respirar.

Ela empapou seu lenço com a tintura e cuidadosamente aplicou no ferimento ensanguentado com leves pancadinhas, lavando-o o melhor que podia. Instruindo Maxberry a segurar o tornozelo numa tração leve, ela manipulou com delicadeza as extremidades do osso fraturado até ficarem realinhadas por baixo da pele. Sob o olhar de Michael Maxberry e os olhos arregalados dos espectadores, Hannah deu pontos no ferimento com uma sutura de seda e uma agulha curva. O fechamento ficou asseado e direito, mas o curativo comprovou-se um problema. A teoria médica afirmava que os ferimentos eram sujos e, portanto, não importava com que se fazia o curativo. Usar quaisquer coisas que não fossem trapos sujos era desperdício de pano limpo. Porém, mantendo-se alinhada com a teoria de seu pai, Hannah decidiu contrariar a crença popular e cortou tiras de sua própria anágua, fazendo o curativo com elas, deixando o lenço empapado com iodo embaixo. Os homens amarraram as tábuas na perna de Jamie, dessa vez imobilizando o tornozelo e o joelho. Hannah verificou o pulso no pé dele, que, apesar de rápido e irregular, lá estava.

Ela olhou para O'Brien. Ele havia desmaiado.

— Agora vou levá-la de volta para o Hotel Austrália — disse Maxberry.

Hannah olhou para o sul, onde campos verdejantes e a civilização lhe acenavam. Passou os olhos pela natureza agreste que era um deserto com algumas árvores e vegetação rasteira, escarpada e cheia de moscas. Ela viu uma cadeia baixa de montanhas a oeste que, relembrando o mapa da expedição de Neal, sabia que se chamava cordilheira Baxter e ficava ao norte de um lugar que Edward Eyre batizara de Iron Knob. Hannah pensou em Neal, que havia muito partira com a expedição de Sir Reginald, fazendo descobertas incríveis e fotografando-as. Finalmente, olhando para a perna ferida, que ela acabara de submeter a um tratamento altamente experimental e reconhecendo que tinha uma responsabilidade para com aquele homem e com o resultado de seu teste, ela disse:

— Vou ficar. Quero ter certeza de que o Sr. O'Brien vai ficar bem.

— Como quiser — concordou Maxberry, e depois se dirigiu aos outros.

— Muito bem, pessoal. Vamos ficar aqui esta noite e continuamos a jornada de manhã.

Enquanto se dirigiam de volta ao acampamento, Hannah disse a Maxberry:

— Vocês não podem movimentar o Sr. O'Brien. Ele precisa ficar imóvel por pelo menos duas semanas.

— Sinto muito, madame, mas temos que prosseguir. O próprio Jamie seria o primeiro a dizer isso. Temos um longo caminho pela frente.

Pela primeira vez, Hannah notou as outras carroças, lotadas de mantimentos, os cavalos e as armas de fogo. Ela calculou que havia 12 ou 13 homens, além de Nan.

— Para aonde estão indo?

Maxberry gesticulou em direção a Noroeste.

— Mas — disse Hannah, descrente —, não há nada lá.

Ele riu e foi andando até a fogueira onde uma panela fervia sobre as chamas.

Hannah virou o rosto para o vento na direção que Maxberry apontara. Noroeste. Não era a rota que Neal estava fazendo, que ia para oeste com Sir Reginald. Eles, pelo menos, seguiam uma rota paralela à linha costeira, caso precisassem recorrer a um navio numa emergência. Mike Maxberry havia apontado para uma vastidão desconhecida que nem mesmo um explorador experiente como Sir Reginald Oliphant ousaria tentar.

O que poderia haver lá que valeria arriscar a vida do Sr. O'Brien e de *todos* eles?

Capítulo 22

Neal acordou numa noite de terror.
    Ele saiu do vácuo negro trazido pela cantilena de vozes, e, conforme readquiria a consciência, as vozes ficavam cada vez mais altas, e então seus outros sentidos despertaram. Havia um aroma acre no ar, familiar e indefinível ao mesmo tempo. Ele sentia calor, muito calor. Mas era um calor úmido, como se estivesse envolvido em vapor. Sua boca tinha um gosto ruim, sua cabeça latejava. E o cântico — ficou mais alto até que ele finalmente conseguiu abrir os olhos e ver de onde vinha.
    Neal olhou, apavorado.
    Demônios negros, os corpos nus pintados com listras brancas, dançavam alucinadamente em volta de uma fogueira. Outros se sentavam num círculo, batendo bastões num ritmo frenético.
    Chocado, Neal percebeu que ele também estava nu. E amarrado. Suas costas ferroavam. Ele estava deitado sobre algo estranho, feito de varas, e estava quente e úmido.
    E então ele percebeu que estava deitado sobre um buraco.
    Meu Deus, eles vão me comer!
    Neal debateu-se para se livrar de suas amarras, mas estava fraco demais. A única coisa que podia fazer era continuar deitado, impotente, como uma besta em sacrifício, e observar os captores em sua dança selvagem enquanto cozinhavam Neal Scott lentamente...
    A escuridão o engoliu quando ele piedosamente afundou no vácuo. Sentiu, então, dor nos olhos. Aguda, como pontadas de faca. E sua boca estava tão seca! A cantilena parou. Seria este o momento em que eles começariam a retalhá-lo? Não iriam esperar até que ele morresse?
    Esperem! Ainda estou vivo!
    Neal abriu os olhos para a luz do sol que os apunhalava. Ficou com eles semiabertos até ajustar a visão ao dia claro, e a dor aguda foi embora. Ele piscou para um rosto que o olhava.

— Como está, senhor?

Neal franziu as sobrancelhas, confuso. Não estava mais amarrado sobre o buraco de assar, mas deitado no chão sob um abrigo de galhos. Embaixo do corpo nu, sentiu uma pele macia. Ele olhou para o rosto que o fitava. Ela estava sorrindo.

— Jallara — disse ela, batendo no peito. — Eu, Jallara. Como está, senhor?

Neal só conseguia olhar. Jallara era a moça mais exótica que ele já vira. Apesar de ser claramente aborígene, suas feições incomuns demonstravam que tinha uma origem miscigenada. Nos Estados Unidos, Neal havia encontrado pessoas que eram meio africanas e brancas e meio índias e brancas, mas aquela moça não se parecia nem um pouco com aquelas. Ela estava de pé sobre ele e parecia alta, com membros compridos. Seu rosto era redondo e havia covinhas nas faces, sobrancelhas pretas e espessas sobre grandes olhos pretos, um nariz achatado e uma boca sensual. Ela não era exatamente bonita, mas intrigante. Sua pele era marrom-escuro, o cabelo, sedoso, comprido e preto. Neal percebeu que ela usava um traje estranho — uma saia feita de capim que ia até os joelhos e uma cobertura solta acima da cintura que ele não conseguia identificar. Seria uma túnica tecida de algum tipo? Um corpete solto, talvez, feito com as fibras de uma planta branca? Neal tentava focar a visão quando percebeu que não uma vestimenta, mas uma pintura corporal, feita de linhas, pontos e espirais tão densos que pareciam ser uma peça de roupa.

A moça estava com os seios nus, e isso o chocou de tal modo que um som de surpresa escapou de sua garganta.

— Doente? — disse Jallara, preocupada, pondo-se de joelhos. — Dor?

Ela cheirava a gordura animal e sua súbita proximidade reteve o ar nos pulmões de Neal. Jallara não podia ter mais que 17 anos. Sua pele parecia ser macia e maleável, seus olhos faiscavam com luzes escuras e, quando sorria, covinhas gêmeas emolduravam seus lábios com perfeição...

Neal virou a cabeça, assustado com seus pensamentos e reação física à presença dela.

Ficou ainda mais chocado quando ela deslizou um braço sob seu pescoço e levou um saco de pele de gambá à sua boca. Ao sentir algumas gotas de água, Neal bebeu de imediato. A princípio, ele estava ciente apenas da água abençoada, fria e doce, enchendo sua boca e correndo suavemente por sua garganta seca. Depois, deu-se conta de dois seios nus, firmes e marrons, próximos ao seu rosto.

Matando a sede, ele disse:

— Obrigado. — E então: — Você fala inglês.

O sorriso de Jallara alargou-se, revelando dentes brancos e fortes.

— Como vai, senhor?

Neal retribuiu o sorriso.

— Um inglês *limitado*, entendo.

Conforme sua cabeça ia clareando, ele detectou um aroma delicioso de carne em cozimento; mexeu os membros e descobriu que conseguia apoiar-se sobre um cotovelo; meneou a cabeça para desanuviá-la, percebendo que estava sob um abrigo que fazia parte de um acampamento. Viu homens, mulheres e crianças. Olhou ao redor do acampamento de trinta ou mais aborígenes — um povoado improvisado de telhados inclinados, abrigos e fogueiras ao lado de um poço d'água. O clã variava em idade, indo de bebês de colo até velhos de barbas grisalhas, com os homens ocupados na manufatura e reparo de armas, enquanto as mulheres amamentavam bebês, faziam cestas e redes com cordões e fibras, e as crianças brincavam com filhotes de dingo. Neal viu os eucaliptos copados que ficavam à beira da água — soube que eram eucaliptos fantasmas por causa dos troncos brancos que soltavam a casca —, com *galahs* e cacatuas nos galhos e no chão, flores silvestres e trechos de relva. Um verdadeiro Jardim do Éden no meio do deserto árido.

— Onde estou? — perguntou ele.

Jallara franziu as sobrancelhas, como que se esforçando para relembrar palavras esquecidas havia um longo tempo. Assimilando as feições que indicavam uma possível origem branca, Neal cogitou se ela havia passado algum tempo numa escola missionária cristã ou talvez morado numa estância de gado. Por fim, ela disse:

— O senhor aqui, Thulan.

— Thulan? É o nome deste lugar? — Neal olhou para as pedras grandes e arredondadas que surgiam da areia vermelha, para os poucos eucaliptos heroicos que cercavam o poço, e, além, o vasto deserto que se estendia até onde os olhos alcançavam.

Ela balançou a cabeça e deu um tapinha no peito dele.

— O senhor Thulan.

Ele franziu as sobrancelhas.

— Por que me chama de Thulan?

— Thulan levou nós até o senhor.

— O que isso significa?

Ela pensou arduamente, procurando as palavras. Depois disse:

— Nós caçar. Nós seguir Thulan. Ele acha o senhor... dormindo... olhos fechados.

— Sim, eu estava inconsciente.

— Thulan seu espírito-guia. O senhor talvez perdido. O senhor Thulan Sonhando? Ele protege o senhor.

— Neal Scott é o meu nome — disse ele, batendo no peito. — Eu sou Neal Scott.

Jallara debateu-se com as palavras, mas tudo indicava que sua língua não possuía a letra "S", e, quando saiu Neel-ah-kaht e pareceu ser um grande esforço para ela, Neal disse:

— Não importa, será Thulan. — Ele imaginou o que um *thulan* seria, secretamente esperando que não fosse algo constrangedor nem cômico.

— Nós pensar o senhor morto — disse ela. — Espírito do eucalipto salva o senhor.

— O eucalipto? — E então ele se lembrou do buraco e do cheiro acre que sentira. Agora percebia que era o cheiro das folhas de eucalipto. Os aborígenes não o estavam cozinhando, mas tratando com o mesmo tipo de vapor curativo que Josiah Scott tratava seus resfriados infantis, usando cânfora e poejo.

Ele coçou o queixo e sentiu a barba por fazer. Depois, lembrando-se do resto de si mesmo, olhou rapidamente para baixo e ficou aliviado ao ver uma pele cinza de canguru cobrindo seus quadris. Talvez os aborígenes tivessem feito aquilo por conhecerem o pudor físico do homem branco — pois os homens daquele acampamento, pelo que Neal podia ver, não cobriam suas partes íntimas — ou talvez a pele de canguru fosse parte de outro estágio da cura.

— Onde estão minhas roupas? — perguntou ele, e, quando Jallara pareceu não entender, ele fez mímica até que ela assentisse em compreensão. Apontando para uma fogueira, ela apertou o nariz e fez uma cara de desagrado.

As sobrancelhas de Neal arquearam-se.

— Vocês as queimaram por que estavam *fedendo*?

Ela anuiu com um gesto de cabeça e sorriu.

Olhando para os pés, ele viu com alívio que ainda usava sapatos. Neal sabia que seus sensíveis pés de homem branco não eram páreo para aquele terreno agreste.

Ele tornou a se deitar.

— Obrigado por salvar minha vida, Jallara... Não sei o que aconteceu comigo... — Ele esfregou os olhos. O que lhe acontecera? Sua memória estava enevoada. Houvera uma tempestade de areia e depois ele vagara por dias. Uma sede e fome terríveis. *Mas o que eu estava fazendo no meio do nada?*

De olhos fechados, ele testou a memória.

— Meu nome é Neal Scott — murmurou ele. — Filho adotivo do advogado Josiah Scott, de Boston. Minha mãe... ou alguém da família dela, o mais provável que fosse um patriarca zangado, deixou-me nos degraus de Josiah Scott. Tenho um diploma em geologia. Sou cientista e fotógrafo. Estou loucamente apaixonado por uma parteira chamada Hannah Conroy. Vim para a Austrália fazer descobertas e solucionar mistérios. Fazia parte de uma expedição...

Então, sua memória ficou nublada. Ele se lembrou dos rostos de homens em volta de uma fogueira, um em particular, um velho homem, de rosto corado e cabelos brancos, usando um chapéu branco de explorador...

Sir Reginald Oliphant, explorador famoso!

Neal suspirou, aliviado. Não perdera a memória. Apenas os detalhes estavam um pouco esquecidos. Ele sabia que a desidratação afetava a mente. Desconfiava de que tudo retornaria com o tempo.

Depois, ele pensou em Hannah, na despedida no Hotel Austrália. A sensação de seus lábios nos dele, do corpo macio em seus braços...

A exaustão dominou-o e ele caiu num sono profundo. Ao acordar de novo já era fim de tarde. Jallara não estava lá, mas três homens de aparência feroz olhavam para ele por baixo de grossas sobrancelhas. Eram negros, com membros firmes e torsos musculosos, apesar de serem homens velhos, com cabelos e longas barbas brancos. Seus corpos estavam pintados com listras brancas, eles seguravam lanças e davam a impressão de terem acabado de se materializar de eras passadas. Suas formas físicas impressionaram Neal.

Antes que ele conseguisse falar, Jallara estava lá, ajoelhando-se ao seu lado com o saco de água feito de couro de gambá e bolos de farinha de sementes em forma de bolas redondas e escuras.

Os três homens acocoraram-se enquanto Neal comia e, apesar da aparência feroz, eram simpáticos e sorriam enquanto o interrogavam, tendo Jallara como intérprete. Neal também tinha perguntas a fazer. Há quanto tempo estava com eles e para onde o tinham trazido? A resposta, pelo que ele conseguia entender, era que estava ali havia dias e eles estavam bem distantes do lugar onde o tinham encontrado.

Os bolos de sementes eram surpreendentemente deliciosos, mas ele ainda não conseguia comer muito, visto que seu estômago ficara muito tempo sem alimento. Neal estava impressionado com a fraqueza que sentia. Agradecendo a Jallara pela refeição, ele voltou a se deitar e olhou para ela.

— Onde aprendeu a falar inglês?

Ela sorriu.

— Sim. Inglês.

— Onde? Na missão?

Ela pareceu não entender. Ele pensou um pouco e então disse "Jesus", pois esta era a primeira palavra que os missionários costumavam ensinar aos nativos. Mas ela também não pareceu entender isso. Então, onde é que ela tinha aprendido inglês e conseguira seu sangue não aborígene?

O mais velho dos três homens, que continuava sentado ao lado de Neal — um homem negro de cabelos e barbas brancos como a neve, usando colares de dentes de animal e uma lasca de madeira perfurando o septo nasal — disse algo a Jallara e ela apontou para o peito de Neal.

— Thumimburee pergunta, que é isso?

Surpreso, ele olhou para baixo. Ainda estava ali! O coletor de lágrimas de vidro cor de esmeralda que ele colocara num saquinho de couro e ocultara sob a camisa, caso atraísse o interesse de algum expedicionário. Os aborígenes não o tinham retirado. E então Neal se deu conta de que eles deviam ter pensado que era uma magia pessoal, visto que também usavam colares que exibiam amuletos com poderes espirituais e místicos, ele supôs.

Neal conseguiu explicar que era um receptáculo que continha as lágrimas de sua mãe, e o homem chamado Thumimburee, por intermédio de Jallara, disse de modo solene:

— Magia muito poderosa, Thulan.

Naquela noite, o clã fez uma cerimônia típica dos aborígenes para comemorar a recuperação do homem branco que eles haviam encontrado quase morto. Os homens e os rapazes adornaram-se com penas e ossos, conchas e dentes de animais, os corpos flexíveis decorados com tinta branca, e eles dançaram em volta de uma grande fogueira, enquanto as mulheres e crianças batiam bastões marcando o ritmo.

Eles assaram um canguru e ofereceram mel no favo com frutas silvestres, tudo compartilhado, como Neal observava de seu abrigo de galhos, num complexo sistema de prioridades e tabus. Ninguém se apropriava da comida nem brigava por ela; as porções eram distribuídas segundo um protocolo restrito, do qual Neal ouvira falar durante o tempo que havia passado na embarcação de pesquisa fora de Perth: o homem que matava o canguru servia primeiro aos seus pais e aos de sua mulher, aos seus irmãos e aos homens que tinham caçado com ele. Estes, por sua vez, dividiam com suas famílias ou com homens com quem tinham alguma dívida, às vezes sem que nada sobrasse para si mesmos. Neal sabia que um garoto que havia pegado uma *goanna*, uma espécie de lagarto, não podia comê-lo, mas devia entregá-lo aos pais, e uma garota só podia receber alimento de um homem que tivesse um parentesco próximo.

Jallara levou comida para Neal, timidamente oferecendo fatias suculentas de carne, pedaços de favos de mel e larvas gordas de mariposa assadas na brasa. Ele estava faminto e comeu com tanto gosto que as pessoas ficaram olhando, até ele perceber que estava sendo grosseiro e controlou-se. O único líquido que o clã bebia era água, porém, depois dos dias de sede que passara, para Neal era como o melhor dos vinhos.

Toda vez que ele olhava para o lado onde Jallara estava, via que ela o observava através da fumaça e das centelhas, com seus olhos grandes e fundos fixos nele, e isso o fazia sentir uma comoção estranha e chocante. Ele estava muito curioso a respeito de Jallara, sentindo-se atraído por ela de um modo inexplicável. Talvez fosse simplesmente por ela falar inglês, fazendo-o se sentir à vontade e menos como um estranho entre aquele povo estranho. Ou talvez fosse algo mais profundo, que ele ainda não estava mentalmente preparado para sondar.

Seu sono foi inquieto naquela noite, fazendo-o acordar de pesadelos em que estava perdido na natureza selvagem. Suado, ele olhava para as estrelas que espiavam entre palhas e gravetos, querendo saber onde estava, para que lugar o povo de Jallara o trouxera enquanto estava inconsciente. O que acontecera a Sir Reginald e aos outros membros da expedição? Estariam mortos? Neal pensou no jovem Fintan Rorke, que entalhava flores na madeira e rezou para que todos tivessem sobrevivido. Se tivessem, com certeza Sir Reginald e seus homens estariam procurando por ele. Ou já teriam desistido das buscas e retornado à jornada rumo ao oeste?

Ou estariam perdidos e vagando naquela terra agreste esquecida por Deus, como ele estivera, mas sem ter a sorte de serem encontrados pelos aborígenes?

Na manhã seguinte, o clã acordou movimentado, com os homens saindo para caçar enquanto as mulheres vasculhavam a terra próxima ao poço. À tarde, todos voltaram, os homens com uma caça, as mulheres com larvas, raízes e um ou outro lagarto. Dormiram durante a parte mais quente do dia e depois recomeçaram suas tarefas infindáveis de desbastar lanças, entalhar bumerangues, fazer cestos, todo o tempo rindo, cantando e conversando.

Com a ajuda de dois garotos, Neal conseguiu se levantar e ir para um lugar atrás das pedras a fim de atender ao chamado da natureza. Agora ele tinha uma visão melhor do terreno que cercava aquele oásis, e tudo que via era areia vermelha, baixas colinas com sua vegetação alaranjada — moitas altas de relva que lembravam porcos-espinhos gigantes.

Ele também observou melhor seus exóticos anfitriões. Apesar de ter visto aborígenes durante sua curta estadia na Austrália, nunca estivera tão próximo deles. Ouvira se referirem a eles como "negros", "selvagens", "nativos", mas a mente cientista de Neal olhava-os de modo diferente. Ocorria-lhe que os aborígenes australianos não se pareciam com nenhum outro povo da Terra. Eram diferentes dos negros africanos e, com certeza, não lembravam os polinésios, seus vizinhos geográficos mais próximos. O mais próximo que Neal tinha visto de alguém com as mesmas feições fora um guru da Índia, um místico de turbante que conhecera numa sala em Boston, um homem cuja testa protuberante, nariz largo, olhos fundos, cabelos esvoaçantes e barba prodigiosa, que eram semelhantes ao que ele via ali no acampamento.

Uma memória esquecida subitamente lhe voltou: o menino Neal de 8 anos, explorando o globo terrestre no gabinete de Josiah Scott, olhando para os continentes e pensando em como lembravam peças de quebra-cabeça. A costa leste da América do Sul parecia poder se encaixar na costa oeste da África, e a costa sul da Austrália se encaixava direitinho na Antártica. Quando, mais tarde, ele foi para a universidade estudar geologia, ouviu uma nova teoria intrigante sobre a movimentação continental. Segundo a teoria, milhões de anos atrás, apenas duas grandes massas cobriam a Terra antes de se partirem e se separarem, formando os continentes hoje existentes.

Seria essa a razão para que o clã de Jallara, com o cabelo ondulado ao invés de muito crespo ou "eriçado", o fizesse pensar no guru indiano que havia conhecido? Seria possível que muito tempo atrás uma migração do subcontinente da Índia tendo levado os ancestrais de Jallara para a Austrália de algum modo?

Observando o clã em suas atividades noturnas, outras questões fervilhavam na mente de Neal. Ele pensou em Hannah. Será que ela soubera da tempestade de areia? Será que pensava que ele estivesse morto? E o que tinha acontecido depois da chegada da tempestade? Procurando em sua memória enevoada, tentando encontrar respostas, ele começou a perceber que alguma coisa o incomodava, mas sem conseguir determinar exatamente o que era.

Uma coisa vital. Mas o quê?

Enquanto lutava com a memória que não queria cooperar, Neal observava os homens enfeitando-se uns aos outros em volta da fogueira, usando pedras afiadas para aparar os cabelos. Enquanto as mulheres e meninas deixavam o cabelo crescer até abaixo dos ombros, os homens mantinham o cabelo cortado numa nuvem em volta da cabeça. Eles também passavam horas se pintando, dando muita atenção aos pontos e linhas que aplicavam com pigmento branco em seus corpos.

Outra noite de sono intermitente, pois a importância da memória evasiva aumentava na cabeça de Neal. Agora ele tinha certeza de que havia algo muito importante de que devia se lembrar. Mas o quê? Deitado, porém acordado à noite, enquanto seus salvadores dormiam e roncavam, Neal continuava voltando aos dias anteriores à tempestade, para ver aquilo de que devia se lembrar. Havia prometido fazer algo? Teria uma tarefa específica a realizar? Estaria levando uma mensagem para alguém? Se ao menos conseguisse se lembrar!

Ele finalmente pegou no sono, só para acordar de repente e sentir algo macio e quente ao seu lado. Com um sobressalto, ele se sentou e viu Jallara deitada, dormindo profundamente sob o cobertor de pele. Neal ficou tão chocado que não conseguiria falar. Ela estava deitada de lado, de costas para ele, os olhos fechados, o ombro subindo e descendo numa respiração suave. Neal esquadrinhou o acampamento. Todos dormiam, inclusive os dingos. Mas o que aconteceria ao amanhecer? Quando a luz do dia o iluminasse e a Jallara, será que Thumimburee daria vazão à sua fúria? Pois certamente algum tipo de tabu tinha sido quebrado.

Ele a olhou mais de perto. Jallara dormia com as mãos unidas sob a face. Com o luar, ele viu que a pintura do rosto e do dorso não estava borrada. Levantando o cobertor, viu com alívio que a saia de palha estava no lugar. De fato, nada nela parecia fora do lugar, nada impróprio tinha acontecido enquanto ele dormia, e lhe ocorreu que ela havia meramente se enfiado ali para mantê-lo aquecido porque a noite estava muito fria ou talvez o tivesse ouvido gritar com pesadelos e fora lhe levar consolo.

Estranhamente, foi esse efeito que ela causou nele porque, ao deitar novamente, Neal se sentiu reconfortado pelo calor de sua presença. Levou algum tempo para que ele se livrasse dos inquietantes efeitos posteriores de um pesadelo, mas, por fim, acabou mergulhando num sono sem sonhos.

Quando acordou, Jallara estava lhe oferecendo água e o pão de sementes. Olhando para seus olhos negros, ele lembrou-se da sensação de tê-la perto durante a noite e sentiu um súbito desejo de retribuir aquele povo por ter salvado sua vida. Mesmo que ainda não se lembrasse dos detalhes da tempestade de areia e de suas consequências, ele sabia que se não fosse por Jallara e sua família estaria morto.

A solução veio quando ele cambaleava pelo acampamento com as pernas fracas e parou num ponto para se apoiar num abrigo de capim. E a coisa toda desabou. Um Neal constrangido desculpou-se profusamente com dois homens, enquanto estes o ajudavam a se levantar, mas eles apenas riram. A cabana foi reconstruída em minutos e Neal percebeu que descobrira um meio de pagar Jallara e seu povo por salvar sua vida.

O clã primitivo que não usava roupas, não tinha posses, não tinha conceito de dinheiro e riqueza, não lia nem escrevia, caçava com varas e morava em abrigos que desmoronavam facilmente, era como Adão e Eva antes da tentação no Jardim. Neal olhou para os abrigos frágeis e perguntou-se por que eles não construíam coisas mais robustas. Então pensou: *eles não sabem*. Como não tinham martelos e pregos, formões e serras, não era de admirar. E por que nunca tinham inventado o arco e a flecha? Neal decidiu que lhes mostraria isso. Melhoraria enormemente a caça, e, com essa melhora, o estilo de vida deles também seria melhor. Ele lhes explicaria como construir abrigos mais fortes e também como plantar sementes, de modo que pudessem controlar a própria plantação durante todo o ano em vez de depender da colheita.

Satisfeito consigo mesmo, ele começou a procurar por materiais com que pudesse fazer arco e flecha. E, quando recuperasse as forças, ele pediria a Jallara a ajuda de seu povo para encontrar o que sobrara de Sir Reginald e da expedição.

Mas quanto tempo isso levaria? Ele estava ávido para começar o trabalho de busca pelos sobreviventes. Já conseguia andar sozinho; entretanto, era com passos lentos e imprecisos, além de precisar cuidar para não se exaurir. Sua única roupa era a pele de canguru em volta da cintura — e os sapatos, pela graça de Deus — e, assim, era preciso tomar cuidado com sua pele clara sob o sol. Portanto, ele sabia que faltava muito para que pudesse fazer uma longa caminhada e atravessar o deserto. Tendo em mente que precisava se fortalecer, Neal comia cada bocado de comida que lhe era oferecido e descobriu que, depois de algum tempo, estava desenvolvendo gosto por ela.

Jallara e as outras mulheres passavam o dia cavando grossas raízes tuberosas que cresciam em volta do poço, o qual eles chamavam de *billabong*. Pilados até virarem um purê, os tubérculos transformavam-se num alimento amidoado que lembrava o sabor de batatas amargas. A erva-sal, um arbusto verde que crescia como moita ou virava uma árvore, assim chamada porque podia crescer em condições de salinidade, produzia frutinhas vermelhas minúsculas e achatadas que eram sacudidas da moita e consumidas. Um capim de folhas espetadas produzia sementes que eram colhidas e moídas para fazer pão de panela. As mulheres do clã faziam pão com grãos coletados, raízes e legumes. E o sabor das larvas de mariposa, depois que Neal superara a ideia do que eram, assemelhava-se ao de amêndoas.

Os homens do clã saíam todas as manhãs para caçar e retornavam à tarde com pássaros e pequenos animais derrubados com bumerangues e lanças. Ao notar que eles não tiravam a pele antes de cozinhar o animal, o que o homem branco teria feito, mas simplesmente assavam o bicho com sua cobertura, Neal perguntou a Jallara se era por alguma regra sagrada ou tabu e ela respondeu com um sorriso:

— Deixa pele, guarda suco e gordura.

Para fazer arco e flecha ele catou o junco que crescia ao longo do poço. As hastes longas que lembravam bambu eram altamente valorizadas para a confecção de lanças e cortadas em pedaços para fazer colares ou para enfiar no septo do nariz como ornamento. As folhas eram usadas para fazer bolsas e cestos. E agora teriam ainda outra utilidade, com Neal incorporando-as a uma nova e sofisticada arma de caça que ele sabia que Thumimburee e os outros homens receberiam com gratidão.

Enquanto procurava galhos novos nos eucaliptos para fazer bons arcos, Neal observava Jallara com as outras moças e mulheres jovens e indagava sobre sua origem. Quem seriam seus pais? Um deles não era aborígene. Qual? E será que ela conhecia os dois, ou sua história era semelhante à dele e ela não sabia de onde vinha? Teria ficado órfã e talvez sido abandonada como ele próprio?

Andando ao lado dele, Jallara perguntou:

— Está longe de casa, Thulan?

Os seios nus continuavam a deixá-lo inquieto. Ele tentava manter o olhar fixo na paisagem distante, nas dunas de areia, morros e moitas de capim. Como explicar que ele vinha de uma cultura que considerava a visão do *tornozelo* de uma mulher excitante?

— Sim, estou longe de casa.

— Tem esposa?

Ele pensou em Hannah.

— Não. Não tenho esposa.

— O senhor longe de seu Sonhar, Thulan. Longe de seu espírito de poder. Quem toma conta dos lugares sagrados? Quem dança para os espíritos de poder trazer chuva, gambá e mel?

— Meu pai está tomando conta das coisas — disse ele.

Ela assentiu, entendendo, enquanto tirava da terra um tubérculo grande e úmido.

— Quando vai embora?

— Quando minha força voltar.

— Não, Thulan. O homem branco. Quando o homem branco vai embora?

Ele fitou-a. Será que falava sério?

— Você quer saber quando os homens brancos vão embora? *Todos* os homens brancos?

Ela esboçou um sorriso e assentiu.

— Estão aqui faz muito tempo agora. Vai embora logo?

Meu Deus, ele pensou. Você acha que todas essas pessoas brancas tomando conta da cidade, espalhando-se com suas fazendas, estâncias de carneiro, vinhedos, com suas fábricas e mineradoras, você acha que eles estão aqui apenas visitando?

— Não sei, Jallara — respondeu ele, subitamente cheio de tristeza.

Na manhã seguinte, Neal acordou e descobriu uma infestação constrangedora de pulgas em sua pele de canguru, mordendo-o e deixando-o aflito. Jallara gesticulou para que ele lhe desse a pele. Ele esperava que ela fosse rir, mas ela não riu e lhe deu um curioso cinto para usar temporariamente, que dava a volta na cintura com uma franja larga de palha para cobrir sua masculinidade. Perplexo, ele a observou cobrir um formigueiro muito movimentado com a pele de canguru. Jallara sorriu e disse:

— Nós esperar.

À tarde, Neal ficou pasmo de ver que as formigas tinham invadido a pele e devorado todas as pulgas. Jallara escovou as formigas fora, deu umas sacudidas na pele e devolveu-a para ele.

Neal tinha travado conhecimento com mais membros do clã. Allunga, uma mulher pequena de pele marrom-clara e cabelos brancos, que Neal deduziu ser a avó de Jallara. Burnu, um jovem sorridente, de uns 18 anos, que estava sempre observando Neal, curioso sobre o estranho branco entre deles. Daku, irmão de Burnu, e Jiwarli, o pai deles, que tinha uma perna fina e andava com a ajuda de um cajado em forquilha. A irmã deles, Kiah, era uma moça tímida que estava sempre dando risadinhas e parecia ser a melhor amiga de Jallara. E Yukulta, uma jovem mãe que era a responsável pelos dingos. Ela amamentava os filhotes em seu próprio seio e à noite dormia com os cachorros.

A cada novo amanhecer, Neal acordava com dois pensamentos dominando sua mente: a memória evasiva que parecia muito importante e Hannah.

— Eu devia ter ficado em Adelaide — murmurava ele ao vento enquanto procurava por galhos novos nos eucaliptos. — Eu devia ter ficado com Hannah. Sempre haverá expedições, mas Hannah é apenas uma. Se eu tivesse ficado com ela, ficado perto dela, casado com ela.... Se eu tivesse ficado com Hannah, não teria sido pego por uma tempestade letal e então...

Ele franziu as sobrancelhas. Estava de pé sob um eucalipto de tronco branco, com a luz solar salpicada em seus ombros queimados de sol. As moças e mulheres aborígenes espalhavam-se pela planície, fazendo buracos com suas varas, desenraizando moitas de capim, perseguindo roedores e lagartos para o jantar.

Neal repetiu:

— Eu não teria sido pego por uma tempestade letal e então... Meu Deus! — sussurrou para o vento seco que nunca parava de soprar. — Meu Deus!

A memória falha havia retornado.

Neal apoiou-se no tronco da árvore. O deserto parecia se expandir e contrair diante de seus olhos. O zumbido das moscas ficou mais alto. A luz do sol penetrava por entre os galhos mais altos. Neal reteve o fôlego enquanto a força total da memória — e seu significado — inundava-o.

Fui pego numa tempestade letal e fui tomado por morto.

A névoa e o atordoamento desapareceram num instante e todas as recordações voltaram com total clareza à sua mente. Agora ele se lembrava de tudo: chamando noite afora sem encontrar voz, decidindo ficar embaixo do encerado protetor para esperar até o amanhecer antes de procurar os outros homens, acordando com o dia e descobrindo que eles foram embora. Não procuraram por ele. Ele sabia disso porque não haviam ido longe quando a nuvem de areia o atingira. Os homens haviam se espalhado, mas estariam ao alcance da visão e de um grito. Entretanto, quando a poeira assentara e o sol surgira, não havia resquício de uma barraca, nem a sobra de uma brasa da fogueira.

Sir Reginald abandonara-o no deserto de propósito.

Porque eu o peguei numa mentira, pensou Neal, horrorizado. E, se Sir Reginald nunca tinha vivido entre os seminoles, o quanto seria uma fraude o restante de suas aventuras? O bastante para que ele recorresse ao assassinato para assegurar seu segredo.

Capítulo 23

Era hora de ir embora do *billabong*.

Neal supunha com a maior precisão possível que fazia mais de duas semanas desde que Sir Reginald o tomara por morto e o abandonara no deserto, levando em conta os dias que havia passado com o povo de Jallara, o período que ficara inconsciente antes disso e o tempo que vagara depois da tempestade de areia.

Ele não fazia ideia da localização do *billabong*. Sem um mapa, um sextante ou sequer seu relógio de bolso, ele não tinha como determinar a longitude ou a latitude de sua localização. Sua única certeza era de que, enquanto ficasse ali com o clã, Sir Reginald e a expedição continuavam sua jornada para o oeste, afastando-se cada vez mais.

E Neal tinha a vingança plantada em seu coração.

— Vocês podem me levar para o sul, para a costa? — perguntara ele a Jallara no dia anterior. Neal já não estava concentrado em fazer arcos e flechas para o clã, nem em construir abrigos mais resistentes ou ensinar-lhes o alfabeto. Agora ele estava impulsionado por algo mais primordial. — O oceano? Grande água no sul.

Ele sabia que se conseguisse chegar ao oceano Índico poderia seguir a trilha de Edward Eyre em direção ao oeste, pelo menos até Esperence, e de lá rumar para o norte, na esperança de cruzar o caminho de Sir Reginald. Neal lembrou-se de Galagandra, circulado no mapa, e perguntou a Jallara se conhecia o lugar. Ela não conhecia.

— Vocês podem me levar? — perguntara ele de novo. Por meio de gestos e usando palavras básicas, finalmente se fizera entender. Jallara tivera uma reunião particular com Thumimburee enquanto Neal observava, ansiosamente. Nos últimos dias, desde que sua memória finalmente retornara, ele estava consumido por uma única ideia: encontrar Sir Reginald. Para seu alívio, ele viu Thumimburee sorrir e assentir.

Jallara voltara, dizendo:

— Nós vamos.

Neal perguntara:

— Quando?

Novamente ela tinha franzido as sobrancelhas. Então ele unira as mãos ao lado da cabeça e fechara os olhos, fazendo a mímica de dormir, seguido por um gesto que imitava o nascer do sol. A fisionomia de Jallara se desanuviara e ela levantara o polegar, que ele sabia que indicava o número um.

— Um dia? — indagara ele. — Vamos amanhã?

— Sim, amanhã, Thulan!

Agora amanhecia, hoje eles deixariam o *billabong*. Enquanto os ajudava a desmontar os abrigos e juntar os paus que seriam carregados nas costas, Neal pensou que, ao chegar a Perth, ele providenciaria para que trouxessem alimentos, roupas e remédios de volta para Jallara e sua gente, num gesto de gratidão por salvar sua vida.

Finalmente, eles estavam prontos, 33 homens, mulheres e crianças, seus abrigos reduzidos a fardos de paus, as fogueiras juntamente com todos os sinais de habitação humana, apagados. Neal sentiu-se um pouco culpado por fazê-los abandonar um lar tão simpático. Ele só pedira para que dois guias o levassem para o sul, mas Thumimburee parecia achar que todo o clã devia ir.

O homem hábil, empunhando suas armas, girou num círculo lento, cantou orações. Jallara contou a Neal que Thumimburee estava agradecendo os espíritos do *billabong* por lhes ter dado uma boa vida lá. Estava também pedindo o perdão dos espíritos dos animais que eles haviam comido e das plantas também. Tinha algo a ver com equilíbrio, mas isso Neal não entendeu muito bem.

Mas quando Thumimburee e seu clã começaram a andar em direção ao norte, Neal disse:

— Esperem, eu disse *sul*.

— Venha, Thulan! — Jallara chamou, alegremente. — Thumimburee diz senhor é amigo, senhor vem.

Neal ficou olhando para ela e então percebeu que havia entendido mal. Jallara não tinha dito que eles o levariam para onde ele quisesse, mas que ele era bem-vindo a acompanhá-los.

— Mas eu preciso ir para o sul! — disse ele, enquanto os outros continuavam a andar, seguindo Thumimburee, que levava, atadas às costas, lanças, bumerangues e woomeras, uma espécie de ferramenta multiuso dos aborígenes australianos. — Preciso encontrar minha expedição!

Jallara parou, virou-se e disse:

— Nós vamos por esse caminho.

— Mas por quê? Quer dizer, que diferença faz aonde vão? Não há cidades, nem aldeias, nenhuma casa a visitar. Eu imagino que vocês podem ir para qualquer lugar que quiserem.

— Nós seguir linhas da canção, Thulan.

Ele franziu as sobrancelhas. O que eram linhas da canção? Ele não via linha alguma delineada no chão, nenhum ponto de referência distinguível.

Neal observou Thumimburee, altivo e orgulhoso, marchando com suas passadas firmes na planície árida, deixando o *billabong* para trás, crianças e dingos correndo atrás dele, com os caçadores e as mulheres o seguindo fielmente. Então Neal apertou os olhos em direção ao sul, do outro lado de uma vastidão árida e hostil, cogitando brevemente se conseguiria chegar sozinho à costa. Sabendo que não, ele percebeu que não tinha escolha a não ser ir com eles. Emparelhou o passo com Jallara, pensando com pavor que eles estavam indo para o norte, embrenhando-se no coração desconhecido do continente, para mais longe de Hannah e da civilização, na direção oposta à de Sir Reginald e da expedição.

Capítulo 24

— Como se sente, Sr. O'Brien?

Jamie olhou com olhos semicerrados para a silhueta de Hannah, sentada contra a luz pálida do sol. Eles viajavam atrás do carroção entre sacolas, barris e engradados de mantimentos, com as rodas rangendo na quietude do fim de tarde. Ela ficara ao lado dele nos últimos dez dias desde que fixara sua perna, desde a manhã até a noite, vigiando-o, cuidando dele. Era uma sensação boa, pensava Jamie. Infelizmente, ela também não o deixava descer da carroça para ajudar seus camaradas a procurar por opalas, pois esse era o motivo que o levará até ali. Jamie O'Brien não era homem de ficar parado. Era atormentado por um excesso de energia e a necessidade de ação. A Srta. Conroy, porém, escolhera não apenas ser sua médica, mas sua carcereira também.

Contudo, uma bela carcereira, ele pensou. A Srta. Conroy usava um vestido cinza com um chapéu da mesma cor, que combinavam com seus olhos. Certa vez, Jamie ouvira a palavra "nacarado", e nunca havia realmente entendido seu sentido até agora. Fora uma palavra inventada apenas para Hannah Conroy, ele concluiu, pois ela não era o cinza do nevoeiro poluído ou descolorido, mas o cinza das neblinas irlandesas e das antigas torres dos castelos. E aqueles cabelos muito negros que acenavam para um homem como se dissessem: *Venha e explore.*

— Eu me sinto ótimo — respondeu ele com um sorriso.

— E como está a sua perna?

— Qual delas? — O sorriso alargou-se ainda mais.

Hannah sabia que a atitude de O'Brien tinha a intenção de encobrir seu medo. Fazia quatro dias que ele não sentia nenhuma dor, nenhuma sensação no local do ferimento. Ela analisou o semblante de Jamie O'Brien, à sombra da aba larga do chapéu. Ele ainda não estava febril, não suava muito, mas ambos sabiam que a ausência de dor era um mau sinal. Significava que, por baixo do curativo, que àquela altura estava sujo e coberto de pó, a gangrena consumia nervos e carne, entorpecendo o local onde o osso havia sido fraturado e saído pela pele. E a gangrena era uma sentença de morte certa, que nem a amputação adiava.

O curativo seria tirado à noite, e Hannah, como os outros do grupo de Jamie, estava tensa de preocupação.

Enquanto as carroças rangiam pela quietude sinistra da tarde, com o único som vindo das panelas que tilintavam penduradas nos cavalos carregados, o sol se movia pelo vasto céu azul de porcelana, alvejando tudo que havia na Terra, eliminando todas as sombras, de modo que nem as moitas ocasionais de capim lançavam suas sombras. O terreno era de outro mundo: um deserto seco e pedregoso, sem árvores, com imensos bancos de arenito e salares, ou lagos secos de sal, com penhascos e formações rochosas esquisitas a distância. Uma terra árida onde Hannah sabia que nada cresceria além da vegetação raquítica.

Eles tinham encontrado pouca água, e até mesmo esta era salgada. Ao subirem uma elevação íngreme do terreno, tinham visto do cume um fenômeno que Edward Eyre batizara de lago Torrens. No entanto, apenas dava a impressão de ser água, pois, de fato, era um leito seco e vitrificado onde no passado a água se alojara. Na direção nordeste do Lago Torrens, extensões estéreis de rochedos enfileiravam-se tão longe quanto os olhos podiam alcançar.

Era um grupo silencioso que progredia lentamente para o norte, homens a pé ao lado das carroças ou montados a cavalo, as roupas esfarrapadas e empoeiradas, mosquetes pendurados nas costas. Eles haviam entrado num território onde nenhum homem branco pisara, e isso fez Hannah se lembrar de algo que o capitão Llewellyn dissera a bordo do *Caprica* sobre uma teoria de que Deus havia criado um segundo Jardim do Éden em algum lugar do mundo e que ele poderia estar no misterioso coração da Austrália.

Mas esse grupo não estava à procura do Éden, nem de fabulosas cidades perdidas ou mares internos. Eles buscavam opalas, Hannah finalmente soubera, e seguiam Jamie porque ele lhes prometera riquezas. Não que ele se baseasse em algo certo, além de um mapa duvidoso e seu próprio espírito aventureiro. Um dos homens, Sam Fedor, contara a Hannah que Jamie havia jogado uma partida de cartas que durara três dias, numa estância a oeste de Sydney. No final, o conteúdo dos ganhos compreendia xelins, notas de libras, a aliança de ouro de um dos homens, o colar de pérolas de uma senhora, a escritura de um cercado de gado e um mapa de um campo de opalas.

Jamie havia perdido o jogo, mas comprara o mapa do vencedor, que havia duvidado de sua autenticidade.

— Como é que um lugar pode ser mapeado quando nenhum homem que foi até lá saiu vivo? — perguntara o vencedor.

Mas Jamie sentira-se atraído pelo pergaminho amarelado com suas linhas e vários "X" marcados em lugares determinados. Ele havia contado aos amigos a história aborígene da Serpente do Arco-íris, de como seu corpo faiscava com chamas coloridas e cintilava como pedras preciosas e que ela botara ovos de uma pedra translúcida que emitia um arco-íris. Os ovos míticos, diziam, podiam ser encontrados no interior do continente, em algum ponto ao norte de Adelaide. Jamie somara dois mais dois e decidira se lançar com um grupo em busca do tesouro.

— As opalas estão no solo — contara Sam Fedor a Hannah certa noite, quando jantavam batatas, *damper*, um pão tradicional feito nas brasas, e uma ema assada capturada por Bluey Brown e seu mosquete. — Belos nacos de fogo congelado, grandes como seu punho fechado. Simplesmente lá para serem colhidos. Nós todos vamos ficar ricos.

Hannah nunca tinha visto uma pedra de opala, embora tivesse ouvido falar nelas, das que vinham do México e da Europa. E, como era uma pedra valiosa e rara, ela entendia o que levara aqueles homens maltrapilhos a seguirem Jamie O'Brien cegamente — um grupo de amigos vagando de uma esperança à outra, pegando serviços aqui e ali, tropeiros numa temporada, tosquiadores na outra, seguindo em frente quando a inquietude mútua dominava-os, sempre acreditando em Jamie que dizia que o fim da estrada estava logo adiante.

Atendiam pelos apelidos que os australianos tanto apreciavam: Blackie White; Abe Brown, chamado Bluey por alguma razão desconhecida; Charlie Olde, chamado Chilly porque suas iniciais eram C. Olde; Banger, que adorava linguiças; Tabby, que gostava de tirar um cochilo; e Ralph Gilchrist, que eles chamavam de Church por causa da terminação de seu nome. Havia também Roddy, Cyrus e Elmo, três irmãos que eram tão parecidos que Hannah não conseguia distingui-los.

Eram homens que Jamie O'Brien conhecera bebendo cerveja e jogando *two-up* — uma espécie de cara ou coroa australiano com duas moedas — em lugares chamados Geelong, Coonardoo e Streaky Bay. E, quando O'Brien conseguira seu mapa do tesouro e fizera planos de ir à caça das opalas, ele tinha percorrido o Geelong, o Coonardoo e o Streaky Bay para reunir seu bando de aventureiros, como Jesus chamando seus discípulos, Hannah pensou, cada um contribuindo com o dinheiro de que dispunha para as carroças, cavalos e mantimentos e com a promessa de que, quando achassem o tesouro, este seria dividido igualmente. Os irmãos Roddy, Cyrus e Elmo eram jovens pedreiros em busca de emoção; Blackie White era um ferreiro desdentado com mais de 50 anos; Banger tinha sido cozinheiro numa estância de carneiro; Sam Fedor e Charlie Olde eram tratadores de gado numa fazenda, onde Jamie havia trabalhado num inverno como pau para toda obra; Ralph Gilchrist era um carreteiro que passara a maior parte da vida dirigindo carretas enormes puxadas por bois, levando mantimentos para as estâncias de carneiro e, na volta, carregando montanhas de lã. Bluey Brown e Tabby eram lenhadores que tinham como lema: "Se cresce, ponha abaixo", e eles calculavam que juntos haviam derrubado um milhão de acres de madeira na vida.

O único que não estava com eles nessa tarde silenciosa em que o sol se tornava vermelho-dourado era Sam Fedor, que tinha saído à procura de opalas, armado com uma picareta, um lampião e um cantil cheio de uísque. Sam Fedor arranjara esse apelido trabalhando num matadouro na periferia da cidade de Hobart, onde ficara preso por roubar carteiras em Dublin.

Hannah olhou para a paisagem desolada e pensou: A Terra ficou achatada, como era antes da descoberta de Colombo. O horizonte ficava impossivelmente distante e o céu era tão vasto que ela sentiu como se estivesse de volta ao *Caprica*. Era final de maio — o inverno estava chegando, mas os dias eram quentes, permitindo a Hannah imaginar a fornalha que aquele deserto devia ser no verão. À noite, entretanto, a temperatura caía drasticamente, fazendo todos tremerem e ficarem bem junto ao fogo. Mas eles haviam trazido barracas e Hannah tinha uma apenas para si mesma, o que lhe garantia privacidade.

Progredindo lentamente a cada dia, os homens espalhavam-se em busca de lenha e opalas. Isso fazia Hannah pensar em Neal, e ela imaginava se essas terras áridas eram semelhantes às que ele estava explorando.

Com a carroça rangendo pelo caminho, Jamie disse:

— Srta. Conroy, já lhe falei desse sujeito que conheci uma vez, de nome Fry? Eu estava passando o verão em Gundagai e encontrei por acaso o velho Sammy Fry passeando pela cidade, parecendo o que qualquer um podia jurar que era um mendigo, sem meias, as calças seguras por uma corda, um buraco no chapéu. "Veja só, Sr. Fry", eu disse. "Todo mundo sabe que o senhor enriqueceu com os carneiros. Possui sua estância agora e, mesmo assim, anda por aí parecendo um tosquiador. Por que não se veste como o homem bem-sucedido que é?" E o velho Fry respondeu: "Por que faria isso? Todo mundo por aqui sabe quem eu sou."

"Bem, ninguém poderia imaginar que, apenas um ano depois, eu estava andando por uma das ruas mais movimentadas de Sydney e com quem me encontrei se não o velho Sammy Fry? Maltrapilho como sempre, mas tão rico quanto eu sabia. 'Veja só, Sr. Fry', eu disse de novo. 'Agora está numa cidade grande, devia se vestir melhor.' E o velho Sammy disse: 'Por quê? Ninguém por aqui sabe quem eu sou.'"

Hannah sorriu. Descobrira que Jamie O'Brien tinha talento para contar histórias e era uma fonte inesgotável de pequenos casos, contos, mitos e fábulas. As narrativas fluíam em sua língua e sempre eram divertidas.

— Já ouviu falar de um sujeito chamado Queenie MacPhail, Srta. Conroy?

— Creio que não, Sr. O'Brien.

Ele sorriu e disse:

— Gostaria de saber como foi que Queenie ganhou seu nome? Eu estava subindo o rio Murrumbidgee com a manada, longe de onde a maioria das pessoas mora, e encontrei um fazendeiro, MacPhail, e sua esposa muito religiosa. Eles me convidaram para fazer uma boquinha e me contaram seu problema. Não havia muitas igrejas naquela região e a esposa de MacPhail estava começando a se preocupar com o filho, que tinha 9 anos e ainda não tinha sido batizado. É claro, isso significava que ele ainda não tinha um nome, então eles o chamavam de Menino. A Sra. MacPhail confessou que ela temia que seu menino morresse e São Pedro não soubesse quem ele era e não o deixasse entrar no céu. Então eu me ofereci para ir buscar um padre viajante que pudesse fazer o batizado.

"Sem que soubéssemos, o menino estava escutando pelo buraco da fechadura quando os MacPhail e eu combinávamos com o padre e pensou que o batizado devia ser como marcação de gado, pois o padre falava de adicioná-lo a um rebanho. Então, o moleque saiu correndo, decidido a nunca passar por um batizado. Todos nós corremos atrás dele, os MacPhail, o padre e eu. O menino levou-nos a uma perseguição divertida, por toda a fazenda e de volta à casa, onde ele se esquivava, entrando e saindo dos cômodos como um demônio da Tasmânia. Quando seu pai o agarrou pela gola e a Sra. MacPhail gritava: 'Dê um nome ao meu menino!', o padre estava tão desconcertado que deixou a água benta cair.

"'Rápido, mulher!', gritou MacPhail, 'outra garrafa', pois o filho estava a ponto de se desvencilhar. Ela jogou a garrafa na mão do padre e ao espargir o líquido na cabeça do jovem MacPhail, dizendo: 'Eu te batizo...', ele viu o rótulo da garrafa e gritou: 'Bom Deus, é o Queen of the Highlands!' E até hoje, Srta. Conroy, o velho Queenie MacPhail se exibe, dizendo que foi o homem mais bem-batizado desta terra de Deus, pois isso foi feito com o bom uísque escocês."

Hannah riu e inclinou-se para a frente a fim de mudar a posição do saco de farinha nas costas de Jamie, que parecia desconfortável.

Quando ela perguntou a Jamie por que ele estava indo à procura de opalas, ele disse:

— Nunca fiz isso antes. A vida é curta, Hannah. Um homem deveria provar tudo que pode.

Então ela perguntou:

— E se ficar rico? O que fará?

— Nunca penso com tanta antecedência — gracejou ele.

Desse modo, ela passara a conhecer melhor o homem de quem cuidava: Jamie O'Brien, o andarilho despreocupado, que às vezes trabalhava num serviço honesto, outras, roubava, trapaceava e mentia, dependendo de seu humor, do tempo ou da hora do dia. Um homem com um espírito inquieto e uma energia que não podia ser contida. Hannah também descobrira que O'Brien era acostumado a damas que sucumbiam à sua perspicácia e charme travesso.

O que Hannah não sabia era como O'Brien acabara dessa maneira. Ela ainda não tinha ouvido sobre seu passado ou o que o pusera nesse caminho de uma vida de aventuras fora da lei.

Finalmente, mais adiante, Maxberry ergueu a mão e o grupo deteve-se, exausto. Era hora de parar para a noite e montar acampamento.

E retirar o curativo de Jamie.

Como sempre, quatro homens foram até a parte de trás da carroça para ajudar O'Brien a descer, uma vez que a tala na perna o impedia de andar mesmo com uma muleta. Hannah desceu primeiro, levando consigo a bolsa de veludo azul. Ela ficou com o coração na boca. Temia o que estava para acontecer.

Enganchando os braços em dois ombros robustos, Jamie observava o modo delicado e feminino com que Hannah ia em busca de privacidade, como se estivesse observando flores num jardim. Seus homens tomavam todo o cuidado para que ela dispusesse de toda a privacidade necessária. Eles também tinham começado a pentear o cabelo, cuidar do linguajar e jamais cuspiam tabaco perto dela.

Alguns deles começaram a desatrelar as carroças e a desencilhar os cavalos, soltando-os para pastar na erva-sal. Tabby iniciou a preparação de uma fogueira, enquanto os outros abasteciam o estoque de lenha e armavam as barracas. Nan saiu com sua vara de cavar para caçar lagartos, e Hannah cuidou para que Jamie estivesse bem-acomodado com as costas apoiadas numa pedra e uma garrafa de água na mão.

Em seguida, ela se recolheu à barraca de lona armada exclusivamente para ela e sentou-se de pernas cruzadas a fim de alongar as costas doloridas. Ela estava toda dolorida. Cansada e faminta. Mais do que qualquer outra coisa, ansiava por um banho, porém a água era preciosa naquela extensão árida e ficava reservada para cozinhar e beber. Os homens de Jamie abstinham-se de banhos e estavam deixando a barba crescer. Até mesmo o próprio O'Brien, normalmente escanhoado, tinha uma barba rala crescendo no maxilar.

O sol caiu no horizonte e a barraca ficou escura. Hannah acendeu seu lampião e, como fazia todas as noites, pegou a fotografia de Neal. Sorrindo para o rosto bonito, ela disse:

— Será que você já fez alguma descoberta fabulosa, já deu seu nome a montanhas e rios? Será que as suas placas fotográficas contêm visões fantásticas, nunca antes vistas por olhos humanos?

Silenciando, ela relembrou o último dia que eles passaram juntos, na estrada para Kapunda, quando haviam se beijado com grande paixão e ela sentira que o ardor de Neal era tão acentuado quanto o dela. Seu desejo por ele não diminuíra, ela o amava tão profundamente como sempre e ainda assim...

Ela levantou os olhos para a parede de lona e pensou no homem que estava sentado do outro lado, a poucos metros. Jamie O'Brien. O que havia nele que parecia tê-la enfeitiçado? Desde aquela primeira noite no jardim enluarado de Lulu Forchette, ela parecera estranhamente encantada por O'Brien. Toda vez que ela pensava nele e quando o encontrara outra vez na banca do jornaleiro, ela sentira uma atração indescritível por ele. Sim, ela se sentia atraída por ele, e a atração estava aumentando. Como era possível isso? Ela era apaixonada por Neal. Queria passar o resto da vida com ele.

Contudo, não conseguia tirar os olhos de Jamie O'Brien de seus pensamentos, o sorriso devasso e o nariz levemente torto, o modo como ele escarnecia do próprio ferimento e contava histórias divertidas de tropeiros e tosquiadores, ou dos hábitos engenhosos como costumava arrancar alguns xelins dos britânicos desavisados.

Enquanto lá fora os gritos e as risadas dos homens elevavam-se para o céu que escurecia, ela voltou a olhar para a fotografia de Neal, e disse baixinho:

— Estou com medo, porque, se o Sr. O'Brien estiver com gangrena, a culpa é minha. Acho que agi apressadamente aplicando o preparado de iodo. Eu desconfiava de que se o iodo podia matar os microbiota podia também matar a carne viva. Talvez não devesse tê-lo usado, pois agora temo que, embora possa ter conseguido matar os microbiota danosos, matei também os vasos e nervos que alimentam os tecidos do ferimento do Sr. O'Brien. Carne morta vira gangrena, e eu a provoquei.

— Ei, aí dentro! — gritou Michael Maxberry de fora da barraca. — A comida está pronta!

Nan havia capturado alguns lagartos e Bluey Brown conseguira matar um *wallaby*, um pequeno canguru solitário com seu mosquete de confiança, então eles tinham carne fresca para o jantar. Mas não foi uma refeição alegre. Enquanto as noites anteriores tinham sido ruidosas na hora de comer, com todos falando sobre o que fariam com toda a fortuna que iriam encontrar, o jantar dessa noite estava silencioso, cada homem estava concentrado no conteúdo de seu prato, os ombros curvados sob a luz da fogueira como que para negar a existência das estrelas lá em cima, o vasto deserto em volta deles e a morte da perna direita de Jamie O'Brien.

Church perguntou sobre Sam Fedor, pensando em voz alta sobre onde "o velho sacana" tinha se metido, depois corou, e murmurando um pedido de desculpas para Hannah.

— Ele se perdeu — disse Maxberry, dando uma cutucada no fogo e fazendo as centelhas subirem para as estrelas.

Já sem fome, Hannah abandonou o círculo para verificar seu paciente.

Jamie estava sentado com as pernas abertas, as costas apoiadas numa das poucas pedras das cercanias. Ela sentou-se ao lado dele no solo arenoso e puxou mais o xale, agasalhando-se. A 3 metros dali, 11 homens e uma aborígene acotovelavam-se sentados em volta de uma fogueira. Os cavalos estavam amarrados nas carroças, onde Maxberry e Church haviam pendurado uma corda com panelas e talheres que soassem um alarme caso dingos viessem farejar por ali, apesar de não verem qualquer coisa além de um ou outro canguru ou *wallaby* há dias.

— Sr. O'Brien, se importaria se esperássemos para tirar o curativo pela manhã? Eu prefiro inspecionar o ferimento com a luz do sol.

— É uma hora tão boa quanto qualquer outra — respondeu ele com um sorriso.

— Está preocupado?

— Com a gangrena? — Ele meneou a cabeça. — Se eu morrer amanhã, tive uma boa vida. E se São Pedro não me deixar entrar pelos portões do paraíso, eu dou a volta e penetro por um buraco na cerca. — Abstraído, ele coçou as cicatrizes do punho esquerdo. — Não será a primeira vez que forço a barra com as autoridades.

— O Sr. Maxberry me contou que vocês se conheceram trabalhando numa estrada.

Jamie riu, baixinho.

— Eu estava no rio Snowy quando me encontrei com um sujeito que queria comprar peles de canguru. Eu disse a ele que tinha duzentas delas, boas e vermelhas, com orelhas, cauda e tudo. Fiz o preço, e ele concordou. Peguei o dinheiro do comprador, disse onde ele encontraria as peles e fui embora. Os tropeiros me alcançaram quatro dias depois. O juiz me acusou de intenção maliciosa em enganar o homem. Eu me defendi, observando que as duzentas peles estavam onde eu disse que estariam. "Deixou de mencionar", disse o juiz, "que ainda estavam nos cangurus!"

Jamie riu outra vez, e Hannah achou graça.

— Infelizmente, ele não tinha senso de humor, não como quando fui pego no ano anterior vendendo um cavalo. O comprador escutou a minha conversa de vendedor, me deu 50 libras pelo cavalo e, quando viu que era um cavalo de pau que eu tinha lhe vendido, me levou de arrasto até o juiz, que tinha senso de humor e um pouco de gim no cérebro, eu apostaria, ao advertir o comprador a ser mais cuidadoso no futuro. Me deixaram solto dessa vez. Mas, com a história dos cangurus, eles me acorrentaram com outros prisioneiros, onde Mike e eu trabalhamos por um tempo até conseguir fugir no meio da noite.

— Então, o senhor admite que é um vigarista.

— Só quando não consigo encontrar trabalho desonesto — disse ele com uma piscada, e Hannah pensou em como um homem que estava para perder a perna, possivelmente a vida, conseguia continuar flertando.

— Não se preocupa com suas vítimas?

— A maioria delas pede por isso. Está vendo aquele cavalo, a égua castanha? — Jamie apontou para o escuro e Hannah olhou para trás, na direção onde os cavalos estavam amarrados. — Era um cavalo de corrida em Chester Downs. Eu tinha ganhado algumas libras aquele dia e teria ido para casa se não visse o gordo fanfarrão de nome Barlow se exibindo sobre seu cavalo campeão. Dei uma olhada no animal e disse que estava interessado em comprar. Passamos a tarde regateando o preço e acabamos concordando com a troca de um pedaço de terra pelo cavalo. Dei a Barlow uma escritura governamental de 100 mil acres no caminho de Katunda e ele me deu a égua. Isso foi semana passada. Suponho que a essa altura ele já tenha tentado reivindicar sua terra e descoberto que a escritura é falsa.

— E isso não o incomoda?

Jamie analisou a fisionomia de Hannah, buscando sinais de crítica e reprovação, mas nada encontrou.

— Foi a ganância do homem que o meteu nessa encrenca. Barlow sabia que a terra valia muito mais que seu cavalo. Ele achou que estava me trapaceando. Hannah, eu faço ofertas que são boas demais para ser verdade. Um homem honesto as recusaria.

— Não tem medo que o Sr. Barlow vá mandar prendê-lo?

— Ele não vai me delatar. Esse tipo de gente não gosta de parecer idiota. Ele vai assumir a perda e manter o orgulho.

— O senhor disse que ele pediu por isso. Como assim?

— Eu escolho meus alvos com cuidado, Hannah. Além disso, Barlow me lembrou de meu pai.

Jamie levantou o rosto e olhou longamente para o céu escuro. Depois baixou a cabeça, tirou o chapéu e largou-o na areia. Hannah viu como a brisa noturna brincava com seu cabelo louro-escuro que deslizava pelo pescoço.

— Meus pais estavam entre os primeiros colonizadores livres de New South Wales, apoderando-se de terras e enriquecendo no lombo dos carneiros, como dizem. Eu fui o único que nasci na Austrália. Meus pais vieram para cá com filhos e depois tiveram mais dois antes de mim, que não sobreviveram. Eu fui o último, e minha mãe morreu na primavera seguinte, porque estava enfraquecida. Poderia ter sido uma vida boa, eu suponho, mas a súbita riqueza mudou meu pai. Quando morava em Suffolk, ele trabalhava numa fazenda de carneiros. Então, quando conseguiu seus 50 mil acres, deu à nossa estância o nome pomposo de A Granja, e ficou rico com milhares de carneiros ali, merinos robustos que davam muita lã. Muito tempo atrás, ele era um homem generoso, mas o dinheiro tornou-o ganancioso, sempre querendo mais, comprando as terras vizinhas de pessoas que não conseguiam pagar suas hipotecas. Meu pai encobria seu passado humilde, enchendo a casa de mobília cara, tapetes da Turquia, até armaduras importadas de Londres. Ele fazia pose de cavalheiro e exigia o mesmo dos filhos. Meus irmãos consentiam, indo estudar em colégios luxuosos, entrando para clubes em Sydney, usando cartolas e agindo como verdadeiros cavalheiros ingleses. Mas eu era diferente. Nasci aqui. O primeiro ar que inspirei foi australiano, e isso me deixou à parte da família. Por mais que tentasse, meu pai não conseguiu me transformar num deles. Eu era rebelde. Não conseguia ficar parado diante de uma escrivaninha e um quadro-negro. Uma sucessão de tutores passou pela Granja e meu pai me deu mais surras do que me dou o trabalho de contar. Quando eu tinha 14 anos, ele decidiu me mandar para a Inglaterra para estudar e aprender a ser um cavalheiro. Então eu fugi. Fiz uma trouxa e peguei a estrada, e desde então sigo em frente.

— Nunca voltou?

— Uma vez, há alguns anos. O velho tinha se casado de novo e deu uma nova cria de O'Brien. Eu subi os degraus da porta da frente, mas ele não me deixou entrar na casa. Disse que havia me renegado e que eu nunca mais voltasse. Meu cartaz de recompensa não tinha a longa lista que tem agora, pequenos crimes na verdade, mas ele ameaçou chamar a polícia. Mesmo assim, não foi totalmente um cretino. Me deu uma boa vantagem inicial.

O'Brien olhou para Hannah por um longo momento, os olhos passando pelo rosto bonito, assimilando o chapéu caprichoso que cobria o cabelo escuro preso num coque na nuca. Aqui, numa vida dura e no meio da natureza agreste, ele pensou, e ela ainda parece uma dama.

— Hannah, deixe que eu lhe transmita um pouco da sabedoria do Outback.

Nunca houvera permissão para que ele se dirigisse a ela pelo primeiro nome, nem ele jamais pedira, mas ela não protestou.

— O truque da vida, Hannah — começou ele —, é reunir tudo no momento presente. Todas as nossas horas e dias, todos os nossos passados e futuros. Comprima-os no agora e deguste como se fosse um banquete de milionário.

— E viva fora da lei?

O'Brien novamente buscou sinais de crítica, sem encontrar. Ele sabia que ela estava curiosa a seu respeito e merecia uma resposta.

— Eu não vivo *fora* da lei, Hannah. Vivo segundo a minha própria lei, pura e simples. Nenhum inglês de nariz empinado com peruca branca empoada a 20 mil quilômetros daqui vai dizer a Jamie O'Brien do baixo Murrimbidgee como viver.

Pegando a caneca de esmalte que estava na areia ao lado de seu chapéu, ele a ergueu num brinde e tomou um gole. Hannah sabia que era uísque. O'Brien largou a caneca e disse com um suspiro:

— Eu tenho pena do sujeito que não bebe.

— Por quê?

— Porque, quando ele acorda de manhã, é o melhor que vai se sentir durante todo o dia.

Jamie mudou de posição e fez uma careta.

— Dor? — perguntou Hannah, alarmada.

— Tem esse laço que ainda está incomodando. Se desse para soltar um pouco.

A tensão nas amarras da tala tivera de ser ajustada ao longo dos dias; primeiro, para acomodar o inchaço, e, depois, para apertar as talas conforme o inchaço cedia. Delicadamente, Hannah desatou o nó do trapo, e, quando as duas extremidades caíram, ela olhou, horrorizada.

Sob o luar, ela viu uma grande mancha negra sobre a bandagem que cobria o ferimento suturado. Ela fechou os olhos. Era *gangrena*. A necrose se infiltrara pela atadura. Não havia esperança.

— Está tudo bem? — perguntou Jamie.

— Vou apenas amarrar de novo — disse ela, pegando as extremidades imundas do trapo com mãos trêmulas e refez o nó, cobrindo a horrível mancha negra.

Jamie cofiou o maxilar barbado e disse:

— Você me faria um favor, Hannah? Poderia tirar o chapéu? Só esta noite? — E acrescentou com um sorriso: — Chame isso de desejo de um moribundo.

Hannah pensou na mancha negra do curativo de Jamie, pensou em como tudo seria diferente no dia seguinte e, então, tirou os alfinetes e o chapéu, deixando-o ao lado na areia.

— Assim fica muito melhor — elogiou Jamie, seu olhar passeando atrevidamente pelo cabelo que brilhava como azeviche ao luar.

Os olhos de ambos encontraram-se e Hannah viu as íris dele refletirem a luz das estrelas e da lua. Ela se flagrou pensando no quanto O'Brien era um homem atraente, dando-se conta de que estava sendo dominada por um estranho encantamento. Ela esfregou os braços. O frio estava passando pela lã de seu xale, pelo tecido do vestido, por sua pele e penetrando em seus ossos até a medula. Ela sabia que não tinha nada a ver com a noite gelada.

— Quero fazer uma mágica para você — disse ele, pondo a mão no bolso e tirando algo. — Para isso você vai precisar tirar a luva.

Hannah obedeceu e ficou surpresa quando Jamie colocou algo frio e liso em sua palma.

— Está sentindo? — indagou ele, baixinho. — É como segurar uma nuvem.

A opala era do tamanho e formato de um ovo de um tordo, bem lisa. Ela virou a pedra azul-clara de um lado para o outro, captando a luz do luar que emitia cores na pedra, o que a fez pensar nos olhos de Jamie O'Brien.

— Olhe para ela, Hannah, movimente-a. Penetre no coração da pedra e veja as cores refletirem à sua volta, levando-a para onde só há paz e silêncio. Os aborígenes acreditam que as opalas são pedras curativas. São os ovos postos pela Serpente do Arco-íris e possuem significativo poder de cura e alívio.

Hannah ficou hipnotizada pela beleza da pedra, pensando que aquela possuía as melhores características das mais belas pedras preciosas: a centelha da granada, o brilho roxo da ametista, o amarelo dourado do topázio e o azul profundo da safira. Agora ela entendia a paixão de Jamie por encontrar mais.

Quando ela estendeu a mão para lhe devolver, ele disse:

— Fique com ela. Como pagamento por deixar seu confortável hotel e vir até aqui para me ajudar. Além disso, vamos encontrar muitas mais. — Então, fitando-a nos olhos, ele prosseguiu: — Fique comigo esta noite, Hannah.

Ela então foi até sua barraca e pegou dois cobertores, acomodando-se ao lado de Jamie, que estendeu o braço protetoramente em torno de seus ombros, quando ela se encostou nele. Hannah estendeu os cobertores sobre eles e descansou a cabeça no peito de O'Brien, ouvindo por um longo tempo o batimento regular de seu coração.

Fechando os olhos, ela derramou lágrimas no tecido empoeirado de sua camisa. Quando ele começou a lhe contar uma divertida história do Outback sobre um cavalo de corrida e um tropeiro, Hannah ouviu a voz profunda dentro do peito de O'Brien e o ritmo de um coração forte e impetuoso. Com isso, ela pensou que, em outras circunstâncias, em outra época, ela poderia se apaixonar por aquele homem.

Capítulo 25

Hannah acordou uma vez durante a noite e pensou em voltar para sua barraca, mas não queria que O'Brien acordasse e visse que estava sozinho. Então, ficou com ele até o amanhecer, quando os outros acordaram após uma noite de sono reparador.

O desjejum transcorreu com um certo desânimo, quando comeram carne-seca, pão *damper* e chá, tendo como único assunto o fato de não haver sinal de Sam Fedor, que havia saído no dia anterior. Por fim, os homens levaram Jamie para a carroça e deitaram-no na cama feita entre os mantimentos.

Quando o sol subiu sobre o deserto plano e implacável, eles reuniram-se em volta da carroça, um grupo cansado, solene com olhos sombrios e o peso da desesperança sobre os ombros. Hannah ajoelhou-se ao lado de Jamie e, antes de tirar o curativo, ela pegou a mão direita dele e ali colocou a opala que ele tinha lhe dado na noite anterior, dobrando seus dedos em torno da pedra fria e lisa. Os olhos de ambos encontram-se e ele sorriu, agradecido.

Hannah abriu a bolsa e, antes de cortar a atadura escura, preparou-se mentalmente para todas as possibilidades. Tendo assistido o pai no tratamento de diversos ferimentos, ela era experiente em vários estados de carne lesionada: desde chagas vermelhas, passando por feridas fétidas vertendo pus ao tecido negro da necrose da gangrena. Ela tirou a atadura suja e derramou água sobre o ferimento para lavar o sangue coagulado e a camada amarelecida que se acumulara sob o curativo.

Mas quando a tíbia clara de Jamie O'Brien ficou limpa, Hannah congelou. Aquela era uma possibilidade para a qual ela não havia se preparado.

Os outros também ficaram em silêncio, boquiabertos.

— Sagrada Santa Hilda! — exclamou Ralph "Church" Gilchrist, fazendo o sinal da cruz.

— O que foi? — quis saber Jamie. — Está pior do que esperávamos?

Hannah começou a falar, sem conseguir encontrar as palavras. Foi Maxberry quem disse:

— É um milagre, meu amigo. Com toda certeza.

Apoiando-se nos cotovelos, Jamie finalmente teve coragem de olhar para a perna. Como todos os outros, ficou atônito.

— O que aconteceu?

— Tudo indica, Sr. O'Brien — disse Hannah, finalmente —, que o seu ferimento está completamente curado.

Embora a pele da panturrilha e da tíbia estivesse branca, como era de esperar, e apesar de o machucado estar roxo, com duas fileiras de suturas negras, não havia sinal de pus ou infecção, nenhum tipo de supuração.

Isso explicava por que ele não sentia nenhuma dor, ela se deu conta. Não por causa da gangrena, mas por que o ferimento estava *curado*.

Então ela viu seu lenço entre as ataduras, roxo e arruinado — o iodo roxo-escuro havia passado para a atadura externa, fazendo-a pensar que era gangrena o que estava por baixo —, e teve a resposta.

A fórmula do seu pai.

O alívio tomou-a por completo. E algo mais — uma emoção poderosa, eletrizante, que a fez fechar os olhos e procurar a borda da carroça. Ela oscilou ligeiramente e ajoelhou-se ao lado de Jamie O'Brien, que agora ria. Os outros também riam e gritavam, jogando os chapéus para cima, com Tabby dançando a jiga, Bluey Brown dando tiros com seu mosquete e Nan abrindo seu sorriso meio desdentado. Hannah ficou quieta e imóvel, fazendo suas orações de agradecimento.

A visão do ferimento limpo deixou todos estarrecidos, reunindo-se em volta de Jamie de novo e olhando em contentamento. Todos já tinham visto ferimentos graves, sendo que certa vez o próprio Maxberry quase morrera por causa do ferimento que havia infeccionado em seu rosto. Ninguém, porém, jamais tinha visto nada tão limpo quanto aquilo. Mal ficaria uma cicatriz.

— Hannah, você salvou minha vida — disse Jamie.

Mas ela estava pensando em outra coisa. O iodo *era* de fato um cura-tudo. Enquanto Hannah era tomada por um entusiasmo súbito, querendo correr de volta para Adelaide e explorar a descoberta estarrecedora — ela pediria ao Sr. Maxberry para acompanhá-la de volta —, o silêncio da manhã foi quebrado por um tiro. Todos se viraram e viram Sam Fedor chegando, trôpego, no acampamento.

— Opalas! — gritou ele, acenando com os braços. — Encontrei opalas! *Milhões* delas!

Capítulo 26

Fazia dias que a montanha o chamava.

Neal não entendia como sabia, não conseguia encontrar palavras para expressar exatamente como a montanha distante o chamava. Sabia apenas que não conseguia parar de olhar para o monólito ígneo dourado que ficava no deserto avermelhado como um poente congelado no tempo. Não era uma formação geológica que ele já tivesse visto. Para Neal, as montanhas eram picos recortados, florestas alpinas, neve. Aquela estranha rocha que se arremetia para cima lembrava um pouco o formato de um pão, sem vegetação aparente, sem picos, morros e florestas em volta. De que modo teria se formado? Que estranha gestação e nascimento produzira um fenômeno tão enigmático?

Enquanto os dois irmãos, Daku e Burnu, os corpos negros com suas pinturas brancas, torsos inclinados, com lança e *woomera* equilibradas na mão, furtivamente espreitavam uma equidna, Neal — que devia estar preparado com seu bumerangue, caso as lanças perdessem o alvo — estava parado, hipnotizado pela extraordinária montanha. Com o vento quente soprando em seu rosto, ele continuou curiosamente disperso. A montanha tremeluzia no calor, parecia se mover, respirar, como se algum poder estranho o chamasse, atraindo-o até lá. Ah, como ele queria estar com seu equipamento fotográfico! Gostaria muito de capturar o fenômeno com a lente.

— Lugar muito sagrado — dissera Jallara quando o clã chegara ao local, dias antes. — Os primeiros seres viver lá no Tempo do Sonho.

— Pessoas viveram lá? — perguntara ele. Neal achou que ouvia, no vento, um murmúrio vibratório, como se fosse um diapasão palpitando em seu registro mais baixo. Não era algo que ele detectava com os ouvidos, mas sim com os sentidos.

— Pessoas não, Thulan. Criadores.

Criadores, Neal pensava agora, enquanto os caçadores jogavam as lanças e gritavam a vitória. O que provocava as estranhas vibrações? Seria a força de um córrego subterrâneo ou alguma atividade sísmica? Como gostaria de ter seus instrumentos geológicos e o equipamento científico! Ele gostaria de explorar a rocha vermelha protuberante — afinal, viera para a Austrália para desvendar mistérios —, mas Jallara advertira-o de que a montanha era proibida.

— Muito sagrada, muito tabu — enfatizara ela, dizendo que nem o sábio do clã, Thumimburee, podia andar por lá.

Infelizmente, as palavras e a advertência de Jallara só faziam aumentar a curiosidade de Neal. Porém, por mais que tivesse adorado se separar do grupo e sair explorando, ele respeitava suas leis e atinha-se a elas.

Além disso, havia algo mais que ele desejava explorar, e não tinha nada a ver com geologia. Nada a ver com o mundo real, na verdade.

Nos últimos cinco meses, desde a partida do *billabong*, o clã passara por uma morte, dois nascimentos, o rito de passagem de uma menina e de dois meninos. Neal tivera permissão de participar das cerimônias do funeral e dos nascimentos. Mas não do ritual secreto da menina, o que ele tinha compreendido. Mas ao ser impedido de assistir à iniciação dos rapazes, ele não entendera, até Jallara lhe explicar que apenas homens que tivessem passado pela iniciação podiam participar. Desapontado, Neal tivera que ficar no acampamento com as mulheres, meninas e meninos pequenos, enquanto os homens levavam os dois jovens para realizar os rituais secretos na natureza.

Durante toda a noite, sentado ao lado de Jallara diante da fogueira, seu interesse aumentara, ao ouvir, a distância, o som fraco trazido pelo *didgeridoo*, um instrumento de sopro característico dos aborígenes australianos e que pertencia à Thumimburee. E quando os rapazes foram trazidos na manhã seguinte, mal conseguindo andar, a curiosidade de Neal ficara ainda mais aguçada. Jallara dissera que era um ritual de sangue e dor. E não havia exagerado.

Após se recuperarem, os jovens tinham ido para algo chamado "andança" enquanto o clã levantava acampamento e continuava sua trilha sem-fim, deixando os iniciados para trás apenas com suas lanças. Poucos dias depois, quando os jovens se reuniram a eles novamente, houve um alegre *corroboree*, uma cerimônia para celebrar a entrada deles na masculinidade.

— Quer dizer que a andança é uma prova de masculinidade? — perguntou Neal a Jallara.

— Eles vão ver os espíritos, Thulan. Receber mensagem secreta.

Espíritos, Neal pensou. Mensagem secreta. Como a busca de uma visão. O que os rapazes teriam visto? Que mensagens teriam recebido lá, no meio da natureza selvagem com apenas uma lança e sua sagacidade? Como era tabu falar da própria experiência durante a andança, Neal só conseguia imaginar. E sua curiosidade cresceu ainda mais.

Ele acordou uma manhã e percebeu que gostaria de experimentar uma andança.

Quanto mais pensava nisso, mais a ideia o empolgava. Como seria ter uma experiência mística, ter um espírito guia enviando-lhe uma mensagem secreta? Seria possível que um ateu como ele, que não acreditava em nada além do mundo físico que podia ser visto e tocado, conseguiria ter uma experiência mística?

Ele tinha pedido a Jallara que apresentasse seu pedido a Thumimburee, que, para surpresa de Neal, prontamente concordara. O sábio disse a Jallara que como *thulan* os levara ao homem moribundo, que Thulan Sonhando cuidava do estranho, então era permitido que ele passasse pelos ritos espirituais de sangue e dor.

Mesmo assim, a decisão final não foi fácil de tomar. Neal ainda estava obcecado por encontrar Sir Reginald. Justiça e retribuição era o que ele tinha na cabeça dia e noite. Quando o clã partira do *billabong*, cinco meses antes, e começara a viajar para o norte, Neal tinha se horrorizado. Entretanto, para seu alívio, eles logo viraram para o oeste e continuaram a trilha nessa direção desde então. Neal desconfiava de que, como eles seguiam uma trilha paralela à da expedição, quando chegasse a hora de abandonar o clã — o que seria em breve —, ele teria apenas que direcionar seus passos para o sul e acabaria encontrando Sir Reginald.

Agora Neal estava em boa forma física e pronto para a caminhada. Thumimburee oferecera três homens para acompanhá-lo, para atravessar a planície com ele até o ponto onde pudesse continuar sozinho — onde havia muita água, vegetação e caça. Neal estava ansioso para ir. Quanto mais cedo ele abandonasse esse lugar, mais cedo confrontaria Sir Reginald e exigiria uma explicação pelo seu crime — quanto antes também ele chegasse em Perth, mais cedo voltaria para Hannah. Mas, se decidisse passar pelos rituais de iniciação, ficaria retido ali por mais dias, talvez até se arriscando a não encontrar mais Sir Reginald, que agora poderia estar em Perth ou, com certeza, bem próximo. E então seu possível assassino poderia embarcar no primeiro navio de volta para a Inglaterra e ele talvez nunca pegasse o homem que o deixara no deserto para morrer.

Neal olhou para a montanha ígneo dourada do outro lado da planície. Sentiu como se estivesse dividido em três homens: o primeiro, sedento de vingança; o segundo, ansiando para estar com sua amada; e o terceiro, um cientista que sabia que aquela era a oportunidade mais extraordinária que jamais atravessaria seu caminho outra vez.

Que ensaio ele poderia escrever! O primeiro homem branco a participar dos rituais secretos de um povo primitivo, no coração de um território inexplorado. Qual era o cientista digno de seu diploma que deixaria aquilo passar?

Vim aqui para explorar mistérios. O mundo dos espíritos e da metafísica é o maior de todos os mistérios.

No entanto, a experiência não era desprovida de risco. Jallara o advertira de que, às vezes, os jovens que iam para a andança nunca retornavam. Ou, outras vezes, as tatuagens radicais — a primeira fase da iniciação — resultavam em morte devido aos maus espíritos da infecção que penetravam na lesão. E, finalmente, embora raro, acontecia que a mensagem secreta enviada ao iniciado pelos espíritos era tão poderosa, uma mensagem "maior que a cabeça dele", que o fazia morrer bem onde estava.

Enquanto seus companheiros continuavam a buscar presas na paisagem árida, os olhos atentos às trilhas deixadas, às tocas e aos possíveis sons — ou, com sorte, o voo de um pássaro —, os olhos de Neal continuavam fixos na montanha tabu.

Uma vez mais ele tinha a estranha sensação de que ela se comunicava com ele. Como se o desafiasse a se submeter aos antigos rituais de sangue e dor, a deixar seu sangue correr na terra atemporal sob seus pés, como gerações incontáveis de homens antes dele. Não um ensaio, ele pensou de repente. Um livro? A estadia extraordinária de um homem branco com uma tribo "perdida" de aborígenes.

Hannah materializou-se diante dele, um espectro transparente de pé entre ele e a montanha vermelha. Ela sorria, os cabelos soltos, a mão sem luva estendida em sua direção. O deserto implicava com ele, pregando-lhe peças. Então ele pensou: não! Havia um motivo para que aquele lugar espiritual lhe trouxesse Hannah, pois subitamente estava claro para ele que aquilo era algo que o tornaria digno de Hannah. Ele poderia se distinguir como cientista passando pela iniciação secreta e depois escrever a respeito. Uma crônica do tempo passado com os aborígenes, como um antropólogo estudando um clã não afetado pelo contato com os europeus. Seria sensacional. Sua vida com o clã de Jallara seria notícia mundo afora, as pessoas iriam devorar seu livro, sedentas por descrições de uma iniciação secreta. Ele poderia viajar fazendo palestras. Ficaria famoso.

E então pediria Hannah em casamento.

Quebrando o encanto imposto pela montanha ígneo dourada e voltando à realidade, Neal viu que os irmãos Duku e Burnu tinham capturado duas equidnas e um pequeno lagarto enquanto ele ficara ali parado, olhando a distância.

Ele sentiu uma pontada de culpa. Nos cinco meses com o clã, conforme readquirira força e aprendera habilidades com os companheiros, ele tinha feito o máximo possível para contribuir com o suprimento de alimentos. Seus esforços para introduzir o arco e a flecha tinham sido infrutíferos e ele desistira ao ver o talento fenomenal que os homens de Thumimburee tinham para a caça, usando apenas lanças e bumerangues. Seus esforços iniciais com lanças, *woomeras* e bumerangues provocara muitas risadas entre os homens, mas a determinação para sobreviver e seguir seu caminho até Sir Reginald e a vingança o fizera aprender rápido.

Seu plano inicial, antes de ter posto os olhos na montanha, era de separar do clã no dia seguinte. O povo de Jallara iria para uma reunião com todos os clãs, o que se chamava *jindalee*. Era onde, ela lhe explicara, as centenas de membros da tribo renovavam amizades, contavam as notícias e histórias, fortaleciam os laços entre os clãs, os homens sábios sentavam-se para julgar os que haviam agido errado e impunham punições, reforçavam leis e tabus, bebês eram batizados e recebiam espíritos protetores, os ancestrais eram homenageados e as moças encontravam maridos. Agora Neal sabia que o *jindalee* tinha sido o motivo para que o clã fosse para o norte depois de abandonar o *billabong*, o motivo para que continuassem andando em vez de ficarem num único lugar.

Mas ele não se despediria no dia seguinte, apesar de tudo. Ansioso para voltar ao acampamento agora e informar Thumimburee que ele desejava passar pela iniciação secreta, Neal emparelhou o passo com Burnu e Daku, que debocharam amigavelmente dele — suas cestas estavam cheias de caça e a de Neal, vazia. Ele viu Jallara logo adiante, com as outras mulheres, no perímetro do acampamento que eles tinham montado entre um agrupamento de pedras, onde havia uma árvore solitária e um poço artesiano para provisão de água. Ela se ocupava na busca eterna de raízes e tubérculos, castanhas e frutinhas, insetos e larvas.

Alta e com os membros compridos, o torso marrom pintado com desenhos brancos, o cabelo comprido e ondulado, e a saia de palha agitando-se ao vento, Jallara era como a montanha tabu. Exótica, misteriosa, inexplorada. E intocável. Jallara iria encontrar um marido no *jindalee*, entraria para seu clã e se afastaria daquele território, viajando para o de sua nova família. Neal nunca mais a veria.

Desde o primeiro momento em que pusera os olhos nela, quando ela perguntara: "Como vai, senhor?", Neal ficara intrigado com ela. Por muito tempo ele não entendera por que estava tão tomado de amores por ela. Era mais que mera curiosidade, mais que uma reação natural de um homem saudável ao corpo curvilíneo e seios sedutores. Então certa tarde lhe viera a resposta, quando ele a observava sentada à sombra de uma árvore, fazendo uma cesta. Jallara conversava e ria com outras moças e, ao jogar a cabeça para trás, Neal tinha vislumbrado luminosidades castanho-claras em seu cabelo negro, lembrando-o de que ela era meio europeia, fazendo-o pensar em como a mãe ou o pai aborígene encontrara uma pessoa branca, e como tinham ficado juntos tempo suficiente para produzirem uma filha.

Em seus primeiros dias com o clã, Jallara não falava inglês suficiente para lhe contar a história, mas com o passar das semanas, ficando mais tempo juntos, ela foi se lembrando de seu aprendizado na infância e começou a falar melhor. Pelo que Neal conseguira entender, a mãe de Jallara havia se casado com alguém de outro clã, cujo território fazia fronteira com o que eles estavam e ficava a Sudeste. De algum modo, sua mãe tinha ido embora ou sido levada por homens brancos e acabara trabalhando como cozinheira numa estância de gado isolada. Pelo que Neal conseguira concluir, Jallara tinha cerca de 10 anos quando ela e a mãe puderam partir ou fugir, ele não sabia ao certo.

— Nós caminhar, caminhar, caminhar. Seguindo o sol. Nós dormir no Sonhar de Equidna. Nós caminhar. Nós seguir a Linha da Canção do Arco-íris. Nós matar *wallaby*. Nós caminhar, caminhar. Dormir no Sonhar do Gambá. Comer *wallaby*. Nós caminhar, caminhar. Mãe ficar doente. Jiwarli me achar, me trazer para clã de minha mãe.

Então estava ali a raiz de seu fascínio por Jallara. Como ele, Jallara era produto de pais de dois mundos. Enquanto o caso dela era racial, o dele era de classe social, mas havia um estranho laço.

Somos iguais, ela e eu.

Jallara sorriu quando Thulan aproximaram-se. Ela o tinha observado desfrutar a alegria de jogar o bumerangue e visto a distância que este alcançava, aproveitando a nova força de seu corpo, as novas habilidades que havia aprendido durante o tempo que passara com o povo dela. Ele ainda usava uma pele presa à cintura, por recato, e os sapatos, por causa dos pés frágeis, mas seu torso estava pintado de branco para afastar os insetos e maus espíritos, armas de caça ficavam penduradas em suas costas. Ele estava barbado e o cabelo havia crescido. Parecia um caçador.

Thulan a fazia pensar em seu pai, em fazer suposições sobre ele. Jallara nunca tinha pensado muito no pai, mas esse homem branco no meio deles a fizera começar a pensar sobre o assunto. Quem era ele? Como sua mãe havia encontrado o homem branco? Por que ela não tinha ficado no clã *dele*?

E Thulan? O que o fizera sair de seu clã e sair em andança numa terra distante de seu povo? Ele tinha usado palavras como "explorar" e "abrir caminho". Conceitos que ela se esforçava para entender. Ela também pensava quais teriam sido as doenças do coração que o levaram a aperfeiçoar suas habilidades com a lança e o bumerangue.

Jallara o observara durante as primeiras lições e vira determinação no treinamento de Thulan. Muito tempo depois de os outros caçadores largarem suas armas, ele continuava a praticar. Ele se esforçara a ficar forte, e ela não sabia por quê. Quando Thulan acordara de seu sono profundo, nos primeiros dias, ele era alegre e agradável. E então ele mudara. Tornara-se sério e determinado. Tinha dito que se lembrara de uma coisa. Jallara temia que fosse uma coisa ruim, porque sentia uma doença no espírito de Thulan.

Ela tinha curiosidade e fascínio por ele. De certo modo, sentia-se atraída, mas sabia que ele não ficaria com seu povo por muito mais tempo e que um marido a aguardava no *jindalee*. Mesmo assim, ela estava preocupada com Thulan e gostaria de poder fazer alguma coisa para curar a doença de sua alma. A doença tinha um nome: *yowu-yaraa*. Thulan a chamaria de "raiva".

No início, ela tinha dormido com ele, e depois ele a mandara embora. Aquilo a deixara intrigada. As noites estavam muito frias. Em sua família, maridos e mulheres dormiam juntos, crianças dormiam juntas, as pessoas dormiam até com os dingos. Era preciso, para ficar aquecido, e também para que a pessoa não estivesse sozinha ao andar pelos sonhos do sono. Mas Thulan dormia sozinho. Será que isso também fazia parte da doença do seu espírito?

— Jallara — disse Thulan ao chegar perto. — Por favor, diga a Thumimburee que eu decidi ser iniciado no clã.

Capítulo 27

A iniciação secreta consistia de três fases. Neal conhecia as duas primeiras: a tatuagem e a andança. A terceira permanecia um mistério, visto que ninguém falava a respeito. Um tabu a mais num mundo cheio deles.

A provação teve início na noite anterior ao ritual, com Neal sendo separado do meio do acampamento para um lugar entre as pedras, onde um buraco fora cavado e folhas de acácia ardiam em fogo lento. Disseram-lhe que ele devia se acocorar sobre o buraco enfumaçado do anoitecer até o alvorecer, sem comida nem água, sem adormecer, enquanto os homens se sentavam ao redor dele, cantando. Com os joelhos dobrados, apoiado por duas pedras, Neal ficou sobre o buraco enfumaçado até seus joelhos gritarem de dor e ter a sensação de que sua coluna iria rachar. Ele nunca experimentara tal agonia, mas permaneceu lá, decidido a resistir à tortura por amor à ciência.

Ao amanhecer, os homens o levaram para uma caminhada de meio dia de distância do acampamento, afastado dos olhos e ouvidos das mulheres e meninos não iniciados. Ao chegarem a um agrupamento de pedras e moitas de capim, Daku coletou as lâminas compridas do capim, que quando queimadas soltaram uma fumaça preta. Os homens cantavam, aguardando o cair da noite. Quando o sol se pôs, Thumimburee desatou sua trouxa de pele de canguru e tirou dois pedaços de madeira entalhados de modo curioso, chamados *wirra*. Neal pensou que fossem bumerangues, mas não eram simétricas, cada uma tendo uma asa comprida e a outra curta. O lado de trás da *wirra* plana era entalhado com símbolos, e, quando Neal viu o lado de baixo fincado com espinhos afiados, logo entendeu seu propósito.

Enquanto um dos aborígenes mais velhos pegou um *didgeridoo* e se posicionou em seu lugar, os outros formaram um círculo, segurando bastões. Neal foi instruído a ficar ao lado da fogueira, onde Thumimburee gesticulou para que ele tirasse a pele de canguru. Após tê-la largado no chão, o chefe apontou para o recipiente de couro pendurado em seu pescoço. Quando

Neal hesitou em tirar o coletor de lágrimas verde-esmeralda escondido, Thumimburee o fez entender que bastava colocá-lo para trás. A tatuagem, Neal percebeu, seria feita no peito. E seria feita com ele de pé.

Quando Thumimburee deu início à tarefa sagrada, cantando, e o som hipnótico do antigo *didgeridoo* invadiu a noite, Neal tentou permanecer desprendido e objetivo, reparando nos passos do ritual, nos objetos usados, memorizando cada detalhe para o ensaio científico que ele iria apresentar à prestigiada Associação Americana de Geólogos e Naturalistas. O ensaio seria um capítulo de seu livro.

Thumimburee colocou a primeira das longas *wirra* no torso de Neal, à direita do esterno, a asa mais comprida chegando à cintura de Neal e a mais curta curvada sobre o músculo peitoral direito, terminando no ombro. Fazendo uma pressão suave e uniforme, para que os espinhos penetrassem na pele de Neal, Thumimburee pegou uma pedra e começou a bater de leve nas costas da *wirra*. A princípio, Neal sentiu apenas uma ferroada, mas, quando os espinhos penetraram sua carne, ele sentiu dor. A dor brotava e espalhava-se conforme Thumimburee batia todo o comprimento da *wirra*, da cintura ao peito, até o ombro. Os homens cantavam e batiam os bastões, enquanto o *didgeridoo* emitia uma música mais antiga que o tempo e as centelhas subiam da fogueira para as estrelas.

Neal começou a suar muito. Ele não esperava que fosse tão doloroso. Por que não podia deitar de costas enquanto eles faziam isso? Ele se surpreendeu ao sentir o sangue escorrer por sua coxa nua. Estaria sangrando tanto assim? Ele pensou nos dingos famintos vagando pela noite. Enquanto ele apertava os punhos, tentando não gritar, Thumimburee parou de bater e ele relaxou um pouco, mas então a *wirra* foi retirada, e Neal não conseguiu conter um gemido de dor.

Ele ficou com medo de olhar para baixo, com medo de que a visão de tanto sangue o fizesse desmaiar. Antes que tivesse chance de olhar, Thumimburee colocou a segunda *wirra* no lado direito do torso de Neal, e a perfuração foi repetida.

Apesar da queda noturna da temperatura, Neal suava muito, sentia-se zonzo. A dor mais que duplicou. E, agora, o sangue escorria pela outra coxa.

Mesmo assim, através da névoa vermelha por causa da dor indescritível, Neal foi subitamente tomado por um orgulho viril. Era essa a sensação de ser um selvagem nobre? Ele mal podia esperar para registrar sua experiência no papel. Tentou imaginar sua aparência sob o clarão da fogueira, cercado por homens primitivos batendo bastões. Ele então se visualizou — o homem branco e alto bravamente se submetendo ao ritual selvagem, de cabeça erguida, impedindo que gritos de dor escapassem de sua garganta. Como gostaria de estar com seu equipamento fotográfico, que o jovem Fintan estivesse lá com a caixa e o tripé capturando a cena chocante. Que fotografia seria! Ficaria maravilhosa na capa de seu livro — um gosto para o leitor das coisas sensacionais que leria.

Quando o lado esquerdo foi finalizado, ele começou a falar, mas Thumimburee calou-o. Neal observou o homem sábio beber de um saco de pele de gambá e assustou-se, quando ele borrifou o líquido em seu peito, abafando um grito estrangulado. O líquido ardeu mais que fogo. Arquejando por causa da dor, ele olhou para baixo e viu uma água verde-clara escorrer pelos ferimentos abertos. Tinha cheiro de erva. Por mais três vezes o chefe encheu a boca com o suco da planta e borrifou na carne perfurada de Neal, e a ardência se intensificou.

Pensando que não aguentaria muito mais, rezando para que o ritual tivesse terminado, Neal vislumbrou, horrorizado, Thumimburee pôr a mão num saco e trazer um punhado de uma substância vermelha, que ele espalhou em seus ferimentos. Neal observou, sob a luz da fogueira, a argila vermelha, misturada ao seu sangue, ser aplicada em seu torso e esfregada com tal vigor que ele achou que Thumimburee pretendia lhe tirar toda a pele.

Finalmente, quando pensou que seus joelhos fossem ceder, mordendo a língua para se impedir de gritar, ele sentiu as mãos auxiliares sob seus braços, e os irmãos Daku e Burnu sentaram-no no chão, onde ele recebeu um saco de água e muitos tapinhas de congratulações nas costas. Eles passaram a noite no local e, na manhã seguinte, Neal foi levado de volta para se recuperar à sombra da acácia.

As tatuagens levaram duas semanas para cicatrizar. Depois que a dor inicial desapareceu, começaram as coceiras, mas Neal não podia tocar nas crostas que lhe cobriam o peito. Então, a coceira sumiu e as cascas começaram a cair, deixando seu torso branco coberto com uma padronagem surpreendente de pontos, representando o vermelho-ferrugem do coração da Austrália.

Capítulo 28

— O que vem depois da andança? — perguntou Neal. — Qual é a terceira fase da iniciação?

Jallara levantou a mão num gesto que indicava que o assunto era tabu e, portanto, ele só podia rezar para que não fosse algo tenebroso, como comer uma cobra viva.

Era de manhã e havia um burburinho no acampamento, visto que todos adoravam a pompa e o entusiasmo que cercava uma andança. Os meninos jogavam bumerangue ou corriam uns atrás dos outros e os homens estavam em volta de Neal, dando-lhe conselhos, apontando para um lado ou outro, gesticulando, apesar de ele não entender uma só palavra. Todos estavam se lembrando da própria andança, anos atrás, e lhe davam indicações. Mas dessa vez Jallara não estava traduzindo. Ela estava envolvida na sagrada cerimônia de preparação do iniciado para a partida. Enquanto as mulheres pintavam seu corpo e atavam penas em seus cabelos e barba, Jallara passou um colar de dentes de animal por sua cabeça, que pousou em seu peito recém-tatuado, ficando ao lado do invólucro de couro que guardava o vidrinho coletor de lágrimas.

— Não coma *thulan*. Ele é seu espírito do Sonhar. Tabu matar, tabu comer.

Neal tinha aprendido que *thulan* era o nome que eles davam a um lagarto que os colonizadores ingleses chamavam de diabo espinhoso e o qual Neal conhecia pelo nome científico de *Moloch horridus*. Com 25 centímetros de comprimento, o corpo achatado e a pele cheia de espinhos, como o nome dizia, *thulan* tinha a habilidade de mudar de cor e padronagem para combinar com o solo onde estava. Neal encontrara muitos durante as caminhadas com o clã e considerara o pequeno animal feio e lindo a um só tempo. O clã se regalava com *thulans* frequentemente, mas nenhum pedaço era servido a Neal.

— Thulan nada tem a temer comigo — disse ele com um sorriso.

Dessa vez, Jallara não retribuiu. Por que ela estava sendo tão séria? Até a amiga dela, a sempre risonha Kiah, estava estranhamente sombria. Neal imaginou se teria algo a ver com o terceiro ritual, o que se seguia à andança e que era tabu comentar.

— Quando é que vou me reunir ao grupo? — perguntou ele quando estava pronto para partir.

Olhou para os rostos reunidos à sua volta — de pele escura, testas protuberantes e olhos fundos, rostos que ele reconhecia como pertencentes a Allunga, Burnu, Daku, Jiwarli e Yukulta, pessoas que ele passara a considerar amigas.

— Quando chegar a hora — respondeu Jallara.

Neal franziu as sobrancelhas.

— Como assim? Que hora será essa?

— Só Thulan sabe.

— Você quer dizer que a decisão de voltar depende de mim?

— Depende de espíritos, Thulan. Você recebe visão, você volta.

Ele a encarou. Não poderia retornar ao clã até ter uma visão? Ele havia suposto que existia um limite de tempo predeterminado, como sete dias ou até a próxima lua cheia, por exemplo. Ou, possivelmente, quando o iniciado sentisse que já sobrevivera por tempo suficiente. Neal não previra isso. Como faria para voltar se não tivesse nenhuma visão?

Ele começava a pensar se não tinha assumido uma tarefa maior que sua capacidade. Ao olhar para as tatuagens magníficas dos homens e ao ouvir as histórias sobre as andanças, tudo parecera tão viril e aventureiro, o tipo de relato que os brancos em suas salas de estar adoravam ler. Ele não esperava tanta dor e sacrifício. Nem risco de vida.

Mas, agora, não podia mais voltar atrás. Seria covardia. E o que escreveria em seu livro — o que contaria a Hannah? Passou-lhe pela cabeça que poderia inventar uma visão, mas sabia que não era capaz de mentir. Aquela era uma cerimônia sagrada. Mesmo que não fosse sua própria religião, era preciso respeitar as crenças daquele povo.

Neal olhou para a planície ocre e considerou a provação que o aguardava. Já tinha pegado sua parte de *goannas* e *geckos* na armadilha e até derrubara um canguru (embora Daku e Burnu tivessem terminado o serviço). Ele sabia como rastrear equidnas e desentocar roedores, como fazer fogo e como achar água. Como duvidava de que haveria alguma mensagem do mundo espiritual para Neal Scott de Boston, Massachusetts, por mais que estivesse aberto à possibilidade de ter essa experiência, ele teria que escolher a hora de voltar ao clã. Talvez uns cinco dias parecessem razoáveis. E não precisaria mentir. Como era proibido falar sobre a mensagem secreta dos espíritos, ninguém lhe perguntaria sobre os detalhes, sua visita ao outro mundo simplesmente ficaria subentendida.

Finalmente, declarando-o espiritualmente preparado, eles lhe deram uma lança, um cobertor de pele de canguru e nada mais. Thumimburee disse que, se ele não aparecesse depois do ciclo de uma lua, eles iriam procurar por ele e enterrá-lo, pois sua longa ausência só poderia significar que estava morto.

Neal observou-os desmontar os abrigos e amarrar os feixes de varetas nas costas. Apagaram as fogueiras e todos os traços de habitação humana como haviam feito em todos os acampamentos desde a partida do *billabong* e, então, sem olhar para Neal, o clã partiu em direção ao oeste.

Ele ficou olhando para eles por um longo tempo, notando como as ondas tremeluzentes do calor do deserto distorciam suas silhuetas e finalmente os engoliu. Mesmo sabendo que eles estavam a poucos quilômetros de distância, Neal sentiu como se fosse o último homem sobre a face da Terra. O vento, sem o sabor do riso das crianças e da conversa das mulheres, ficou vazio e inquietante. Assobiava pelos seus cabelos compridos e barba, como quem diz: *Enfim, nós o temos sozinho.*

Neal virou-se num pequeno círculo, contemplando a paisagem que no passado considerara desolada. Agora ele a via com outros olhos. Era uma terra de cores. Uma planície cor ocre pontilhada por moitas verdes de capim, emoldurada por formidáveis rochas vermelhas, montanhas lilases e um céu azul brilhante.

— Nós chamamos isso de Nullarbor — dissera ele a Jallara certo dia.

— Por quê?

— Porque não há nada aqui.

Ela não tinha entendido e, na época, Neal não sabia por quê. Será que ela não conseguia ver a terra árida, a falta de uma topografia admirável, onde só sopravam vento e pó? Mas agora ele entendia. Durante suas caminhadas, Jallara indicara áreas que tinham significado sagrado para seu povo: o Sonhar do Formigueiro, a Linha de Canção do Dingo, o lugar onde o Ancestral Espírito-lagarto criara o primeiro *thulan*. Neal ainda não tinha habilidade para distinguir as características que identificavam esses lugares, mas captou o significado do que ela estava falando: que aquela vasta planície de formações rochosas retorcidas, água subterrânea e árvores atrofiadas, era atravessada por antigas trilhas ancestrais e pontilhada por locais de significado religioso e histórico para o povo que vivia ali havia milhares de anos.

Não era uma terra árida e vazia.

— Siga as linhas da canção — dissera Jallara. — Procure por lugares de Sonhar.

Mas por mais que se esforçasse agora, Neal não conseguia ver essas coisas, nem sequer tinha ideia de por onde começar. Mesmo assim, segurando sua lança e seguindo na direção oposta ao caminho que o clã havia seguido, ele decidiu que havia muita coisa para ver ali e era melhor começar logo e não perder tempo. Enquanto servia no HMS *Borealis*, ele lera livros escritos por naturalistas que tinham estado entre os primeiros exploradores do continente e, portanto, durante a primeira manhã de andança ele se orgulhou da capacidade de identificar grande parte da fauna que encontrou. Aquele deserto era o sonho de qualquer naturalista e Neal pensou — ousou até esperar — se não poderia encontrar uma espécie nunca antes vista pelo homem branco e que ele poderia ter a honra de nomear.

Ao meio-dia seu estômago roncou e ele olhou para o aglomerado de pedras que servira de lar para o clã nos últimos dias. Ninguém tinha dito que ele não poderia ficar lá, visto que havia água e pequenos animais para caçar. Mas então não seria uma "andança". Ele presumia que o propósito do ritual era percorrer o terreno e esperar pelas revelações espirituais.

Entretanto, a fome e o raciocínio levaram-no para o antigo acampamento, onde bebeu do poço artesiano e assou um lagarto gordo. Dormiu durante a tarde quente, decidindo que começaria a vagar depois do pôr do sol.

Porém, ao acordar com o sol poente, Neal achou melhor passar a noite ali e sair andando de manhã. Assim, ele se sentou encostado no tronco da acácia e olhou para o céu.

A essa altura já estava acostumado com as estrelas, um impressionante dossel brilhante que nunca se via acima das cidades. Enquanto prestava atenção aos sons de criaturas predadoras, Neal pensou em sua vida até o momento. Recordou-se de seu aniversário de 12 anos, quando Josiah Scott fizera-o se sentar e dissera que ele já tinha idade suficiente para saber a verdade, dizendo: "Eu sou seu pai adotivo", e mostrara-lhe o berço, o cobertor, o vidrinho cor de esmeralda, que ele pensava que continha perfume. Neal nunca se esqueceria das lágrimas que haviam marejado os olhos de Josiah naquele dia, como se, ao contar a verdade ao menino, estivesse perdendo o filho que tivera por 12 anos.

Neal pensou em Hannah, abraçada a ele durante a tempestade perto da ilha de Santa Helena e novamente na estrada poeirenta do Hotel Austrália.

Voltou o olhar para a montanha monolítica que reluzia, vermelha durante o dia, mas ficando roxa à noite, e puxou a pele de canguru mais para junto do corpo. Ele sabia que era outubro, mas não fazia ideia da data. Por mais estranho que fosse, não se importava. Houvera um tempo em que ele sempre tinha data, dia e hora em mente, o cientista condicionado a viver pelos fatos e dados externos, mas sua estada com os aborígenes havia lhe mostrado um modo diferente de marcar a passagem do tempo, por meio das estrelas, do comprimento das sombras e até pelos seus ritmos internos.

Além disso, ele tinha aprendido muito mais. Com Jallara relembrando o inglês e com ele entendendo melhor seus gestos e inflexões, e até obtendo algum conhecimento de palavras aborígenes, ele descobrira um complexo sistema de crença religiosa. Na visão de mundo aborígene, cada atividade, acontecimento ou processo existencial significativo que ocorria num local específico deixava para trás um resíduo vibracional na Terra. O solo, suas montanhas, rochas, leitos de rio e poços d'água, tudo ecoava com vibrações dos acontecimentos que tinham levado cada local a ser criado.

Isso fez Neal pensar na montanha vermelho-ferrugem que agora assomava escura e sinistra contra as estrelas, e ele perguntou-se se as vibrações que imaginara emanando dela tinham se iniciado muito tempo atrás, exatamente pelos eventos geológicos cataclísmicos que a haviam criado.

Jallara também falara sobre o Tempo do Sonho, dizendo que era o "tempo antes do tempo", quando os Espíritos Ancestrais vieram à Terra em formas humanas e outras, para dar à Terra, aos animais e às pessoas sua forma e sua vida, como era conhecida até hoje. E era por causa disso, Jallara explicara, que os Espíritos Ancestrais e seus poderes não haviam partido, mas estavam presentes nos Sonhares vistos ao nosso redor.

Não fazia muito sentido para Neal, que tivera pouca educação religiosa. Josiah Scott levara-o à igreja aos domingos, mas ele mal escutara o sermão feito no púlpito. Uma coisa, porém, fazia sentido. A cada dia passado entre o povo de Jallara, ele passou a entender cada vez mais seus laços com a terra e a natureza. Aprendeu que o clã não se sentia separado do projeto das coisas, que eles não se sentiam superiores aos animais, à água ou às pedras, mas acreditavam serem todos parte da complexa teia que fora fiada no início da criação, no Tempo do Sonho.

Ouvindo o farfalhar nos galhos superiores da acácia, cogitando que tipos de pássaros ou roedores estavam lá, ele pensou novamente sobre sua gratidão a Jallara e seu povo por terem salvado sua vida e seu desejo de lhes retribuir de algum modo. Ele abandonara a ideia de mostrar como fazer abrigos mais resistentes ao perceber que eles necessitavam de habitações leves e desmontáveis para seu estilo nômade de vida. Foi quando tivera a ideia de ensiná-los a ler e escrever. O povo de Jallara possuía uma memória fenomenal. Escutar Thumimburee recitar a história do clã era encantador. "Nós caminhar, caminhar, nós acampar na Linha de Canção da Ema. Caçar canguru. Três sonos. Nós caminhar, caminhar..." Algumas histórias levavam horas para serem contadas ou dias. Impressionante, pensou Neal, mas seria ainda melhor se eles tivessem um registro permanente.

Enrolando-se na pele de canguru, desejando que houvesse mais algumas, pois estava muito frio, ele decidiu que ao chegar a Perth encontraria um modo de levar o alfabeto para o clã de Jallara e os instrumentos para ler e escrever.

Ele se virava de um lado para o outro, num sono inquieto. O silêncio era sinistro. Neal se acostumara a ouvir sons humanos à noite — roncos, suspiros, tossidas —, até mesmo o som de cópulas, que o inquietara a princípio, mas que depois se tornara um som tão natural à noite quanto o choro de um bebê. Finalmente, ele foi levado pelos sonhos. Hannah estava lá, em lampejos rápidos que ele tentava agarrar, mas não conseguia. Sonhou que o clã retornara para buscá-lo, o que o deixou muito aliviado. Houve até uma breve cena com Sir Reginald, na qual Neal acusava-o de assassinato.

Ele acordou com o sol brilhante penetrando pelos galhos da acácia. Bebeu a água do poço e então começou a caminhar. Bem que gostaria de ter um recipiente para levar mais água junto, mas aprendera onde encontrar fontes naquela planície aparentemente árida. Quando precisavam de água, os cangurus cavavam poços para si próprios, às vezes chegando a 1 metro ou mais de profundidade. Não havia uma abundância de cangurus naquela área, mas havia alguns, e Jallara mostrara como encontrar os "poços de canguru". Para se alimentar ele faria o que o clã fazia: procuraria raízes e sementes ou mataria um animal com sua lança. Se tivesse sorte, encontraria ovos de ema, que tinham a casca verde e eram dez vezes maiores que os de galinha.

Ele virou o rosto para o vento quente e deu um passo fora do acampamento.

Então parou.

Sentiu algo atrás dele, sentiu seu calor e vibrações misteriosas.

A montanha.

Neal virou-se e, ao olhar para a coluna de pedra dourada reluzente ao sol da manhã, ele finalmente encarou uma verdade sobre si mesmo: sua decisão de passar pela iniciação nada tinha a ver com curiosidade científica, nem com o desejo de escrever um ensaio sobre a experiência. Agora ele dava-se conta de que fora uma desculpa para ir até lá, sozinho, de modo que pudesse chegar a um acordo com a montanha que, ainda agora, continuava a chamá-lo.

Tabu ou não, ele precisava descobrir o mistério da montanha vermelha.

Capítulo 29

Durante a manhã inteira e tarde adentro, Neal moveu-se sob uma estranha compulsão, seus pés pisando na areia pareciam enfeitiçados, levando-o para perto da montanha que passara do dourado ao vermelho. Mesmo assim, ele não podia aceitar que houvesse forças sobrenaturais agindo.

É curiosidade científica, disse a si mesmo ao chegar à base do penhasco, e, para provar isso, examinou a face da rocha com olho crítico, fazendo anotações mentais: composta de arenito granulado rico em quartzo e feldspato. Soerguimento e dobras tinham resultado em camadas verticais. A superfície sofrera erosão. O desgaste dos minerais ferrosos pelo processo de oxidação dera uma cor ferruginosa à superfície externa.

Ele queria estender o braço e tocar a parede, mas sentiu um medo súbito.

Tenho um diploma universitário em geologia. Sou um cientista.

Ainda assim, ficou paralisado na base da montanha e sentiu o poder da rocha vermelha que cegava com a luz do sol. Será que a montanha era magnética?

Não, Neal pensou enfim, sentindo algo dentro de si render-se a poderes maiores que ele. Não há magnetismo. Não há córregos subterrâneos nem perturbação sísmica. Não há nada geológico ocorrendo aqui, nada que pertença ao mundo físico.

De repente, ele entendeu que, em algum ponto nos últimos dias, sem que soubesse, havia mudado de um cientista objetivo para um homem espiritualmente faminto, que ansiava por uma mensagem do mundo oculto.

E se os espíritos realmente me enviassem uma mensagem, o que seria?

Embora seu cérebro o lembrasse de que ele prometera respeitar as leis e tabus do povo de Jallara, seu coração ouviu o chamado dos espíritos no interior da montanha. Uma vez mais se sentindo atraído por um desejo que não era seu, os pés de Neal começaram a andar, seguindo a base arenosa do penhasco liso, como um homem à procura de um caminho de entrada. Pisou em pedrinhas e seixos, escombros lavados da superfície enferrujada há milênios, e seguiu as pegadas recortadas da montanha com o sol da tarde cegando-o, o calor, insuportável. Suando em profusão, ele retirou a pele de canguru dos quadris e largou-a no chão com o cobertor de pele. Continuou a explorar a base da montanha. O suor pingava em seus olhos. Ele passou a mão na testa, que voltou encharcada. O povo de Jallara sempre dormia durante a parte mais quente do dia. Neal sabia que devia estar fazendo o mesmo.

Sua mão afrouxou em volta da lança, que caiu no chão, e ele continuou a andar, agora com o sol por trás, de modo que sabia que andava em círculo e que acabaria chegando ao lugar onde havia começado. Por que estava fazendo isso? O que esperava encontrar?

Ele obteve a resposta quando, olhando para o chão, viu o lagarto espinhoso em seu caminho.

O animal pareceu parar, olhar para ele e depois seguiu em frente, movendo-se rapidamente com leveza. Neal o seguiu até que, de repente, o *thulan* desapareceu dentro da rocha. Mas, quando examinou a superfície, ele ficou surpreso por descobrir um espaço ali. Eras atrás, a rocha havia se separado do corpo principal da montanha, criando um estreito desfiladeiro.

Neal entrou e o que ele viu o fez segurar a respiração. O sol oblíquo iluminava a parede do rochedo íngreme que se erguia liso e majestoso do solo do deserto, curvando-se no topo, formando uma estranha projeção, que lembrava uma onda pronta para quebrar na praia, petrificada numa crista eterna. Sua mente de cientista tentou identificar a rocha e sua idade descomunal, como ela fora impulsionada terra acima. Porém, ele só conseguia pensar na beleza da onda de pedra com suas camadas avermelhadas de laranja e amarela. Parecia irreal.

E então ele viu.

Pessoas. Homens e mulheres. Crianças e animais. Símbolos formando nuvens, sol e lua. Um desfile interminável, executado por diversas mãos, com diferentes pigmentos: vermelho, branco, amarelo e preto. As figuras marchavam pela face da rocha com membros longos, halos nas cabeças e lanças nas mãos. Cangurus batendo em retirada. Bebês mamando. Um idoso de cabelos brancos sendo deitado num túmulo. A cronologia o deixou desconcertado. Neal aprendera que no idioma de Jallara não havia palavras para ontem, hoje e amanhã. Eles nunca falavam de um futuro, embora entendessem que o passado ficara para trás. Não pareciam necessitar de um conceito de tempo, pois viviam no agora constante. Então, como explicar essa crônica? Foi quando ele entendeu. Cada geração vinha a essa parede de pedra e registrava o seu *agora*, criando uma série de "agoras".

Todas aquelas figuras, caminhando, correndo ou deitadas, matando cangurus ou arrancando moitas de capim, eram gerações de uma família. O clã de Jallara. Neal imaginou Thumimburee recitando a longa narrativa enquanto a família via as representações daqueles que vieram antes deles. Ali estava o registro permanente das pessoas que ele tinha pensado que precisavam de um alfabeto e instrumentos de escrita.

Continuando a seguir o mural, ele viu pais e filhos passando por todas as idades. Chegou até um homem que levava um menino pela mão, ambos segurando bumerangues. Um pai ensinando o filho a caçar. Lágrimas arderam nos olhos de Neal.

Então ele lembrou-se de *outras* lágrimas. Uma lembrança de sua infância, esquecida fazia muito tempo. Um Neal de 9 anos havia chegado cedo da escola certo dia e fora até o gabinete de Josiah Scott, encontrando-o sentado, chorando. Neal percebeu que devia ter reprimido a lembrança porque aquilo o deixava constrangido — um menino encontrar de surpresa o homem que ele idolatrava e vê-lo chorando como uma mulher —, mas agora a cena voltava na sua mente em detalhes vívidos — Josiah Scott sentado diante de sua escrivaninha segurando suas roupas de bebê, o cobertor e o coletor de lágrimas verde-esmeralda, enquanto soluçava com todo o coração.

Neal mantivera a cena chocante enterrada por 18 anos. Ele devia ter saído correndo da casa, embora não tivesse lembrança disso. Ver seu pai chorar daquela maneira assustara-o. Josiah Scott, que era uma fortaleza para o menino, que sabia tudo e que era uma rocha de estabilidade tal, que o filho não tinha conhecido um momento sequer de insegurança. Neal jamais havia comentado isso, Josiah nunca soube que o menino testemunhara seu momento de fraqueza e ele nunca mais pensara nisso.

Até agora. Estranho que figuras primitivas pintadas numa pedra antiga tivessem trazido isso à sua memória, agora. Qual seria o propósito?

Com um nó na garganta, Neal voltou a andar entre as duas paredes de rocha, o sol já não batia nele, mas ainda iluminava figuras de palito que aos poucos assumiam uma aparência fantástica. Ele pôs a mão na parede e poderia jurar que a montanha vibrou.

O ar ficou pesado, ele ouviu um zunido. A parede parecia continuar eternamente. As ilustrações ficaram mais primitivas, menos identificáveis. Pela erosão aluvial da parede, Neal deduziu que as pinturas eram muito antigas, talvez tivessem milhares de anos. Ele estava voltando no tempo.

Jallara explicara-lhe sobre seus ancestrais: os Primeiros que tinham vindo da Serpente do Arco-íris, e ela apontara para o céu. Ver as pinturas de milênios passados deixara-o impressionado. Os homens iam ficando com aparência menos humana até, perto do fim, atingirem proporções imensas e darem a impressão de ter as cabeças encerradas em bolas transparentes, aparentando vir do céu. No limite superior do mural havia estrelas e o que pareciam ser chamas. O que eram aqueles seres? Jallara chamara-os de criadores.

Olhando fixamente para as figuras, Neal sentiu o ar se modificar à sua volta, como se a pressão atmosférica estivesse caindo e subindo.

Então, diante de seus olhos incrédulos, as figuras da parede começaram a se *mover*.

Neal soltou um grito e caiu para trás. Sua boca abriu-se de horror quando ele viu braços e pernas, finos e negros, se moverem na superfície rochosa, criaturas unidimensionais que se alongavam, respiravam, de carne e osso. Ele congelou de pavor ao vê-las andando diante de seus olhos, como se fosse um grotesco espetáculo de sombras, e de repente braços esticaram-se para fora, agarrando-o e puxando-o para a parede.

Ele gritou. Não conseguia respirar. Estava asfixiado na rocha. Figuras negras com braços e pernas em desenho de palito dançavam em volta dele. Chamas desciam do céu. Neal viu homens impossivelmente altos vindo em sua direção, com globos de vidro envolvendo suas cabeças. Ele gritou de novo, sem que nenhum som saísse. Ficou imobilizado na rocha enquanto os animais ganhavam vida, cangurus com corpos deformados e gaviões descendo com garras afiadas. À sua volta, na atmosfera avermelhada que o sufocava, ele viu criaturas amedrontadoras nas camadas da pedra. Mãos de dedos longos estendidas para ele.

Ele correu. Parecia um sonho. Suas pernas não tinham energia. Sentiu mãos segurando-o. Lutou para fugir, para sair da pedra.

Socorro!, sua voz silenciosa gritou. *Alguém me ajude!*

Subitamente, no denso sedimento e na camada de rocha que o aprisionava, Neal viu uma luz vindo em sua direção, tornando-se mais brilhante quando se aproximava, e, ao alcançá-lo, ele viu que era uma linda mulher — não uma figura palito em tinta preta, mas uma mulher de carne e osso, de cabelos louros, pele clara e um esvoaçante vestido branco. Ela sorriu para ele por um instante, com os cabelos flutuando em torno da cabeça e, então, ela inclinou-se para a frente e sussurrou algo em seu ouvido. Enquanto Neal sentia as figuras escuras retrocederem para dentro da rocha, a mulher cobriu o rosto com as mãos. Ao removê-las, ele viu que estavam cheias de diamantes. Levantando os braços, ela deixou que os diamantes caíssem como uma chuva no rosto de Neal, que estava virado para cima, e, onde as pedras tocaram sua pele, ele sentiu alfinetadas luzidias de vida e alegria.

No instante seguinte, ele estava fora da rocha e no ar frio da noite, piscando para o céu noturno. Ofegante, ele arfava por ar como um homem recém-salvo de afogamento. Seus olhos ficaram desfocados por um instante. Ele não sabia onde estava. E, então, viu Jallara olhando para ele.

Neal piscou. Ela estava ajoelhada ao seu lado e ele viu o vidrinho coletor de lágrimas em sua mão. Ela havia rompido o lacre e derramou as lágrimas de sua mãe em seu rosto.

Tremendo e lutando para respirar, ele ergueu-se, apoiado num cotovelo. Desnorteado, Neal olhou em volta e viu que já não estava no desfiladeiro da rocha, mas distante da montanha sagrada.

— Eu encontro você — disse Jallara, entregando-lhe o coletor de lágrimas, agora vazio. — Você não acordar. Espíritos segurar você. Guardar você. Eu chamo "Thulan", você não ouve. Preso no mundo do espírito. Eu uso lágrimas de mãe para você nascer de novo.

Franzindo as sobrancelhas, ele sacudiu a cabeça para clarear a mente. Devia ter corrido para fora da montanha quando pensou que estava correndo dentro da parede, mas tinha ficado preso no pesadelo até...

— Jallara, eu tive a mais impressionante das visões! — disse ele, a respiração voltando ao normal, embora seu coração continuasse acelerado. — Não sei quem ela era, talvez um anjo. E recebi sua mensagem.

— Thulan não deve contar.

— Eu posso lhe contar, Jallara, porque é uma coisa linda e algo que eu devia saber e talvez soubesse. Ela me contou que Josiah Scott é meu pai verdadeiro. — Agora ele tinha certeza de que era por essa razão que a memória do dia em que vira Josiah chorando viera à tona, que as primitivas figuras palito de pais e filhos despertaram, sua memória para lhe contar o que testemunhara quando menino. Aquilo não tinha sido um momento de fraqueza, mas uma expressão de angústia de seu pai.

Neal olhou para as estrelas que espiavam acima do cume da montanha e depois para Jallara, para seus olhos iluminados.

— Não sei se você entende tudo o que digo, porém preciso lhe contar. Josiah Scott é meu pai verdadeiro, disso não tenho dúvida. Não fui deixado na porta dele. Ele ficou comigo porque, por alguma razão, minha mãe não pôde ficar. No dia em que fiz 12 anos e ele me disse que eu tinha idade suficiente para saber a verdade, quando disse que era meu pai adotivo, havia lágrimas em seus olhos, e eu pensei que era por ele estar falando uma verdade dolorosa. Agora acredito que foi para proteger minha mãe. Não fui uma criança rejeitada, Jallara, mas um filho do amor, e isso é uma coisa bem diferente. Josiah Scott e minha mãe estavam apaixonados, mas foram proibidos de se casar. Agora eu também sei por que eles nunca se casaram. Ele nunca deixou de amá-la. Mas...

— Mas o quê, Thulan?

— Se a mulher que apareceu em minha visão era de fato minha mãe, isso significa que ela está morta?

Jallara fez um gesto negativo com a cabeça.

— Significa que o poder da lágrima dela salva sua vida.

Neal esforçou-se para se levantar, mas descobriu que estava incrivelmente fraco e ficou sentado na areia fria. Apesar de estar nu e da noite gelada castigá-lo, ele não sentia frio. Então, teve outra preocupação.

— Jallara, você me disse que a montanha era tabu, mas eu tive de vir aqui. Não consegui ficar longe. Por favor, perdoe-me se a ofendi ou aos seus ancestrais. Suponho que agora não serei iniciado no clã. Em defesa devo dizer que segui um *thulan* lá para dentro.

Para sua surpresa, ela sorriu.

— Você vai porque montanha chama. Ancestral chama. Você é um de nós, Thulan.

Ele fitou-a.

— Era para eu ir até lá? — Ele suspirou, apertando os olhos erguidos para a parede íngreme do rochedo, que tinha um céu estrelado por pano de fundo. — Ela tem um nome?

— Sem nome.

— Quando eu voltar para a civilização, vou acrescentar a montanha Sem Nome ao mapa da Austrália.

E então ele pensou: Não, senão os brancos virão procurar por ela, dessacralizá-la e dar-lhe um nome, como Vitória ou Albert. Talvez até finquem uma bandeira no cume. Neal estremeceu com a ideia.

Uma brisa gelada soprou, trazendo geada, mas Neal só percebia os cabelos ondulados de Jallara esvoaçando.

— Jallara, Thumimburee sabia o que eu descobriria ali?

Ela meneou a cabeça.

— Cada visão é diferente.

Neal pensou nisso e deu-se conta de que a andança não tinha nada a ver com sobrevivência, mas sim com revelações espirituais e autoconhecimento.

— Se eu não tivesse pedido para ser iniciado em seu clã — disse ele com admiração, maravilhado com os caminhos misteriosos do mundo oculto —, não teria vindo a essa montanha, não teria visto a parede ancestral e não teria percebido que tenho um pai e que sou o filho de alguém.

De que modo um cientista poderia explicar isso, pois nenhum instrumento, nenhuma ferramenta ou mapa inteligente poderia analisar, medir e categorizar sua experiência mística.

Os Primeiros me converteram, Jallara. Agora eu acredito definitivamente no mundo dos espíritos.

Ela balançou a cabeça e deu um tapinha no peito dele.

— Thulan já acreditava em espíritos. Sempre estiveram aí.

Neal perguntou-se se ela tinha razão. Realmente fazia sentido que, se um homem ansiava em descobrir a existência de um reino espiritual, então parte dele já devia acreditar.

— Aprendi outra coisa sobre mim mesmo — disse ele, baixinho, os ossos ainda doendo como se realmente tivesse ficado preso na rocha. — Sou arrogante.

Ela o fitou, intrigada.

— Arro-gante?

— Eu achava que tinha todas as respostas para o seu povo, que eu poderia milagrosamente criar um melhor modo de vida para vocês, dando-lhes arcos e flechas e cabanas mais resistentes, quando vocês conseguiram viver e sobreviver aqui por milhares de anos. Aquele mural é o registro da história de vocês, não é?

Ela sorriu.

— Ancestrais. Primeiros Seres. Thumimburee.

Ele assentiu. A primeira e mais nova figura que se via ao entrar na onda de pedra era a do atual sábio do clã.

— Agora nem posso acreditar no que eu disse quando saímos do *billabong* cinco meses atrás, sobre não importar para onde seu povo fosse porque vocês não tinham cidades nem casas para visitar. Eu via isso como o mundo de um homem branco. Mas não é. Vocês têm seus referenciais, seus lugares que os chamam. Nós vemos seu povo como nômades sem objetivo porque não conseguimos enxergar as linhas da canção nem os lugares do Sonhar.

Neal tivera certeza absoluta de que o povo de Jallara se arrependeria de deixar o poço abundante de água. E então ficara atônito ao ver o clã chegando a depósitos ocultos de água — buracos no solo de calcário, cobertos com pedras e vegetação rasteira, cheios de água doce. Ele achava que lhes iria ensinar como viver, quando eles haviam solucionado isso milhares de anos atrás. Neal sorriu, encabulado.

— Seria como se Thumimburee entrasse na casa de meu pai na Beacon Street e nos dissesse que nossa lareira estava errada, que fazíamos a iluminação de modo errado, que nossas camas eram ridículas e, então, nos mostrasse o modo *certo* de viver. Eu via a mim mesmo como o homem branco superior que vinha instruir vocês. Ao passo que, na verdade, foram vocês que *me* instruíram.

Neal ficou em silêncio e fitou Jallara. Sua mente estava se desanuviando agora, o corpo recuperando-se da provação. À medida que a experiência dentro da montanha ia se distanciando e parecendo mais um sonho do que um acontecimento real, ele foi retornando ao presente e à realidade, e, de repente, quis saber o que Jallara estava fazendo ali.

— Por que você está aqui? Thumimburee sabe que me seguiu?

Quando ela sorriu recatadamente e o fitou sob os espessos cílios negros, os olhos de Neal arregalaram-se. Ele notou algo diferente em Jallara. Ela estava toda enfeitada. Ele nunca a vira assim. Penas, muitos colares de sementes, ossos e dentes. Um colar era feito de conchas. Onde eles tinham encontrado conchas no meio de um deserto?

— O que... — começou ele. E então entendeu. — *Você* é o terceiro ritual.

— Primeiro, dor — disse ela com um sorriso. — Segundo, mundo dos espíritos. E agora, virilidade.

Embora tivesse sentido um súbito desejo, ele viu-se dizendo:

— Nós não somos casados. E prometi amor a outra pessoa.

No entanto, ele calou-se. Jallara não estava ali por amor ou dedicação, nem para roubar seu coração de Hannah. Sua presença junto dele naquela montanha sagrada tinha mais a ver com religião do que com necessidades carnais. Será que tinha sido escolhida para a tarefa pelo fato de ser meio branca? Será que ela havia pedido? Ou teria competido com outras moças e ganhado? Não importava. Quanto mais ele a fitava sob o luar, olhando bem no fundo de seus exóticos olhos negros e via os lábios úmidos e sensuais sorrindo, mais ele deixava de questionar o momento.

Jallara enfiou a mão num saquinho que trazia pendurado no cinto de sua saia de palha e tirou folhinhas verdes que tinham um forte aroma. Pressionou-as nos lábios de Neal e ele sentiu um sabor amargo, mas não de todo desagradável. De outro saquinho ela tirou frutinhas vermelhas. Neal esperou que ela lhe desse para comer, mas, em vez disso, Jallara pressionou-as no próprio pescoço, inclinando a cabeça e levando o cabelo para trás, esmagando as frutinhas na pele nua, fazendo o sumo escorrer pelo ombro. Para surpresa de Neal, ela ergueu a mão e puxou sua cabeça de maneira que sua boca fosse de encontro à polpa doce da fruta, e a mistura dos dois sabores produziu um gosto inesperadamente delicioso e erótico.

Jallara afastou-se dele e ficou de pé. Estendeu os braços e sussurrou uma canção, enquanto executava uma dança sedutora à luz do luar. Neal ficou fascinado pelo balanço de seus seios e pela ondulação de seus quadris. Quando ela pôs os braços para trás e desatou o cinto da saia de palha, tirando a roupa farfalhante e jogando-a para o lado, Neal viu que ela estava completamente nua, e gemeu de desejo.

Ao terminar sua dança, a pele brilhando com a transpiração, Jallara ajoelhou-se diante dele e, gentilmente, empurrou-o para trás, deitando-o na areia. Inclinando-se, ela balançou os longos cabelos para a frente e para trás sobre a ereção de Neal. Passou a língua levemente pelas tatuagens ainda sensíveis. Ele inalou a fragrância de terra almiscarada, e suas mãos começaram a explorar as colinas e vales da misteriosa paisagem de Jallara.

Puxando-a para si, ele gemeu de excitação. Ela o enlaçou com os braços, enquanto Neal, deixando-a de costas e olhando no fundo de seus olhos, acariciava-lhe os seios, os mamilos e o ventre.

Jallara estreitou-o em seus braços e com os lábios quentes e úmidos no ouvido dele murmurou, em seu idioma melódico, palavras que para Neal soavam como água caindo nas pedras.

Quando ele a penetrou, Jallara envolveu-o com suas coxas firmes, atraindo-o mais para dentro de si. Olhando para a montanha que riscava as estrelas, ela pensou: O que será que Thulan viu lá dentro?

Jallara nunca estivera dentro da montanha. Nenhuma mulher jamais estivera, e era tabu para elas; os homens nunca falavam sobre isso. Ela sentiu inveja, desejando poder experimentar o que Thulan havia experimentado. Pela primeira vez em sua jovem vida ela perguntou-se por que os homens criavam lugares secretos para si, proibidos para as mulheres. Ela pensou sobre isso enquanto tinha o homem branco em seus braços, sentindo sua masculinidade dentro dela, sentindo seu hálito quente nas faces e no pescoço. E algo lhe ocorreu que jamais ocorrera antes: *As mulheres já têm seus lugares secretos, e neles criam vida.*

Jallara gemeu de prazer. Thulan estava quente e forte em seus braços, com os lábios pressionados em seus cabelos, pescoço e ombros. Ela sentiu uma umidade na pele e percebeu que ele estava chorando. Os iniciados muitas vezes choravam após sua provação, pois as visões espirituais eram poderosas. Lembrando-se de que havia pensado que Thulan necessitava de cura e sabendo que em poucos dias eles se despediriam, ela afagou o cabelo dele e sussurrou palavras doces em seu ouvido.

Com Thulan movendo-se ritmicamente dentro dela, Jallara sorriu para as estrelas e agradeceu ao espírito da montanha. A doença abandonara a alma de Thulan.

Capítulo 30

— Socorro! *Socorro!*
Hannah levantou a cabeça e escutou. Alguém tinha gritado por socorro? O uivo constante do vento naquela desolada terra árida pregava peças aos ouvidos. Ela apertou os olhos para a claridade da tarde e avaliou os arredores — o deserto de areia vermelha estava desfigurado por 12 buracos enormes entremeados por montes de entulho, dando à planície desolada a estranha aparência de um campo de toupeiras gigantes.
A própria Hannah estava ajoelhada ao lado de um dos montes, esquadrinhando a mistura de areia e pedras trazidas das minas. Com uma pequena picareta curva, ela procurava por pedras preciosas que pudessem ter passado despercebidas pelos garimpeiros dentro das minas. Já tinha encontrado várias opalas grandes — de azul-claro a pretas, com o centro da cor do fogo.
— Socorro! Teve um maldito desmoronamento aqui!
Hannah levantou-se depressa. De qual dos poços vinha o chamado? Ela viu os homens correndo e, quando se reuniram em torno de uma cratera e olharam para baixo, ela percebeu que era a mina onde trabalhava Ralph "Church" Gilchrist, o tropeiro das proximidades de Toowoomba. Como as opalas só eram encontradas embaixo do solo, era preciso cavar os poços e depois cavar túneis paralelos à superfície. Pelo que Hannah supunha, ao se juntar aos outros, o poço de Church estava livre, fora o túnel adjacente que havia desmoronado.
— Ei, camarada, você está bem? — gritou Mike Maxberry.
Subiu uma voz fraca.
— Tirem-me daqui. O teto está vindo abaixo. Se precisarem de incentivo, estou segurando uma opala do tamanho do seu fundilho.
Agora estavam todos parados na beira da cratera, olhando para a escuridão lá embaixo. Charlie Olde afunilou as mãos dos lados da boca e gritou:
— Church, seu caipira burro, pode nos ouvir? Se estiver morto, dê um grito.

Hannah notou que, apesar de brincarem, o medo estava estampado na fisionomia de cada um deles. Até agora ninguém havia perdido a vida num desmoronamento, mas a ameaça estava sempre presente, e toda manhã, enquanto os homens desciam em direção às minas, os pensamentos retumbavam em suas mentes alta e claramente: *Será hoje o dia em que serei enterrado vivo?*

— Preciso do balde! — gritou Church em resposta.

Jamie O'Brien pediu o sarilho, uma enorme engenhoca, que exigiu a força de seis homens para rebocá-lo de outra mina para a de Church e fixá-la sobre o buraco. Os homens de Jamie o haviam construído com tábuas de carroção e eixos de roda, consistindo de um cilindro horizontal apoiado em dois troncos verticais, girado por duas manivelas, de modo que a corda de içamento enrolava-se no cilindro, fazendo o balde descer e subir. Era usado para içar o entulho na escavação das minas. O equipamento fez Hannah pensar num gigantesco poço dos desejos.

Ajudando a ancorar o sarilho e a fixá-lo, Jamie gritou:

— Estamos descendo o balde, Ralph. Você vai conseguir remover a terra que está obstruindo a passagem?

O'Brien já não precisava de tala nem muletas para andar, embora ainda mancasse. Enquanto ele lidava com o sarilho pesado, Hannah não conseguia tirar os olhos de sua musculatura rija. Ele estava sem camisa, e seu torso brilhava, transpirando com o sol da tarde. Hannah inundou-se de desejo.

A ânsia por Jamie O'Brien, que crescia a cada dia, deixava-a assustada. Ela não estava apaixonada por ele. Seu coração ainda pertencia a Neal, mas seu corpo parecia ter mente própria.

Certa noite, durante um jantar composto por lagarto assado e pão, ele lhe perguntara:

— Quando é que você vai me chamar de Jamie?

— Apesar de estarmos no deserto, Sr. O'Brien, é preciso manter o decoro. Na verdade, creio que precisamos fazer isso exatamente *porque* estamos longe da civilização — respondera Hannah.

Mas ela sabia que chamá-lo de Sr. O'Brien tinha mais a ver com manter uma barreira entre ela e o homem por quem estava ficando assustadoramente atraída. E porque desconfiava de que Jamie O'Brien sentia-se do mesmo modo em relação a ela. A maneira como ele a olhava, o sorriso seguro que lhe dava do outro lado da fogueira crepitante, fazia Hannah temer uma investida por parte dele a qual não conseguiria resistir.

Ela tirou algumas mechas de cabelo do rosto, estreitando os olhos contra a luz do sol de fim de tarde para observar o balde descer no poço, com espaço suficiente para um homem com os cotovelos dobrados. O vento soprava no deserto sem dar trégua, noite e dia, de norte a sul, de leste a oeste. Hannah estava sempre segurando as saias e com os cabelos esvoaçando. Fazia tempo que perdera seu chapéu, carregado pelo vento.

Contudo, ela não cabia em si de contentamento. Ao tirar o curativo da tíbia de Jamie e ver o ferimento limpo, Hannah soubera que o iodo prevenia a infecção típica de ferimentos graves, como fraturas expostas. Que outros milagres o preparado poderia realizar? Quando Mike Maxberry oferecera-se para acompanhá-la de volta a Adelaide, ela havia pensado no que poderia fazer com o dinheiro, se as opalas realmente fossem tão preciosas quanto Jamie O'Brien tinha dito — poderia sair do Hotel Austrália e ir para um lugar somente seu, onde estudaria e faria experiências, ampliando seu leque de aprendizado. Além de ajudar muitas outras pessoas. Ela havia pensado: Neal está atravessando o Nullarbor com Sir Reginald. Alice está em turnê pelas colônias com Sam Glass, e Liza Guinness pensa que estou com Neal. Ninguém sentiria sua falta e, então, ela dissera que gostaria de ficar e caçar opalas.

Depois de ter comprado seu misterioso mapa do tesouro, Jamie conversara discretamente com caçadores de ouro e pedras preciosas — os garimpeiros — a fim de aprender sobre opalas, e, com base no que um velho garimpeiro tinha lhe contado, ele soube que seria preciso abrir buracos e escavar com uma goiva em busca delas. Desse modo, ele e Maxberry haviam coletado equipamentos e mantimentos por toda Adelaide, nunca muito de um só lugar para não levantar suspeitas e provocar uma "corrida" de caça ao tesouro. Jamie e seus homens tinham trabalhado noite e dia no local que Sam Fedor encontrara, até toda a área ficar tão cheia de buracos, cada um com seu próprio minerador escavando por dentro, que Nan rira ao dizer: *Kooba peedi*, que em sua língua significava "homens brancos nos buracos". Jamie pegara a faca e entalhara numa das pedras: *Coober Pedy*.

A princípio, os achados não tinham sido espetaculares — pedacinhos de pedras azul-claro e não exatamente os "milhões" que um Sam embriagado havia noticiado —, mas Jamie e seus homens sonhavam com grandes nacos de pedras da cor do fogo como contavam as lendas. Portanto, haviam dado início a um garimpo sério, criando um lar no pequeno e movimentado assentamento 800 quilômetros ao norte de Adelaide, que era formado por seis barracas, um cercado para os cavalos, um pequeno galpão feito de paus e palha para trabalhar as opalas e um banheiro feito de tábuas de um dos carroções e construído por Blackie White, que declarara:

— Construa a fossa bem funda da primeira vez e não vai precisar ficar mudando.

Como a água era racionada, Hannah pendurava as roupas sujas para que o sol, o vento e a areia chicoteassem as roupas até deixá-las limpas.

E não era apenas dificuldade e trabalho. Charlie Olde e Sam Fedor eram muito bons com as pistolas e havia carne em quase todas as refeições e o que os dois ex-vaqueiros não pegavam, Nan conseguia com sua vara de cavar. Os três irmãos, Roddy, Cyrus e Elmo, pedreiros com quem Jamie se ligara em Botany Bay, e quem Hannah não conseguia diferenciar devido a grande semelhança entre eles, garantiam a diversão noturna com música. Roddy no banjo, Cyrus na rebeca e Elmo assobiando pelo meio dos dentes que faltavam na frente.

E sempre havia Jamie, com seu impressionante repertório de histórias do Outback.

Enquanto todos observavam Jamie e Blackie White trabalharem com o sarilho, esperando Church cavar o caminho de saída — e Hannah tentando não olhar para as costas suadas e braços fortes de Jamie —, um aroma de comida cozinhando chegou até eles. Nan estava numa das fogueiras, assando um lagarto gordo que ela pegara na armadilha e matara, cozinhando-o no couro, ao estilo aborígene. Hannah não conhecia a história de Nan. Ninguém conhecia. A julgar pelas marcas em seu rosto escuro, ela certamente tivera um grave caso de catapora, uma doença dos brancos. Jamie dissera que Mike Maxberry não falava sobre a mulher nativa com quem vivia, contando apenas que todo seu clã havia perecido de uma epidemia de catapora, sendo Nan a única sobrevivente. Por algum motivo, ela se unira a Mike e estava com ele desde então.

Apesar de saber inglês, Nan não falava muito, mas Hannah a ouvira dizer que aquela região do Outback era chamada de Planície de Fogo pelos aborígenes. Uma região inóspita que no verão ficava mais quente que labaredas, aonde "nem sequer os negros vão".

Esta era a origem do que estava incomodando Hannah naquela tarde ensolarada do setembro primaveril, enquanto ela buscava opalas deixadas para trás nos montes de entulho: o temor crescente de que os homens estivessem tão dominados pela febre das opalas que não abandonassem aqueles campos quando fosse chegada a hora. E a hora, o verão escaldante, estava para chegar em breve.

Subitamente, ouviu-se um rugido surdo lá embaixo.

Os homens entreolharam-se, amedrontados.

— Church! — chamou Jamie. — Você ainda está aí?

Eles ficaram atentos, mas só ouviram o assobiar do vento.

— Vou descer — disse Jamie.

— E se perder também? — gritou Maxberry. — É suicídio descer lá. Ralph está enterrado!

Jamie subiu na lateral do buraco e, apoiando pés e mãos na parede de pedra do poço, enfiou o pé direito no balde, agarrou-se na corda e disse:

— Desçam o molinete.

Roddy, o pedreiro ruivo, assumiu o comando e girou a manivela com a ajuda de Blackie White. Eles esperaram num silêncio ansioso enquanto o molinete rangia, levando Jamie O'Brien para o abismo, a cabeça loura sendo engolida pela escuridão. Ouviu-se um baque surdo no fundo e, então, a retirada apressada de pedras, a respiração pesada e a voz ocasional:

— Aguente firme, Church. Estou chegando.

Hannah mordiscou o lábio inferior. Na semana anterior, Jamie havia comentado sua preocupação de que as perfurações dos poços estavam sendo feitas muito próximas umas das outras, possibilitando uma situação perigosa pela desestabilização daquele trecho do deserto. Com os sons subindo do fundo do buraco, sem que nenhum viesse de Ralph Gilchrist, Hannah olhou para o horizonte distante, para aquelas centenas de quilômetros de desolação plana varrida pelo vento, e pensou: *Ninguém sabe onde estamos.*

Finalmente:

— Peguei ele!

E, enquanto Roddy e Blackie faziam força no sarilho, içando Ralph do poço, mãos se estenderam, prontas para agarrá-lo.

Ralph estava coberto de sangue devido a um ferimento na cabeça. Hannah correu imediatamente para o lado dele quando os amigos o deitaram no chão. Ele estava completamente desperto, Hannah pôde ver, e sentia muita dor. O desmoronamento o golpeara com pedras e o deixara cheio de cortes e arranhões.

Os homens brincaram com Ralph para elevar seu ânimo. E o próprio Ralph, sorrindo, balbuciou:

— Parem de rir, seus cretinos. Isso não é tão engraçado como parece!

Mas ao ver a careta de dor de Ralph Gilchrist, revelando seus dentes, Hannah teve um choque.

— Deus misericordioso! — murmurou ela.

Pondo-se de pé, subitamente trêmula, ela disse:

— Por favor, levem-no para a barraca. Cuidarei dele lá.

Jamie subiu e saiu do poço, sendo ovacionado pelos amigos, porém Hannah estava muito atordoada para felicitá-lo pela bravura.

Os caçadores de opala não sabiam, mas teriam de lidar com uma situação muito grave e letal.

Capítulo 31

Quando Hannah terminou de cuidar dos ferimentos de Ralph Gilchrist, nenhum dos quais era grave, ela saiu da barraca e notou que a noite caíra e que os homens reuniam-se em volta da fogueira principal. Sam Fedor catava biscoitos entre as brasas, enquanto Nan, após tirar o couro do lagarto, servia nacos da carne suculenta nos pratos de metal. Hannah observou-os passando um saco de lona com água de mão em mão, do qual bebiam sem contenção.

Ela estava preocupada com o suprimento de água que minguava dia a dia. As escassas chuvas de inverno tinham conseguido encher os barris e Nan sabia cavar em leitos secos de regatos e dali retirar água salobra com a ajuda de um bambu. Porém, um verão sem chuvas aproximava-se. Embora agora houvesse água suficiente para os homens e cavalos, em breve acabaria. Hannah havia guardado um pouco da água preciosa para usar como colírio, devido à constante ameaça de uma conjuntivite denominada "praga da areia", mas nem esta duraria muito.

E agora eles tinham uma preocupação ainda maior. Ela voltou a olhar para a barraca onde Ralph Gilchrist gemia. Ele não tinha muito tempo de vida, e isso nada tinha a ver com o desmoronamento.

Hannah levantou o rosto para o vento frio. O ar estava diferente esta noite, estranho. Seria um prenúncio de chuva? Mas nenhuma nuvem cobria as estrelas brilhantes e glaciais.

Ela olhou para Jamie O'Brien diante da fogueira, notando que ele pusera uma camisa limpa, uma que ela havia pendurado para que o vento e a areia arejassem. Por cima, o familiar colete de couro preto com botões prateados. E, embora precisasse se abster de se barbear por causa das restrições de água, ele mantinha a barba loura-escura curta e o cabelo aparado na altura do colarinho.

Ao olhar para os rostos dos outros homens iluminados pelo brilho do fogo, enquanto eles comiam, riam e conversavam, Hannah pensou no quanto aquela era uma fraternidade solidária. Era a camaradagem peculiar do Outback, ela sabia, onde o perigo era tão frequente que muitas vezes a única coisa entre um homem e a morte certa era o amigo cavalgando ao seu lado.

Portanto, o problema de convencer esses homens a abandonar o campo de opalas, que era uma questão de vida ou morte, estava nas mãos de O'Brien. Hannah sabia que, se ela conseguisse convencê-lo a ir embora, os outros o seguiriam.

Contando uma história, Jamie estava de olho em Hannah, parada do lado de fora da barraca de Ralph Gilchrist, que era dividida com Tabby e Bluey Brown. Ela estava com uma expressão preocupada. Será que Church estava bem? Hannah era um espetáculo de mulher, pensou ele com um ímpeto de desejo. Seu vestido vira dias melhores, e fiapos de cabelo esvoaçavam pelo rosto bonito, mas ainda assim cada centímetro dela era de uma dama.

Hannah Conroy ocupava os pensamentos de Jamie noite e dia. Ele sonhava com ela. Trabalhando em sua mina, cavando o arenito, ele imaginava como seria abraçá-la, beijá-la. Após anos perseguindo rabos de saia e desfrutando de conquistas amorosas, Jamie considerava-se imune ao amor, que nem chegara perto.

Até aquele momento.

Agora ele sabia de onde vinham as canções e poemas sobre romance e fidelidade eterna. Antes pensava que eram apenas palavras fantasiosas compostas por jovens cegos de amor. Agora, desejava ter dom para a poesia e o lirismo, pois o simples pensamento *Eu amo essa mulher* soava inadequado e distante de seus sentimentos verdadeiros.

— Você sempre conta a história de forma errada, Jamie — implicou Charlie Olde. — O cachorro sentado na marmita. Do jeito que eu ouvi, a palavra não era *sentado*.

Enquanto os outros riam, Jamie resmungou:
— Veja como fala.

E, de repente, vendo Hannah lá parada, Charlie corou e desculpou-se com ela. Hannah, porém, não se sentiu ofendida. As histórias de Jamie O'Brien a fascinavam.

Entretanto, por mais pitoresco que ele fosse, Hannah percebia que Jamie não conhecia muitas coisas além da Austrália e de sua própria experiência. Ele viajara bastante e vira muitas coisas, mas, quando ela fazia menção a Keats ou Byron, ele não sabia do que ela estava falando. O'Brien nada sabia sobre história ou ciência, e seu conhecimento de geografia, fora da Austrália, era escasso. *Nunca estive na Inglaterra. Soube que chove muito.* A inteligência de Jamie O'Brien restringia-se ao seu cérebro rápido e astucioso, à sua capacidade de enganar os outros engenhosamente e de ficar um passo à frente da lei.

Hannah não podia deixar de compará-lo a Neal, o que reconhecia não ser justo, mas ainda assim era inevitável. Neal, que era um homem instruído e amante dos livros, um cavalheiro sedento de conhecimento, de solução para os mistérios, um homem honesto e íntegro e com quem ela havia pensado que morreria uma vez.

Como era possível sentir-se atraída por dois homens ao mesmo tempo? E homens tão diferentes um do outro. Talvez *fosse* possível, se as emoções também fossem diferentes. Seu amor por Neal era profundo e certo, fazendo-a ter um sono agitado e cheio de sonhos. Seus sentimentos por Jamie eram menos certos, menos definíveis e mais imediatos. A sensação era de que ele era proibido para ela e, portanto, excitante. Talvez não fosse amor, mas desejo. Desejo, sem dúvida.

Hannah sempre aguardava com ânimo as noites em volta da fogueira — na companhia de homens que eram tímidos e bem-educados com ela, que cuidavam do que diziam e a chamavam de Srta. Conroy sob um vasto céu estrelado, ouvindo as histórias de Jamie O'Brien. Ela pensou nas lindas baladas que eles comporiam e imaginou Alice cantando-as num palco para uma plateia fascinada. Jamie tecia contos pitorescos sobre tropeiros e pastores de ovelhas, soldados e bandidos, mulheres imorais e esposas virtuosas, exploradores e aventureiros, vagabundos e bandoleiros do cerrado, nativos que saíam em andança e homens que bebiam e jogavam, abrindo mão de suas vidas para perseguir sonhos ilusórios. Jamie contava histórias sobre aborígenes chamados Pingjim e Joe e montanhas de nome Karra Karra e Wellington, de cidades com nomes antigos e modernos, como Gundagai e Vitória. E se gabava das próprias trapaças, tirando dinheiro de homens crédulos, vendendo terras que não existiam, roubando cavalos e carroças das tropas de Sua Majestade, tudo contado num tom sarcástico e com um largo sorriso.

Hannah juntou-se ao grupo em torno da fogueira, tentando pensar em como lhes daria a última notícia.

— Se a senhorita acha isso engraçado — disse um dos três irmãos ruivos, de boca cheia —, devia estar com a gente no dia em que o Jamie aqui foi abordado por um inglês de nariz empinado que tinha acabado de desembarcar. O sujeito disse que tinha ouvido falar de um animal curioso que a gente tem aqui, um tipo de urso que mora nas árvores. Então Jamie disse para o almofadinha que o animal chamava-se *dropbear*, um "urso que cai". "Eles se chamam assim", disse Jamie, "porque caem dos eucaliptos e chupam as órbitas de quem estiver passando embaixo." O almofadinha, então, quis muito ver um, e Jamie disse-lhe que, para se proteger, ele devia esfregar urina de cachorro na cabeça antes de sair andando.

— Sabe, Srta. Conroy — começou Blackie White, como que competindo pela atenção dela —, depois de conhecer Jamie a caminho de Brisbane, eu o levei para casa e minha mãe disse que ele não tinha maneiras de porco. Mas eu o defendi e disse que ele tinha sim.

— Ei, Jamie — disse Tabby, o lenhador —, já contou para a Srta. Conroy da vez em que lutou boxe com um canguru?

Jamie sorriu e disse a Hannah:

— É verdade, eu boxeei com um canguru, mas deixei-a vencer porque estava com um filhote na bolsa.

Enquanto os outros riam, Hannah disse, baixinho:

— Sr. O'Brien, posso ter uma palavrinha consigo, por favor?

Eles foram para o galpão das opalas — quatro eixos de carroça apoiando um telhado de gravetos e palha —, onde haviam feito uma espécie de mesa com tábuas e barris, sobre a qual depositavam os achados de todos os poços: lascas de arenito engastadas com opalas exuberantes de todas as cores do arco-íris. O resgate de um rei.

Quando Jamie teve certeza de que ninguém os ouvia, virou-se para Hannah e perguntou:

— Então, como está Church?

— Os ferimentos são de menor importância.

— Graças a Deus. Quando vi todo aquele sangue, fiquei preocupado.

Jamie estava sem chapéu, de modo que seu cabelo da cor de ouro antigo estava despenteado pelo vento noturno. Mas havia luz suficiente de um lampião que tremeluzia para fazer seus olhos azuis brilharem, como as opalas sobre a mesa. Sem os outros em volta, apenas com o silêncio da noite e as estrelas acima, Hannah sentiu um súbito nervosismo. Ele estava bem próximo e sorriu, enrugando os cantos dos olhos.

— Sr. O'Brien, temos uma situação grave nas mãos. Exatamente o que eu temia aconteceu. Ralph Gilchrist está com escorbuto. — Quando ele não reagiu, ela acrescentou: — O senhor deve conhecer isso como "Mal do Barcoo".

Os olhos dele arregalaram-se.

— Tem certeza?

— As gengivas dele estão sangrando. É o primeiro sinal. Ele vai piorar.

— Como foi que ele pegou?

— O escorbuto é provocado por deficiência dietética. Meses sem comer nada além de biscoitos e carne.

Ele coçou a barba.

— Então, como é que nós não temos?

— Todos teremos, é só uma questão de tempo. Antes que o Sr. Maxberry fosse me buscar no Hotel Austrália, eu estava me alimentando de frutas e vegetais. É provável que meu organismo ainda tenha um suprimento do suco ácido necessário que previne o escorbuto. Imagino que nos meses anteriores da partida de Adelaide o senhor e seus homens se alimentavam adequadamente. Está claro que o Sr. Gilchrist, não. A alimentação dele já era deficiente; portanto, foi o primeiro a mostrar os sintomas. Mas eu lhe garanto, Sr. O'Brien, se não voltarmos imediatamente para Adelaide, seremos todos atingidos pela doença.

— Qual é a gravidade desse escorbuto?

— É fatal em todos os casos.

Jamie ficou sério.

— Você não tem nenhum remédio para isso?

— O escorbuto não é como as doenças que são acompanhadas de febre. É uma doença de insuficiência nutricional. A menos que ele se alimente bem, com frutas e vegetais, vai morrer. Assim como todos nós, Sr. O'Brien, se ficarmos aqui por muito mais tempo. Se não quiser ir para Adelaide, pelo menos leve seus homens para a cabeceira do golfo Spencer, onde há vegetação e água fresca.

O vento aumentou, farfalhando a palha acima da cabeça deles e fazendo os postes de apoio oscilar e ranger. Alguns fios do cabelo de Hannah tinham se soltado do coque e fustigavam suas faces. Jamie resistiu ao impulso de ajeitá-los para trás.

— Não é tão simples, Hannah. — Ele passou os dedos pelos cabelos grossos. — Eles se demitiram dos empregos, levantaram acampamento, deixaram mulheres e namoradas para trás, prometendo que voltariam ricos.

— Já temos opalas — disse ela, gesticulando para a mostra generosa sobre a mesa.

— Não é o suficiente, não ao ser dividido por 12.

— Eles podem ficar com a minha parte.

— E podem ficar com a minha também, mas ainda assim não é suficiente. Eles investiram as economias de toda uma vida para comprar as carroças, os cavalos, todos os mantimentos e as ferramentas. Vão querer o dinheiro que investiram e mais. Você viu como esses homens trabalham, o quanto estão motivados. A cada pedacinho de opala que encontram, eles ficam mais obcecados em encontrar mais.

Quando ela começou a protestar, Jamie a interrompeu:

— Hannah, esses homens são mais que camaradas por acaso. Quando Mike e eu escapamos da estrada de trabalho forçado e a polícia mandou um batalhão atrás de nós, eu fui direto procurar a ajuda deles. Eles nos deram um esconderijo, comida e despistaram a polícia. Devo minha vida a esses homens, então, quando consegui esse mapa do tesouro e sabia que estava encontrando uma coisa boa, quis compartilhar com os homens que me salvaram a vida.

O vento aumentou e Hannah precisou segurar as saias.

— Se for para saldar uma dívida, Sr. O'Brien, pode fazer isso salvando a vida *deles* agora.

— Mas é como isso. Sim, Ralph está com escorbuto, mas nenhum de nós tem sinal disso. Eles não vão querer ir embora enquanto se sentirem bem, e não sei se quero obrigá-los a isso. Olhe só para o jovem Charlie — disse Jamie, apontando para o mais novo do grupo em volta da fogueira. — Eu o encontrei em Murrumburrah faz uns dez anos. Isso foi bem antes de me colocarem para trabalhar acorrentado. Eu estava solto naquela época e na estrada à procura de serviço de tosador quando encontrei esse garoto cavando um buraco num campo. Ele chorava porque estava enterrando o irmão. Então larguei minha trouxa e acabei de cavar o túmulo, depois cobri o irmão dele com terra. Charlie me contou que tinha ficado completamente só no mundo. Tinha 15 anos e eu, 23. Então o convidei para ficar comigo e nós acabamos na Estância Bunyip, onde ele conseguiu um emprego de vaqueiro, trabalhando sob as ordens de Sam Fedor, com quem eu já tinha feito amizade no ano anterior. Seis anos depois, esses dois me esconderam junto com Mike, deram-nos comida e mentiram para a polícia que tinha ido até lá à nossa procura. Eles assumiram um grande risco, porque, sem dúvida, nos abrigar significaria cadeia para eles. Eu prometi torná-los ricos e não posso dar para trás na minha palavra.

Jamie calou-se e olhou para as mãos calejadas, com o forte vento soprando neles e fazendo os homens em volta da fogueira se esquivarem das centelhas que voavam.

— Ralph Gilchrist — disse ele, baixinho —, estava sendo assaltado por bandoleiros quando eu o encontrei na estrada. Comprei a briga e juntos os pusemos para correr. Se não fosse por mim, Church teria morrido ou ficado aleijado. Então ele me deu um serviço de verão e uma boa vida pastoreando a manada. Hannah, eu tenho uma amizade especial com cada um desses homens, e não vou decepcioná-los.

Ela pensou no que ele tinha dito e algo lhe ocorreu. Desde que ele lhe contara que fugira de casa, Hannah o considerava um homem sem família. Contudo, não era bem assim. Jamie O'Brien tinha uma família bem coesa. Nunca havia pensado que família poderia ser mais que relações de sangue. Mas agora, pensando em sua amizade com Alice e Liza Guinness, ela percebia que as considerava como família. Isso a surpreendeu. Na noite em que seu pai tinha morrido, ela se vira sozinha no mundo. Mas, como Jamie dissera, não era assim.

Antes que ela pudesse fazer uma nova tentativa de persuasão, um relâmpago súbito iluminou o céu, seguido por uma trovoada ensurdecedora.

— Que... — disse Jamie, virando-se para o clarão bem quando um segundo relâmpago brilhou no céu escuro.

Ele e Hannah olharam, surpresos, para os raios de um branco cegante que subitamente riscaram o céu, clareando tudo ao redor.

— Ei! Uma tempestade está chegando! — gritou Blackie White, enquanto os homens levantavam-se num salto. — E está vindo *rápido*!

Vendo monstruosas nuvens negras materializando-se na noite, vindo ao encontro deles, os homens largaram os pratos e saíram numa corrida frenética em direção dos barris vazios do acampamento, pondo-os de pé para coletar a água da chuva.

Outro clarão ofuscante enquanto mais raios riscavam o céu, atingindo o barracão de opalas que começou a queimar. A pele de Hannah arrepiou-se. Os pelos de sua nuca eriçaram. Os raios agora vinham rapidamente, correndo ao longo da planície em direção ao acampamento vulnerável, ramificações brancas e quentes atingindo o solo várias vezes seguidas. Parecia que todo o deserto tinha ficado subitamente eletrificado. Os trovões eram ensurdecedores.

— Precisamos entrar nas minas! — gritou James. — Não é seguro ficar aqui! Alguém pegue o Church!

Roddy e os dois irmãos correram até a barraca de Ralph Gilchrist e o trouxeram para fora, segurando-o pelas pernas e braços.

O vento estava enfurecido agora, os relâmpagos precedendo as rajadas onde uma nova tormenta estava se formando. A chuva era um milagre e uma bênção naquela terra ressecada, mas as espadas de fogo que dividiam o céu e inflamavam a terra eram apavorantes em seu brilho e intensidade, o ribombar dos trovões era tão alto que parecia que o céu estava se partindo ao meio.

Jamie O'Brien pegou Hannah pelo punho e saiu correndo com ela.

— Aqui embaixo! — gritou ele, enquanto o restante dos homens dirigia-se às minas.

— Depressa, Hannah! Estou bem atrás de você!

— E os cavalos?

— Não podemos fazer nada por eles. Depressa!

Ela começou a descer, tateando os apoios entalhados na parede de pedra e prendendo os pés nas anáguas. Viu Mike Maxberry ajudando Nan a descer num poço próximo, suas silhuetas sinistras contra um raio súbito. Pensou que eles tinham sido atingidos, mas em seguida viu Mike pular sobre a borda do poço atrás de Nan.

Quando Hannah estava na metade da descida, ela olhou para cima, mas não viu Jamie.

— Sr. O'Brien! — chamou ela. — *Jamie!*

Ele apareceu brevemente.

— Preciso ajudar os outros. — E se foi.

Chegando ao fundo, Hannah olhou para cima, ansiosa para ver Jamie. Um raio ziguezagueou e atingiu o solo, iluminando a noite com uma claridade maior que o dia. Entre as precipitações de raios, a mina mergulhava num negrume profundo, como Hannah jamais tinha visto. Ela ouvia os homens gritando. Sentia o cheiro de fumaça e enxofre.

Então lá estava ele, descendo pela cratera. Ela observou Jamie descer enquanto lá em cima os relâmpagos iluminavam a noite e os trovões ribombavam estrondosamente

— Todos estão dentro dos poços — avisou ele, arfando ao se aproximar.

Os trovões retumbavam e sacudiam o chão. Hannah pensou no desmoronamento de Ralph Gilchrist.

— Estamos seguros aqui embaixo — disse Jamie ao chegar ao fundo.

Com o clarão de um relâmpago ele encontrou uma tocha de parede, que havia em todos os poços, e, riscando um fósforo, acendeu a ponta alcatroada. A chama iluminou um túnel estreito com paredes irregulares de pedra. Hannah viu formões e picaretas no chão. Ao ver o cobertor, ela se deu conta de que eles tinham escolhido a mina onde Tabby gostava de cochilar após o almoço.

O túnel era estreito, com o teto poucos centímetros acima de suas cabeças, e não se estendia muito no subterrâneo, cerca de 3,5 metros, Hannah supôs. Podia dar a sensação de um túmulo, porém o ar frio descia, a chama tremia e Hannah podia ouvir a tempestade acima.

— Podemos nos acomodar melhor. — Jamie pegou a mão de Hannah e ajudou-a a se sentar no chão sujo de lascas de arenito.

— E se a chuva descer pelo poço? — perguntou Hannah, enquanto ele sentava ao lado dela, os dois com as costas apoiadas na parede.

— Vou ficar de olho. Por agora é com os raios que precisamos nos preocupar.

Hannah observou as sombras dançando na parede em frente. Ela conseguia esticar as pernas, mas havia pouco espaço. A proximidade de Jamie fez seu coração acelerar.

Ela precisava falar:

— Sr. O'Brien, quando saí da barraca de Church, o senhor fez Tabby se desculpar por algo que ele disse sobre um cachorro que se sentou numa marmita?

Jamie riu baixinho enquanto, acima deles, os raios desciam do céu e queimavam o solo do deserto com suas forquilhas de fogo. Ele olhou para Hannah, sentada tão perto que seu braço encostava no dele. Assim, próximo e com a luz da tocha na parede, ele via os detalhes de seu rosto, as sobrancelhas arqueadas, os cílios espessos emoldurando as íris acinzentadas. Sua pele havia bronzeado nos últimos meses. Hannah Conroy já não estava tão pálida, mas iluminada com um dourado saudável do Outback. Ele estremeceu de desejo.

— Conhece a história?

Ela meneou a cabeça. A proximidade de O'Brien impossibilitava-a de respirar. Hannah lutava contra os seus sentimentos, combatia o desejo crescente, a dor que era, ao mesmo tempo, familiar e nova.

— É uma velha história — começou Jamie, sentado com os joelhos dobrados, os punhos apoiados neles, uma posição relaxada que ocultava o tumulto de suas emoções. — Remonta aos primeiros tempos da exploração de New South Wales. Foi uma época difícil e arriscada, com mantimentos e materiais sendo transportados por trilhas improvisadas, em terrenos irregulares, por carretas de bois. Às vezes, as carretas atolavam e o carreteiro tinha que sair em busca de ajuda. A história é sobre o cachorro do carreteiro que guardava a marmita de seu dono, onde a comida do tropeiro é armazenada, enquanto ele saía em busca de ajuda.

Jamie virou-se para Hannah, os olhos de ambos encontrando-se.

— Foi num verão, levando uma manada, minha carreta atolou a uns 15 quilômetros ao sul de Gundagai. Depois de muitos esforços e adversidades, quando voltei, o velho Prince ainda estava lá, guardando minha marmita. Só que tinha morrido de fome fazendo isso, pois não se afastou do tesouro que guardava. Imagine, morrer de fome guardando uma marmita cheia de comida. Enterrei o velho Prince naquela mesma caixa onde ele tinha ficado sentado por tanto tempo.

— É uma história triste — murmurou Hannah.

— É por isso que Tabby teve que fazer uma piada. Os homens não gostam de chorar na frente dos companheiros. Então dizem que a palavra não é *sentar* na marmita.

Hannah fitou Jamie por um instante e quando entendeu o significado sorriu.

— O senhor deveria escrever suas histórias — disse ela, baixinho, a respiração presa nos pulmões, o peito apertado de desejo. Secretamente, ela havia se prometido para Neal, contando os dias até eles estarem juntos de novo. Mas ali estava aquele homem, vigoroso e bronzeado, tão pitoresco quanto as histórias que contava e que vivia segundo um estranho código que misturava honra e crime. Hannah queria ser abraçada por ele, queria experimentar a excitação e a sensualidade de Jamie O'Brien.

— Não sei se consigo ficar sentado por tempo suficiente para escrever as coisas — comentou ele, mantendo os olhos fixos nos dela, observando as íris acinzentadas refletindo a tremeluzente luz da tocha. — Há pouco, quando fui ajudar os outros, você chamou por mim, e me chamou de Jamie.

— Chamei? — sussurrou Hannah.

Jamie imaginou se, caso ele a beijasse agora, ela retribuiria, e eles continuariam a se beijar até a tempestade passar?

No passado, quando uma mulher agradava-o, ele não tinha nenhuma dificuldade em cortejá-la e ser galanteador até que os dois, felizes da vida, estivessem aproveitando os prazeres da cama. Ele não tinha escrúpulos em beijar e depois dizer adeus. Não que fosse desprovido de sentimentos. Ele sempre fazia questão de que uma mulher não lhe entregasse o coração, que ela tivesse a mesma opinião que a dele quando se tratava apenas de uma brincadeira travessa, sem criar laços. E, quando pegasse sua trouxa e partisse, ele sempre queria ter certeza de deixar a mulher com um sorriso no rosto.

Mas com Hannah era diferente. Por mais que quisesse abraçá-la naquele momento — que ardesse de desejo, de fato —. e por mais que soubesse que isso deixaria nele uma lembrança eterna, não parecia certo. E pela primeira vez na vida irregular de Jamie a palavra "casamento" veio-lhe à cabeça.

O momento estendeu-se enquanto a tempestade passava sobre eles, jogando rajadas de vento frio poço abaixo e iluminando com clarões. O túnel ficou aconchegante. Hannah afastou o olhar de Jamie, pigarreou e disse:

— Como posso convencer seus homens a retornarem ao Golfo Spencer antes que sejam atingidos pelo escorbuto?

Antes que Jamie respondesse, ela acrescentou:

— Eu sei o que os homens dizem de mim, que não passo de uma parteira e que não sei de nada. Já ouvi isso antes. Mas curei a sua perna, não foi? Então, pelos menos o senhor sabe que tenho habilidades e conhecimentos além dos de parteira.

Ele lhe lançou um olhar prolongado e investigativo antes de dizer:

— E me pergunto como pode ser isso? Como é que uma dama aprende coisas que só os homens sabem?

Hannah contou sobre seu pai, de como o ajudara com seus pacientes, como ele a ensinara tudo que sabia e das coisas que havia aprendido desde então.

— Eu sei sobre o que estou falando no que se refere à ameaça do escorbuto.
— Não duvido disso.
— É frustrante, Sr. O'Brien.
Ele olhou para os lábios rosados e úmidos.
— O quê?
— Tudo o que quero fazer é curar os doentes.
— Parece bem fácil.
— Para um homem, é. As mulheres, porém, sofrem limitações.
— E quem está limitando você?

Hannah se deteve nos olhos azuis por vários batimentos cardíacos, depois desviou o olhar para o teto irregular do túnel. Um trovão ressoou, sendo ouvido a distância. Os relâmpagos haviam cessado.

— Ouça — disse ela. — Está chovendo.

— Ainda não dá para subir. Só quando estivermos seguros quanto aos raios. Vou ficar de olho no poço para garantir que não fique inundado. Vai ficar muito frio aqui embaixo, Hannah. — Jamie pegou o cobertor de Tabby e entregou para ela. — Enrole-se nisso.

Hannah estendeu o cobertor sobre eles dois. A temperatura estava caindo, mas a claridade da tocha tremeluzente criava a ilusão de intimidade e aconchego. Escutando o som suave da chuva sussurrante, Jamie pôs o braço em volta de Hannah, segurando-a apertado. Ela encostou-se nele. Jamie O'Brien cheirava a pó e suor, seu corpo rijo como a rocha que os abrigava. Sentindo o calor do corpo dele através de seu vestido, ela pensou nas histórias contadas em volta da fogueira, no que ele tinha dito sobre os homens que trouxera para aquele lugar desolado, nos laços profundos que os uniam, em suas histórias únicas e compartilhadas, e também pensou sobe sua atração por Jamie homem, que se originava, em parte, pelo fato de ele ser australiano. Jamie O'Brien tinha nascido ali. Sua alma recebera a faísca geradora daquele país, ligando-o à terra vermelha e aos eucaliptos de um modo que nenhum imigrante poderia ser.

Hannah sentiu um desejo desesperado de estar com ele, de ser parte de Jamie O'Brien, assim como desejava ser parte da Austrália, de pertencer a ambos. Seu coração, porém, ainda ansiava pelo homem que a abraçara e beijara a bordo do *Caprica*, oscilando à beira da destruição. Laços de amor e de uma experiência compartilhada a ligavam a Neal Scott de um modo que ninguém mais conseguiria entender.

Ela queria estar com Neal, mas ao mesmo tempo...

Jamie pensava na mulher abrigada em seu braço. Ele sabia que naquele instante seria fácil beijá-la, abraçá-la e possuí-la. Porém, sentia estranhas mudanças em seu interior, sentimentos novos e um golpe de consciência ao qual não estava acostumado.

Ele precisava pensar.

Afastando-se do calor de Hannah e do cobertor, Jamie foi se posicionar na base do poço enquanto a chuva caía lá em cima. Ele nunca tinha olhado para dentro de si antes. Conhecia a configuração da terra australiana, mas sua própria paisagem interna lhe era desconhecida. Ele sempre acreditara que não valia a pena examinar as coisas muito de perto, especialmente a si mesmo. *Viva um dia após o outro e não faça perguntas*, era a regra de Jamie O'Brien.

Agora, porém, ele estava olhando sua vida em retrospectiva e vendo as coisas com um novo olhar. *Será* que ele sempre tinha em mente o que era melhor para seus companheiros? Jamie sempre acreditara ser uma pessoa generosa, mesmo quando trapaceava nas cartas, pois sempre dividia o que ganhava com os amigos. Mas todas as travessuras eram ideias suas e os companheiros simplesmente o seguiam. Nunca lhe ocorrera perguntar: "O que você acha, Bluey?"

Ele pensou em Hannah, que estava exercendo um estranho efeito sobre ele. Ela não era como as carolas que ficavam do lado de fora dos pubs entregando panfletos bíblicos aos homens que saíam trôpegos. Hannah não parecia reprová-lo nem um pouco, mas o fazia pensar em sua mãe, em quem ele não pensava havia anos. E se ela tivesse vivido? Será que sua vida teria sido diferente? Onde aquela influência gentil, calma, o teria levado? Era isso que Hannah Conroy estava fazendo com ele agora? Jamie apreciava sua vida errante, parando onde lhe aprouvesse, seguindo adiante quando o horizonte chamasse, às vezes fazendo um serviço honesto; outras, manipulando as cartas.

Hannah não o julgava, mas ele estava julgando a si mesmo agora. E, ao repensar sua vida, seus atos, ao pesar suas façanhas e motivações — com a consciência, adormecida durante todo esse tempo, despertando —, a mais incrível das revelações iluminou a mente de Jamie. Que talvez não lhe competisse punir os homens gananciosos do mundo só porque seu pai havia sido um deles.

Pigarreando, Jamie virou-se para Hannah e disse:

— Vou falar com meus camaradas. Vou falar sobre o escorbuto, e se todos concordarem podemos ir embora amanhã.

Amanhã... *Você me verá antes do Natal*, Neal dissera em abril. Agora era outubro. Faltavam poucas semanas para o Natal. Será que ele já estava de volta a Adelaide, procurando por ela, deixando Liza Guinness preocupada, agora que ela sabia que Hannah não estava com ele?

— Obrigada — murmurou ela, e ficou olhando Jamie subir o poço e desaparecer na noite acima.

Capítulo 32

Quando Hannah acordou, estava amanhecendo, e ao sair da mina para o ar frio revigorante ela viu que a chuva deixara poças e laguinhos, com nuvens gordas refletindo nelas. O mundo tinha um cheiro fresco e renovado.

Como a lousa de uma sala de aula, limpa e à espera para ser usada, pensou Hannah ao esticar os músculos doloridos. Ela estava fascinada com a visão daquela paisagem linda e arrebatadora. Ela já vira muitas auroras naquele lugar fantástico que os homens tinham apelidado de Coober Pedy, mas o enxergara como um deserto árido, sem vida e sem cor. Agora, porém, com os raios dourados do sol varrendo a terra, iluminando as antigas formações rochosas e as crateras, e montes mais recentes feitos pela mão do homem, ela viu que o deserto cintilava como uma coberta de joias. Os depósitos minerais das salinas brilhavam com a cor do arco-íris. O céu tinha a luminosidade da madrepérola. Pássaros esculpiam seus caminhos no céu acima. Hannah viu pequenos lagartos e roedores aparecerem na areia como num passe de mágica. Ela sabia que, em breve, as plantas floresceriam ali, mesmo que por pouco tempo. E o vento soprava fresco e puro, trazendo a promessa de um novo dia e recomeços.

De repente, ela passou a pensar nas pessoas que havia conhecido: Lulu Forchette, cujo nome certamente era falso, vivendo no luxo; o Sr. Day, o próspero jornaleiro da praça Vitória, que estaria limpando estrebarias se tivesse ficado na Inglaterra; Alice Starky, que agora era chamada de Star, passara de criada de cozinha à queridinha da voz de ouro no palco de um teatro de variedades. Pensou num homem chamado Gladstone, que entrara no Empório Kirkland certo dia, um barbeiro-dentista que tivera a audácia de se intitular "doutor" e cujo consultório na Hindley Street estava sempre cheio, suas cadeiras de dentista sempre ocupadas e com pacientes à espera.

E quem está limitando você, perguntara Jamie O'Brien lá embaixo, na mina.
E agora Hannah era capaz de responder: *Eu estou.*

No Hotel Austrália, na estância dos Sete Carvalhos, no consultório do Dr. Davenport, na sala de Lulu Forchette, em todos os lugares onde Hannah fora, ela havia entregado um cartão que a identificava como Srta. Hannah Conroy, parteira diplomada.

Contei às pessoas quem e o que eu era. Mas e se eu dissesse que sou outra coisa?

Ela virou na direção do acampamento, onde os outros começavam a chegar, maravilhados que as barracas ainda estivessem de pé e que apenas o teto do galpão de opalas tinha sido queimado, porém deixando as pedras intactas. Hannah procurou por Jamie e o encontrou no galpão, vasculhando as cinzas ao lado de Mike Maxberry. Ao erguer a cabeça e vê-la, ele largou o que estava fazendo e correu até ela.

— Eu ia descer agora mesmo para buscar você, Hannah? Você está bem?

— Não poderia estar melhor, Sr. O'Brien. — Ela abraçou a si mesma no amanhecer frio, deixando de lutar contra o desejo pelo pitoresco homem do Outback, abraçando seu amor ímpar por ele, desfrutando-o, sem ter ideia de aonde aquilo a levaria ou o que o amanhã lhe reservava, sabendo apenas que subitamente o futuro brilhava.

E se eu disser que sou algo mais...

— Hannah — disse ele, tocando-a no braço. — Fale com os homens sobre o escorbuto. Pergunte se eles querem voltar. Vou acatar qualquer coisa que eles digam.

— Obrigada — agradeceu ela, maravilhada com o dourado dos cabelos dele ressaltado pelo sol que nascia. — Vou ver como está o Sr. Gilchrist?

Após se assegurar de que Ralph estava bem, Hannah foi para sua barraca e ficou aliviada por encontrar suas coisas secas. Ela se lavou e, ao sair, viu alguns dos homens servindo-se do chá de uma panela que estava na fogueira e mastigando alguns biscoitos, enquanto falavam todos ao mesmo tempo sobre a tempestade. Banger e Tabby reuniam os cavalos que, milagrosamente, haviam sobrevivido à noite. Mike Maxberry e Jamie O'Brien ainda estavam inspecionando as pedras preciosas no galpão carbonizado.

Hannah se juntou aos outros em volta da fogueira, onde lhe deram bom-dia e perguntaram como ela estava, se tinha passado bem a noite na mina de Tabby e como estava Church esta manhã. Aceitando uma xícara de chá oferecida por Nan, Hannah se dirigiu aos homens, que escutaram educadamente.

Ao falar sobre o escorbuto de Church, sobre a gravidade de seu estado e dizer que todos acabariam como ele, Hannah sentiu uma nova força dentro dela. *Quem está limitando você?*, Jamie havia perguntado, e quando ela finalmente tinha respondido com toda a honestidade, *Eu estou*, descobrira uma verdade fundamental.

Somos o que dizemos que somos. Eu disse às pessoas que era uma parteira e, assim, limitei a mim mesma. Não posso culpar as pessoas por me colocarem exatamente no escaninho que criei. Mas o mundo foi lavado e está limpo como uma lousa, e posso escrever nele o que eu quiser.

— Então, cavalheiros, como veem — concluiu ela —, precisamos retornar ao sul, pelo menos até a cabeceira do golfo Spencer, assim que possível.

Quando Hannah viu suas fisionomias confusas, acrescentou:

— Eu sei que vocês me consideram uma parteira. Mas sou mais que isso. Sou uma profissional da saúde. Portanto, sei do que estou falando.

Roddy enrugou o nariz sardento.

— O que é isso? O que ela disse?

— Ela é alguma coisa da saúde — respondeu o irmão, Cyrus.

— Sou uma profissional da saúde — repetiu Hannah.

Blackie White cofiou a barba.

— Nunca ouvi falar disso.

— O *quê* da saúde? — perguntou Maxberry.

— Significa — disse Jamie, chegando a passos largos — que a dama sabe sobre o que está falando.

— O que é uma profissional da saúde? — perguntou Bluey Brown, o lenhador, que sabia sobre médicos, barbeiros-dentistas e mais nada.

— Significa que, se Hannah diz que temos de ir embora, então nós vamos. Comecem a guardar as coisas, pessoal, vamos voltar.

— Ela não é médica — argumentou Mike Maxberry, tão coberto de fuligem e cinzas que suas mãos estavam tão pretas quanto as de Nan.

— Ela é médica — contrapôs Jamie. — E acreditem quando ela diz que nós vamos todos perder os dentes e morrer de escorbuto. Além disso, um verão feroz está se aproximando e já encontramos opalas que bastam para nos assentarmos em nossa própria terra. Então, comecem a levantar acampamento.

Eles se afastaram apressados, todos secretamente satisfeitos de estarem saindo daquele lugar desolado e ansiosos para começar a gastar o dinheiro. Maxberry coçou a cabeça, olhando para trás com uma expressão de dúvida. Será que ela estava certa sobre o Mal de Barcoo? Passando um dedo nas gengivas, ele sentiu seu primeiro dente frouxo.

Jamie virou-se para Hannah e abriu um sorriso que provocou rugas fundas nos cantos de seus olhos.

— Profissional da saúde, é? Com certeza, ninguém pode dizer que você não é o que diz que é. E é você que precisa ditar as regras. Agora, senhorita Profissional, tenho uma ideia genial para compartilhar consigo...

Ele a segurou pelo cotovelo, conduzindo-a pelo chão molhado até os remanescentes carbonizados do galpão das opalas.

— Hannah, alguma coisa mudou dentro de mim. Desci naquele poço um homem ontem à noite e subi outro. Quero acabar com essa vida errante. Quero parar de trapacear e roubar. Quero me acomodar, se é que você me entende.

— Mas e a polícia?

— Posso limpar meu nome. Vou ter dinheiro suficiente com as opalas para pagar fianças e subornar juízes. Posso fazer com que tirem aquele cartaz de procurado e deixar meu bom nome limpo. Chega de Jamie O'Brien, o golpista.

E assim que chegarmos em Adelaide, pensou ele silenciosamente, vou lhe dar a maior e mais cara aliança de casamento que as opalas puderem comprar.

Capítulo 33

Jallara tinha um segredo maravilhoso.

Desde sua noite com Thulan na montanha sagrada o Espírito da Lua não a visitara e, portanto, seu afastamento mensal do restante do clã, como todas as mulheres menstruadas deviam fazer, não ocorrera. Uma nova vida se iniciara em seu ventre. O clã ficaria eletrizado. O filho de Thulan significava que o próprio Thulan ficaria com eles para sempre, o que significava que se despedir dele não seria doloroso.

Ela não contou a ele. Jallara sabia que os brancos tinham ideias peculiares sobre filhos, especialmente se fossem meninos, dizendo: "Ele é meu", quando todos sabiam que a criança pertencia ao clã. Se ela lhe contasse, ele poderia decidir ficar com eles, e com isso não seguiria seu próprio Sonhar ou talvez quisesse levá-la com a criança para o mundo dos brancos. Seria melhor ele não saber.

Um sol inclemente batia nos 33 aborígenes e no único homem branco ao se despedirem com tristeza. Era hora de o clã rumar para o norte e encontrar os outros clãs no *jindalee*. Dessa vez, Jallara sabia que não teria dificuldade de encontrar um marido, ao contrário do passado, quando ela fora preterida por não ser bonita. Agora os homens não se importariam com sua pele mais clara porque a gravidez seria a prova de sua fecundidade, e isso era mais importante que a aparência.

Ela deu a Neal uma pedra-espírito especial, cinza e lisa, que cabia na palma da mão dele. Estava entalhada com símbolos místicos e ela disse que iria protegê-lo por toda a vida.

Ao aceitá-la e guardá-la no saquinho de couro onde estava o coletor de lágrimas vazio, Neal pensou no sangue miscigenado de Jallara, perguntando-se se sua mãe estivera com um branco por escolha ou se havia sido forçada. Isso o fez pensar nos Merriwether, missionários bem-intencionados que tinham declarado seu desejo de levar Jesus aos aborígenes.

— Jallara — disse ele com paixão —, leve seu povo para longe daqui. Mais homens brancos passarão por este caminho. Vão construir uma estrada. Eles dizem que virá uma ferrovia, que dividirá sua terra e cruzará as linhas da canção. O telégrafo vai passar por aqui, e cidades brotarão. O seu modo de vida será destruído.

Ela sorriu, sem saber o que eram estradas, ferrovias e telégrafos.

— Nós não podemos fazer diferente do que os Primeiros nos ensinam, Thulan. Não podemos ir embora daqui.

Então Neal soube que eles estavam condenados.

Era hora de partir. Ele tinha vivido com o clã de Jallara por seis meses. Uma vida.

Com Daku e Burnu para acompanhá-lo e mostrar o caminho de volta, Neal levantou a mão num gesto de despedida e foi andando rumo ao oeste, onde atravessaria uma terra desconhecida em busca do homem que o deixara para morrer.

— Se eu precisar comer mais um naco de lagarto, vou me enforcar numa árvore... se conseguirmos encontrar uma maldita árvore!

Ninguém prestou atenção às queixas de Billy Patton. Por mais que reclamasse da comida — e ele era o cozinheiro da expedição —, todas as noites dava um jeito de levar consigo algumas porções.

O acampamento não estava tão arrumado e imaculado como tinha sido seis meses atrás, ao norte de Iron Knob, quando Sir Reginald insistia nas inspeções diárias, em ter tudo brilhando e um cronograma organizado. A caminhada desafiadora ao longo de centenas de quilômetros da natureza selvagem, enfrentando areia e vento, chuvas fora de época, sem mencionar dingos e cobras, racionamento de água e, agora, o calor intenso, tudo isso tivera um preço. As barracas estavam imundas e esfarrapadas, assim como os homens.

Mas agora que eles se aproximavam da meta — um farol luminoso chamado Galagandra —, estavam se reanimando. Apenas o jovem Fintan Rorke continuava deprimido. Ele passara a comer sozinho e a ficar consigo mesmo, esculpindo suas criações em qualquer pedaço de madeira que encontrasse e remoendo sobre a morte do Sr. Scott. Eles deviam ter ficado e procurado por ele. Fintan jamais perdoaria Sir Reginald por isso.

Mas, apesar de suas reservas, Fintan tornara-se um membro essencial da expedição. Quando as carroças atolavam, quando eixos e rodas partiam, as habilidades de Fintan eram requisitadas repetidamente, até que seu nome era o primeiro a ser chamado sempre que alguma coisa precisasse ser consertada. Ele não se importava. Havia sido para isso que se alistara e estava numa grande aventura. Mas ele sentia pelo Sr. Scott e odiava ter que entregar todo aquele equipamento fotográfico e instrumentos científicos a Sir Reginald quando eles chegassem a Perth. Por alguma razão, ele achava que não era o que o Sr. Scott iria querer.

— Ei! — gritou John Allen, levantando-se num salto. — Temos alguns abos!

Todos se viraram, olhos apertados contra o sol do meio-dia e, ao verem os homens negros segurando lanças, pegaram suas armas.

Mas um dos nativos ergueu o braço e gritou:

— Não atirem, sou Neal Scott!

Enquanto os homens brancos entreolhavam-se, atônitos, e em seguida correram para receber o camarada há muito tempo perdido, os dois companheiros de Neal tocaram seus braços e murmuraram suas despedidas. Havia tristeza em seus olhos ao se virarem para reiniciar a caminhada do percurso que haviam feito.

Neal observou Daku e Burnu entregarem-se ao antigo deserto e, então, se viu no centro de uma recepção genuinamente feliz.

— Camarada, pensamos que você tivesse morrido!

— Os aborígenes me encontraram — disse Neal, esquadrinhando o acampamento para ver se enxergava Sir Reginald. — Salvaram minha vida.

— Você ficou vivendo com os abos todo esse tempo? Deve ter histórias para contar! — Os olhos deles arregalaram-se ao ver as tatuagens em seu peito. Quando eles se aproximaram para ver melhor, Neal deu um passo para trás. Os homens fediam!

Sendo levado para o acampamento, com todos falando ao mesmo tempo e Neal reconhecendo seus rostos, ele percebeu que não faltava nenhum. Então viu os cavalos no cercado improvisado, inclusive a égua castanha que ele montava quando fora atingido pela tempestade de areia.

Fintan abriu caminho e, sem retraimento, jogou os braços em volta de Neal.

— Graças a Deus! — exclamou o rapaz de 21 anos.

Neal sorriu.

— Que boa recepção, Sr. Rorke.

Fintan afastou-se e passou a manga da camisa no nariz. Como os outros, seu cabelo havia crescido, mas em seu maxilar aparecia somente uma barba rala.

— Suas coisas estão todas aqui, senhor. Nunca abri seu baú. Está tudo como o senhor deixou.

— Obrigado — agradeceu Neal, pensando na luva de Hannah e sentindo enorme necessidade de segurá-la.

Com lágrimas cintilando em seus grandes olhos ternos, Fintan disse baixinho:

— Eu queria ficar para trás, Sr. Scott. Quando Sir Reginald disse que devíamos seguir em frente, quando o dia nem havia nascido, depois da passagem da tempestade de areia, eu disse que devíamos ficar e procurar pelo senhor. Ele me disse para ficar à vontade, mas que levaria a carroça e os cavalos.

— Tudo bem, Fintan — tranquilizou-o Neal com os olhos na barraca de Oliphant, onde os outros tinham dito que o líder estava tirando um cochilo. — Você não podia ter feito outra coisa.

— Mas guardei todo o seu equipamento e produtos químicos em segurança. Nada explodiu. E não deixei os homens tocarem em nada. Sua câmera ainda está em perfeita ordem.

Voltando a atenção para seu jovem ajudante, Neal disse:

— Vou começar a tirar fotos amanhã. Ainda temos um caminho pela frente antes de chegar a Perth. Haverá paisagens lindas para fotografar.

Então Sir Reginald saiu da barraca, corado como sempre, de camisa e bermudas brancas, cabelos e barbas esvoaçantes também brancos.

— Meu Deus, é o Sr. Scott? — ribombou ele, e foi andando a passos largos na direção de Neal com as mãos estendidas.

Mas Neal continuou a segurar a lança com uma das mãos e a outra despreocupadamente caída ao lado.

O bigode de morsa balançava quando o homem mais velho disse em voz alta:

— Achamos que nunca mais o veríamos! E veja só! Vejo que virou nativo. Meus Deus, vai ter histórias para contar!

— Fiquei lá por um tempo — murmurou Neal, os olhos fixos em Sir Reginald. — Pensei que não tornaria a ver nenhum de vocês. Tudo indica que a expedição foi um sucesso até agora.

— De fato, foi! No entanto, não encontramos os nativos, ao contrário do senhor. Esperamos encontrar Galagandra em breve, onde deve haver uma abundância de água doce. Venha, venha se sentar. Deve estar com fome. Ora, que tatuagem impressionante. Precisa nos contar como fez isso.

Ao ser levado para o círculo em torno da fogueira, cercado por colegas animados que o felicitavam, Neal decidiu não confrontar Sir Reginald até chegarem a Perth e depois de ter feito uma investigação discreta. Quando tivesse provas sobre suas suspeitas de que o homem era uma fraude, ele tornaria isso público.

Será que Oliphant fazia alguma ideia do que ele suspeitava? E se viesse a ter no caminho entre ali e Perth, o que o homem faria? Eles ainda estavam longe da civilização, distantes de qualquer povoamento branco. Neal sabia que precisava tomar cuidado. Oliphant já o deixara para morrer antes. Poderia fazer um serviço melhor da próxima vez.

Capítulo 34

Ao avistar o Hotel Austrália, Hannah deu um grito de alegria.

Embora, oficialmente, ainda não fosse verão, o calor de novembro pesava sobre o grupo exausto que seguia pela estrada poeirenta em suas carroças e montarias. Tinha sido um longo e quente percurso de volta do campo de opalas. O pobre Ralph Gilchrist não havia sobrevivido. Fora enterrado no deserto logo ao norte da ponta do golfo Spencer. No dia anterior à chegada deles à cabeceira do golfo, eles encontraram um grupo de aborígenes observando a distância. Na manhã seguinte, Nan tinha ido embora. Ao se aproximarem das minas de cobre de Kapunda, os três irmãos, Cyrus, Elmo e Roddy, também se foram, dizendo que tinham gostado muito da vida de mineração e procurariam sua fortuna ali.

Por isso, foi um bando menor que fez o caminho até o Hotel Austrália, com visões de camas limpas, banhos quentes e refeições servidas numa mesa.

Imediatamente, eles perceberam que havia algo errado. Ao se aproximarem, com Hannah ao lado de Jamie que dirigia a carroça, ela não viu carruagens nem cavalos amarrados ao poste. A propriedade inteira estava estranhamente silenciosa — sem os garotos do estábulo, sem cabras berrando, nem galinhas ciscando. Os prédios estavam com ar negligenciado e, ao subirem os degraus de madeira da porta da frente, Hannah e Jamie sentiram que o estabelecimento tinha sido abandonado havia algum tempo.

— O que aconteceu? — indagou Hannah, alarmada, tentando abrir a porta e achando-a trancada. Espiando pela vidraça suja, ela viu a mobília de Liza no mesmo lugar, inclusive com alguns jornais amarelecendo numa mesinha da entrada. Atrás da recepção, um dos cartazes humorísticos de Liza: "Se quiser café na cama, durma na cozinha", pendia de um prego.

Voltando à estrada poeirenta, onde parecia que havia uma eternidade ela se despedira de Neal com um beijo, Hannah teve outro choque. Os poucos estabelecimentos que tinham sido construídos em torno do hotel — Rações

& Suprimentos Gibney, o armazém de Edna Basset e a ferraria — também estavam desertos e fechados com tábuas.

Hannah tentou não entrar em pânico. Com certeza, haveria uma explicação razoável. Mas, ao subir na carroça ao lado de Jamie, ela sentiu um medo terrível na boca do estômago — algum tipo de doença devia ter passado por ali, ceifando as vidas das pessoas que ela conhecia.

— Liza — disse ela antes que a garganta ficasse apertada. Será que Alice também fora vítima? E Mary McKeegan na Estância Sete Carvalhos?

Deus do céu, Neal...

Eles seguiram em silêncio depois disso e, ao se aproximarem da periferia de Adelaide, com o tráfego ficando mais denso e as residências mais próximas umas das outras, passaram pela casa de Lulu Forchette. Hannah surpreendeu-se ao ver crianças brincando no pátio, roupas tremulando no varal, uma moça varrendo os degraus da porta da frente. Ela viu a horta, os cavalos no estábulo. Estava claro que uma família havia se mudado para lá. Mas as roseiras tinham sumido, o que a deixou um pouco triste. Porém, ficou aliviada de ver que o que quer que tivesse acontecido no Hotel Austrália não se estendera tanto.

Ao seu lado, Jamie pensava a mesma coisa. Ele também cogitou o paradeiro daquele dingo, que perdera seu território de caça.

Adelaide parecia estranhamente calma e Hannah pensou que talvez eles tivessem calculado mal e hoje fosse domingo. Mas os bares estavam abertos, o que indicava não ser um dia santo. Contudo, o tráfego parecia mais leve e havia menos pedestres nas ruas. Então, ela notou os sinais de vagas nos hotéis.

Será que o contágio que levara Liza e os outros havia chegado até a cidade?

Hannah decidiu que, assim que eles terminassem as negociações na joalheria, ela iria diretamente aos correios para ver se Neal lhe deixara alguma mensagem. Rezou para que ele ainda não tivesse retornado a Adelaide.

Jamie encostou a carroça em frente à loja Joalheiros Grootenboer na Flinders Street. Enquanto ele amarrava os cavalos no poste, os outros desmontavam, enxugando as testas suadas, dizendo que queriam pegar o dinheiro logo, pois iriam em busca de um banho, um bom jantar e de companhia feminina. E Hannah passou os olhos nos jornais colados no muro ao lado da joalheria, ansiosa para ver as manchetes sobre a expedição de Oliphant que deveria estar chegando a Perth, e também para ver se eles tinham chegado no prazo de seis meses que Neal havia estimado, depois fazendo uma viagem de duas semanas de volta pelo mar. Mas nada havia.

Então, ela viu algo que a paralisou. Um cartaz de procurado com um rosto impresso!

E era, indiscutivelmente, Jamie O'Brien. O novo processo de estampa que tivera início com o *London Illustrated News* tinha chegado àquelas colônias distantes e a polícia o usava como uma arma contra o crime.

— Jamie — chamou ela, baixinho, e, quando ele se virou, ela fez um gesto de mão indicando o muro.

— O que é... — começou ele, mas quando seus olhos pousaram no cartaz sua expressão mudou. Alguém conseguira descrevê-lo muito bem para um artista, pois sua semelhança com a estampa era extraordinária. Porém, mais alarmante que isso era um novo crime acrescentado à sua lista: roubo de cavalo.

— Quer dizer que o sujeito da corrida de cavalos denunciou o embuste, afinal. — Jamie olhou para Hannah. — Não sei se vou ter dinheiro suficiente para sair dessa. Roubo de cavalo dá forca.

Hannah sabia o resto. Que Jamie já não poderia andar em segurança pelas ruas, entrar em qualquer lugar que quisesse, nada mais de golpes, não daria mais para ficar em liberdade e levar sua vida fora da lei.

Dizendo a Maxberry para ficar do lado de fora com os outros, Jamie entrou na joalheria com um lenço na boca para ocultar parcialmente o rosto. Hannah entrou com ele.

Um cavalheiro gorducho, de cabelos grisalhos, sentava-se num banco alto atrás do balcão. Assim que os dois fregueses entraram, ele se levantou.

— Bem-vindos, bem-vindos, em que posso ajudá-los? — disse ele com um forte sotaque holandês.

Homens de roupas sujas e esfarrapadas, barbados e queimados de sol, era uma visão comum em Adelaide, visto que caçadores de ouro, exploradores, tropeiros de gado e ovelha vinham com frequência à cidade em busca de banho, cama limpa e um recomeço. Nunca se podia saber pela aparência de um homem o quanto ele era rico e, portanto, o Sr. Grootenboer, como era o costume entre outros comerciantes de Adelaide, tratou Jamie e Hannah com todo respeito como se eles tivessem chegado numa elegante carruagem.

Mantendo o lenço na boca, como se fosse tossir o resto do pó do Outback, Jamie disse:

— Achamos isso. — E soltou algumas pedras no balcão. Já havia sido decidido que eles venderiam as opalas em lugares diferentes da cidade, não apenas em um.

O Sr. Grootenboer pegou uma das pedras de arenito que continha um pouco de azul cintilante num dos lados.

— Opalas! Esta não parece vulcânica — disse o holandês, interessado. — Como era a topografia onde achou isso?

Jamie descreveu a área, sem ser específico, e as sobrancelhas espessas do joalheiro ergueram-se.

— Opalas no arenito? Eu não sabia que era possível. Deixe-me dar uma olhada.

O Sr. Grootenboer usava uma longa corrente pendurada no pescoço, em cuja extremidade havia uma lupa de joalheiro — um monóculo com uma lente grossa para examinar pedras preciosas. Segurando a lente diante do olho direito, ele analisou cada pedra, emitindo sons guturais enquanto Jamie e Hannah aguardavam.

Finalmente, ele disse:

— Essas pedras estão muito brutas e precisam ser cortadas. Não sou especializado nisso, entende. Seria preciso mandar as pedras a um lapidador em Sydney. A opala é uma pedra relativamente macia e exige muito cuidado para triturar o arenito externo. Depois vêm o polimento e o formato... — Ele suspirou e largou a pedra sobre o balcão. — Seria um grande custo para mim e não sei que lucro eu poderia ter. De qualquer modo, posso ficar com essas por, digamos, 5 xelins.

— Que tal esta? — perguntou Jamie, entregando-lhe um naco de arenito muito maior, com um centro que parecia preto a princípio, mas ao ser virado para a luz tornava-se vermelho, amarelo e laranja.

Enquanto eles aguardavam a análise do Sr. Grootenboer, Hannah olhou em volta da pequena loja e viu o cartaz de "Precisa-se de ajuda" na vitrine. "Homens apenas." Ela vira outros cartazes como aquele durante o percurso até a cidade. Será que houvera algum tipo de doença que afetara apenas os homens? Então, onde estavam Liza Guinness e suas filhas?

O momento prolongou-se enquanto o Sr. Grootenboer estudava a pedra maior com sua lupa, até que, de repente, ele conteve uma exclamação de surpresa. Deixando a lupa cair, ele pigarreou, comprimiu os lábios e deu a impressão de estar controlando a excitação.

— Posso lhe pagar um bom preço por esta, senhor — disse ele. Depois, inclinou-se para a frente e murmurou: — Posso pagar um preço ainda melhor se me contar onde a encontrou.

— Sr. Grootenboer — chamou Hannah com uma expressão de curiosidade. Ela havia percebido uma quantidade extraordinária de relógios de ouro à venda na loja. Não eram novos, alguns até pareciam bem antigos. Ao perguntar a respeito, o Sr. Grootenboer piscou para ela com seriedade.

— A senhorita não *soube*? — perguntou ele.

— Soube o quê?

— Descobriram ouro na Califórnia.

Hannah e Jamie trocaram um olhar intrigado.

— Onde é a Califórnia? — perguntou Jamie.

— É um território na América. Alguns meses atrás encontraram ouro lá, pepitas do tamanho do punho de um homem, simplesmente ali, no solo. Muitos homens partiram de Adelaide rumo à Califórnia em busca de fortuna. Eles me venderam o que tinham para pagar as passagens.

Lá fora, sob o sol inclemente, Jamie dividiu o dinheiro do Sr. Grootenboer com os outros homens, com a promessa de que continuaria a vender as opalas e repartiria os lucros. É claro, agora ele precisaria trabalhar com mais cuidado, tendo seu retrato colado por toda a cidade.

— Hannah, eu sei de um lugar onde eu e os rapazes podemos nos abrigar sem chamar atenção, mas e você? Onde vai ficar? Como posso encontrá-la?

Hannah contava com o Hotel Austrália. Agora precisaria encontrar um alojamento. Mas, antes, precisava ir aos correios. Quando ela e Neal tinham se separado em abril, eles haviam planejado se comunicar um com o outro quando ele retornasse. Deixariam as cartas no correio central.

— Vou ver se minha amiga Alice voltou. Ela ficaria no Hotel Austrália, mas deve estar em algum outro lugar agora. Posso descobrir isso no Elysium Music Hall. E, por agora, até eu encontrar um lugar para ficar, esse seria o melhor lugar onde deixar recado.

Eles ficaram parados na calçada quente e poeirenta, olhando um para o outro, com as pessoas passando em volta deles. O ar estava permeado pelo zunido das moscas e pelo odor de estrume, mas Hannah e Jamie só tinham consciência um do outro, nada mais. Eles queriam dizer tanta coisa, mas agora não era o momento. E... algo havia mudado. Hannah não sabia bem o quê. O novo cartaz de recompensa fora recebido como um choque. A ameaça da polícia era muito séria.

Além disso, agora que eles estavam de volta à cidade, as coisas pareciam diferentes. Hannah tinha laços ali, outra vida, além da perspectiva de Neal num futuro próximo. Ela se sentiu momentaneamente desequilibrada. Onde que Jamie O'Brien se encaixava?

— Precisamos ir — disse ele num fio de voz, olhando para ela por baixo da aba larga de seu chapéu empoeirado. Jamie também sentia que algo havia mudado. — Eu aviso quando todas as opalas tiverem virado dinheiro.

Hannah o observou indo embora, montado no cavalo que adquirira em troca de uma escritura forjada, enquanto Blackie White levava a carroça. Ao sumirem na rua movimentada, ela se lembrou da noite em que um homem materializara-se no escuro e a salvara de um cão selvagem. Tinha a mesma sensação agora, que Jamie O'Brien brotara do solo vermelho da Austrália para dar um passeio em sua vida, como um ser mítico, saído dos eucaliptos, cacatuas e da Serpente do Arco-íris, só para deixá-la outra vez e retornar à terra que o havia gerado.

Capítulo 35

Não havia nenhuma carta esperando por ela no correio. Então, Hannah supôs que Neal ainda estivesse em Perth, pois, com certeza, já teriam chegado lá. Mas apenas por garantia ela lhe escreveria uma carta aos cuidados das autoridades de Perth, que seguramente entregariam a missiva quando a expedição chegasse, recebida com muita fanfarra e celebração. Ela não queria que Neal fosse ao Hotel Austrália e tivesse o mesmo choque que ela.

As portas de entrada do Elysium Music Hall estavam abertas para o calor do dia e a música derramava-se na calçada. Quando Hannah pisou no relativo frescor, um homenzarrão com braços que mais pareciam presuntos, usando um colete listrado, barrou sua passagem.

— Estamos fechados até a noite. Ninguém pode entrar durante os ensaios.

— A Srta. Alice Star está? — perguntou Hannah, tentando espiar o teatro por trás dele, onde acrobatas davam cambalhotas no palco.

— Quem deseja saber?

— Sou uma amiga.

— A senhorita e meia Adelaide — disse ele.

— Por favor, diga-lhe que Hannah Conroy veio visitá-la.

Um instante depois ela ouviu seu nome ser chamado por uma voz familiar.

— Hannah!

Alice irrompeu na recepção do teatro e foi direto dar um abraço apertado em sua sobressaltada amiga.

— Ficamos tão preocupadas! Não fazíamos ideia do seu paradeiro! Liza disse que você estava com o Sr. Scott. Você foi junto com a expedição? Esteve em Perth?

Alice afastou-se, os olhos azuis arregalados de surpresa.

— Hannah, você está bronzeada! Andou no sol! Conte-me o que...

Hannah riu.

— Alice, deixe-me recuperar o fôlego. — Ela estava impressionada com a mudança de sua amiga. A moça tímida que trabalhava para Lulu Forchette já não existia. A turnê e a experiência de cantar em tantos palcos tinham trazido à tona a centelha e o carisma naturais de Alice. Ela transpirava confiança. Estava também muito bonita fisicamente. As cicatrizes estavam tão bem ocultas, a sobrancelha pintada com extrema perfeição e o cabelo penteado de modo engenhoso que ninguém desconfiaria que ela tinha uma deformidade.

— Alice, você age como uma mulher apaixonada.

— Estou apaixonada... pelo teatro, pela plateia, pelo canto. — Num tom mais sombrio, Alice acrescentou: — Mas não estou apaixonada por um homem e duvido de que venha a ficar. Mas tenho admiradores agora e estou satisfeita com isso.

Hannah ficou maravilhada com o lindo vestido de seda verde e laranja, decotado nos ombros e debruado com renda, mangas largas com babados e um adorável *fascinator* inclinado sobre seus cabelos louros. Alice Star era uma visão da última moda.

— Mas vamos esquecer de mim! Nós estávamos tão preocupadas com você, Hannah!

— É uma longa história. O que sabe sobre Liza Guinness? O hotel está fechado.

Alice contou como havia retornado ao Hotel Austrália para descansar depois da agitada turnê pelas colônias — sendo muito aclamada, acrescentou, sem falsa modéstia — e soube que Liza tinha conhecido um tropeiro e se apaixonado. Quando eles souberam da corrida do ouro na América, o novo namorado de Liza quis ir tentar a sorte. Então eles casaram-se e pegaram o primeiro navio para um lugar chamado São Francisco.

— Liza deixou uma carta para você, Hannah, e eu estou com todas as suas coisas, as roupas e o baú, até com a estatueta de Higeia. Ah, Hannah — disse Alice, abraçando-a novamente. — Estou tão feliz de vê-la novamente. Onde está hospedada?

— Ainda não sei. Acabei de chegar.

— Então vai ficar comigo. Acabei de alugar uma casa adorável. Tem até governanta e criadas. Imagine!

Capítulo 36

Chegaram três mensagens de Jamie O'Brien no Elysium, dizendo a Hannah que ele precisara perambular e ficar escondido, mas que as opalas estavam rendendo um bom dinheiro e, em breve, ele teria planos para uma nova vida. Acrescentou que ela estava em seus pensamentos e em seu coração e quanto ele lamentava o fato de estarem na mesma cidade e não poderem se ver.

A última mensagem chegou precisamente duas semanas depois de eles terem se despedido diante da loja Joalheiros Grootenboer. Ele pedia para encontrá-la fora da cidade, numa antiga estrada de exploração de madeira que não levava a lugar algum. Como o local não era longe da casa de Lulu, Hannah não teve dificuldade de achar. Eles se encontraram no final da tarde, na privacidade de um conjunto de eucaliptos, onde o solo oferecia um trecho gramado ao lado de um córrego.

Jamie já estava lá, seu cavalo pastando nas proximidades. Ao puxar as rédeas da carroça, Hannah sentiu o coração subir para a garganta, pois sabia que eles tinham ido ali para se despedir. Jamie usava roupas limpas e até um chapéu novo, mas mantivera a barba, Hannah notou, embora estivesse muito mais bem-aparada e cuidada que da última vez que o vira. Ela supôs que servisse de disfarce e achou que o louro-dourado fazia um belo contraste com sua pele morena.

Jamie correu para ajudar Hannah a descer da carroça e, ao se aproximar, percebeu que a mudança que ele sentira do lado de fora da joalheria agora se completava. Hannah era novamente uma pessoa urbana e uma verdadeira dama, desde o chapéu de seda amarrado embaixo do queixo até o vestido de seda da cor do milho novo sobre a crinolina. Seu rosto ainda trazia o bronzeado do Outback, mas ele sabia que com o tempo sumiria, pois ela protegia a pele sob o chapéu. Suas mãos também acabariam ficando macias e lisas outra vez, apagando todas as evidências de sua temporada como caçadora de opalas.

Ele tirou o chapéu, olhando para ela e, embora sorrisse, tinha os olhos cheios de tristeza.

— Eu e Mikey — disse ele sem preâmbulos — temos de ir embora.

— Eu sei.

Setas de luz dourada penetravam os galhos das árvores acima deles e ouvia-se o zumbido dos insetos.

— Nós vamos para a Califórnia. Fomos contratados como ajudantes de convés no *Southern Cross*. Os capitães das embarcações privadas descobriram que podem selecionar sua tripulação sem pagar 1 centavo, pois todos os homens querem ir para a Califórnia. E eles nem lhes perguntaram o nome, basta que sejam fortes e capazes de subir no cordame.

— Deve ser difícil para você deixar a Austrália — disse ela.

— Eu gosto de lugares distantes. Achei que poderia me acomodar e mudar meu modo de vida, mas é difícil ignorar o chamado da aventura. Eu nunca atravessei um oceano, Hannah, nunca estive numa terra estrangeira. É hora de expandir meus horizontes. — Sorriu ele. — E pense só em todos aqueles patos ricos na Califórnia, esperando para serem depenados.

Pondo a mão no bolso ele tirou um maço de notas.

— Está aqui, a sua parte do dinheiro das opalas.

— Isso é muito! — Devia haver centenas de libras.

— Não vamos pagar pela passagem e só é preciso algum dinheiro para que se consiga uma concessão. Os outros foram todos para casa. Bluey Brown, Tabby, Charlie Olde e o resto voltaram para o lugar onde estavam quando os convoquei, voltando mais ricos e com sorrisos mais abertos. Mas todos deram sua contribuição; portanto, isso é de todos nós. Queremos que você tenha um bom começo na Austrália. Meus camaradas têm uma queda por você, Hannah. Acho que todos ficaram apaixonados.

Ele parou de falar e seu semblante tornou-se mais sombrio.

— Eu queria lhe pedir para vir comigo, Hannah, mas não seria justo com você, e acho que você não concordaria. Veio para a Austrália buscando grandes realizações. Talvez eu volte um dia e veja que ergueram uma estátua sua na praça Vitória.

Os olhos dela se encheram de lágrimas.

— Tenho outra coisa para você. — Ele lhe deu um livrinho encadernado em couro preto, com a palavra "Diário" gravada em prateado na capa. Abrindo-o, ela viu uma letra apertada escrita a lápis, todas as páginas cheias.

— São minhas histórias — disse Jamie. — Estou dando para você.

Hannah ficou sem palavras ao folhear o livro e ver os contos de Queenie MacPhail, do cachorro sentado na marmita e todo o resto.

— Mas, Jamie, você devia levar isso junto para a Califórnia!

— Agora as histórias são suas, Hannah, já não me pertencem. Suponho que eu vá coletar um monte de histórias novas na Califórnia. Contos sobre garimpeiros de ouro e um país todo novo.

Ele aproximou-se.

— Siga em frente com o seu sonho, Hannah. Seja uma profissional da saúde. Dite suas próprias regras. Deixe que suas mãos operem milagres. Você salvou minha vida. Pode salvar a de outros. Cure as pessoas, Hannah. — A voz dele ficou embargada. — Meu Deus, eu amo você, Hannah Conroy. E sei que mesmo que viva até os 100 anos nunca vou amar uma mulher como a amei.

Ele a puxou para dentro de seus braços e a beijou apaixonadamente.

Hannah passou o braço em torno do pescoço de Jamie e retribuiu o beijo, aninhada ao peito dele, as lágrimas fazendo arder seus olhos. Por mais que Jamie O'Brien alardeasse ser um verdadeiro australiano, que era ali o seu lugar, de fato ele era um homem sem lar.

Dando um passo atrás, ele a soltou de vez.

— Voltarei um dia. Você vai ver. Vou voltar para você, Hannah.

Ela ficou olhando enquanto ele montava em seu cavalo e desaparecia por entre as árvores, indo para o sul, em direção às docas onde, pela manhã, um navio chamado *Southern Cross* zarparia para um lugar chamado Califórnia.

Capítulo 37

— Meu Deus! Homem, eles o transformaram num selvagem? — Sir Reginald não se dava o trabalho de ocultar o desdém. Ele estava exasperado com o modo como o americano se recusava a agir como um ser humano decente. Fazia duas semanas que ele estava com a expedição e ainda insistia em não usar roupas.

Neal não disse nada e continuou a virar o lagarto no espeto sobre o fogo. *Eu, um selvagem?*, pensou ele. Não sou eu quem cheira mal.

Com a escassez de água, que precisava ser racionada, os membros da expedição tinham abandonado toda a atenção com a higiene pessoal. E, apesar do calor intenso, continuavam completamente vestidos, de modo que as roupas imundas não cheiravam nada bem. Já não se importavam em cuidar dos dentes também e estavam sempre coçando as mordidas de pulgas e piolhos. Neal não voltara a usar roupas europeias de propósito, para que o suor evaporasse. Protegia a pele dos insetos com tinta feita de pó de rochas e sumo de plantas. E cuidava dos dentes, como fazia o povo de Jallara, com gravetinhos e folhas de eucalipto.

Neal estava ciente de que parecia uma visão estranha, um branco seminu usando uma tanga de pele de animal, por trás do tripé da câmera, dando instruções ao jovem Fintan. Ele sabia que Sir Reginald reprovava. O desprezo tinha mão dupla. Neal olhara para o mapa da expedição com indignação. Os homens haviam batizado os lugares com seus próprios nomes, como era de direito, sendo os supostos descobridores: riacho Mason, morro do Allen, monte Williams. Agora Neal via por onde tinha viajado com o clã de Jallara, numa área do mapa que estava em branco, apenas com a palavra "Desconhecido" carimbada. Mas ele via nomes lá: Sonhar da Formiga, Linha de Canção do Dingo, Montanha Sem Nome. Ele pensou como seriam os verdadeiros nomes dos lugares que os brancos tinham batizado com os seus.

Eles haviam finalmente chegado a Galagandra, o lugar onde deviam encontrar uma abundância de água doce. Mas, até agora, nada. Era uma região de lagos de sal e planícies de areia cobertas por carvalhos do deserto e acácias, incrivelmente plana de horizonte a horizonte com uma ou outra colina. A expedição estava acampada ao longo do leito seco de um regato, onde árvores raquíticas lutavam para sobreviver. Mais adiante, um aglomerado de pedras mais altas que um homem faziam limite com a base de um morro vermelho que não tinha mais do que 30 metros de altura, coberto de vegetação rasteira.

O rastreador John Allen levara dois escoteiros com ele naquela manhã para explorar a fonte do regato que, sem dúvida, transbordava suas margens rasas nas poucas vezes que chovia ali. Aquilo tornaria o solo aluvial, com os sedimentos correndo do morro para a planície e rico em quartzo. Neal sabia disso porque Sir Reginald lhe pedira para analisar o solo do local, embora ele não tivesse a menor ideia do propósito.

Sir Reginald levantou-se da frente da fogueira e lançou um olhar ameaçador para o geólogo da expedição. Ele não conseguia expressar em palavras o que exatamente o irritava no comportamento de Scott. As tatuagens em particular o inquietavam. Seis fileiras de pontos vermelhos subindo de baixo do umbigo até a lateral do esterno, passando pelos peitorais e decorando os ombros. Era uma cicatriz tanto fabulosa quanto perturbadora. Ele só podia imaginar a dor suportada. O que mais teria acontecido durante os rituais selvagens? Neal nada dissera a respeito, dizendo que era tabu. Como se as leis dos nativos tivessem qualquer credibilidade num mundo de homens brancos. E que diabos ele levava naquele saquinho de couro pendurado no pescoço?

Oliphant parou e ficou observando o americano assar um lagarto ao estilo aborígene, com o couro. Desde o dia em que chegara subitamente andando pelo deserto, usando apenas uma pele de canguru e segurando uma lança, ou, ainda, durante a jornada até agora, Neal não fizera nenhum comentário sobre a tempestade de areia e suas consequências. Andava estranhamente quieto, bem diferente do sujeito alegre e loquaz que era antes. Será que lhe acontecera algo sinistro durante os seis meses que passara com os selvagens? Ou o motivo estava mais próximo de casa?

Será que ele sabe a verdade sobre mim?

— Vista uma roupa, homem — vociferou Oliphant ao se virar e sair andando.

Neal o ignorou. O reencontro com seus colegas brancos acabara não sendo tão alegre, afinal. Os homens não paravam de lhe perguntar sobre as práticas sexuais do clã de Jallara, querendo saber se havia experimentado o "veludo negro". E o professor Williams estava querendo desvendar o cérebro de

Neal para seu livro sobre a vida selvagem. O que ele poderia lhe dizer? Que os aborígenes celebravam o nascimento de um bebê ou que lamentavam a morte de alguém — bem como os brancos. Eles não eram tema para um livro sobre *animais*. Neal pensava nas noites em volta da fogueira, escutando o som do *didgeridoo* de Thumimburee e a voz suave e melódica de Jallara ao lhe explicar como as canções desciam dos poderes do espírito do Tempo do Sonho e como tocar essas canções fiava uma teia de continuidade entre o povo e seu Sonhar, numa sucessão de criação, cessação da criação e recriação.

Tocando o saquinho de couro em seu peito, ele sentiu a pedra mágica lá dentro. *Poder do espírito muito forte, Thulan*, dissera Jallara com um sorriso luminoso. *O poder do espírito cuida de Thulan enquanto ele segue sua linha de canção.*

Ele pensou também no vidro verde-esmeralda coletor de lágrimas, agora vazio. *As lágrimas de minha mãe me trouxeram de volta do mundo do espírito.* Desde sua experiência na parede da rocha, Neal havia examinado sua visão. A verdade agora era óbvia para ele. Vendo em retrospectiva: Josiah sempre se vangloriando das várias conquistas do filho adotivo, as férias na montanha, as festas de aniversário, dando-lhe tudo o que ele queria. Neal havia pensado que isso era para compensá-lo pela falta de um verdadeiro pai, que Josiah se excedia nessa compensação, ao passo que, olhando para trás agora, eram todos atos de um pai verdadeiramente amoroso.

Neal olhou para o outro lado do acampamento, onde Fintan tratava os cavalos. Desde seu reencontro com a expedição, ele e seu ajudante haviam capturado belas imagens do Outback australiano. Formações rochosas formidáveis. Uma árvore solitária no meio de uma vasta planície. Um arco-íris que se elevava no espaço como uma coluna. Neal queria que seu pai visse tudo aquilo, queria que Josiah soubesse das realizações de seu filho.

Vivi com uma tribo de aborígenes, pai. Sobrevivi sozinho no deserto. Passei por uma iniciação secreta. E preservei a beleza e a alma da Austrália em minhas placas fotográficas — paisagens que nenhum homem branco viu.

Enquanto ele girava o lagarto no espeto, o silêncio da manhã foi quebrado por um grito. Era John Allen que alardeava:

— Ouro, achei ouro!

Todos se levantaram num salto e saíram correndo, deixando o café da manhã esquecido.

Neal os seguiu e encontrou os homens perto das pedras gigantes, cavando freneticamente no solo seco e vermelho, enquanto Sir Reginald observava com um sorriso presunçoso.

— Nós viemos aqui em busca de *ouro*? — perguntou Neal.

— Isso mesmo. E encontramos.

Neal olhou fixamente para o homem de cabelos brancos.

— O senhor nunca falou sobre ouro.

— Quanto menos gente soubesse, melhor. — Oliphant que estava com a mão enfiada no bolso de suas bermudas largas, tirou-a com o punho cerrado. Abrindo-a, exibiu uma pepita brilhante. — É uma história meio duvidosa, mas um sujeito em Perth contou-me sobre alguns prisioneiros fugitivos. De algum modo, essa pepita voltou à civilização e eu a comprei por 50 libras e uma palavra: Galagandra.

— Então, toda esta expedição foi uma farsa — concluiu Neal.

Observando Billy Patton, Andy Mason, o coronel Enfield e até o sossegado professor Williams cavar o solo vermelho na sombra de acácias e eucaliptos atrofiados, Sir Reginald disse:

— Eu não podia revelar a verdade, podia? E ficar com um estouro da boiada em minhas mãos. Contei apenas para uns poucos, confiáveis.

Neal olhou atentamente o espetáculo inquietante por um instante — os homens pareciam ter enloquecido — e de repente seus olhos pousaram em algo que fez seu sangue gelar.

Figuras palito pintadas com pigmento preto nas pedras.

— Meu Deus! — sussurrou ele. — Sir Reginald, este é um lugar sagrado. O senhor precisa tirar esses homens daqui.

Oliphant fez um gesto desdenhoso.

— Se a tribo local suspeitar de nós... Então compraremos este lugar deles. Daremos o que eles quiserem.

— Este lugar é sagrado, eles não o venderão! — Neal olhou em volta, nervoso.

Com os homens de Sir Reginald de quatro no chão, desatentos e vulneráveis, bastaria um ataque repentino, de surpresa, e todo o grupo seria varrido da face da Terra.

Olhando para o acampamento, a uns 3 metros de distância, Neal viu Fintan desempacotar apressadamente seu tripé. Rorke era um ajudante muito capaz, pensou ele com uma estranha indiferença. O rapaz tinha aprendido quando montar o equipamento fotográfico e sabia que este seria um momento histórico a ser captado. Neal também observou que Fintan não estava interessado em cavar em busca de ouro.

Neal girou à sua volta, lentamente, contemplando a planície vermelha, as poucas árvores ladeando o leito do riacho, as pedras, o morro. Como ele poderia convencer aqueles homens gananciosos por ouro a sair dali?

E então, acima, no topo do morro, uma silhueta surgiu, contrastando com o céu azul.

— Sir Reginald — disse Neal, baixinho.

E nesse instante o gordo Billy Patton se pôs de pé num salto, uma das mãos para cima, gritando:

— Achei uma pepita! Achei uma... — Sua voz foi calada por uma lança que atravessou seu peito. Com expressão sobressaltada, ele caiu morto.

Neal se virou. Não tinha sido o homem no morro que atirara a lança. Agora ele os via, cinco aborígenes, braços erguidos, lanças na mão, vindo correndo.

Neal agarrou Oliphant pela camisa.

— Tire esses homens daqui!

Sir Reginald olhou para os aborígenes e ficou sem cor.

— Você conhece essa gente, Scott. Fale com eles. Mostre sua tatuagem tribal.

— Eu não os conheço!

O clã de Jallara encontrara outros grupos, alguns amistosos, outros hostis, falando dialetos diferentes. Pelas pinturas na pedra, Neal percebeu que esse povo era diferente da tribo de Jallara; talvez até falassem outra língua. Sua tatuagem só o levaria à morte.

Os nativos estavam agora entre os homens brancos e o acampamento, seus gritos sobrenaturais subindo para o céu. Suas lanças voaram e pousaram com precisão fatal. Andy Mason, o tratador de cavalos, agarrou uma no estômago, como se fosse arrancá-la, antes de cair morto. Os outros homens se dispersaram aos tropeços para a segurança das rochas — o local sagrado dos atacantes.

— Não! — gritou Neal, enquanto os nativos cercavam os homens numa armadilha. Virou-se para Oliphant. — Faça alguma coisa!

— Eu... eu não sei...

— E o desfiladeiro Khyber? A emboscada! O senhor conseguiu retirar todo mundo. Como fez aquilo?

— Bem... eu nunca...

Neal o soltou com um empurrão.

— Inventou. *Inventou tudo!*

A compleição corada empalideceu.

— Sinto que você tenha me desmascarado. Nunca estive no desfiladeiro Khyber.

— Você é uma fraude. Foi por isso que me deixou lá para morrer. Sabia que eu tinha descoberto seu segredo sujo. Já esteve em *algum* lugar no mundo?

Sir Reginald emudeceu de medo. Piscou na direção dos aborígenes, onde mais deles haviam surgido de repente, todos correndo na direção dos seus homens com lanças nas mãos.

Neal virou-se, pensando nos rifles que estavam no acampamento. Havia mais mortos agora — o coronel Enfield e John Allen.

Quando ele começou a ir em direção ao acampamento, Sir Reginald o agarrou pelo braço.

— Eu lhe pago mil libras para me levar a Perth.

Tirando a mão que agarrava seu braço, Neal correu de volta para o acampamento.

Sir Reginald correu até onde os cavalos estavam amarrados, pegou uma égua castanha e, montando mesmo sem sela, saiu a galope. Horrorizado, Neal observou um bumerangue girar pelo ar e pegar no pescoço do inglês, que caiu do cavalo. Uma turba de aborígenes imediatamente correu em cima dele. Os gritos de Sir Reginald foram abafados pelas pauladas que recebia.

Neal estava transtornado. Mas aborígenes tinham aparecido. Agora deviam ser uns 50. De onde eles vinham? Aquilo estava se transformando numa carnificina. Ele sabia que o fogo não os assustaria e que os rifles não seriam suficientes. Então pensou: *Explosões.*

Procurando pelo jovem Rorke, ele o encontrou agachado atrás de um carroção, atirando com seu rifle, mas tremendo tanto que perdia os alvos.

— Fintan! — chamou Neal, e o rapaz foi correndo em sua direção, o rosto pálido.

— Nós os afastaremos com explosões químicas. Ajude-me a empurrar a carroça.

— Mas Sr. Scott, as placas e todas as fotografias que tirou.

Não havia tempo para esvaziar a carroça. Enquanto o ataque continuava junto às pedras, com uns poucos brancos atirando com suas pistolas, matando aborígenes, Neal e Fintan empurraram a carroça carregada com os materiais fotográficos ao longo do riacho até que seguisse por conta própria. Quando ela se aproximou dos aborígenes, Neal levantou um tição da fogueira e o jogou nas caixas. Levou poucos segundos para imensas bolas de fogo irromperem. Explosões ensurdecedoras cuspiram densas nuvens negras no ar, dispersando os aborígenes para todas as direções. Com as árvores próximas em chamas, Fintan olhava apavorado, pensando nas placas de vidro estilhaçadas —, nas estupendas formações rochosas, na árvore solitária, no arco-íris —, tudo estava perdido.

Os sobreviventes voltaram correndo para o acampamento, sangrando e feridos. Sete jaziam mortos com lanças no peito.

— Brilhante! — exclamou o professor Williams a Neal, com sangue escorrendo pela testa. — Onde está Sir Reginald? — Então ele viu o corpo todo fraturado e inerte próximo ao cavalo.

Neal averiguou a área. Os nativos tinham desaparecido, mas ele sabia que não estava acabado. Era preciso reunir os homens, levá-los junto com os cavalos para longe dali. Ele estreitou os olhos e examinou as pedras entre a fumaça. Será que haveria tempo de enterrar os mortos?

Outro homem saiu cambaleando da fumaça, com um sorriso atordoado. Apesar da mancha de sangue que se espalhava em seu peito, ele acenou com a mão, mostrando a pepita enorme que havia encontrado.

— Tem mais ali no chão, basta pegar.

Quando os homens correram de volta ao local da carnificina, Neal tentou impedi-los.

— Esperem! As explosões não terminaram! Aquelas árvores estão em chamas. Mais produtos químicos explodirão.

Porém, a ganância pelo ouro era muito maior. Os homens precipitaram-se para lá sem dar ouvidos ao que Neal dizia. Ele ficou olhando as árvores pegando fogo, os galhos gotejando chamas, prontos para cair sobre os caixotes restantes.

Enquanto isso, ajoelhados, os homens escavavam alucinadamente a terra vermelha.

Neal hesitou por alguns segundos e então mergulhou no meio da fumaça, procurando por braços e pernas. Fintan o seguiu, entregando-se ao calor intenso e à nuvem negra. Uma grande moita de acácia incendiou, lançando faíscas na carroça e acendendo o restante dos produtos químicos — uma fórmula letal de cianeto de potássio, usada como fixador em fotografia.

A carroça explodiu uma imensidão de fogo e gás venenoso, engolindo Neal e Fintan, seus gritos elevando-se para o céu enfumaçado.

Capítulo 38

— Pronto! Que tal?

Ao dar um passo atrás para admirar seu trabalho de decoração, Hannah secou a testa com o lenço. Era estranho estar montando a árvore de Natal num dia tão quente.

— As velas vão ficar lindas quando estiverem todas acesas — opinou Alice.

Hannah voltara a morar na cidade não só porque o Hotel Austrália estava fechado, mas também porque, durante sua ausência, um novo médico havia chegado à região e estava atendendo os chamados das pessoas que antes eram seus pacientes. Então ela escolhera uma pequena casa de dois andares numa parte mais nova de Adelaide, distante de onde ficavam os consultórios dos médicos estabelecidos e fizera do andar de cima sua residência e no andar de baixo montara um consultório, uma sala de espera, um pequeno laboratório e uma farmácia.

Fazia quatro semanas que ela estava ali, com sua tabuleta de bronze pendurada num poste junto à calçada — *Srta. Hannah Conroy, profissional da saúde diplomada em Londres, especializada em mulheres, crianças, e parteira* —, mas ainda precisava atrair uma paciente que fosse. Hannah não estava desanimada. Pusera anúncios nos jornais, cartazes pela cidade e percorrera os estabelecimentos, como o "doutor" Gladstone, o barbeiro-dentista havia feito, distribuindo seu cartão de visitas e informando os comerciantes de seu novo consultório. Ela sabia que era só uma questão de tempo para que as pessoas se acostumassem a uma nova especialidade e aceitá-la.

Assim como sabia que a qualquer momento Neal estaria batendo em sua porta.

Seis semanas atrás ela se despedira de Jamie O'Brien na velha estrada da madeireira. Ele estava a caminho da Califórnia e Hannah acalentaria sua lembrança para sempre. Ela tinha deixado uma carta no correio, caso Neal fosse lá após descobrir que o Hotel Austrália estava fechado. Além disso, deixara um recado para ele no mural público do Sr. Day. Ele tinha dito que estaria de volta perto do Natal, que seria dali a dois dias.

— Preciso voltar ao Elysium e ensaiar para o show de Natal de hoje à noite. Você vem comigo? — Alice estava atraindo mais público que nunca, depois que fizera a turnê pelas colônias e recebera críticas entusiásticas.

— Não perderia por nada — disse Hannah, dando um abraço na exuberante amiga. — Obrigada pela ajuda com a árvore.

Ela levou Alice até a porta e, ao fechá-la, viu o jornal que sua governanta colocara junto às compras da manhã, dobrado na mesinha de entrada.

Hannah o pegou e abriu. A manchete da primeira página dizia: EXPEDIÇÃO DE OLIPHANT PERECE NO DESERTO. Abaixo, a reportagem começava: *Não há sobreviventes da nobre, mas malfadada expedição.*

O chão inclinou-se. Hannah segurou-se na parede para não cair. De repente, não conseguia respirar.

As cerimônias religiosas tiveram lugar na Igreja de São Jorge, em Perth, e o discurso fúnebre foi proferido pelo tenente governador McNair para os 32 bravos homens que partiram de Adelaide, nove meses atrás, sob a liderança de Sir Reginald...

Hannah levou alguns segundos para se dar conta de que estavam batendo na porta. A Sra. Sparrow, a governanta, veio dos fundos com seu vestido arrumado e avental branco, para atender.

Parada diante da porta estava uma mulher com duas crianças. Atrás dela, na rua, a carruagem de uma família abastada aguardava no meio-fio.

— É aqui que mora a senhorita doutora? — perguntou a mulher.

A Sra. Sparrow abriu espaço e a visitante entrou. Ao ser apresentada a Hannah, a mulher disse:

— Timothy não para de tossir e Lucy está cheia de brotoejas. — A mulher finamente trajada abaixou o tom de voz e, desatenta à palidez incomum da Srta. Conroy, disse: — E eu tenho um problema também. Para falar a verdade, é bom ter uma mulher a quem recorrer sobre essas coisas. Os médicos não entendem, não é verdade?

Melbourne

NOVEMBRO DE 1852

Capítulo 39

Ali estava ela de novo, a moça intrigante que chamara sua atenção.

Finalmente, Sir Marcus ficara sabendo seu nome, Srta. Hannah Conroy e, enquanto conversava com o Dr. Soames, ele ficou observando a jovem dama atravessar o saguão do hospital e subir as escadas. Ele estava extremamente curioso a seu respeito.

Ela já tinha estado ali antes, sempre parecendo bastante deslocada. Afinal, um hospital era, por definição, uma instituição para pessoas que não podiam pagar para que um médico fosse até suas casas, nem por alguém que cuidasse delas. Os frequentadores do Hospital Vitória, em Melbourne, geralmente pertenciam às classes mais baixas, eram maltrapilhos e alguns até bêbados e desordeiros. Era isso que fazia a moça bonita — sempre bem-vestida, com luvas e um chapéu, além de uma sombrinha graciosa pendurada no braço, claramente uma mulher de berço e educada — parecer tão deslocada. Sir Marcus Iverson, distinto diretor do hospital e que também tinha um consultório particular na melhor parte da cidade, só poderia supor que a jovem de vestido amarelo-claro, que parecia não se incomodar nem um pouco com o calor de novembro, estava ali por caridade cristã.

Mas ela carregava uma maleta de couro, que o deixou ainda mais intrigado.

Ao chegar ao topo da escadaria, Hannah parou e enxugou o pescoço com um lenço. O verão parecia ter chegado antes da hora. Ou, talvez, sua transpiração se devesse ao entusiasmo que sentia por finalmente ter encontrado a casa de seus sonhos no campo.

No momento, Hannah tinha uma residência perto da movimentada Collins Street, morava no andar de cima e embaixo tinha seu consultório, onde recebia pacientes cinco manhãs por semana. Ela trouxera consigo de Adelaide a governanta, Sra. Sparrow, e contratara duas criadas. Agora estava pensando em contratar uma assistente para ajudá-la com os pacientes, assim como ela assistira o Dr. Davenport. Desde sua decisão, naquele alvorecer milagroso em Coober Pedy, de que iria referir-se a si própria como profissional da saúde, seu caminho dera uma guinada para cima. As mulheres não só lotavam sua sala de espera como também a convidavam a frequentar um bom círculo social. Muitas de suas pacientes eram abastadas e várias haviam se tornado suas amigas.

Mas algumas também eram pobres, visto que Hannah não fazia discriminação, e Nellie Turner era uma delas, depois de chegar ao seu consultório um mês atrás, pedindo-lhe que fosse sua parteira quando chegasse a hora de seu bebê nascer. Mas quando Hannah voltava para casa naquela manhã, após visitar suas pacientes no campo, ela ficou sabendo que Nellie havia entrado em trabalho de parto prematuramente e fora levada por amigas ao Hospital Vitória.

Era esse o motivo para ela estar ali, para garantir que Nellie passasse bem após o parto. Atravessando as fileiras de camas das pacientes na enfermaria feminina, Hannah pensava na bela propriedade que havia encontrado na estrada para Bendigo. Uma fazenda de trevos que também tinha algumas ovelhas e gado, com uma residência que lembrava a Estância Sete Carvalhos. Ao parar seu coche e olhar para os cercados e campos verdes, ela soubera de imediato que precisava adquiri-la. O nome da fazenda, entalhada na madeira acima do portão, era Brookdale, e havia um cartaz de "Vende-se" pregado num poste. Por meio de um vizinho, Hannah ficara sabendo que o dono se chamava Charlie Swanswick e que estava ansioso para vender. O único problema era que Charlie estava na mineração de ouro como milhares de outros homens e não havia como encontrá-lo. Duas pessoas já tinham perguntado sobre a propriedade, dissera o vizinho. Então, se Hannah estivesse interessada, seria melhor se apressar e encontrar Charlie.

Logo depois de ver Nellie Turner, ela iria encontrar um representante que fosse para o norte para localizar Charlie Swanswick e lhe fazer uma proposta pela propriedade.

Ela passava entre duas fileiras de camas, vinte de cada lado, ocupadas por pacientes com disenteria, pneumonia, gripe e fraturas ósseas. Como a responsabilidade de alimentar, banhar e cuidar dos pacientes era da família e dos amigos, a enfermaria era um lugar barulhento, com crianças correndo, enquanto os maridos afligiam-se com suas esposas, e mães alvoroçando-se com as filhas. A única pessoa contratada na enfermaria era uma mulher gorda que usava um vestido cinza comprido e uma touca branca cobrindo seus cabelos. Ela estava passando o pano no chão. Além de esvaziarem os penicos, os servidores do hospital pouco tinham a ver com os pacientes.

Ao se aproximar da cama no final da fileira, Hannah ficou surpresa que o bebê de Nellie não estivesse na cama com ela.

— Olá, Nellie — disse ela, baixinho, tirando as luvas e pondo a mão na testa da jovem paciente, que, de olhos fechados, não respondeu. Hannah levou um choque ao sentir que Nellie ardia em febre.

Ela contou sua pulsação acelerada, depois puxou a coberta para baixo e apalpou suavemente seu abdômen, o que a fez gemer.

Hannah estremeceu. Nellie estava com os sintomas clássicos de febre puerperal. Como era possível? Subitamente, ela foi arremetida para a noite em que sua mãe, Louisa, ardia em febre dois dias depois de ter dado à luz seu irmãozinho. John Conroy trabalhara noite e dia para salvá-los, acabando por perder os dois para uma doença que não tinha causa conhecida, nem cura, e que era sempre fatal.

Ela virou-se para a atendente e disse:

— Por favor, vá chamar o Dr. Iverson. Ele está lá embaixo, no saguão.

Hannah pegou o estetoscópio na maleta

— Calma, calma — disse ela ao colocar a campânula no peito de Nellie e auscultar. A respiração difícil era outro sinal inconfundível de febre puerperal.

— Caríssima madame, o que pensa que está fazendo?

Hannah endireitou-se e viu que Marcus Iverson tinha chegado ao lado da cama, um cavalheiro sério de cerca de 50 anos, alto, imponente. Ele era o diretor do hospital de dois andares e oitenta leitos, e apesar de seu comportamento às vezes severo e maneira arredia era conhecido pela bondade e compaixão. Hannah já havia percebido que ele sempre reservava um tempo para tranquilizar os pacientes com um toque gentil ou uma palavra de conforto. Em Londres, ela vira médicos que faziam suas rondas, sem sequer tomar conhecimento da pessoa no leito.

Ela também apreciava o fato de que o Dr. Iverson sempre usava uma sobrecasaca limpa, calças e camisa brancas quando fazia seus atendimentos e insistia para que sua equipe médica fizesse o mesmo, apesar de que isso fosse contrário à prática popular. Outras ideias revolucionárias de Marcus Iverson incluíam o esvaziamento dos penicos mais de uma vez por dia, alimentar os pacientes sem familiares nem amigos e trocar a roupa de cama entre as ocupações do leito.

Hannah retirou o estetoscópio e disse:

— A Sra. Turner está com febre alta e dores abdominais.

Sir Marcus lançou um olhar astuto para Hannah.

— E qual é a sua autoridade aqui?

— Sou parteira. Era para eu ter feito o parto da Sra. Turner, mas estava fora, no campo.

Sir Marcus comprimiu os lábios, assimilando essa informação inesperada — a Srta. Conroy não lembrava nenhuma parteira que ele já vira — e, então, dirigiu-se à paciente. Ao pousar a mão na testa de Nellie, mantendo a fisionomia impassível, os olhos dela se abriram, arregalados de pavor.

— Eu vou morrer, senhor? — perguntou Nellie com voz trêmula.

— De jeito nenhum — respondeu ele, dando um tapinha no ombro dela e virando-se para Hannah: — A senhorita acha que é um caso de febre puerperal?

Hannah guardou o estetoscópio na maleta. Ao redefinir sua profissão de parteira para profissional da saúde, ela aposentara a bolsa de veludo azul, substituindo-a por uma bela maleta de couro.

— Sim, creio que é isso que temos aqui, doutor, e como o senhor sabe, é altamente contagioso.

Lançando-lhe um olhar breve e confuso, ele meneou a cabeça, compartilhando sua preocupação com aquele rumo inesperado. A paciente estava bem no dia anterior. O que havia acontecido desde então?

Virando-se para a atendente da enfermaria, ele disse:

— Diga para a Sra. Butterfield preparar lençóis com cloro e providenciar foles para cá e um garoto que os opere.

Hannah sabia que pendurar lençóis embebidos em cloro em volta do paciente infectado e fumigar o ar com fumaça era a prática padrão para combater febres infecciosas. Mesmo assim, ela pegou seu vidrinho de iodo na bolsa.

— Dr. Iverson, será que eu poderia lhe pedir que instrua seus médicos a lavar as mãos com isso antes de examinarem os outros pacientes? Especialmente se tiverem examinado Nellie antes.

— Por quê?

— Como mais uma precaução, caso a febre não se espalhe pelo ar, mas pelas mãos humanas.

Ele olhou para o pequeno frasco, encontrando-se mais ciente da mão delgada que o segurava do que do remédio propriamente, observando que não havia aliança.

— O que é isso?

— Uma solução de iodo que eu mesma faço. É um antisséptico.

Conversa estranha vinda de uma jovem tão encantadora, pensou Iverson.

— Não estou convencido de que lavar as mãos tenha qualquer impacto significativo, negativo ou positivo, na saúde de uma pessoa — disse ele. — Mas li a literatura europeia recente e alguns artigos apresentam um bom argumento a favor da tal teoria dos germes. E como a senhorita diz, precaução extra não fará mal. Contudo, não posso sujeitar meus funcionários a uma fórmula desconhecida que, pelo que eu saiba, faz a carne se separar dos dedos. Mas *pedirei* que uma bacia de cloro seja colocada na entrada da enfermaria.

Ele fez uma pausa e olhou francamente para Hannah, de repente percebendo que ela lhe parecia familiar, como se eles já houvessem se encontrado.

— Estou curioso. Posso perguntar como a senhorita sabe sobre febre puerperal?

Hannah entregou-lhe seu cartão de visitas. Ele arqueou uma sobrancelha ao ler.

— Profissional da saúde? O que exatamente faz um "profissional da saúde", Srta. Conroy?

Hannah pensou que Sir Marcus tinha uma beleza severa — *aristocrata* foi a palavra que veio à sua mente —, e quando ele levantou a sobrancelha daquela maneira lembrou-a de lorde Falconbridge.

— Faço partos — disse ela —, mas também cuido de ferimentos, distribuo medicamentos, dou conselhos relativos à saúde e higiene e instruo os familiares nos cuidados dos seus quando estão doentes.

Os olhos escuros de Sir Marcus examinaram-na. Novamente aquela sensação incômoda de que eles já tinham se encontrado antes.

— E qual é a sua formação?

Hannah tinha aprendido a fazer uma apresentação profissional de si mesma. Considerando que antes ela diria: "Meu pai era médico", agora respondeu:

— Fui aprendiz do meu pai, que era médico. Fiz minha formação num hospital em Londres. Fui assistente de um cirurgião de navio por seis meses. E, em Adelaide, fui assistente clínica de um médico proeminente.

Iverson a olhou, pensativo. A Srta. Conroy não parecia ser vigarista nem charlatã. Parecia saber como usar um estetoscópio e *havia* diagnosticado corretamente a febre puerperal.

Ele não sabia que conclusão tirar sobre ela. Sir Marcus tinha 52 anos e se considerava um homem do mundo. Contudo, nunca, em toda a sua vida experiente, uma dama desacompanhada apresentara-se daquela maneira ousada a ele, oferecendo-lhe seu cartão! Porém, segundo seu *curriculum vitae*, por falta de termo melhor, ela era uma profissional, pertencendo a uma liga própria e ele estava tanto desconcertado quanto intrigado. A Srta. Conroy era bonita, tinha vinte e poucos anos e não era casada. Denominando-se profissional da saúde, mostrava conhecimento e coragem. Uma jovem dama com a cabeça sobre os ombros. E que, de algum modo, lhe parecia familiar.

— Perdoe-me — disse ele —, mas já nos encontramos antes?

— Sim. Foi na casa de Blanche Sinclair ano passado, numa festa que ela deu para uma obra de caridade.

— Sim, lembro-me agora. Queira me perdoar. — Sir Marcus ficou atônito consigo mesmo. Ao decidir tirar Blanche Sinclair da cabeça, parecia que ele tirara os amigos dela também. Mas aquela reunião na casa de Blanche no ano anterior lhe voltava à memória, assim como suas primeiras impressões da Srta. Conroy como sendo uma jovem bonita, mas reservada e que ele sentira uma curiosa tristeza em sua pessoa, como se ela tivesse acabado de perder algo ou alguém.

— O senhor irá ao baile de caridade esta noite, Dr. Iverson, no Hotel Addison? — perguntou Hannah.

Sir Marcus recebera o convite de Blanche e o jogara fora imediatamente, sem intenção de ir ao baile daquela noite nem a qualquer outro evento que a Sra. Sinclair organizasse. Não depois do que acontecera no ano anterior. Mas agora, com a cativante Srta. Conroy sorrindo para ele de um modo que parecia tão convidativo...

— Se minha agenda permitir — respondeu ele, relembrando o velho adágio sobre dar um tiro no próprio pé. Seria uma tolice negar-se o prazer da amizade dessa moça por causa de seus dissabores com Blanche Sinclair.

No instante seguinte, Sir Marcus flagrou-se pensando na competição de remo amador que aconteceria no Rio Yarra no mês seguinte. Seria a primeira regata de palamenta simples de Melbourne e teria como modelo a Regata Henley que ocorria anualmente no rio Tâmisa. Ele perguntou-se se a Srta. Conroy gostaria de acompanhá-lo e compartilhar de um piquenique na beira do rio.

Ao pôr o cartão dela no bolso, ele disse:

— Como deve entender, Srta. Conroy, Nellie agora é paciente do hospital, já não está ao seu encargo. Por isso preciso lhe pedir que não a perturbe ou interfira com meu pessoal de nenhum modo.

— Posso saber onde está o bebê?

— Nellie não foi capaz de amamentar ontem à noite. Então sua vizinha, que estava de visita, levou o bebê para ser amamentado pela filha. Desejo-lhe um bom dia, Srta. Conroy — disse ele, e não conseguiu desviar o olhar dela ao vê-la sair andando pela enfermaria barulhenta, não conseguiu deixar de pensar na sua figura elegante...

Lá fora, na calçada de madeira, Hannah parou sob o sol primaveril para se recompor. Era novembro, as plantas floresciam e o verão estava chegando, mas agora uma nuvem pairava acima dela. Como a pobre Nellie teria contraído a mortal febre puerperal?

Hannah deixara seu coche em frente ao hospital, o cavalo amarrado num poste. Com o ruído dos cascos dos cavalos passando na rua poeirenta, ela olhou para trás, na direção do Hospital Vitória.

Na verdade, o hospital era apenas uma casa de pedra com duas enfermarias: masculina e feminina. Não havia sala de cirurgia, apenas uma mesa fora da vista e da audição das enfermarias. A cozinha e a lavanderia ficavam em prédios externos. No andar térreo, havia uma sala para tratar os pacientes que chegavam, um gabinete onde os prontuários eram guardados e o consultório do Dr. Iverson. A iluminação era feita com velas e lampiões a óleo, a água era tirada de um poço e as excreções eram depositadas numa fossa aberta nos fundos da casa.

A edificação ficava no meio de um terreno vazio coberto por vegetação rasteira e cepos de árvore, mas o governo recentemente havia aumentado a concessão, de modo que o terreno se estendia até a Russel Street e agora estava sendo nivelado para um paisagismo, com planos de construção de uma casa de banhos para os pacientes. Havia até rumores sobre a instalação de iluminação a gás até 1856.

Embora um hospital para os pobres fosse um feito nobre — todo creditado a Sir Marcus Iverson —, ainda não representava uma solução para os muitos males que assolavam Melbourne. Nos 16 meses desde a descoberta de ouro ao norte, a cidade fora invadida por um grande fluxo de imigrantes de todas as partes do mundo, todos chegando para buscar fortuna. A consequência de uma superlotação descontrolada eram surtos de doenças.

A estatueta de Higeia que o Dr. Davenport dera a Hannah se destacava no consolo da lareira, um lembrete de que a filha do deus Esculápio era a deusa da higiene e, portanto, a deusa que *prevenia* as doenças. O sonho de Hannah era escrever e publicar um completo manual caseiro de saúde que instruísse as pessoas sobre higiene, nutrição, segurança e cuidados na amamentação. Ela coletara um vasto material com seu próprio aprendizado e desejava compartilhar com s outros. Tudo que aprendera com o Dr. Applewhite, com o Dr. Davenport — e até com Lulu Forchette ("para gases abdominais crônicos, uma xícara diária de soro de leite dá um jeito.") — e com suas viagens pela zona rural, entraria no livro. Até agora, porém, Hannah não tinha encontrado tempo para sequer dar início a tal empreendimento. Juntamente com sua ocupação exigente, ela ainda estava procurando pela resposta para o mistério das últimas palavras de seu pai. Hannah havia suposto que ele se referia ao preparado de iodo como sendo uma cura universal, mas, nos últimos dois anos, ela descobrira que não era bem isso.

Ela olhou para um lado e para o outro da congestionada rua com coches e homens a cavalo, a diligência proveniente de Sydney, o carro do correio de Adelaide. O dia estava quente. Pondo a mão na bolsa, ela puxou um lenço dobrado para secar a testa, mas, ao ver as iniciais, parou. Aquele não era um lenço para ser usado, mas para ter consigo como uma recordação querida.

Sua amiga Blanche lhe perguntara certa vez se ela nunca se sentia só, e Hannah sabia que ela se referia à companhia masculina. Mas ela não estava interessada em homens, não enquanto a perda de Neal ainda era sentida de forma tão aguda.

No dia em que lera a manchete sobre o perecimento da expedição no deserto, Hannah tinha ido às sedes dos jornais para obter mais detalhes, mas só o que era sabido era a história resumida que chegara com viajantes provenientes do oeste da Austrália. Então, ela escrevera às autoridades de Perth e recebera a resposta insuportável de que Sir Reginald e toda a sua companhia tinham sido massacrados por aborígenes hostis. "Um único sobrevivente", dizia o relato, "conseguiu chegar a Perth, um tal de Archie Tice, o topógrafo da expedição. Ele pegou um cavalo quando as hostilidades começaram e, fugindo a galope, olhou para trás e viu horrendas explosões de fogo que mataram todos. O Sr. Tice mal conseguiu chegar a uma missão cristã no Outback para relatar o que aconteceu, e, em seguida, ele próprio sucumbiu devido à exposição que havia sofrido."

— Aqui está você!

Hannah virou-se e viu sua amiga, Blanche Sinclair, parando numa elegante carruagem puxada por dois cavalos. Um cavalariço sentava-se ao lado do cocheiro de libré, e uma moça com roupa de criada sentava-se de frente para a Sra. Sinclair enquanto elas andavam sem a capota. Um pouco rechonchuda, com brilhantes cabelos castanho-avermelhados puxados para dentro do último estilo de chapéu, Blanche tinha 30 anos, mas suas faces com covinhas e um queixo pontudo faziam com que ela parecesse mais jovem. Blanche era uma mulher muito rica, pois seu marido fizera investimentos inteligentes em cobre e prata, marinha mercante e lã. Ao morrer numa queda, ele a deixara muito bem. Blanche dirigia sua herança com bastante sagacidade para negócios, sabia localizar caçadores de fortunas e tinha mais amigos do que a Austrália tinha eucaliptos, Hannah costumava pensar.

— Acabei de passar na sua casa — disse Blanche protegida por sua sombrinha cor-de-rosa. — A Sra. Sparrow disse que você chegou do campo hoje de manhã e que já havia saído novamente. Achei que não gostasse de pôr suas pacientes no hospital.

— Não gosto mesmo. Foram as amigas dela que a trouxeram.

— Você parece preocupada, Hannah. Está tudo bem com sua paciente?

— Desconfio de que ela esteja com febre puerperal, e, sim, estou muito preocupada. Mas o Dr. Iverson está tomando as precauções necessárias. Rezo para que a febre não se espalhe.

Os olhos de Blanche ficaram bem abertos.

— Você falou com Marcus?

Hannah captou o olhar de súbita esperança nos olhos de Blanche e, sabendo como sua amiga se sentia em relação ao distinto médico, ela desejaria ter algo mais positivo a contar.

— A princípio ele não me reconheceu. É claro, essa é a primeira vez que falo com o Dr. Iverson desde que nos conhecemos na sua casa no ano passado. Ao lembrá-lo daquela reunião, ele se recordou de mim.

As faces de Blanche coraram.

— Ele falou alguma coisa sobre o baile de hoje à noite? — Nesse ano, Blanche enviara a Marcus Iverson convites para diversos eventos organizados por ela e ele repondera com negativas a cada um deles. Ela começava a se desesperar para consertar a desavença que involuntariamente provocara na amizade deles, pois ela ainda acalentava profundos sentimentos por Sir Marcus.

Blanche deu uma olhada em direção à entrada do hospital e Hannah percebeu medo e saudade em seus olhos. Em seguida, alegrando o sorriso, disse:

— Os ingressos para o baile de gala de hoje à noite estão esgotados. Graças à querida Alice. Todos querem ouvi-la cantar.

— Ela está mais que feliz de montar um espetáculo particular. Afinal, é por uma boa causa.

Quatro anos atrás, depois de receber a notícia da morte de Neal, Hannah se lançara ao trabalho, encontrando conforto e fuga no estudo de textos médicos. Ao exaurir os limitados recursos de Adelaide, ela tomara a decisão de abandonar a cidade pequena e se mudar para Sydney. Ao mesmo tempo, Alice começara a sentir as limitações do teatro de variedades do Sr. Glass, sentindo necessidade de compartilhar sua música e felicidade com plateias maiores. Assim sendo, as duas amigas decidiram buscar uma vida nova em outro lugar (e, por sorte, Sam Glass ficara contente de liberar Alice de seu contrato, pois estava tendo um caso com uma trapezista que atuava no palco com pouco mais que meias-calças e um espartilho franzido, e que declarara que poderia haver apenas uma estrela no Elysium). Portanto, juntas, Alice e Hannah tinham partido de Adelaide em busca de sonhos maiores, mas ao se apaixonarem por Melbourne durante a parada de um dia do navio elas decidiram ficar.

Agora Alice cantava para plateias lotadas no Queen's Theatre na esquina sudoeste das ruas Queen e Little Bourke. Seu apelido "Pássaro canoro australiano", conquistado em Adelaide, a seguira até Melbourne, onde ela era a celebridade da cidade.

— Você irá acompanhada hoje à noite, Hannah?

— Não, irei sozinha.

Blanche balançou a cabeça numa exasperação simpática.

— Só mesmo você, minha querida, poderia ter sucesso assim. Uma dama saindo por aí a sós! — Mas, secretamente, Blanche ficava impressionada e orgulhosa com as realizações da amiga.

Ao chegar a Melbourne, Hannah pusera anúncios nos jornais e nos murais públicos da cidade, entregara seu cartão a médicos e farmacêuticos, mas os pacientes custaram a chegar. Então ela havia pensado: as mulheres espalham as notícias por meio de boca a boca e não pela palavra impressa. Desse modo, ela decidiu sair e se apresentar às costureiras, cabeleireiras e fabricantes de chapéus, entregando-lhes seu cartão e informando sobre seus serviços. Blanche Sinclair tomara conhecimento dela por intermédio da mulher que bordava os monogramas em seus lenços. Ela chegara trêmula e assustada ao consultório, sem ter ninguém a quem recorrer — uma das mulheres mais ricas das colônias, recorrendo em desespero a uma estranha que se denominava profissional da saúde.

Banhando-se certa manhã, Blanche descobrira um nódulo na mama direita. Ela havia ido imediatamente ao seu médico, um homem que nem sequer a tocara, mas lhe pedira para descrever o nódulo. Depois disso, ele pronunciara gravemente que a mama deveria ser amputada. Dois outros médicos haviam lhe dado o mesmo diagnóstico e más notícias, uma vez mais sem tocá-la, pois isso seria altamente inadequado. Então, Blanche ficara sabendo de uma mulher praticante de medicina, especialista em problemas femininos e se surpreendera quando a Srta. Conroy tinha dito:

— Precisamos saber de que consiste o nódulo.

Despindo-se até ficar apenas com o camisão, Blanche se deitara numa mesa de exame. Primeiramente, Hannah sondara o nódulo com a ponta dos dedos, perguntando:

— Isso dói? E agora? — Finalmente, ela dissera: — Não creio que seja câncer. Os nódulos que se movimentam livremente como este costumam ser benignos. Os fixos e de formato irregular tendem a ser malignos. No entanto, há mais um exame para termos certeza.

Usando um tubo de metal fino afiado na ponta, que Hannah chamava de trocarte, e fixado a uma mangueirinha de borracha, ela o inserira delicadamente na pele. Embora tivesse doído, Blanche suportara bem o desconforto, pois o exame não fora demorado. Uma dose de láudano antes e depois da breve inserção. Quase imediatamente, a Srta. Conroy dissera:

— Não é câncer. É um cisto. A prova é este líquido amarelado que retirei do nódulo.

Após o pequeno nódulo ter sido drenado e o ferimento recebido um curativo, Blanche se vestira e Hannah lhe dera uma receita de láudano, explicando:

— Mesmo que eu tenha desinfetado meus instrumentos, preste atenção se aparecer alguma infecção.

Isso havia sido três anos atrás e desde então elas tinham se tornado amigas.

Os intermináveis elogios de Blanche à nova "doutora" de Melbourne resultara em mais pacientes do que Hannah conseguia atender. E ela descobrira que não era apenas por suas habilidades de cura que as mulheres a procuravam. Havia o fato de ela ser mulher e não impor o constrangimento torturante que um médico homem provocava. O toque de Hannah era leve, todas diziam, ao contrário de alguns médicos que podiam ter a mão bem pesada.

— Por falar nisso — disse Blanche, agora —, houve um acréscimo de última hora ao nosso espetáculo de hoje. Cecily descobriu outro artista.

Hannah sorriu. Cecily Aldridge colecionava artistas como outras pessoas colecionavam pinturas.

— Este é um *fotógrafo*. Um americano. Recém-chegado a Melbourne, e Cecily convenceu-o a exibir dez de suas peças esta noite. Ela diz que o trabalho dele é absolutamente genial e que levantaríamos fundos consideráveis com sua venda.

— Americano? — indagou Hannah, subitamente ouvindo um latejar nos ouvidos. — Você — ela esforçou-se para respirar —, você sabe o nome dele?

— Acabei de conhecê-lo, pendurando suas fotos no Addison. Ele se chama Neal Scott e é novo em Melbourne, pois acabou de chegar de Sydney com a noiva.

Capítulo 40

Blanche Sinclair torceu as mãos, nervosamente, rezando para que seu baile de caridade fosse um sucesso. Rezando também para que o Dr. Marcus Iverson decidisse comparecer.

O baile de gala aconteceria no novo Hotel Addison da Colins Street, um edifício de quatro andares construído com o arenito azulado da região, a fachada de colunas e arcos com grandes janelas envidraçadas. O hotel tinha duzentos quartos, um salão de baile, uma barbearia, quatro restaurantes e hoje seria sua inauguração oficial. Blanche abordara o rico dono com uma proposta intrigante: que ele celebrasse o lançamento de seu grande estabelecimento — o maior hotel de Melbourne — com um evento social organizado para o levantamento de fundos destinados a um orfanato. *A melhor e mais rica sociedade de Melbourne compareceria*, Blanche havia garantido, *e pense nas pobres crianças sem mãe.*

Desconfiando de que proporcionar aos seus amigos ricos um vislumbre do novo hotel poderia não ser suficiente, ela teve a ideia de montar um show com a presença dos artistas estabelecidos e promissores de Melbourne. Com o acréscimo de champanhe, um quarteto de cordas e uma apresentação solo de Alice Star, Blanche tinha certeza de que eles iriam levantar fundos suficientes para iniciar a construção de um novo orfanato.

Ao longo da rua, os acendedores de lampiões com suas longas hastes cumpriam a tarefa de iluminar a via, cada globo de vidro emitindo uma luz aconchegante contra a noite. A frente do Addison fora decorada com lanternas adicionais. Uma luminosidade brilhante saía pelas janelas envidraçadas, enquanto pessoas elegantemente trajadas chegavam em carruagens finas e entravam em duplas no hotel. Embora alguns cavalheiros chegassem sozinhos e algumas damas em pares ou grupos, uma única mulher desceu de sua carruagem e caminhou desacompanhada pelo tapete vermelho. Mas todos conheciam Hannah Conroy, e não se surpreenderam.

O saguão se transformara numa galeria de arte, com as paredes e alguns cavaletes expondo pinturas. Um quarteto de cordas tocava Mozart e lacaios de libré movimentavam-se entre os convidados com taças de champanhe e pratos de *hors d'oeuvres*. Acima, lustres ardiam com cem velas e havia candelabros de prata em mesas e prateleiras, fazendo o saguão brilhar. Os vestidos das mulheres exibiam as cores do arco-íris, cintilando como borboletas em sedas e cetins, com pedras preciosas faiscantes no pescoço, ao passo que os homens usavam preto ou cinza com camisas engomadas e sapados lustrosos.

Vendo a amiga entrar pelas altas portas de vidro, Blanche foi recebê-la com braços abertos.

— Você está linda, Hannah.

Blanche ficou satisfeita ao ver que a amiga seguira seu conselho e recorrera aos serviços da melhor estilista da cidade. O vestido de cetim creme debruado com renda cor-de-rosa que deixava os ombros de fora era de extremo bom gosto.

— Estão todos aqui — disse ela, contente, usando um deslumbrante vestido roxo que combinava com seus olhos cor de violeta. — O governador mandou suas desculpas, mas isso era de esperar. A mulher dele veio e está de olho numa pintura que renderá 100 libras.

Hannah entregou seu casaco a uma camareira e esquadrinhou a multidão procurando por um rosto em particular. Ela não conseguia se lembrar de ter estado tão nervosa, empolgada e amedrontada, tudo ao mesmo tempo.

Depois de seu encontro com Blanche do lado de fora do hospital naquela tarde, ela fora diretamente ao Hotel Addison, onde os últimos retoques estavam sendo feitos para o baile da noite. Blanche tinha dito que deixara o Sr. Scott ali, mas Hannah fora informada de que ele acabara de sair. Indo para casa, ela vasculhara o equivalente a duas semanas de correspondência e recados que a esperavam para ver se Neal lhe deixara alguma coisa. A governanta, a Sra. Sparrow, confirmara que um cavalheiro americano realmente fizera uma visita e deixara uma mensagem. "Torço para que você seja a Hannah Conroy", Neal escrevera, "com quem passei seis meses no mar a bordo de um navio chamado *Caprica*."

Hannah não fazia ideia de onde Neal morava nem de como encontrá-lo e, por isso, tivera que aguentar as horas de agonia até poder vê-lo no evento de caridade desta noite.

— E o fotógrafo americano? — perguntou ela, o coração acelerado. Hannah precisou elevar a voz para ser ouvida em meio ao burburinho de conversas e risos que subia até o teto alto. — Ele está aqui?

— O Sr. Scott disse que precisava dar uma saída, mas voltaria logo — respondeu Blanche, os olhos disparando, ansiosos, para a entrada principal.

Será que Marcus viria? Se viesse, ela decidiu que o levaria para um canto e explicaria a ele sobre o que havia acontecido naquele dia, um ano atrás, por que ela não pudera concordar em organizar a visitação ao hospital.

Subitamente, lá estava ele, entregando capa e cartola a um dos serviçais. Blanche ficou empolgada ao vê-lo e ele estava excepcionalmente notável de fraque, a luz refletindo no prateado de seu cabelo. Blanche sentiu um ímpeto de desejo e percebeu que seus sentimentos por ele não haviam diminuído ao longo do último ano em que ele não mais se mostrara simpático a ela. Era possível lembrar-se do exato momento em que a atitude dele, após dois anos sendo um amigo querido (embora não tivesse havido nenhuma insinuação romântica), tinha mudado para um afastamento frio. Ela sabia o quanto Sir Marcus era dedicado ao seu hospital, que aquilo era sua vida. Mas como poderia dizer a ele que só a visão do edifício dava-lhe nós no estômago e gelava sua espinha? Ela não esperava a reação que ele tivera posteriormente, ao recusar seu pedido de organizar uma visita pelo hospital para levantamento de fundos. E ficara surpresa de que ele não a convidara mais para piqueniques e corridas de cavalo. Ao dar-se conta do motivo, ela não soube como consertar.

O Dr. Iverson veio andando em meio aos convivas diretamente até Blanche e Hannah, e enquanto o coração de Blanche disparava de puro prazer por vê-lo, foi a Hannah que ele se dirigiu.

— É um prazer revê-la, Srta. Conroy.

— Obrigada — disse Hannah. — Doutor Iverson, como está o estado de Nellie Turner?

— Ah, vamos lá! — interrompeu-os, consternada pela maneira como Marcus a tinha ignorado e mais chateada ainda pelo modo como ele olhava para Hannah. Ela sentiu-se inundada pela dor, porém manteve o sorriso para encobrir sua mágoa profunda. — Nada de conversas profissionais esta noite. Marcus, deixe-me apresentá-lo aos nossos artistas.

— Eu adoraria, Sra. Sinclair, mas um instante, por favor. — Marcus Iverson ficou estarrecido com o ímpeto de desejo que sentiu com a proximidade de Blanche. Ela provara ser menos que amiga, mas, embora sua mente soubesse disso, seu coração dizia outra coisa. Ele só podia culpar a si mesmo. Após a morte da esposa, ele pensara que nunca mais amaria outra mulher. Por muito tempo ele devotou-se somente à medicina e ao hospital. Então, o marido de Blanche Sinclair morreu e ele flagrou-se desejando confortá-la. Afinal, ela era jovem e atraente, dona de uma personalidade encantadora, muito culta e instruída, além de generosa. Ele começou a levá-la para passeios de carruagens e piqueniques, e os dois tornaram-se bons amigos, após um período respeitável de luto. Houve, ainda, um momento em que chegou a pensar que teriam um futuro juntos.

Então, ele lhe pedira para organizar uma visitação de caridade ao seu hospital, a fim de levantar fundos para uma nova ala — com Blanche Sinclair dirigindo o evento, as doações estavam garantidas —, mas, para sua decepção, ela se recusara com desculpas tolas. Mostrando sua verdadeira face, ele concluíra, provando ser apenas uma amiga superficial.

Nesse instante, uma carruagem parou do lado de fora, puxada por quatro cavalos emplumados e chamando a atenção de todos. Dois lacaios abriram a porta e ajudaram os passageiros a desembarcar — uma jovem, uma mulher mais velha e um homem de meia-idade, todos trajados com roupas de gala. A quarta passageira, Srta. Alice Star, pisou no foco das luzes com um deslumbrante vestido branco e capa de veludo também branca debruada de pele, com plumas altas saindo de uma tiara de brilhantes em seu cabelo dourado. Alice era uma das artistas mais bem pagas de Melbourne, ficando atrás apenas do ator shakespeariano Donald Craig.

Os porteiros abriram as portas do hotel, e quando Alice passou sob o lustre todos a aplaudiram. Ela fez uma pausa de efeito, retribuiu a saudação com uma mesura de palco e depois entregou sua capa, pedindo que seus três acompanhantes aproveitassem a festa. Hannah observou um círculo de admiradores formar-se em volta de Alice. Aos 25 anos, sua silhueta delineara-se com curvas femininas. Ela estava mais segura e radiante do que nunca, sem dar sinal da criada tímida que Hannah conhecera em Adelaide seis anos atrás.

Desculpando-se, ela foi até Hannah.

— É verdade? Neal está vivo? Quase desmaiei ao ler seu recado. Você já o viu? Onde ele está?

— Disseram-me que ele deu uma saída, mas vai voltar.

— Você já viu o trabalho dele? — Apesar de nunca ter visto Neal, Alice ouvira Hannah falar muito dele, vira sua fotografia e testemunhara a profundidade do pesar da amiga ao receber a notícia de sua morte. Mas agora ele estava vivo!

Após uma troca educada de cumprimentos com o Dr. Iverson e Blanche, que saíram em diferentes direções, Alice enlaçou o braço no de Hannah e ambas saíram em meio aos convidados.

— Estou explodindo de alegria por você, Hannah. Não sei como é que você pode estar tão calma.

— Alice — disse Hannah, passando pelos cavaletes que expunham pinturas de vários estilos e assuntos, os artistas no centro das atenções —, Neal está noivo.

Alice parou e a fitou. Agora ela percebia o quanto sua amiga estava pálida, viu a umidade nos olhos de Hannah e como seu lábio inferior tremia.

— Não pode ser!

Hannah falou, mal contendo a emoção:

— Agora tive a informação confirmada por outros. Neal abriu um novo estúdio semana passada e todos já o estão procurando para tirarem seus retratos. Alguns não se intimidaram em perguntar sobre o estado civil dele.

— Ah, Hannah! — Alice sentiu sua alegria se transformar em desapontamento. — Sinto muito. Como isso foi acontecer?

Hannah tentou falar com objetividade, mas era um enorme esforço se controlar.

— Bem, faz quatro anos e meio desde que nos vimos pela última vez. Muita coisa pode acontecer nesse tempo. Com certeza, muita coisa mudou na minha vida. Pronto, aqui estamos — disse ela ao chegarem à parede onde estavam penduradas grandes fotografias belamente emolduradas. Uma placa identificava-as como sendo a obra de "Neal Scott. Fotógrafo".

Hannah e Alice contemplaram as obras, maravilhadas. Enquanto os outros artistas tinham preferido representar as cidades ou cenas rurais australianas — tosa de carneiros, corridas de cavalos, carneiros nos portos —, o fotógrafo americano aventurara-se por um mundo que ficava além do último posto avançado da civilização, captando imagens de maravilhas que a maioria das pessoas jamais veria. E as fotografias do Outback feitas por Neal eram mais que meros quadros, eram perfeitas obras de arte.

Com os olhos marejados, Hannah olhava de uma para outra, assimilando as montanhas, as formações rochosas, as planícies sem árvores. Ela sentia que um poder espiritual emanava das imagens. Como ele havia conseguido, com lente, papel e alguns produtos químicos, evocar a imensidão da paisagem australiana? Uma em particular chamou sua atenção: nas margens direita e esquerda, eucaliptos pareciam se inclinar opostamente um ao outro, dando a ilusão de cortinas que se abriam para um palco, e, ao longe, uma rocha incrível, antiga e maciça, elevava-se do deserto plano. Neal compusera o quadro de tal modo que era como se ele soubesse que havia uma plateia parada atrás dele e de sua câmera. Captara um volume incalculável de espaço luminoso, enchera-o de luz incandescente, transformando-o numa mostra de radiante maravilha. Por meio de um truque engenhoso — a base da fotografia tinha sido cortada, de modo que não havia nenhum indício do chão onde um volumoso tripé e um ser humano tinham estado —, Neal criara a ilusão de que o observador estava pairando no espaço. Hannah foi pega de surpresa. Aquela era uma experiência de espaço numa escala espetacular.

Neal atraía o espectador magicamente para dentro do cenário, permitindo que ele flutuasse pela luz dourada e atravessasse a terra ancestral.

Aquilo fez com que seu coração inchasse de amor por ele e sentiu um desejo de lhe dizer pessoalmente como seu trabalho a afetara. Então, ela lembrou-se da noiva e foi tomada pela dor.

— Observe a moldura, Hannah — disse Alice, baixinho.

Esforçando-se para manter a compostura, Hannah desviou o olhar da imagem e inspecionou a moldura de madeira. A princípio, parecia uma moldura extravagante envolvendo a fotografia, mas, ao olhar mais de perto, ela viu flores e árvores em miniatura talhadas na madeira, além de minúsculas criaturas e até uma cascata!

— Alice, esta se parece com a moldura daquela pintura que você ganhou de um admirador secreto.

— É mesmo — concordou Alice, ficando empolgada.

Tudo começara havia um mês. Alice fazia espetáculos todas as noites no teatro, além de matinês nos fins de semana, e, como estava acostumada a ver frequentadores assíduos na plateia, um em particular chamara sua atenção. A princípio, ela não sabia bem o motivo até perceber que ele sempre se sentava no mesmo lugar, lá atrás, na sombra, e que ao fim de cada espetáculo ia embora, em vez de tentar vê-la nos bastidores ou aguardar no corredor, diante da porta dos fundos como os outros faziam (razão pela qual ela nunca saía sem estar, pelo menos, com três acompanhantes). Alice também estava acostumada a receber presentes generosos e flores, mas o presenteador sempre se identificava. Uma semana atrás, ela recebera, no camarim, um pacote sem cartão de um admirador. O embrulho continha uma aquarela feita por um artista local — cisnes negros no rio Yarra —, mas quando Alice vira a moldura de madeira, finamente entalhada — pássaros e borboletas em miniatura —, ela percebera que era a moldura, não a pintura, o presente. E como fora entregue de forma anônima, ela se perguntara se ele viera do homem misterioso que se sentava na sombra.

— Será que ele está aqui hoje? — cogitou Alice. — Essas belas molduras são obras de arte, tanto quanto as fotografias. Faria sentido se o homem que as entalha estivesse aqui hoje, não é?

Hannah viu uma faísca de interesse nos olhos da amiga que nunca vira antes. Não faltavam admiradores a Alice, mas ela não fazia questão de ser cortejada. Ela dissera a Hannah que os homens não estavam apaixonados por ela, mas por sua aparência, por uma ilusão, e sabia que, ao lavar a maquiagem, retirar o aplique e a tiara dos cabelos, seus sonhos seriam desfeitos e poderia ser humilhada. Contudo, havia algo de original naquele admirador específico. Por que ele estaria ocultando sua identidade? Por que assistia a todos os espetáculos e não se apresentava? Só poderia ser uma brincadeira, mas Hannah percebeu que Alice estava intrigada.

— Srta. Star — disse Blanche, chegando num farfalhar de seda e anáguas, suas faces e covinhas fundas coradas, o queixo pontudo brilhando de empolgação. — Estamos prontos para ouvi-la.

Alice hesitou, pondo a mão no braço de Hannah e perguntando baixinho:
— Você está bem? Não é melhor que eu fique com você?

Quando Hannah garantiu que estava bem, ela tomou seu lugar no centro do saguão, embaixo do lustre, e aguardou graciosamente enquanto todos se aquietavam. Quando tudo ficou tão silencioso que apenas o crepitar ocasional de um lampião se ouvia, Alice pigarreou, segurou as mãos na altura da cintura, inspirou fundo e começou a cantar.

Sonhei que habitava salões de mármore
Tendo ao lado vassalos e servos,
E entre todos ali reunidos
Era eu a esperança e o orgulho.
Eu tinha riquezas muito vastas para contar
E um digno nome ancestral.

A plateia ficou instantaneamente envolvida por ela. Sem acompanhamento musical, apenas com sua aparência angelical e voz de ouro, Alice Star, *née* Starky, que no passado limpava o chão de um prostíbulo em Adelaide, capturava a atenção de sua plateia de tal modo que era como se cantasse para um conjunto de estátuas. E ela cantava de maneira tão doce que ninguém imaginaria seu doloroso segredo, que apenas Hannah conhecia: apesar de ser a celebridade de Melbourne e de morar numa bela casa com criados e uma carruagem, Alice Star era uma mulher muito só.

Observando com orgulho, nunca deixando de se impressionar com a facilidade de encantar de sua amiga, Hannah viu a porta do hotel, do outro lado de Alice, se abrir e fechar e duas pessoas entrarem. Elas pararam ao ouvir o canto e aguardaram educadamente com a capa e o manto, cartola e chapéu.

A mulher, jovem, esbelta, com um vestido verde-esmeralda por baixo do manto, ficou com os olhos fixos em Alice. Mas o homem que a acompanhava, cartola ainda na cabeça, permitiu que seu olhar percorresse o saguão até pousarem em Hannah.

Ela quase soltou um grito. Queria correr até ele, jogar-se em seus braços e lhe agradecer por estar vivo. Mas era preciso ficar onde estava enquanto Alice cantava, e Neal permaneceu perto da porta, os olhos fixos em Hannah.

Ao lado dela, Blanche inclinou um pouco a cabeça e sussurrou:

— Então foi por isso que o Sr. Scott desapareceu. Foi buscar a noiva.

Mas também sonhei o que mais me encantou
Que ainda me amavas do mesmo modo.
Que me amavas,
Que me amavas do mesmo modo.
Que me amavas,
Que me amavas do mesmo modo.

Hannah ficou em agonia, com Alice cantando sem que ninguém pudesse se mover. As lembranças tomaram conta dela, lembranças do *Caprica*, da estrada poeirenta diante do Hotel Austrália. Uma saudade intensa retornou, acompanhada de uma suave dor.

Neal estava muito bonito, com um fraque elegante sobre calças pretas, uma camisa branca engomada e gravata branca. Seu cabelo castanho estava mais comprido do que da última vez que eles tinham se visto, e Hannah observou um cacho natural sobre o colarinho branco. Ele estava barbeado, mas usava as costeletas compridas que estavam na moda.

Ela pensou no beijo, no momento de namoro na carroça, seu tato e gosto. Tinha certeza de que não aguentaria a agonia daquela noite, de ser apresentada à bela mulher de vestido verde-esmeralda.

Hannah estava pensando se poderia inventar uma desculpa e ir embora — uma paciente que a aguardava —, quando a canção terminou. Houve um instante de silêncio, enquanto a plateia percebia que fora liberada do encantamento, e então começaram os aplausos e gritos de "Bravo!".

O quarteto de cordas recomeçou a tocar, o vozerio das conversas voltou e as pessoas se reuniram em torno de Alice para elogiá-la. Neal tirou a capa e a cartola, entregando a uma camareira. Hannah o viu murmurar algo para a moça de vestido verde, que assentiu com um sorriso e então ele não perdeu tempo, atravessando o saguão até onde ela estava.

Muda de emoção, ela estendeu o braço para Neal e deslizou a mão enluvada na dele. Eles estavam no meio de um mar de pessoas ruidosas, mas Hannah estava ciente somente de uma pessoa.

— Neal, pensei que você tivesse morrido. — Ele estava bronzeado e havia novos vincos em seu rosto. Tinha o cheiro do familiar creme de barbear.

— O que aconteceu?

— Hannah, eu sinto muito. Tentei encontrá-la. Sabia que você teria lido as notícias, que achava que eu estava morto.

Ele fez um breve relato sobre Galagandra, o ataque e as explosões químicas, mas omitiu a tempestade de areia, a traição de Sir Reginald e sua estadia com o clã de Jallara. Não era o momento nem o lugar certo para isso.

— Eu não sabia, mas, quando os nativos atacaram, um homem, um topógrafo chamado Archie Tice, conseguiu montar um cavalo e sair galopando até uma missão aborígene, onde contou que tinha se afastado cerca de 800 metros quando ouviu as explosões e, olhando para trás, viu as nuvens pretas. Ele contou aos missionários que tinha sido um massacre e poucos dias depois ele mesmo morreu de um ferimento de lança que infeccionou. Foram os missionários que noticiaram o triste destino da expedição às autoridades de Perth. Eles não sabiam que Fintan e eu tínhamos sobrevivido.

— Fintan! — repetiu Hannah, lembrando-se do rapaz bonito que ela conhecera em Adelaide.

— Depois que a fumaça sumiu, encontramos o acampamento ainda intacto, com cavalos, comida e água. Levei três dias para enterrar os mortos. Creio que as explosões assustaram os aborígenes, pois eles nunca retornaram. Fintan foi ferido. Ficamos lá durante semanas até que alguns garimpeiros nos encontraram e nos levaram para a mesma missão aborígene onde um casal cristão, muito parecido com os Merriwether, cuidou de nós até estarmos bem de saúde. Hannah, levou um ano para retornarmos a Perth. Nesse meio-tempo não fazíamos ideia de que nossa história tinha sido noticiada.

— Por que você não esclareceu tudo?

— Comecei a fazer isso e então me dei conta de que alguém mais sagaz fosse perceber que tínhamos ido lá pelo ouro e haveria uma corrida à Galagandra pelos caçadores de fortuna. Por sorte, Archie nunca falou nada sobre termos encontrado ouro. Era uma terra sagrada, Hannah, eu não poderia fazer isso. Fintan e eu fomos para Adelaide assim que foi possível. Procurei por você em todos os lugares. Eu sabia que você me considerava morto, mas achei que iria encontrá-la! Fui até o Hotel Austrália, mas havia novos donos. Fui até a Estância Sete Carvalhos e os McKeeghan não sabiam do seu paradeiro. Por fim, consegui uma informação de que você tinha ido para Sydney.

Ela engoliu em seco, dolorosamente.

— Eu nem pensei em deixar uma mensagem nos correios de Adelaide nem no mural do Sr. Day. Achava que você tinha morrido!

Ela tentou não esquadrinhar o saguão em busca da moça de vestido verde. Queria perguntar a Neal sobre ela, ouvir seu nome, saber dos detalhes de como haviam se conhecido, mas ao mesmo tempo... Hannah não queria saber de nada disso. Ela sabia que na hora certa ele lhe contaria tudo, mas por agora tudo o que podia pensar era que Neal estava vivo.

Hannah ficou vagamente ciente de que o espaço abria-se no vasto saguão e que alguns casais começavam a valsar. Deliciosos aromas flutuavam no ar com uma mesa sendo posta com rosbife e carneiro novo vindos da cozinha do hotel. O saguão estava quente e barulhento, as pessoas passavam e murmuravam: "Boa noite, Srta. Conroy", mas Hannah não percebia nada.

— Só recebi seu recado hoje à tarde — disse ela. — Eu estava no campo, visitando pacientes. Mas por que você perguntou se eu era a mesma Hannah Conroy que havia conhecido no *Caprica*?

Ele esboçou um sorriso.

— Você não acreditaria na quantidade de mulheres que têm seu nome. Em Sydney, eu coloquei anúncios em murais e jornais. Verifiquei com médicos, outras parteiras, além de perguntar em hospitais e farmácias. Cheguei a oferecer uma recompensa por informações sobre o seu paradeiro. Segui duas pistas de Hannah Conroy, as duas levaram-me para longe, ao Outback, só para encontrar outras moças chamadas Hannah Conroy bem diferentes. Finalmente, decidi tentar minha sorte em Melbourne. Mandei Fintan na frente para procurar um estúdio para nós, enquanto eu vinha por terra com meu equipamento e suprimentos. — Com um sorriso, ele acrescentou: — Não confio em navios.

Hannah percebeu mudanças em Neal. Ele estava mais brando, não tão arrogante como era ao iniciar a expedição com seus instrumentos científicos. O que será que lhe acontecera durante sua jornada pelo deserto? Até fisicamente ele estava diferente — o cabelo antes cortado rente agora estava crescido e cacheado em torno das orelhas. Sua pele estava bronzeada, com rugas nos olhos e emoldurando a boca. Estranhamente, as rugas de sol não o deixavam parecer mais velho, mas mais sábio. Ela olhou para as fotografias penduradas na parede e perguntou-se se havia sido a própria Austrália que forjara as mudanças.

Ela também estava curiosa sobre a noiva, saber seu nome, como tinham se conhecido, mas tinha medo de perguntar.

— Mas olhe só para você, Hannah — disse Neal, baixinho. — É óbvio que você está muito bem. Imagino que é um sucesso como parteira.

— Precisei fazer alguns ajustes — respondeu ela, pegando o cartão em sua bolsinha. — No início tive dificuldade para me estabelecer e culpava a sociedade. Então, certo dia, percebi que não era a sociedade que me confinava a um papel definido, mas eu mesma. Depois que redefini meu papel, o sucesso veio atrás.

Hannah havia mudado, ele pensou ao olhar para o cartão, e era mais que uma nova designação que ela assumira. Quando eles haviam se conhecido, mais de seis anos atrás, ele a via como uma mocinha. Agora ela era uma mulher. No *Caprica*, ela possuía apenas uma vaga ideia do rumo que tomaria. Agora estava no comando de seu destino.

— O senhor que é o fotógrafo?

Neal virou-se e piscou.

— Desculpe-me, o que disse?

Um cavalheiro de costeletas com uma barriga majestosa e faces coradas perguntou:

— Aquela fotografia lá, poderia me dizer onde foi tirada? Nunca vi nada parecido.

Hannah reconheceu o homem como sendo o Sr. Beechworth, um empresário muito rico que recentemente formara a primeira companhia ferroviária de Melbourne.

Naquele instante, Blanche apareceu para dizer:

— Sabia que o lance já chegou a 50 libras por aquela peça, Sr. Beechworth? Se quiser arrematá-la, será preciso fazer seu lance imediatamente. O leilão vai fechar em breve.

Blanche olhou para Neal por um instante prolongado e depois para Hannah. Ela sabia que houvera alguém no passado de Hannah, um cavalheiro com quem ela viera da Inglaterra no mesmo navio. Mas conhecia poucos detalhes, pouca coisa sobre a história, apenas que ele era o motivo para que Hannah não se interessasse em ser apresentada aos cavalheiros disponíveis e qualificados de Melbourne. E agora, levando o Sr. Beechworth para a mesa do leilão, ela pensava se aquele americano intrigante poderia ser o homem misterioso do passado de Hannah...

Do outro lado do saguão lotado o Dr. Marcus Iverson olhava o casal na exposição fotográfica.

Ele estava observando a Srta. Conroy e o americano fazia alguns minutos, percebendo na linguagem corporal de ambos uma desenvoltura e familiaridade que denotava amizade, ainda que houvesse uma certa tensão e nervosismo às vezes, o que poderia indicar sentimentos mais profundos e íntimos não retribuídos. Sir Marcus surpreendeu-se ao sentir uma pontada de ciúme, uma emoção que não experimentava desde os dias em que sua amada Caroline era a bela dos salões e o centro da atenção masculina.

Ele decidiu se apresentar ao fotógrafo americano, que doara seu tempo e presença a uma causa tão meritória.

Ao se aproximar da Srta. Conroy e do Sr. Scott, Sir Marcus achou que eles estavam um pouco mais próximos do que o decoro permitia. Além do modo como seus olhos encontravam-se, da maneira como o cavalheiro tocava o braço de Hannah, como se o mundo não existisse...

Sir Marcus estava perplexo com seus sentimentos. Hannah Conroy o fazia lembrar-se de sua querida Caroline, que morrera de tifo. Caroline era uma mulher muito inteligente, altamente instruída, com opiniões próprias, e embora nem sempre concordasse com ela, apreciava os debates entre eles. Sir Marcus não negava sua admiração por mulheres inteligentes. Na verdade, achava essas mentes muito atraentes e desconfiava de que havia muito mais mulheres inteligentes no mundo do que elas próprias deixavam transparecer.

— Olá novamente, Srta. Conroy — disse ele.

Depois de Hannah conduzir as apresentações, Sir Marcus virou-se para Neal, estendendo a mão.

— Prazer em conhecê-lo, senhor.

Enquanto os dois homens tinham uma breve conversa sobre fotografia, Hannah deu uma espiada na noiva de Neal do outro lado do saguão, um deslumbrante cabelo ruivo brilhante sob os candelabros. Ela pôde entender o que Neal vira na moça, mas doeu. Ela se sentiu mal. Havia sofrido por ele, mentalmente o deixara repousar, e agora ele voltava a passos largos para sua vida com toda energia e virilidade — só para que ela o perdesse de novo para outra mulher. Era mais do que poderia tolerar. E ela não queria ser apresentada à noiva de Neal. Ainda não. Não estava pronta.

O Dr. Iverson dirigiu-se a Hannah.

— Sinto muito, mas preciso deixar este agradável evento — começou ele e então teve uma ideia. — Quando deixei o hospital esta tarde, havia um novo caso de febre puerperal.

— Oh, não!

Sir Marcus pigarreou, um pouco envergonhado da tática óbvia para interromper o tête-à-tête e sem saber com certeza por que o fazia, mas também contente porque funcionara, pois a Srta. Conroy disse:

— Talvez, doutor, eu devesse fazer uma visita a Nellie Turner.

Sem saber que os olhos de Hannah estavam pousados numa mulher de vestido verde que vinha em direção a eles, Sir Marcus respondeu:

— Isso seria uma boa ideia, Srta. Conroy, e eu gostaria de saber sua opinião sobre o novo caso. Posso esperá-la na entrada?

Quando Sir Marcus saiu, Hannah voltou-se para Neal:

— Eu realmente preciso ir, e as pessoas vão querer falar com você sobre sua fotografia.

— Hannah, precisamos conversar — disse ele, rapidamente. — Amanhã de manhã. A primeira coisa. Em meu estúdio?

— Amanhã é minha manhã de servir no Salão Quacre de Reuniões para a distribuição de roupas aos pobres. Mas estarei disponível à tarde.

Ela lhe estendeu a mão enluvada, o coração disparando com seu toque.

— Quero saber de tudo que você andou fazendo — disse ela, temendo ouvir qualquer coisa sobre a noiva dele —, e vou lhe contar uma história extraordinária em troca.

Alice estava perto da entrada, conversando com amigos, quando viu Hannah pegar seu casaco e ir embora com o Dr. Iverson. Observou a carruagem partindo e depois voltou a atenção para o saguão lotado, onde viu Neal Scott no fundo, cercado por simpatizantes e pessoas que o interrogavam sobre as fotos.

Então, ele fez algo curioso. Erguendo a mão, disse alguma coisa a Blanche e deixou o grupo, indo até uma porta que havia ao lado do balcão da recepção. Um aviso na porta dizia "Privado". Alice ficou olhando Neal entrar e sair um instante depois, retornando à mesa onde os lances do leilão eram feitos.

Ela voltou a atenção para a porta, pensando no que poderia haver lá atrás e o que teria a ver com o Sr. Scott.

Desculpando-se com as pessoas ao seu redor, ela abriu caminho por entre a multidão até a recepção, com as pessoas felicitando-a no percurso. Ao chegar à porta, ela pôs a mão na maçaneta e olhou em volta para ter certeza de que ninguém a visse e então a abriu rapidamente, entrou e fechou-a atrás de si.

Diante dela havia uma dispensa mal-iluminada, com prateleiras repletas de caixas com artigos de papelaria e toalhas de mesa, vasos de flores e escarradeiras. Mas no meio havia grandes caixotes de madeira com a palavra FRÁGIL gravada nas laterais e um monte de palha entre elas. Alice ouviu um farfalhar por trás de armários altos e, então, alguém assobiando. Passos soaram no piso de pedra e um homem surgiu de trás, com uma bola de barbante e uma tesoura. Ele não usava paletó, as mangas da camisa estavam dobradas e os suspensórios cruzavam os ombros largos.

Ele parou de repente, deixando de assobiar.

— Olá — disse ele com um sorriso.

— Olá — respondeu Alice, sua tiara de brilhantes cintilando à luz dos lampiões tremeluzentes. Ela não conseguiu deixar de olhar para o belo rapaz. O furo em seu queixo e a boca feito um arco de cupido lembraram-lhe de um retrato que vira do poeta lorde Byron. Aquele rapaz fora agraciado com os mesmos olhos melancólicos de longos cílios e exuberante cabelo ondulado.

Alice desviou o olhar para os caixotes com "Neal Scott Fotografia" gravado na tampa e percebeu que deviam estar transportando as fotografias emolduradas.

— Tenho um palpite de que o senhor me deu um presente — disse ela, sentindo uma estranha agitação no estômago. — Uma aquarela emoldurada.

Quando ele corou, Alice pensou: *Ele não tem ideia do quanto é lindo.* A expressão "Irlandês Moreno" veio-lhe à mente, aquelas pessoas de cabelos escuros numa população de ruivos que supostamente descendiam dos sobreviventes da armada espanhola.

— Culpado de ser seu admirador secreto — disse ele, e estendeu a mão. — Fintan Rorke, a seu serviço.

Eles apertaram as mãos e Fintan segurou a dela um pouco mais que o necessário, os olhos negros investigando os de Alice.

— As fotografias do Sr. Scott são lindas — disse Alice. — E merecem ser vendidas por muito dinheiro. Mas, secretamente, creio que é pelas molduras que as pessoas estão pagando tanto. Foi o senhor que as entalhou, não foi, Sr. Rorke? Foi o senhor que entalhou aquela que me levaram no camarim há uma semana. É um grande prazer conhecê-lo.

— O prazer é todo meu — respondeu ele, e o pequeno cômodo atulhado tornou-se de repente íntimo, personalizado.

Alice ficou com o fôlego preso na garganta.

— Sr. Rorke, será que não vai me achar muito atrevida se eu o convidar para ir ao teatro amanhã à noite e ser meu convidado para ir nos bastidores após o espetáculo?

Fintan não conseguia tirar os olhos daquela visão angelical por quem havia se apaixonado durante o primeiro espetáculo que assistira um mês atrás. Ele viera para Melbourne a fim de encontrar um estúdio para Neal e certa tarde decidira assistir a um show que todos elogiavam. Bastara ouvir uma canção interpretada por aquela criatura etérea e Fintan Rorke apaixonara-se. Ia a todos os espetáculos desde então, sentando-se no escuro e adorando-a. Ele tivera até a ousadia de lhe enviar um presente, anonimamente, para que ela soubesse que sua beleza inspirava ainda mais beleza.

— Eu fico encantado e honrado em aceitar seu convite, Srta. Star.

A porta se abriu e a luz entrou.

— Alice, aqui está você! — exclamou Blanche. — Procurei por você em toda parte. A mulher do governador gostaria de agradecer pessoalmente por sua apresentação hoje.

— Já estou indo. — Ela estendeu a mão. — Até amanhã à noite, Sr. Rorke.

Ele apertou sua mão e ela sentiu força nos dedos, sentiu o calor de Fintan penetrar no tecido de sua luva branca. Com os olhos escuros que a deixava cativa, Fintan disse num fio de voz:

— Amanhã à noite, minha cara Srta. Star.

Capítulo 41

Hannah estava suspensa numa luz dourada. Flutuava no espaço, perguntando-se como podia voar. Então percebeu que Neal segurava-a, seus braços fortes abraçavam-na, os lábios pressionados em seu pescoço.

Uma radiante luminosidade abraçava-os. Árvores estranhas e imponentes os cercavam. No silêncio, Hannah só ouvia as batidas sincronizadas de seus corações. Ela sentiu sua pele nua que ardia como fogo sob as mãos. Quando eles tinham tirado as roupas? Os beijos de Neal chamuscavam cada ponto que tocavam. Quando os lábios dele encontraram os seus, fogos de artifício acenderam-se dentro de Hannah. Sua paixão expandiu-se, o desejo a dominou com uma ânsia deliciosa.

— Eu amo você, Hannah — murmurou Neal, as mãos explorando o corpo macio.

— Nunca me solte — sussurrou ela, a pele arrepiando-se sob seu toque. Ela fechou os olhos. — Sim, sim... *agora*...

Os olhos de Hannah abriram-se. Ela olhou para o teto escuro, pensando no destino daquela luz, no paradeiro de Neal. Então viu que estava sozinha na cama e que o sol ainda não havia nascido. Seu coração batia acelerado e a camisola estava grudada em sua pele suada. Em algum momento da noite, ela chutara as cobertas para o chão. Suas pernas estavam nuas. Ela nunca sentira tanto calor.

O verão está chegando, ela disse a si mesma, sentando-se e levando os pés para o lado da cama. Mal conseguia respirar. Não havia vento, nem sequer uma brisa. Nenhum modo de se refrescar.

Indo até a janela, abriu as cortinas e olhou para uma rua que nunca dormia de fato. Estava escuro lá fora, mas ainda assim os cascos dos cavalos soavam, homens passavam sob os lampiões iluminados. Ouviam-se vozes altas ali perto ressoando no ar úmido. Hannah olhou para o relógio sobre a lareira, no consolo onde a estatueta de Higeia jazia numa pose eterna. Eram cinco da manhã.

Ela jamais experimentara tamanho desejo.
Ele está noivo e vai se casar.

Vestindo o roupão, Hannah acendeu um lampião na escrivaninha e pôs água para ferver. Embora seu apartamento no andar acima do consultório tivesse uma cozinha completa, ela não queria perturbar a Sra. Sparrow, que ocupava um quarto no fim do corredor. Então algumas vezes ela fazia chá no quarto, usando uma espiriteira. Pondo uma colher de folhas de chá num bule de cerâmica, ela pensou no sonho. Tinha sido incrivelmente real, provocando emoções e sentimentos que ela havia enterrado quando mentalmente deixara Neal repousar, para agora se acenderem com mais brilho e calor que antes.

Ele tinha retornado à sua vida só para deixá-la de novo.

Neal queria vê-la logo pela manhã. Hannah estava agradecida por ter uma desculpa legítima para adiar o encontro. Todas as quartas-feiras, ela e Blanche ajudavam na distribuição de roupas doadas aos pobres no Salão Quaker de Reuniões na Russel Street. A tarefa a ocuparia até o meio-dia, manteria seus pensamentos concentrados nas necessidades alheias em vez de enfocar sua própria angústia.

Como iria sobreviver na mesma cidade que Neal, sabendo que ele estava com outra mulher, amando outra mulher, dormindo com ela, entregando-se a ela? A garganta de Hannah estava tão apertada de angústia que ela mal conseguia engolir o chá.

Ela forçou-se a pensar em outras questões, particularmente no caso desconcertante de Nellie Turner. Na noite anterior, depois do baile de gala no Hotel Addison, Hannah fora ao hospital com o Dr. Iverson e vira que o estado de Nellie havia piorado. E agora mais duas pacientes da maternidade ardiam em febre.

Como o contágio tinha se espalhado? Onde se originara, a princípio?

O chá estava quente e doce ao descer por sua garganta. Ela fechou os olhos. Qual seria a data de casamento de Neal?

Blanche Sinclair morava na área residencial de Carlton, ao norte, na Drummond Street, uma avenida larga, ladeada de olmos, onde as famílias endinheiradas de advogados, médicos e funcionários do governo de Melbourne habitavam. Um bairro tranquilo e elegante de lustrosas plaquetas de bronze, mordomos de luvas brancas e entradas nos fundos para entregas. Sua mansão de 14 cômodos era cercada por perfeitos gramados e canteiros de flores, e atrás havia uma garagem para a carruagem com estábulos para os cavalos.

O trajeto de sua mansão até o Salão Quacre de Reuniões era curto e ela estava acompanhada por uma criada que levava uma trouxa de roupas usadas no colo. Em consideração aos seus amigos quacres, Blanche usava um simples vestido cinza, sem mangas franzidas nem rendas e uma touca modesta que cobria seus grossos cabelos castanho-avermelhados. Ao chegar, ela pediu ao cocheiro que voltasse para casa, com instruções de retornar ao meio-dia, e começou a supervisionar o descarregamento de sacos de roupas doadas que tinham sido levadas para os fundos da casa por carroças e carruagens.

Enquanto trabalhava, Blanche não conseguia parar de reviver os acontecimentos da noite anterior — Marcus chegando ao baile, aumentando suas esperanças, só para tratá-la com frieza e concentrar as atenções em Hannah. Naquele momento, ela ficara magoada. Agora, porém, estava com raiva.

Embora soubesse o quanto o hospital representava para Marcus e que ele tinha contado com ela para organizar a visitação de caridade para levantar fundos, aquilo lhe parecia uma reação exagerada da parte dele quando ela recusara o projeto. Da noite para o dia, eles tinham passado de amigos íntimos a estranhos friamente educados.

Não importa, pensou ela, engolindo as emoções e dirigindo sua energia para a organização das voluntárias dentro do salão. Os relógios não andam para trás e o passado não pode ser recapturado nem os erros evitados. O que está feito, está feito.

Apesar de as portas de uma casa quacre nunca ficarem trancadas, o aglomerado de pessoas reunidas na calçada obrigava os membros da congregação a mantê-las fechadas e pedir que as pessoas aguardassem pacientemente numa fila ordeira. Hannah teve permissão de entrar e, uma vez lá dentro, tirando o chapéu, ela passou os olhos pelas mesas com montes de doações de cidadãos generosos e viu Blanche dando instruções a outras damas.

— Sapatos e botas nesta mesa, por favor, Myrtle. Saias e corpetes aqui. Winifred, por favor, dobre essas camisas e empilhe direitinho.

Ao ver Hannah, Blanche largou a caixa de lenços que carregava e apressou-se até a amiga com os braços abertos.

— Hannah! Você chegou! Pobrezinha! Fiquei consternada ao ler sua carta. Você está bem?

Entre as mensagens, cartões de visita e correspondências que chegaram à residência de Blanche, estava uma mensagem de Hannah com a notícia atordoante de que o fotógrafo americano do evento da noite anterior era o homem por quem ela era apaixonada e considerara morto nos últimos anos.

— Vou ficar bem — respondeu Hannah ao tirar as luvas.

— Por que não vai vê-lo imediatamente? Eu posso dar conta disto aqui.

Mas Hannah não estava pronta. Parte dela ansiava por correr até Neal, para voar em seus braços, beber de seu calor e dissipar de uma vez por todas sua "morte". Mas uma parte maior estava temerosa. Ela não estava pronta para saber sobre a noiva dele.

— Temos uma multidão aí fora hoje — desconversou ela.

Os números de pobres e crentes de Melbourne aumentavam de modo alarmante, visto que os imigrantes continuavam a chegar em resposta ao chamado do ouro.

— Quer conversar sobre isso? — perguntou Blanche, baixinho, sem que as outras senhoras pudessem ouvi-la.

— Obrigada, Blanche — disse Hannah com um sorriso agradecido. — Mas prefiro não.

Enquanto Hannah ia até uma escrivaninha alta, onde havia um livro-razão aberto com uma pena e tinteiro, Blanche relembrou o modo como Marcus olhara para a amiga na noite anterior. Na hora, ela sentira uma pontada de ciúme e agora tentava não ser ciumenta. Afinal, Hannah não estava interessada em Marcus. Na verdade, ela lutava contra seus próprios demônios — descobrindo que o homem que amava tanto e considerava perdido para sempre não só estava vivo, mas a ponto de se casar com outra!

Reavendo a caixa de lenços, Blanche começou a separá-los, as mãos para um e outro lado. Hannah tirou os olhos do livro-razão onde mantinham um registro do estoque e dispersão e perguntou:

— Você está aborrecida com Sir Marcus, não é?

— Ah, Hannah, que dupla nós duas formamos! Por que o amor precisa ser tão complicado e tão doloroso? Ele veio ao meu evento e simplesmente me ignorou. Acho que está me punindo.

Hannah esperou até Winifred Bromfield pegar um saco de meias e então retornou à mesa das botas e sapatos.

— Blanche, eu vi algo nos olhos de Sir Marcus quando você não estava olhando. Ele ainda guarda apreço por você, tenho certeza. E apostaria que deseja recuperar a amizade entre vocês.

— Então ele deveria dizer alguma coisa.

— Imagino que ele seja muito orgulhoso — ponderou Hannah, mantendo a voz baixa e observando as outras senhoras que se preparavam para distribuir as roupas. — Talvez você devesse tomar a dianteira.

Observando a amiga separar os lenços, sem fazer um trabalho muito organizado, Hannah acrescentou:

— Você e Marcus tinham uma relação tão maravilhosa. Todos especulavam a possibilidade de vocês se casarem. É uma pena desistir disso por causa de um mal-entendido.

Hannah ficou surpresa ao ver lágrimas nos olhos de Blanche quando ela se virou e disse:

— É por causa do meu medo! Eu estou absolutamente imobilizada por ele — ela baixou o tom de voz — desde aquela experiência terrível de que lhe falei, a que eu tive quando era criança, meu medo de hospitais está tão profundamente arraigado na minha natureza que é algo que não consigo superar. É irracional, eu sei. E tenho tentado. Quando Marcus organizou a visitação de caridade ao hospital, quando você estava na região norte visitando fazendas, eu me vesti para a ocasião e fui em minha carruagem. Mas, assim que pisei na calçada, meu coração acelerou, fiquei com a boca seca e comecei a transpirar. Não conseguia sequer me mexer. Não consegui me juntar aos outros que subiam as escadas do hospital e passavam pela porta. Hannah, isso parece estranho, mas eu estava a ponto de entrar em pânico. Então dei meia-volta e fui para casa.

Hannah gentilmente pôs a mão no braço da amiga.

— Você precisa contar isso a ele.

— Não sei como. E, de qualquer modo — Blanche endireitou os ombros e levantou o queixo —, talvez seja melhor assim em relação a nós, Marcus e eu. Nem todas as mulheres precisam de um homem. E *há* outras coisas na vida.

Blanche Sinclair viera da Inglaterra 11 anos atrás, uma noiva de 19 anos. Seu marido, Oliver, já era bem de vida na época e triplicara sua fortuna na Austrália até morrer prematuramente aos 38 anos ao ser derrubado por um cavalo selvagem. Eles não tinham tido filhos em seus sete anos de casamento. Blanche cogitava a possibilidade de ser estéril. Não importava. Ela nunca sentira desejo de ter filhos; nem sequer fizera um quarto de criança quando Oliver mandara construir a mansão. Os anseios de Blanche estavam em outro lugar, embora ela não soubesse onde.

Tudo o que ela sabia era que queria *fazer* alguma coisa. Queria dar um sentido à sua vida. Blanche invejava suas duas amigas que tinham carreiras. Alice, com o palco; e Hannah, a profissão de curar. Quando perguntara como elas tinham sabido o que queriam fazer da vida, Alice respondera que cantar vinha de sua alma, que sem isso ela morreria, e Hannah afirmara que, desde que se lembrava, ela sempre quisera seguir os passos do pai. Blanche nunca tinha conhecido tal paixão pessoal, nunca conhecera o chamado de uma vocação.

Ela sabia que tinha a reputação de ser uma das patronesses mais ocupadas da sociedade de Melbourne. Ainda no baile da noite anterior, a Sra. Beechworth havia declarado: "Sra. Sinclair, não sei onde encontra energia para todos os seus projetos." Blanche sorriu. O que a outra senhora não sabia era que isso não era suficiente. E que quanto mais ela ocupava o tempo, mais vazias eram as horas.

No entanto, ela recusava-se a ficar sentada esperando que seu propósito na vida se apresentasse. Abria-se a novas experiências — praticando arco e flecha, escultura, colecionando conchas marinhas —, buscando por sua vocação, como se estivesse logo depois da próxima esquina. Como certa vez ela dissera a Hannah, meio brincando: "Tenho um desejo ardente de ter um desejo ardente."

Ela cometera o erro de expressar esse sonho ao seu irmão, que morava na Inglaterra, e escrevera-lhe de volta: "Você está inquieta, Blanche querida, porque está sozinha. Precisa de um marido. E como se provou incapaz de gerar filhos sugiro que encontre um viúvo respeitável com seus próprios filhos e assuma seus cuidados o mais cedo possível. Agora que nosso pai se foi, é minha responsabilidade providenciar para que você fique bem-situada. Se não conseguir encontrar um marido, sugiro então que retorne para a Inglaterra. Mary e eu a receberemos em nossa casa e você poderá ajudar a criar suas sobrinhas e sobrinhos."

Depois disso, Blanche não revelava mais seus sentimentos pessoais ao irmão. Por que a resposta a todos os problemas de uma mulher precisava ser um *homem*? Mesmo mulheres com maridos e filhos podiam desejar algo mais para suas vidas. A melhor amiga de Blanche, Martha Barlow-Smith, tinha cinco filhos, mas os deixava aos cuidados da governanta e de babás, enquanto se dedicava à pintura de aquarelas.

Mas... seria isso uma vocação, Blanche pensava pela primeira vez, ou apenas um hobby? Será que Martha tinha uma paixão, uma *necessidade* de pintar, ou não passava de uma distração da casa e das crianças?

Blanche era a presidente da Sociedade Beneficente das Senhoras de Melbourne, um grupo que abrangia mais de quarenta mulheres ricas e de posição social, a maioria com famílias. Ela nunca tinha pensado antes, mas agora percebia que os maridos não faziam objeção às atividades externas de suas mulheres, contanto que seus domicílios estivessem em bom funcionamento e os filhos bem-cuidados. E nenhuma das mulheres recebia um salário. Tudo indicava que, enquanto a mulher não fosse *paga*, o trabalho era permissível, mas ter um pagamento estava abaixo delas.

Como ela invejava Hannah, que além de ter um consultório movimentado, também publicara um livro, uma coletânea de histórias que herdara de um homem chamado Jamie O'Brien. Ela mandara publicá-las em forma de livro, intitulado *Esta terra dourada: contos folclóricos e verídicos de nossa terra sulista* — um volume cheio de histórias humanas e trágicas, sobre tropeiros, criadores de carneiro e aborígenes. E agora Hannah planejava um *segundo* livro, um manual de saúde para pessoas que habitavam a zona rural, onde os médicos eram escassos .

Como seria saber onde o talento encontrava-se? Como uma mulher encontrava seu lugar no mundo?

Para surpresa de Blanche, o medo de hospitais veio à sua mente e, pela primeira vez, ela não viu o medo como apenas um impedimento para consertar sua desavença com Marcus Iverson. Subitamente, ela cogitou se uma fobia tão imobilizadora estava, na verdade, impedindo sua capacidade de encontrar sua verdadeira vocação.

Aquela era uma ideia tão nova e atordoante que Blanche ficou parada diante da mesa com as mãos imóveis sobre os lenços, os olhos fixos à frente. Ela pensou em Hannah e Alice, que haviam superado obstáculos pessoais, medos e desafios, para estarem onde estavam hoje. Seria isso que ela devia fazer? Encarar seus medos?

Capítulo 42

O novo estúdio de Neal era parte de uma fileira de edifícios de arenito azulado que haviam sido construídos no ano anterior e consistia da loja na frente, estúdio fotográfico ao lado, chamado de "ateliê", pois tinha uma claraboia que permitia a entrada da luz solar, e uma câmara escura nos fundos. Ele dissera que morava no apartamento acima da loja.

Sob o sol quente da tarde, com coches e cavalos passando pela rua poeirenta, Hannah parou na calçada de madeira e leu as letras douradas acima da janela: *Neal Scott — Estúdio fotográfico*. Abaixo, uma plaqueta menor dizia: "Agora, por meio de um novo processo revolucionário, menos tempo de pose! Perfeito para bebês, crianças e pessoas com tremores! Nossas fotografias levam apenas 15 segundos de exposição em vez dos 12 minutos que outros fotógrafos necessitam. Agora é possível sorrir para o seu retrato."

Com o coração acelerado, ela entrou na loja e encontrou-o muito bem-decorado com retratos de mulheres usando crinolinas amplas, homens empertigados de sobrecasacas e cartolas, e crianças com fisionomias solenes. Muitos estavam emoldurados com as mesmas molduras belamente entalhadas que ela vira na noite anterior no baile. Hannah olhou em volta, procurando por Neal.

Depois de sair do salão quacre, ela tinha ido para casa se banhar e trocar de roupa (e encontrara um recado de Alice, contando com empolgação que, na noite anterior no baile, ela descobrira que Fintan Rorke era seu admirador secreto). Em seguida, Hannah fizera uma breve visita a uma paciente, grávida de oito meses, e agora estava no estúdio de Neal, com uma mistura de emoções. O medo colidia com o desejo. A felicidade travava uma batalha com a tristeza. Ela queria saber cada detalhe da vida de Neal desde o instante em que eles haviam se separado diante do Hotel Austrália, mas seu coração doía em saber que ela também ouviria sobre uma futura esposa.

Hannah viu um sino no balcão e pensava se devia tocá-lo quando uma cortina abriu-se nos fundos da loja e um rapaz surgiu.

— Sr. Rorke — disse Hannah, reconhecendo-o. — É um prazer revê-lo.

— O prazer é meu, Srta. Conroy — respondeu ele com vigor. — Neal está na câmara escura. Vai sair num minuto. Ele ficou o dia inteiro esperando pela senhorita.

Hannah percebeu uma nova maturidade em Fintan Rorke. Seu rosto estava menos "bonito" e mais interessante, mas ele ainda tinha o terno hábito de corar quando sorria.

— Por favor, venha por aqui — disse ele, pegando-a pelo cotovelo e conduzindo-a para um ambiente extraordinário. Era o estúdio fotográfico, ele explicou, e atualmente estava decorado como um cenário externo. Palmeiras cresciam de vasos de pedra e havia flores. Sob um teto de vidro, uma luz solar difusa tocava cada folha e pétala. Havia um relógio de sol de bronze, uma banheirinha de mármore para pássaros e uma treliça de jardim decorada com trepadeiras em flor. Hannah sentiu como se estivesse num mundo de fantasia.

Fintan convidou-a a se sentar num banco de vime abraçado por samambaias e pequenas árvores aromáticas, como se ela estivesse num parque ou numa estufa.

— Sinto deixá-la, mas preciso ir — avisou ele. — Mas logo Neal estará aqui.

Hannah observou-o sair, imaginando se estava a caminho de ver Alice. Fintan usava um belo terno e um chapéu coco que parecia ser novinho em folha. O saltitar de seus passos era inconfundível.

Ela voltou a atenção para o estúdio que, mesmo sendo um ambiente tranquilo, não a acalmara. Além de sua ansiedade por querer saber sobre a noiva de Neal, ela estava pensando no corretor de terras com quem entrara em contato na tarde do dia anterior e que contratara para localizar Charlie Swanswick, o dono da Fazenda Brookdale. Estava ansiosa para ter notícias dele. Com tantos milionários instantâneos retornando dos campos de ouro, as propriedades seletas estavam sendo resgatadas. Ela rezava para que o Sr. Samson Jones chegasse a Swanswick antes de outros compradores interessados.

Também em sua mente estavam Nellie Turner e duas outras pacientes da maternidade com febre puerperal no hospital. De onde viera o contágio e como estava se espalhando?

A porta da câmara escura abriu e Neal surgiu, fazendo com que todos os pensamentos e preocupações de Hannah desaparecessem. Ele estava em mangas de camisa e calças pretas, os suspensórios subindo como pontos de interrogação sobre seus ombros. E ele nunca estivera mais lindo.

— Hannah! — exclamou ele, alcançando-a com três passadas largas.

Ela levantou-se do banco de jardim e, antes que pudesse falar, ele a abraçou e beijou-a na boca.

As lágrimas arderam em seus olhos. Ela inalou fragrâncias que, embora conhecidas, eram excitantes — o creme de barbear e a brilhantina de Neal. Pressionada contra o corpo rijo, ela pôs as mãos no peito largo e nos ombros, deliciando-se com a força masculina que a fazia sentir-se impotente e feminina, enchendo-a de desejo.

O beijo foi longo e ardente, e teria continuado para sempre, mas Hannah precisou recuar e fitá-lo nos olhos.

— Neal, não podemos fazer isso.

— Por que não?

— Devemos pensar em sua noiva.

Ele franziu as sobrancelhas.

— Noiva?

— Minha amiga Blanche Sinclair me contou que você tinha acabado de chegar de Sydney com...

— Ah! Não, Hannah. Quando a Sra. Sinclair perguntou o que me trazia a Melbourne, eu disse que tinha vindo para me casar.

— Mas e a moça que o acompanhou ao baile ontem... aquela com o vestido verde.

Ele buscou em sua memória.

— Ah! Você quer dizer a moça que entrou quando eu também entrei, Hannah. Não tenho a menor ideia de quem ela era.

— Mas eu o vi dizer algo a ela antes de vir falar comigo.

— Eu? Provavelmente eu disse algo como "Aproveite a festa", por educação. Chegamos à porta ao mesmo tempo, então deixei que ela entrasse primeiro. Esse, Hannah querida, é o começo e o fim da minha relação com a moça de vestido verde.

Neal calou-se e fitou-a nos olhos, onde viu correntes de emoções. Ele próprio estava inundado de sentimentos intensos. Sonhara com esse momento por tanto tempo, fantasiara seus muitos possíveis cenários, que mal parecia real.

Ele estava sem palavras diante dela. Lampejos da noite anterior passaram por sua cabeça, que visão Hannah tinha sido! Pescoço e ombros nus, a pele de seu busto tão clara e macia, que era difícil distinguir onde a pele terminava e o cetim iniciava. Neal lembrava-se da última vez que vira o busto de Hannah naquela tarde em frente ao Hotel Austrália, e ver seu lenço enfiado num lugar tão íntimo o deixara balançado.

— Hannah, meu Deus, Hannah! — sussurrou ele. Neal encheu a boca ao dizer seu nome, encheu os olhos com cada detalhe dela, desde as laterais negras e brilhantes dos cabelos puxados para trás das orelhas terminando num coque na nuca até um salpico de preto na íris acinzentada do olho direito.

— Hannah, por favor, sente-se — pediu ele, com voz embargada.

Sentada no banco de jardim, olhando para a perplexidade dele, atordoada e ofegante com a revelação de que, afinal de contas, não havia noiva alguma, ela ouviu Neal dizer:

— Ensaiei este momento tantas vezes e agora todas as palavras me fogem. — Apoiando-se num joelho e segurando a mão dela, ele continuou: — Hannah Conroy, nunca amei mulher alguma como amo você. Você roubou meu coração seis anos atrás, no *Caprica*. Quando nos separamos em Perth, percebi que queria passar o resto da vida com você. — Soltando a mão dela, ele pegou uma caixinha no bolso. Levantou a tampa e exibiu um anel de brilhante para o sol que passava pelo teto de vidro. — Quer se casar comigo, Hannah? Prometo cuidar de você, amá-la e respeitá-la por todos os meus dias. Sem você não passo de uma sombra de homem. Você e eu somos dois volumes de um único livro. Você me completa, Hannah Conroy. Por favor, diga que será minha mulher.

Ela mal conseguiu encontrar fôlego para dizer:

— Sim.

Com uma exclamação de felicidade, Neal pegou Hannah nos braços e com os lábios nos dela levou-a para cima.

A carruagem parou debaixo de um lampião da rua e o passageiro solitário desembarcou sem a ajuda usual de seu cocheiro. O Dr. Iverson estava tanto aborrecido quanto apressado. Seu jovem colega, Dr. Soames, o convocara para ir até o hospital com urgência sem dizer por quê. Sir Marcus estava jantando com o tenente governador e outras autoridades coloniais e, portanto, foi com grande alarde de impaciência que ele entrou no saguão deserto do Hospital Vitória e, sem tirar a capa nem a cartola, subiu apressadamente as escadas e foi até a enfermaria feminina.

Lampiões e velas criavam poças de luz ao longo do salão onde as mulheres dormiam, gemiam ou respiravam com dificuldade. Sem demora, o cheiro dos lençóis embebidos em cloro encontrou suas narinas, sinal de que o ar estava sendo adequadamente desinfetado. Quando chegou ao fundo, ele observou o Dr. Soames curvado sobre um leito, tomando o pulso de uma paciente.

Edward Soames era um médico cuidadoso e metódico, educado em Oxford e com residência em St. Bart. Tendendo para a gordura, ele tinha um rosto redondo de menino, cabelo ruivo frisado e óculos na ponta do nariz. Homem de fala mansa que expressava autêntico interesse pelos pacientes, mas que possuía uma tendência para o alarmismo que, muitas vezes, era própria dos jovens médicos

— Qual é a emergência? — perguntou Iverson, olhando em volta sem ver nada que justificasse ser chamado de um jantar importante. A mulher que Soames estava atendendo nem sequer era sua paciente.

A enfermaria tinha sido dividida, com cada médico tomando conta de uma fileira de vinte leitos. Pacientes da maternidade e da ginecologia estavam sob os cuidados de Iverson. Todas as outras lesões e enfermidades eram responsabilidade de Soames.

— É outro caso de febre puerperal, senhor — disse o médico mais jovem, baixinho.

Os olhos argutos de Sir Marcus passaram de um lado ao outro da fileira de leitos onde suas pacientes dormiam.

— Quando foi que admitimos outro caso de maternidade? Dei ordens estritas para não recebermos mais nenhum até que a febre fosse contida.

— Essa é a questão, senhor — disse Soames, pousando o braço da paciente no lençol e dando-lhe um tapinha tranquilizador na mão. — Esta é Molly Higgins. — Olhou para a paciente adormecida. — Uma lavadeira de 50 anos que chegou aqui ontem com o ombro deslocado.

— E...?

Os olhos cor de mel do Dr. Soames se arregalaram.

— Ela está com febre puerperal.

— Isso não é possível. — Iverson descartou a possibilidade.

— Eu também achei, senhor, e a tenho observado de perto. Ela estava bem ontem, mas começou a exibir os sinais por volta do meio-dia. Agora não há duvida.

O Dr. Iverson tirou as luvas e foi para o lado da paciente. Contou sua pulsação, sentiu a testa e curvou-se para lhe ouvir o peito.

— Pulso acelerado — murmurou ele —, febre e pulmões congestionados. — Quando pressionou levemente o abdômen da paciente, ela gemeu dormindo. — Poderia ser outra coisa — opinou, mas em tom duvidoso.

— Verifique por baixo da camisola, senhor. A secreção é inconfundível.

Sir Marcus fez isso, e ficou pálido.

— Como é possível? — Ele afastou-se da cama e chamou a atendente com um gesto de mão. — A febre puerperal só atinge as mulheres depois do parto.

— Aparentemente, não.

— Meu Deus! — sussurrou Sir Marcus.

Havia 40 mulheres naquela enfermaria. Será que todas seriam atingidas pela febre? A resposta só poderia estar no ar impuro. Se a infecção era levada pelas mãos dos médicos, como a Srta. Conroy afirmava, como isso tinha acontecido nesse caso particular? O Dr. Soames nunca tocara nas pacientes da maternidade, nem ele tocara nas pacientes deste lado da enfermaria e, certamente, nunca chegara perto de Molly Higgins.

— Claramente, o miasma espalhou-se, de alguma maneira, de um lado da enfermaria para o outro. Precisamos ficar vigilantes e manter o ar infectado longe dessas pacientes. — Ele deu ordens à atendente para que pendurasse lençóis embebidos no cloro em volta do leito de Molly Higgins e que se assegurasse de que todas as janelas ficassem fechadas e trancadas.

— Reze para que seja apenas um acaso, Soames — acrescentou ele, com a boca que tinha ficado subitamente seca.

Hannah estava deitada com a cabeça apoiada na dobra do braço de Neal, passando os dedos nas linhas de pontos vermelhos tatuados no peito dele. Ela ouvia numa felicidade preguiçosa ele falando baixinho. Nunca estivera tão apaixonada, nunca se sentira tão viva e tão cheia de propósito.

Ela sonhara muito com esse momento, mas jamais havia imaginado que o amor carnal trouxesse tanto prazer, delírio e desejo de mais. Ela estava nua embaixo das cobertas com Neal ao seu lado, o quarto levemente iluminado por um único lampião. As vozes subiam da rua lá fora, os sons dos cascos dos cavalos preenchiam a noite. Para Neal e Hannah, porém, o mundo exterior não existia. Eles estavam deliciosamente cansados de sua íntima expressão de amor e desejo. E agora, num momento que Hannah considerava carinhoso e ardente, Neal lhe contava uma história incrível sobre uma moça chamada Jallara e seu clã aborígene.

— Uma coisa impressionante — disse ele, afagando os longos cabelos de Hannah que haviam se soltado e deslizavam pelas costas dela. — Eles são o povo mais saudável, mais robusto que já conheci. Têm muito poucas doenças. Deve ser por causa do estilo de vida nômade. Estão sempre se mudando, indo para novos solos e novas águas.

Neal decidira não mencionar que Sir Reginald abandonara-o após a tempestade de areia, que, na verdade, Oliphant era uma fraude, seus livros famosos baseados apenas em livros de outros homens e em boatos, com um pouco de ficção misturada. Nada de bom adviria em manchar o nome de um morto, ele queria se concentrar somente nos aspectos positivos de sua experiência.

Pondo a coberta de lado, ele saiu da cama e foi até a janela por onde o luar entrava, permitindo que os olhos de Hannah se deliciassem com seu corpo musculoso. Ele viu cavalos e coches passando na rua abaixo, onde alguns pedestres ainda perambulavam, entrando e saindo da luminosidade emitida pelos lampiões da rua.

— Difícil de acreditar que apenas 17 anos atrás não havia uma aldeia sequer aqui. Hannah, você sabia que John Barman comprou todas essas terras dos aborígenes? Deu a eles cobertores, roupas, tacapes e 50 libras em farinha. Será que eles sabiam o que estavam assinando? E agora os habitantes originais estão vivendo em missões cristãs ou em reservas do governo.

— Eles não prefeririam viver livres no Outback?

— Aquele não é o território ancestral deles. Melbourne é, e mesmo que não tenham mais acesso aos seus lugares sagrados, ficam por perto. Sinceramente, Hannah, creio que muitos deles acreditam que um dia os brancos levantarão acampamento e irão embora.

Ele se virou e olhou para ela do outro lado do quarto iluminado pelo luar.

— Durante o tempo que passei em Nullarbor, tive uma experiência que creio ter sido uma revelação espiritual. Tive a revelação de que Josiah Scott é meu verdadeiro pai. Não sei como eu soube, mas não houve dúvida em meu coração de que eu não tinha sido abandonado nos degraus da porta.

Hannah sentou-se na cama.

— Neal, isso é uma notícia maravilhosa! Já escreveu a ele contando?

— Pensei muito e decidi respeitar o desejo dele. Por alguma razão, meu pai preferiu não me contar a verdade sobre minha mãe e ele. Quando parti de Boston para a Inglaterra, oito anos atrás, quando nos despedimos, ele teve a oportunidade para me contar o segredo que guardou durante todos esses anos. Mas ele preferiu continuar calado, e vou respeitar isso.

— O que você acha que aconteceu dentro da montanha? — perguntou Hannah, maravilhada com as pequenas cicatrizes redondas em seu torso, com as linhas retas e curvas que criavam um padrão surpreendente de desenhos vermelhos em sua pele clara.

— Não sei. Só posso dizer que a experiência teve um efeito profundo em mim. Fui para o Nullarbor para medir, quantificar e categorizar tudo que encontrava. Em vez disso, vim embora com a certeza de que há alguns mistérios que nunca poderão ser explicados pela ciência. A iniciação fez algo comigo, Hannah. É difícil descrever. Tornei-me parte desta terra. Meu sangue corria para a terra vermelha enquanto homens negros cantavam orações mais antigas que o tempo. Saí em andança e me encontrei dentro da montanha vermelha. Aqui é o meu lugar, Hannah. E talvez haja outra razão para que eu deixe minha relação com meu pai como está. Aquela foi outra vida. Agora minha vida é *esta*. Mas preciso saber mais sobre minha nova casa. Preciso sair, explorar e capturar a Austrália nas lentes. E tem mais — acrescentou ele —, já não sou ateu, mas não é algo que eu entenda completamente, e preciso explorar isso também.

— Você saiu de Adelaide como um adorador do futuro, mas voltou apaixonado pelo passado — disse Hannah.

Saindo da cama, ela se juntou a ele perto da janela, onde eles ficavam ocultos pela cortina. Hannah não sentia vergonha de sua nudez, desfrutando da liberdade das roupas, a sensação do ar fresco da noite em sua pele e as mãos de Neal tocando-a em lugares que a inflamavam de desejo. Ela abraçou-o e eles beijaram-se longamente.

— Sua experiência no Outback foi semelhante à minha com Jamie O'Brien e seus homens. É como se tivéssemos passado por isso juntos. — Ela encostou a cabeça no peito de Neal.

— E passamos. Em espírito.

Com as mãos explorando as costas de Hannah, seus olhos percorriam, investigativos, cada detalhe de seu rosto.

— Hannah, minha querida, nós dois mudamos. Agora você é uma profissional da saúde com um consultório e pacientes. E fez tudo isso sozinha. Os aborígenes diriam que é o seu Sonhar ser médica. Diriam que você está seguindo sua linha de canção.

Ele a beijou de novo, estremecendo de desejo, mas também sentindo uma emoção nova e arrebatadora.

— Achei que sabia o que era amor — disse Neal, enquanto a beijava nas faces, pescoço e ombros —, minha Hannah amada, mas as palavras me faltam. — Trilhando a curva do maxilar de Hannah com a ponta do dedo, ele continuou: — Não quero mais sair do seu lado. Tinha planejado viajar até o norte amanhã para um lugar chamado Bendigo. Durante a viagem por terra, vindo de Sydney, cruzei com um velho garimpeiro que me falou de um local sagrado aborígene que ele descobriu ano passado. Uma curiosa formação de pedras gigantes na floresta ao norte de Bendigo. Ele explorou cavernas subterrâneas lá e encontrou arte aborígene muito antiga. Centenas, talvez milhares de impressões de mãos nas paredes, pintadas há séculos, e algumas tão altas que ficam além do alcance de um homem normal. Quando mostrei interesse em ver isso, ele disse que seria melhor eu me apressar, pois ele tinha topado com um veio de quartzo próximo à caverna e acreditava que, quando a notícia se espalhasse, a área seria invadida por caçadores de ouro.

— Então você deve ir — disse Hannah.

— Não posso deixá-la agora que a encontrei.

— Neal, tivemos um surto de febre no hospital. Começou com uma paciente minha. Preciso ir lá amanhã de manhã ajudar o Dr. Iverson a não permitir que se espalhe. Vá até a Caverna das Mãos e traga belas fotografias para que todos vejam em Melbourne.

Quando Neal abraçou-a e beijou novamente, Hannah ouviu as próprias palavras e sentiu uma pontada de dúvida. Neal precisa ir para o deserto, ela pensou, e eu devo ficar onde as pessoas estão. Como podemos viver juntos? Quando veríamos um ao outro? Eu não posso morar em cima de um estúdio fotográfico. Preciso de um consultório para atender meus pacientes. E Neal não pode morar em cima do consultório de uma parteira, com pacientes me chamando a todo momento.

Enquanto Neal envolvia-a num momento de carinho, amor e desejo, Hannah tentou reprimir as dúvidas que de repente a assombraram. Será que duas pessoas que seguiam caminhos tão diferentes poderiam construir uma vida juntos?

Capítulo 43

Fintan Rorke mal conseguia conter sua empolgação ao se aproximar do camarim da Srta. Star no Queen's Theatre. Durante todo o dia, trabalhando em seu estúdio, esculpindo uma moldura, delicadamente obtendo da madeira botões de rosas e passarinhos em miniatura, ele não pensara em nada além de Alice Star e no breve encontro com ela no Hotel Addison na noite anterior. Ele tinha ficado lá parado à luz do lampião, cordão e tesoura esquecidos na mão, enfeitiçado pelo fulgor e encanto que a Srta. Star trouxera para o cômodo sem vida. Ela o convidara a ir ao seu camarim após o espetáculo desta noite e ali estava ele agora, usando sua melhor sobrecasaca preta e cartola, com um pacotinho nas mãos.

Ele tinha algo importante a lhe dizer.

Fintan bateu e uma mulher de cabelos grisalhos abriu a porta. Ela usava um vestido de cetim marrom-claro com punhos e gola de renda branca e uma touca de renda branca na cabeça. Com um sorriso simpático, ela disse:

— O senhor deve ser o Sr. Rorke. Queira entrar, por favor.

Tirando a cartola, Fintan passou pela porta e entrou num mundo teatral. Viu a arara de vestidos e capas, a bancada que exibia chapéus, coroas e tiaras, a penteadeira com espelho, lotada de vidros, escovas e lápis, o camarim de uma artista. Mas o que lhe atingiu os sentidos foi a luminosidade cintilante do mundo particular de Alice Star, as cúpulas de cristal dos lampiões que encerravam chamas tremeluzentes, a fragrância de uma miríade de flores dispostas em vasos e cestas, o som feminino do farfalhar de anáguas.

A própria Alice ainda usava o vestido grego branco do espetáculo, com a cintura alta dos tempo dos impérios que salientava seus seios. Uma estola de gaze branca transparente pousava em seus ombros como uma nuvem, foi a impressão de Fintan, sentindo uma onda de desejo.

Alice o recebeu com braços estendidos.

— Obrigada por vir, Sr. Rorke. Permita-me apresentá-lo à minha querida amiga e acompanhante, Sra. Lawrence. Margaret está comigo desde os tempos do Elysium em Adelaide.

Ele segurou a mão enluvada da mulher.

— Sra. Lawrence, lembro-me de tê-la vista no baile ontem à noite.

A mulher deu um sorriso iluminado para o belo rapaz, satisfeita por Alice estar recebendo um cavalheiro tão refinado e com reputação artística. Ela foi se sentar na única cadeira que não estava ocupada, no camarim, atravancado por roupas, e assumiu uma postura vigilante.

— Sr. Rorke, gostaria de tomar um champanhe?

Ele olhou para a Sra. Lawrence, que observava recatadamente, as mãos entrelaçadas no colo, as saias marrom onduladas à sua volta, e percebeu que era preciso respeitar a etiqueta. Como ele e Alice tinham se conhecido na noite anterior e nem sequer haviam sido adequadamente apresentados, Fintan sabia que não deveria ficar por muito tempo, não em seu primeiro encontro social e no camarim de Alice.

— Vim para lhe dar algo, Srta. Star. — Ele entregou o presente embrulhado num lenço de seda azul.

Delicadamente, Alice desatou o nó e abriu o lenço, revelando um belíssimo pássaro entalhado, aninhado em sua mão. Ela suspirou de emoção. Os detalhes eram impressionantes, indo até às penas macias do peito, às minúsculas narinas do bico e à longa e delicada cauda. A peça não fora pintada, o Sr. Rorke a deixara em sua cor natural de nogueira e Alice achou que isso só a fez parecer ainda mais realista. Ela quase podia ver o peito roliço subir e descer com pequenas respirações de pássaro.

— Chama-se *Malurus Splendens*, ou "Esplêndida fada-cambaxirra", um pássaro canoro australiano. Seu gorjeio é belamente modulado.

Aninhando a encantadora criatura na palma da mão, Alice visualizou Fintan trabalhando em sua arte, a cabeça inclinada, um cacho do cabelo preto caindo na testa. Ela viu a concentração em seus olhos escuros, as mãos manipulando o pequeno formão — mãos que pareceriam grandes demais para um trabalho tão minucioso e delicado.

Alice não conseguia encontrar as palavras para agradecer o presente. Fintan Rorke poderia ter colocado esmeraldas e rubis em sua mão e teriam sido sem valor em comparação a isso.

— Não pretendo ser um fabricante de molduras para sempre — murmurou Fintan, baixinho, conquistado pela expressão dos olhos dela, que admiravam seu humilde trabalho. — Meu sonho é ser escultor e produzir obras de arte.

Ela o fitou com os olhos grandes e azuis.

— Mas suas molduras *são* verdadeiras obras de arte, Sr. Rorke!

— Mas quero fazer mais — disse ele. — Eu gostaria de esculpir pessoas. Adoraria capturar sua beleza, Srta. Star — acrescentou ele, corando —, em mogno ou teca, para eternizá-la.

Então ele se calou e o instante estendeu-se enquanto eles ouviam vozes no corredor e sentiam os olhos da Sra. Lawrence pousados neles. Fintan pigarreou e deu uma olhada para a acompanhante de Alice.

— Margaret — disse Alice, pegando uma jarra de cristal. — Faça a gentileza de encher isso com água, por favor.

A Sra. Lawrence levantou-se e pegou a jarra, mas antes de sair lançou um olhar significativo para o cavalheiro visitante.

— Volto num instante — avisou ela, deixando a porta entreaberta.

— Margaret cuida muito da minha reputação — observou Alice.

— É compreensível. A senhorita deve ter uma legião de admiradores.

— Mesmo assim, ela aprova-o, eu sei.

— Quero lhe dizer uma coisa, Srta. Star — disse ele, rapidamente, como se temesse perder a coragem. — Quando Neal Scott e eu estávamos em Nullarbor, fomos vítimas de uma tragédia terrível...

— Sim, eu sei. Galagandra — anuiu ela, gentilmente. — Hannah e eu lemos nos jornais. Deve ter sido horrível.

Fintan olhou para a porta e o corredor deserto atrás. Voltando a olhar para Alice, onde viu compaixão em seus límpidos olhos azuis, ele continuou:

— Neal e eu tentamos salvar aqueles homens, mas conseguimos salvar somente a nós mesmos. Sofri com pesadelos durante meses depois e, apesar de esses sonhos terríveis terem cessado, ainda não superei o que aconteceu lá, talvez nunca supere. Mas quando assisti a seu espetáculo pela primeira vez, um mês atrás, o que vi foi um anjo de branco parado numa coluna de luz brilhante. Ouvi fios de voz de seda se desenrolarem sobre uma plateia silenciosa e senti um bálsamo inesperado me banhar. Srta. Star, pela primeira vez desde a tragédia de Galagandra, eu conheci um momento de conforto.

Ele fez uma pausa, os olhos fixos nos dela, depois disse:

— Tenho assistido a todos os seus espetáculos desde então e cada vez saio do teatro me sentindo menos perturbado do que ao entrar. Passei a acreditar, Srta. Star, que a graça de Deus e Seu poder curativo estão em sua voz.

Alice não sabia o que dizer. Um mero "obrigada" era inadequado. Profundamente comovida, tudo que ela conseguiu foi separar os lábios e ficar olhando para ele à sua frente, mais alto, fitando-a com os olhos negros ardendo de paixão. A respiração ficou presa na garganta, sua pele deu a súbita sensação de estar pegando fogo. Ela pensou nas mãos de Fintan, esculpindo com paciência um pássaro canoro da madeira inanimada, e quis senti-las em seu corpo, atraindo amor e desejo da carne, pois ela nunca havia conhecido o toque íntimo de um homem.

Naquele instante, Margaret Lawrence apareceu na porta, segurando a jarra de cristal e uma evidente expressão no rosto de que retornara bem a tempo. Alice e o Sr. Rorke estavam tão próximos um do outro que mal se podia ver a luz entre eles. Ele tinha posto a mão no braço nu de Alice. Sua bela cabeça estava inclinada. Por um breve instante, relembrando a própria juventude e seus tempos de galanteio, a Sra. Lawrence pensou em dar meia-volta e deixá-los a sós.

Contudo, Alice tinha uma imagem a preservar. Sendo cantora — uma artista de palco — ela precisava ficar mais atenta do que as mulheres comuns. Sua virtude devia ser protegida.

— Aqui está, querida! — disse ela, pondo a jarra sobre a penteadeira. — Meu Deus, olhem só a hora.

Fintan recuou.

— Posse lhe fazer outra visita, Srta. Star? Ou talvez pudéssemos ir ao jardim botânico?

— Eu gostaria muito. — Alice ofereceu-lhe a mão. — Sr. Rorke, posso perguntar por que o senhor sempre se senta naquele canto sombreado do teatro?

Ele sorriu.

— Porque lá eu sinto como se fosse o único na plateia, como se tivesse a senhorita toda para mim.

Colocando a cartola sobre os espessos cabelos negros, Fintan lançou um último olhar demorado a Alice, depois desejou uma boa-noite às duas e foi embora.

Observando-o partir, Alice surpreendeu-se com as estranhas e novas emoções que a inundaram, excitantes e maravilhosas, e, com a lembrança da proximidade do Sr. Rorke, ela nem percebeu que sua mão direita subira num gesto defensivo para o lado de seu rosto, onde as cicatrizes estavam cuidadosamente ocultas.

Capítulo 44

Edward Soames estava na porta de entrada de sua residência, como fazia todas as manhãs, e deu um beijo de despedida na mulher e nos quatro filhos. Primeiro em Winston, de 6 anos, depois em Harold, de 4, em seguida Charles, de 2, e finalmente em Lucy, sua mulher, e na pequena Anna, um bebê de colo — dando em cada uma delas um terno beijo nos lábios.

Era seu hábito ir caminhando para o consultório, mas nessa manhã o Dr. Soames chamou um coche. Não se sentia bem e estava um pouco cansado. O coche não havia ido longe, quando Soames sentiu que respirava com dificuldade, e então deu novas instruções ao cocheiro para que rumasse ao Hospital Vitória, onde o Dr. Iverson lhe auscultaria o peito. Era provável que não fosse nada, mas cautela nunca era demais.

Hannah viu a bacia vazia e se perguntou por que não fora reabastecida.

Ela olhou em torno da enfermaria barulhenta, onde mulheres reuniam-se ao lado das camas, cuidando de suas enfermas, induzindo-as a beber o chá, comer o pão, tomar o remédio que o médico receitara. Embora as atendentes da enfermaria não tivessem o dever de cuidar dos pacientes, era responsabilidade delas reabastecer as bacias de lavar as mãos com água clorada. E Hannah tinha chegado naquela manhã e encontrado todas as quatro bacias vazias.

Cogitando sobre o paradeiro das atendentes — havia penicos a esvaziar e também jarras de água a serem reabastecidas —, Hannah saiu da enfermaria e desceu.

Mais cedo, logo antes do amanhecer, Neal a levara para casa em seu coche, preocupado com o que as pessoas pensariam se a vissem saindo de seu apartamento numa hora tão imprópria. Hannah não se importava. Eles estavam noivos e prestes a se casarem, e ela estava ditosamente apaixonada. Depois de se despedir de Neal com um beijo, ela o observara indo embora, desejando poder ficar com ele. Mas necessitavam dela no hospital e Neal precisava carregar sua carreta fotográfica para a viagem à Caverna das Mãos. Ele passaria na casa dela ao meio-dia para se despedir.

Hannah deu uma olhada na ruidosa enfermaria masculina, onde os leitos estavam cheios de pacientes que se recuperavam de lesões, ferimentos por bala e faca, amputações e males pulmonares — todos sendo cuidados por esposas, mães e filhas, que se aglomeravam em volta das camas com comida, travesseiros e palavras de incentivo. Ela reconheceu o velho Dr. Kennedy, fazendo um curativo na cabeça de uma paciente. O Dr. Soames e o Dr. Iverson eram os únicos médicos permanentes do quadro clínico, mas vários médicos e cirurgiões de Melbourne tinham um relacionamento especial na instituição de 84 leitos, e Hannah conhecia muitos deles.

Sem encontrar atendentes, ela foi até o consultório do Dr. Iverson. Com a porta dando para o saguão de entrada, o consultório era cheio de estantes de livros, mapas anatômicos, um esqueleto pendurado num suporte, escrivaninha e cadeira, um armário com a frente envidraçada que exibia instrumentos, rolos de atadura, vidros e potes de pomadas e remédios. Do outro lado havia uma porta que, Hannah sabia, levava a um quartinho onde tinha uma cama e uma bacia para se lavar. Às vezes, o Dr. Iverson dormia lá, quando tinha um paciente em estado crítico e não queria fazer a jornada até sua casa na zona residencial ao norte.

A porta abriu-se e ele saiu. Vestido como de costume em sua meticulosa casaca e camisa engomada, Sir Marcus segurava um estetoscópio e estava com uma expressão preocupada.

— Srta. Conroy, em que posso ajudá-la?

Dois dias antes, quando Sir Marcus e a Srta. Conroy tinham saído do baile no Addison, ele apreciara a companhia da moça em sua carruagem. Eles haviam falado de assuntos médicos — ela o impressionara com seus conhecimentos nesse campo —, e, ao visitarem as pacientes na enfermaria feminina, a Srta. Conroy comportara-se de modo tão profissional que ele a havia considerado apta como qualquer homem.

— Não encontrei nenhuma atendente, doutor.

— Eu sei — disse ele. — Elas se foram.

— Se foram?

— A Sra. Chapelle contraiu a febre puerperal. As atendentes saíram correndo de medo.

— A Sra. Chapelle? Mas ela veio por causa de uma fratura no pé. Dr. Iverson, como as pacientes que não são da maternidade foram contagiadas?

— Não sei dizer, Srta. Conroy, e a situação piorou de repente. O Dr. Soames também está com sinais e sintomas do contágio.

Hannah o fitou, estarrecida.

— Isso não é possível — sussurrou ela.

— Venha comigo.

Hannah ficou chocada ao encontrar o Dr. Soames deitado na cama, de camisa e calças, sem sapatos, casaco e chapéu pendurados no cabide próximo. Ele estava de olhos fechados, o rosto corado e febril.

— Dei-lhe um sedativo — disse Iverson, baixinho. — É melhor deixarmos que ele durma.

Eles saíram e fecharam a porta.

— Dr. Iverson, como o Dr. Soames pode estar com uma doença feminina? A febre puerperal é uma infecção uterina.

— Não sei. — Ele esfregou a testa, pensativo. — Não posso ter certeza, é claro, de que é uma febre puerperal. Pode ser algo totalmente diferente. Mas como mais duas pacientes que não são da maternidade contraíram a doença, acho que é melhor deixar o Dr. Soames aqui por enquanto.

Iverson foi até a estante de livros e leu os títulos com atenção.

— Creio que temos uma emergência em nossas mãos, e eu preciso checar a causa disso o quanto antes, ou a situação se transformará em algo terrível. Rezo para que a resposta esteja em algum lugar nesses textos.

Mas Hannah teve outra ideia.

Capítulo 45

Ela apontou para um lugar no mapa de Neal.

— A Fazenda Brookdale é aqui.

Eles estavam na frente da residência de Hannah perto da Collins Street, um prédio de tijolos vermelhos com uma plaqueta reluzente ao lado da porta que dizia: *Hannah Conroy, Parteira Diplomada e Profissional da Saúde*. Era meio-dia e Neal viera se despedir.

Ele assinalou o local, que ficava entre Melbourne e os campos de ouro de Bendigo, dobrou o mapa e o enfiou no bolso.

— Vou parar lá e darei uma olhada.

A brisa morna agitou uma mecha solta do cabelo de Hannah. Neal estendeu a mão e gentilmente a colocou atrás da orelha dela.

Hannah sentiu o peito se apertar. O toque de Neal, sua proximidade, os detalhes de seu rosto a enchiam de um imenso desejo. Mas eles estavam em plena luz do dia, numa rua movimentada. Ela se esforçou para manter o decoro.

— Se você encontrar o Sr. Samson Jones, o corretor, por favor, lembre-o de que estou ansiosa para assinar um acordo com o Sr. Swanswick o mais breve possível.

Neal iria viajar sozinho, com seu equipamento fotográfico num coche de um cavalo, com mais um cavalo amarrado atrás. Ele tinha dito que não sabia quanto tempo demoraria para voltar e Hannah não pôde deixar de pensar que seria assim quando eles estivessem casados, nas muitas despedidas com Neal partindo para o desconhecido.

— Farei isso — tranquilizou ele, fitando-a nos olhos. Embora Neal estivesse ansioso para se pôr a caminho e explorar a Caverna das Mãos, e embora Hannah estivesse apressada para voltar ao hospital, nenhum dos dois conseguia se mover, nenhum conseguia ser o primeiro a dizer "até logo". Depois de todo aquele tempo, Hannah pensando que Neal estava morto, Neal procurando desesperadamente por Hannah — por fim um encontrando o outro, passando a noite se amando e fazendo planos, era hora de seus caminhos se separarem novamente.

Mas não era só isso. Hannah voltara de sua manhã no hospital com uma notícia alarmante. Surgira um contágio fatal que se espalhava descontroladamente. Até mesmo um dos médicos caíra de cama. Neal queria ficar. E se Hannah adoecesse? Mas ela insistira para que ele fosse, que chegasse à Caverna das Mãos antes dos caçadores de ouro.

Hannah, também, estava pensando no hospital e no terrível perigo que havia lá. Ela estava com um obscuro pressentimento. Uma doença incontrolável e fatal em Melbourne e agora Neal a deixava outra vez. Contudo, não deixou que ele percebesse a ansiedade que a acometia, não confessou seu temor em relação ao futuro desconhecido de ambos.

Neal desatou o nó de couro no pescoço. Ele mandara fazer um furinho no alto da pedra talismã que Jallara lhe dera para pendurá-la num cordão de couro. Retirou-o e colocou-o em volta do pescoço de Hannah, atando-o na nuca, de modo que a pedra ficou sobre a gola de renda do vestido, no côncavo do pescoço.

— Magia poderosa — disse ele. — Vai protegê-la enquanto você segue sua linha da canção. — Ele a beijou, dando-lhe um abraço apertado, sussurrando uma bênção em seu ouvido e então subiu no coche e conduziu o cavalo para a rua.

Hannah o observou indo embora. Toda a sua força de vontade foi exigida para não chamá-lo de volta.

Correndo para dentro da casa, ela escreveu dois recados apressados para Alice e Blanche, com quem combinara de almoçar. "Por favor, queiram me desculpar, mas não posso cumprir nosso compromisso hoje. Há uma emergência no hospital. As atendentes se amedrontaram com um surto de contágio e foram embora. O Dr. Iverson necessitará de minha ajuda. Não sei quando estarei livre. A situação está ficando assustadora."

Pedindo à Sra. Sparrow que providenciasse o envio das mensagens, Hannah botou o chapéu e a capa leve, pegou sua maleta médica e uma bolsa com itens pessoais e, informando a governanta de que poderia não voltar por um ou dois dias, saiu em direção ao Hospital Vitória com o coração apertado.

Capítulo 46

Deixando a capa, o chapéu e suas coisas pessoais na chapelaria do andar de baixo, Hannah foi primeiramente à enfermaria feminina para verificar o estado de Nellie Turner.

A cama estava vazia e só havia o colchão nu.

Hannah olhou ao longo da enfermaria, que agora estava entremeada por lençóis embebidos em cloro e pendurados entre as camas, e viu dois outros leitos vagos — ambos de casos de maternidade.

Ela encontrou o Dr. Iverson na enfermaria masculina, onde ele se debruçava sobre um homem idoso, que tossia muito. À esposa, uma mulher de cabelos brancos ao lado do leito, Sir Marcus dizia:

— Continue dando o chá, o mais forte que ele puder tomar. Precisamos dissolver essa congestão.

Ao ver Hannah, ele dobrou o estetoscópio, pondo-o no bolso das calças e a conduziu para longe da enfermaria.

— Nellie Turner... — começou Hannah.

— Sinto muito, Srta. Conroy. Ela faleceu uma hora atrás.

— E as outras duas?

— Também sucumbiram.

Hannah notou as olheiras sob os olhos do doutor. Ele também estava sem sua imponente sobrecasaca, mas em mangas de camisa e suspensórios, o que a surpreendeu.

— E como está o Dr. Soames?

— Na mesma. Mandei buscar a mulher dele. Ela está cuidando dele nesse momento, enquanto as crianças estão aos cuidados da babá. — O Dr. Iverson olhou para o pescoço de Hannah e notou a pedra gravada. Algo definitivamente primitivo e fora de lugar, ele pensou. Olhando novamente para Hannah, ele acrescentou: — Não falei nada à Sra. Soames sobre febre puerperal, pois estou rezando para que seja uma leve gripe ou problema brônquico.

— Alguma das atendentes voltou?

— Lamento muito, mas não. E, Srta. Conroy, há três novos casos fora da maternidade, mas o Dr. Kennedy foi ajudar. O problema é com os visitantes. Eles não entendem o conceito de infecção e antissepsia. Confusas, as mulheres estão sempre abrindo as janelas e deixando o ar impuro circular.

— Dr. Iverson, podemos falar em particular no seu consultório? Preciso lhe mostrar uma coisa.

Eles atravessaram o saguão, onde visitantes iam e vinham segurando cobertas e cestas de alimentos. Era uma entrada despretensiosa, com piso ladrilhado, paredes nuas e algumas cadeiras para pacientes de ambulatório. Iverson não viera para a Austrália em busca de fortuna, mas para realizar um sonho: criar um hospital moderno, progressista, que se tornaria uma instituição-modelo a ser imitada mundo afora. Isso teria sido impossível de realizar na Inglaterra, onde ele sentia que os velhos hábitos eram muito arraigados para um homem de visão. Sua primeira tarefa ao se estabelecer em Melbourne fora convocar uma reunião pública, na qual apresentara os fundamentos de um hospital de caridade. Os fundos foram levantados entre comerciantes proeminentes e ricos proprietários de terras — Blanche Sinclair sendo especialmente generosa. Um terreno foi adquirido na esquina das ruas Elizabeth e Bourke e, em março de 1846, fundaram-se os alicerces do Hospital Vitória.

Muitos discursos foram proferidos naquele dia numa grande e pomposa cerimônia, com o comparecimento de todos os cidadãos, e as palavras de Sir Marcus receberam uma ovação ensurdecedora quando ele disse: "Desse dia em diante, os hospitais não serão mais instituições aonde as pessoas vão para morrer, mas aonde vão para melhorar."

Ele gostaria que sua falecida esposa estivesse lá para ver a instituição por ele criada nessa nova terra. A planta do Hospital Vitória mostrava futuras expansões, inovações — um laboratório de pesquisa, até uma ala infantil, que já estava em construção. Canteiros de flores estavam sendo plantados no terreno que cercava o edifício principal, e um belo pavilhão estava planejado para o benefício de pacientes em convalescença.

Tudo indo conforme o planejado, pensava Iverson quando eles entraram no consultório. No entanto, agora tudo estava ameaçado por esse contágio misterioso e incontrolável.

— Dr. Iverson — disse Hannah —, creio que sei qual é a causa do contágio e, também, um modo de impedir que continue se espalhando.

Ele a ouviu com interesse contar a história de seu pai, concluindo com:

— Ele encontrou esses micróbios numa amostra do sangue da minha mãe. Ele acreditava que foi isso que provocou a febre puerperal. — Hannah abriu a pasta do pai e arrumou suas anotações sobre a escrivaninha para Sir Marcus ver.

Iverson pegou o esboço feito a lápis do que pareciam ser filamentos enroscados de frutas silvestres. Leu o título abaixo, *streptococcus*, considerando-o um nome adequado, visto que era o grego para "cadeias ovoides retorcidas". Ele também ficou intrigado com a ideia de analisar microscopicamente o sangue de um paciente para definir um diagnóstico. Nunca ouvira falar em tal prática.

— A senhorita está sugerindo que devemos seguir o exemplo de seu pai, examinando sangue? — O Dr. Iverson tinha orgulho do microscópio de madeira e metal que exibia em seu consultório e, embora encontrasse pouco uso para ele, achava que o instrumento emprestava um ar progressista para o ambiente.

— Sugiro que façamos uma tentativa — disse Hannah.

Eles subiram até a enfermaria feminina, onde, discretamente, coletaram amostras das pacientes com febre puerperal. De volta ao consultório, Hannah demonstrou incrível aptidão no manejo de um microscópio, colocando cada lâmina de vidro, ajustando o foco, movendo o espelho até este captar a luz. Após examinar cada amostra, ela se afastou para que o Dr. Iverson desse uma olhada.

O micróbio *streptococcus* estava evidente em todas as amostras das pacientes infectadas e ausente nas amostras tiradas de pacientes que não tinham a febre.

— Notável — murmurou ele. Depois, endireitou-se com expressão pensativa.

Sem dizer nada a Hannah, ele pegou uma lâmina limpa da caixa, perfurou o dedo e deixou cair uma gota de sangue no vidro. Ajustando o ocular e o espelho reflexivo, examinou a própria amostra e assentiu, satisfeito.

— O micróbio não aparece no meu sangue. Precisava ter certeza. Então a questão é: como o micróbio entrou na corrente sanguínea dessas pessoas? Foi inspirado pelo ar? Se for o caso, por que outras não estão infectadas? O que tornou essas pessoas específicas suscetíveis? Ou o germe é, como a senhorita diz, transportado...

Ele parou de falar e Hannah supôs, pelo modo súbito como olhou para a porta do quartinho, que ele se lembrara do Dr. Soames.

Num tom grave, o Dr. Iverson disse:

— Isso vai nos dar a confirmação. — Ele pegou uma lâmina limpa e desapareceu por um instante dentro do outro cômodo. Quando voltou, dizendo algo para a Sra. Soames lá atrás, e retornou ao microscópio, Hannah sentiu um aperto no peito.

Ela prendeu a respiração enquanto o Dr. Iverson colocava a lâmina sob a lente, fazia os ajustes e, então, deu uma olhada silenciosa e prolongada na amostra de sangue de seu jovem colega.

O Dr. Iverson fechou os olhos e endireitou o corpo.

— O *streptococcus* é evidente.

O instante estendeu-se, com nenhum deles se pronunciando e os sons da rua entrando pela janela aberta. Do andar de cima veio o som de um acordeão. Visitantes entretendo um ente querido acamado.

Finalmente, o imponente Sir Marcus, de costas rígidas, suspirou e disse:

— E a senhorita diz que a fórmula de iodo do seu pai mata esses micróbios?

— Nas mãos e nos objetos — respondeu Hannah, pensando na pobre Sra. Soames, em vigília à beira do leito do marido que, sem que ela soubesse, não tinha muito tempo de vida. — Infelizmente — acrescentou ela, observando uma família barulhenta e numerosa subindo as escadas para a enfermaria feminina, com um belo cachorro amarelo atrás —, o iodo só previne que o contágio se espalhe. Não é uma cura. E ainda não conhecemos a fonte. Como foi que Nellie Turner se infectou? Até termos uma resposta para isso, temo que novos casos continuem a surgir.

— Vamos dar um passo por vez. — Resoluto, Marcus Iverson cofiou o maxilar com a barba por fazer. — Vou providenciar para que haja bacias com água iodada nas duas entradas da enfermaria feminina e instruirei os médicos a enxaguar periodicamente as mãos na solução.

Mas Hannah estava pensando nos visitantes e em como impedir que eles espalhassem o contágio. Seria impossível falar a cada indivíduo para lavar as mãos, especialmente se visitassem mais de um paciente, como muitos faziam com frequência. Avisos escritos seriam de pouca ajuda, visto que a maioria daquelas pessoas era analfabeta.

Além de tudo, o Dr. Iverson não podia impedir a entrada deles no hospital, pois quem cuidaria dos pacientes?

Quando a carruagem de Blanche aproximou-se do hospital, ela sentiu aqueles sintomas familiares — aperto no peito, palmas suadas, boca seca e pulsação acelerada. Ao seu lado, sua melhor amiga, Martha Barlow-Smith não estava ciente do pânico que subitamente a dominava.

As duas mulheres passeavam na tarde ensolarada como se fosse um domingo qualquer, em vez de uma urgente tarefa de misericórdia. Na carruagem à frente, ia Alice com sua acompanhante, Margaret Lawrence, e, ao pararem na frente do hospital, Alice e Margaret desembarcaram na calçada de madeira, carregando grandes cestas de mantimentos e roupas. Mas, quando a carruagem de Blanche parou e Martha pegou suas coisas e desembarcou, Blanche não conseguiu se mover. Olhou para as portas duplas da entrada da instituição e congelou de medo. Martha fitou-a com um olhar inquisidor. Aquela visita tinha sido ideia de Blanche. Assim que havia recebido o recado de Hannah sobre as atendentes do hospital terem ido embora, ela percebera que precisaria ir ajudá-la.

— Você vem, querida? — perguntou a Sra. Barlow-Smith.

— Sim, por favor vá indo na frente... — A respiração parou nos pulmões de Blanche.

Olhando para a temível entrada de arenito azulado e altas portas de madeira com vidraças embutidas, Blanche pensou: *É apenas um edifício*. Porém, visões horríveis vieram a sua mente, aleatórias, rápidas, incoerentes. Ela tinha 7 anos na época e acompanhava sua mãe num hospital de Londres com o objetivo de fazer caridade, levando comida e roupas para os pacientes desamparados. No saguão lotado, a pequena Blanche perdera-se da mãe e acabara vagando pelos corredores à procura dela, deparando com visões terríveis para as quais sua mente infantil não tinha compreensão — corpos emaciados, excesso de sangue, cadáveres —, até seus próprios gritos reunirem-se aos dos aflitos. Ela lembrou-se de alguém pegando-a e depois dos braços de sua mãe envolvendo-a. Durante os anos que se passaram, Blanche tentara lavar o veneno da mente, mas agora, olhando para o precioso hospital de Marcus Iverson, aquele dia voltara com força total.

Não posso fazer isso.

Então, observando Alice, Margaret e Martha corajosamente subindo os degraus com seus volumes para os necessitados, Blanche pensou: *Jamais saberei do que sou verdadeiramente capaz até que supere meus medos.*

Endireitando a espinha, ela inspirou, decidida, e desceu da carruagem. Fazendo grande esforço, seguiu as outras e subiu um degrau por vez, rezando para ter coragem, rezando para não desmaiar. Quando chegaram ao topo e as amigas passaram pelas portas, Blanche ficou presa no lugar, sem conseguir ir adiante.

Fazer obras de caridade era um dos princípios mais estimados de Blanche, uma crença pessoal que lhe fora incutida na infância. Sua mãe tinha sido famosa pela filantropia e generosidade altruísta, e Blanche sempre se orgulhara de levar adiante essa tradição. Agora, porém, ela percebia que era mais fácil ser caridosa quando isso envolvia a organização de bailes, piqueniques e espetáculos. Mas será que ela realmente já tinha sido caridosa? Pois agora ela deparava com um teste de verdadeira caridade — indo até os que sofriam dentro do hospital e ajudando-os em sua hora de necessidade.

Pensando em sua mãe, em seu próprio sonho de encontrar um propósito na vida, pensando também em Marcus Iverson, que merecia uma explicação sobre o motivo para ela nunca ter posto os pés dentro do hospital que ele tanto amava, Blanche inspirou fundo outra vez, endireitou os ombros, esticou o braço e pôs a mão na porta.

Hannah estava para recolher as anotações de seu pai e as lâminas quando olhou para o saguão e viu um rosto conhecido entrando pelas portas do hospital.

— Alice — chamou ela.

Hannah correu até sua amiga e ficou ainda mais surpresa ao ver Margaret Lawrence entrar atrás dela.

— O que vocês duas estão fazendo aqui?

— Nós *quatro*. — Alice a corrigiu, com Martha Barlow-Smith passando pelas portas duplas e, atrás dela, Blanche, para surpresa de Hannah.

— Quando recebemos seu recado cancelando o almoço — disse Alice —, dizendo que estava sozinha com todos esses pacientes, Blanche e eu decidimos que precisávamos fazer alguma coisa para ajudar. Margaret e Martha insistiram em vir junto.

Nesse instante o Dr. Iverson saiu do consultório e olhou para as quatro visitantes do outro lado do saguão. Reconheceu Alice e sua acompanhante, Margaret. Junto a elas estava Martha Barlow-Smith, uma robusta patronesse da sociedade, cujas barbatanas do espartilho sempre estalavam por baixo do corpete. Então ele viu o quarto membro do grupo.

Blanche parecia estar vacilante junto à porta, olhando de um lado para o outro, a mão pressionada no peito. Estaria passando mal? Marcus atravessou o saguão a passos largos e, ao se aproximar, viu que ela estava pálida e com a respiração acelerada.

— Sra. Sinclair — disse ele. — Blanche, você está bem? — Ele lançou um olhar intrigado para as companheiras dela.

— Elas vieram nos ajudar — explicou Hannah.

Ele avaliou Blanche.

— Você não parece bem. — Segurou-a pelo cotovelo. — Venha até meu consultório.

Blanche mal conseguia respirar. O hospital tinha o mesmo cheiro daquele de anos atrás — o odor de fumaça, cloro, vômito. Um paciente andava sem equilíbrio com muletas e outro estava sentado com o braço numa tipoia. Ali estavam os mesmos visitantes, com as mesmas cestas de mantimentos. E, de onde estava, ela podia vislumbrar a enfermaria masculina, onde viu as mesmas fileiras de leitos ocupados pelos mesmos corpos alquebrados, emaciados, enfermos.

Ela começou a desfalecer. Ao sentir um aperto forte no braço, olhou para a mão que a segurava. Erguendo os olhos, viu um rosto bonito mostrando genuína preocupação, emoldurado por cabelos negros e têmporas prateadas. Marcus.

Ela piscou. Blanche nunca o vira em mangas de camisa. A impecável casaca fora-se e a gravata estava solta. Seu maxilar estava sombreado pela barba por fazer e tudo isso a alarmou, pois representava a gravidade da situação ali no hospital. No instante seguinte, porém, ela ficou reconfortada pela aparência dele. Isso significava que ele estava dando total atenção ao que devia ser feito ali, sem pensar em si mesmo.

— Desculpe-me — murmurou ela, pondo a mão na testa.

— Venha ao meu consultório — convidou ele, gentilmente, e pediu a Hannah: — Por favor, atenda nossas visitantes.

Dentro do consultório de Iverson, Blanche esforçou-se para se recompor. Quando Marcus lhe ofereceu conhaque, ela recusou e, à sugestão de se sentar, ela continuou de pé.

— Marcus, tenho um pavor mortal de hospitais! Pronto. Falei.

— Muita gente tem medo de hospitais — disse ele num tom tranquilizador. — Não há por que se envergonhar.

— Mas meu medo é profundo, me imobiliza.

Ele aguardou, os olhos escuros cheios de expectativa e preocupação, mas sem mostrar decepção, para alívio de Blanche. Nenhuma reprovação ou recriminação silenciosa. Ainda de pé, lutando para ter força e compostura, ela relatou o incidente de sua infância, finalizando com:

— Foi por isso que não pude organizar sua visitação de caridade. Eu não podia entrar no seu hospital, uma vez ocupado pelos pacientes. Sinto-me tão covarde!

Ele se aproximou de Blanche.

— Mesmo assim, você está aqui agora, não é?

— Não estou sendo muito corajosa.

Ele sorriu.

— Não é coragem se você não tiver medo.

— Marcus, eu devia ter sido honesta com você, mas parecia tão tolo. Não queria que pensasse mal de mim, com seu hospital sendo tão importante para você. Estraguei tudo. Eu não fazia ideia que o ofendia recusando-me a organizar a visitação de caridade. Não achava que meu envolvimento fosse tão importante.

— Era. Você tem o dom de organizar as coisas, e eu sabia que o evento seria um sucesso tendo-a no comando. — Ele pôs as mãos nos braços dela, que sentiu uma onda de excitação. De repente, o consultório lhe deu a sensação de aconchego e intimidade, e o hospital com seus horrores ficou a quilômetros de distância. — Blanche, agi como um tolo! Disse a mim mesmo que estava afrontado por sua recusa de me ajudar com o hospital, mas a verdade é que, no dia seguinte, fiquei sabendo que você concordara em ajudar Clarence Beechworth a conseguir apoio público para sua ferrovia, e fiquei furioso. Foi pura e simplesmente ciúme masculino à moda antiga. Tenho tratado você de modo cruel e abominável. Nem sei como poderá me perdoar.

— Eu devia ter-lhe contado sobre o meu medo. — Blanche arquejou com a proximidade de Marcus, sentindo as mãos fortes em seus braços. Ele era uma cabeça mais alto do que ela e estava ali, fitando-a com olhos escuros ardentes, o cabelo negro brilhando com a luz do lampião. Ela pensou que fosse desmaiar, mas dessa vez por outro motivo.

— E eu deveria ter me detido na questão — disse ele com paixão —, mas o orgulho me impediu de perguntar o motivo exato para que você não organizasse meu evento. — Ele baixou a voz, as mãos apertando os braços dela. — Sinto falta de nossa amizade, minha querida Blanche. Sinto falta de você.

— Oh, Marcus... — sussurrou ela, zonza de desejo.

Ele levou o rosto para junto do dela.

— Percebo agora, minha querida, que era mais do que apenas ter a anfitriã mais capaz de Melbourne organizando o evento. Eu queria que *você* fosse parte do meu hospital. Eu a queria ao meu lado ao exibir minha grande realização. Mas você está aqui agora.

— Estou sim — anuiu ela, cativada pelos olhos de Marcus. — E vou ficar.

Ele ficou sério.

— Talvez devesse ir para casa. Quase desmaiou.

— Estou readquirindo a compostura. — E realmente estava. Conforme o assalto inicial de sensações e lembranças começou a se aquietar, ela sentiu a força retornar ao corpo e à alma. Sentiu também o toque de Marcus, o poder de sua voz revitalizadora. — O primeiro passo foi o mais difícil. Mas era disso que eu precisava. De agora em diante vai ficar mais fácil, tenho certeza.

— Você é uma mulher incrível, Blanche Sinclair — murmurou ele, desejando que estivessem em outro lugar, em outro momento. — Mas agora precisamos trabalhar.

— Diga-me o que fazer.

Capítulo 47

— Alice! Alice, *onde você está?*

Ela levantou a cabeça, Blanche e Martha viraram-se e alguns pacientes gritaram. Elas olharam para a porta da enfermaria, no final da ala, onde se ouviam passos pesados subindo as escadas apressadamente. Quem estaria fazendo tal alarde a uma hora dessas?

Quando um rapaz entrou, usando casaca e cartola — um rapaz muito bonito, muitas o notaram, andando apressado ao longo da enfermaria —, as pacientes puxaram as cobertas até o queixo e os visitantes que estavam na passagem abriram caminho.

Fintan gritou novamente por Alice.

Ela saiu de um cubículo formado por três lençóis pendurados, onde alimentava uma paciente.

— Aqui está você. — Ele agarrou-a nos braços, olhando-a de cima a baixo. — Você está bem? Está doente? Machucou-se?

Antes que Alice conseguisse falar, Blanche Sinclair deu um passo à frente e falou com firmeza:

— Meu jovem, está assustando as pacientes.

— Ah, desculpe — disse ele, rapidamente, corando e recuperando o controle. — Srta. Star, eles me disseram lá no teatro que você estava no hospital.

— Estou ajudando.

Olhando-a com expressão intrigada, ele finalmente notou as outras pessoas à sua volta, reconheceu Margaret Lawrence, a acompanhante de Alice, e conhecia Blanche Sinclair do baile no Addison. A quarta também era claramente uma dama, embora ele não soubesse seu nome. O que estava estranho em Alice e suas amigas eram os trajes. Elas usavam aventais domésticos sobre os vestidos, as mangas estavam arregaçadas, expondo braços nus, e tinham os cabelos puxados para cima, amarrados com um tipo de lenço que as copeiras costumavam usar.

Agora que o pânico de pensar que Alice estava ferida ou doente havia passado, e ciente de que outras pessoas o observavam, sob a luz dos lampiões e das velas, Fintan olhou ao redor do ambiente que o cercava e viu a fileira de leitos ocupados por mulheres. Outras mulheres com os vestidos e xales rústicos das classes inferiores estavam sentadas à beira dos leitos, oferecendo xícaras de água ou escovando os cabelos das pacientes. A atmosfera estava enevoada e permeada por odores fortes.

Fintan nunca estivera num hospital e ao perceber que era o único homem entre tantas mulheres sentiu-se acanhado.

Alice pegou-o pelo braço.

— Venha comigo, Fintan. Vou lhe explicar. — Para a Sra. Lawrence, ela acrescentou: — Vou ficar bem, Margaret, não iremos longe.

Ao chegarem ao corredor no final da enfermaria, Alice virou-se e disse:

— É melhor você ir embora. Há contágio aqui.

— Ah, isso explica.

— Explica o quê?

— Não quero alarmá-la, mas há várias pessoas reunidas na frente do hospital, querendo saber se seus familiares estão seguros aqui. O Dr. Iverson está tentando acalmá-los, mas eles parecem agitados.

— Mais um motivo para que você vá embora. Por favor. — Alice pôs a mão no braço dele.

O olhar de Fintan ficou sombrio.

— Mais um motivo para eu *ficar*.

Ao perceber os olhares dos visitantes sobre eles, Alice disse:

— Vamos tomar um ar.

Ela o levou para o andar de baixo e saíram por uma porta dos fundos para o abençoado ar noturno. Fintan mal podia acreditar no cheiro forte da enfermaria. Ele chegou a pensar que sua garganta se fecharia para sempre. Enquanto Alice explicava que o cheiro era de cloro e que as quatro amigas tinham vindo ajudar Hannah numa crise do hospital, ela e Fintan seguiam por um caminho estreito de cascalho, iluminado pelo luar e pela luminosidade ocasional dos esparsos lampiões do jardim. Eles viram onde uma grade de canteiros tinha sido feita, com mudas de flores em saquinhos, esperando ser plantadas.

Alice contou a ele sobre o trabalho que estava fazendo desde sua chegada ao hospital naquela tarde.

— Eu nunca havia cuidado de doentes e não sabia o que fazer. Hannah nos mostrou.

Fintan só ouvia parcialmente. Ele passara o dia todo pensado em Alice, ansioso para vê-la novamente à noite no teatro. Então, ao ser informado que ela estava no Hospital Vitória...

Até aquele instante ele não havia entendido a profundidade de seus sentimentos por ela. Seu anjo ferido ou doente, ou até pior. Era impensável. No entanto, ela estava bem, nem um pouco doente, mas realizando uma obra de caridade, verdadeiramente um anjo, ele pensava, aliviado, andando ao lado dela. E ele ficaria também, para o caso de a multidão em frente ao hospital ficar descontrolada.

Ao pararem no caminho, ele a fitou.

— Alice Star, você está fazendo uma coisa admirável aqui.

Ela olhou para os profundos olhos negros dele e sentiu o coração palpitar. Fintan Rorke emocionava-a como nenhum outro homem. Seria sua beleza física? Sua timidez encantadora? Seu dom de criar beleza de um prosaico pedaço de madeira? Ou seria sua trágica história em Galagandra? Era tudo isso e mais, ela pensou. *Fintan é tantas coisas, tantos aspectos.*

E Alice ansiava para conhecer todos eles.

— Não sou apenas eu. Blanche confessou que teve um medo mortal de hospitais durante toda a vida. Precisava tê-la visto esta tarde, Fintan. Entrar pelas portas exigiu muita coragem dela. E, depois, subir até a enfermaria, encarar as pacientes. Durante todo esse tempo, Blanche tem combatido bravamente seu medo. Na verdade, quando Hannah disse que as atendentes do hospital tinham ido embora, foi ideia de Blanche vir ajudar. Especialmente quando Hannah está ajudando o Dr. Iverson a descobrir a causa da febre.

— Eu achava que fosse o ar impuro que provocasse febre. — Fintan gostaria de falar sobre outras coisas, queria tocá-la, abraçá-la.

— Há rumores de que o hospital foi construído em solo sagrado aborígene e que é mal-assombrado. Dizem que o hospital é amaldiçoado e é por isso que está havendo esse surto de contágio. É claro que não acredito nisso, mas as atendentes da enfermaria eram irlandesas e você sabe o quanto *eles* são supersticiosos. — Alice esboçou um sorriso ao dizer isso.

Fintan retribuiu o sorriso e depois ficou sério.

— Alice querida, você fica ainda mais linda ao luar. Não posso entender por que não está casada. Ou há alguém em sua vida e você não quer tornar isso público?

— Não há ninguém. — Alice arquejava com a presença inesperada. Fintan passara o dia em seus pensamentos. Como ele estava imponente e elegante nessa casaca, apesar de ter deixado a cartola no hospital. — Por muito tempo eu me convenci de que o canto era minha vida, que eu não precisava de marido nem filhos, que poderia viver sem um amor romântico. Foi fácil me convencer disso, Fintan, porque nenhum homem roubou meu coração.

— Ela acrescentou silenciosamente: *até agora*.

— Por que você iria querer se convencer de tal coisa? Parece terrivelmente solitário.

— Tem algo que você precisa saber. — Com o vento noturno sussurrando em volta deles, farfalhando os galhos e as folhas das mudas de elmos recém-plantados no jardim, Alice tirou um lenço da faixa da cintura e esfregou o traço sobre seu olho direito, enquanto Fintan a olhava, intrigado. Depois dobrou o lenço e esfregou-o para cima e para baixo na face e na têmpora até a orelha direita. Então, ela encarou-o, dando-lhe uma boa visão de seu rosto à luz do lampião.

— Quer ver mais? — perguntou ela.

As sobrancelhas espessas se juntaram.

— Mais o quê?

— Fintan, estou mostrando meu rosto verdadeiro, algo que ninguém mais vê. — Ela mostrou o lenço. — Isso é uma fachada.

Ele olhou para baixo.

— Eu só vejo um lenço muito limpo.

Alice olhou o lenço mais de perto e viu um quadrado de pano imaculado.

— É provável que a maquiagem tenha saído — disse Fintan com um sorriso —, enquanto você trabalhava naquele lugar quente. Sem dúvida, deve ter enxugado o rosto algumas vezes.

Alice olhou para ele. De fato, tinha enxugado o rosto com uma toalha, sem pensar que os cosméticos cuidadosamente aplicados estavam saindo.

— Alice — começou ele, segurando-a pelos ombros —, ontem à noite, em seu camarim, enquanto conversávamos, percebi que você estava sempre levando a mão para o lado do rosto. Era como se estivesse tentando ocultar alguma coisa.

— Eu não fazia isso há anos.

— Aquilo me fez pensar. Olhei com mais atenção e percebi que a maquiagem ocultava alguma coisa. E foi então que entendi a verdade sobre seu canto, por que ele comove tantos corações. Percebi que você não canta com a garganta, Alice, mas com a alma. Você não canta letras e notas musicais simplesmente, canta sua dor. E me perguntei se talvez o que você está ocultando aqui — ele a tocou na têmpora e na face — não é sua angústia.

Ela então contou rapidamente, enquanto tinha coragem, sobre o incêndio na fazenda, o resgate que desfigurara seu rosto, depois sobre ter ficado nas ruas, sua vida com Lulu Forchette.

— Mas nunca fiquei com os clientes, nunca sequer cantei para eles. — Ela havia contado tudo, tornando Fintan Rorke a segunda pessoa no mundo a saber de seu segredo.

— Agora faz sentido, Alice querida. É sobre isso que você canta. E sua plateia ouve isso. Sente que você canta diretamente para eles, cada homem, cada mulher sente que você está cantando para eles e ninguém mais. Você atinge o sofrimento de cada um, Alice, toca seus medos e lhes traz paz, pois muitos de nós têm uma Lulu Forchette ou uma Galagandra em nossas vidas. Você tem um dom maravilhoso e poderoso.

Ele pôs a mão na face dela.

— Você realmente pensou que eu a deixaria depois que visse isso?

Alice o fitou nos olhos e entendeu uma nova verdade.

— Não.

Agora ela percebia que havia testado Fintan, para ter certeza de que seus sentimentos por ela resistiriam às cicatrizes escondidas. Mas percebia que não era de Fintan que duvidara, mas dela mesma. Toda a autoconfiança adquirida desde o primeiro espetáculo no teatro de Sam Glass fora uma ilusão, construída sobre uma fundação de cosméticos, apliques e tiaras. Alice nunca testara sua nova autoconfiança. Mas agora, sim, e aprendera uma verdade sobre si mesma: que sua autoconfiança era genuína. As cicatrizes não importavam mais. Ela já não tinha nada a esconder.

Fintan segurou seu rosto com delicadeza.

— Alice, você é uma mulher muito bonita. Ninguém nunca lhe disse isso? Seus olhos são cativantes. Eu nunca vi esse tom de azul. Esse amor de nariz e boca delicada. Você é muito mais que algumas cicatrizes escondidas. Tem um rosto de fazer inveja a muitas mulheres.

— Oh, Fintan.

— Alice amada — sussurrou ele, pondo a mão atrás da cabeça dela.

Ela ergueu o rosto e encontrou seu beijo com lágrimas. Seu primeiro beijo, um beijo perfeito.

Fintan afastou-se e disse com paixão:

— Alice Star, você me inspira a querer criar coisas lindas. Vou entalhar sua graciosidade na melhor das madeiras criada por Deus e vai durar uma eternidade, como testemunto do meu amor eterno por você.

Eles voltaram a se beijar, os corpos entrelaçados ao luar, lançando uma sombra única no caminho do jardim. Enquanto exploravam seu novo amor e desejo, expressando-o com o corpo, Fintan e Alice estavam desatentos aos fantasmas que se moviam ali perto nas sombras — as "assombrações" daquele solo sagrado que não prestavam atenção aos amantes no jardim.

Aparições esbranquiçadas que se moviam com pés silenciosos, os corpos espectrais sob o luar, avançando para o edifício de pedras com bumerangues, *woomeras* e lanças mortais nas mãos.

Subitamente sentindo que não estavam sós, Fintan e Alice separaram-se e ficaram olhando para a procissão misteriosa. Um desfile sinistramente silencioso de pessoas altas, com membros delgados e pele negra como a noite, tinta branca fulgurando em seus corpos. Enfeitados com penas e pedras, dentes de animais e contas, os aborígenes pareciam ter saído de outro mundo, de outra época. Eles andavam com os olhos fixos, voltados para a frente, ignorando ou inconscientes do jovem casal branco que os observava. Alice nunca vira nativos tribais antes, exceto em quadros, e percebia agora que meras figuras não lhes faziam justiça. Havia um poder sobrenatural na antiga pele negra, nos olhos fundos que olhavam de baixo de testas pronunciadas. O silêncio deles era perturbador, a marcha uniforme até a frente do hospital, inquietante, pois o que estariam fazendo aqui?

Lembrando-se da multidão de brancos, ansiosos, reunidos na frente do hospital e do que Alice dissera sobre aquele terreno estar amaldiçoado pelos aborígenes, Fintan disse:

— Isso não pode ser bom. É melhor voltarmos e avisar aos outros.

Capítulo 48

A Fazenda Brookdale era exatamente como Hannah descrevera, até nos mínimos detalhes encantadores.

Neal encheu os olhos com a vista majestosa da estância do Outback que se estendia em todas as direções por colinas ondulantes e campos planos, sob o céu infinito e o sol do meio-dia. Ouviu o vento soprar, inalou a fragrância dos eucaliptos, e isso tudo o fez voltar ao *billabong* no meio da areia vermelha e baixas colinas alaranjadas. Ele viu os eucaliptos de tronco branco de Brookdale e também outros soltando folhas prateadas na superfície daquele distante *billabong*. Pensou em Burnu e Daku, relembrando o sabor da carne de canguru. Ouviu o *didgeridoo* de Thumimburee e recordou-se das figuras ancestrais pintadas numa parede cor de ferrugem.

Seu nome era Jallara e ela era a verdadeira alma desta terra.

O livro de Hannah — *Esta terra dourada* —, escrito por "um filho do Outback", veio à sua mente. Preciso fotografar este lugar, Neal pensou, enquanto andava pela propriedade que ainda exibia o cartaz de venda. Preciso fotografar outros como este, juntamente com os rios e as montanhas mencionados nas histórias de Hannah, os cercados, campos e galpões de tosa. Podemos republicar os contos acompanhados de fotografias para realmente trazer a Austrália à vida.

Olhando para a casa com o telhado de quinas acentuadamente inclinadas, a varanda larga cercando os quatro lados, ele visualizou o estúdio fotográfico lá dentro, a câmara escura, o vestíbulo com fotografias penduradas. Imaginou o consultório de Hannah — perto do quarto do bebê, talvez, para que ela pudesse ficar próxima das crianças. Ela escreveria seus manuais de saúde ali. Seria um *lar*.

Os empregados cuidavam de carneiros e cavalos, homens trabalhavam nos campos, mas Neal não viu sinal do corretor, Samson Jones, e supôs que ele deveria estar nos campos de ouro, procurando pelo dono de Brookdale,

Charlie Swanswick. Ele ponderou se deveria se desviar de seu caminho e ir atrás de Swanswick ele mesmo.

Pensou então na Caverna das Mãos. Já deveria ter chegado lá a essa altura, mas a roda de sua carroça tinha atingido uma portinhola na estrada e partira o eixo. Neal tinha conseguira consertá-la, mas preferira acampar durante a noite a tentar percorrer a estrada imprevisível no escuro. Depois fizera questão de parar na Fazenda Brookdale e dar uma olhada na propriedade. Enquanto cogitava se devia tirar alguns dias e procurar por Charlie Swanswick, mas, achando que já havia perdido um tempo precioso para chegar à caverna, ele ouviu um cavalo se aproximando pela alameda arborizada.

— Olá! — chamou o cavaleiro.

Neal desceu da carroça e acenou, num cumprimento amistoso.

O estranhou puxou as rédeas do cavalo.

— Estou no caminho certo para Bendigo?

Neal observou que o homem tinha uma barraca enrolada atrás da sela com uma picareta e uma pá enfiadas dentro.

— Continue seguindo em direção ao norte. Chegará aos primeiros campos antes do anoitecer.

— Obrigado, camarada.

Quando o homem ia recomeçar a cavalgada, Neal disse:

— Eu estava para fazer um chá, se quiser me acompanhar.

— Obrigado, mas estou com pressa. Ouvi dizer que mineiros estão indo para uma caverna ao norte dos campos de ouro, onde a mata começa. Há boatos de ricas formações de quartzo lá. Preciso chegar o quanto antes possível, senão não sobra nada. — Ele olhou para o carregamento no coche de Neal. — E para onde o amigo está indo? Não me parece equipamento de mineração.

Neal viajava com o mais novo equipamento fotográfico alemão, lentes e placas projetadas para fazer exposições em lugares escuros, usando algo chamado pó de flash. Estou indo, Neal pensou, exatamente para as cavernas que você e os mineiros estão a ponto de destruir.

— Estou fotografando locais aborígines sagrados.

O homem coçou o nariz e riu.

— Que ironia. Você veio até aqui para fotografar os aborígenes e há uma horda deles em Melbourne agora mesmo.

Neal encarou o homem.

— Nativos na cidade? Eu pensei que isso não acontecesse mais.

— E não acontece. Eles sabem ficar afastados. Mas esse bando parece selvagem, como se tivesse saído dos confins do Outback. Eles têm uma aparência feroz. Acho que deve haver uma centena deles, todos carregando armas e exigindo suas terras sagradas de volta.

Galagandra passou pela mente de Neal.

— Onde? — perguntou ele. — Qual terra sagrada?

— O hospital.

— O Hospital Vitória?

— Esse mesmo. Pelo que eu soube, eles cercaram o lugar. Ameaçam incendiar o prédio com todo mundo lá dentro. Preciso ir. Boa sorte com suas fotografias.

Sem pensar mais na caverna sagrada ou nos mineiros destrutivos, Neal rapidamente conduziu a carroça para atravessar o portão da Fazenda Brookdale e estacionou-a embaixo de um agrupamento de árvores copadas. Desatrelando o cavalo da carroça para que pudesse pastar, ele montou na sela, esperando que seus caixotes e suprimentos não pudessem ser vistos da estrada. Entretanto, se tudo fosse roubado, não importaria. Era preciso voltar a Melbourne o mais rápido possível.

Hannah estava em perigo.

Capítulo 49

— Não estou gostando do jeito dessa multidão — disse o Dr. Iverson a Fintan, os dois espiando pelas vidraças da porta da entrada principal do hospital. Ele calculou que quase cem pessoas haviam se reunido ali, enquanto o sol mergulhava por trás dos edifícios mais altos de Melbourne.

Quando a notícia de contágio e mortes espalhou-se pela cidade, cidadãos que tinham amigos e familiares no Hospital Vitória vieram até ali, preocupados. O Dr. Iverson permitira que entrassem para uma visita ordeira, advertindo-os de que não tocassem em nada e só visitassem aqueles que não tivessem febre. Depois, ele se revezara com o Dr. Kennedy, indo lá fora vez ou outra para tranquilizar a multidão, que se recusava a ir embora, de que tudo estava sob controle.

Contudo, a chegada inesperada dos aborígenes desorganizara tudo, lembrando as pessoas sobre a lenda de que aquela terra era amaldiçoada e provocando pânico. O modo como os nativos sentaram-se, simplesmente olhando para o hospital, os corpos nus cobertos de pinturas brancas, sua aparência selvagem, tudo fazia com que a multidão começasse a ficar mais nervosa.

Fintan observava os aborígenes na penumbra crescente. Era uma cena sinistra. Os cinte ou mais nativos, homens e mulheres, de várias idades entre adolescentes a idosos, estavam sentados no gramado que se estendia da calçada até os degraus do hospital. Eles não haviam se mexido desde que assumiram aquela posição, à noite, os rostos voltados para o prédio de dois andares. Pareciam ameaçadores, segurando lanças e bumerangues, com os desenhos primitivos pintados no corpo, o que lhes dava um aspecto assustador.

— O que o senhor acha que eles estão esperando?

— Não sei, Sr. Rorke. — Iverson tentara falar com os nativos, sem sucesso.

O Dr. Abe Kennedy, que servira por dois anos numa missão aborígene, também tentara, inutilmente.

No entanto, Marcus Iverson tinha mais com o que se preocupar do que com a estranha visita dos nativos. Surgiram três novos casos de febre puerperal — na enfermaria masculina! Ele não entendia. Havia estabelecido regras para que o contágio não saísse da enfermaria feminina e Blanche Sinclair, com seu talento natural para assumir o controle das situações, cumpria as regras ao pé da letra. A única conclusão que Iverson podia chegar era que os três homens tinham sido expostos à mesma contaminação do caso inicial, de Nellie Turner. Mas qual era?

Ele e a Srta. Conroy tinham passado cada instante procurando pela fonte, coletando amostras da água, da roupa de cama, da comida e analisando-as sob o microscópio. Os micróbios deviam ser transportados em objetos, possivelmente até pelas mãos dos médicos, pois, se o contágio estivesse no ar, por que voluntários, visitantes e os médicos não tinham contraído a doença? A febre parecia atingir apenas as pessoas que já eram pacientes.

E o que três pacientes homens têm em comum com um caso de pósparto, uma mulher com o ombro deslocado e outra com um pé fraturado?

E com Edward Soames, que sob o olhar vigilante de sua dedicada esposa agora morria da doença fatal.

Se não encontrarmos a fonte logo, pensou Iverson suando frio, o contágio poderá se propagar para a cidade e estaremos com uma epidemia mortal em massa.

Ao ver várias pessoas subindo os degraus do hospital, sem dúvida, mais familiares preocupados com a segurança dos seus, Sir Marcus disse:

— É melhor eu ir falar com eles.

Com os novos casos na enfermaria masculina, ele precisou tomar medidas drásticas. Para impedir que a infecção se difundisse, ele havia trancado o hospital, permitindo a entrada de apenas um número mínimo de visitantes. Nenhuma criança nem animal, e apenas os visitantes que obedecessem as regras. Alguns insistiam em visitar todos os pacientes da enfermaria, tocando-os, oferecendo-lhes mordidas de alimentos que já tinham sido abocanhados por outros pacientes. Subindo e descendo, disseminando o contágio e recusando-se a lavar as mãos.

— Devia descansar, Marcus — opinou Blanche, com a mão no braço dele.

Ela e as amigas haviam transformado a ala infantil, ainda em construção, em um alojamento particular distante dos visitantes e pacientes. Camas com roupa limpa tinham sido levadas para lá, de modo que as voluntárias e os médicos pudessem se retirar periodicamente para repousar. Entretanto, agora havia 12 casos de febre puerperal, e uma constante vigília de 24 horas era necessária para impedir que o contágio se propagasse ainda mais. O Dr. Iverson não se permitia o luxo de tirar uma soneca sequer.

Ele lançou um olhar de apreço a Blanche. Ela não só deixando de lado seus medos profundamente entranhados, como também estava fazendo um impressionante serviço de organizar a enfermaria feminina, delegando tarefas e supervisionando o andamento eficiente das coisas. Embora nada soubesse sobre medicina ou cuidados de saúde, Blanche aprendia rápido. Uma lição da Srta. Conroy de como virar as pacientes a cada duas horas para evitar escaras e Blanche não só estava ensinando as outras, como estabelecera equipes e horários para a tarefa.

Ela também supervisionava os familiares e amigos dos pacientes, dando-lhes instruções para que lavassem as mãos, dizendo-lhes o que podiam ou não fazer. E, como Blanche era uma dama de posição obviamente alta e falava com autoridade, os visitantes acatavam.

Iverson olhou para as faces com as covinhas fundas e o queixo que se estreitava deliciosamente, para os olhos amendoados da cor de violetas e desejou que as circunstâncias fossem outras. Como ele havia sentido falta dela nesse último ano! E como desejava fazer as pazes com Blanche.

— Irei com o senhor — disse Fintan, achando que era gente demais para o Dr. Iverson enfrentar sozinho.

— Que bom, meu filho — disse Iverson, vestindo sua casaca preta e saindo para encarar a multidão que aumentava, segurando lampiões para se proteger do escuro. Aos que encontrou nos degraus, ele disse: — Por favor, vão para suas casas. Seus familiares e amigos estão seguros no hospital. Eu asseguro que eles estão recebendo o melhor atendimento. Estamos com voluntárias lá dentro agora.

— Ouvimos dizer que este lugar é amaldiçoado — disse um homem.
— Ouvimos dizer que é uma peste e que vai se disseminar pela cidade.
— Não há peste alguma aqui. É uma febre específica que afeta apenas uma pequena parte da população, e nesse instante estamos procurando descobrir a causa e ao mesmo tempo a cura.

— Então, como é que um médico pegou a doença? — perguntou outro.
— Os médicos não deveriam ficar doentes.
— É culpa dos negros! — gritou um terceiro, e um coro de vozes preocupadas uniu-se a ele.

— Por favor — pediu Iverson. — Os nativos não têm nada a ver com isso. A febre irrompeu antes mesmo da chegada deles...

— Mesmo assim, esta terra era deles antes. Eles a envenenaram.
— Eles estão fazendo feitiçaria!

Antes que Iverson pudesse dizer outra palavra, houve uma comoção no fundo da aglomeração, com as pessoas sendo empurradas por recém-chegados que abriam caminho. Iverson viu dois homens barbados correndo em direção a eles, roupas empoeiradas, os chapéus surrados e manchados de suor.

— Onde está a minha Nellie? — gritou o mais baixo dos dois ao chegarem aos degraus. Ele tinha cabelos pretos e compridos, carecendo de um corte, e suíças espessas, características inconfundíveis de um homem que acabava de chegar dos campos de ouro. Subindo as escadas correndo, ele agarrou Iverson pelas lapelas. — Onde está a minha Nellie? — gritou na cara de Sir Marcus.

Fintan interveio e arrancou as mãos do homem da casaca de Iverson, vendo uma fisionomia contorcida pela dor, uma barba empapada de lágrimas. Um homem jovem com olhos que revelavam dor e atordoamento.

Endireitando a casaca, enquanto Fintan refreava o homem perturbado, Sir Marcus falou num tom gentil:

— Por favor, diga-me quem é o senhor e eu...

— Eu sou Joe Turner. Cheguei em casa, vindo dos campos, e encontrei uma vizinha amamentando meu filho recém-nascido. Meu irmão aqui — ele apontou o polegar para o acompanhante, que também parecia atordoado —, Graham, ele disse que minha Nellie morreu. Que vocês a mataram. Mas eu não acredito. Quero ver minha mulher!

Iverson olhou para os dois homens e pensou, *Nellie Turner*?

Então se lembrou. Ela tinha morrido no dia anterior.

Ele pôs a mão no braço de Turner.

— Queira entrar comigo, Sr. Turner. O senhor está em estado de choque.

— Está me levando para ver minha Nellie? — Grandes olhos cor de mel imploravam em silêncio. — Não tenho intenção de desrespeitar, doutor, mas temos que batizar o bebê. Vamos chamá-lo de Michael, em homenagem ao pai de Nellie. Mas não posso ficar sem a Nellie. Por favor, ela pode ir para casa?

Sir Marcus trocou um olhar com Fintan e então passou os olhos pela multidão, que agora estava mais aglomerada, com todos se aproximando para saber por que os dois recém-chegados reclamavam.

— É melhor conversarmos lá dentro, senhor — disse ele em voz baixa.

Turner puxou o braço.

— Não quero conversar! Quero ver minha Nellie! — Sua voz ficou embargada e a dor emitida pareceu rolar sobre as cabeças dos que estavam na base das escadas.

— Eles também não me deixam ver a *minha* mulher! — Veio um grito estridente da multidão, e um minuto depois mais outro:

— Estou esperando desde o meio-dia para ver minha irmã e eles não me deixam entrar.

Todos se viraram para a mulher de meia-idade com um lenço estampado na cabeça.

— Ela chegou com o tornozelo quebrado e agora eles dizem que não posso vê-la! E, se ela está morta, por que não nos deixam entrar?

Gritos de protestos elevavam-se com todos querendo saber o que estava acontecendo dentro do hospital, por que os aborígenes estavam ali, será que todos contrairiam a peste?

— Eu digo que vamos entrar! — berrou um homem na frente, que era muito forte, com braços grossos feito troncos. — Eles não podem nos impedir!

— Não posso permitir que faça isso — informou Sir Marcus, com voz calma e confiante, que disfarçava o próprio medo. Se essa turba decidisse invadir o hospital...

De repente, Joe Turner disparou para as portas, com o irmão a segui-lo, e os homens começaram a se concentrar nos degraus.

— Impeça-o — ordenou Sir Marcus, e Fintan alcançou as portas, primeiro, bloqueando a passagem. Do outro lado das vidraças ele ouviu alguém virando rapidamente a chave na fechadura.

— Só quero ver minha Nellie — disse Turner, implorando com os olhos. — Só quero ter certeza de que ela está bem. Nosso bebê é tão pequeno, tão miúdo, ele precisa da mãe...

Turner caiu no choro de novo, soluçando com as mãos no rosto.

— Quero tirar minha irmã do hospital! — gritou outro homem.

Iverson reconheceu quem tinha falado. Um limpador de chaminés que vinha visitar uma das pacientes diariamente.

— Meu caro senhor, sua irmã precisa permanecer em tratamento. Se ela for transportada, o quadril irá fraturar novamente e ela nunca mais irá andar.

— Melhor do que morrer com a peste!

Gritos de apoio e medo juntaram-se a ele e os que estavam na frente avançaram nos degraus outra vez, gritando sobre as mortes de seus parentes, irmãs e mães que tinham vindo ao hospital por causa de um pé quebrado ou ombro deslocado e agora jaziam em caixões de pinho.

— Nós vamos pôr abaixo essas malditas portas!

Sir Marcus e Fintan olharam, apavorados, para o mar de homens enfurecidos que começava a subir os degraus como uma onda incontrolável.

— Esperem aí! — alguém gritou.

Os que estavam dentro do hospital, observando pelas vidraças das portas principais, viram Neal Scott aparecer sobre o cavalo no fundo da aglomeração. Desmontando, ele abriu caminho, apressado, por entre a multidão e chegou até as escadas.

— O que está acontecendo, doutor? — perguntou ele, sem fôlego, ao chegar ao topo.

Alguém se apressou em dizer:

— Tem uma peste no hospital e viemos para retirar nossos familiares antes que eles morram.

— Sr. Scott, não podemos deixar nenhum paciente sair — disse Iverson, baixinho —, senão a febre vai se disseminar pela cidade.

Neal voltou-se para os homens que vinham subindo os degraus, os punhos cerrados.

— Escutem. Não há necessidade de violência. Lembrem-se, isto é um hospital. Há doentes aqui dentro.

— Fique fora disso — grunhiu o homem de braços fortes. — Você perdeu alguém neste hospital? Alguém que ama morreu?

— Não — respondeu Neal, cauteloso, de olho nos homens que se aproximavam —, mas minha futura esposa está aqui e eu não a deixaria ficar ali dentro se não considerasse seguro.

— Futura esposa não é o mesmo que esposa — outro homem se manifestou.

Neal examinou a cena, sentiu a tensão no ar, viu os olhares enraivecidos dos mais próximos e que pareciam decididos a invadir o hospital. Olhando de relance para os nativos, ele percebeu que o estranho da estrada da Fazenda Brookdale havia exagerado. Aqueles aborígenes não eram uma horda de centenas e não estavam cercando o lugar. Também não pareciam ter intenção de incendiar o hospital. Um grupo curioso, Neal pensou. Nem todos pareciam ser tribais. Os mais jovens usavam vestidos e calças com camisas. Deviam ser de uma missão, ele supôs.

— Temos o direito de proteger nossas famílias! — gritou o fortão, e a multidão gritou em assentimento.

Outro berrou:

— Venham, vamos quebrar as malditas portas!

— Não temos como impedi-los — murmurou Iverson para Neal.

— Vejam! — Fintan apontou.

Marcus e Neal viraram-se e viram vários homens correndo para o lado do prédio. No instante seguinte, Joe Turner e seu irmão voaram escada abaixo atrás deles.

— Tem alguma entrada pelos fundos, doutor? — perguntou Neal, imaginando o caos decorrente se aqueles homens entrassem.

— Sim, e está destrancada. As chaves estão em meu consultório. Sr. Scott, devíamos chamar a polícia.

— Lamento, mas acho que não temos tempo.

Seus olhos encontraram-se.

— Vá, doutor — ordenou Neal. — Fintan, vá atrás daquele bando. Veja se consegue ajuda. Atendentes do hospital, visitantes, *qualquer um*. Eu vou segurar esse pessoal.

Ele voltou-se para a multidão e levantou as mãos.

— Ouçam! Lá dentro não há lugar para todos vocês. Além disso, acabarão assustando os pacientes.

— Temos o direito de entrar!

— Muito bem — disse Neal, colocando-se em posição de defesa contra o limpador de chaminés. — Vocês querem verificar seus familiares, garantir que não estão com a febre? É isso?

— É isso mesmo, camarada!

— Então realmente acreditam que há um contágio nesse edifício.

— Peste! — gritaram vários ao mesmo tempo.

— E estão querendo se infectar? De propósito? — Ele apontou o braço direito para a entrada, onde as colunas de arenito azulado erguiam-se imponentes ao lado das portas. — Vocês vão entrar aí por vontade própria e se expor à doença fatal que está aí do outro lado? — Ele apontou para um dos homens que estava mais próximo. — O senhor! Quantos filhos tem?

O sujeito fez uma careta de desdém.

— O que importa isso?

— Porque essa é a quantidade de bocas que ficarão famintas se o senhor atravessar essas portas e for infectado.

Neal olhou para os mais próximos e depois gritou sobre suas cabeças, sua voz percorrendo a multidão de modo que os que se reuniam sob um lampião de rua pudessem ouvir.

— Quantos de vocês querem deixar suas mulheres viúvas? Quantas mulheres aqui presentes querem deixar órfãos para trás? Quantos de vocês não querem viver até o próximo Natal?

Aquilo os fez parar, trocando olhares incertos, murmurando súbitas dúvidas e indecisões.

— Isso faz sentido para vocês? — Neal pressionou. — Os médicos deste hospital sabem o que estão fazendo.

— Não sabem não!

— Os médicos não sabem nada!

— Tudo bem — ponderou Neal. — Sim, há uma febre aqui, mas está sendo controlada e os outros pacientes estão sendo protegidos.

— Então, por que não podemos entrar?

— Por que irão propagar o contágio.

Então, alguém que estava nos degraus lembrou-se de ouvir que o americano tinha falado sobre uma futura esposa.

— O senhor tem uma noiva aí dentro! — gritou ele. — Uma mulher com quem vai se casar. E disse que não estava preocupado por ela estar lá dentro. E também há voluntárias, disseram. E *elas*? Não estão espalhando a doença?

— Sim — ecoou outro homem. — E elas não têm maridos e filhos?

— Não dá para ter as duas coisas, camarada — ironizou o limpador de chaminés. — Ou aí dentro é seguro, ou não é.

— Sabem o que eu acho? — gritou um homem troncudo, o nariz vermelho e os olhos injetados de quem bebia muito. — Acho que eles não sabem o que está acontecendo aí dentro. Acho que estão mentindo para nós e, quanto a mim, vou tirar meu irmão daí. Ele só está com uma perna quebrada. Posso cuidar dele em casa, o que devia ter feito desde o início.

Eles avançaram para a escadaria e Neal preparou-se para um embate.

Naquele instante as portas abriram-se e o Dr. Iverson apareceu, provocando muitas vaias e assovios da multidão.

— Cheguei à porta dos fundos bem a tempo — disse ele a Neal. — Não sei quanto tempo vai levar para que peguem um pedaço de pau e usem como aríete. Precisamos encontrar um modo de controlar essa turba.

Fintan retornou dos fundos do prédio, acompanhado de Joe e Graham Turner.

A porta principal abriu-se novamente e Hannah saiu.

— Neal, eu não sabia que você estava aqui. Alguém me contou que... — E então ela viu os irmãos Turner. — Você deve ser Joe Turner — disse ela, dirigindo-se ao mais jovem dos homens barbados. — Eu soube que estava aqui. Sou Hannah Conroy, conhecia sua esposa.

— A senhorita é a parteira — disse ele, passando a manga da camisa pelo nariz. — Nellie me escreveu sobre a senhorita. Ela disse que a senhorita era muito boa. Ela está bem? Posso vê-la agora?

— Eu sinto muito — murmurou Hannah, baixinho, pondo a mão no ombro dele. — Nellie não sobreviveu.

Turner recomeçou a soluçar. O coração de Hannah compadeceu-se dele. Apesar da barba viril, ela viu que Joe Turner era muito jovem, pouco mais que um garoto, ela pensou.

— Sr. Turner — disse, ela gentilmente —, Nellie não sofreu. Ela se foi pacificamente.

Hannah detestava mentir, mas às vezes era necessário para a paz de espírito do outro. Até mesmo seu pai, um quacre inabalável, que acreditava na verdade acima de tudo, ocasionalmente inventava uma pequena história para os familiares em luto.

— Ouviram isso? — gritou um dos homens nos degraus, virando-se para a multidão. — Eles mataram a esposa dele! Coitada da mulher, veio ao hospital ter um bebê e pereceu com a peste! Não vamos deixar isso acontecer com as *nossas* esposas!

Hannah avançou para a frente, levantando as mãos.

— Por favor, fiquem calmos! Estamos com tudo sob controle. — Ela se moveu para a luz de um lampião, o corpete branco brilhando, a saia escura como uma nuvem em torno das pernas. A touca de renda branca em seu cabelo escuro transformou-se numa auréola suave. Ela estava imponente, ereta e confiante, e por um instante todos os olhos se voltavam para ela, as vozes calaram-se e a noite foi tomada de um silêncio inquieto.

E, então, os homens que estavam nos degraus decidiram que já haviam retardado demais o resgate de suas irmãs, mães, pais e filhos do hospital e avançaram para a porta.

Bem nesse instante, para surpresa de todos, os aborígenes puseram-se de pé e a multidão recuou, assustada.

Neal olhou para os nativos, analisou os olhos deles, suas fisionomias inescrutáveis e depois olhou para Hannah.

— Que estranho — murmurou ele. — Eles estão olhando para *você*.

— Para mim? — E então Hannah viu que Neal tinha razão. Vinte pares de olhos fundos, sombreados e penetrantes, fixos nela. — Mas por quê?

— Não sei. A primeira pessoa a quem eles reagiram foi você.

Começou uma gritaria. A turba ia e vinha como um mar turbulento.

— Eles vão nos matar!

— Seremos todos mortos!

Um dos homens nos degraus subiu, mas Neal o agarrou e o empurrou para trás.

— Saia do caminho! — esbravejou o homem. — Eles não estão satisfeitos de nos rogar uma praga e nos matar com a peste. Agora vão atirar as lanças em nós.

Fintan correu em socorro de Neal e juntos eles controlaram o homem. Iverson levantou os braços, pedindo silêncio, mas só o que recebeu foi um rugido abafado. Mesmo assim, ele falou o mais alto possível, sem revelar o próprio medo.

— Não temos o que temer dos nativos! Se eles quisessem nos matar, já o teriam feito. Deixem que perguntemos o que eles querem e então talvez eles se dispersem.

— Pois eu digo que devemos matá-los! — veio um grito da multidão, seguido por um coro arrepiante de concordância.

— Fique aqui, Hannah. Vou tentar falar com eles.

Todos os olhos viraram-se para Neal, que cautelosamente se aproximou do grupo. Todos os nativos tinham se levantado, mas Neal não ouvira nenhum falar. Quem dera o comando? Ele aproximou-se com sentimentos conflitantes, lembrando-se do massacre de Galagandra, mas também com admiração e respeito, ao pensar em Jallara e seu povo. Ele avaliou-os — os idosos de cabelos brancos enfeitados com tintas, colares e penas —, depois perguntou em inglês:

— Quem é o líder?

Os lampiões e as velas nas janelas do hospital iluminavam a cena, e a pintura branca fazia os nativos parecerem espectros de outro mundo. Eles assemelhavam-se tanto com o povo de Jallara, mas ao mesmo tempo, não.

Sem obter resposta, ele decidiu tentar algumas palavras no dialeto de Jallara, frases que aprendera com Thumimburee, que só eram usadas entre os homens. Para sua surpresa, um idoso virou-se para encará-lo. Os espectadores ficaram agitados, murmurando entre si, punhos cerrados, prontos para defender o camarada branco.

Quando Neal repetiu a frase, uma garota deu um passo à frente, descalça e usando um vestido simples. Seu cabelo preto era comprido e sedoso, como o de Jallara.

— Olá, senhor. Eu meu chamo Miriam. Não falamos sua língua.

Ele olhou para seu rosto redondo e olhos negros fundos e pensou: Mas deu certo, esse homem percebeu que eu falei um dialeto de língua nativa.

— Eu gostaria de falar com o chefe da sua tribo, Miriam. Pode me ajudar?

— O pai do meu pai é o chefe. Eu falo inglês. Eu digo o que o pai do meu pai diz.

Respeitosamente, Neal dirigiu-se ao idoso, enquanto falava por intermédio da garota.

— Por que o seu povo veio para cá?

Miriam falou com o avô e traduziu a resposta.

— Ele diz que não pode falar sobre isso com homem branco. É sagrado. Tabu.

Neal pensou por um instante, avaliando o idoso que estava diante dele com seus cabelos brancos e uma longa barba branca, os olhos negros fitando o mundo de trás de uma grossa pintura branca.

— Por que vocês levantaram quando a mulher branca saiu do edifício?
— Ele gesticulou para Hannah, mas só obteve silêncio e uma expressão impassível.

Ele decidiu tomar outro rumo.

— Qual é o Sonhar deste lugar?

Quando Miriam traduziu, o chefe olhou para Neal com curiosidade. Ao responder e Miriam traduzir, o velho observou Neal com atenção.

— Sonhar do Crocodilo — disse ela, e Neal assentiu, compreendendo.

Batendo no peito, ele disse:

— Eu sou Thulan.

Mas a palavra nada significou para o velho. Então Neal disse a Miriam:

— Diga ao pai do seu pai que meu espírito do Tempo do Sonho é um lagarto que os brancos chamam de diabo espinhoso. Sabe a palavra para isso?

Ela assentiu com entusiasmo e falou com o idoso, cujas sobrancelhas espessas ergueram-se em sinal de surpresa.

Encorajado, Neal desabotoou a camisa e mostrou o peito, permitindo que o velho olhasse suas tatuagens. Sons de surpresa surgiram na multidão de brancos. Eles falaram entre si, especulando aquela virada inesperada — será que o americano tinha sido capturado e torturado pelos nativos? —, enquanto o aborígene analisava o homem branco que passara por um ritual secreto de iniciação.

Finalmente, o idoso falou, sílabas exóticas saindo de seus lábios, familiares a Neal e ainda assim estrangeiras, pois aquele dialeto soava como o de Jallara.

— Ele pergunta se o senhor saiu em andança — disse Miriam.

— Sim. Saí em andança no grande deserto do Oeste. Os espíritos falaram comigo numa visão.

Quando Miriam traduziu, seu avô ficou calado por um instante prolongado, o vento noturno levantando sua barba e expondo as cicatrizes da própria iniciação, gravadas em sua pele muito tempo atrás. Ele olhou para Neal, os olhos escuros sob sobrancelhas proeminentes e insondáveis.

Finalmente, ele assentiu, satisfeito, e falou, com Miriam traduzindo:

— O pai do meu pai diz que este solo é sagrado e solo sagrado está doente. O espírito do crocodilo está muito descontente. Nós viemos para um ritual de cura. Mas homem branco precisa ir embora. É tabu olhar.

Neal avaliou os espectadores, que usavam paletós e calças modernas, chapéus-coco e bonés de tweed, as mulheres de vestidos longos e xales; pessoas de outro mundo que não entenderiam o que estava acontecendo ali. Mas ele sabia que seria impossível fazê-los ir embora. Se ele falasse qualquer coisa, a desconfiança sobre um ritual aborígene secreto somente os faria ficar.

— Senhor, diga para eles irem embora — repetiu Miriam. — Não podemos curar a doença com homem branco aqui.

Neal analisou a situação — aborígenes protegendo seu solo sagrado, brancos assustados e raivosos, pensando que os nativos tinham feito os seus familiares caírem doentes.

Quando o chefe e seu povo desviaram a atenção dele, Neal olhou para trás e viu que os nativos novamente estavam observando Hannah.

— Por que — começou Neal — a mulher branca interessa vocês...
— Mas ele foi interrompido pela aparição de uma velha mulher aborígene, que abriu caminho, falando com o chefe e fazendo-o recuar respeitosamente.

Ela era pequena e curvada, o longo cabelo branco era grosso, ondulado e deslizava pelas costas. Seu corpo envelhecido e gordo estava pintado de branco e adornado com colares de dentes, penas e sementes. Ao falar, ela revelou fortes dentes brancos. Pelo rosto enrugado e costas curvas, Neal calculou que ela fosse muito velha.

Ela falou rapidamente e Miriam traduziu:
— É para a mulher branca vir aqui.
— Por quê?

Sem receber resposta, Neal olhou para Hannah que, imaginando que precisavam dela, desceu as escadas e pôs-se ao lado de Neal. Outro troar abafado passou pela multidão de brancos — um som nervoso, irrequieto. Luzes de lampiões e tochas iluminavam as feições contorcidas de medo. O que os nativos queriam com uma mulher branca?

Neal percebeu que o olhar da velha mulher aborígene estava fixo na pedra mágica pendurada no pescoço de Hannah, na base de sua garganta. Então, a velha nativa olhou para Neal, o homem branco com as tatuagens tribais e de novo para a mulher branca com o talismã nativo no pescoço e pareceu chegar a uma decisão.

— Neal — perguntou Hannah, baixinho —, do que se trata tudo isso?
Miriam falou:
— O Espírito do Crocodilo fala com Papunya num sonho. Fala para ela vir e curar a terra.

Hannah virou-se para a garota, que julgou ter uns 15 anos. Em seu peito, um pequeno crucifixo cristão pendurado por um cordão.
— Papunya?
— Papunya é mulher sábia do clã. Ela é mãe da mãe da minha mãe.
Hannah dirigiu-se a Papunya.
— Sim, temos doença aqui e não conseguimos encontrar a causa nem a cura. Pode nos ajudar?

Depois que Miriam traduziu, a velha mulher virou-se e pegou uma grande tigela de madeira de outra nativa. A tigela parecia ter sido entalhada de um único bloco de madeira e ela mostrou o conteúdo a Hannah, com Miriam explicando:

— Esses objetos sagrados vieram deste lugar muito tempo atrás. Agora nós os trazemos de volta. A terra precisa dessas coisas sagradas. Nós curamos a terra, nós mandamos a doença embora com objetos sagrados que a terra conhece.

Hannah viu penas, ossos, pedras, folhas secas e torrões de terra.

Papunya colocou a tigela no chão aos pés de Hannah e então recebeu outro item de outra nativa: um cajado comprido entalhado com desenhos intricados, em cuja ponta havia objetos pendurados por barbantes — um bico de pássaro, um dente de crocodilo, uma pena escarlate, uma tira de pele de cobra seca e um punhado de vagens secas. Quando Papunya levantou os olhos para o grande edifício de tijolos que cobria seu solo sagrado, Hannah não viu sofrimento em seus olhos, nem raiva ou perplexidade. A mulher sábia parecia estar avaliando a situação, como se tentasse encontrar um lugar em seu mundo para aquela estranha intromissão.

Então, ela olhou para Hannah, olhos enigmáticos por baixo da testa proeminente e falou, com Miriam traduzindo:

— Papunya pergunta quem é você, qual é o seu Sonhar.

— Meu Sonhar? — Hannah trocou um olhar com Neal e disse: — Eu sou parteira e curandeira

Papunya fechou os olhos por um momento prolongado e quando finalmente falou, Miriam disse:

— Papunya diz que você procura conhecimento oculto. Conhecimento de cura, muito importante. Você acha que está perdido, mas está apenas oculto. E está por perto.

— Você sabe do que ela está falando? — perguntou Neal a Hannah.

— Não faço ideia.

Papunya ergueu o cajado de madeira e o direcionou para o hospital, com os objetos místicos chocando-se um contra o outro. Enquanto apontava, ela falou.

— Lá — traduziu Miriam. — O que você procura está lá. O espírito do Crocodilo diz que você encontra conhecimento oculto. *Você* cura terra sagrada.

— Sinto muito, não entendo.

Miriam trocou algumas palavras com a mulher sábia e então disse:

— Ela não pode dizer mais. Tabu fala dos mortos.

— Os mortos? Quem? Eu não...

— Incendeiem o lugar — veio um grito da multidão e um tijolo subitamente voou pelos ares, quebrando uma das janelas.

Ouviram-se gritos vindo de dentro do hospital e Fintan bateu na porta, conseguindo entrar e trancando-a em seguida.

A multidão agitou-se feito uma onda, como uma única entidade, e conforme homens e mulheres empurravam-se e gritavam, incitados pela tensão crescente e desconfiança dos nativos, cansados de não terem suas exigências satisfeitas, Hannah falou rapidamente com Miriam:

— Por favor, diga-me do que estão falando. Quem são os mortos de quem vocês não podem falar?

Quando os olhos fundos e negros de Miriam fixaram-se nos dela, Hannah disse:

— Estão falando dos que morreram aqui neste hospital?

Miriam não respondeu. Hannah olhava para a garota e para a velha senhora, tentando decifrar suas fisionomias, mas só encontrando expressões impassíveis. De repente, ela ouviu uma voz do passado, seu pai dizendo: "Preciso lhe contar a verdade sobre a morte de sua mãe... eu devia ter falado há muito tempo... A carta explica... mas está escondida... encontre-a..."

— Neal — disse Hannah, subitamente. — Acho que sei do que Papunya está falando, mas preciso voltar lá para dentro.

— Eu vou com você.

— Não, fique aqui. Proteja essas pessoas. Se eu estiver certa, tenho um modo de pôr um fim a isso.

Para a multidão volátil de brancos, Hannah falou com voz clara e ressonante:

— Por favor, fiquem calmos. Poderei responder a todas as suas perguntas em poucos instantes.

Ela correu escada acima, onde o Dr. Iverson firmemente guardava as portas, e quando entrou no saguão viu mulheres se acotovelando na parede do fundo, com Alice e Fintan garantindo-lhes que estavam em segurança. Blanche estava junto à vidraça quebrada, calmamente pedindo a Margaret Lawrence que fizesse o favor de ir buscar uma vassoura e pazinha e depois sugerindo à sua amiga Martha que levasse as outras mulheres para a enfermaria feminina a fim de acalmar as pacientes que tinham certeza de ter ouvido um ruído de vidros quebrados.

Hannah apressou-se até a nova ala infantil, que ainda estava com a armação de madeira, com as paredes tendo sido erguidas recentemente, de maneira que o cômodo comprido ao estilo dormitório cheirava a serragem e pinho novo. Pegando rapidamente sua maleta médica, ela a levou para o consultório do Dr. Iverson, onde encontrou Alice consolando a Sra. Soames, que saíra do quartinho para ver o que estava acontecendo.

— Pronto, pronto, minha querida — murmurou Alice —, foi só uma vidraça quebrada. Vamos voltar e cuidar do seu marido, sim?

Hannah acendeu o lampião da escrivaninha e com o coração acelerado, tirou a pasta de seu pai. Conhecimento oculto que está por perto, pensou Hannah, desatando o laço e levantando a capa. Algo que irá curar a terra sagrada...

Seria a carta?

Antes de partir da Inglaterra, ela havia vasculhado o chalé de cima a baixo, sem nada encontrar. Ela supunha que o que estava procurando devia estar com o restante da papelada médica, na pasta. Mas ela examinara cada rascunho das anotações de seu pai e não encontrara nada que se assemelhasse a uma carta.

Oculto...

Hannah voltou a atenção às duas capas soltas da pasta. Estavam velhas e desgastadas, dando a impressão de terem encadernado um livro no passado. Examinando a capa da frente, sem encontrar nada, ela a deixou de lado. A capa de trás estava ainda mais gasta, testemunho da frugalidade de seu pai. Ao ver que a contracapa havia sido cortada com cuidado, ela a pôs contra a luz e viu que algo parecia ter sido enfiado por baixo da folha colada.

Numa empolgação crescente, Hannah usou o cortador de papel de cabo de marfim que estava na escrivaninha de Sir Marcus e puxou o item para fora. Era um envelope. Nas costas, ela leu três palavras em alemão: *Wiener Allgemeine Krankenhaus* — Hospital Geral de Viena.

Hannah foi arremetida ao dia em que um curioso envelope com um selo estrangeiro chegara. Fazia quatro anos que sua mãe tinha morrido e seu pai estava no laboratório, montando o novo microscópio que acabara de adquirir. Hannah, com 17 anos na época, estava tirando pãezinhos de minuto do forno quando o carteiro havia batido na porta. Seu pai tinha lido a carta e depois saído do laboratório visivelmente comovido, dizendo que iria ao cemitério. Fazia horas que ele havia saído quando Hannah foi à sua procura, encontrando-o deitado de barriga para baixo sobre o túmulo de Louisa, soluçando amargamente, a carta em sua mão.

Hannah nunca mais viu a carta e seu pai não falou a respeito, mas nos dois anos que se passaram seu impulso para aperfeiçoar a fórmula tornou-se uma obsessão. Seja lá o que estivesse na carta mudara o objetivo de sua pesquisa, que passava de uma investigação para o uso ativo de substâncias químicas nele mesmo, acabando em detrimento de sua saúde.

Devia ser esta a carta que seu pai havia se referido antes de dar o último suspiro, a carta que revelava a "verdade" sobre a morte de sua mãe. No entanto, era em alemão.

Vou fazer com que seja imediatamente traduzida, Hannah pensou, dobrando a folha. Quando a enfiava de volta no envelope, ela encontrou uma segunda folha de papel. Abrindo-a sob o lampião, ela viu que parecia ser uma segunda carta, escrita em inglês, e ao comparar as duas percebeu que a segunda era a tradução da primeira.

Retendo o fôlego, tentando manter as mãos firmes na folha que tremia, e rezando para que aquelas palavras contivessem a solução para a crise lá fora, Hannah leu as palavras angustiadas de seu pai.

— Meu Deus! — murmurou ela ao terminar.

Papunya estava certa! A resposta estava ali o tempo todo!

Ela atravessou correndo o saguão, mas, ao sair do outro lado da porta principal, as pessoas na multidão começaram imediatamente a fazer perguntas, aos gritos, subindo as escadas, como se fossem engoli-la em seu desespero e fúria.

— A senhorita pode curar minha irmã?

— Posso levar minha mãe para casa?

— Esperem — disse ela, oprimida.

Mãos esticavam-se na direção dela. Alguém tentou agarrar a carta.

— Parem, não posso...

Ela foi empurrada contra as portas, com a turba atacando, gritando perguntas, segurando-a como um bando de corvos famintos.

Então dois braços fortes a seguraram, puxando-a para o lado, afastando-a da turba frenética, descendo as escadas. Fintan.

— Onde está o Dr. Iverson? — perguntou Hannah, arfando. — Preciso mostrar isso a ele.

— Ele está com Neal, protegendo os aborígenes.

— Ajude-me a passar.

Segurando-a firmemente, Fintan conseguiu forçar a passagem pela aglomeração tumultuada, cujos gritos e chamados elevavam-se como se viessem de uma única garganta. No centro da massa raivosa, Hannah viu Neal e o Dr. Iverson tentando impedir um ataque aos aborígenes.

— Parem! — gritou ela. — Escutem-me! Encontrei as respostas! Todos vocês! Pensem em seus entes queridos.

Fintan juntou-se à defesa, assim como — para surpresa de Hannah — Joe Turner e seu irmão, até a turba ser contida, suas vozes esmorecendo, de modo que ela pôde encará-los e, levantando a carta, disse:

— Foi isso que os aborígenes vieram nos dizer. Eis aqui a solução para o contágio no hospital. Vocês precisam ter calma e nos deixar fazer o que precisa ser feito.

— Dr. Iverson — disse ela, virando-se para Marcus enquanto os espectadores movimentavam-se, nervosos, trocando olhares céticos —, encontrei a resposta. Por favor, leia isto. Diga-me se estou certa.

A multidão ficou imóvel, esperando em silêncio, enquanto a folha de papel tremulava com a brisa noturna nas mãos do Dr. Iverson.

Suas sobrancelhas negras juntaram-se enquanto lia o prefácio de John Conroy acima da tradução: "Escrevi a homens de saber em diversas instituições estrangeiras, explicando que alguns dias antes da morte de Louisa por febre puerperal eu havia visitado a mulher de um agricultor que tinha a mesma febre, e, enquanto eu estava fora, Louisa entrou em trabalho de parto. Cheguei em casa a tempo de fazer o parto de nossa criança. Quando ela caiu doente com a febre, eu fiquei desnorteado, pois nossas residências ficam muito distantes uma da outra, não compartilhamos o suprimento de água, não estamos sujeitos aos mesmos ventos. Como era possível as duas mulheres adoecerem do mesmo contágio? Vários homens a quem escrevi responderam que há uma nova e radical teoria de que a infecção pode ser transmitida de um paciente a outro pelas mãos do médico. Mas o mistério é, de onde veio a infecção original? Se eu a contraí da mulher de um agricultor, como foi que ela contraiu? Então decidi escrever à autoridade máxima da atualidade, o Hospital Geral de Viena. Eis a resposta."

Enquanto a multidão observava o Dr. Iverson e as pessoas de trás perguntavam o que estava acontecendo, Sir Marcus leu a tradução da resposta do Dr. Semmelweiss a John Conroy, explicando que ele observara que a taxa de mortalidade por febre puerperal numa enfermaria de seu hospital era muito maior do que em outra. *Herr* Semmelweiss disse que tinha analisado as discrepâncias e descoberto que a enfermaria com a elevada taxa de óbitos era atendida por estudantes de medicina e a outra, por parteiras. *Herr* Semmelweiss perguntara-se qual seria a diferença. A descoberta deixara-o impressionado.

Ao perceber que a única diferença era que os estudantes de medicina lidavam com mortos antes de fazer suas rondas, enquanto as parteiras não o faziam, ele só pôde concluir que a fonte do contágio devia estar na sala de necropsia e que os médicos saíam dali com "partículas de cadáveres" nas mãos. Ele continuou, explicando a John Conroy que obteve a prova final quando um dos médicos do corpo clínico cortou-se acidentalmente na sala de necropsia e morreu pouco tempo depois com febre puerperal.

— Meu Deus! — murmurou Sir Marcus ao ler a anotação acrescentada embaixo.

"Às vezes sou chamado", escrevera John Conroy, "pelo médico-legista de Maidstone para examinar o corpo de alguém que morreu em circunstâncias suspeitas. E o que fiquei sabendo ao ler esta carta de Viena é que, ao ir diretamente de uma necropsia em Maidstone para fazer o parto da mulher do agricultor, inadvertidamente eu infectei-a, muito embora tivesse passado uma água nas mãos e elas parecessem limpas. Porém, é óbvio que não estavam. E foi logo depois de ter feito o parto da mulher do agricultor que fiz o de Louisa."

Iverson levantou a cabeça e olhou para Hannah, assombrado e sem conseguir crer.

— Nem sei o que dizer, Srta. Conroy. Ao pensar no que poderia haver no hospital que tivesse causado o contágio, nem pensei no necrotério, pois não faz parte do prédio principal. Mesmo tendo isolado a enfermaria feminina, os médicos estavam indo diretamente da sala do necrotério para a enfermaria masculina, infectando três pacientes lá.

Marcus Iverson passou a mão no maxilar barbado.

— Esse médico vienense diz que um de seus médicos morreu de febre puerperal depois de se cortar no necrotério. Lembro-me de o Dr. Soames me contar que ele se cortou durante uma necropsia outro dia.

— Molly Higgins tinha uma ferida aberta — concluiu Hannah. — Assim como a Sra. Chapelle. E os três casos na enfermaria masculina estão no hospital por causa de ferimentos que não cicatrizam.

Iverson encontrou os olhos de Hannah, com a multidão observando em expectativa, sem compreender o diálogo, mas sentindo que as respostas estavam por vir, como a moça havia prometido.

— Esta é a resposta, Srta. Conroy. O *streptococcus* penetra a corrente sanguínea. Eles todos estão com uma espécie de septicemia. Agora temos nossa fonte. Podemos interromper o contágio.

Ele se dirigiu aos espectadores com voz alta e abalizada:

— Acabou a ameaça. Encontramos a fonte do contágio e vamos erradicá-la. A doença não se alastrará pela cidade e até amanhã este hospital estará seguro. Por favor, vão todos para casa. Prometo-lhes que em breve as portas serão reabertas e o acesso ficará disponível a todos.

Mas ninguém se moveu.

— Não vou embora sem ver minha Mary.

— E eu não vou embora sem meu Sam.

— Mas não há mais motivo de alarme — disse Marcus. — Está tudo sob controle.

Ouviu-se um resmungo raivoso passando pela turba. Não era a mensagem que eles queriam ouvir.

— Então prove!

Percebendo que rapidamente as coisas poderiam fugir ao seu controle, Hannah levantou o braço e pediu silêncio.

— Por favor, escutem o Dr. Iverson. O contágio seguirá seu curso e logo acabará. Não há nada a temer.

— Não vamos embora e pronto!

Hannah conferenciou brevemente com Sir Marcus, que então se dirigiu à turba raivosa.

— Entendemos sua preocupação. Os que tiverem entes queridos lá dentro poderão entrar para uma breve visita. Entretanto, precisamos pensar nos pacientes. Isso será feito ordenadamente. Nada de empurrões nem desordem. Vocês ficarão em fila e entrarão aos poucos. Se depois de verem seu familiar ou amigo ainda quiserem levá-lo para casa, então precisaremos ter certeza de que o paciente não está contagiado e os ajudaremos com a dispensa.

Ao ver o súbito ar de desconfiança nos olhos das pessoas, vendo como os homens e as mulheres mudavam de posição com incerteza, Hannah percebeu que eles não esperavam aquele acordo e agora que haviam conseguido o direito de entrar no hospital estavam pensando no contágio que havia lá dentro.

— Tomaremos precauções que garantam a saúde e segurança de todos — disse Hannah, a saia longa agitando com a brisa noturna, a luz dos lampiões tremeluzindo em seu rosto. — Agora sabemos de onde o contágio se origina e como infecta as pessoas. Vocês estarão bem seguros para visitar seus entes queridos.

Finalmente, ela viu sorrisos cautelosos, as pessoas assentindo em vaga compreensão, conversando entre si, a tensão diminuindo.

Ao devolver a carta para Hannah, Sir Marcus disse, baixinho:

— Muito bem, Srta. Conroy. Pedirei a Blanche que organize a entrada ordenada dos visitantes e darei instruções ao Dr. Kennedy para que feche imediatamente a sala de necropsia.

Ele se dirigiu a Joe Turner, que parecia perdido e consternado, e pôs a mão paternal no ombro do rapaz.

— Sinto muito por sua perda, filho.

Com a garganta apertada, Turner só conseguiu repetir o que vinha dizendo toda a noite?

— Por favor, posso ver minha Nellie agora?

Marcus pensou por um instante e acenou para Fintan. Sem deixar que os dois irmãos ouvissem, Iverson disse:

— Sr. Rorke, poderia fazer o favor de providenciar a retirada do corpo de Nellie Turner do necrotério para uma área restrita da enfermaria feminina? E peça a uma das senhoras que estão ajudando Blanche que assegure a limpeza e apresentação de Nellie.

Marcus voltou-se novamente para Joe e Graham.

— Por favor, entrem e aguardem no saguão. Vou providenciar para que alguém lhes sirva um chá.

Observando o Dr. Iverson conduzir os dois irmãos pela escadaria, enquanto Neal ajudava o Dr. Kennedy a passar pela multidão e lhes pedir paciência, dizendo que em breve seriam admitidos nas dependências do hospital, Hannah virou-se para Miriam, que tinha ficado em silêncio e vigilante durante todo o acontecimento.

— Por favor, diga à sua bisavó que ela tinha razão. Eu realmente tinha um conhecimento oculto e o encontrei. Agora vou poder curar a doença deste lugar.

Depois que a neta traduziu, a velha senhora fitou Hannah longamente com seu olhar enigmático e então, por meio de Miriam, declarou curada a terra sagrada. Plantando seu cajado firmemente no solo, Papunya virou-se sem mais nenhuma palavra, e seus companheiros a seguiram em silêncio. Todos observaram os aborígenes atravessarem o terreno baldio que em breve seria um jardim e desaparecerem na escuridão, como fantasmas retornando ao seu reino sobrenatural.

Quando, exausto, Neal se reuniu a Hannah para informá-la de que a multidão estava cooperando, ela disse:

— Em seu último suspiro, meu pai disse que eu precisava saber a verdade sobre a morte de minha mãe, que isso estava numa carta escondida. Eu não sabia que ela estava comigo o tempo todo.

Ela levou a tradução para a luz e, com a luminosidade que saía por uma das janelas do hospital, leu a última anotação de seu pai no pé da página: "E, assim, o Dr. Semmelweiss me informou que matei Louisa. Embora tenha sido o *streptococcus* que a deixou doente e a fez morrer, ela morreu pela minha mão, pois os micróbios estavam em minhas mãos, foram as armas que eu levei para dentro de casa. Eu a matei tão certamente como se tivesse uma pistola na mão e tivesse atirado. Que Deus tenha piedade de mim".

Agora Hannah sabia por que a carta de Viena levara-o ao cemitério para passar horas sobre o túmulo de sua mãe. Era para implorar o perdão de Louisa.

No saguão, após providenciar para que Joe Turner e seu irmão ficassem sob os cuidados aptos e protetores de Margaret Lawrence, Marcus Iverson foi à procura de Blanche Sinclair e encontrou-a na ala feminina, onde ela já estava preparando as pacientes para receber suas visitas e informando os visitantes que lá estavam que eles precisariam dar lugar aos próximos. Era tão típico de Blanche, pensou ele com admiração. Ela soubera do que havia sido dito lá fora e imediatamente se ocupara dos preparativos para um desfile de visitantes.

Ao olhar para ela, que estava usando um avental simples sobre o vestido estiloso, os cabelos ruivos presos num lenço de lavadeira, Marcus pensou na atração fugaz que tivera por Hannah Conroy e percebeu que aqueles sentimentos haviam sido um modo de reprimir seu desejo por Blanche. Desejo que nunca acabara de fato, por mais que ao longo do ano ele tivesse tentado se convencer de que ela o traíra. Ele tinha ouvido que Hannah Conroy e o americano estavam noivos e iriam se casar e desejou que eles fossem felizes.

Marcus manteve os olhos em Blanche, que não estava ciente de estar sendo observada pelo homem que amava. Ele a vira fazer maravilhas nas últimas 24 horas, organizando suas amigas e as visitantes dos pacientes numa equipe eficiente de atendentes ao lado dos leitos. Blanche até perguntara se alguém sabia ler e escrever, e ela designou às mulheres que sabiam o serviço de registrar todas as tarefas, como alimentar os pacientes, esvaziar os penicos, os horários de troca dos curativos ou de virar os pacientes de lado, de modo que nenhum deles ficasse com fome ou fosse negligenciado.

Blanche Sinclair era uma mulher que tinha um mente incrível. Ele perguntou-se se ela gostaria de ouvir suas ideias sobre as mudanças e progressos que pretendia fazer no hospital. Talvez ela até fizesse algumas sugestões.

Lembrando-se do pobre Dr. Soames, ele afastou-se.

Blanche olhou para cima a tempo de ver Marcus Iverson se virar e sair da enfermaria, as costas eretas, os ombros para trás, apesar da falta de sono e quase sem comer. Ela sentiu amor e admiração inundarem seu coração e ficou empolgada ao pensar nos dias futuros.

Ela mal podia acreditar no quanto se sentia viva, apesar de ter tirado apenas alguns cochilos breves nas últimas 24 horas e de só comer rapidamente alguns biscoitos com chá. Ela estava mais que viva, estava cheia de *objetivos*. Pela primeira vez na vida Blanche Sinclair sentiu que estava exatamente onde devia estar. Ela estava impressionada ao perceber o quanto não havia nada a temer no hospital, afinal. Talvez não tivesse sido o hospital propriamente dito que a assustara, mas o desconhecido. Em sua mente infantil, um hospital era um lugar de caos, um ambiente descontrolado. Agora, porém, Blanche estava no controle da situação, e o medo havia desaparecido.

Enquanto dava instruções às ajudantes: "Tirem essas cadeiras daqui, caso contrário os visitantes recém-chegados ficarão menos inclinados a sair, não permitindo que outros ocupem seu lugar", ela decidiu que depois de ter tempo para refletir sobre o que havia feito ali, sobre o que tinha visto e aprendido, ela iria pôr algumas ideias no papel. Então apresentaria a Marcus as propostas que haviam nascido e florescido em sua mente enquanto ela, Alice, Margaret e Martha banhavam as pacientes, faziam curativos, davam mingau, mudavam as roupas de cama — tudo de um modo muito mais eficiente do que quando era delegado aos familiares e amigos.

Uma ideia totalmente nova deixou Blanche exultante só de pensar. Atendentes treinadas. Não as limpadoras de chão que eram mulheres que não sabiam ler e escrever, treinadas para fazer pouco mais do que acender lampiões, nem as infames "enfermeiras" dos hospitais londrinos, que vinham das classes mais baixas da sociedade e eram notórias pelo alcoolismo e por roubarem dos pacientes vulneráveis. Não, as funcionárias de Blanche seriam damas treinadas e instruídas, de boas maneiras.

Eu mesma estabelecerei os critérios, ela decidiu. Há muitas mulheres de bem em Melbourne que gostariam de ter uma profissão, especialmente quando irei providenciar que esta seja uma ocupação respeitável. Farei a seleção pessoalmente e garantirei que tenham alto nível moral e bom caráter.

Ela ficou extasiada ao pensar que havia se questionado sobre como seria ter uma vocação, pois agora percebia que sempre soubera, desde criança, quando tomava conta dos menores, supervisionando as brincadeiras, garantindo que todos jogassem de maneira justa, agindo como mediadora entre os magoados.

Informarei a Marcus que vamos querer horários estruturados, eu vou querer um escritório próprio e um salário. Posso ser rica e não necessitar de dinheiro, mas é o salário que torna a pessoa uma profissional. É assim que serei levada a sério.

Lá fora, no gramado, Alice encontrou Hannah olhando para um pedaço de papel, enquanto Neal pedia aos visitantes que entrassem na fila, pessoas que agora cooperavam e ansiavam para ver seus entes queridos e que antes temiam que estivessem mortos.

— Você enfrentou isso com bravura, Hannah — elogiou Alice, apertando o braço da amiga. — Acho que você salvou todos nós. — Deu-lhe um abraço. — Você viu Fintan? — perguntou então.

Neal se aproximou e gesticulou em direção à inacabada ala infantil.

— Eu o vi indo para lá. Ele comentou qualquer coisa sobre encontrar restos de madeira para cobrir a vidraça quebrada.

Quando Alice levantou as saias e saiu apressada, Neal disse:

— Ela parece uma mulher apaixonada.

— Eu sei como ela se sente. — Hannah sorriu. — E agora, Neal? Você vai voltar à Caverna das Mãos?

— Não de imediato. — Pondo as mãos nos braços dela, ele a puxou para si e a fitou bem dentro dos olhos. — Quando cavalgava de volta para Melbourne, eu estava apavorado com a possibilidade de perder você. Vou ficar por enquanto, Hannah querida. As cavernas podem esperar.

Ao se virarem para o hospital a fim de subirem os degraus em direção à luz dourada que saía pelas portas abertas, Hannah olhou para o cajado de Papunya onde a mulher o cravara, as vagens, penas e dentes dançando suavemente na brisa noturna.

— Neal, você sabe onde vive o povo de Papunya?

— Miriam disse que eles moram do lado norte, a dias de viagem daqui. Por quê?

— Sei que não há tribos de aborígenes perto da cidade. Então, como eles souberam da febre antes mesmo que nós, antes que Nellie Turner viesse para o hospital. Se, como você diz, eles viajaram por vários dias.

— Não faço ideia.

Hannah ponderou sobre o assunto por um instante, depois apontou para o cajado misterioso que se erguia do chão.

— Você acha que Papunya estava marcando o território dela?

Neal olhou para Hannah e disse com um sorriso.

— Ou marcando o *seu*.

Seis meses depois

— Deixe que eu pego isso, Sra. Scott — disse a governanta. — Não deveria estar levantando coisas pesadas em seu estado.

Hannah sorriu e deixou a Sra. Sparrow pegar a caixa, que não era nem um pouco pesada, e subir os degraus para dentro da casa. Não estou inválida, ela teve vontade de dizer, só vou ter um bebê. Mas, desde que anunciara sua gravidez, todos a tratavam como se fosse feita de vidro.

Hannah parou de descarregar o carroção, que continha os últimos pertences da casa na cidade, para olhar em torno de sua nova casa. Não era mais Fazenda Brookdale. Hannah e Neal haviam recuperado o nome nativo original — *Warrajinga* — que na língua aborígene significava "o lugar onde nascem os arco-íris".

O clima de maio trouxera os ventos frios do outono e nuvens fofas e brancas à fazenda de trevos que também tinha algum gado e carneiros. Hannah virou-se para a casa que parecia brilhar com a nova pintura branca, novas portas e janelas, e cata-ventos no telhado inclinado. Na base do gramado em declive fora feito um laguinho, onde havia patos e cisnes negros. Uma réplica do que havia na Estância Sete Carvalhos.

Por fim, eles tinham encontrado Charlie Swanswick no campo de ouro de Bendigo, ansioso para vender a propriedade. Um advogado de Melbourne lavrara o contrato e a escritura, Neal e Hannah tinham pagado o preço pedido e três dias depois se casavam sob os eucaliptos de troncos brancos de sua propriedade. Fintan Rorke fora o padrinho e sua noiva, Alice, a madrinha. O Dr. Iverson e Blanche Sinclair, que agora estavam namorando, serviram de testemunhas, enquanto setenta convidados, inclusive o Dr. Soames, que havia milagrosamente se recuperado da febre puerperal, tinham se sentado em cadeiras espalhadas pelo gramado, enquanto se abanavam no calor do verão.

Isso havia acontecido três meses atrás e agora eles finalmente estavam se mudando. Ao ouvir o som familiar de marteladas dentro da casa, Hannah sorriu. Neal estava construindo armários para sua nova câmara escura.

Virando o rosto em direção ao vento, Hannah recordou-se de como havia se perguntado certa vez se ela e Neal poderiam viver juntos com suas diferentes vocações. Mas agora ela conseguia vislumbrar a cena: Neal saindo periodicamente para explorar e fotografar as maravilhas naturais da Austrália, sempre retornando para ela e *Warrajinga*. E ela percorrendo a zona rural em sua carroça, com a maleta de médica, em incursões ocasionais à cidade para visitar o hospital e conferenciar com o Dr. Iverson, mas sempre voltando para Neal e Warrajinga. Sem dúvida, uma vida pouco convencional, ela pensou, mas que seria rica, gratificante e, com certeza, cheia de surpresas.

Apesar de a nova casa ficar no campo, eles tinham mantido o estúdio fotográfico na cidade, assim como o consultório de Hannah, onde ela iria periodicamente atender suas pacientes. Mas o bebê nasceria na nova propriedade, para começar a vida no solo vermelho dessa nova terra. Hannah transformara um dos cômodos num quarto de bebê e o cômodo ao lado em seu gabinete, onde ela planejava escrever o *Manual doméstico de saúde*, que passara por uma mudança desde o surto de febre puerperal seis meses atrás. A ênfase anterior de Hannah estava no tratamento e nos cuidados com a amamentação ("No caso de desmaio: rosto vermelho, levante a cabeça; rosto branco, levante os pés."), mas agora ela daria importância à prevenção, sendo que o primeiro capítulo seria dedicado à limpeza. Talvez a introdução do manual incluísse a história de Higeia, filha de Esculápio.

Finalmente, Hannah entendera o que seu pai quisera dizer com seu último suspiro. Não era o iodo a chave para a saúde — mas sim a *antissepsia*. De repente, havia tanto que ela queria explorar. Por que os aborígenes, que viviam na natureza, eram tão saudáveis e robustos? Por que os nativos com quem Neal convivera tinham tão poucas doenças? Hannah sabia que já não era suficiente cuidar dos enfermos e prevenir as doenças. Seu desejo era encontrar fontes e curas.

Ela parou na varanda para olhar as árvores, que um dia tinham sido estrangeiras, mas agora eram familiares, para o avestruz cinza trotando pela estrada, para um bando de cacatuas brancas que passavam voando, para a terra vermelha e o céu azul. Sentindo a nova vida se movimentando em seu ventre, ela pensou no povo que viera antes dela, atravessando o vasto continente com suas trilhas atemporais através dos séculos — os ancestrais de Papunya, Miriam, Jallara e seu povo, daqueles de Galagandra, também lutando para proteger seu solo sagrado. Ela também pensou naqueles que tinham vindo mais tarde para essas costas — os Merriwether com suas boas intenções, o Sr. Paterson, que ficara com a pele alaranjada por causa das cenouras e um moleque chamado Queenie MacPhail, batizado com uísque escocês.

Gente nova se instalando numa terra antiga. Isso a fez se lembrar das últimas palavras que seu pai dissera: *Você está no limiar de um glorioso mundo novo*. E ela perguntou-se se havia sido uma visão profética do futuro de sua filha. Hannah gostaria de pensar que sim.

Ela se virou ao som de um cavalo e viu uma carroça chegando. Era o carteiro que trazia a correspondência semanal.

— Bom dia, Sra. Scott! — cumprimentou ele.

Hannah acenou e sorriu, e, quando o carteiro estacionou, ela pegou o pacote de envelopes e jornais.

Passando os olhos na correspondência, ela viu que Liza Guinness havia lhe mandado uma carta de felicitações pelo casamento. Os Gilhooley, com quem ela mantinha contato, também tinham escrito, além de outros amigos de Adelaide e da zona rural de Vitória. Hannah enviara a todos um convite para visitá-la, inclusive para Liza, caso ela e o marido um dia retornassem à Austrália. Uma das construções da propriedade tinha sido transformada numa casa de hóspedes.

De repente, um envelope azul-claro com um curioso selo chamou a atenção de Hannah, e ela percebeu que era uma carta que fora reendereçada várias vezes, proveniente da América.

Jamie O'Brien!

"Querida Hannah", escrevera ele em sua familiar letra comprimida, "penso sempre em você e rezo para que esteja bem. Fiz um bom trabalho aqui na Califórnia encontrando ouro. Investi numa linha de diligências e ganhei dinheiro e agora estou achando que a nova ferrovia é uma boa aposta. Adoro esta nova terra, Hannah, é fresca e corajosa e aqui um homem pode abrir as asas. Mas sempre vou amar a Austrália em primeiro lugar e a primeira dama que amei, a quem certa vez salvei de um dingo num jardim de rosas."

Junto com a carta havia uma fotografia. Os olhos de Hannah enevoaram-se ao ver um sorridente Jamie O'Brien diante do que parecia ser a entrada de uma caverna. Um cartaz no topo dizia: "A Mina de Ouro da Hannah Sortuda."

Pressionando a folha de papel contra o peito, onde ela sentiu a pedra talismã com seus poderes mágicos por baixo do tecido do corpete, Hannah recordou-se daquela noite fatal sete anos atrás no Solar Falconbridge. Ela se viu embarcando no *Caprica*, com destino a uma terra desconhecida. Jovem e ingênua, com algumas anotações de laboratório e um punhado de instrumentos médicos, Hannah estava só no mundo e incerta de seu caminho. Mas agora ela era dona de si. Delineara seu próprio destino nesta terra de novos começos e aguardava o futuro com grande ansiedade pela nova vida que estava por vir — a linha da canção que iria trilhar.

Iniciando por *Warrajinga* — o Sonhar do Arco-íris.

Este livro foi composto na tipologia Minion,
em corpo 11/14, e impresso em papel off-white no
Sistema Cameron da Divisão Gráfica da Distribuidora Record.